PÁSSAROS DE VÔO CURTO

DO MESMO AUTOR

Nem mesmo todo o oceano (Record, 1998)
Urgente é a vida (Record, 2004)
Escritos na água (Leitura, 2006)
A caravana da ilusão (Civilização Brasileira, 2000)
Teatro de Alcione Araújo (Civilização Brasileira, 1999):
Vol. 1 – Simulações do naufrágio
Vol. 2 – Visões do abismo
Vol. 3 – Metamorfoses do Pássaro

ALCIONE ARAÚJO

EDITORA RECORD
RIO DE JANEIRO • SÃO PAULO

2008

CIP-Brasil. Catalogação-na-fonte
Sindicato Nacional dos Editores de Livros, RJ.

Araújo, Alcione
A687p Pássaros de vôo curto / Alcione Araújo. –
Rio de Janeiro: Record, 2008.

ISBN 978-85-01-08210-7

1. Romance brasileiro. I. Título.

CDD – 869.93
08-1756 CDU – 821.134.3(81)-3

Capa: Victor Burton

EDITORA RECORD LTDA.
Rua Argentina 171 – Rio de Janeiro, RJ – 20921-380 – Tel.: 2585-2000

Impresso no Brasil

ISBN 978-85-01-08210-7

PEDIDOS PELO REEMBOLSO POSTAL
Caixa Postal 23.052
Rio de Janeiro, RJ – 20922-970

Para Carolina, minha filha, minha fonte
de alegria e de luz,
e
para Wilmon Rosa Soares, poeta a quem
não foi dado o verso, amigo da vida inteira.

VESTINDO UM DIÁFANO ROBE VERMELHO, DE ÓCULOS ESCUROS NO ROSTO emplastrado de cremes, cabelos enrolados em bobes e aliviando-se do calor com o sopro do ventilador instalado sobre a cabeceira da cama enquanto ressoa pela cabine a voz gravada de Maria Callas cantando *"Follie! Delirio vano è questo!"*, Diva olha com indiferença a paisagem que desfila pela janela. A luz da manhã se espalha sobre a descampada planície com o mesmo ímpeto com que explode em outras regiões ao meio-dia. Para enfrentá-la, só com os olhos semicerrados e protegidos com a mão em aba na testa. O calor que vem com a luz entorpece qualquer vestígio de vento. A paisagem trêmula pelo efeito da cortina de mormaço que se ergue da areia. Esparsos arbustos, esquálidos e retorcidos, cobertos por grossa camada de poeira, são como esculturas de pedra, sem uma brisa que balance as folhas que restam. O ar deslocado pela passagem do veículo ergue uma névoa de pó rente ao asfalto — só assim, lambidas pelo vento fortuito, as folhas se movem tímidas.

Recostado em almofadas e travesseiros recendendo a alfazema, seu corpo balança ao sabor dos movimentos do veículo. Esse estado de cansaço, silêncio e desalento é comum nos dias seguintes às apresentações bem-sucedidas. Os que já aprenderam se acautelam: essa quietude é um dos sintomas da nuvem de melancolia que paira sobre ela, ameaçando descer e cobri-la como um véu. Parece que o sucesso do recital em uma ou outra das 93 cidades em que vem se apresentando, em vez de animá-la, leva-a a pensar, sob o peso de um coração ressentido, no que teria sido a sua carreira, fossem outros os acontecimentos da vida. Diva não chega a ser fatalista, mas vem sendo levada a concluir que não é ao acaso que os fatos se articulam uns com os outros. A intuição a faz suspeitar que alguma misteriosa ordem induz seus desfechos.

Hoje, sábado, porém, parece que algo extraordinário de fato aconteceu. Embora sua aparência não tenha mudado muito, quem conhece Diva — como Orlanda, por exemplo — nota logo que amanheceu mais tensa, preocupada, distante. Orlanda registrou seu silêncio desde a saída do hotel, o olhar sem brilho que pousou nos objetos, a indiferença pela paisagem e um ritmo que parece mais sensível a movimentos interiores — atitudes que, juntas, lhe dão uma aura de ensimesmamento. Alguma coisa está na iminência de acontecer. Ou já aconteceu. Orlanda arde em silenciosa curiosidade.

A notícia que entreouvira misturada aos ruídos de estática, no velho rádio do hotel onde se hospedara na noite anterior, perturbou-a tanto que expulsou o sono do quarto. Mesmo sem estar segura do que ouviu, seu ânimo oscilou do desalento à revolta. Manteve o rádio ligado e, contrariando a habitual cautela de quem já padeceu a reação de hóspedes acordados por árias de ópera, aumentou rapidamente o volume, mas não conseguiu ouvir mais nada. Não só a transmissão ficou inaudível, como a sua concentração foi perturbada. Acendeu a luz e andou de um lado ao outro no cômodo exíguo. O programa de música lírica — que sempre encerra a sua noite, onde quer que haja um rádio — chegou ao final e ela nem percebeu. Quando se deu conta, a voz do locutor, indo e vindo em meio aos ruídos de estática, falava de outro assunto, ao qual ela não deu atenção: "O Superior Tribunal Militar... reunido... o dia... para julgar 40 processos... beneficiou 326 pessoas... lei da anistia... o ex-governador Leonel Brizola... ex-deputado fede... Moreira Alves... dezenas de desaparecidos ou... como mortos... órgãos de segurança, além de... políticos e outras... em liberdade... Deverá encerrar o julgamento... processos restantes... o presidente do Tribunal, general Reinaldo de... Almeida." Diva desligou o rádio e, achando que relaxara, voltou a deitar. Rolou de um lado ao outro da cama sem pregar os olhos. Sentou e ficou olhando o escuro à frente. Pensou que um banho poderia acalmá-la, mas a distância até o banheiro, no fundo do corredor, a fez desistir. Deitou-se de novo. Transtornada com a notícia, passou a noite em claro, o rosto no travesseiro, o olhar no chão, e viu a luz do dia surgir e avançar sobre cada tábua do piso do quarto.

Mal embarcou no 14 Bis, começou a ouvir, uma após outra, as gravações com Maria Callas. Agora, o olhar vagando pela cabine, fixa ora a paisagem, ora os objetos em torno, mas não pousa; move-se em busca de algo que não está fora, mas no seu interior. Pela porta aberta do armário, revê a fileira de figurinos em cores, tecidos e estilos de diversas épocas, dependurados, ordenados e cobertos de plástico. Detém-se em cada um, numa fixação alheada, como se procurasse no fundo da memória de onde surgiu, para que serve e por que está ali toda aquela roupagem real de gente imaginária, moda fantástica usada em mundos inexistentes, extintos, sonhados, povoados por deusas, rainhas, princesas, heroínas, cortesãs e operárias, que as confunde com fantasias de carnaval ou museu ambulante da história do traje.

Passa os olhos pela moldura do espelho da penteadeira, onde estão presos cartões, bilhetes, flores secas, fotografias amareladas: uma criança nos braços de uma mulher, aparentemente a mãe; a mesma criança com um casal idoso que lembra avós. Outras, maiores, de uma adolescente de braço dado com um homem sorridente de meia-idade. O mesmo homem, mais velho, ao lado de uma moça; ela, mulher feita, diante da fachada do Teatro La Scala, de Milão; uma foto igual ao lado de Maria Callas, num porta-retrato de bronze e vidro sobre a penteadeira, destacando-se da profusão de lápis, bastões, pastas, potes, vidros, caixas, esponjas, escovas, pentes e uma aparatosa caixa de música, encimada por um par de bailarinos. Aos poucos, aquelas imagens em frios papéis desbotados pelo tempo ganham sentido de estarem ali, ao adquirirem corpo e movimento; e aquele momento, congelado há anos, ganha vida na sua memória. Ela refaz o percurso do olhar, reconstituindo espontaneamente a emoção de cada flagrante, assim como a do momento que a antecedeu e que a sucedeu; e outras fotos, noutros momentos, diferentes emoções, e todo o passado reflui numa eclosão descontrolada, desordenada, reagindo a estímulos desconhecidos e seguindo uma lógica, alheia à sua vontade. Três leves batidas na porta da cabine sustam a agitada, e fisicamente prostrada, contemplação de Diva, que, sem mover nada além dos lábios, indaga, por sobre a voz de Maria Callas: "Quem é?"

Na penumbra da abafada cabine — calça, camisa, sapatos espalhados pelo chão —, Ralph Conway, de olhos fechados, transita entre o sono e a vigília. Só de cueca, permanece quieto sobre a cama, sente refletido no seu corpo o balanço do 14 Bis, e ouve primeiro o ruído monótono do motor e, depois, a voz abafada de Maria Callas na cabine ao lado. Tenta identificar os choques intermitentes de vidro e metal quando o sono abate a sua vigília.

A um sacolejo do veículo, dói-lhe tudo que há no interior do crânio, e volta à vigília: reconhece nas pancadas a garrafa de conhaque que rola de um lado a outro — aliviando-o da rotineira angústia de não saber onde está, que humilha quem dorme sempre bêbado na primeira cama que o acolha. Ao alívio, segue-se o sentimento, que ultimamente o assalta, de que seria melhor não abrir os olhos, seguir dormindo indefinidamente, e se poupar de um mundo abominável e uma vida sem sentido. A sensação de estar morto lhe infunde aflitiva serenidade.

Logo acorda. Os olhos azuis se movem aquosos, entre pálpebras túmidas. Tateando — cada gesto retumba dentro da carcaça do crânio —, acaba encontrando os óculos escuros debaixo da cama. Protege a vista e abre — o gesto brusco parece ter trincado a carcaça — uma fresta na persiana. A luz do sol devassa a cabine — é dolorida a incidência da luz em corpos conservados no álcool! —; ele abre os olhos devagar, poupando a retina — a luz tropical fere como agulhada. Apesar das lentes negras, contrai as pálpebras para encarar o desconforto.

Depois do bocejo de urso e do espreguiçar de gato, Ralph Conway se senta na cama — parece que o crânio trincado pesa mais — com a sensação de que a cabine gira, e ele gira em sentido contrário. E o motor do 14 Bis parece alojado no oco do crânio. Por etapas, desce as pernas até os pés tocarem o chão. De pé, encosta-se na divisória da cabine, a cabeça lateja. Por trás dos óculos, avalia a desordem em volta e, como um *flash*, pensa que viver é impossível. Com gestos hesitantes, veste o desbotado roupão azul, surrado e quase sem felpas, desfiado na barra e nas mangas, e amarra-o na cintura. A luz e os bocejos lhe arrancam lágrimas, que descem nas laterais dos óculos. Olha o espelho atrás da porta e instintivamente fecha os olhos. Respira fundo, concentra-se, reúne coragem e abre-os aos poucos. De natural, o rosto tornou-se vermelhão sob o sol dos últimos tempos. Os lábios se contraem na habitual careta de desagrado consigo mesmo. Enfia os dedos no que lhe resta de cabelo — a cor de fogo original vem cedendo lugar ao branco, resultando num indefinível tom entre branco e alaranjado — e assenta-o, mal e mal, para trás. Corre a mão pela barba áspera, põe para fora a língua esbranquiçada por um muco gosmento, acumulado em décadas de bebedeiras. Solta o bafo no espelho — que embaça no círculo da boca — e aspira de volta com nova careta. Aparentemente, não se impressiona com os vestígios da decadência, embora seja amarga a resignação do semblante. Com a toalha em volta do pescoço, Ralph Conway sai para o corredor, esbarrando numa divisória e noutra — Callas reverbera pelo 14 Bis. A luz do sol, que estoura nas janelas, ofusca e tonteia. Ele entra no banheiro.

No reflexo das lentes escuras do *ray-ban* de Zé Bolero, a estrada asfaltada é um rio negro entre dois desertos. O 14 Bis navega devagar na trilha rasgada em vastas extensões de terra árida, onde mandacarus e arbustos retorcidos resistem à seca — anos sem chuva criam a desolação: poeira e pedra sufocam a vegetação e enrijecem o couro de cobras e lagartos. O veículo avança na máxima velocidade que permitem suas quatro décadas de existência. O bafo empoeirado de ar quente que entra na boléia funde-se ao vapor de água e óleo que vem das entranhas do resfolegante dinossauro mecânico. A marcha do 14 Bis é controlada por instrumentos de várias épocas e procedências, aparafusados ao painel de aço forjado, sobreposto ao original, de modo a oferecer ao piloto indicações técnicas da viagem — alguns comuns a cabines de aviões, são inusuais, até bizarros, em veículos terrestres. Agora, o velocímetro oscila em torno de 50 km/h; o ponteiro do termômetro, sob o vidro suado, indica 38ºC; o relógio, 10h18; o odômetro, 46.524 quilômetros rodados e, no medidor de *Fuel*, o ponteiro maluco balança em torno da marca de meio tanque. Acima do pequeno pára-brisa, a placa "Cabine de Comando", forasteira no lugar, é uma advertência. No rosto queimado de Zé Bolero escorre o suor que brota entre a cabeça e o inseparável quepe da Aeronáutica, e nas raras curvas, ao girar o pesado volante, o esforço ressalta a musculatura garroteada pela camisa, e o bíceps, inflando-se, engorda a sereia tatuada; nas mãos enormes e engorduradas — grosso anel dourado com pedra preta quadrada enfeita o dedo médio —, unhas de luto, e subindo pelo antebraço peludo, poros impregnados de graxa.

No cruzamento com uma estrada de terra sem placas indicativas, Zé Bolero reduz a velocidade e tenta se localizar. O desconforto com o calor, combinado com a impaciência provocado pela reverberação da voz de Callas, e a ausência de placas o irritam tanto que conduz o 14 Bis ao acostamento. Vai desligar o motor; lembra-se da dificuldade de ligá-lo e desiste. Cogita a hipótese de parar uns dias para revisão geral, em respeito ao temor — que assalta Diva — de uma pane na estrada, sem peças de reposição. Colhe atrás do banco a pasta de documentos, livra-se do *ray-ban*, e, de pálpebras apertadas pelo ofuscamento, consulta mapas. Enquanto pragueja, o dedo engraxado de unha enlutada percorre trilhas em vermelho.

Ao ouvir, acima da voz de Maria Callas, Diva perguntar "Quem é?", Orlanda se identifica, assim como obedecera ao "Bata antes de entrar" da placa na porta, mesmo com a água da bacia queimando-lhe os dedos. À exceção de Diva, que pode entrar onde quiser, quando quiser, a circulação interna só é liberada no corredor, no banheiro e na sala de estar — que fica na traseira do veículo e ocupa toda a sua largura, com janelas nas laterais e porta envidraçada para trás — quem sabe inspirada nos últimos vagões dos trens. As cabines de Ralph, de um lado e, de Orlanda, do outro, são exclusivas; suas portas dão para o corredor e, pelas normas do 14 Bis, devem ser mantidas fechadas, mas nunca trancadas. A cabine de Diva, que ocupa a largura do veículo, tem uma porta para o corredor e outra para a cabine de comando — cujo acesso interno passa obrigatoriamente por ela. Diva controla esse trânsito porque lhe apraz controlar tudo, ou, como ela prefere explicar, para evitar que distraiam a atenção de Zé Bolero ao volante. Em resposta à pergunta de Diva, Orlanda diz por cima da voz de Maria Callas: "Sou eu."

BIGODE FINO PRETO NUM ROSTO PÁLIDO E COMPRIDO, ÓCULOS DE ARMAÇÃO redonda preta, sempre metido num terno preto justo e pasta preta na mão, suando em bicas apesar do clima ameno de Belo Horizonte — colhendo o suor de tempos em tempos com o lenço que leva no bolso de trás —, assim Diva vê seu pai, aos 7 anos de idade. Acrescente-se que, além de bigode fino, branco, míope, suarento, e da preferência pela cor preta, ele é baixo, atarracado, com voz mansa e lenta. Formado em contabilidade e considerado competente guarda-livros, Ataliba — Ataliba Durães é o seu nome — dedica sua paixão ao saxofone. Paixão silenciosa, longa e lânguida, sem tempo nem hora — mal chega em casa, molhado de suor, vindo do modesto escritório, troca duas lentas palavras com Lavínia, a mulher, e Diva, a filha, toma um longo banho — Lavínia acha que o banho é sua segunda paixão, depois do instrumento com o qual, segundo ela, vive aos beijos e abraços — e tranca-se no quarto. Por horas a fio, só se ouve o som melodioso do saxofone. Enquanto Lavínia cuida do jantar e dos outros afazeres domésticos, a pequena Diva senta-se à porta do quarto, onde é proibida de entrar quando o pai o ocupa, e fica quieta, ouvindo o som misterioso que parece vir de lugares distantes e exóticos. O jantar é breve, quase sempre silencioso, e logo ele volta ao quarto e à música. Mais tarde, quando Lavínia dá por falta da filha, encontra Diva junto à porta, dormindo no chão, os brinquedos espalhados à sua volta. Vai para a cama esperneando nos braços da mãe, depois de sentidas lágrimas. E dorme ao som suave do saxofone.

Uma noite, o pai está tocando no quarto quando batem palmas no portãozinho. Da porta, por cima do muro baixo, Lavínia vê uma comitiva de vizinhos, liderada pelo que lhe faz fronteira, funcionário municipal, alto e magro, cuja tosse rouca e persistente Lavínia teme ser mal do peito. Com ele, o vizinho do outro lado, agente funerário, que não tira o chapéu nem dentro de casa, e mais os dois que moram defronte: o que trabalha na farmácia, e aplica injeção em domicílio — e, por entrar nas casas, espalha as intimidades de todo o bairro —, e o chofer de praça, que carrega na testa os vários chifres que lhe pespega a esposa. Como nunca acontecera nada parecido, Lavínia se surpreende e, desconfiada, convida-os a entrar enquanto manda Diva chamar o pai, que pouco depois surge na sala com ar aparvalhado, o saxofone na mão e uma toalha em volta do pescoço. Nem Lavínia nem, muito menos, Ataliba imaginam o motivo da visita. Tentam ser gentis, apesar da expectativa criada pela surpresa, trocando vagas impressões sobre a comoção nacional em relação às tropas brasileiras que foram participar da guerra contra o nazifascismo, e daí saltam para o calor abafado dos últimos dias e a ameaça de chuva oculta nas nuvens escuras. Enquanto os assuntos giram, Ataliba enxuga várias vezes o pescoço com a toalha, e Lavínia sai da sala para coar um café e arrumar uns pães de queijo na cesta. O funcionário municipal pede para pegar o saxofone e Ataliba acede — temendo que o leve à boca e o contamine com o germe da tosse. Depois de examiná-lo com desdém, o homem o ergue com desprezo na direção dos demais, balançando a cabeça, contrafeito. E, afinal, explicam a que vêm: a música do saxofone está incomodando a vizinhança. Alguns não conseguem mais ouvir o rádio, justo quando o noticiário da guerra na Europa tornou-se indispensável. Outros não conseguem dormir — e quem não dorme "contamina toda a família com a sua irritação, não consegue trabalhar no dia seguinte, podendo ter prejuízos e até perder o emprego". A verdade é que o saxofone está causando enorme transtorno. Surpreso, Ataliba ouve as queixas e, desapontado, enxuga a testa com a toalha, sem saber o que dizer. Esclarecendo que vieram como amigos, a comitiva pede que ele deixe de tocar à noite. Mas, se acaso o pedido amigável não for atendido, serão obrigados a tomar atitudes mais enérgicas. Ataliba mal consegue acreditar. Enquanto serve o café, Lavínia tenta argumentar, mas os moradores mostram-se intransigentes. O chofer de praça, com os reluzentes cornos na testa, diz que a esposa passou tantas noites sem dormir que está sofrendo do sistema nervoso. Para encerrar a conversa, anunciam a sentença: se Ataliba não parar definitivamente com a música noturna, a comitiva irá à delegacia, à prefeitura, à justiça, e aonde mais for necessário. O farmacêutico ameaça: "Se não parar a zoada, vamos botar chumbo na sua cruz." O funcionário público dá uma opção: "Mas, se for o caso de preferir tocar o trombone, o melhor é mudar daqui." Atônito, Ataliba sussurra: "É saxofone."

Lavínia se empenha na procura de uma casinha, que poderia até ser num bairro afastado, a fim de assegurar ao marido liberdade para tocar o seu saxofone em paz, quando é surpreendida por um acontecimento que jamais lhe passara pela cabeça. Ela fora buscar Diva na escola e, na volta, as duas dão de cara com o marido no portãozinho da casa — sem gravata, carregando a mala e o estojo do instrumento. Ele finge que não as viu, depois disfarça uma naturalidade falsa. Lavínia estranha a novidade, até que se encaram, surpresos um com o outro, diante do olhar perplexo de Diva, vestida com a saia azul e a blusinha branca do uniforme da escola pública. Com um sorriso desbotado no rosto sem graça, Lavínia só consegue perguntar: "Você aqui a essa hora? O que aconteceu?" Sem resposta, fixa-se na mala: "Vai viajar? Pra onde?" Ataliba não responde, abaixa a cabeça. "Responde! O que está acontecendo?" — exige Lavínia, o medo se antecipando à resposta: "Vai viajar pra onde?" "Não grita", é tudo que ele sussurra. E após uma pausa, completa, com expressão sofrida e olhos no chão: "Eu vou embora."

A partir daí, Diva não gosta de lembrar e não revela detalhes. Parece que Lavínia sente-se mal, fica tonta e quase cai. Numa reação súbita e inesperada, porém, avança para ele e, ao mesmo tempo que o abraça, tenta arrancar a mala e o estojo de suas mãos, aos gritos: "Embora pra onde? Que conversa é essa? Vai sair de casa? Largar a família?" Ataliba recua, ela avança: "Você não vai fazer isso comigo! Você é meu marido! Jurou que ia me fazer feliz! Casou comigo, agora não pode ir embora!" Apavorado, ele se limita a murmurar: "Não grita! Não faça escândalo! Os vizinhos estão vendo!" Lavínia grita ainda mais, acossando-o para tomar-lhe a mala. "Você não pode me abandonar! Não pode ir embora!" Ele tenta se proteger afastando-a, mas ela insiste, e grita mais alto: "E essa criança? Esqueceu que tem uma filha? Vai abandonar as duas?" Ataliba olha nos olhos dela e diz que vai embora e não quer vê-la mais. Lavínia, enfim, se apossa da mala. Ele tenta reavê-la; ela é mais rápida, corre até a calçada, abre a mala e joga as roupas para o alto: "Você não vai! Eu não vou deixar! Você é meu marido! Essa criança é nossa filha!" Ele desiste da mala e, atracado ao estojo, afasta-se em passos rápidos. Ela atira a mala no meio da rua e, ao vê-lo em fuga, corre atrás. Ataliba passa a correr, ela atrás. Súbito, ele estaca, volta-se e, com a habitual dificuldade para falar agravada — cada palavra exigindo tamanho esforço que o rosto fica vermelho e os olhos úmidos —, murmura: "Me deixa em paz. Eu cansei. Oh, meu Deus! Não quero mais saber de mulher, filha, aluguel, família! Não quero saber de contabilidade, nem de escritório. Eu só quero tocar e ninguém deixa. Eu não quero mal a ninguém, só quero tocar saxofone, mais nada. Por que não me deixam?" Ele se volta e avança até desaparecer. Lívida, rosto molhado de lágrimas, Lavínia desiste de segui-lo; deixa-o ir, vendo-o se afastar. Quando ele desaparece na esquina, ela se senta na calçada e soluça. Diva pega a mala na rua, arrasta-a até a calçada. Recolhe, uma a uma, as roupas espalhadas e arruma-as com a paciência de criança brincando. Não vê mais o pai para lhe devolver a mala arrumada.

O CORAÇÃO APERTANDO MAIS E MAIS É O QUE SENTE GEORGE CHALMERS, aboletado no sacolejante carroção, que avança mata adentro sobre a trilha de terra e pedra. O que faz nestas furnas do mundo um cidadão nascido no centro do império onde o sol nunca se põe, que neste ano da graça de 1884 se estende da Europa à América, da Ásia à África e até a Oceania? O que procura um súdito da rainha Vitória na desconhecida Freguesia de Congonhas de Sabará, recôndito do Império do Brasil? Como veio parar na Província de Minas Gerais um engenheiro nascido na Cornualha, que não conhece o Brasil nem entende sua língua? Há três meses, ao aceitar o convite que o trouxe aqui, talvez soubesse responder. Mas agora, de corpo presente nos trópicos depois de um mês de viagem, sente o impacto da distância entre os dois mundos, e o coração aperta mais e mais.

Aos 24 anos, sem nunca ter saído da Inglaterra, George Chalmers tem medo. Mas tem coragem de ir em frente com medo. Após cruzar mares, rios, montanhas e planícies, em barco, navio, trem, carroça e lombo de animal, não recuará — apesar do sol que agride os olhos, do calor estonteante, da poeira que sufoca, do fedor de suor e da chuva de perdigotos que o tagarela Oldnan despeja sobre o seu rosto, desde que lhe deu as boas-vindas, ao descer do trem na estação de Santa Rita; depois, ao atravessar o Rio das Velhas, e durante esses últimos oito quilômetros de uma viagem que lhe parece interminável. Ouvindo o infatigável Oldnan, passa pelas minas de Gaia, Guabiroba, Samambaia e Mato Virgem. À beira do caminho, identifica a linha de troles que trazem minério aos pilões, tão comuns na Cornualha. Agora, diante do casarão dos mineiros ingleses, eles o saúdam com forte sotaque nortista, e a velha Inglaterra reflui com saudade na memória. George Chalmers sente, com um frio no coração, a distância a que está da sua doce Catherine, a quem ama com o fervor dos inocentes, e de quem não gostaria de se afastar um metro durante uma hora — e está a oceanos, por um tempo imprevisível. O quanto sentiu sua falta nessa viagem o faz temer pelo que virá a sofrer. Sem falar do que o espera na Freguesia de Congonhas de Sabará: em lugar algum do mundo, cidades onde há mineração são aprazíveis, agradáveis ou saudáveis, nem mesmo na Cornualha, onde cresceu e trabalhou. A cachoeira verbal de G.H. Oldnan se deve justamente à euforia de voltar à Inglaterra nos próximos dias, após seis anos como diretor superintendente da Saint John D'El Rey Mining Company, cargo que George Chalmers veio ocupar. Uma das razões da troca é a queda na produção de ouro enquanto cresce a necessidade de novos investimentos, o que deixa a empresa insegura e a administração de Oldnan mal avaliada.

Ao pensar nisso, Chalmers esquece a saudade e os temores e presta atenção em Oldnan que, embora falando muito e cuspindo ainda mais, dá informações preciosas a quem chega a um mundo novo: "O gasto com os trabalhadores chega a 60% do custo da produção, porque nessa atividade, basicamente braçal, a força física, a alimentação, a saúde e a disciplina são essenciais. Com a proibição do tráfico, o comércio de escravos está cada vez mais difícil. Vai ser preciso preparar a mão-de-obra para depois que abolirem a escravidão, que, eu acho, não vai tardar. E cuidar da nutrição deles, não deixando a jornada passar de oito horas por dia e folga no domingo. Já pagamos a hora de trabalho extra e prêmios de produção que, somados, chegam a um terço do salário. Mas, por aqui, só nós e as demais empresas inglesas agimos assim. Os brasileiros tratam os escravos como animais: os homens trabalham exaustos, adoecem a toda hora e a produção cai. E eles acabam morrendo cedo, com perdas de renda para seus proprietários, que não entendem que lucrariam mais se os tratassem melhor. Desde que a nossa amada rainha Vitória defende o fim da escravidão, está difícil para as empresas inglesas no Brasil."

Oldnan troca palavras com o negro que, a pé, conduz a parelha de mulas do carroção. O homem dá ordens aos animais, que estacam. Da elevação tem-se uma visão panorâmica que alivia parte das apreensões de Chalmers. Em frente ergue-se a muralha de pedra que culmina no pico do Curral D'El Rey, com seu cruzeiro de madeira. No horizonte próximo, o Morro Velho, encimado por outra cruz. Nas suas encostas estão os bairros para os negros,

Timbuctoo e Boa Vista, de senzalas caiadas e telhados vermelhos. Abaixo, a Freguesia de Congonhas de Sabará, com ladeiras e declives entre os montes e vales, pontilhadas de vilas, igrejas, jardins e pomares, tudo edulcorado pela sinuosidade prateada do Ribeirão de Morro Velho, que a corta de oeste a leste — o caminho de burro que a tangencia vai dar na boca da mina. Espalhada entre vales e colinas ajardinadas, com falésias e vertentes que, em cachoeiras, deságuam em riachos e ribeiros, a região desflorestada é cercada por espessas matas. Chalmers se impressiona com a extensão da área habitada e a quantidade de construções sólidas. Oldnan as identifica não sem algum prazer de despedida: "Aquela, em estilo normando, é a nossa Igreja Episcopal Anglicana do Brasil; todo o material usado na construção, inclusive as pedras que revestem a fachada, veio da Inglaterra. Aquela outra, de pedra, é a Igreja Católica do Rosário, a mais antiga e ainda inacabada; a outra, mais elegante, é a Matriz de Nossa Senhora do Pilar. A pequena é a Capela do Bonfim. Aquela ali, tipicamente inglesa, é o Casarão da Mina, nossa hospedaria para visitantes ilustres. E lá está o hospital, com 60 leitos, que atende pessoas de outras cidades da região. Aquelas casas, todas parecidas, foram construídas pela companhia para os trabalhadores, inclusive os escravos. Nos morros à direita está a fazenda da Bela Fama, onde a companhia mantém grande tropa de burros para transportar provisões e outras cargas. Mais para cá, são casas novas, feitas para a última leva de trabalhadores que trouxemos do exterior: vieram 20 portugueses, 35 ingleses, 90 chineses e mais alemães, franceses e austríacos. A canalização que parte daquele riozinho, chamado Ribeirão dos Cristais, que eles apelidaram de 'Banqueta D'água', leva água por cinco quilômetros para lavar o minério. Adiante é a Quinta dos Ingleses, com moradias no estilo tradicional das nossas casas de campo, onde moram os diretores e engenheiros da empresa." Chalmers está surpreso: "Parece uma aldeia suíça!" " Mas com escravos!", brinca Oldnan. E voltam ao carroção, que avança para a Freguesia de Congonhas de Sabará.

No percurso, escavado na pedra, algumas cabanas, a Capela do Bonfim, a casa-grande do contratador de carvão de lenha. Sobre a ponte do ribeirão, Chalmers vê, debaixo d'água, as mesmas pedras vestidas de ferro que pavimentam a velha povoação, que lhe parece limpa e de ares prósperos. Na praça principal há casas de dois andares e um teatro com mais de 50 anos. A Matriz, com fachada de três janelas e cruz no alto, tem campanários de tetos suíços. O comércio tem umas 20 lojas, laboratório e três farmácias. Olhando a ladeira à esquerda da praça, vê-se que corta os vales de Congonhas e Morro Velho. Na rua semicalçada por onde o carroção avança, há um sortido armazém e o Hotel Congonhense — onde, segundo Oldnan, "*Herr* Gehrcke, alemão empregado da companhia, recebe os que não têm carta de apresentação". No alto, as ruínas da Igreja do Rosário, de fachada escura e sem torre. À direita, mostra Oldnan, "o armazém do Sr. Alexander, que fabrica cerveja e, em frente, o rancho Mello & Co., onde os escravos fazem compras. Adiante, o hospital velho, agora ocupado pelo capitão Andrew e pelo Sr. Antonio M. Rocha, Explorador de Matos e Florestas".

No alto da avenida ladeada de coqueiros, entre pastos de capim-de-angola, e à frente de um morro vermelho-amarelo, Oldnan mostra a capela do reverendo Newbould, seguida de vilas e filas de casas. A linha de bonde, de uns 800 metros de extensão, corta colinas e cruza pontes, carreando minério pobre, que poderá vir a ser explorado se as minas principais pararem. Em canais inclinados, a água conduz o pó de minério e o refugo acumulado até a máquina — com duas rodas-d'água e vários pilões —, que os beneficia numa edificação coberta. No topo do monte, num *bungalow* anglo-indiano, Oldnan diz que mora o Sr. James Smith, superintendente do departamento negro. Adiante se vêem o grande hospital e o quarteirão médico, onde moram os Drs. McIntyre e Weir. À esquerda, numa elevação, além do grande barracão branco da Companhia, chefiado pelos Srs. George Morgan e Matthew, está a casa grande, onde mora o superintendente: telhado vermelho, fachada no amarelo oficial e trepadeira, com a varanda construída para receber Sua Majestade o imperador D. Pedro II. Ali, desembarcam e entram, enquanto o condutor se incumbe das malas.

ORLANDA ASSOMA À PORTA COM A BACIA DE ÁGUA QUENTE, ENQUANTO DIVA permanece na cama, olhar perdido na paisagem agora fixa, ouvidos atentos à voz de Maria Callas e o espírito vagando, quem sabe, por algum momento do passado. O vapor que se ergue da bacia mistura-se ao bafo quente que entra pela janela, agora sem o alívio da brisa criada pelo movimento do 14 Bis que, parado, facilita a Orlanda andar sem entornar água. Gotas de suor brotam de suas têmporas quando ela entra e fecha a porta — como manda a norma. Depois de cobrir parte da cama com a toalha, pousa a bacia. Com algodão e acetona, retira o que resta do esmalte das unhas de Diva e, em seguida, mergulha as mãos dela na água quente. Só então Orlanda respira, fecha os olhos e se imobiliza em silêncio.

Em geral serena e resignada, Orlanda se aflige ao ver Diva nessa apatia, que imagina ser fruto de desassossego do espírito — mas continua sem saber o que fazer quando se vê, como agora, diante do problema. Curiosa para saber o que aconteceu que a prostrou assim desde o amanhecer, e querendo arrancar Diva de tanta tristeza, apega-se ainda mais a Deus — de quem, aliás, jamais se afasta. À noite, na quietude da sua cabine, certamente se ajoelhará diante do pequeno altar e rezará pela sua felicidade. Começará, como sempre, rezando dois terços, depois passará para três, quatro, cinco... Como toda graça tem seu tempo para se manifestar e a penitência depende dela, Orlanda não fixa limites para o número de terços, nem para o tempo que passa ajoelhada. Às vezes, nem hora para rezar tem: reza enquanto cata feijão, lava o banheiro, enxuga a louça ou, como acontece agora, fazendo a unha da própria Diva. Fica nisso porque não sabe de outras providências que poderia tomar, além de um chá de erva-cidreira, que acalma desassossego de espírito, ou um banho de sal grosso, que lava as maldades que se acumulam no corpo, ou, ainda, uma massagem de óleos, que relaxa não só o corpo, como também a alma. Se acaba não fazendo quase nada é porque Diva recusa tudo. Nem deixa a idéia avançar. Corta logo com um rotundo "Não". Nem sequer uma comidinha saudável e suculenta. Orlanda fica cada dia mais preocupada, passa a dormir mal, a se alimentar menos do que o habitual, que já é pouco. Sente-se compelida a vigiar Diva, espreitá-la quando está só, acordar à noite para verificar se está dormindo, ficar atenta às músicas que ouve e às que murmura. Com a convivência, Orlanda aprendeu que, nesses casos, o melhor remédio é conversar. Acha a conversa um bálsamo para os desassossegos do espírito em geral e para Diva em particular. Mas há épocas em que a cantora se recusa também a falar, e não para poupar a voz; entra numa bolha de silêncio que ninguém consegue furar, o que leva Orlanda quase ao desespero.

Ouve-se bater a porta do 14 Bis, Diva olha imediatamente para Orlanda esperando uma explicação. Incontinente, ela vai à janela, de onde vê Zé Bolero acabando de desembarcar: "Pelo amor de Deus, Zé... o que foi?", dando curta pausa entre o nome e a pergunta, para que ele a olhe e a veja pronunciar as palavras sem precisar falar numa altura que cubra a voz de Callas: "O entroncamento não tem placa. Não sei qual estrada vai pra Desterro." Diva, que esperava o olhar de Orlanda, ao se encontrarem limita-se a aprovar com a cabeça.

O ânimo com que Diva acordou esta manhã sugere cautela. Ainda mais com o agravante de estar ouvindo música desde cedo — neste caso, a recomendação é guardar silêncio absoluto. Ouvindo Maria Callas, então! — o mais sensato é manter calculada distância, e só se aproximar para atender imediatamente aos seus pedidos, cumprir as obrigações de rotina ou algum improvável convite que faça para ouvir música, comentar a paisagem ou falar de algum detalhe da última apresentação. Instá-la a conversar quando está na bolha de silêncio é expor-se ao impossível de se prever. Os que prezam a calma, a amizade e o emprego devem se manter afastados. E, mesmo distantes, sempre em silêncio. É calada, ao som de *La Traviata*, que Orlanda espera a cutícula de Diva amolecer, mergulhada na água quente. Somente a poderosa voz de Callas se impõe ao silêncio.

Repondo o *ray-ban* no rosto, Zé Bolero caminha até o entroncamento, onde se destaca majestosa árvore de copa larga e folhuda. Pelo mapa, a estrada para Desterro é secundária e corta a principal, onde estacionou o 14 Bis. Ele olha em todas as direções até onde a vista alcança, e não vislumbra posto de gasolina, casa, sítio, fazenda, gado, lavoura ou qualquer indício de presença humana. Conclui que, para não avançar a esmo, o que resta é esperar — e, pela desolação, a espera será longa. A não ser que alguém tenha a divina inspiração de passar por ali naquele momento, de carro, caminhão, bicicleta, a cavalo, ou mesmo a pé, e revelar o rumo de onde será a próxima apresentação. Mal a cogita, e a espera lhe parece boa idéia, pelo prazer da brisa fresca, que alivia a quentura do sol e lambe o corpo com um friozinho nas partes suadas. Para quem passa o dia ouvindo o monótono barulho de motor, quase sempre misturado aos gritos esganiçados das músicas de dona Diva, a sensação de silêncio é mais profunda do que a mera ausência de som. Deleita-se com o silêncio e a brisa.

Numa rara oportunidade de relembrar seu costume de infância, Zé Bolero recua uns passos da bela árvore, avalia sua copa e suas grimpas. Certifica-se de que ninguém o vigia do 14 Bis, livra-se dos sapatos e galga seu tronco com infantil alegria até os galhos mais altos. De lá, olha em todas as direções como quem, em alto-mar, avista terras. Sentado num galho, permite-se um tempo de prazerosa contemplação da paisagem, no qual deixa o corpo ser penetrado pelo silêncio e pela paz, em comunhão com a natureza. Quando ouve os gritos de Orlanda, "Desce daí, Zé! Você vai cair!", sente-se como se tivesse a intimidade devassada; desce, senta-se à sombra, recostado no tronco. Embora protegidas das agulhadas do sol pelo *ray-ban*, as pálpebras se mantêm semicerradas, às vezes pesam, e, por momentos, se fecham. Na leseira atenta, desperta por instantes, e mal dá para distinguir o que está diante dos olhos, e, em seguida, volta a fechá-las. Nessa semivigília, que afasta imagens próximas e aproxima lembranças remotas, Zé Bolero vislumbra o grupo de pessoas que marcha em bloco compacto na sua direção: véus, panos na cabeça e sombrinhas coloridas se destacam. A imagem tremula pelo efeito das ondas de calor, desfocando ainda mais a visão. São homens e mulheres, na maioria idosos, descalços e maltrapilhos. A brisa cria intermitência no vozerio que vem deles, mas, à medida que se aproximam, ouve-se a cantoria de um hino religioso e vêem-se os corpos esquálidos de pele crestada pelo sol. À frente, um negro de cabelos brancos leva uma imagem de santo. No centro do grupo flutua um andor onde está sentado um homem corcunda e quase sem pescoço, de barba branca, com o hábito da Ordem dos Franciscanos e capuz arriado. Zé Bolero desperta com o estranho cortejo quase à sua frente, levanta-se e se aproxima, porém o grupo passa impávido e contrito; não apenas o ignora como nem vê o pirotécnico 14 Bis — o que é quase impossível. Zé Bolero emparelha com o cortejo e pergunta como chegar a Desterro. Enfim, uma mulher, sem deixar de cantar, indica a direção com a cabeça, o queixo e os lábios. Ele quer saber o motivo da procissão e aonde vai: em silêncio, a mulher volta ao cortejo. Inseguro com a informação, Zé Bolero retorna devagar ao 14 Bis. Sem intenção, enquadra-o na moldura do seu brumoso olhar: o veículo ficara mais imponente naquele cenário de desolação, como se o visse pela primeira vez, e se emociona. O dinossauro mecânico, que um dia rodou no estrangeiro, está nos recônditos do Brasil, em pleno funcionamento graças aos seus conhecimentos. Ele sente um arrepio. Depois do empenho em imaginá-lo, reconstruir uma parte e criá-lo como está, sente-se gratificado; só lamenta que seu pai tenha partido sem ver o que ele foi capaz de realizar. Ao pensar que só fez o curso primário, Zé Bolero é induzido ao sentimento de orgulho e autoconfiança, e diante do veículo, no clímax de instintiva empolgação, soca uma, duas, três vezes o capô, com a gratidão com que os cavaleiros acariciam o pescoço dos seus animais, e assume o volante como quem vai partir em louca cavalgada.

De óculos escuros, barbeado e refrescado pelo banho, Ralph Conway sai da cabine metido no esgarçado roupão azul descorado. O aspecto de limpeza lhe infunde renovada disposição. O cabelo molhado, penteado para trás, ressalta as fundas entradas, o vazio da textura, o indefinível tom ruivo-encanecido. Avança pelo curto corredor, equilibrando-se no balanço do 14 Bis, até a sala de estar. De um lado, duas cadeiras de vime, mesa de centro e um piano; do outro, fogão, pia e geladeira. Ralph passa uma água na caneca em forma de barril e serve-se do café forte e amargo da sua garrafa térmica. Senta-se na cadeira de vime e olha através do vidro da porta enquanto sorve o café que o faz suar, mas desperta-lhe o espírito, como o banho fez com o corpo. Juntos, o sono, o cansaço e o álcool levam a um estado de quase catalepsia do qual, para ressuscitar, requer o choque de canhões, trombetas e tempestades.

Sentado diante da porta no fundo do 14 Bis, a estrada cresce aos seus pés, alongando-se a perder de vista, e lembra seu tempo de vida: à medida que flui, alonga o tapete do passado. O barulho do motor e o balanço do veículo pesam na monotonia e desolação, que sensibilizam Ralph. Ultimamente, com o acúmulo do tempo em viagem, tem reclamado de cansaço e tédio, aos quais atribui a crescente necessidade de álcool. À primeira dose de uísque, diz ele, recupera o ânimo perdido; as demais trazem alegria, prazer, euforia e sensualidade — igualmente perdidos. No dia seguinte, paga o preço em mau humor, mal-estar e mais tédio. Antes, tudo era espuma, logo desaparecia; hoje, ficou permanente.

Dado às emoções fortes, atirava-se à arte e, sem cuidados nem hesitações, a paixões arrebatadoras, não se poupando do sofrimento nos desfechos. No calor das emoções, era capaz de tomar decisões irreversíveis sem arrependimentos. Dava a impressão de que, para ele, a vida era sempre o que viria, nunca o que foi. No ímpeto das suas volúpias, o que passou era um fardo do qual queria se livrar, e o que viria era a emoção que lhe faltava experimentar: entregava-se a ela com disposição. Com o passar do tempo, porém, ele sente uma mudança.

Na sala de estar, onde gosta de viajar, Ralph se entrega à própria sensibilidade, em silêncio ou ao piano. Há pessoas que, depois de certa idade, gostam de contar ou, pelo menos, relembrar a própria vida, talvez como forma de resgatar o passado perdido — muitas acham que lembrar é reviver como espectador. O impulso instintivo não é movido pela saudade de si mesmo, por culpas remotas nem arrependimentos tardios. Talvez pela crescente distância do nascimento, talvez pelo sentimento de que a vida definha e o futuro encolhe, descubra-se o prazer de falar de si e do passado. O costume acaba por despertar a curiosidade para as zonas de sombra da própria vida. Uma palavra, uma imagem, um lugar, o nome de alguém são estímulos para fazer aflorar um episódio remoto, com o qual se tece a rede de fatos de uma época esquecida. Ralph Conway às vezes passa mentalmente em revista a própria vida. Mas sua memória sempre emperra — a vida nômade, boêmia, de paixões por arte e mulher, preserva intocadas vastas passagens. Embora não sofra de nenhuma maldição de Édipo, que se condenou na ânsia de saber quem era, o que se permite nesses devaneios é tentar entender a si próprio. Como, tendo nascido na remota Boston, veio, sem planejar nem escolher, dar nesses fundos do Brasil? Se a memória, o longo tempo transcorrido e o álcool não ajudam nas escavações do passado, a curiosidade, o ócio dessas viagens, a urgência involuntária imposta pela idade e o tédio recente o exigem. Suas memórias recuam no tempo, assim como a estrada cresce para trás.

O DIA ACORDA QUANDO O *PHYLADELPHIA* PENETRA NAS ÁGUAS DA BAÍA DE Guanabara. O clarear na atmosfera tropical tem trocas de brilho entre o sol e a espuma. Mal soa o apito, Ralph Conway salta da cama, mete-se numa calça e, vestindo a camisa, sai apressado do camarote. Movido pela curiosidade que agita os corações de 19 anos, chega ao convés, o olhar ansioso vasculhando o horizonte à procura de vestígios da primeira cidade que conhecerá fora dos Estados Unidos. Retalhos da névoa que pousou à noite protegem, como delicada cortina, a intimidade do Rio de Janeiro. Ele procura um ângulo que lhe permita vislumbrar a cidade e, enfim, ter terra à vista: a ensolarada capital de um país exótico e misterioso chamado Brasil, e a vontade de estar mais perto de um piano, que não toca desde a partida de Nova York. Como mulher sedutora que se exibe em gestos medidos, a cidade vai se insinuando por entre os flocos de nuvem que a tépida brisa da manhã sopra para fora do recôncavo. A Baía de Guanabara amanhece como em qualquer outro dia; não precisa se enfeitar para receber visitas. Alongando-se como quem espreguiça, o mar beija a terra enquanto o céu se curva para acariciar a montanha. Ocorre à juvenil liberdade de Ralph Conway a bizarra idéia de que, naquela noite, morros sensuais andaram penetrando a suavidade das nuvens, num amor compartilhado pelo mar, o céu e as estrelas, em orgiástico festim da natureza. Várias pequenas ilhas vêm dar as boas-vindas aos que chegam. Como a mulher que abre a janela para ser acariciada pelo sol da manhã, a cidade finalmente se desvela. Os olhos de Ralph Conway se iluminam; ele quase pára de respirar por instantes. O Rio de Janeiro, intui ele, é um abraço sensual entre a montanha e o mar, testemunhado pelo céu. Estão em harmonia as curvas dos morros e as curvas flutuantes das nuvens; as curvas ondulantes do mar, as curvas das praias e as curvas de casas da orla. E pensar que a natureza se incumbiu de tudo para encantar o homem! Ele não se cansa de olhar, não quer retornar ao camarote. Está nesse delírio quando percebe que Russell, o velho e silencioso contrabaixista Murray Russell, está um passo atrás dele, acompanhando, igualmente embevecido, a entrada na cidade. Ao cruzarem os olhares, Russell sussurra com voz cava: "Linda! Muito linda!", e continuam a admirar em silêncio.

Às 8h15 da manhã o *Phyladelphia* atraca na Praça Mauá. Minutos depois, Ralph Conway pisa pela primeira vez o chão de um país que não é o seu. Com ele, além de Murray Russell, Max West e Billy Byas, componentes do Billy Byas Jazz Quartet. No desembarque, passam por paredes pichadas: "Para Presidente, os estivadores apóiam Iedo Fiúza, Partido Comunista do Brasil"; e, mais adiante, pelo cartaz com a foto de Getúlio Vargas sorridente e a recomendação: "Ele disse: queremos Dutra presidente", restos da campanha eleitoral do ano anterior, vencida por Dutra, que os músicos olham, mas não entendem o significado nem o idioma. Tomado pela expectativa de tocar pela primeira vez com músicos de experiência internacional, Ralph Conway nunca poderia imaginar que uma viagem profissional de dois dias, para uma única apresentação, mudaria definitivamente a sua vida.

GEORGE CHALMERS REVELA-SE UM DIRETOR-SUPERINTENDENTE ESTUDIOSO, obstinado e incansável. Um ano e meio depois da apreensiva chegada à Freguesia de Congonhas de Sabará, tem completo domínio da Saint John D'El Rey Mining Company Ltd., assim como da Mina de Morro Velho: dos problemas técnicos da extração do ouro às questões de administração, e até a relação com investidores londrinos. Isolado do mundo, longe da Inglaterra e da sua amada Catherine, utiliza todo o tempo para aplicar os conhecimentos de engenheiro de minas e metalurgia, da breve mas fecunda experiência com mineração na Cornualha, para criar métodos adequados à extração de ouro em Minas Gerais, particularmente em Congonhas de Sabará, com história e perfil singulares, que precisam ser conhecidos por quem pretenda arrancar o mineral que repousa no fundo da terra.

Os primeiros garimpeiros, no século XVII, vêm da margem esquerda do Rio das Velhas, subindo córregos e ribeiros. No delírio da febre do ouro, homens livres, pobres e de posses, escravos e libertos se amontoaram em catas, córregos e minas, na sofreguidão de achar o metal à flor da terra. Pode-se colhê-lo a céu aberto, com os dedos, na mineração de aluvião, em tabuleiros à beira da água corrente, no cascalho, na areia, na terra e no leito de córregos e rios, em veio ou grupiara, e na mineração dos filões disseminados nas rochas.

Na urgência da riqueza fácil, brotam garimpos de arribação, forçando o convívio de forasteiros sob a tensão de disputas que degeneram em violência, animada por álcool e sexo, que fizeram de Congonhas de Sabará um estopim aceso. Por séculos, o solo de Minas foi cavado, revolvido, revirado, triturado e sugado. Até que o ouro, guardado por milhões de anos, começa a minguar — torna-se raro à flor da terra, escasso nas águas e diluído no subsolo. De uma tonelada de minério em pó extraem-se poucos gramas de ouro. Ninguém atina para a rocha, onde dorme o filão duradouro — se intui, não dispõe de tecnologia para prospectar. Para a glória de Deus e dos homens de fé, naqueles dias de opulência, artistas geniais e hábeis artesãos ergueram majestosas igrejas barrocas e entalharam altares cobertos de ouro. Esse tempo passou, o ouro secou para os homens. O que resta louva a Deus.

Tempos depois, começam a circular na Europa, não raro através do *The Mining Journal*, técnicas de exploração subterrânea utilizando pólvora, amalgamação por mercúrio, uso da força hidráulica em drenagem, ventilação, transporte e redução química de minérios. As empresas inglesas que chegam a Minas Gerais substituem o velho espírito aventureiro do garimpo pela mentalidade tecnológica e profissional, apoiada em grandes investimentos. Precisam quebrar a pedra, perfurar galerias, meter-se montanha adentro, num trabalho perigoso, exaustivo, lento e oneroso, para obter quantidades compensadoras. Com experiência acumulada em mineração subterrânea e processos produtivos em uso na Europa, mudam o perfil da exploração do ouro no Brasil: a Mina do Gongo Soco, pela Imperial Brazilian Mining Association; a Mina da Passagem, pela Anglo-Brazilian Gold Mining Company, depois pela Ouro Preto Gold Mine Company Ltd.; e a Mina de Morro Velho, desde 1830 pela Saint John D'El Rey Mining Company, agora administrada, com plenos poderes, por George Chalmers.

A responsabilidade que pesava nas decisões do jovem superintendente impôs dois níveis distintos de mudanças para se alcançar o objetivo. As que deveriam ocorrer debaixo da terra, na extração mesma do minério, e as que envolviam seu beneficiamento, após a extração — das técnicas de mineração à administração de empregados, de maioria escrava e minoria estrangeira, de várias origens. Para realizar mudanças tão profundas, Chalmers começou pelo fundo da mina.

Coração dos trabalhos da mineração, a mina tem acesso precário. São buracos na pedra, de tetos provisórios, chão coberto de minério cinzento, o entorno repleto de edificações em forma de quiosques, caiadas de branco, onde os guarda-freios controlam a velocidade de imensas rodas-d'água, e casas de máquinas, com permanente movimentação de minério e homens. Com os pés protegidos por botas de cano alto, cabeça resguardada por chapéu de couro duro, acompanhado do capitão James Scott — um dos quatro encarregados da mina, que se revezam nos três turnos diários —, de Oliver Jackson, chefe de emadeiramento, e Andrew Stone, capitão de serviço nas escavações, Chalmers chega à entrada do plano inclinado. Ao visitante desavisado lembra um poço escuro, quente e sinistro, que o aguarda como uma sepultura aberta — não ao superintendente, que, antes de estrear nas profundas da Morro Velho, descera incontáveis vezes na Cornualha.

Eles entram na caçamba — caixa metálica que corre num poço calçado de ferro e escorado em madeira, com 45 graus de inclinação —, pendurada num mecanismo acionado por roda-d'água. Chalmers examina e faz perguntas sobre os dois freios, que têm a função de parar imediatamente a caçamba, caso se rompa a corrente. Mostram-lhe a firmeza do travão, e ele sugere, como lema, que desconfiar é o mais seguro quando se quer evitar acidentes. Barulhenta e desengonçada, a caçamba se precipita buraco adentro, mergulhando na escuridão crescente, em viagem ao centro da terra. Enquanto umas descem e outras sobem, trabalhadores correm para cima e para baixo, por escuras escadas. Visitantes são orientados a não olhar para baixo devido à vertigem e ao enjôo causados pelo brilho de faíscas e pontos luminosos que se movem nas trevas, e a não afastarem os braços e a cabeça da caçamba, sobretudo ao cruzar com as que sobem.

Chalmers desce a 500 metros de profundidade, até as entranhas da mina, onde se respira o ar aquecido no longo percurso dos respiradouros. Em meio ao calor e à fraca luz de velas e óleo de rícino — que atestam a normalidade na atmosfera subterrânea —, impressiona o uso da madeira. Há madeira nos esteios e nas escoras, nas traves e nos buracos; madeira nos caminhos, nas passagens, nos patamares e lugares de descanso, madeira para proteger da queda de pedras, nas plataformas de depósito de minério, numa vasta floresta subterrânea. Chalmers caminha mais atento ao madeiramento do que aos veios de ouro. Pára aqui e ali, toca a terra e a pedra, avalia umidade e consistência, detém-se em fissuras e não pára de inquirir os capitães Oliver Jackson, James Scott e Andrew Stone. Onde há troncos rachados ou esmagados, exige reforço e substituição. O desmoronamento é um fantasma sempre presente. A atenção à segurança é incansável. Tudo precisa ser testado, verificado, avaliado; correções e substituições não podem ser adiadas. Tudo deve ser imediato, nada pode atrasar. O subsolo é traiçoeiro e implacável. Em pouco tempo, a água se infiltra, um ponto se torna vulnerável, a terra pesa ou se dilata, a madeira apodrece, a pressão da terra a expulsa, eis o desmoronamento. Hesitação, adiamento, descuido podem ser fatais. No último patamar de escavação, o novo superintendente é recebido com vibrantes vivas de homens que mal se distinguem na escuridão subterrânea.

A sensação da treva sob a terra antecipa a do sepultamento. As paredes, se não são negras, refletem minúsculos pontos de luz na superfície escura e úmida; a sensação é de esmagamento e opressão pela escuridão sem teto nem horizonte, tendo como referência uma ou outra centelha, cujo brilho se revela e, ao mesmo tempo, esconde os recônditos cavernosos da mina. Debaixo da terra, até os sons se desfiguram. Não soa igual a batida da marreta sobre o ferro, nem a percussão deste sobre a pedra. A voz familiar não parece da mesma pessoa. A estranha reverberação e o eco amplificam e deformam o murmúrio da água, o barulho do minério atirado aos baldes e o correr das correntes nas caçambas. Trabalhadores, escravos na maioria — perfuradores, limpadores de escavação, os que empurram vagões, manejam brocas e alavancas, enchem baldes e cuidam do madeiramento —, são como fantasmas seminus, suspensos por correntes, balançando em cordas, movendo-se em andaimes, carregando baldes, batendo marretas, arrancando a fórceps o minério onde incrustou o ouro, para alçá-lo à boca da mina.

Na superfície da terra, onde há luz, oxigênio e os homens têm a cara e a voz dos vivos, Chalmers não pode mudar muito. Se o homem fica mais visível, a natureza humana continua mais misteriosa. O subsolo do homem é escuro e imprevisível. Além da administração, trabalham e vivem em Morro Velho 86 mineiros ingleses e 55 artífices e mecânicos. O total de brancos, com suas famílias, é de 343 pessoas — contratados em Londres, como Chalmers, por seis anos renováveis, a viagem paga pela companhia. Ninguém pretende permanecer no Brasil nem interagir com o povo e seus costumes — isolados como vivem, nem seria possível. Vêm dispostos a trabalhar duro, juntar dinheiro e voltar para a Inglaterra. Ao chegar, além do trabalho exaustivo, animam-se com o clima, exercitam-se em caminhadas e passeios a cavalo, mantendo a saúde e a disposição. Com o tempo, são vencidos pelos trópicos, e os exercícios se tornam entediante fardo. Ficam caseiros e obesos, perdem a energia, sendo comuns as doenças do fígado, a perda de memória, da saúde e, não raro, da vida. Mas, enquanto vivem, preservam os costumes ingleses, como saborear o pato ou o peru, tomar vinho do Porto e xerez. São pontuais, organizados e honestos. Há multas para indisciplinas e comportamentos inadequados, anunciadas na conferência diária dos funcionários.

Os cerca de 1.500 negros acordam às cinco da manhã, com a alvorada anunciada pelos sinos. Meia hora depois, no Rancho dos Negros e na presença do Sr. Smith, os ajudantes brasileiros chamam os nomes dos homens, depois os das mulheres e dos recém-chegados que estejam em observação por propensão à rebelião. O almoço é cozinhado durante a noite, e cada um leva a sua comida. Às seis horas começa o trabalho. Às 8h15 é o almoço, até as 9, quando recomeçam. Às 12h30 é o jantar, às 13h15 voltam ao trabalho, e às 14h há mudança de turno e da guarda. Aos sábados, há revista dos negros de ambos os sexos no terreiro diante da Casa-Grande. Elas usam saiotes de lã branca com barrado vermelho, xales de algodão e lenços de cores vivas na cabeça. Eles, calças de algodão, camisas brancas, ceroulas azuis, barretes vermelhos. Os bem-comportados usam casacos de sarja azul com punhos e golas vermelhos, coletes brancos, calças com listras vermelhas nas costuras e o barrete. Exibindo a medalha com o selo da companhia e o distintivo de liberdade próxima, eles respondem à chamada feita pelo chefe do respectivo departamento. Depois, o superintendente, seguido dos gerentes dos negros e dos dois médicos, inspecionam um a um, após o que instala-se a mesa de pagamento. Crianças também recebem salário e meia libra de sabão por semana. Depois, todos vão à igreja, e o resto do dia é livre. Uns vão cuidar de suas casas, de jardins e hortas, porcos e galinhas engordados com farelos que ganham de graça. Outros deitam-se ao sol, fumam cigarro de palha e, se têm bebida, bebem, ou fumam maconha. Os bem-comportados têm permissão para passear fora, até em Sabará. As mulheres se metem em roupas estampadas e xales coloridos. Às vezes, aos domingos, há celebrações de Congada.

Os negros ganham toda semana, além de sal e verdura, nove libras de farinha de milho, quatro libras de feijão, duas libras de carne, 14 onças de banha — criança após desmamar ganha meia ração. Cada empregado recebe duas mudas de roupas por ano — macacão de algodão, duas camisas, de algodão e de lã, chapéu e cobertor. Os esforçados e comportados ganham presente em dinheiro e promoção a cargos de confiança. Chalmers acha os negros educados e respeitosos, que sempre tocam os chapéus para o branco estrangeiro e estendem a mão para a bênção. Para indisciplinados, há multas e, às vezes, prisão; fugitivos são postos a ferros. Há açoitamento para bêbado contumaz, para quem desobedece ordens e quem rouba. Todos têm direito a usar o espaçoso hospital, administrado pela Sra. Holman, cujos médicos moram ao lado. Porém, os negros têm horror a exames e internação, e só o procuram moribundos; preferem morrer em casa, em geral de doenças cerebrais, diarréia, pleurisia, úlceras e pneumonia.

Chalmers inova nas relações de trabalho dessa atividade condenada a condições insalubres e perigosas, com alto grau de mortalidade. Com este espírito, autoriza a criação do Clube dos Broqueiros, na verdade, Sociedade Beneficente dos Broqueiros das Minas de Morro Velho, uma espécie de previdência, incumbida de manter os trabalhadores afastados por doença, de dar pensão às viúvas e repatriar parentes de estrangeiros falecidos. Passa a formar profissionais, mandando treinar meninos escravos para serem carpinteiros, ferreiros e pedreiros. Com conhecimento, observação, trabalho constante e determinação inabalável, abole técnicas superadas, moderniza as práticas de mineração, inova no processo de exploração, aumenta a eficiência no beneficiamento do minério, obtém maior pureza do ouro e discreto aumento na produção: gera lucro — uma proeza para tão curto tempo, uma surpresa em face das dificuldades da empresa, mas insuficiente para os investidores londrinos.

A obstinada dedicação ao trabalho não preenche a solidão de Chalmers. Longe do seu país, da família e do amor da doce e terna Catherine, é visto na Vila Inglesa e pelos funcionários e moradores de Congonhas de Sabará como um homem educado, triste e solitário. Numa comunidade pequena, seu cargo o isola ainda mais; vive num dos quartos da casa-grande, que de agradável só tem a parte externa: o esboço de gramado, a visão do Morro Velho e, por trás, a majestosa serra de Curral D'El Rey. Raramente sai da casa-grande à noite, e a única visita que recebe é a do professor de português — que continua estudando com afinco, a despeito dos notáveis progressos. No pouco tempo em que não está trabalhando, ele se distrai passeando a pé, às vezes, a cavalo. Aos domingos, freqüenta o culto da igreja anglicana, mantendo boa relação com o reverendo C. E. Newbould, cumprimenta os mais próximos, toca o chapéu para os homens e o ergue para as mulheres. No Clube dos Ingleses, embora não jogue, assiste às disputas de críquete; embora não jogue, assiste a partidas de tênis; embora não jogue, assiste a jogos de cartas. Nos dias festivos, está sempre presente, embora não dance nem beba. Em casa, quando não está trabalhando, lê jornais ingleses e americanos, assim como os brasileiros, e gosta de romances e poesia. Não é muito exigente nas rotinas domésticas e quase não fala com os empregados que o servem, exceto para saber sobre a família de cada um ou o significado de uma ou outra palavra. Suas noites são silenciosas e vazias, sendo, às vezes, tomado pelo sentimento de abandono, que instala perguntas desconcertantes, como: "Por que estou nesta terra distante, fazendo o que faço, enquanto o tempo consome os meus dias de vida?" Sente-se em paz quando consegue responder que está ali para exercer sua profissão, provar que é capaz de reerguer uma grande empresa de mineração, adquirir prestígio e reputação, ganhar dinheiro e, no futuro, dirigir uma mineradora na Europa, de preferência na Inglaterra. Mas quando não se satisfaz com essas respostas, sucumbe à tristeza e quase se deprime. Sempre que pode, convida o reverendo Newbould para conversar sobre coisas desse mundo e do outro e, excepcionalmente, tomar vinho. Logo restaura sua silenciosa paz. Em geral, dorme e acorda cedo. Há noites em que, apesar do cansaço, o sono não vem e a insônia lhe faz companhia até o dia romper. Nessas ocasiões, escreve longas cartas a Catherine contando como é a vida no

Brasil, o seu dia-a-dia no trabalho, suas conquistas no aumento da produção e a reação de Londres. De forma discreta e elegante, fala da saudade que sente e da certeza de que o tempo passará depressa; ele voltará em condições de pedir a mão dela em casamento e de constituírem uma família feliz na Cornualha. Muitas noites, dorme acariciando a fotografia de Catherine da mesa do escritório, da mesa-de-cabeceira ou da mesa de canto da sala. É preciso sonhar e dormir, porque às nove da manhã, diariamente, reúne-se a conferência dos oficiais que ele preside.

Na tarde do dia 10 de novembro de 1886, George Chalmers está no escritório da mina, reunido com oficiais, planejando a ampliação da compra de suprimentos, com vistas ao aumento da produção, quando ouvem um estrondo, sentem a terra tremer sob seus pés, e logo escutam uma sucessão de gritos desesperados. Todos correm para fora e assistem a uma cena impressionante: a boca da mina vomita violenta golfada de pedras, cascalho e madeiras, envoltos por escura poeira, que atira longe o telhado da entrada. Como um vulcão entrando em erupção, à assustadora primeira golfada seguem-se jorros cada vez mais altos, formando colunas — as que sobem, empurradas por forças das entranhas da mina, e as que caem pela ação da gravidade —, o choque no ar produz sinistra nuvem, negra e densa, que se espalha despejando pedras, paus e cascalho sobre as casas e as cabeças, fere e mata pessoas, destrói telhados. A correria cega em busca de abrigo e proteção, os gritos de dor dos feridos e angustiados que fogem das casas atingidas, a incerteza sobre o que está acontecendo e o pavor dos que têm parentes no interior da mina instalam confusão, pânico e desespero. Agitado, no olho do furacão, rosto ensangüentado por ferimento na cabeça causado por uma pedra, Chalmers, já rouco, roupa suja e rasgada, grita que fujam para a colina na direção oposta ao avanço subterrâneo da mina, enquanto o céu, coberto de fuligem e poeira, despeja lascas de minério, escoras, pedra.

Aos poucos, os jorros perdem força; inteiramente coberta, a boca da mina bufa por espasmos, mais poeira do que lascas. Chalmers, a cabeça enfaixada, circula entre os feridos que, espalhados pela colina, são atendidos por médicos e enfermeiras; os que se encontram em estado mais grave são levados em macas para o hospital. Sabe-se até agora, pelo que foi vomitado pela mina, que morreram quatro homens, sendo dois idosos, oito mulheres, uma das quais grávida de sete meses, e uma outra que abortou; três crianças, uma das quais de 5 anos, esmagada por enorme pedra. Quanto aos que estão no interior da mina, não se sabe o número preciso, nem como vão desentulhar os acessos para se chegar até eles.

Com a ponta da toalha, Orlanda limpa o alicate com cuidado. Depois, tira a mão de Diva da bacia, enxuga-a com delicadeza e põe-se a tirar as cutículas das longas unhas. Esmera-se para que a aguda ponta do alicate, ao balanço do 14 Bis, não fira a pele fina do dedo. Tocar naquela mão, por mais rotineiro, revela o quanto está ligada a Diva. O tempo de convivência constante criou entendimento e mútua confiança: trabalhando em silêncio, o pensamento de Orlanda se agita.

Sensível, intuitiva e, para alguns, sensitiva, a dama de companhia se surpreendeu com o que hoje sentiu no semblante matinal de Diva, e que se mantém ainda agora. Esse vago e teatral desdém, estudado, ensaiado e tão praticado que, com o tempo, foi se incorporando a uma genérica indiferença para fatos e emoções do dia-a-dia, não ilude mais Orlanda, que é capaz de intuir o que se esconde por trás de suas excentricidades. Dona de um olhar animado por aguda sensibilidade e adestrado pela intimidade, sabe entrever, sob a máscara de cremes, óculos escuros e bobes, vestígios de uma humildade que vem sendo soterrada por anos de afetação e rompantes de soberba, assumidos como indispensáveis à afirmação de uma estrela. Por isso, deduz que Diva amanheceu, mais que triste e irritadiça, frágil, vulnerável e desprotegida. Está segura de que algo anormal aconteceu, embora não imagine o que seja. E nem cogita perguntar, apesar das comichões de curiosidade e do sincero desejo de ajudá-la. Nem sonha que tal melancolia seja conseqüência de alguma notícia entreouvida no rádio. Para Orlanda, nem a mais fiel e antiga amizade apaga a distância que separa a patroa da empregada. Porém, a imaginação põe-se a girar à sua revelia enquanto ela segue silenciosa, discreta e atenta às suas obrigações, sem deixar transparecer qualquer vestígio de preocupação ou curiosidade. Sabe que, não demora, tudo lhe será dito — certa de que é a única mulher ao alcance de Diva, fadada a ser confidente. Enquanto espera, paciente, a confissão espontânea, corta cutículas, imagina e sonha.

ASSIM COMO OS DOIS MARES QUE BANHAM A GALILÉIA, O MAR MORTO — sem peixes, vegetais ou movimento — e o Mar de Galiléia — que acolhe e devolve as águas do Rio Jordão —, sendo um lama de sal e o outro, um lago de água doce, a Galiléia onde Orlanda nasceu não teve Jesus nem evangelistas, tampouco é cercada de colinas férteis e verdejantes. No fervor da sua fé, Orlanda tem como bom agouro terem nascido, ela e Jesus, em terras de mesmo nome, o que, segundo crê, pressagia coincidências. Quem sabe nos recônditos onde estremecem seus êxtases místicos não habita a esperança num destino semelhante para pessoas nascidas numa mesma Galiléia, embora de distintas geografias?

Nos fundos de Minas Gerais, Galiléia é uma cidade tão recente que os pais de Orlanda quase poderiam figurar entre os fundadores — alguns antigos garimpeiros que, prevendo o esgotamento do ouro e de pedras preciosas, contaram com a raspa do tacho das economias para se recolherem à vida sedentária e à pachorra de, entre uma e outra pitada de cigarro, espiar o gado engordar e decifrar nas nuvens o aviso de chuva. O antigo espírito aventureiro, que cochila na memória, é às vezes despertado pelo efeito do álcool, nas estiradas conversas de fim do dia, de fim de semana e fim de mundo. Tragédias de riqueza num dia e miséria no outro, façanhas de mulheres roubadas, trocadas por animais ou compradas a peso de ouro, matadores tocaiados servidos à mesa de quem os contratara, incontáveis bravatas que incluem intimidade e até prazer com a truculência e as armas, que o tempo e a mudança de vida tornaram mais discretos.

Orlando — o pai de Orlanda — está num garimpo em Itambacuri, nos calores do norte de Minas, quando sente que a vista principia a nublar. Não consegue mais saber se o que acaba de bamburrar é cascalho ou pedra de valor, e quem não enxerga guarda o à-toa e põe fora o precioso. Mineiro, que só fala o necessário, quando lida com minério fala ainda menos; a cada dia deve mais palavras, fazendo crescer a aura de mistério que o envolve. Nos silêncios que ocultam e protegem o mineiro e o garimpeiro, Orlando ausculta seus sonhos, vontades e desejos. Depois de muito ruminar, toma uma decisão difícil para quem acumulou em anos o costume. Decide largar o garimpo e criar família — a companheiragem não acredita, debocha da idéia de endireitar a vida: reza a lenda que garimpo é como doença; uma vez garimpeiro, morre-se garimpeiro. A esperança — e a fantasia — da riqueza súbita sempre traz o faiscador de volta aos rios, às pedras.

Orlando ignora os que apostam que em um ano estará de volta. Junta o que tem — rede, roupa, cavalo, bota, munição, armas, panelas e gamelas, trecos e tarecos — e mais o que sobra do apurado em 35 anos de achados no garimpo e perdidos na vida de garimpeiro, segredo que faiscador não revela nem a si próprio, por temor à maldição que paira sobre quem soma no papel, com vírgulas e centavos, o todo juntado. Benze-se, agradece a Deus estar ainda vivo, fornido e remediado, e toma o rumo de Governador Valadares.

Na zona boêmia, cumpre a promessa feita há mais de década a Margô, de um dia tirá-la daquele lugar. Se então prometeu, agora melhor o faz. O meretrício da cidade é tomado de contagiante euforia, como se tirar Margô dali abrisse as portas da felicidade. As mulheres passam a acreditar que a atitude de Orlando é o exemplo que faltava e, com o estímulo, muitos homens assumiriam a palavra empenhada — no otimismo reinante, nem precisa ser tão empenhada. De repente, todas as promessas tornam-se possíveis. De olhos brilhando, elas relembram as incontáveis vezes que ouviram "Vou tirar você desse lugar" em anos e anos de profissão. Promessas de bocas bêbadas, bocas recendendo a luxúria, bocas inocentes ao primeiro beijo, bocas nos frêmitos do prazer. Umas ajudam as outras no ingrato exercício de lembrar; arrependidas, algumas fazem *mea-culpa* por terem desdenhado, ironizado e debochado de promessas ouvidas, e correm à igreja a rezar aos santos de devoção e fazer promessas. Por uma promessa paga fizeram-se muitas dívidas. "Lembra daquele do dente de ouro que prometeu largar a mulher?" "E o do carro conversível, que ia me levar pra São Paulo?" "E o tal príncipe, que me faria uma princesa russa! Onde andará o desgraçado?"

Preparando o enxoval, Margô irradia alegria. Anima-as com candura: "Tenham fé, meninas! Se aconteceu comigo, pode acontecer com vocês, todas merecemos." Na cerimônia do casamento, no salão do bordel, ela entra de véu, grinalda e toda a pureza do branco. Durante a festa, que atravessa a noite, Margô é sepultada, e na manhã seguinte, com as meninas acenando da porta, Orlando parte com Merciana — nome íntimo de Margô — para Galiléia, onde comprara terras e montara casa. Passam-se dois anos, o casal descobre que, após tanto tempo de Margô, Merciana ressuscitara tarde demais — irremediavelmente prejudicada, não poderá ter filhos. O sonho de Orlando de ter uma família está arruinado.

DEPOIS DE QUATRO MESES DE TRABALHO PENOSO, A MAIOR PARTE SOB NAUseante cheiro de corpos humanos em decomposição, com George Chalmers comandando pessoalmente um batalhão de funcionários, que desce até onde pode nas entranhas do Morro Velho, e mais os voluntários, incluindo mulheres e idosos, na área externa da Mina, é possível fazer o balanço do que ocorreu na fatídica tarde de 10 de novembro de 1886: a cerca de 160 metros de profundidade, acima do nível de escavação, então a 560, desprenderam-se os blocos de pedra de um pilar de apoio horizontal de uma rocha. O madeiramento de suporte da parede não resistiu às altas pressões e, junto com ele, desmoronaram as muralhas, que não estavam suficientemente firmes, e arrastaram as maciças vigas de sustentação e tudo o mais que havia no caminho. O enorme salão foi tomado por gigantescos blocos de pedra e toneladas de terra. Abaixo dos 160 metros, os patamares desabaram uns sobre os outros, bloqueando o acesso às frentes de escavação. No acidente, possível de se prever, mas impossível de se evitar, 166 homens morreram no interior da mina, sendo 124 escravos. Na parte externa, morreram, na hora da explosão e, nos dias seguintes, em casa e nos hospitais, 14 pessoas adultas, entre as quais uma grávida, e oito crianças, além de um bebê, que foi abortado.

Com a responsabilidade que cabe à maior autoridade da mina e pelo sentimento de culpa, Chalmers, ferido na cabeça, exausto, sem comer nem dormir, participa de todos os enterros, exigindo do padre Petraglia e do reverendo Newbould o ritual completo, e oferecendo caixão de madeira e lápide de pedra — a maioria dos corpos encontrados não é mais que uma pasta de ossos e músculos. Chalmers assegura aos parentes das vítimas alimentação, apoio médico e hospitalar, bem como aos trabalhadores parados pela interrupção do trabalho. O custo da operação onera ainda mais a empresa, já sem faturamento, e recai nos ombros dos acionistas, deixando Chalmers, e seus projetos, em situação difícil e sem futuro previsível.

Experientes mineiros da região, alguns de outras minas exploradas por ingleses, consideram a Morro Velho perdida e irrecuperável. Não é esta, porém, a avaliação de Chalmers, depois de descer várias vezes até a maior profundidade possível, fazer testes físico-químicos, estudar o terreno e reavaliar o potencial da mina. Discordando dos patrões em Londres e mesmo dos investidores — que mandaram um especialista avaliar *in loco* o acidente —, Chalmers entende que, a despeito de toda a tragédia humana e dos prejuízos materiais, há aspectos positivos numa destruição que podem ser úteis à busca de novas soluções, para experimentar outras possibilidades que tragam inovações, animar a pesquisa aplicada e a criatividade. Observando casos semelhantes, nota que, depois de eventos destrutivos, processos tecnológicos obsoletos ou métodos de produção ineficientes são substituídos por outros mais eficientes, de técnicas avançadas. Para Chalmers, a mineração evolui com o avanço da tecnologia, do qual surgem novos métodos de extração, novas formas de administração e novos mercados — a competição estimula a inovação, que, por sua vez, sepulta as velhas estruturas. Segundo ele, a fatalidade que acometeu Morro Velho vai permitir que se corrijam erros de origem e ensejar que o filão possa ser mais bem aproveitado. Ele elabora projeto minucioso do que deve ser feito, e como deve ser feito, no subsolo, na superfície da mina, na conduta e na mentalidade das pessoas. De posse de todos os argumentos, plantas e normas, convida o reverendo Newbould para um jantar na casa-grande — quer auscultá-lo sobre a idéia de que está possuído.

Antes do jantar, Chalmers começa a expor o que considera um plano realista de reconstrução da mina e de sua recuperação profissional. Newbould ouve em impaciente silêncio, tomando em curtos goles um Romanée-Conti, convencido, como sempre repete, de que, se o vinho não fosse a melhor bebida do mundo, Jesus teria transformado a água em cerveja, como fizeram os alemães. Porém, à medida que fala, Chalmers se entusiasma e Newbould se irrita. Desapontado, o engenheiro se serve do Romanée-Conti para se acalmar, apesar de abstêmio convicto. Embora o convite tenha sido para jantar, a explanação avança e não se fala em comida, enquanto ele bebe uma taça, outra, mais outra, até que, expostas as idéias e intenções, sem uma única palavra sobre jantar, comer, comida ou comestível que forre o estômago e evite o ataque direto do álcool, ele quer saber a opinião do reverendo sobre seus planos. Newbould começa devagar: "Meu caro George, eu sou um pregador. Não um parcimonioso pregador católico, mas um loquaz pregador anglicano! Para expor seus planos e idéias, você me obrigou a tomar três taças de vinho. Vai ouvir um loquaz pregador anglicano com três taças de vinho no juízo." "Ouvirei com atenção, reverendo." Newbould se levanta e, apontando a bengala numa direção ou noutra, caminha enquanto fala: "Desde o desabamento, tenho convivido com os trabalhadores dessa mina que você dirige, com as famílias das vítimas, os mais pobres, os escravos. Eles conhecem as histórias pelo que ouviram dos pais, dos avós, de um idoso que ouviu de outro idoso. Essa gente que trabalha nessa mina, que vive nessa mina, tem um medo ancestral do ouro. Sim, medo do desejadíssimo ouro! Ouvi deles que, nessa região, há menos de dois séculos, quando o ouro acabou, quem trabalhava na mineração morria com uma espiga de milho na mão, sem ter outro sustento. A fome chegou a tal ponto que se valiam dos animais mais imundos — e me recuso a pensar nos animais de que falavam — para se alimentar. Até que largaram as minas e fugiram para o mato arrastando seus escravos, e passaram a sobreviver dos frutos silvestres que encontravam. É assim que falam do abandono de Ribeirão do Carmo e da Serra do Ouro Preto. Ouvi de uma mulher, que ouviu do avô, sobre aquela época: 'Diziam que, com o ouro, a riqueza vinha em um ano, e a morte, em seis meses.' E ao se referir ao ouro das igrejas da Vila Rica de Ouro Preto, o homem disse: 'Aquele fausto é falso!'" "Mas, reverendo", interrompe Chalmers, "o senhor está falando de dois séculos atrás! Da época do ouro de aluvião, que se catava na beira dos córregos, trazido pelas enxurradas! Mas o que se escondia terra adentro não foi extraído! Os mineiros não sabiam entrar na pedra. É outra a época, reverendo! Hoje, só se acha ouro no útero da montanha, difícil de ser partejado. E não sou só eu quem diz. Há oitenta anos, o barão Eschwege, geólogo e metalurgista, foi contratado pela Coroa portuguesa para avaliar o potencial mineralógico e reanimar a mineração de ouro. Foi convidado por D. João VI, e criou o Real Gabinete Mineralógico, foi intendente das Minas de Ouro e escreveu a primeira obra científica da geologia brasileira. Para Eschwege, na época da fome a região continuava rica nas profundezas, só a riqueza superficial havia sido explorada." O reverendo Newbould aponta a bengala para Chalmers: "Eu o ouvi até o fim; três taças de vinho me deixaram condescendente. Você deveria saber que não se interrompe um pastor anglicano. Agora, vai me ouvir até o fim, sem interrupções. A obsessão pelo ouro é perigosa, George Chalmers! A mineração não merece a consideração que lhe dedica porque é uma ilusão, não é sequer um trabalho. Para se alcançar a felicidade, o trabalho é provação indispensável, por isso foi entendido como maldição bíblica. Expulso do Paraíso, Adão terá que suar no trabalho penoso, demorado, difícil. A riqueza achada de repente e com facilidade, que não nasceu da criação nem do trabalho, é nociva." Chalmers esboça a intenção de falar, Newbould não deixa: "Não me interrompa! Um pregador anglicano não pode ser interrompido! E eu o ouvi até o fim! Agora, ouça você. Por ser extrativo, o ouro não é eterno; um dia acaba! Mas, até lá, atrai a ganância pelo valor consagrado e imediato. Não é preciso estimular os homens à mineração. O instinto nos leva a preferir o caminho mais curto. Sempre haverá mineiros no mundo. Mas cuidado, George! Nem sempre o caminho mais curto traz a felicidade! Ouro é riqueza aparente! Tem razão quem disse que o fausto é falso, desaparece de repente! Como homem de Deus, digo-lhe que é urgente restaurar a verdadeira riqueza, aquela que oferece a mãe terra em sua superfície: para fecundar a semente e garantir a vida não é preciso arrebentar as montanhas, nem revolver suas entranhas! A verdadeira riqueza, que exige trabalho, é a agricultura! Cavar a terra em busca do ouro é cavar a própria ruína! A nossa amada Grã-Bretanha está dando um salto por meio da ciência e da tecnologia — e você tem razões para se orgulhar disso. Mas se leu esse Eschwege, deve ter lido *A riqueza das nações*, do nosso bispo-economista Adam Smith, escrita há mais de um século. Ele diz que plantar é trabalhar e minerar é aventurar. Para ele, o agricultor, com o trabalho, a ciência e a tecnologia, aumenta a sua riqueza e a da nação. Não é assim com o mineiro: a maior extração do ouro não depende do seu braço, mas do acaso. Às vezes, o que menos trabalha é o que descobre o tesouro mais valioso. Mas é riqueza casual, com a qual não se pode contar, porque não garante o prato de sopa que vai matar a fome. Uma nação responsável não pode ser aventureira como um jogador. Precisa estabelecer-se sobre bases sólidas e permanentes, como a agricultura. O ouro é mera representação da riqueza!" A essa altura, é impossível saber quem está mais bêbado e mais faminto. O reverendo, que com mão vacilante e pontaria míope tira barro da bota com a bengala, interrompe a limpeza e fuzila Chalmers com olhos arregalados, em tom de sermão teatralizado pelo vinho: "Que Deus me perdoe, mas o seu plano, senhor superintendente, é uma rematada estupidez! O senhor é um animal se fizer esta proposta à diretoria! E animal morto, se a fizer aos investidores! Não posso acreditar que seja imbecil. Se quer saber a minha opinião, rasgue tudo e ponha fogo! Que ninguém saiba que um dia pensou em fazer semelhante asneira!" Pasmo na sua embriaguez, Chalmers, por mais que se esforce, não entende o que ouviu: "Por quê? Por quê?" O reverendo não o ouve, insistindo na sugestão: "Queime essas sandices! Dizer aos investidores que acabar com o patrimônio deles é criativo! Que a destruição do dinheiro deles é boa idéia! E diga a Deus que a morte de 166 homens é uma evolução da tecnologia, e vai melhorar as condições de produção!" Chalmers suspeita que o reverendo, homem sensato, educado e justo, esteja ressentido com ele — embora ignore o motivo, nem imagine qual possa ser: "Não vou destruir o dinheiro deles, reverendo! Vou modernizar o uso do dinheiro!" O reverendo levanta-se e, mal se equilibrando na bengala, vai para a porta. Chalmers repete: "Calma, reverendo! Ainda não aconteceu nada! São só idéias!" Newbould o ignora: "O superintendente me convida para jantar, e em vez de me encher a barriga de boa comida, me enche a cabeça de merda, como se ela fosse penico!" Chalmers se irrita: "Não sou louco! O senhor está bêbado!" O reverendo dá bengaladas a esmo: "Vai perder o emprego e caçar ouro na África!" Chalmers se abaixa, escapando do golpe que estilhaça o espelho da chapeleira: "Está louco? Pare com isso!" Cambaleante, Newbould golpeia o ar. Chalmers salta e grita: "O senhor faça o favor de sair desta casa!" Trôpego, junto à porta, Newbould continua dando bengaladas a esmo: "Saio porque quero! Esta casa não lhe pertence!" Afasta-se resmungando: "Vai ser comido na África! Não sabe servir, será servido!" Chalmers, zonzo de vinho, vai para o quarto, sem notar que o garçom esperava a ordem para servir o jantar.

No quarto, ele beija a foto de Catherine — uma, duas, três vezes, até um beijo voluptuoso e prolongado. Hesitante, mal se firmando nas pernas, reúne desenhos, gráficos e papéis espalhados. Pede que sirvam o jantar no quarto; é atendido, senta-se à mesa, reza a oração de agradecimento. Em meio à prece, sua cabeça pende para a frente e afunda no prato de sopa.

Ciente de que encontrará mais resistência e desconfiança do que apoio, Chalmers viaja para Londres disposto a provar, pelo conhecimento e pela experiência profissional, que seu projeto pode salvar a mina e beneficiar a empresa — mas, se os obstáculos forem intransponíveis, sua vida pessoal ganhará primazia. Afinal, desde o desabamento aos penosos dias de busca, suas perguntas essenciais, como "Por que estou nesta terra distante, fazendo o que faço, enquanto o tempo consome os meus dias de vida?", exigem respostas.

Em Londres, diante dos sisudos doze membros da diretoria da Saint John D'El Rey Mining Company, George Chalmers relembra o convite que lhe foi feito quando trabalhava na Cornualha, o desafio de encontrar soluções para as dificuldades em que se encontrava a empresa, os seus temores de viver numa terra distante e desconhecida, os primeiros tempos na Freguesia de Congonhas de Sabará, o início da recuperação da qualidade e da quantidade do ouro produzido e, finalmente, o fatídico desabamento. Depois, expõe minuciosamente seu projeto, com ajuda de desenhos, mapas e gráficos. Responde com paciência a todas as perguntas, uma das quais do próprio presidente da empresa sobre a repercussão na atividade da Saint John da recente abolição da escravidão: "Nenhuma, posso assegurar. A situação anterior até nos poderia criar embaraços, como para qualquer empresa inglesa. A Grã-Bretanha — Deus salve a nossa magnânima rainha! — em boa hora condenou a escravização de seres humanos, e tem-se empenhado, de todas as maneiras que a diplomacia e as relações internacionais possibilitam, para inibi-la e coibir o tráfico. Até a abolição, o Brasil praticou abertamente a escravização dos negros. E ainda pratica, a despeito dela. No passado, devido à absoluta carência de mão-de-obra, a Saint John utilizou escravos. Nos últimos anos, porém, não somos mais proprietários de escravos, nem poderíamos ser sem contrariar a lei inglesa e a vontade da nossa soberana. Por faltar mão-de-obra branca, utilizamos, é verdade, o trabalho de negros para jornadas de oito horas diárias com folga aos domingos, com pagamentos regulares e assistência ao trabalhador. Pagamos a hora de trabalho extra e prêmios de produção que, somados, podem chegar a um terço do salário. Cuidamos da nutrição, oferecendo alimentação gratuita, assim como moradia. Os brasileiros não tratam os escravos como homens; eles produzem pouco, morrem cedo, pouco procriam e raramente envelhecem. Por isso, têm que traficar sem parar." Depois de nove horas de reunião, Chalmers é informado de que a diretoria discutirá seu plano com os investidores e, após deliberação, ele será informado. Para atender às urgências do coração, Chalmers viaja para a Cornualha. Pelos seus princípios, o trabalho e o afeto são o que há de importante na vida.

"O QUE EU VOU FAZER COM ESSE ELEFANTE PRETO?", RECLAMA O CAPITÃO Pitaluga, comandante do Esquadrão de Reconhecimento (ER) da 1ª Divisão de Infantaria Expedicionária (DIE), após vistoriar o Viking, veículo que acaba de chegar, enviado pelo Comando do 5º Exército aliado. De fora, a carroceria fechada combina elementos de carro de transporte, carro-de-combate e carro-forte, no estilo das ambulâncias da Cruz Vermelha, porém mais alto e largo, com a extensão dos caminhões usados no deslocamento de tropas — parece ser o mesmo chassi. Blindado, resiste à metralhadora Ponto 50, e para rodar fora de estrada utiliza seis pneus — duas parelhas atrás. Pintado de preto fosco, é um dos dezoito protótipos distribuídos para testes às frentes aliadas. Fabricado em série, o Viking pretende ser um veículo de apoio flexível; com poucas adaptações, pode operar como central móvel de comunicação, enfermaria de emergência, centro administrativo, intendência, prisão provisória, paiol, depósito de suprimentos, sala de interrogatório, trincheira — e todas as imprevisíveis necessidades que surgem numa guerra — que não é exclusivamente entrincheirada como a anterior. O nome alude aos antepassados dos escandinavos que, em frágeis embarcações, aventuraram-se por mares nunca antes navegados, em busca de terras e povos para atacar e saquear. Aquecendo o rosto com as mãos enluvadas, Pitaluga — seguido pelos dois tenentes — contorna outra vez o veículo, sob a pesada neve do mais terrível inverno da década na Itália. Ao fundo, blindados, caminhões e jipes se movem em fila indiana. Beirando a estreita trilha que serpenteia entre as montanhas ou capengando, em passos assimétricos, na encosta do morro, a exaurida coluna de infantaria avança, metida em camuflagem para neve — capas de plástico brancas, que se confundem com a paisagem. Vindos de um país tropical sem grandes cordilheiras, os brasileiros sofrem os rigores de 20 graus negativos, inesperadas borrascas e longas nevascas: a visibilidade é pequena, o queixo não pára de tremer, as botas afundam no gelo. O frio atravessa agasalhos, congela ossos e enrijece os pés. Homens que nunca escalaram montanhas, nunca viram neve e nunca participaram de combates seguem vergados ao peso do armamento — fuzil, submetralhadora ou carabina —, mochila, munição, utensílios, agasalhos etc. Na convocação dos reservistas, exigiram um mínimo de 1,65m de altura, 60 quilos de peso, cinco anos de escolaridade e 26 dentes na boca — maior motivo de reprovação. A grande oferta de voluntários facilitou a evasão dos mais qualificados. Foi quase impossível arranjar quem operasse teletipos, telégrafos, rádios, criptógrafos, detectores de minas e até motoristas. E toda a soldadesca, a um oceano de distância de casa, marcha coberta de neve, cava trincheiras no chão congelado, sobe montanhas sob fogo pesado, para garantir a liberdade de um povo que não conhece nem sabe identificar, de língua incompreensível, num país estranho, de geografia inóspita e clima agressivo.

O brasileiro não fazia idéia do que é a guerra. Obedecendo às duras ordens, os homens caminham sem saber para onde, lançados ao combate sem aclimatação nem treinamento, tendo recebido o armamento ainda com a graxa de proteção do fabricante americano. Não bastasse a ameaça oculta que ataca de surpresa, andam em trilhas que podem estar minadas — os italianos viveram sempre ali, e os alemães, seus aliados, chegaram antes para plantar bombas onde antes havia legumes. Andar em terreno que pode estar minado exige sangue-frio e nervos de aço: cada vez que se ergue o pé, cresce a ameaça e acumula-se medo; cada vez que se conclui o passo é uma vitória, precária, no entanto — o próximo pode detonar a explosão que espatifa a perna, o corpo, a vida. Pisa sobre ovos-bomba gente que nunca ouvira falar em campo minado. Entre as adversidades da guerra, além do medo disfarçado de súbito perder a vida, o frio que silencia a paisagem e entristece a alma, a saudade dos filhos, da esposa e mãe, que aperta o peito. Pitaluga diz que bom soldado não é o que bravateia não ter medo, mas o que aprendeu a lutar com medo. A despeito de tudo, a tropa avança para a primeira missão, a conquista de um morro ocupado pelos alemães. Depois de contornar pela segunda vez o Viking, aquecendo o rosto com as mãos enluvadas, o capitão Pitaluga volta a se perguntar: "O que eu vou fazer com esse elefante preto?"

QUERENDO SINCERAMENTE AJUDAR, E AO MESMO TEMPO ROÍDA PELA CURIOSIDADE — não intui nem adivinha o que aconteceu, embora deduza que foi grave pela mudança de comportamento de Diva e a melancolia que a envolve —, Orlanda acha que seu silêncio durou o bastante para que ela se assegurasse do sigilo e da discrição da única confidente. Insegura e nervosa, começa pelo elogio — a experiência lhe diz que dá resultado: "Que sucesso ontem, não foi, dona Diva? A senhora cantou tão emocionada que o povo não queria parar de aplaudir!" As palavras de Orlanda mergulham num vácuo de silêncio.

Passado um minuto, durante o qual quase fura o dedo da patroa com o alicate de cutícula, Diva gira o pescoço para ela. Esmagados, os bobes prendem a cabeça e os cremes do rosto sujam a almofada — ela desiste do giro. Encorajada pelo que entende como sutil aprovação, Orlanda insiste: "Nunca vi pedirem tanto bis. Parecia que não ia acabar mais!" Diva se mantém distante — como ocorre sempre que ouve Callas, alçada a um grau de comoção tão elevado quanto silencioso. Mas eis que, por trás da máscara de cremes, óculos escuros e bobes, numa reação típica, Diva deixa entrever vestígios de uma alma extremada. A menção à apoteose da noite anterior a leva a conceder uma concordância de lentos e curtos movimentos de cabeça, que não incluem o olhar. É pelos olhos, disse ela uma vez, que o mais íntimo segredo torna-se público. Para não ser devassada por olhares curiosos, interesseiros, malignos ou voyeuristas, evita falar de si olhando em olhos alheios. A verdade é que Diva Bustamante cultiva uma relação peculiar com o sucesso — com o seu sucesso, entenda-se —, modesto, suado, franciscano. Se os seres humanos são complexos por natureza, as características da atividade de criação tornam os artistas mais complexos: pela articulação do que é público com o que é privado, do que é singular com o que é comum, do subjetivo com o objetivo, do sensível com o racional, da intuição com o conhecimento, do real com o imaginário. Para Diva, à eventual menção a um singelo êxito, digamos um público empolgado, um pequeno teatro cheio ou uma apoteose, se for fenômeno de uma única noite, ela prefere aparentar indiferença. Às vezes se permite, quando muito, um sorriso resignado ou, ao contrário, uma sutil sombra de tristeza, como se, nesse caso, a sucessão de pedidos de bis não fosse o bastante, como se desdenhasse qualquer aplauso por nunca ser o suficiente, como se nunca nada fosse suficiente por não estar à altura do seu talento, ou como se nenhuma apoteose compensasse o calvário de injustiças de que se sente vítima. Outras vezes, basta que duas ou três pessoas se empolguem para que ela se entusiasme, e num ímpeto, como num arrepio que a varresse do ventre às maçãs do rosto, recupere o orgulho e a emoção de ser artista. Numa conversa, deixou escapar que numa carreira difícil e duramente perseguida, que implica grandes renúncias, feridas que não cicatrizam, insaciáveis carências afetivas, quando finalmente o sonho profissional se realiza, as necessidades a serem supridas são tão grandes que exigem um sucesso em escala estrondosa e por longo tempo. O céu — ou a retribuição — será insuficiente, e todo o empenho terá sido em vão, e, como a vida, perdido. A sensatez sugere descontar o acréscimo melodramático típico de Diva.

Interessada em saber o que a atormenta e animada com a sua reação, Orlanda tenta um atalho. Interrompe o trabalho, olha-a longamente e diz num tom de lamento: "Como a senhora anda cansada, dona Diva! Cada olheira de dar dó! O que tira o seu sono assim, minha santa?" Diva gira o pescoço, esmaga bobes, suja almofadas, abaixa os óculos escuros, olha dentro dos olhos de Orlanda e, sem dizer uma palavra, volta à posição anterior. Orlanda perde todo o sangue do rosto, mas não se contém: "Ai, dona Diva, que olhar mais triste! Não faz isso comigo, não me olha com essa tristeza, minha santa, que dá vontade de morrer!" — é tanta compaixão, que larga as unhas e passa a limpar alicates e separar vidros de esmalte, tarefas sem sentido para o momento, mas eficientes muletas para mantê-la de pé. Instala-se entre elas um silêncio desconfortável.

Orlanda quebra o gelo num tom baixo e doce: "A senhora podia tirar umas férias. Uns dias que fossem. Tanto tempo trabalhando sem parar. Por que não pensa nisso?" Depois de uma pausa, Diva assente com lentos movimentos de cabeça, e num tom melodramático, quem sabe contagiada por Callas, que toma a cabine, fala num sopro de voz: "Já lhe expliquei, Orlanda." Move a cabeça com impaciência: "Se parar de cantar para umas férias, por doença ou o que for, não tenho como pagar o seu salário, entende?" Orlanda assente com movimentos rápidos de cabeça. Diva murmura num tom suave, retribuindo o cuidado: "Digo isso, mas só eu sei o quanto ando exausta. O cansaço chegou à minha alma." Numa reação igualmente melodramática, Orlanda se desculpa, arrependida: "Dona Diva, pelo amor de Deus! Nunca fui agourenta cruz-credo! Deus é testemunha de que não desejo uma desgraça dessa à senhora. Não falei em alma cansada, Virgem Maria! Só quis dizer que chega uma hora que é tanto cansaço que o corpo não quer mais se mexer. Nem soprar a voz para fora!" "Só vou pensar nessa hora quando ela chegar", reage Diva sem se virar para Orlanda, acrescentando com autocomiseração: "Nessa hora, você sabe o que me espera." Orlanda se benze: "Nem fala, dona Diva! Nem fala! Pra que lembrar disso? Deus nos livre e guarde!" Sobre a pele esbranquiçada de Diva surge, em volta da boca e dos olhos, um bordado de relevos desenhado pelo imperceptível sorriso: os implacáveis pés-de-galinha, que resistem a cremes e massagens. É o sorriso de uma alma reconfortada pelo eco das próprias palavras. Como ocorre quando se toca nesse assunto, Orlanda é dramática: "Ai, ai, ai, dona Diva! Não me mata antes da hora! A senhora sabe o que acho daquele lugar. É a coisa mais triste que já vi na vida! Mais triste do que hospital, do que hospício, do que cadeia. E me dá uma tristeza, dona Diva, igual quando vou a cemitério!" Persigna-se, fecha os olhos e move os lábios como se recitasse um juramento; depois, volta a abri-los e retoma com mais convicção: "Sabe quando é que a senhora vai para o asilo dos artistas? Nunca, dona Diva! Juro pelo que há de mais sagrado.

Enquanto Deus me der vida, a senhora não mora naquele asilo!" Diva mantém-se ausente — é infalível, basta mencionar o asilo dos artistas e Orlanda reage da mesma forma —, serena para ficar dentro de si. Seus olhos se viram para a janela, onde a paisagem monótona se repete, e os ouvidos, para a voz de Callas. Quem conhece Diva como Orlanda sabe que, tendo dito tudo que era possível dizer, é hora de se calar e se concentrar no trabalho. Cresce a curiosidade sobre o que aconteceu que tanto a transtornou.

O SOL DA MANHÃ DOURA A BELEZA NATURAL DO RIO DE JANEIRO. DE OLHOS acesos, Ralph Conway, braços apoiados na janela do lustroso Buick preto, queixo sobre os braços, encanta-se com a paisagem no trajeto do porto ao hotel. Ao dar-se conta do carro em que está, admira-se: "Ei, viram? É um Buick 46!" Por ter menos da metade da média de idade dos demais, por ser ruivo e os demais negros, por ser descendente de irlandeses e os demais de africanos, Ralph é alvo de chacota dos colegas, que se divertem tratando-o como criança desde os ensaios, antes da partida. Max West não perde a deixa: "E daí, garoto? O que há com o Buick 46? Não cabe carrinho de bebê?" E Ralph: "Nem parece americano, não sabe nada de carro. Buick 46 é *o* carro, tio! Durante a guerra — sabe que houve uma guerra? — não teve Buick 44 nem 45. Este é o primeiro do pós-guerra: vi dois em Nova York! Bacana, um Buick 46 rodando no Rio de Janeiro!" West marca em cima: "Ouviu, Russell: o garoto circula em Nova York; talvez já tenha 12 anos!" A gozação, que diverte Ralph, ora agrava, ora alivia o peso de substituir Art Tatum, o gênio do piano, que adoeceu às vésperas da viagem.

Ao volante, o empresário brasileiro que contratou o Billy Byas Jazz Quartet faz as vezes de cicerone. A seu lado, Billy Byas ouve em silêncio, torcendo o bigode, e no banco de trás, Murray Russell, Max West e Ralph apreciam a capital dos trópicos — os instrumentos, o produtor e o secretário de Byas vêm no furgão que os segue. Surpresos com a paisagem, os americanos se espantam com os festejos no trajeto — bandas, retretas, desfiles militares e colegiais celebram a vitória dos Aliados na guerra, encerrada há cinco, seis meses. Nos Estados Unidos, as comemorações se recolheram a ambientes restritos, com outro espírito — o uso da bomba atômica tornara-se objeto de críticas. Nenhum deles sabe que tropas brasileiras tiveram a atuação destacada que faz crer a euforia das comemorações, talvez por não conhecerem a índole festeira de uma gente que tem empolgação de protagonista da paz mundial. Ralph Conway aprendeu na escola que o Brasil é um país amigo e lutou ao lado dos americanos na Itália. Conhece, das histórias em quadrinhos, o papagaio Joe Carioca, simpático, esperto e extrovertido, como supõe que sejam os brasileiros, e assistiu aos filmes da exótica Carmem Miranda — oportunidades criadas pela política de Boa Vizinhança com o qual, pelo intercâmbio de artistas e personalidades públicas, os americanos fizeram países vizinhos virarem aliados.

A excitação de Ralph não é compartilhada na mesma intensidade pelos demais componentes da banda. O saxofonista e *band leader* Billy Byas, mesmo tendo produtor e assistente experientes, está apreensivo com a apresentação. Quer garantir condições para uma boa exibição, mas ignora os costumes do país e acaba de conhecer os produtores locais, que não atuam nos Estados Unidos. Parece inseguro sobre o cumprimento de um contrato acertado na saída de Nova York, aproveitando a escala obrigatória no Rio de Janeiro na rota marítima Nova York-Buenos Aires. Animou-o também a oportunidade de Ralph tocar em público com a banda, antes da apresentação na Argentina. Mas se inquieta com o fato de o recital ser num cassino, de cuja acústica desconfia. Comenta que tudo nessa exibição no Brasil aconselha cautela.

Murray Russell, raro contrabaixista mais alto que o instrumento, está curioso, mas não é de falar — de manhã, diante da Baía de Guanabara, havia surpreendido Ralph ao esbanjar eloqüência murmurando "Linda! Muito linda!". O baterista Max West olha tudo com olhos arregalados, sorriso iluminado e ares de euforia — quase seu estado normal, por outra forma de ficar eufórico. Ralph quer comer a paisagem.

Se o Brasil tem beleza exótica, sua capital tem encantamento mágico — e o que mais fascina o estrangeiro é a exuberância da natureza integrada ao espaço urbano. Para ele, há algo de selvagem domesticado, e de civilizado acomodado aos trópicos. É sedutora e enigmática, como a fêmea que se exibe, mas não se entrega. Impossível ser-lhe indiferente; rejeitá-la é pecado, render-se a ela, quase um vício. No paciente ir-e-vir, as ondas cinzelaram seus limites frontais — estirada na praia, a cidade olha para o mar — em curvas suaves e, às suas costas, os morros impedem que transbordem terra adentro. De um lado, o céu se curva ao mar; do outro, o morro se ergue para o céu. Aonde se vá, a sinuosidade das ruas, dos morros e praias dá a sensação de que um fim se une sempre a algum começo. Ao entrar por mar, Ralph surpreende a cidade ao despertar, cobrindo-se de recatos, em diáfanas roupas de dormir. De perto, despida, as intimidades à mostra, são novos os adornos, enfeites e maquiagens. Pontilhado de obras, o Rio de Janeiro se transforma — com demolições, remoções e construções, apossa-se ainda mais da paisagem e avança sobre as praias oceânicas rumo a Copacabana, que desponta como a sensação do momento. No trajeto do porto ao hotel, Ralph nota que, de onde quer que se olhe, o Rio prova que o homem pode domar a natureza e dispô-la a serviço da beleza e do seu bem-estar. Embora as circunstâncias, a língua e a cultura mostrem a cidade sem a alma dos habitantes — conhecê-los exige tempo de convívio que não tem — Ralph, em êxtase com o portentoso cenário, sente a cidade tão pacífica que dilui a habitual insegurança do visitante, deixando-o livre para desfrutar o melhor que a vida pode oferecer. Católico, tem mais uma razão para dedicar à cidade sua juvenil paixão à primeira vista: comove-se ao avistar, no alto do Corcovado, o Cristo Redentor, que protege a cidade e acolhe de braços generosamente abertos quantos cheguem.

EXULTANTE, GEORGE CHALMERS ERGUE A TAÇA AO REVERENDO NEWBOULD, que retribui erguendo a sua. Com votos de "Saúde!" e "Deus salve a Rainha!", brindam, sob os aplausos de Catherine, que, pelo volume da barriga, vai pelo sexto mês de gravidez. Os olhos de Chalmers são pedaços radiantes do céu, no gozo pleno do que julga conquistas essenciais da vida: prazer no trabalho e plenitude no afeto.

O brinde do abstêmio é merecido, e a euforia de Chalmers, justificada. Atingiu-se, no prazo previsto, importante etapa do projeto: foi concluída a perfuração do primeiro dos dois poços verticais que, a 700 metros de profundidade, bem abaixo das lavras antigas, cria novos acessos à mina. Confirma-se o acerto do projeto e o rigor do planejamento de recuperação de Morro Velho. Nesse ritmo, em 18 meses o outro poço estará pronto e a mina poderá ser reaberta — cumprindo o compromisso assumido com os investidores londrinos, que aplicaram 235 mil libras na primeira etapa, com previsão de chegar a 400 mil no total. Este triunfo do poder de persuasão e da capacidade técnica de Chalmers surpreendeu o mundo da mineração e causou admiração em outros mundos, inclusive no que flutua além do bem e do mal, mais perto do céu que da terra, como o do próprio reverendo Newbould, que nunca acreditou nas idéias de Chalmers e previra-lhe não só o desemprego, como a morte na forma de petisco de africanos. Foi o primeiro a abraçar o superintendente assim que este voltou de Londres, autorizado, prestigiado, abonado e casado com Catherine!

Pele muito branca no rosto de traços finos, olhos grandes azul-água, levemente estrábica, sobrancelhas finas, testa alta, cabelos dourados finíssimos, presos em coque no alto da cabeça e esticados sobre as orelhas, pescoço longo, coberto pelo vestido sempre fechado, de mangas compridas meio bufantes. Calma, silenciosa, de raros gestos, olhar de serena resignação, sorriso que apenas se esboça nos lábios tão finos que, fechada a boca, são um traço acima do queixo. É Catherine, a quem Chalmers amou à distância e, agora esposa, carrega seu filho no ventre. Há tempos acabou a solidão de Chalmers, assim como a falta de graça em viver na casa-grande — hoje nem sabe como agüentou. Sua casa, recém-construída no alto de uma encosta, fica atrás da casa-grande, vizinha daquela em que vive o capitão James Scott, encarregado da mina. Confortável, salas amplas, largas varandas tropicais, no estilo anglo-brasileiro: jardins na frente, quintal nos fundos, em meio ao gramado que cobre toda a encosta.

Se quisessem, o reverendo Newbould, George Chalmers e Catherine N. Chalmers poderiam brindar também à recém-nascida República Federativa do Brasil. Sem apear do cavalo, o marechal Deodoro da Fonseca, que era amigo e devia favores ao imperador Pedro II, derrubou a monarquia sem dar um só tiro. O monarquista, aliado ao tenente-coronel Benjamin Constant, que odiava armas, tiros, fardas e repúblicas, deu o golpe republicano e o povo nem notou. Repousando em Petrópolis, o imperador nem teve tempo de entender, mas está a caminho do exílio na Europa. Porém, súditos fiéis da rainha Vitória, o reverendo Newbould, George Chalmers e Catherine N. Chalmers não costumam brindar a repúblicas.

Chalmers e Newbould bebem um longo gole de Romanée-Conti, celebrando o fim de um período difícil e o prenúncio de uma era de prosperidade nos negócios e na vida familiar, tranqüila, amorosa e fecunda. O primeiro filho, Alexander George Nort Chalmers, nasce no mesmo dia em que a Freguesia de Congonhas de Sabará é elevada a Vila Nova de Lima, em homenagem a Antônio Augusto de Lima, poeta e historiador nascido ali, que se tornara presidente da Província de Minas Gerais.

Concluída a perfuração do segundo poço, a mina é reaberta, voltando a funcionar a pleno vapor. O primogênito Alexander faz 3 anos de idade e Catherine está novamente grávida. George Chalmers é o que se pode chamar de um homem feliz.

Dois anos depois chegam a Vila Nova de Lima três centenas de imigrantes, que Chalmers mandara contratar — a urgência no aumento da produção exige braços para trabalhar, e os escravos e libertos sumiram com a Abolição e a República. Italianos, ingleses, espanhóis e portugueses instalam-se nas novas casas, e nem bem descansam da longa viagem, pegam no trabalho — dificuldades com o idioma se resolvem utilizando-se o imigrante mais antigo como tradutor.

No tratamento do minério, depois que a pedra sobe do subsolo à superfície, toda a preparação, até a barra de ouro, está sob a responsabilidade do Oficial da Redução, Sr. Dietsch, que comanda umas 400 pessoas. Em vagonetes, as pedras vão das minas para um dos quatro terreiros de britação — enormes e arejadas áreas protegidas da chuva e do sol —, início da pulverização mecânica. Cada terreiro tem seu feitor, e sob suas vistas os malhos quebram as pedras maiores até o volume de uma mão fechada. Depois, mulheres — quatro para cada homem, em geral idoso, doente ou mutilado — reduzem-nas a uns quatro centímetros quadrados com martelos de longos cabos e cabeças de aço. Cada uma quebra 1,5 tonelada por dia e separa o minério rico do pobre — sem brilho metálico nem iridescência. Elas sofrem com o pó metálico, mas, se quiserem, podem parar às duas da tarde, enquanto os homens continuam até o fim do dia. Depois de britada, a pedra é pilada.

Numa supervisão surpresa da área de trituração, onde trabalham 200 pessoas por turno, Chalmers observa uma jovem com dificuldade para realizar a tarefa: sem saber como fazer, ela imita o vizinho e maltrata as mãos. Ele pergunta ao Sr. Dietsch se ensinaram a tarefa àquelas pessoas. Dietsch confirma, excetuando os recém-chegados. Chalmers se aproxima da moça, que, surpresa, o olha nos olhos. O impacto daquele olhar provoca-lhe estremecimentos que nunca sentira por todo o corpo. Quer saber quem é ela. O Sr. Dietsch pergunta ao rapaz sardento de boina preta, imigrante de leva anterior que a está orientando. O rapaz se reporta à moça, volta ao Sr. Dietsch, e este a Chalmers: "Italiana da nova leva, 15 anos, chama-se Giulia." George Chalmers sente as mãos trêmulas e úmidas.

COM A EVASÃO DE ATALIBA, PAI DE DIVA, QUE PREFERIU A LIBERDADE PARA tocar saxofone às restrições da vida familiar, do ofício de guarda-livros e das exigências da vizinhança, Lavínia se desespera. Não consegue entender a atitude do marido, considerado até então pacato, responsável e trabalhador, que nunca deixara transparecer intenção ou desejo de ir embora. Na angustiada busca dos motivos, o que se indaga primeiro é se alguma paixão o arrebatara, ou teria sido seduzido pelos encantos de uma qualquer ou de alguma vadia que soube atender às suas sem-vergonhices sexuais — tendo sempre uma mulher como pivô da desgraça, como insinuam alguns e sentencia sua mãe, viúva com 36 anos de casamento: "Não é saxofone, não é música, não é outra coisa. É mulher. Só rabo-de-saia desencaminha um homem de bem." Propensa a concordar, Lavínia não encontra provas, indícios, pistas. Nunca suscitou as habituais suspeitas — chegar tarde do trabalho, serões freqüentes, frieza sexual, bilhetes esquecidos no bolso, perfume no pescoço, batom na camisa, nota de restaurante, gastos fora de casa. Nenhum vestígio. Induzida pela mãe, cogitou sobre antigas namoradas, vizinhas, colegas de trabalho: nada, nada, nada. Ao procurá-lo no escritório, fica sabendo que vendeu a parte na sociedade e disse que mudaria de cidade. O ex-sócio e os empregados nunca viram nem ouviram falar de encontros dele com outra mulher. Intrigada, passa a se perguntar se ela é que não foi perspicaz, e vasculha a memória à cata de cenas, palavras, gestos que indiciassem o sonho de fugir, deixassem entrever o desejo, prenunciassem a fuga. Mas a memória não reteve qualquer pista. Não crê em rompante ou ato impulsivo: não era de arroubos. Como marido, pai e guarda-livros era organizado, metódico, sistemático, se irritava com surpresas, imprevistos e contratempos. Podia não ser tão carinhoso quanto ela gostaria, ou quanto foi antes de casar; talvez fosse um pouco frio e mesmo egoísta, mas, observando maridos à volta, não podia, sinceramente, se queixar. Por que partira?

Contrariando a vontade da mãe, católica fervorosa, e em conflito com a própria fé, igualmente católica e fervorosa, ouve a cartomante Zora Yonara, consulta a vidente Madame Luba e visita a tenda do Pai Argeu, que joga búzios. Todos apontam, em primeiro lugar, a presença de uma mulher — ora loura, ora morena —; em segundo, o encosto de espírito nefasto. A preferência de Ataliba por roupa preta foi apontada como possível indução demoníaca, assim como a sudorese, peculiar aos calores do inferno. Assustada, Lavínia não dorme nem se alimenta. Consola-se nas orações que faz na igreja e nas novenas que reza em casa com a mãe e vizinhas — que, aliás, acham que a paixão pelo saxofone já era um aviso.

Lavínia confessa sua incapacidade de entender o gesto do marido, assim como a alma masculina, e admite a existência do indecifrável enigma chamado homem. Só então considera a hipótese de ter errado — disposta, aliás, a procurá-lo para se desculpar, caso confirme o erro —, pois, diferentemente da mãe, das amigas e vizinhas, não se considera perfeita. Porém, por mais que repasse mentalmente os sete anos de casamento, não encontra na sua conduta nada que justifique a atitude dele. É possível que não seja tão carinhosa quanto ele gostaria; talvez devesse conversar mais, romper a barreira de silêncio que impôs; talvez tenha se dedicado mais a Diva e descuidado dele; talvez devesse ser mais segura, evitar arrufos e amuos por tolices. Admite tudo como hipótese, mas não crê em nenhum desses motivos como causa da fuga. O desespero vira depressão. Objetivamente, não pode continuar morando naquela casa. Dedicada às tarefas de esposa, mãe e dona-de-casa, sem emprego nem profissão, não tem meios para se manter nem educar Diva. E volta para a casa dos pais. Hoje, apenas da mãe.

SENTADA NA CAMA, DE OLHOS FECHADOS E MÃOS ERGUIDAS, DIVA OUVE COM todo o corpo, arrebatada pelos últimos acordes, a interpretação de Callas. Absorta no que ouve pela milésima vez, não sente o desconforto de estar imobilizada, os dedos das mãos separados ao máximo, as longas unhas esmaltadas de vermelho-sangue, os dedos dos pés apartados por chumaços de algodão. Orlanda guarda na frasqueira os instrumentos de trabalho. A ópera está na cena em que Germont, pai do jovem Alfredo, procura a prostituta Violeta. O casal vive uma paixão avassaladora, e Germont quer que ela se afaste do seu filho. Callas canta: "*Così alla misera*". Nos primeiros acordes, Diva faz um gesto brusco para aumentar o volume e chumaços de algodão voam pela cabine, o esmalte suja roupas, lençóis e toalhas. Emocionada pela milésima vez, explode sua pungente admiração: "O que Maria faz nessa ária é coisa divina, Orlanda!"; enquanto Callas canta "*Così alla misera, Ch'è un dì caduta*", ela segue: "Canto isso há séculos e não consigo tanta emoção!" Callas avança: "*Di più risorgere speranza è muta*!" "Ouça, Orlanda! Ouça!", grita Diva, arrebatada como se ouvisse pela primeira vez: "Ouviu o que ela fez?" Orlanda assente em atônito silêncio pela reação a cena tão ouvida. Diva assume um tom grave: "Essa criatura não foi só uma cantora" e, depois de uma pausa: "Deus falava pela voz de Maria." Ajoelha-se ao pé da cama, esquecida de bobes e cremes, e enfia o rosto emplastrado na cama; Callas continua: "*Ah! Ditte alla giovine sì bella e pura / Ch'avvi una vittima della sventura, / Cui resta un unico / Raggio di bene, / Che a lei il sacrifica e che morrà.*" Orlanda recolhe chumaços de algodão. Enxugando as lágrimas com a mão, Diva mistura-as aos cremes, cobrindo o rosto e os óculos com pastosa máscara branca. Numa voz lenta, como numa descoberta, diz quase para si mesma: "Não é pela ária, nem pela qualidade da voz, nem mesmo pela técnica! Ela sempre disse que uma bela voz, mesmo domada e cultivada, não era suficiente para fazer uma cantora lírica! É preciso oferecer essa voz à verdade da personagem que se interpreta." E fala a Orlanda como a uma outra cantora: "É da voz colocada humildemente a serviço dos sentimentos de Violeta, e não da própria cantora, que vem a emoção, Orlanda! E nessa ária, Violeta sente uma dor imensa, uma dor insuportável, a dor da mulher obrigada a renunciar ao homem que ama. A voz serve a esta dor. Não à piedade da cantora por Violeta por ser ela prostituta. Essa piedade é falsa e piegas. É a dor de renunciar ao que a vida talvez não lhe dê jamais. Quem, cantando, poderia me fazer sentir o que sente Violeta? Olha como fico arrepiada! Só Maria! E não porque sabe cantar. Mas porque sabe o quanto dói a dor dessa renúncia. Só Maria canta essa ária com emoção correta." Diva ouve, desolada. Comovida com a tristeza que adivinha nos olhos de Diva, Orlanda também ouve.

Na cozinha, Ralph enxágua a caneca em forma de barril, guarda na prateleira, retorna à porta no corredor, onde se lê na placa: "Bata antes de entrar." Ele bate três vezes. Ouve a voz de Diva por sobre a de Callas: "Entra, Ralph." Ele ajeita o roupão e entra: "Bom dia", cumprimenta com sua taciturna sobriedade diurna. Orlanda retribui, Diva vira o rosto emplastrado e sussurra um "bom-dia" que a voz de Callas cobre. Ralph nota o clima denso e, como sempre, sente-se no dever de explicar o óbvio: "Vou só passar. Tenho um assunto com o Zé Bolero..." Cruza a cabine e sai pela porta do lado oposto, fechando-a atrás de si. Orlanda comenta, tentando sair daquele assunto que agrava a prostração de Diva: "A senhora notou que seu Ralph estava sóbrio ontem? A conversa que teve com ele surtiu efeito." "O quê? O que disse?", Diva gesticula para Orlanda reduzir o volume. Ela obedece. "O que disse sobre o Ralph?" Sem a presença de Callas, a conversa ganha tom calmo e íntimo: "Nada. Disse que ele não bebeu ontem. Estava sóbrio na audição." "Tem certeza? Você viu?" Orlanda confirma, mas Diva, insatisfeita, deixa a desconfiança no ar: "Será? Ele foi bem na audição. Não notei nada errado, fora o andamento da Isolda, que nunca acerta. Mas será que depois...? Nem quero pensar! Não vi a hora que chegou. Ainda bem que dormi no hotel. Fosse aqui, seria aquele inferno. Você viu a hora que ele voltou?" Orlanda quer responder, ela se antecipa: "Não diga! Nem quero saber." "Não sei, dona Diva. Também dormi no hotel." "Houve reclamação do hotel? Da prefeitura? Ninguém reclamou? Zé Bolero dormiu cedo?" "Comigo, ninguém reclamou. Também não vi. Quando durmo no hotel, a senhora sabe, vou deitar tarde. Aproveito pra passar roupa, lavar a cabeça, essas coisas... Aliás, não dou notícia de nada de ontem. Não reparei nem na cidade. Fui do auditório direto pro hotel." Diva se levanta e olha pela janela, desolada, mas sem lágrimas. "Desde que Maria morreu, você notou?, não consigo ouvir nada até o fim. Começo animada, disposta, mas aos poucos vou ficando triste, e acabo me deprimindo." Orlanda aproveita a deixa: "A senhora não consegue ouvir, nem parar de ouvir, nem de sofrer." Diva suspira, as palavras de Orlanda parecem ter calado fundo. Pousa o olhar sobre ela como quem concorda. Olham-se com mútua surpresa. Diva volta à janela, pensando no que ouviu. Orlanda pede: "Por que não deixa isso de lado por uns tempos?" Num movimento brusco, Diva a olha, incrédula: "Está louca? Me afastar de Maria? Deixar de ouvir sua voz? Por quê? Para quê?" As perguntas pairam sem resposta no momento em que a orquestra ataca a introdução, triste e sofrida, de outra ária. Logo surge ao fundo, em pianíssimo, a voz de Callas. Diva olha o deserto de sol à frente. Como resposta, ouve a própria voz: "Sem ouvi-la, do que vou viver? O que vai alimentar a minha alma? Nada! Como posso abandonar a amiga mais querida só porque ela morreu? Você não entende quando digo que Maria foi uma das melhores coisas que aconteceram na minha vida. Nunca vou deixar de ouvir sua voz, que enche os meus silêncios, meus vazios, e me ajuda a suportar a minha própria vida." A voz de Callas sobrepõe-se ao silêncio. A brisa que entra pela janela é densa, quente. Diva dá a conversa por encerrada e entrega-se à contemplação. Atiçada sabe-se lá por que forças, Orlanda insiste: "Só por uns tempos. Poderia lhe fazer bem." "Além de não agüentar ficar sem ouvi-la, seria uma traição", Diva responde, sem se virar. Orlanda se espanta: "Traição? Dona Diva, essa senhora, essa cantora morreu há mais de um ano!" Movendo apenas o pescoço, Diva olha Orlanda dentro dos olhos com energia para desintegrá-la e diz em voz baixa: "Eu sei. Conto cada dia que passa." A resposta pausada e o olhar demolidor mandam Orlanda de volta à arrumação da frasqueira. Absorta, Diva se fixa num ponto da amplidão. Sem se importar se está ou não sendo ouvida, murmura: "Eu tentei, e aprendi que não posso ficar muito tempo sem ouvi-la." Aumenta o volume, ouve: *"Prendi, quest'è l'immagine de' / Miei passati giorni, / A rammentar ti torni / Colei che sì t'am'o".*

Comovida, murmura: "Deus não me deu esse talento. É bom que tenha dado a Maria. Mas foi maldade tirar do mundo a perfeição de sua arte."

Os muitos homens que Margô acolheu em tantos anos mutilaram o corpo de Merciana de forma irreversível, tornando-a incapaz de gerar vida — só percebeu que era um privilégio ao saber que o perdera. Não se chega à luz na rua sem sol, ou a flor do pântano não merece reproduzir — vaticínios do seu mundo, que supõe que Orlando rumina no seu silêncio desapontado. A lembrança de inúmeras vidas ceifadas em outros tempos, pela impossibilidade de vir à luz, tortura até a culpa sangrar. Arrasada, se dilui em dias e dias de tristeza. Além da dor e da frustração, comenta com vizinhas que o casal não pode ter filhos devido à sua infertilidade — o que alivia Orlando; se a suspeita recaísse sobre ele, pela idade, infertilidade ou impotência sexual, seria insuportável. Alivia, mas não aplaca a consternação de não ser pai, nem ter a família que sonhou. Desde que soube, não é o mesmo homem que foi a Governador Valadares tirar Margô da zona. Mergulhou num silêncio impenetrável e em solitárias caminhadas. Impossível imaginar que o rude garimpeiro, habituado ao estoicismo da profissão e que preferiu o casamento tardio, sofreria tanto por não ter filho. Ao crescer a culpa pela inimaginável infelicidade do marido, Merciana resolve renunciar a ele para que realize o sonho com outra — e ela se desespera. Sem querer constrangê-lo com explicações, e para poupá-los da despedida, decide que a partida será secreta e na ausência dele. A índole melodramática, porém, ameaça a intenção. As lágrimas a surpreendem em momentos inoportunos — ao servir o jantar, ao fazer o cafuné antes da sesta ou quando, num gesto peculiar, ele caminha a seu lado acariciando sua nuca. Sem entender a razão do choro, Orlando faz perguntas e, de forma sutil, tenta isentá-la quanto ao silêncio, atribuindo-o à sua índole, à solidão típica do garimpeiro e à preocupação com os negócios da fazenda, nos quais é iniciante. Arrumando os pertences para voltar ao bordel, Merciana sente o peso da frustração. Pensa no castigo que lhe dá a vida — depois de ter aquilo com que nem sonhava mais, um casamento com um homem bom, honesto e trabalhador, não ser capaz de fazê-lo feliz!

Voltando ao entardecer de um pasto distante, Orlando não encontra Merciana em casa. Os empregados dizem que ela partiu na charrete de manhã, com bagagem, mas não sabem para onde foi. Transtornado, Orlando sai imediatamente no seu encalço, tão apressado que monta o mesmo animal no qual chegara. Passa das dez da noite quando chega a Governador Valadares, debaixo de estrepitoso temporal. O aguaceiro, raro para a época, cobre céu e terra com denso nevoeiro. Clarões, seguidos de trovões, deixam entrever a silhueta de um centauro cavalgando com todo o ímpeto do corpo, forçando ao máximo o animal cansado.

Ao cruzar a zona boêmia sob o temporal que esvaziou ruas e bares, janelas e portas são entreabertas, deixando entrever no interior das casas o vermelho de pequenas lâmpadas. Desmonta à porta do cabaré e entra com passos decididos. Encharcado, respingando água ao redor, irrompe no salão ofegante e trovejando: "Merciana!" As mulheres afastam-se assustadas, e se escondem onde podem. "Merciana!", bufa Orlando, furioso: "Aparece, mulher!" Clarões refulgem nas paredes, seguidos de trovões. Merciana surge num vão de porta. "Ficou doida? O que é que veio fazer aqui?" Ela não responde, limita-se a mover os ombros. "Responde! Perdeu o juízo? O que quer aqui?" Rostos espiam por trás de frestas, portas e balcões. Merciana responde num sussurro: "É o meu lugar, Orlando!" "Seu lugar é na fazenda, cuidando da obrigação. Vambora." "Não. Achei que ia entender. Não posso ser sua mulher. Nunca vou parir o filho que sonha." "Isso é lá conversa pra se ter aqui! Vambora!" "Não, Orlando, não vou. Você quer mais um filho do que uma mulher." Orlando segura-a pelo pescoço e a obriga a andar. Ela se esquiva: "Não, Orlando. Não vou. Tem muita parideira pra te fazer feliz." Orlando sacode-a pelo pescoço, grita: "Cala essa boca e vambora logo!" Ela tenta escapar: "Não! Não! Não!" Ele a arrasta para a porta, espalhando água em volta: "Seu lugar é do meu lado. Lá na fazenda, não aqui!" Sacode-lhe com vigor o pescoço envolto pela enorme mão, e o rosto, vermelho como a flor de plástico sobre a mesa, balança meio solto de um lado a outro. Com truculência que não exclui selvagem sensualidade, seus rostos se aproximam, ofegantes e molhados, até que as bocas abertas se entregam uma à outra, num beijo público. Andando com as bocas se mordendo e se lambendo, ganham a rua. Sob a chuva, o clarão dos relâmpagos e ao som dos trovões, ele a ergue até a charrete e amarra o cavalo atrás. Das portas e janelas, olhos assistem com deleite — duas mulheres correm até a charrete, com malas e tralhas de Margô. Orlando assume as rédeas. Do interior de uma das casas, ouve-se a voz de Nelson Gonçalves cantando o bolero: "*Eu quero esse corpo, que a plebe deseja / Embora ele seja prenúncio do mal...*" Com um cavalo à frente, outro atrás, e um apaixonado casal embarcado, a charrete avança na névoa que envolve a tempestade, sob clarões intermitentes.

É FLAGRANTE A INADEQUAÇÃO DO VIKING À TOPOGRAFIA LOCAL — COM RIOS, lagos, colinas, montanhas e desfiladeiros —, que favorece quem se defende do alto, ainda mais sob a névoa do inverno. Previamente plantada em linhas sucessivas sobre picos abruptos entre vales estreitos, como os dentes de uma cobra, a defesa alemã pode praticar tiro ao alvo nos homens da FEB. Na acidentada topografia da Cadeia dos Apeninos, os blindados comandados pelo capitão Pitaluga mal podem se mover. Único Esquadrão de Reconhecimento da DIE — os alemães têm três por Divisão —, os M-8 vão enfrentar um combate típico de infantaria — que tem regras próprias e alto custo em vidas humanas. Pitaluga lembra o que ouviu do general americano George Patton: "As batalhas são ganhas pelo fogo e o movimento. O movimento põe o fogo na melhor posição para atingir o inimigo — pela retaguarda ou pelos flancos." O que fazer se o inimigo se entrincheirou no alto, dispondo de mirantes para vigiar as ações de quem o ataca, de visão de tiro privilegiada, tempo de mira livre e recuo seguro? Na sua avaliação, um requisito para atacar tropa encastelada no morro é ter, no mínimo, superioridade numérica — aqui, os efetivos alemães e aliados se equivalem. Essa ofensiva é temerária, conclui Pitaluga, aboletado no seu M-8, na gelada encosta à beira da estrada, assistindo à marcha das tropas recém-chegadas ao *front*, nas mesmas condições de toda a 1ª DIE, com seus 15 mil combatentes, num total de 25 mil homens, incluídas as atividades de apoio. Incorporados nesse estado ao exército dos Estados Unidos, obedecem aos seus regulamentos e cumprem suas ordens. E a ordem americana é expulsar os alemães do Monte Castelo.

Ex-oficial qualificado, afastado por ter ombreado com os paulistas na Revolução Constitucionalista, Pitaluga se especializara nos Estados Unidos. Com a eclosão da guerra, alistou-se como voluntário por convicções antinazistas, e foi acolhido no posto de capitão. Tendo desembarcado na primeira leva, assistiu, nesses cinco meses, a situações dramáticas vividas por brasileiros, que atribui ao pouco tempo para adaptação, preparação e treinamento. Há três dias, participou de dois ataques ao Monte Castelo, sob o comando do grupo tático americano Task Force 45, com apoio de um batalhão brasileiro. Foram rechaçados. Avaliou-se que o comando falhou no reconhecimento, subestimou a defesa alemã, a ação foi mal coordenada e o fogo de apoio, deficiente. Ocupou-se o Monte Belvedere, baixo, pequeno e sem importância, ao preço de três brasileiros mortos e 30 feridos. Austero e rigoroso na disciplina, o impetuoso Pitaluga sabe o valor da vida e preserva a de seus homens; acha cruel ensinar a lutar no calor da própria luta.

Por que, indaga-se Pitaluga, esse terceiro ataque a Monte Castelo será feito por tropas exclusivamente brasileiras? Mentes que pensam a guerra pensam o pior: haveria alguma sinistra relação com os reveses anteriores ao se empregar homens inadequados no ataque temerário, prefigurando oferta de carne fresca às feras? Mas o capitão lembra-se de que, se corta o cabelo rente, é para não ter caraminholas na cabeça. Afinal, de um militar não se esperam perguntas, exige-se obediência. Melhor é pensar em outras coisas, como alguma função para o Viking: na falta, manda que siga o Batalhão. Como é costume, em vez de "Em frente!", Pitaluga comanda "Sigam-me!" Avança para a temerária missão de tomar Monte Castelo.

Mal seu M-8 arranca, um jipe aberto sai da pista aos solavancos e avança encosta acima, derrapando na neve, na sua direção. Equilibrando-se em pé ao lado do motorista, um militar de capa, quepe e óculos escuros acena e grita: "Capitão Pitaluga! Um momento, capitão! É urgente!" Pitaluga manda parar o M-8 e tenta identificar o desconhecido, que salta do jipe, bate continência e fica em posição de sentido. Os ajudantes-de-ordens se levantam. A três metros dele, explodem as gargalhadas: "Vittorio! Vittorio Emmanuele!"; "Pitaluga!", grita o outro, "capitão Pitaluga, herói de guerra!" Abraçam-se com a alegria de velhos amigos que, alheios às armas, aos uniformes e à guerra, dançam uma tarantela sobre a neve. Pitaluga grita aos ajudantes-de-ordens: "É o príncipe Vittorio Emmanuele! Em Roma, como os romanos; na guerra, como o cidadão do mundo!" Cantam em dueto, para espanto da tropa: "*Jammo, jammo / 'ncoppa jammo ja' / Jammo, jammo / 'ncoppa jammo ja' / Funiculi'-funicula' / Funiculi'-funicula'/ 'Ncoppa jammo ja' / Funiculi'-funicula'...*"

AO DESCER DO BUICK 46 DIANTE DO COPACABANA PALACE HOTEL, RALPH Conway está convencido de que não há cidade mais bela do que o Rio de Janeiro, embora não tenha duas horas que desembarcou. A entrada pela Baía de Guanabara, as vistas no trajeto desde o porto e o Cristo Redentor causam-lhe sensível impressão. No hotel, surpreende-se com o luxo dos mármores, tapetes, lustres e móveis, e com os amplos espaços de corredores, escadarias, quartos e banheiros. No longo banho, apreciando a Praia de Copacabana, livra os poros da poeira e do pó de pedra, e o corpo, do calor úmido de 38 graus em abril. Desce ao primeiro andar e, sozinho no salão, se debruça sobre o piano: toca por mais de duas horas, sem perceber a passagem do tempo. Às vezes, a mão direita busca o copo d'água gelada à beira do teclado, enquanto a esquerda desenha minucioso bordado — quem ouve sem ver não imagina que toca sozinha. Satisfeito, junta-se aos companheiros, que almoçam no restaurante da pérgula da piscina. Enquanto Billy, o produtor e o assistente vão tratar da apresentação, West, Russell e Ralph vão conhecer pontos turísticos da cidade. Ciceroneado pelo tradutor, que fala como se tivesse pedras na boca, sai o trio — o jovem ruivo e dois negros maduros, um baixo, o outro alto.

Na subida do morro, enquanto os músicos se encantam com a floresta da Tijuca, o tradutor fala sem parar, os pedregulhos rolando na boca: "A ferrovia, primeira eletrificada do país e anterior ao Cristo Redentor, foi inaugurada pelo imperador e transportou pessoas ilustres, como o cardeal Eugênio Pacelli, atual papa Pio XII. Santos Dumont, inventor do avião, vinha sempre, dava gorjetas e pedia para conduzir o trem. O percurso, quase quatro quilômetros de subida em vinte minutos, cruza a maior floresta urbana do mundo, que no século XVIII foi derrubada para se plantar café. Mas as nascentes secaram, o abastecimento d'água foi ameaçado e o imperador mandou replantar tudo." No cume do morro, com vista de 180º da cidade, extasiados com o panorama, ficam surdos ao palavrório do tradutor, que insiste: "No primeiro esboço, o Cristo Redentor carregava a cruz e tinha o globo terrestre na mão. A população escolheu a forma atual, enviada ao escultor Paul Landovski, na França, que a executou. Suas partes, de pedra-sabão, subiram de trem. O Cristo tem 30 metros de altura, oito de pedestal e o morro está a 710 metros do nível do mar. A distância entre as mãos é de 30 metros, e ele pesa 1.145 toneladas." No bondinho do Pão de Açúcar, o trio agradece e dispensa as informações do tradutor e, no alto do morro, deslumbra-se com 180º de praias, morros e a baía. Ralph tem vontade de tocar piano, e West sugere que Russell vá buscar o instrumento no hotel.

No jantar oferecido ao The Billey Byas Jazz Quartet, com traje a rigor, no restaurante do próprio Copacabana Palace, mulheres belas e homens cordiais ocupam florida mesa entre os brasileiros Carlos Machado, diretor artístico, e os jornalistas Carlos Lacerda e Franklin de Oliveira, assessores de imprensa do Cassino da Urca, onde será a apresentação. O *dandy* gaúcho Carlos Machado, conhecido como o "Rei da Noite", chegou ao Rio com as tropas de Getúlio Vargas, que amarraram os cavalos no obelisco e depuseram o presidente Washington Luiz. Em Paris, foi o *danseur sud-américain* no show "Parade du Monde", de Maurice Chevalier, e, depois de breve temporada em Nova York, voltou para brilhar no Brasil. Após o jantar, são convidados a esticar no *night-club* do hotel, onde à sofisticação das mulheres junta-se a alegria, a espontaneidade e a sensualidade. Billy Byas acha que o Rio de Janeiro, que ele não conhecia, é como uma sofisticada metrópole européia com céu e mar dos trópicos, onde se usufrui da natureza sem abrir mão dos requintes da civilização. Copacabana é a Nice tropical, os cinco quilômetros da *Promenade des Anglais* — onde a noite acaba numa boate à beira-mar, com música, danças eróticas e mulheres tão exuberantes quanto liberadas.

Na manhã seguinte, Billy Byas e Max West têm uma grata surpresa na entrevista dada aos jornalistas Carlos Lacerda e Franklin de Oliveira. Conhecedores do jazz e da cultura americana, não lembram repórteres de um remoto país tropical. Embora presente, Murray Russell não sente necessidade de falar e Ralph Conway se vê em apuros: irônicos ou não, comparam sua precocidade à de Mozart na proeza de substituir Art Tatum e, no final, brincam: músicos só ouvem o som produzido pelas palavras e respondem com o som produzido pelos instrumentos.

Na calçada em frente ao mar, Max West imita Fred Astaire numa coreografia que reveza arcos com os braços e breves corridas de passos curtos, e ganha aplausos dos banhistas. Mais tarde, Ralph se diverte flanando na companhia de 2,05m do taciturno Russell e de 1,60m do saltitante West, guiados pelo tradutor com pedras na boca. Acostumado à segregação racial, discriminação, linchamentos e outras atrocidades da Ku Klux Klan, Ralph acha que Copacabana é a síntese do paraíso tropical que viu ao longo do dia. Na empolgação visionária de recém-chegado, vê no bairro um oásis hedonista sem preconceitos, promessa de civilização mestiça e plural. Fica atordoado com as mulheres seminuas expostas ao sol em desinibido banho de mar, num clima de voyeurismo não apenas consentido como provocado. Entre céu e mar, a brisa fresca lambe a pele, arrepiando-a como carícia. Sente que, de calção e maiô, diluem-se as diferenças, os corpos ficam mais parecidos, bronzeados e desejados — respira-se sensualidade. O *glamour* criou a lenda que o imaginário popular tornou mito e cartão-postal: Copacabana, Princesinha do Mar — explica o compositor Braguinha, autor do epíteto: "Não é rainha porque rainha envelhece, e Copacabana é sempre jovem." Ralph se encantou com a crença dos cariocas de que nasceram para usufruir os prazeres da vida e podem viver bem com pouco dinheiro e menos trabalho. Depois de tudo que viu e ouviu, acha que os brasileiros não estão inteiramente loucos quando falam da preferência divina pelo Brasil. Embora, como católico, não possa concordar que Deus fez o mundo em sete dias, dois deles dedicados ao Rio, nem que Ele seja brasileiro, admite que Deus deu beleza ao Rio de Janeiro, humor ao carioca e alegria ao brasileiro.

NOVE ANOS DEPOIS DE DEIXAR O BANGALÔ PARA SE CASAR COM ATALIBA, Lavínia volta à casa materna, sem o marido e com uma filha. Sente-se magoada, fracassada, envergonhada e insegura sem profissão, emprego, pensão nem bens — a mobília está num guarda-móveis, por não ter onde guardá-la. E teme que sua presença prejudique a mãe, que ainda vive ali por generosidade ou desatenção dos atuais moradores da mansão. No entanto, nem mesmo as adversidades alteraram sua dedicação e seu desvelo com Diva, que nunca considerou ônus ou peso. Ao contrário, é a existência da filha que lhe tem dado coragem para viver e lutar.

É o maior, mais afastado e discreto dos três bangalôs, com dois quartos, sala, cozinha, banheiro e varanda, nos fundos da mansão, erguida em vasto terreno murado, com bosque, pomar e jardins, no bairro do Carmo, em Belo Horizonte. Neles vivem os empregados domésticos que, com o tempo, foram constituindo família. Nicanor foi o jardineiro até o último suspiro, deixando desprevenidas a mulher Constança e a filha Lavínia, ainda criança. Como o patrão tinha consideração por ele, talvez até amizade, não exigiu a pronta desocupação do chalé, porém deixou de lhe pagar o salário. Temendo o pior, Constança sentiu-se no dever de continuar o trabalho do marido. Mais tarde, com a morte do patrão, a família, que ela só via à distância, manteve a permissão para seguir trabalhando como jardineira, talvez em respeito à memória dos dois mortos: sempre sem salário. Ela soube que quando o último remanescente da família se mudou, ele pediu ao novo morador que a mantivesse na mansão. Com a volta da filha, agora com uma criança, Constança está apreensiva.

Esta é uma versão. Há outra: o motorista do patrão se apaixonou por Lavínia, já mocinha, que não correspondia à sua afeição. Diante da tenaz insistência do homem, bem mais velho, ela se impacienta e, num dia de assédio afoito, o destrata. Ressentido, ele ameaça revelar seu segredo. Ela não cede nem se intimida; ele, então, diz que ela é filha do patrão, não de Nicanor. Indignada, Lavínia conta à mãe, que refuta a versão com veemência, mas não denuncia o motorista ao marido nem ao patrão, e exige que ela silencie sobre a intriga. Desapontada, Lavínia obedece, mas, no íntimo resta-lhe, sem julgamentos nem condenações, silenciosa dúvida. O tempo passa, os amigos passam, e Constança em silêncio. Lavínia se casa, tem uma filha, separa-se, volta, e o silêncio permanece.

Na idade de Constança, manter o bangalô arrumado, fazer o almoço, o jantar, cumprir o horário dos medicamentos não deixa tempo nem disposição para os cuidados com a conservação e a limpeza do pomar e dos jardins. Apesar do desgosto com a separação, é em boa hora que Lavínia volta e toma a frente do serviço de jardinagem, que aprendera vendo o pai trabalhar. Destemida, encara a nova vida a cada manhã, de chapéu, botas, luvas, calça comprida, balde, regador, tesoura, alicate, enxada, enxó, mangueiras e faz o que precisa ser feito. Temendo ser descoberta, limita-se ao pomar e aos jardins, mais distantes e ocultos da mansão.

Diva é mantida dentro de casa, com a recomendação de evitar o jardim e o pomar — restrição suavizada pela presença de Vó Constança, sempre na cadeira de balanço. Com paciência e imaginação, ela conta histórias e mais histórias, que enchem de fantasia e encantamento a infância solitária de Diva. Para Lavínia, toda atenção é pouca; ela teme a reação dos patrões ao saberem da presença clandestina de uma criança na propriedade, além da sua própria presença. Ela tem pesadelos com as três sendo postas na rua. Mas, na realidade, eles têm sido compreensivos e até generosos nesses anos todos, e o bangalô fica afastado da mansão. O sonho de Lavínia é Diva ser aceita, por isso dedica-se ainda mais ao trabalho, mantendo os jardins floridos, limpos e bem cuidados, rezando pela saúde de Constança; se ela vier a faltar, Lavínia acha que tudo estará perdido; não deixarão que continue morando ali com Diva.

O ENGENHEIRO INGLÊS GEORGE CHALMERS, CASADO COM CATHERINE N. Chalmers, pai de Alexander, de 7 anos, e de Helen, de 5, é tomado por arrebatadora paixão por Giulia Sbravatti, imigrante italiana de 17 anos, empregada da Mina de Morro Velho, cujo diretor-superintendente, George Chalmers, em nome da fé, da moral, do respeito e da ordem, não admite relações infiéis e promíscuas nos domínios da empresa que dirige. Os dois últimos anos têm sido atormentados para George Chalmers e de feliz plenitude para George Chalmers. Só George Chalmers, na sua sobriedade britânica, sabe avaliar o que é viver intensamente, ora no céu, ora no inferno, nos dois anos que se seguiram ao estremecimento da primeira troca de olhares, que o deixou atordoado. George Chalmers não se contém em George Chalmers.

De então até hoje, Chalmers não deixa de pensar nela um instante. Não fossem os bons ventos que enfunam os negócios e sua determinação, a nova atitude dispersa e evasiva poderia se refletir nos resultados da empresa. Ela não passa despercebida a Catherine, que, no entanto, a atribui à responsabilidade do cargo, às preocupações com os investidores ingleses e ao cansaço. Mas Chalmers não fica apenas nos devaneios. Passa a freqüentar a área de triturar minério uma vez por semana. Depois, mais curioso, duas vezes na mesma semana. Desinibindo-se, vai três vezes. Até que não resiste mais ficar sem ver Giulia — às vezes, mesmo à distância e sem ela notar a sua presença —, e a inclui no seu trajeto diário, antes de ir para o escritório. Quando se sente observado, muda para a hora do almoço, ou no fim do dia. No início, aos trituradores de minério ele parece o chefe implacável, que controla horário, desempenho e produção. Logo se habituam à sua presença. Por mais que Chalmers disfarce, eles percebem a maneira delicada como faz perguntas a Giulia, ensina-a a segurar a lasca, a erguer a mão do pilão e acelerar a inércia com que desaba sobre o minério. Mas, aos olhos deles, são tão gritantes as diferenças entre os dois — de poder, de classe social, de posição na empresa, de nacionalidade, de cultura, de educação, de idioma, de idade etc. —, que a deferência é vista como de chefe para subordinada, de mestre para discípula, de oficial para aprendiz.

Assustada, Giulia não sabe como reagir àquela situação que jamais vivera. Passa a retribuir a deferência com sorrisos infantis e olhares de mulher — irresistível combinação que costuma habitar corpos curiosos de corações inocentes — a um Chalmers que não sabe como agir numa situação que também jamais vivera, e em desacordo com seus princípios religiosos, morais, profissionais etc. Sente-se a cada instante oscilando entre contente, preocupado, animado, envergonhado, eufórico, assustado, feliz, humilhado, confiante, ridículo, supondo que seu rosto pálido toma a cor de cada um desses estados e o desnuda aos olhos dela.

Um dia, volteando a britação, ele a surpreende erguendo um calhau maior do que a boca do pilão e, por não caber, fica com o peso nas mãos. Chalmers corre a tomar-lhe a pedra, sorrindo para que não se assustasse achando que fosse repreensão. Ficam por instantes tão próximos que sente seu arfar quente emendar num sorriso travesso, enquanto o cheiro de flores silvestres lhe invade as narinas. Ao repor a pedra no chão, roça-lhe a roupa de relance e pressente as formas do corpo sob o tecido espesso, salpicado de pó de minério. Mal ele se ergue, ela livra o lenço que envolve a cabeça e, num gesto ágil, toma suas mãos e limpa-as. Chalmers se deslumbra ao ver soltos os cabelos pretos, descendo em madeixas costas abaixo, em contraste com as maçãs do rosto, branca porcelana onde o pano a protege e rubra romã onde o sol a alcança. A beleza juvenil de Giulia e o calor das mãos dela nas suas alçam Chalmers a um estado de contemplação extática que lhe tira o fôlego, até sentir a incômoda aspereza da pele. Ele vira a mão e vê os calos em carne viva na palma roxa e inchada. O sangue brota na mão esquerda. Chalmers contrai o rosto, num esgar de fisgada — de culpa, quem sabe —, quando vê os carnudos lábios de Giulia se alongarem e as maçãs do rosto se moverem num sorriso que ilumina o dia: "Não pode trabalhar nesse estado!" Ela não entende e dá de ombros, rindo. Ele aponta a mão do pilão e, com o mesmo indicador, sugere "não" — ela fica séria. Ele chama o Sr. Dietsch, que, por discrição, o espera à distância, e manda que a leve ao hospital. O rapaz sardento de boina preta, que soca minério no pilão vizinho, atende ao aflito olhar de Giulia, e se aproxima: "Ela pediu para limpar as feridas em casa." Chalmers sorri, simpático: "Diga a ela que é melhor ir ao médico, pode infeccionar. Não precisa trabalhar mais hoje. Nem amanhã. Diga que vai receber os dias sem trabalhar." O rapaz traduz para o dialeto calabrês. Ela sorri e faz sutil vênia a Chalmers. "Leve-a", ele diz ao assistente do Sr. Dietsch. Chalmers acompanha com o olhar ela se afastar, se perguntando por que a maneira de Giulia andar o excita de forma tão vergonhosa. Incapaz de domar a imaginação que, à sua revelia, despe Giulia de uma peça, depois de outra, e outra, até que, na sua branca nudez, os cabelos pretos escorrendo como cachoeira, o corpo firme de menina dá meio giro e vem na sua direção, os seios são duas peras de talos róseos; ele abre os braços para acolhê-lo, quando uma pancada seca corta o delírio — o sardento de boina preta quebra o calhau com a mão do pilão. "Como é seu nome?", pergunta, dando-se tempo para tomar pé. E ele, com voz intimidada: "Giuseppe, senhor." "É parente ou amigo dela?" "Amigo, senhor. Ensino a falar português." "E você sabe falar português?" Giuseppe se inibe: "Para trabalhar, senhor." "Há quanto tempo veio da Itália?" "Um ano, senhor." "E vai à escola?" "Não, senhor." "Não? E ensina a ela? Deve ir à escola, Giuseppe. Vá!" Chalmers se afasta devagar; depois se lembra dos compromissos no escritório e se apressa, animado.

À mesa do jantar, com Catherine, Alexander e Helen, após a contrita oração de agradecimento a Deus pelo pão e pela paz, Chalmers se mantém em silêncio, sem participar da conversa. Embora sua consciência esteja na mesa, observando, com terna gratidão, ora o pálido sorriso da esposa, ora a conversação agitada das crianças, seu desejo está longe dali, aventurando-se por emoções desconhecidas, tão fascinantes quanto perigosas. Sua mente avança, mas seu corpo o retém na mesa segura e afável, da qual é provedor, exemplo e deus. Seu ímpeto é sair correndo e entregar-se às emoções proibidas que o corpo reclama, mas à mesa está a família que ele inventou, fecundou e instalou no país que escolheu. Imagina-se carregando Giulia nua nos braços, as duas peras de bicos róseos ao alcance da boca, mas a austera figura da rainha Vitória na fotografia o traz de volta à mesa, onde Catherine lhe estende a bandeja de frutas descascadas de sobremesa e as crianças se divertem com seu alheamento.

Conduzido pelo assistente do Sr. Dietsch até a vizinhança, George Chalmers chega sozinho à casa de Giulia, levando uma braçada de frutas recém-colhidas. Aos gritos, em dialeto, vizinhas anunciam a visita. Logo Giulia surge à porta em singelos trajes domésticos, descalça, cabelos soltos. Surpresa e intimidada, sorri constrangida, erguendo as mãos enfaixadas até o rosto como a esconder-se, para logo se recompor, murmurando sons incompreensíveis e, com sutil inclinação do corpo, recuar um passo de braços estendidos, convidando-o a entrar. Ele entrega as frutas, ela acolhe de braços unidos e mãos para baixo. Ele entra, enquanto ela desaparece nos fundos da casa. Sozinho na sala, Chalmers limpa uma mão na outra. Sente-se desconfortável, não se reconhecendo na ousadia da visita — pela primeira vez entra na casa de um não-inglês —, mas decidido a continuar. Observa a mesa de jantar feita de troncos aplainados, assim como os bancos. Num canto, o oratório católico, rosário pendurado, crucifixo de madeira, imagens de santos e vela acesa. Pela janela aberta, vizinhos o observam. Giulia volta de sapatos, vestido fechado e cabelo preso. Nota que ele sente as mãos sujas, pede, com gesto, que espere, e quer voltar aos fundos, mas ele a retém pelo braço. Ela estaca, o corpo contraído pelo toque inesperado, que ele mantém firme. Ela gira o corpo rígido e, de frente para Chalmers, evita olhá-lo nos olhos. Com a mão livre, ele aponta sua cabeça — ela abre um sorriso iluminado, arranca o lenço do cabelo e lhe dá — madeixas negras rolam sobre as costas —; ele limpa as mãos. Aos poucos, ele também ri, num jogo não-verbal de mútuo acolhimento, que demole as barreiras de idioma, posição social, cultura, religião e idade. A mãe de Giulia se insinua em silêncio na sala, cabisbaixa e serena, as mãos cruzadas sobre o abdômen, e se inclina ligeiramente em reverência, obrigando Chalmers a retribuir com sutil vênia. Corpulenta, com vestes escuras, fechadas e compridas, ela não lhe estende a mão nem o olha de frente. Num silêncio de submissão, mantém-se cabisbaixa, embora os olhos, escravos da curiosidade, girem do chão a Chalmers, à filha, ao chão. Giulia sussurra-lhe umas palavras e ela, admirada, concorda com movimentos de cabeça, como se confirmasse algo sabido. Chalmers tenta explicar, com gestos, palavras e indicações, que visita a funcionária que feriu a mão no trabalho. Ela balança a cabeça, respeitosa, como se falasse com o papa em pessoa. Logo ele se despede, culpado pelo impulso que o levara ao excesso.

No escritório, manda o assistente tomar algumas providências: abrir crédito de alimentos, remédios, roupas e calçados para Giulia e a família, autorizar tratamento médico e dentário, marcar com o professor de português da empresa um curso intensivo e transferi-la da trituração de minério para a biblioteca. As mudanças são de interesse da empresa, portanto, sem prejuízo do salário mensal. Por fim, manda instalar a família de Giulia numa das casas recém-construídas. Medidas administrativas como estas, que têm imediata repercussão na vida de Giulia e parentes, são simples de tomar. Difíceis são outras, as que dependem da aceitação dela ou da coragem dele.

À noite, tudo é paz e tranqüilidade em casa. Chalmers tem em Catherine a esposa abnegada e a mãe extremada, com um espírito cordato e submisso às suas decisões, como a de manter distância das mulheres brasileiras; de fazer amigas, sim, desde que sejam inglesas. A diversão de Catherine é tomar chá às cinco da tarde, jogar cartas, bordar e escrever cartas à família e às amigas na

Inglaterra. Cristã, temente a Deus, ela respeita Seus desígnios, lê diariamente a Bíblia, ora todas as noites, ouve com devota atenção os sermões dominicais do reverendo Newbould e, como súdita fiel, respeita Sua Majestade, a rainha Vitória, coroada por designação divina. Compreende a abstinência sexual do marido — questão de foro íntimo, que não merece atenção do cristão — como renúncia de pai responsável, que não quer aumentar a prole no estrangeiro. A dedicação de mulher perfeita na humildade, que desliza suave e silenciosa pelos espaços domésticos, agrava o dilaceramento interior de Chalmers, para quem magoar Catherine é imperdoável.

Porém, são cada vez mais freqüentes as noites em que, tomado de indomável insônia, deixa-a sozinha na cama, para não perturbar seu merecido repouso e, madrugada alta, quando os demônios estão soltos, vai para a sala, onde sonha com Giulia. Nessas noites, sua imaginação se liberta das camisas-de-força do presente, do passado e até do futuro, ultrapassa sua modesta experiência com as mulheres e tudo que a sua fantasia já fora capaz de inventar, e, numa profusão, cria imagens e situações excitantes até o dia surpreendê-lo de olhos abertos.

À luz do dia, com as responsabilidades de pai, esposo e diretor-superintendente, Chalmers mantém os demônios noturnos a uma distância segura — recusa-se a lembrar o que imaginou, e, quando as imagens ressurgem e se impõem, pensa em questões objetivas, decisões a serem tomadas, medidas a serem executadas. Décadas de vida inglesa, na família, na escola, na igreja, no trabalho e na convivência social mostraram as virtudes da discrição, do recato e da sobriedade em relação às emoções e aos sentimentos, e lhe ensinaram a manter um imperturbável controle. Embora consiga preservar a aparência, ao menor descuido o que sente por Giulia emerge, e ele precisa robustecer o controle. Na maior parte do tempo, sente-se envergonhado do que é capaz de imaginar, e assustado ao pensar aonde isso pode levá-lo. Mas quando está animado, ou o desejo de ver Giulia torna-se irresistível, passa a não ver nada de errado no fato de um homem maduro estar desesperadamente apaixonado por uma menina.

Com o pretexto de consultar números atrasados do *The Mining Journal*, Chalmers manda avisar a Giulia que o espere após o horário de trabalho na biblioteca — modesta construção escondida por arbustos a alguns passos do seu escritório. Nas estantes, uns 900 volumes, 800 dos quais para empréstimo, e o restante para fins escolares, além dos arquivos de documentos, mapas, periódicos e livros técnicos. A funcionária responsável estranha o recado, mas não faz comentários nem perguntas; a maturidade lhe ensinou a deduzir em silêncio.

Sorridente, Giulia ergue as mãos espalmadas, nuas, limpas e lisas assim que Chalmers entra, impactado com a transformação que o novo trabalho, a nova casa etc. fizeram na menina, e contente com a impressão de que ela se preparara para recebê-lo. O que já era belo em Giulia tornou-se belíssimo. A pele clara e suave nas mínimas partes descobertas do corpo, cabelos aparados e penteados, roupa sóbria — blusa clara, saia escura e sapatos ingleses. É outra mulher e, parece, outra pessoa. Mais surpresa: já fala algumas palavras em português, o que Chalmers fica sabendo ao segurar entre as suas as mãos espalmadas dela e confirmar, acariciando-as, que não há vestígios de ferimentos — estão, de fato, curadas. Num gesto impetuoso, leva as mãos dela aos lábios e beija uma e outra palma. Ela recolhe as mãos rapidamente, "*Non, signor! Non puode bezo!*", deixando as dele vazias no ar. Chalmers sente como um soco no estômago a reação de Giulia ao gesto impensado, que o deixa na imperdoável condição de ter abusado da confiança, se beneficiado do poder e violado a amizade. O que mais dói, no entanto, como um tiro após o soco, é ter sido chamado de senhor — mesmo num português desfigurado, senhor é alguém distante, embalsamado pelo tempo. Revelando que sentiu os golpes, diz com sincera humildade: "Mil desculpas, Giulia. Não devia ter feito." Ela percebe que ele se arrependeu e tenta relevar: "E o *mio* português, *va bene*?" Ele se apega à bóia que ela lançou: "Muito bem. Melhor do que o meu." "*Non, non, non...!*", diz ela sorrindo: "*É mai fàcile per una italiana que per uno inglês* o português, *no*?" "Você está falando em português." "*Non, non, parlando*, falando *non; mai capisco*, entendo *migliore*; milhor, *è vero*." E perdendo a inibição de errar, Giulia fala do quanto seus pais estão felizes e se sentem prestigiados por morar na nova casa: deixaram de resmungar com saudade da Itália, e para retribuir a bondade do superintendente, acenderam no oratório dez velas, das usadas no fundo da mina. Fala com emoção da alegria de trabalhar na biblioteca e estudar português. Diz que, apesar de não ter ido à escola e ser ignorante, tem paixão pelo conhecimento — seus olhos umedecem. Seu sonho é estudar para ler os livros grossos e profundos como os que lia o professor Nicolai Strazzer, da sua comuna, Martirano Lombardo, onde nasceu e viveu até vir para o Brasil. Martirano fica na região de Catanzaro, Calábria, na Itália, *il belpaese*. Nicolai era vesgo e puxava de uma perna; ela nem notava, tão encantada com a inteligência dele, capaz de entender os escritos e apreciar os desenhos daqueles livros.

Chalmers devora com olhos, ouvidos e poros tudo o que emana de Giulia. Jamais vira pessoa tão encantadora e cativante, e percebe que ela não tem consciência da própria vivacidade, da sua força humana, da sua beleza e de seu estonteante poder de sedução. Giulia pouco sabe de si e de seus encantos, age com espontaneidade instintiva. Esquecido da reação aos beijos nas mãos, Chalmers está de novo embevecido, coração aos pulos, arrebatado pela paixão. No momento em que ela se ajoelha aos seus pés — fulguração de toda a acumulação de poder da Coroa inglesa, da República brasileira, da Justiça, Religião e Ciência — e agradece ao "*maestro il favore*", o favor, "*tuo slancio amicable*", gesto amigável na "*battaglia della sopravviventia*", na "*realtà della vita, che*" realidade da vida que é "*stata amara*", amarga, Chalmers a ergue e, fulguração feita homem, acolhe seu pescoço entre as mãos. Rosto no rosto, olhos nos olhos, ele tem certeza de que ela o sabe possuído do desejo pela maneira como o olha nos olhos, que é, ao mesmo tempo, convite e desafio. Perturbado, sente que é enlouquecedor que num mesmo corpo habitem dois seres em uma mesma pessoa, a menina desamparada, terna e sonhadora e uma mulher atrevida com lampejos de sensualidade selvagem. Fascinado, ele beija seu rosto, ela sussurra ofegante "*Follie*", loucura, ele beija duas vezes, "*Follie*", beija várias vezes, "*uno spazio de anni ci separa*", muitos anos nos separam, "*ma rapido un tuo gesto*", mas um breve gesto seu, "*annulla la distanza*", acaba com a distância, até chegar aos lábios, que resistem fechados, e ele não se atreve a beijá-los; então, toca-os com temor e respeito, até se abrirem timidamente e, depois, com voluptuosa voracidade, beijam-se por longo tempo.

Nos dias que se seguem, sobretudo nas noites, Chalmers se imagina em várias situações, num mundo partido ao meio. Numa delas, sentado no banco dos réus do tribunal presidido pelo reverendo Newbould, diante do júri formado por várias rainhas Vitória, tendo na assistência incontáveis Catherine, Alexander, Helen, investidores ingleses e a mãe de Giulia, que chora diante do corpo da filha, um anjo pálido de 7 anos num caixão branco, cercado de velas acesas. Enquanto as juradas e a assistência vociferam apontando-o, em sereno silêncio ele vê pela janela o vento balançar a forca pendurada na árvore.

Tomado de avassalador desejo por Giulia, o que considera antinatural, intempestivo e quase monstruoso, Chalmers descobre, pasmo, inimaginável interesse por mocinhas e adolescentes, que jamais sentira antes — esta idade nunca atraíra sua atenção. E se surpreende em inconcebíveis transes de contemplação, espreitas furtivas, em estados de êxtase e encantamento que, ao se dar conta, enchem-no de vergonha e desprezo por si mesmo. Escravo do desejo por uma menina, sente-se um fraco, um *voyeur* descontrolado, quem sabe um criminoso prestes a agir.

Preocupada com o silêncio taciturno do marido, que zanza pela casa como zumbi, Catherine passa a acudir suas insônias. Quando ele se levanta de madrugada, ela salta da cama, vai para a cozinha e faz-lhe um bule de chá de erva-cidreira, como ensinou a esposa do gerente do armazém. Três xícaras de chá e duas horas de silêncio depois, vê, satisfeita, o marido dormir como um anjo.

Nos fins de tarde, nas manhãs preguiçosas de sol tépido ou nas tardes calorentas, Chalmers manda recados para Giulia ir encontrá-lo em recantos nos arredores. E de carroção, charrete, a cavalo ou mesmo a pé, saem a passear por trilhas nas montanhas, gramados, relvas à margem de riachos, rios, cachoeiras, à sombra de árvores centenárias, grutas e cavernas.

Numa suave manhã de outono, Chalmers e Giulia passeiam de charrete, depois de se encontrarem atrás de um casarão abandonado. Num vestidinho leve e vaporoso, a cabeça coberta por delicado chapéu branco com fitas esvoaçantes, ela está diabolicamente sedutora — ora criança meiga e inocente, ora mulher provocante e irresistível. Depois, subindo o morro, passam à distância da Vila do Retiro, cruzam o portão e seguem a trilha à margem do riacho. Passam por colinas e vales, e param à margem do Rego dos Cristais, cuja nascente é mais adiante, no Morro das Cabeceiras. Desmontam, sentam-se à sombra de um centenário carvalho, em cujo tronco Chalmers se recosta. Mordiscando um capim que acaba de colher, Giulia tira o chapéu, deita-se na relva e repousa a cabeça sobre a barriga dele. A brisa leve, o suave marulhar da água correndo e o cantar dos passarinhos dão a sensação de calma e plenitude, de que o mundo está em paz e os homens, felizes.

Com mão leve e dedos que mal a tocam, Chalmers acaricia os cabelos de Giulia, distraída com o beija-flor que voa de uma flor à outra. Ele desliza as carícias para a pele suave do pescoço, sentindo na ponta dos dedos os arrepios da penugem eriçada e os estremecimentos do corpo de menina-moça. De baixo, ela lança o olhar de longos cílios e, com uma piscadela marota, sinaliza cumplicidade. Passado algum tempo, ela gira o corpo e, esfregando-o ao dele, parece nua, tão leve o vestido, seios e coxas roçando, pernas se encaixando, sobe até ficarem rosto com rosto, corpo com corpo. Ele sente o perfume adocicado e as veias latejarem. Ofegante e irresistivelmente atraída, ela aproxima com languidez a boca e beija-lhe o rosto. Ele retribui beijando levemente o canto da sua boca, de lábios fechados que, ao toque, vão se entreabrindo; ele beija a orelha e, de volta, beija de novo os lábios, agora abertos. As línguas enlaçadas movem-se de uma boca à outra em ardentes contorções. Seu frágil corpo estremece em arrepios sucessivos. No rosto se desenha uma expressão que combina prazer e dor. Com um bote, ela lhe envolve a orelha com a boca aberta, ele a aperta contra seu corpo. Sem se desprender dele, Giulia se livra das roupas de ambos em movimentos bruscos e enérgicos. Por instantes Chalmers esquece o risco e o medo, e entrega-se ao prazer. E seus corpos se penetram pela primeira vez.

Na noite chuvosa de inverno, relâmpagos e trovões cruzando o céu, Chalmers, de chapéu e capa, desembarca da charrete e entra correndo na biblioteca, a fim de consultar exemplares do *The Mining Journal*, conforme mandara avisar. Assustada com a tempestade, Giulia o espera ansiosa. Mal se cumprimentam, ela anuncia a novidade: "Prepare-se, George. Vou ter um filho seu."

O 14 Bis mais balança do que avança pela estrada de terra, erguendo um rastro flutuante de poeira vermelha. Ao volante, Zé Bolero enxuga com o indicador o suor acumulado na testa, entre o *ray-ban* e o quepe. A seu lado, Ralph, o corpo trepidando e tombando de um lado para outro como barco à deriva. Na brusca mudança de ânimo, trocou o ar bem-disposto pelo entediado exaurido — o roupão aberto exibe o peludo peito suado —, óculos escuros e mau humor: "Esse rabecão vai pular até eu cagar os miúdos?" "Respeita minha viatura: rabecão, o caralho!" Ralph ouve sem reagir, o olhar perdido na vasta extensão de abandono. Depois, olha à frente: a esteira de terra vermelha vai sendo engolida sob o seu corpo, à medida que o 14 Bis avança. "Estou reconhecendo essa estrada. Por que, diabos, voltar a Desterro?" "O álcool tá derretendo teus miolos, seu Ralph. Nunca fomos a Desterro. Vamos agora." "Você é que, sem álcool, não se lembra de nada", Ralph defende-se atacando: "Claro que estivemos em Desterro. Pra refrescar sua memória, depois da audição, fomos — eu e você — pra zona, lembra? Você achou que era zona de luxo porque tinha piano, e foi embora. Eu fiquei por lá, toquei até tarde, tomei uma garrafa de conhaque e dormi com uma das meninas." Zé Bolero dá gargalhadas de sacudir o corpo: "Não, seu Ralph. Ali não era Desterro, não. Agora a gente vai a Desterro. Não sabe que o álcool queima os miolos?" Ralph pára de rir e, com o rosto vermelho, limita-se a resmungar: "Não enche o saco!" Com o balanço, o calor e a poeira sufocantes, o riso mina perigosamente a tolerância. Zé Bolero muda de assunto: "E a cidade de ontem, qual era mesmo o nome?" "Sei lá. Não vi. Nem saí do bar, que fechou cedo. A cidade morreu de repente. Vim tomar a saideira nesse rabecão. Quase te acordei pra conversar." Zé Bolero persigna-se, mãos grossas, escuras de graxa: "Deus me poupou dessa!" E se cala, percebendo que é hora de deixar Ralph entregue ao silêncio. Sabe que, como a espuma, em pouco tempo se acalmará e suas feições perderão o rubor. Volta sua atenção para a estrada, o volante e a velocidade. Depois de longo silêncio, fala num tom baixo: "Orlanda comentou com o senhor que dona Diva amanheceu de ovo virado?" "Não", responde Ralph. "O que é dessa vez?" "Sei não. Diz que ouviu uma notícia no rádio e ficou mal." "Ficou sabendo que o mundo vai acabar?" "Sei lá. Diz que não consegue abrir os olhos nem sair da cama." "Ela só não pode é deixar de cantar onde a gente for. O resto, pode ficar à vontade." Zé Bolero dá uma gargalhada.

Ralph olha o mapa. Grifado em vermelho, o trajeto percorrido cruza o país, indo e vindo, de leste a oeste, de sudeste ao sul. A trepidação do 14 Bis impede que localize Desterro. Rubro de impaciência, desiste. Zé Bolero não se contém, e ri: "Calma, seu Ralph." "Não estou nervoso", ele diz, "estou de saco cheio de viajar." Irritado, aperta os olhos por trás dos óculos escuros: "Não agüento mais!" Depois de um tempo em silêncio, volta à carga: "Em quantas cidades já fomos?" Zé Bolero tira uma caderneta do porta-luvas: "Desterro vai ser a número 94." Ralph se espanta: "94? Tem certeza? Fomos a 94 cidades?" "Não, fomos a 93. Desterro completa 94!", corrige Zé Bolero. Ralph reclama: "A gente vive mais na estrada do que na cidade! Um vai-e-vem sem fim!" Na reclamação, o sentimento de tempo perdido, de esforço vão, de desperdício de vida. O descampado tremula com o calor que se ergue do chão. O ruído permanente do motor e a monotonia da paisagem pesam no clima de desolação e cansaço. Ralph observa detidamente Zé Bolero, acompanha cada movimento do que agora se lhe afigura um estranho trabalho, conduzir aquela máquina de transportar: "E você?" Zé Bolero pensa antes de responder: "Gosto de viajar, mas estiradas de muitas horas durante o dia, por dias seguidos, me arrebentam." Ralph o avalia: "Há quantas horas tá dirigindo?" Zé Bolero olha o relógio junto ao odômetro: "Mais de oito. O pior é o calor. Daqui a pouco, dá pra fritar ovo no capô." Ralph olha para a frente, espreguiça e boceja: "Merda! Nem dormir se pode!" Zé Bolero se diverte com o cansaço entediado de Ralph: "O senhor dorme demais, seu Ralph. Perde a vida na cama." "Na cama ganho a vida", retruca Ralph. "Se não dormir, vou fazer o quê? Toco tanto que ninguém agüenta mais ouvir piano aqui. Já não tenho o que ler; por estas bandas, livraria é mais rara que piano. Estou lendo pela terceira vez o mesmo livro. Tem coisa mais estúpida do que reler história policial?"

COM A ATITUDE RESOLUTA DE LEVAR MARGÔ, OU MELHOR, MERCIANA, PELO pescoço de volta à casa, Orlando, sem querer, toca o misterioso coração feminino — e não só o da sua mulher, como os das outras mulheres do bordel e das que souberam do acontecido, inclusive casadas, solteiras e castas. Na opinião delas, Orlando fizera uma declaração de amor ao levar Merciana debaixo de chuva, mesmo sabendo que ela não lhe poderia dar o sonhado filho. Merciana, de sua parte, sente o que nunca sentiu na vida, antes ou depois de ter se casado com a humanidade: sente-se amada por um homem. O amor entre homem e mulher, diz ela, é falado, cantado, recitado, desejado e sonhado, mas nunca se vê: ela teve o privilégio de ouvir, ver e sentir o amor de Orlando. Reza o terço todos os dias, em gratidão a Santa Madalena, por lhe ter concedido — a ela, uma vulgar pecadora — a graça que todas querem e poucas alcançam.

Divina, jovem prostituta a quem, na fase de iniciação, Margô ensinara os segredos da profissão, devota-lhe amizade e admiração. E não apenas a amizade de que todas falam na mesa da boate. Divina reza pela felicidade de Merciana por gratidão, mas também por sonhar com desfecho semelhante para a própria vida. Mesmo tendo mil razões para desconfiar dos homens, passou a admirar Orlando pelo gesto de amor, não por um filho ou uma família, mas pela pessoa dela. Por isso, a tristeza de Merciana a tocou tanto. Condoída de ver a amiga humilhada, infeliz por não poder realizar a mais abençoada e feliz tarefa da mulher, que é dar um filho ao homem que ama, ocorre a Divina uma idéia; na verdade, um plano. E mesmo temendo não ser compreendida, tem a ousadia de sugerir.

Merciana deveria procurar um mestre espiritual, desses que, pela fé mística e os dons superiores, fazem tratamentos, cirurgias e curas milagrosas, e pedir ajuda para engravidar. Merciana admite que já pensara na idéia, mas tinha desistido por não acreditar que fosse possível no seu caso. Divina já ouvira mil histórias de graças e curas alcançadas, até por pessoas desenganadas. Quando Merciana pergunta se tem algum em quem acredita para indicar, Divina se esquiva, diz que há tantos que não é difícil achar algum, embora não tenha um nome para sugerir. E explica: o importante para o plano dar certo é que o mestre espiritual não more perto; que demore alguns dias para ela ir, enfrentar a fila, ser atendida, cumprir as primeiras obrigações e voltar. Merciana não entende a necessidade da distância nem do número de dias. Divina explica que a parte mais delicada do plano é justamente durante os dias em que ela estiver ausente. Por precaução, quanto mais dias estiver fora, maior a chance de dar certo. E o mais importante: que ela vá sem o Orlando. Desconfiada, Merciana não entende por quê: se é para engravidar, como o marido pode estar ausente. Na verdade, sente enciumada desconfiança pelo fato de o pai não poder viajar com ela. Embaraçada com as perguntas, Divina desiste de expor o plano, com medo de não ser compreendida. Merciana insiste para que ela diga, pois confia na sua amizade, sabe que ela quer ajudar, desculpa-se por seus temores e jura que não fará mais perguntas. Com cuidado na maneira de falar e escolhendo as palavras, Divina prossegue.

Enquanto Merciana estiver em consulta ao mestre, Divina irá se aproximar de Orlando e levá-lo para a cama. Divina faz uma pausa intencional — Merciana se limita a abaixar a cabeça sem dizer nada. Divina continua: se escolherem os dias bem contados, poderá engravidar de Orlando. Continua falando, sem se perturbar com os olhos arregalados da amiga: na volta da consulta, dirá que, por exigência do mestre, não haverá sexo até o bebê nascer — é claro que Orlando sacrificará uns meses de prazer para ter no mundo alguém com o seu sangue. Ao longo de nove meses, sua barriga vai inflar lentamente com panos, enquanto o ventre de Divina gestará o filho de Orlando, que, numa troca de mãos, nascerá de Merciana.

O silencioso tumulto que agita Merciana deixa Divina apreensiva com a reação. Atordoada, ela não consegue ordenar as idéias. Anda de um lado para o outro, enfia as mãos pelos cabelos — rarefeitos pela acumulação de tinturas louras, hoje castanho-escuras —, estala os dedos. O medo de tudo dar errado não apaga a esperança de dar certo. Entre eufórica e apavorada, Merciana abraça Divina, reconhecendo a generosa amizade. E, abraçada, murmura, sem olhar nos olhos da amiga: Divina estaria interessada em Orlando? Num tom de quem entende a desconfiança mas não esconde o desapontamento, Divina sussurra, em resposta, um argumento convincente: se Orlando é considerado por todas as meninas velho para Merciana, é muito mais para ela, que tem pouco mais da metade da sua idade e, decididamente, não aprecia idosos — o que ressalta o desprendido esforço da sua oferta. Merciana não está satisfeita: Orlando tem dinheiro; um velho rico é ótimo marido para qualquer mulher, ainda mais para mulheres da vida. Divina puxa pela memória da amiga, lembrando a época em que a ajudara a preparar o enxoval de casamento. Em conversa íntima, Merciana lhe perguntara, pedindo franqueza na resposta, em que, na sua opinião, seu casamento poderia dar errado, e ela dissera — tá lembrada? — que era justamente o dinheiro de Orlando. E o seu temor vinha da sua própria família. Sua mãe se casara com um homem rico que, por isso, se julgava dono não só da mãe, como dos filhos. Tão dono que abusou dela à força, e como ela o denunciou à mãe, expulsou-a de casa. Convencida, Merciana recua o rosto e, pela primeira vez na conversa, olha Divina nos olhos. Num sussurro, quer saber se lhe dará mesmo a criança. Divina confirma em silêncio. Assim que parir? Divina confirma. Jura por Deus? Divina jura e acrescenta uma pergunta: como cuidaria de um bebê na zona? E guardará segredo até morte?, insiste Merciana. Divina confirma. Merciana abraça apertado a amiga, inundada de esperança e gratidão, que nunca sentira na vida.

CONVIDADOS A ASSISTIR AO SHOW DO CASSINO DA URCA, ONDE SE APRESENTARÃO na noite seguinte, os músicos do Billy Byas Jazz Quartet chegam, no Buick 46, ao número 13 — sugestivo para um cassino — da Avenida João Luís Alves. Ao desembarcar, trocam olhares, impressionados com o tamanho e a imponência. Ali mesmo na entrada, o tradutor com pedregulhos na boca mostra, do outro lado da rua, a agitação no salão de jogo freqüentado pelo público mais modesto, tão concorrido que abre antes e fecha depois do próprio cassino. Apelidado de "necrotério" — o que arranca gargalhadas —, é o orgulho do proprietário, Joaquim Rolla, por facilitar o acesso dos pobres e demolir a idéia de que o jogo é diversão de rico. Pelo preço de um ingresso de cinema pode-se assistir ao show e dispor de algumas fichas para jogar — uma vez perdidas, diz Rolla, o apostador se anima e não pára mais. A partir daí, ganha o cassino, isto é, Joaquim Rolla.

Nos luxuosos salões, de tapetes macios e cortinas que cobrem a extensão das paredes, lustres de cristal irradiam feérica iluminação — jogador não deve saber se é dia ou noite para não apressar a partida —, e a sofisticação nada deve aos cassinos europeus. Pelos salões, o tradutor de pedregulhos na boca identifica embaixadores, ministros, políticos, militares de alta patente, burocratas de alto escalão, banqueiros, industriais, fazendeiros, negociantes, *playboys*, jornalistas, artistas, prostitutas de luxo, viciados e celebridades com poder de jogo, que circulam de *summers*, *smokings* e *soirées*. Profissionais especializados na indústria do jogo comandam roletas, mesas de bacará e campista — a jogatina emprega centenas de pessoas e o dinheiro flui como rio de forte correnteza. Por ser o porto do Rio de Janeiro escala obrigatória na rota marítima do Atlântico, o Cassino da Urca foi incluído nas turnês dos artistas norte-americanos contratados por empresários argentinos. Na ausência deles, os artistas populares nativos, da música e do teatro de variedades.

Recebido como celebridade, servido de champanhe e caviar, assediado por fotógrafos, repórteres, artistas locais, admiradores e fogosas beldades, o Billy Byas Jazz Quartet é acomodado na mesa do próprio Joaquim Rolla, de onde, pela estratégica posição, ele controla o movimento do jogo e as atrações do palco, fiel à máxima rural mineira de que o gado só engorda sob o olhar do dono. Como é do seu feitio, Carlos Machado, diretor artístico e regente da orquestra titular, aproxima-se, efusivo e histriônico, da célebre mesa para dar as boas-vindas. Apresentado como destacado regente brasileiro no jantar da noite anterior, atrai a atenção dos norte-americanos, que o acolhem com gentil curiosidade. Joaquim Rolla manda que ele traduza para os visitantes o folheto de divulgação: "O *grill* da Urca se tornou recinto obrigatório da sociedade carioca. Onde passar uma noite agradável? Na Urca. Como obsequiar um amigo? Na Urca. Onde ver alguns números da boa arte musical ou coreográfica? Na Urca. E assim toda a gente boa do Rio vai à Urca." Rolla manda que ele conte como foram as apresentações de Bing Crosby, o mais popular cantor americano, e de Ray Ventura e sua orquestra, da qual fazia parte Henri Salvador. Machado conta com detalhes e, quando quer se calar, Rolla manda falar dos shows de Tony Bennett, Edith Piaf, Jean Sablon, Amália Rodrigues. O tradutor com pedregulhos na boca lembra o físico russo George Gamow, que, vendo a rapidez com que sua mulher perdia na roleta, associou-a à fuga em avalanche dos neutrinos na estrela que morre, e chamou de Urca o fenômeno que descobrira: Ultra Rapid CAtastrophe — lendo-se as maiúsculas.

Machado e o tradutor se sucedem nas exaustivas descrições, para orgulho de Rolla. Quando acham que esgotaram as lembranças, Rolla manda contar que Orson Welles filmou ali o seu *It's all truth*, e que, naquele palco, Carmem Miranda e o Bando da Lua foram descobertos pelo empresário Lee Shubert, que os levou para Nova York, onde ela se tornou a *Brazilian bombshell.*

Ao grito de "A, E, I, O, Urca!" do apresentador, a atenção dos presentes se volta para o palco, e começa o primeiro dos dois shows da noite. A Brazilian Serenades, a mais famosa orquestra brasileira, ataca "In Acapulco" — os sessenta músicos, com chapéus-panamá, jaquetões vermelhos, camisas floridas, calças brancas, sorriem e rebolam, tendo à frente Carlos Machado, metido num *summer* de cetim grená, que insinua passos de dança e acompanha os ritmos com a maraca. Conhecedor do *music hall*, sabe que para animar o salão não basta uma orquestra; é preciso uma festa cênica, com coreografia, iluminação, figurinos e até um *crooner* que corre de um lado a outro do palco, rola sobre o piano e cria novidades, mesmo bizarras — para pasmo dos jazzistas. Como nada disso se via antes no Rio, Machado inovou e virou lenda do teatro de revista e do musical, embora incapaz de distinguir o dó de um fá, o que levou Rolla a contratar um maestro de verdade para ensaiar a orquestra. Após a abertura, anunciam-se as atrações — cantoras, comediantes e vedetes —, entre as quais Emilinha Borba, Marlene, Grande Otelo, Virgínia Lane, Fada Santoro, as irmãs Linda e Dircinha Batista, Dalva de Oliveira.

Na platéia, o quarteto troca olhares irônicos e Billy Byas desvia o olhar da orquestra para o palco onde se apresentará: tem três níveis, modernos recursos cenotécnicos, fosso móvel — a orquestra pode aparecer e desaparecer da vista do público — e uma cortina de espelhos, que o tradutor diz ser única no mundo e criação brasileira, faz com que a boca de cena reflita o amplo salão circular do *grill*, e a platéia se vê no lugar dos artistas. "Incluindo o mezanino", responde o tradutor a Byas, "na platéia, climatizada e de acústica perfeita, cabem três mil pessoas sentadas." Chocado com a desafinação do piano, pede a atenção de Byas: será um fiasco tocar aquele o instrumento — não ousa dizer, mas odeia piano pintado de branco, idéia de Carlos Machado, para sua valorização cênica.

Findo o show, a platéia volta às mesas de jogo, e funcionários conduzem os norte-americanos aos bastidores. Depois de atravessar um labirinto de cenários, coxia e camarins, saem para a praia nos fundos, e no cais tomam lugar na barca, onde estão, com os mesmos figurinos e renovando a maquiagem, os comediantes que participaram do show, assim como os músicos da orquestra com seus chapéus-panamá, jaquetões vermelhos, camisas floridas e instrumentos na mão. Uma vez embarcados, o tradutor anuncia que Joaquim Rolla lhes oferecerá o jantar em outro cassino de sua propriedade, em Niterói, do outro lado da baía — tendo se excedido no champanhe durante o show, mais pedregulhos rolam em sua boca e o seu inglês ganha a pronúncia de árabe arcaico. Os americanos não entendem, mas, com tantos artistas na barca, imaginam uma festa-surpresa em alguma ilha paradisíaca da baía. A barca zarpa, avançando pelo mar escuro. Durante a travessia, todos se deslumbram com o colar de pérolas de luzes na orla do Rio de Janeiro.

LAVÍNIA PERMANECE NA MESMA INSÓLITA SITUAÇÃO. NÃO É INCOMODADA nem acolhida pelos novos moradores da mansão: trabalha como jardineira e não recebe salário, mora no bangalô e não paga aluguel. Perdura a apreensão quanto à sua própria presença não-autorizada e, ainda mais aflitiva, a presença clandestina de Diva — embora ultimamente menos dramática: entrando e saindo pelo portão lateral com o uniforme do jardim-de-infância, é improvável que ainda não tenha sido vista, por maior que seja a mansão e por mais descuidados que sejam os novos patrões. Há tanto tempo sem se manifestarem, o silêncio só pode ser entendido como generosidade ou indiferença, não como desconhecimento. Constança acha que o pedido dos antigos patrões para a sua permanência, os novos o estenderam naturalmente a sua filha e sua neta. Repete-se a mesma atitude dos antigos patrões quando da morte de Nicanor; há proteção, não segurança; há esperança, não garantia.

Com o tempo, porém, outros problemas se agravam. Findo o dinheiro que Lavínia apurou com a venda da mobília de sua casa, quando era casada, ela não arranja emprego. Pede indicações aos conhecidos, compra o jornal todo dia, grifa uns anúncios, passa o dia zanzando pela cidade, oferecendo-se para trabalhar, fazendo testes e entrevistas em fábricas, armazéns, escritórios e lojas: gasta as últimas economias com ônibus — em vão. Desespera-se.

Por sugestão de uma ex-vizinha, tem se dedicado a um emprego noturno. Não se sabe exatamente onde, nem qual é o trabalho. Tendo que ir toda noite, sugere que é como cantora. Mas passa a fumar feito chaminé, e a voz anda tão rouca que mal consegue falar. Vive bocejando e queixando-se de cansaço; não gosta do que faz, mas alega que a necessidade não lhe deixa escolha — quando Diva reclama sua presença, diz que é uma ocupação temporária, logo ficará em casa à noite e não passará o dia dormindo. Constança, que como mãe teria autoridade para fazer perguntas, prefere o silêncio cúmplice da gratidão — e faz a sua parte: todos os dias varre a casa, arruma as camas, limpa o banheiro, lava a roupa, faz a comida, cuida da neta, e nunca lhe falta tempo para, sentada na cadeira de balanço, contar histórias que encantam, enfeitam e alegram a vida de Diva.

Mal chega do trabalho ao amanhecer, Lavínia corre a lavar o rosto. Debaixo da torneira, o líquido pastoso que escorre não tem cor definida. Pela porta entreaberta do banheiro, Diva já viu que vai do vermelho ao preto, passando por azul, rosa, marrom, enfim, um opaco arco-íris. Depois, ela dorme uma ou duas horas, acorda de rosto lavado — a palidez ressalta o roxo das enormes olheiras —, calça as luvas com cuidado, para não lascar as longas unhas vermelhas, e vai cuidar do jardim. Arranca folhas secas e flores murchas, tira os parasitas, cobre de terra as raízes. É tanto a fazer que quando o sol avança para o meio do céu, arrastando denso calor, ainda está aguando as plantas.

Ao acordar de manhã, a primeira coisa que Diva faz é correr para o quarto da mãe e ver se a cama está amassada, os lençóis amarrotados, e ter certeza de que ela dormiu em casa. Muitas vezes, encontra a cama do mesmo jeito que Vó Constança arrumou na noite anterior e se sente abandonada, roubada, traída. Não contém o choro nem com as tentativas da avó de consolá-la. Senta-se à porta do quarto com a boneca e fica olhando a cama arrumada. Jura para a boneca que nunca a abandonará, que dormirá em casa todas as noites. Mas há dias em que, da porta do quarto, vê os lençóis repuxados e amassados. E corre, alegre, para o jardim, rosto afogueado, coração aos pulos, e salta nos braços da mãe, abraça-a e a beija inúmeras vezes. Depois, confortada e em paz, senta no degrau, as mãozinhas segurando o queixo, e enquanto a mãe cuida das plantas, ela conta infindáveis histórias sobre arco-íris, beija-flor e estrela cadente.

Numa sexta-feira à tarde, chega a terrível notícia — em situações precárias, por mais que se queira definição, qualquer notícia cria pânico —: os moradores da mansão vão se mudar. Os bangalôs serão esvaziados e os empregados, despedidos. O impacto transtorna Constança e Lavínia, e repercute em Diva. São tristes os dias que se seguem. Não há muito a dizer, não há nada a fazer: baixa um pesado silêncio de perplexidade e desamparo. Lavínia chora escondida no banheiro. Aos prantos, Constança se abraça às árvores que ajudou o marido a plantar. Sem entender direito o que se passa, Diva sente o clima enquanto tenta costurar a barriga estripada de sua boneca ou garatujar com lápis de cor a sua família, formada por três mulheres. E sob o peso de ser responsável pela mãe, pela filha e por si, Lavínia se entrega ao trabalho, amedrontada com a vida que as espera fora do bangalô.

NA LACUNA DEIXADA PELA FUGA DO SOL, RESTA UM CÉU AZUL SEM BRILHO. Na paisagem, sutil mudança na vegetação: aqui e ali, um juazeiro ou um jequitibá; nos arbustos retorcidos mais próximos da estrada, as folhas estão esverdeadas; a terra, um pouco mais escura, parece fértil. Em um ou outro galho, um pássaro, e sente-se no vento o friozinho da umidade. Diva se afasta da janela e sai da cabine. Aguça o faro e deixa-se conduzir mais pelo aroma do café fresco do que pela voz de Orlanda, que da cozinha responde aos seus chamados. Lá a encontra, rosto encoberto pelo vapor, virando a água fervente no coador. Diante dela, no entanto, muda bruscamente a intenção: em vez de referir-se ao café, cujo aroma a atraiu, pergunta: "Como ficou o acerto em Desterro?" Orlanda olha para a saleta antes de responder — Diva segue seu olhar e se depara com Ralph escarrapachado na cadeira de vime, livro aberto diante dos olhos, que, ao vê-la, pergunta: "Você está bem? O que aconteceu?" "Estou bem, obrigada", ela responde, e girando nos calcanhares, retorna à cabine, deixando a ordem no ar: "Quando acabar, me traz um café."

Coado o café, Orlanda serve uma xícara a Ralph, que agradece, efusivo, toma sem açúcar e pergunta: "O que há com ela?" "Não sei. Amanheceu mal. Diz que ouviu uma notícia no rádio." Ralph faz cara de enfado e Orlanda, de bandeja na mão, avança a passos medidos, equilibrando-se ao balanço do veículo. Serve Diva e segue até a cabine de comando. Sem largar o volante, Zé Bolero pega a caneca: "Deus lhe pague, Orlanda! Veio na hora, as pestanas começavam a grudar de sono." Solta a mão do volante e puxa a ponta da orelha: "O almoço tava daqui! Tem dia que tu cozinha que nem minha mãe!" Orlanda sorri, contente e inibida: "Se gosta da minha comida, lhe agradeço. Mas acho que diz isso por educação." "Educado, eu, Orlanda? Eu sou um cavalo!" Num gesto peculiar, ela pende a cabeça para o lado, franze a testa e esboça um sorriso, num ceticismo faceiro: "Então, quer alguma outra coisa." Olhos rútilos, Zé Bolero se apruma como fauno emplumado: "Outra coisa, Orlanda?" Toma um gole de café e fala com angelical inocência: "Que coisa será essa que eu quero, Orlanda?" "E eu lá sei? Olha pra frente, homem de Deus!" Ele obedece, contrafeito. Calam-se por instantes. Orlanda tenta ver a cidade à distância. Zé Bolero indaga: "Já sabe qual foi a notícia que dona Diva ouviu no rádio?" "Só ela é quem sabe, e ela não fala!" Ele sorve outro gole, estala a língua, fruindo o paladar: "Beleza de café, Orlanda! Que nem o da minha mãe! Fiquei aceso de novo!" Bebe outro gole, exagera os ruídos, olhos brilhando. Orlanda sabe que a outra coisa é o desejo do fauno emplumado, que finge cândida inocência: "Me diga, Orlanda: que coisa é essa que tu acha que eu tenho na cabeça?" "Lá vem você!" Uma jovial e inesperada faceirice ilumina o semblante austero; ela sorri, revira os olhos, o que deixa Zé Bolero enlevado: "Tu sabe muito bem!" "Eu sei? Eu não sei de nada, Orlanda! Juro que não sei!" "Sem juramento!" "Desculpa. Esqueci que não gosta. Mas voltando ao nosso assunto, que coisa é essa que acha que tenho na cabeça? Tenho pra mim que tu acha que só penso besteira. Que na minha cabeça não entra nada que não seja pecado." Ela ri. "Não é o que pensa? É ou não é?" "Você que tá dizendo." "Responde, mulher!" "Vou lá saber o que passa na cabeça dum homem? A Santa Bíblia que lhe dei de presente você nem abriu!" Zé Bolero assume ar compungido: "Presente bonito, Orlanda! Fiquei, nem sei. Fiquei besta! Presente profundo! Até lembrei da minha mãe! Mas,

Orlanda, vem cá. Ponha-se no meu lugar: como é que eu posso ler a Santa Bíblia e dirigir ao mesmo tempo? Se com a caneca na mão te deixo nervosa, imagina lendo! Vontade de ler é que não falta! Nunca faltou!" Orlanda ri, complacente: "Você é danado, Zé. Danado de safado. Mas não me engana, não." Animado, Zé Bolero indica o banco: "Senta aí, Orlanda. Faz favor. Dá esse prazer. Vamos conversar sobre a safadeza de que tu tanto fala e eu nunca entendo." "Safadeza? Falei nada de safadeza, seu Zé Bolero. E olha pra frente, criatura! Eu é que não vou sentar aí. Não gosto desses assuntos. E tenho mais o que fazer. Já tomou o café, me dá a caneca, anda!" Zé Bolero dribla o bote que ela dá na caneca duas, três vezes. Orlanda desiste e abre a porta para sair. Vendo que a presa vai escapar, Zé Bolero dá o bote infalível. Num lance teatral, digno de um ator, se transfigura e muda de atitude. De forte e enérgico, torna-se frágil e combalido. O semblante ganha ares de vítima — olhos baços, olhar súplice, tristeza infinda, gestos curtos e lentos — e balbucia num tom que mal se ouve: "Puxa, Orlanda, assim tu acaba comigo. Tem piedade desse trapo de homem!"

Ela o olha desconfiada, hesitante; sempre se perturba com as súbitas metamorfoses. Não quer acreditar, mas não quer dizer que não acredita. Não quer passar por ingênua e não quer magoá-lo. Nesse terreno movediço, não sabe como agir nem o que dizer. Insegura, limita-se a olhá-lo atenta, arisca feito felina. Dado o primeiro bote, ele vai até o fim: "De que adianta ler a Bíblia, achar que somos todos irmãos? Como podemos ser irmãos se você não se interessa pela minha pessoa, nem pensa na minha pessoa? Sabe como eu me sinto, Orlanda? Abandonado. Isso mesmo: abandonado nessa cabine! Sabe como foi o meu dia hoje? Fora a hora do almoço, foi o dia inteiro sozinho!" Na dúvida se é sincero ou não, ela o olha, paralisada. Acaba saindo pela tangente: "A gente nunca está só, Zé. Deus estava com você." "Então, era eu e Deus! Coitado Dele: se estava aqui, deve ter passado um sufoco nesse calorão. Eu e Deus, sozinhos nesta cabine, e Ele nem falou comigo. É uma solidão que dói no peito! De tardinha, quando seu Ralph começa a tocar piano, eu fico ouvindo aquelas músicas de cortar o coração e, vendo o lusco-fusco no céu, me dá uma tristeza tão grande, Orlanda, mas tão grande, que eu choro! Choro feito bezerro desmamado, com pena de mim mesmo. Desde que me meti na estrada, descobri que o caminhoneiro é um homem de coração machucado. Motorista de ônibus também. A solidão faz o coração sangrar." Quando sente que está quase cedendo e se apiedando, ou, como prefere dizer, quase à beira do precipício, Orlanda reage: "Foi essa a profissão que você escolheu, não foi? Então não se queixe, Zé Bolero. Muito menos comigo, que não tenho culpa. Estou do seu lado, vim até trazer café fresco." "Deus lhe pague", corta Zé Bolero, compungido: "Mas, e a minha solidão, Orlanda? Tem pena não? O dia inteiro nesse calor, vendo só asfalto na frente e deserto de um lado e outro?" Eles se olham, Orlanda não sabe onde pisa: "Aproveita que está só e reza. Alivia seus pecados. Quem sabe ainda salva sua alma?" Vira-se para sair; Zé Bolero solta o volante, muda a caneca de mão e agarra-lhe o braço. Assustada, ela fala alto e enérgica: "Me larga! Tira a mão de mim!" Ele a solta incontinente, e retoma o volante. Orlanda o encara, feição crispada. Agora, é ele quem reclama, porém num sussurro: "Precisava gritar, Orlanda? Vai ver, ouviram lá atrás." "Odeio que me toquem. Você sabe disso!" "Eu sei, eu sei, desculpa! Foi sem querer, juro!" "E não me venha com juramento!" "Puxa! Eu só queria que tu visse o meu braço que fica na janela. O sol tá fazendo churrasco de mim!" Ela se vira para sair. Ele ainda tenta um último apelo para retê-la: "Não vai levar a caneca?" Ela estende a mão, ele bebe um último gole: "Olha pra frente, diabo!", ela diz, arrancando-lhe a caneca da mão e afastando-se. Uma vez sozinho, ele ri o riso cínico dos faunos, jurando a si mesmo: "Ainda como essa mulher!"

APENAS ANUNCIADA, A GRAVIDEZ ALTERA A SENSIBILIDADE DE GIULIA: FICA suscetível, propensa ao devaneio e, ao mesmo tempo, com inabalável tenacidade. A tudo ao redor seu olhar infunde ternura e de tudo extrai encanto — de um momento para o outro, o presumido bebê a fez terna e alegre. Cada dia mais apaixonado, Chalmers devota-lhe atenção e carinho inesperados, espontâneos, surpreendendo Giulia e a si próprio, pai de um par de filhos. Empenha-se em protegê-la e preservá-la a fim de que se sinta segura. Embora esclareça que é contra o aborto por princípios religiosos, deixa que ela decida ter ou não o anunciado bebê. Compreensivo, insiste que, seja qual for a decisão, estará ao seu lado. Embora deixe claro, de forma igualmente serena e carinhosa, que não tem intenção de separar-se da esposa e dos filhos e quer rigoroso sigilo quanto ao seu nome. Ajudará no que for necessário, desde que ninguém jamais saiba quem é o pai.

Desde que se sabe grávida, Giulia em nenhum momento duvidou que terá o filho. Nem passa pela sua cabeça a hipótese de abortar. E não por razões religiosas, que, como católica, teria se pensasse no assunto; nem por razões culturais, que também teria — maternidade para uma italiana é destinação da vida — caso lhe ocorresse a idéia. Tampouco pensa na conveniência de Chalmers ser o diretor-superintendente, nem na inconveniência de ser bem mais velho do que ela, de não pretender separar-se da família ou de, adiante, não assumir a criança como pai. Não decidiu por nenhuma das razões que a levariam a ter o filho, nem pelas razões que a levariam a não tê-lo. Vai ter o filho porque é a mãe.

Não há decisão sem risco, lembra delicadamente Chalmers. Ao perceber o olhar preocupado de Giulia, explica que qualquer escolha na vida envolve ganhos e perdas, mesmo a realização de um grande sonho envolve alguma perda; ainda que pequena. Escolher uma entre três ou quatro possibilidades nos angustia pela perda das duas ou três recusadas. Giulia entende, mas nem cogita quais serão as suas — nem vai se preocupar com isso. Sente-se plena e vislumbra que será ainda mais feliz quando o bebê nascer.

De comum acordo, acertam que ela irá imediatamente para Belo Horizonte — embora seja a capital de Minas Gerais há uns 15 anos, a cidade ainda está em construção, e parte da população é forasteira e flutuante, adequada a quem quer sigilo e recursos médicos para um parto sem risco. Aos pais, Giulia diz, e Chalmers confirma, que depois da promoção à biblioteca irá passar uns tempos no escritório que a empresa vai abrir na capital. Deve morar num pensionato dirigido por freiras, terá chance de estudar português e inglês, vai ganhar um salário com o qual poderá ajudá-los e ainda poupar para a sonhada volta triunfal à Itália. Recebe o consentimento, com lágrimas e preces. Para a mãe, o mesmo Chalmers que lhe inspira segurança instila desconfiança ao fundo silencioso do coração. Por isso Giulia encontra um coração receptivo ao pedir-lhe que evite comentar a mudança com os vizinhos.

Depois de oito quilômetros de silêncio no carroção conduzido por um negro que não pára de cantar, Giulia embarca sozinha no trem para mais hora e meia de viagem, levando tudo o que possui num pequeno saco. Ao ver a paisagem desfilar pela janela e pressentindo a criança que se forma dentro do seu corpo, Giulia não se sente propriamente desprotegida — confia em Chalmers —, mas imagina que estaria melhor se visse pela janela paisagens da sua amada Catanzaro. Sente vago desapontamento por não dar à luz seu filho na Itália, de um jovem pai italiano que fosse seu esposo, como fazem todas as moças.

Na estação ferroviária de Belo Horizonte, Chalmers a espera com carinhosas palavras de boas-vindas. Entram rapidamente no automóvel, cujo motorista, de quepe e gravata, abre-lhes a porta e, antes de assumir o volante, acomoda o saco de viagem e baixa as cortinas das janelas. No banco de trás, Chalmers lhe oferece um buquê de flores — que ela retribui com um beijo. Sob o olhar curioso dos pedestres para o modelo recente do veículo, cruzam a cidade até o bairro do Carmo — depois da avenida chamada de Contorno, que, quando concluída, delimitará o perímetro urbano —, e, numa rua pequena e discreta, cruzam o pórtico, entre muros e árvores, onde se oculta a mansão.

Confortável, luxuosa, sólida e sóbria, a casa, construída no centro de vasto terreno, com jardim, bosque, pomar e horta, tem cinco quartos e três amplos salões, decorados no requintado estilo vitoriano — móveis, tapetes, cortinas, quadros e enfeites — e arquitetura *art déco*, a preferida dos pioneiros da primeira cidade brasileira planejada. Chalmers providenciou tudo para que Giulia tenha uma gestação tranqüila, inclusive uma governanta — Mrs. Mary Austin, funcionária, por breve tempo, da Embaixada da Grã-Bretanha, que, vivendo no Rio de Janeiro, não tem relações com ninguém em Belo Horizonte — cautela imposta pelo sigilo e pela discrição, mas não apenas isso: foi criteriosamente selecionada para fazer também as vezes de preceptora. Chalmers diz — no jargão profissional — que Giulia é um diamante bruto à espera do polimento que lhe dê o brilho de jóia rara. Acredita que Mrs. Mary Austin lhe ensinará desde os cuidados com o bebê ao correto manejo dos talheres, do chapéu adequado à pronúncia certa das palavras, da atitude com estranhos ao uso das luvas. Mrs. Mary Austin sabe a verdadeira história do casal e, entre as suas obrigações contratuais, uma é sigilosa: a de reportar a George Chalmers os fatos ocorridos na sua ausência.

Nos dias que ele permanece na cidade, Chalmers e Giulia vivem, pela primeira vez, a experiência de serem um casal. Os encontros fortuitos em Vila Nova de Lima — à beira de riachos, em cachoeiras, gramados, casarões abandonados etc. — tinham a tensão da clandestinidade. Agora, numa casa comprada, equipada e decorada para eles, podem desfrutar a intimidade tranqüila — sem o temor de serem flagrados, que antes atormentava —, podem saborear o prazer das longas conversas amorosas, num português em que ela está cada dia mais fluente, podem fruir brincadeiras e divertimentos e até descobrir, surpresos, que compartilham um humor de arrancar gargalhadas da jovem italiana e do inglês madurão. Chalmers torna-se, para Giulia, um garoto alegre e divertido. Corre atrás dela, faz-lhe cócegas, faz-se de assombração, finge que é outra pessoa, com bigodes postiços, chapéus e máscaras. Ela canta canções italianas e se exibe em danças típicas. Uma noite, ele traz um gramofone e os dois fazem um baile de máscaras regado a vinho italiano — o que relaxa e excita o abstêmio. Uma tarde, ele lhe traz uma camisola de presente; ela veste e dança pelo quarto, em cima da cama, atrás da cortina. Os almoços se estendem pela tarde, e da mesa do jantar seguem quase sem desvio ou paradas para o quarto — antes dessas refeições, agradecem a Deus silenciosamente, em respeito às diferenças religiosas. Ele acompanha Giulia e Mrs. Austin às consultas médicas e aguarda no carro, de cortinas baixadas, estacionado nas imediações. Em casa, ouve, do cômodo contíguo, a conversa das duas com o marceneiro incumbido de fazer os móveis do bebê. Mesma atitude em relação à modista que faz o enxoval. Achando que tudo caminha bem, ele se prepara para o regresso a Vila Nova de Lima — Giulia murcha de tristeza, antecipando o vazio que a partida causará. A despedida inclui choro, birra e ameaça. Carinhoso e compreensivo, mas determinado, Chalmers viaja. Uma vez só, ela passa dois dias aos prantos, sem se alimentar, recusando-se a sair do quarto. Mrs. Austin explica-lhe as conseqüências desse comportamento para o bebê — é o que basta para ela sair do exílio no terceiro dia e se alimentar com apetite.

Nos meses seguintes, Giulia se dedica a tricotar roupinhas de bebê, comprar o que falta para o generoso enxoval, caminhar pelo jardim, sentar-se sob um *flamboyant*, colher uma goiaba no pomar, passear de carro pela cidade — de cortinas fechadas — na companhia de Mrs. Austin, ter aulas de português e boas maneiras com a própria governanta, fazer cada dia mais xixi, cantar e contar histórias para o bebê que infla na barriga. A presença de Chalmers — seis vezes, por três dias, nesses meses — traz a alegria de compartilhar o crescimento da criança e sua própria desenvoltura no idioma, no traquejo social e como mulher.

Ao meio-dia da data prevista, sem anormalidades, adiamentos ou antecipações, na previamente estabelecida Santa Casa de Misericórdia, de parto normal, pelas mãos experimentadas do Dr. Hugo Werneck, nasce, com 3,45kg e 52cm, Vittorio Emmanuele Sbravatti. Ao registrá-lo dias depois, o pai, por decisão espontânea e pessoal, acrescenta o britânico Chalmers. Nascido no Brasil de mãe italiana e pai inglês, é, desde o berço, um cidadão do mundo.

VISTA DO ALTO, A COLUNA DA DIE, QUE SE DESLOCA PARA O MONTE Belvedere, tem à frente o capitão Pitaluga, no banco do carona do jipe, e no banco de trás o militar de capa-quepe-óculos escuros, recebido com efusivos gritos de "príncipe Vittorio Emmanuele!". Colados atrás vêm o seu blindado M-8 e o jipe do visitante, seguidos pelo Esquadrão de Reconhecimento, e fechando a retaguarda, o Viking. É esta a visão dos alemães do alto dos esconderijos, que, no entanto, só é possível quando a neve arrefece e a bruma se desvanece. Nesses momentos, os próprios Aliados, para garantir a segurança, acionam as máquinas de fumaça, que dificultam a visibilidade com cortinas de névoa artificial nas partes mais baixas. Se não enxergam, os alemães podem ouvir os ruídos que, entre montanhas, têm natural amplificação e, às vezes, até são repetidos pelo eco.

Na animada conversa, os amigos descobrem que chegaram ao porto de Nápoles no dia 6 de outubro de 1944 — sem saberem da presença um do outro. Com a diferença de Vittorio vir de Norfolk, Virgínia, nos Estados Unidos, e Pitaluga, do Rio de Janeiro, após o treinamento. Pitaluga esteve na Louisiana, e Vittorio em Orlando, Flórida, depois em Long Island, Nova York, com breve estada em Aquadulce, no Panamá.

Piloto da ELO — Esquadrilha de Ligação e Observação —, cuja base de operações, em função da autonomia de vôo, muda conforme avança o *front* aliado, Vittorio recebeu seu avião na base de Quinta Real de San Rossore, próximo a Pisa, e atualmente está em San Giorgio, tendo cumprido vinte dias antes sua primeira missão. Conhecida como os olhos abertos e afastados da FEB, a função da ELO é realizar vôos isolados sobre o território de ninguém e sobrevoar as linhas alemãs com o objetivo de fazer reconhecimento, detectar alvos — comboios, depósitos de munição, deslocamentos de tropas — e ajudar na regulagem de tiro, localizando o alvo que o fogo da artilharia de fato atinge — o que é feito pelo observador a bordo, oficial do Exército, que informa os postos de comando. Daí o grito de guerra "Olho nele!", que Vittorio e seus companheiros, vibrando com a descoberta, fazem ecoar pelos céus italianos a cada alvo localizado. Com efetivo pequeno, quase uma família — 11 oficiais-aviadores e os sargentos de manutenção mecânica, de aviação e de rádio, num total de 32 pessoas, a ELO opera com o Piper L-4H — nome militar do modelo Cub, conhecido como teco-teco — adaptado pela US Army Air Force para as funções de Observação e Ligação —, um monomotor de asa alta, de 65 HP, velocidade de 121 km/hora, que transporta 180 quilos de carga. O tenente-aviador Vittorio Emanuelle Sbravatti Chalmers, identificado como tenente Vittorio — contrariando norma militar de nomear pelo sobrenome, optou-se, excepcionalmente, pelo mais brasileiro dos seus nomes —, conhecido na camaradagem da caserna como "poeta" ou "cantor". Nas suas missões, o oficial observador é o tenente de Artilharia Oliveira. Como é da tradição aeronáutica, os pilotos batizaram seus aviões em San Rossore com nomes como *Brasil, Bandeirante, Ceará* e *Timbiras*, entre outros. Na fuselagem do seu, Vittorio escreveu: *Giulia*.

Com os vôos temporariamente interrompidos pelo denso nevoeiro, Vittorio veio de San Giorgio por via terrestre, com a missão de relatar fatos sob sigilo militar e ouvir orientação dos comandantes reunidos com o ministro da Guerra, Eurico Dutra, que visita as tropas brasileiras nesses dias. Impedido de deixar o posto devido à ininterrupta articulação com a Usaf, que exige decisões imediatas, até pelas bruscas alterações da visibilidade nas várias regiões do país, o comandante da ELO o designou para a missão, considerando, entre outros atributos, aparência física, conhecimento da geografia e domínio do idioma local, que o fazem passar por cidadão italiano. Ao longo do trajeto, sozinho e de carona em caminhões, carros e carroças, de bicicleta e a pé, Vittorio viveu momentos difíceis, com risco de ser preso ou morto, ao cruzar à paisana áreas sob controle alemão ou vigiadas por fascistas remanescentes. Cumprida a missão, no pouco tempo que tem antes de voltar, revê o amigo, com quem compartilha a paixão pela música, em particular pela ópera.

Embora amigos, são homens de instinto, índole e aparência bem diferentes. Enquanto Pitaluga rasteja em lagartas de combate mirando alvos no alto, Vittorio rasga os céus em vôos solitários, mirando alvos abaixo. Concentrado em seu dever, Pitaluga nunca sabe o que veste, não sabe se está barbeado, e toma banho quando é possível. Vittorio está sempre escanhoado, com cabelos penteados, colarinho engomado, calças com vinco, botas engraxadas, unhas cortadas e, às vezes, perfumado. Pitaluga veste a farda de matar e morrer; Vittorio poderá matar ou morrer, mas o fará a seu modo, com estilo próprio. Em corpos tão distintos, de seres tão diferentes, habitam almas que se emocionam com a música, o que deve dizer alguma coisa sobre a própria música. E também sobre eles. Enquanto o jipe avança num cenário glacial, prestes a atacar o Monte Belvedere e o vizinho Monte Castelo, Vittorio e Pitaluga cantam "Torna a Sorriento", antiga canção romântica. Entre as infinitas virtudes da música incluem-se aliviar a tensão e disfarçar o medo.

"Escuta, Príncipe, onde vocês andam fazendo essas observações, que não aparecem por aqui?", pergunta Pitaluga, referindo-se ao trabalho da ELO. "O quê? Não aparecemos por aqui? Está enganado, Pitaluga, a ELO voa muito por aqui", responde Vittorio. "Eu mesmo já sobrevoei esses morros atrás de ninho das águias." "É isso que eu quero saber, pitangas! Onde os *fritz* estão pousados! Daqui de baixo, me arrastando numa lagarta, só sei onde eles estão depois que levo o tiro!" Vittorio ri: "Com esse nevoeiro, nem lá de cima se vê!" "Você não vai me dizer que os *fritz*, além de arianos, são invisíveis!" Os dois dão risadas. Vittorio explica: "Só se pode observar se o céu deixa voar.

Com tempo encoberto não se voa. Se voar, não se enxerga", responde Vittorio, e acrescenta: "E nesse paliteiro de morros e picos, nem dá para voar mais baixo." Pitaluga ri: "Boa, essa! Vocês não voam onde há morro, e eu tenho que subir o morro com blindado! Ora, faça-me o favor, Príncipe!" Eles se divertem com a própria situação. "Disse que não voamos com nevoeiro, nevasca e borrasca porque do alto não se vê nada. Nem os *fritz*, nem as montanhas! Com tempo bom, já voei por aqui." "Quer dizer que choveu, ventou ou nevou, aviador vira rato de rancho, fica na base, dormindo em cima do saco." Vittorio dá gargalhadas: "Por isso a Usaf nos remaneja para outras áreas. Cumprimos missões na Itália inteira, sempre mudando de base. Desde que haja visibilidade." Em silêncio, os dois olham a monótona paisagem branca, o jipe avança devagar.

Depois de um tempo, Pitaluga retoma a conversa: "Na minha opinião, vocês deviam estar observando era aqui, onde atacamos de baixo para cima! Por que digo isso? Porque fizeram uma avaliação dos dois ataques ao Monte Castelo, para onde vamos." Vittorio brinca: "Sabe que, apesar desse nome, não há nenhum castelo no alto desse morro? Nem a silhueta lembra um castelo!" Pitaluga reage: "Com ou sem castelo, meu príncipe, no alto estão os *fritz*, que ontem puseram os americanos pra correr!" Depois de uma pausa, retoma noutro tom: "Mas, na tal avaliação, concluíram que tivemos que recuar, com perdas, porque houve falha no reconhecimento, estimaram para menos o número de *fritz* que estavam por lá, o fogo de apoio foi deficiente e o ataque foi mal coordenado." "Esses ataques não foram planejados e comandados pela *Task-force*?" "Sim, sim, pela *Task-force*. Nossa infantaria apenas apoiava pelo flancos. E agora, meu caro príncipe, a *Task-force* e os outros americanos arranjaram uma missão mais importante em outro canto, sabe Deus onde. Estou preocupado, meu príncipe. Nesse ataque que vai começar daqui a pouco, toda a tropa é brasileira. E você sabe, você viu, você conhece: grande parte acabou de desembarcar, está quase morrendo de frio, não tem nenhuma experiência nem qualquer treinamento." Depois de um silêncio preocupado, Vittorio pergunta: "Não dá para adiar esse ataque?" "Não se discute uma ordem do 5º Exército Aliado." Depois de uma pausa, Pitaluga sussurra ao ouvido de Vittorio: "Na verdade, eu não estou preocupado, meu príncipe. O que eu estou sentindo chama-se medo!"

Determinada a cumprir sua missão, a coluna avança a despeito do frio, do cansaço e do medo. Serpenteia pelas estradas como a cobra, que acabou como símbolo da FEB — em reação aos que diziam ser mais fácil uma cobra fumar do que o Brasil mandar tropas para a Europa. Vittorio conta a Pitaluga que Dutra se divertiu e aprovou o desenho de Walt Disney — a cobra fumando com dois trabucos na mão. E gostou do *Zé Carioca*, o jornal dos pracinhas, inspirado na criação do mesmo Disney. Os comentários que se seguem provocam boas gargalhadas. Na iminência de um ataque, o que alivia é não falar em guerra. Quando não é cantar, é contar piadas, azucrinar colegas, pensar na família, ou qualquer coisa que faça esquecer que a vida está pendurada por um fio.

Nas cercanias do monte sem castelo, Pitaluga estaciona seus blindados, inclusive o Viking: "Batalhão mecanizado não sobe morro!", avisa. Ao pé do morro, pronto para entrar em ação assim que receber ordens, Pitaluga instiga Vittorio a conversar e a cantar para matar o tempo e distrair a tensão. Enquanto isso, no comando da operação, oficiais sugerem aos superiores que o ataque pelos flancos tem mais chance de êxito do que o frontal, mas a decisão é pelo ataque morro acima — a norma, pela qual vive e morre o militar, é que ordem não se discute: cumpre-se. Voluntários que não participam das decisões mas estão sempre prontos a cumpri-las, Vittorio e Pitaluga se protegem da neve e do frio dentro do Viking — descobrem uma utilidade para o veículo. Na conversa para evitar que o silêncio acolha o medo, os dois falam da esperança num mundo sem guerra. E, surpresos, chegam a filosofar — tudo é legítimo para espantar a paúra —, quando concluem que só há esperança quando há medo; a esperança é o antídoto do medo; e se o medo se instala, é porque ainda há esperança. Não é preciso esperança quando não há medo. "Criamos a esperança para aliviar o medo que trazemos na alma." Logo descobrem que, para aliviar o medo, a música é mais eficiente. Quando Vittorio canta e Pitaluga o acompanha, "*Quanno sponta la luna a marechiare*", lembram-se de que há outras emoções no homem, embora agora só reste o desespero entre o medo e a esperança, entre matar e morrer. Mas as ordens não chegam.

Subindo o morro, o capitão Mandim faz o reconhecimento da base de partida da tropa e dos objetivos que atacará. Silenciosos durante o dia, os alemães costumam disparar rajadas de metralhadora à noite — provocação que induz os brasileiros a reagir e revelar suas posições. Mandim e seus oficiais se movem à luz do dia, descuidados de que, no alto, o inimigo está atento. Não falta quem avise: "Capitão, o senhor está revelando nossa posição!" Mandim reage acusando: "Está se borrando de medo?" Não anda 200 metros, os alemães o atingem na cabeça. Num crescendo, os alemães atacam também com morteiros e fuzis, além de metralhadoras — na fuzilaria, a companhia é estraçalhada. O restante da tropa resiste, apesar da exaustão e do abalo com as perdas, inclusive a do capitão Mandim.

Ouvindo o fogo pesado sem receber ordens de atacar, Vittorio e Pitaluga resolvem avaliar *in loco*. Deixam o Viking e sobem o morro. Quando chegam ao *front*, se deparam com a tropa tomada de desespero, avançando de peito aberto contra o inimigo oculto e implacável. Vittorio, um oficial-aviador, e Pitaluga, capitão de reconhecimento, entram no combate como se fossem da infantaria. Sem cobertura, a reação ganha ares de bravura suicida. Flanqueados por fogo de todas as direções, os brasileiros não mantêm as posições, e aos poucos cedem terreno, com perdas crescentes. Vittorio enfrenta a barbárie, sem tempo para pensar: na guerra, todos são bárbaros. Eis que, em meio à neblina, vê-se frente a frente com um soldado alemão. Estão tão próximos que há um instante de hesitação, como se preferissem não fazer o que vieram fazer, até que o alemão decide atirar e Vittorio é mais rápido. O alemão desaba. Sem acreditar no que acaba de fazer, Vittorio se aproxima, sob o impacto de emoções confusas. Não contém o gesto impulsivo, abaixa-se e tira o capacete do alemão: não tem mais do que 20 anos. Vittorio toca-lhe o rosto, e ao se erguer, tonto e sem enxergar dois metros à frente, começa a se indagar: "Por que o matei? Por que se faz isso? Por que não morri antes de viver isso? Por que nasci para fazer isso?" E se lembra de Jó: "Que pereça o dia em que nasci e a noite na qual se proclamou que um homem nasceu!" Por que o homem acha que pode condenar um ser humano a nascer e viver neste mundo?, se pergunta. No meio do tiroteio, tornado alvo vivo, Vittorio se surpreende com a inesperada religiosidade e se refugia em passagens bíblicas, sobretudo nas de Jó, que não se queixa da falta de justiça, mas quer encontrar um sentido para a vida. Em meio à barbárie, Vittorio quer que Deus faça sentido, que Se justifique diante da sanha de homens se matando sem ódio nem razão. No calor da batalha, exige: "Deus precisa dizer o que significa a vida, afora essa insanidade. Ou será que Deus ordena a morte por prazer?"

Aproveitando uma trégua, Pitaluga resolve descer o morro para reassumir o comando do seu batalhão e Vittorio o acompanha, pois tem que retornar à base da ELO. Ao pé do morro, os amigos se despedem com forte abraço, e Pitaluga comenta, referindo-se ao tiroteio: "O morro inteiro festeja o nosso encontro!" E Vittorio sugere: "Isso dá samba!" Afastam-se. Vittorio embarca no seu jipe e Pitaluga no M-8, cada um pensando se viverá para um próximo encontro.

Pouco depois, corre a notícia de que os alemães ameaçam o flanco esquerdo. Assustados, tentando afugentar o inimigo de todas as maneiras, os brasileiros atiram desordenadamente. Sem medir munição nem avaliar proporção, usam armas pessoais, metralhadoras, morteiros e canhões — embora a notícia falasse apenas em ameaça. Surpreendida com a violência, a reação alemã é arrasadora — bazucas e granadas de mão partem de vários pontos do cume e de elementos móveis. Eis que os brasileiros se vêem sob o fogo cruzado de artilharia pesada ao longo de uma frente de quatro quilômetros. O estado de apreensão e a tensão descontrolada do capitão Cotrim levam-no a passar ao major Jacy notícias de avanços, movimentação e ataques fulminantes dos alemães. O temor se exacerba e Cotrim abandona suas posições. A tropa recua, poucos se mantêm nos postos. Com a evasão à sua frente, Jacy acha que os inimigos descem a encosta, e ordena que a unidade se disperse. Precipita-se a debandada geral, sem ordem, sem comando, sem estratégia, sem nada, arrastando todos ao pânico do salve-se-quem-puder. O Batalhão de Reconhecimento, do capitão Pitaluga, continua estacionado, à espera de ordens superiores. Houve 195 baixas nas tropas brasileiras. E nenhum ataque alemão. Os expedicionários apelidam o episódio de "Laurindo", em referência a um samba da época que dizia "Laurindo desce o morro..."

A voz de Maria Callas, que ressoava pelo 14 Bis, silencia assim que ecoa o grito de Orlanda: "Me larga! Tira a mão de mim!", para se livrar do assédio de Zé Bolero. Diva a recebe no meio da cabine, com a xícara na mão: "Por que gritou? O que aconteceu?" "Não foi nada", disfarça Orlanda, intimidada com a reação. "Brincadeira de Zé Bolero. Quase entornei o café quente nele." Avaliando-a, desconfiada, Diva repõe a xícara na bandeja e Orlanda, a caneca: "Verdade, dona Diva"; vai saindo quando Diva pergunta: "O acerto para a apresentação em Desterro foi feito com o prefeito?" "Que bom ver a senhora animada com a apresentação!" "Não é animação. Eu, por mim, morreria hoje. É a necessidade de todos que conta. E então?" "O acerto foi com o prefeito. Vai ser no auditório da escola, que não tem piano, mas alguém vai emprestar. Espelhos de corpo inteiro só conseguiram um, que vão levar de uma fazenda. O hotel só tem banheiro coletivo, mas tem água quente e colchão de crina." Diva faz cara de enfado; Orlanda, de resignação, acrescentando, objetiva: "A lotação foi vendida, e começa depois do *Jornal Nacional*. A Prefeitura paga duas diárias de hotel e alimentação para nós quatro. A outra audição, se houver..." "Não está certa?", interrompe Diva. "Não. Vão resolver depois de assistir. Então, se houver, será amanhã à tarde, no 14 Bis, estacionado na praça onde será a inauguração da estátua do prefeito. Vão pagar pela apresentação e pelo aluguel do 14 Bis." Diva se anima: "Acertou o pagamento do pessoal para segurar faixas, cartazes e pedir autógrafos?" "Falei, mas não aceitaram." "Por quê? Todo político faz isso!" "Eles aceitaram tudo, menos isso." Diva esboça uma reclamação, mas desiste: "Então reza, Orlanda. Reza para cumprirem o que foi combinado e para haver a audição de amanhã. Que Deus nos ajude!" Orlanda vai sair; ela pede, animada: "Agora, prepara minha massagem", quando é atraída pelo buquê de rosas vermelhas envolto em celofane sobre a penteadeira, e saca o cartão: "Do admirador Luiz Bordalo." "Recebi na última cidade" — explica Orlanda, sorrindo, cúmplice, quando vê manchas de esmalte, que lembram sangue, nas roupas, almofadas e lençóis, "O rapaz que trouxe pediu que entregasse antes da audição; achei melhor trazer pra cá." Diva vai para a janela aspirando o perfume das flores.

O fim do dia toca a sensibilidade de Ralph. Mal o sol declina, o calor arrefece e o céu começa a ficar opaco, ele se aninha na sala de estar, serve-se de doses generosas de conhaque, senta-se na cadeira de vime e, de copo na mão, fixa a porta envidraçada de trás, onde a estrada se espicha indefinidamente. Fica tão quieto e ensimesmado que seus pensamentos devem voar longe. Quem sabe para a remota Irlanda dos antepassados, quem sabe para a Boston da infância, quem sabe para a Nova York da adolescência, quem sabe para o Rio de Janeiro e a Londrina da mocidade, quem sabe para as histórias de família, quem sabe, quem sabe, quem pode saber? Ausente, ele não percebe a aproximação de Orlanda, que volta à cozinha. Depois de lavar a louça, ela esmaga alho, folhas de alface e outros ingredientes. Absorto, Ralph tampouco nota quando ela se afasta.

Autorizada a entrar, Orlanda surpreende Diva diante do espelho, com três dedos dentro da boca aberta, fixando com cola um dente incisivo que sempre descola e que vem obrigando-a a repetir a operação uma a duas vezes por semana, sem, contudo, aplacar o pânico de que venha a se soltar durante a audição. "Vamos ao dentista em Desterro", sugere Orlanda. "Você diz isso em toda cidade", reage Diva, "e dou sempre a mesma resposta: não sou louca de entregar minha boca a um açougueiro desse fim de mundo! Uma cantora depende dos dentes, Orlanda! Só vou ao dentista quando voltarmos ao Rio de Janeiro!" "Não no maldito Dr. Cornélio! Pelo amor de Deus, dona Diva!" "Nem me fale desse homem! Não posso nem ouvir esse nome que tenho ganas de matar! Aquilo não é dentista, não é nem um homem, é um cretino que destruiu o meu dente e as minhas ilusões!" Deita-se, a parte superior do robe abaixada. Orlanda massageia-lhe de leve a garganta, espalha o ungüento diretamente sobre a pele. Diva se aquieta, silencia e fecha os olhos. Concluída a massagem, Orlanda deixa a cabine em silêncio.

Depois da terceira ou quarta dose, Ralph põe o copo à direita do teclado e, meio ausente, dedilha acordes que parecem aleatórios, até que, atraído, se senta. Parece que, sentado ali, todas as suas histórias se encontram e, sem ganhar nitidez, vagam misturadas, criando emoções confusas que buscam formas para se expressar. Toca ao acaso, até que espontaneamente surgem os primeiros acordes de "Happiness is a Thing Called Joe", peça de jazz dos anos 1940. Ele pára, toma um gole, respira fundo. De olhos fechados, entrega-se de corpo e espírito à música, enchendo o ambiente de acordes pungentes. Suas mãos parecem movidas pelo coração. Sutis contrações de pálpebras, suaves movimentos de sobrancelhas que parecem inconscientes estão em harmonia com os dedos, os sons e com a sua emoção.

Ao encerrar a peça lamentosa, enche os pulmões e solta o ar devagar, como se quisesse reter no peito algum acorde, e vira vigoroso trago. Volta a tocar, sempre de olhos fechados. Entregue à melodia, o corpo se move sobre o banco ao sabor do que toca, e todos os que ouvem flutuam no clima que a sonoridade reverbera. Toca sempre peças inaugurais, como "Memphis Blues" ou "St. Louis Blues", de quando se despegaram dos *spirituals* e deixaram de louvar a Deus para lamentar a vida dos homens. À medida que toca, a turbulência interior cede lugar à serenidade de um lago na montanha, enquanto lá fora o dia bruxuleia. É com pungentes *blues* e fortes tragos de conhaque que Ralph se encontra consigo mesmo, na hora do *Angelus*. E, em vez da Ave-Maria, toca "Baby, Don't Tell on Me", "Beale Street Blues", "I Gotta Right to Sing the Blues". Nesses entardeceres, os companheiros de viagem do 14 Bis têm a sensação de que a alma de Ralph chora.

Enlevada pela beleza triste do piano enquanto prepara o jantar, Orlanda volta à terra ao soar a campainha de Zé Bolero chamando. Vai à cabine preparando o espírito para a conversa de sempre. Ele, porém, fala com os olhos na estrada: "Avisa que vamos entrar em Desterro daqui a pouco." Orlanda retorna e, de passagem, surpreende Diva na janela, contemplando a lua, ouvidos entregues à música de Ralph, enquanto tira, uma a uma, as rosas do buquê, soltando-as ao vento na noite veloz. Sem querer interromper a meditação, Orlanda adia a notícia e sai da cabine sem ser notada.

De repente, como se não resistisse à emoção, Ralph pára de tocar e se levanta do piano — no momento em que Orlanda retorna com o aviso. Ele pega o copo de conhaque e pára junto à porta dos fundos. Olha para fora através do vidro, traga longos goles da bebida e vê que, a espaços regulares da estrada vazia, uma rosa vermelha contrasta com a faixa negra de asfalto, que corta em duas a planície descampada que a lua ilumina.

"Orlanda!", grita Diva, assustando a camareira-cozinheira, que corre a atender: "Esse Ralph é sempre do contra", reclama Diva. "Quando começava a gostar da música, ele pára!" Orlanda abaixa a cabeça. "Por que Zé Bolero chamou?" "Pra avisar que estamos chegando a Desterro." Diva se afoba: "Tira os emplastros de mim, limpa meu rosto e me ajuda a vestir." E põe-se a escolher roupas para o desembarque — etapa tão decisiva que tem ritual próprio, ensaiado e produzido para provocar o que ela chama de impacto da primeira impressão — a que, impondo a altivez dos artistas, exige tratamento à altura, e a que fica para sempre na memória. Em contraste com a agitação de Diva, Ralph volta a tocar, uma melodia lenta e triste como um réquiem.

Na melancolia do anoitecer, a silhueta do 14 Bis avança como uma nave de outro mundo que, acabando de pousar, marcha por remotas estradas do Brasil profundo, irradiando sua melodia de lamentos num cenário de tristeza, solidão e abandono.

SINOS, BUZINAS, FOGUETES E APLAUSOS EXPLODEM POR TODA A CIDADE NO momento em que José de Arimatéia vem ao mundo — quis o acaso que fosse o mesmo em que foi assinado o armistício que pôs fim à Segunda Guerra Mundial. Filho de Rosália, quituteira reputada, e de Nestor, o melhor mecânico do Rio — de Janeiro, diz ele — Comprido, dizem os vizinhos do bairro carioca. Ainda na maternidade, recebe a honrosa visita de reconciliação dos donos da Padaria Rio-Nápoles, depois de anos de ataques dos que os acusavam de seguidores de Mussolini e exploradores do trabalhador brasileiro.

José de Arimatéia é o primeiro filho homem — honra e glória do pai! —, esperado a cada um dos cinco partos, de cinco mulheres, que o antecederam: Alda, Elda, Ilda, Olda e Ulda. Nasce destinado a ser o herdeiro do pai, que o queria Nestor, mas começou perdendo. Sentindo-se culpada de tanto decepcionar o marido, Rosália fez promessa de dar ao primeiro filho que nascesse o nome daquele que tirou Jesus da cruz. Graça recebida, promessa cumprida.

Observador e habilidoso, Nestor estudou menos que o necessário e, trabalhando, aprendeu o suficiente para casar e manter a família. Começou aos 14 anos, como lavador de carros numa das primeiras revendedoras de automóveis importados. Aos 25 tornou-se mecânico — mal lê português, muito menos inglês, mas, com intuição e prática, consegue interpretar manuais de operação e, a partir daí, identificar panes, fazer reparos, manutenção e reposição de peças. Um dia, enfiado debaixo de um Packard, uma gota de óleo quente pinga dentro do seu olho esquerdo e queima-lhe a vista. Em vez de seguro ou indenização, passa a usar óculos com lente preta no olho apagado, perdendo a percepção de profundidade. Consola-se e distrai-se com o álcool, que ingere diariamente em doses suicidas — a princípio, após o trabalho; depois, sem agüentar esperar o fim do dia, bebe no banheiro ou debaixo dos carros. Alcoolizado, danifica peças importadas e provoca colisões nas manobras dentro da oficina. É demitido por justa causa, mas os patrões retribuem a competência e a dedicação de 23 anos com um prêmio em dinheiro e o estímulo para abrir a própria oficina.

A Oficina Mecânica Nestor — A Vida do Seu Motor é contígua à casa onde mora — ele se queixava da vida injusta e dizia sempre que tinha em casa "cinco galinhas que cacarejam, mas não botam ovo". José de Arimatéia é recebido não só como herdeiro, mas como predileto, quase herói. Desde criança convive com carro, motor, graxa, óleo e macacão; buzinas, freadas, aceleradas e pancadas. Assim como convive com cinco criaturas de vozes agudas e suas bonecas, casinhas, comidinhas, ursinhos, puxões de cabelo, gritinhos, risinhos, espelhos, suspiros, lágrimas, costureiras, perfumes, unhas, esmaltes, cabelos, salão, espelhos, cremes, vestidos, sapatos, namorados, perfumes, vestidos, espelhos, xampus, sapatos, vestidos, sapatos, namorados, vestidos, sapatos, cabelos, batons, namorados, perfumes e festas... É no amplo quintal, com mangueiras, jaqueiras, abacateiros, *flamboyants*, jequitibás, romãzeiras, jabuticabeiras e ameixeiras, que sua fantasia voa — e voar é sua paixão antes mesmo de ter visto um avião de perto; contempla-o à distância, tão intrigado quanto curioso. Aos 3 anos, os passarinhos atraem tanto sua atenção que o pai lhe dá um canário de presente, e pendura a gaiola na sua altura. Sentado diante dela, José de Arimatéia passa o tempo acompanhando fascinado os vôos curtos — pouco lhe atraem a plumagem e o canto. Um dia, depois de certificar-se de que está sozinho, abre a porta da gaiola. Exultante, vê o pássaro saltar e, com poucos impulsos das asas, manter-se no ar, depois, ultrapassar o telhado, as árvores e, enfim, ganhar o espaço e desaparecer. Nunca mais ganhará outro passarinho, mas costuma seguir com o olhar o vôo das pombas nas praças — corre para o bando e se delicia com a debandada — e dos passarinhos que visitam o quintal. Admira a leveza do pássaro ao saltar no abismo, a elegância da garça ao alçar-se e a do urubu ao planar.

Na escola, em vez de estudar, se encanta com ilustrações de pássaros gigantes e aves pernaltas, de plumagem colorida, penugem ou peladas; desenha pássaros de outros países, outras épocas, outros vôos. Descobre no galinheiro do quintal o vôo da galinha — como abre as asas, estica, após a impulsão encolhe as pernas, num vôo curto, meio às tontas, confuso, desequilibrado, de rumo inseguro — parece que o corpo é volumoso demais para a envergadura das asas e a potência de arremesso, de modo que as forças que impulsionam para cima não resistem às da gravidade, que puxa para baixo —, aos pulos e saltos; é um vôo medíocre, mas, ao menos, sai do chão. Muito diferente da águia, que conhecera nas suas leituras. Com suas asas poderosas, que podem ter mais de dois metros de envergadura, a águia voa alto e a longas distâncias. Seu olhar penetrante, que enxerga dez vezes mais que o do homem, vê longe. Apesar das diferenças, José de Arimatéia nota semelhanças na aparência das aves, e conclui que falta à galinha oportunidade para grandes vôos. E com a intenção de ajudar, resolve fazer uma experiência: põe uma galinha no saco e sobe na árvore. Na grimpa mais alta, onde, segundo leu, as águias fazem seus ninhos, tira-a do saco e, segurando-a pelo pescoço, move a minúscula cabeça para que veja o céu, a extensão do horizonte e a altura do chão. Depois solta-a. A infeliz despenca agitando desesperadamente as asas, tentando flutuar, batendo-se nos galhos, sumindo e reaparecendo entre as folhas até chocar-se contra o chão, uns metros afastada do tronco.

Ao descer, ainda a encontra estrebuchando, nos estertores da agonia. Depois de depená-la, entrega à mãe para utilizá-la nos seus quitutes. Desapontado e triste com o resultado da experiência, ele conclui que uma galinha nunca voará como águia e jamais ultrapassará os limites do quintal. Ainda bem que o coração de galinha é resignado, aceita a sua condição de vôo curto. José de Arimatéia, não.

Animado, ele tenta imitar os passarinhos: no fundo do quintal, toma distância, pára, levanta e abaixa os braços como se aquecesse as asas, aspira o ar, enche o peito, solta o ar e o esvazia. Fecha os olhos, se concentra, de repente arranca — corre, aumentando a velocidade progressivamente até que dispara e, embalado pela inércia, ganha impulso; a certa altura, junta os braços esticados à frente da cabeça, preparando a primeira braçada no ar, e salta — confiante de que o corpo acumulou impulso suficiente, solta-se no espaço. E desaba do meio metro a que conseguiu alçar-se. Levanta desapontado, avalia se há escoriação nos pontos doloridos, limpa-se e volta ao ponto de partida, não sem antes mirar o alto da mangueira, de onde um salto dispensaria impulsão. Mas, com a experiência adquirida com a galinha, prefere treinar mais. Arranca outra vez...

Um dia, vê uma pipa no céu. Fascina-se com o radiante losango vermelho, de longa cauda em corrente de elos verdes, bailando leve e suave no céu azul-claro, num fundo de raios amarelos. A graça dos movimentos dá a impressão de que dança uma música silenciosa. Com liberdade para explorar as cercanias, corre a achar quem a empina. Orienta-se pela linha, que some e reaparece atrás de casas, muros e árvores, e acaba localizando o autor da proeza. O garoto, de uns 12 anos, negro e descalço, enrola e desenrola a linha girando as cruzetas pelo punho — a pipa tremula para um lado e outro, como bailarina de braços abertos —, ou dá arrancos diretos na linha, e a pipa pula, curta e rápida como num frevo. Às vezes, ergue e abaixa a manivela em movimentos longos, e a pipa dá sinuosos volteios, como se dançasse uma valsa. A imagem fixou-se, indelével, na sua memória, talvez pela associação, intuitiva e espontânea, do vôo com a dança.

Assim como lhe dera o canário, Nestor o presenteia com uma pipa colorida, feita com carinho e dificuldade — mãos grossas com graxa entranhada brigam com a delicadeza de papel de seda e taquara —, e pega emprestada do vizinho uma manivela. Corre na rua feito criança, e depois de muito esforço e pouco vento, consegue fazer a pipa voar. Feliz consigo mesmo, entrega a manivela a José de Arimatéia. Ele, que pouco antes parecia curioso e interessado, não se diverte como Nestor imaginara. Empinar pipa, conclui José de Arimatéia, é como andar com cachorro na coleira. Falta liberdade; enquanto a pipa voa, ele segue preso à terra. Num domingo, atendendo aos seus insistentes pedidos, Nestor o leva a passear no Aeroporto Santos Dumont. Em quatro horas, assistem a pousos e decolagens de vários tipos de avião. José de Arimatéia fica excitado no início, curioso depois e, por fim, desapontado. O que quer mesmo é voar no avião. Nestor promete levá-lo um dia a São Paulo. Na manhã seguinte, ele lê várias vezes o verbete "Santos Dumont" na pequena enciclopédia da escola.

José de Arimatéia tem 14 anos quando a mãe morre, vítima de prolapso da válvula mitral — o médico explicou e ninguém entendeu. É uma tragédia pessoal para Nestor — que sofre calado diante da taça de conhaque diluído em lágrimas. No velório, poucos notam sua dor diante do escândalo das carpideiras — Alda, Elda, Ilda, Olda e Ulda —, que choram em coro. José de Arimatéia sofre como o pai, em silêncio. Mas, em vez de beber, consola-se com a solidão dos galhos mais altos das mais altas árvores do quintal, de onde o céu e a terra parecem estar à mesma distância.

Com Rosália, morre na família a idéia de que José de Arimatéia deve estudar — não tanto as cinco filhas, que, como ela dizia, têm outro ideal, de esposa e mãe, razão por que passam o dia vendo televisão. Nestor, porém, não pensa como a finada mulher: acha que estudo não foi feito para pobre. Tudo é muito devagar; é tanto ano depois de ano que vira vagabundagem. Pobre tem pressa, diz ele. O pior é que nada do que se ensina é útil para a vida. De modo que estudar é luxo, além de ser grande perda de tempo. Toma-se como exemplo: começando cedo, muito trabalho compensa o pouco estudo. Na ausência de Rosália, é esta a sentença aplicada ao filho. Como o pai, aos 14 anos José de Arimatéia deixa de estudar e começa a trabalhar na Nestor — A Vida do Seu Motor —, aprendendo com o pai, na oficina do pai, o ofício do pai.

MERCIANA, EX-MARGÔ, MERGULHA EM DÚVIDAS E TEMORES: O PLANO DA amiga Divina, de engravidar em seu lugar, é esquisito e cheira mal, além de arriscado. Não porque ache que ela pretenda tomar seu marido ou não lhe entregar o bebê depois que nascer. Nem pensa nisso; confia em Divina, acredita que ela quer o seu bem, e se convenceu com os argumentos dela. As dúvidas e os temores referem-se a Orlando. E se ele descobre que ela não está grávida e que a barriga é falsa?, se pergunta. Como vai reagir? Mas — considera — se estiver usando a barriga, é porque Divina está esperando um filho dele — o que será um consolo para a decepção causada pela descoberta da trama. Além disso, pensa Merciana, se ele foi atrás dela quando fugiu e a trouxe de volta sabendo que não pode engravidar, talvez se compadeça dela: a farsa terá sido por causa nobre, feita com desprendimento, pois o filho é de outra mulher — fruto, aliás, de infidelidade.

Depois de muita hesitação, e apesar do medo, Merciana acha que vale a pena correr o risco. Se Deus ajudar e nascer uma criança, ele vai ser um homem feliz. E se ele ficar feliz, ela também ficará — sem falar que, depois de tudo o que passou na vida, ter um marido, um lar e um bebê é alcançar o paraíso na Terra. Convencida, decide agir.

O primeiro passo é convencer Orlando de que necessita viajar a Congonhas do Campo para consultar Zé Arigó — médium que recebe o espírito do Dr. Fritz, médico alemão morto há anos — sobre suas chances de engravidar. Conta e reconta a história a si mesma, imagina as perguntas que ele fará e prepara as respostas. Afinal, num calmo fim de tarde, surge a oportunidade, e ela cria coragem para conversar com o marido. Na janela, enquanto fala, o sol se põe. Ele ouve com atenção, entende, não discorda, mas fica intrigado com a necessidade de ela ir sozinha. Merciana se apega ao único argumento: a fé — que ela tem e ele, não. Com algum incréu por perto, explica, o espírito não baixa, as energias não fluem, e nada acontecerá. Ele olha para ela, avalia em silêncio, e afinal, com desconfiança e sem convicção, concede.

Numa escapada, Merciana vai ao encontro de Divina, e acertam a semana adequada para a viagem, que deve coincidir com o período fértil de Divina. Um intermediário, que sempre visita Zé Arigó, marca a consulta. No dia da viagem, Orlando a leva ao ponto de saída da jardineira para Belo Horizonte, de onde, em outro ônibus, seguirá para Congonhas do Campo. E chega a vez de Divina agir.

No fim do primeiro dia sem Merciana, Orlando, que estranhara o almoço sozinho, sente falta do costumeiro ouvido para as suas histórias de garimpo. Disfarçando o desconsolo e como quem não quer nada, caminha até a casa do velho vaqueiro que se interessa pelo seu repertório, mas o homem está no pasto, à procura de uma bezerra que caiu do barranco. No jantar, toma duas doses da branquinha para abrir o apetite e resmunga, impaciente com a empregada. Na cama, rola de uma beira à outra até dormir. Acorda com o corpo doendo e a cabeça pesada, sem ânimo, tomado de sentimento ruim, arrependido de ter concordado com aquela viagem, torcendo para ela voltar logo, quem sabe roído pelo ciúme. Nos afazeres do dia, a lembrança de Merciana vira e mexe o perturba. À noite, o jantar esfria sem ser tocado, e ele se rende ao alívio da branquinha — mas foram tantas talagadas que cambaleia até o quarto e desaba na cama. Dorme de botas.

Na terceira noite, manda selar o cavalo, toma banho, troca de roupa, de botas e chapéu, e toma o rumo de Governador Valadares — e lá, vai direto para o cabaré. É alegremente saudado, apesar de alguns olhares de surpresa, desapontamento e até de reprovação. Convidado a sentar-se em mesa festiva, avisa que veio apenas visitar os amigos. Homem casado, não quer saber de estripulia; viveu tudo o que poderia viver de safadezas e libertinices. Ao primeiro gole, a conversa já é sobre garimpo, e Orlando tem a palavra.

Eis que Divina surge no salão enfiada num vestido de cetim vermelho brilhante, colado ao corpo e ressaltando a forma de violão, os seios brancos saltando, fartos, do decote, mangas curtas bufantes pretas e, abaixo do joelho, a saia justa abre-se em rodas de babados superpostos de filó preto. Os cabelos pretos, soltos à esquerda, descem em madeixa quase até a cintura; na orelha direita, uma rosa de pano com grandes pétalas de veludo vermelho. Impossível ignorar seu desfile: todos se voltam boquiabertos. Ela avança pelo salão, sorriso amplo de carnudos lábios vermelho-vivo; a cada passo, o corpo como que se divide em dois — a metade superior para um lado, a inferior para o outro e, na cintura, a torção. Caminha direto para a mesa de Orlando, surpresa por ele ter vindo ao cabaré antes de ela ir à fazenda, como pretendia. Ele se levanta e a espera de braços abertos. Abraçam-se, a mão de Divina desliza suavemente para baixo e para cima nas costas dele, enquanto o corpo avança inteiro para o contato, do rosto aninhado no pescoço à perna metendo-se entre as pernas. Se não avançara, Orlando também não recua. Um longo minuto depois, ao se afastarem, ele suspira: "Está linda, Divina!", e ela retribui com sorridentes sussurros: "Obrigada, querido." Antes de se sentarem, ela cumprimenta os homens da mesa — que elogiam sua beleza — e sorri para as colegas. Orlando recomeça a história que contava, para que Divina participe; a conversa se anima e eles passam a trocar olhares e sorrisos.

Quando a atenção de todos se volta para um homem com três dentes de ouro, orgulhoso de ter matado dois estranhos que tentaram roubar seu diamante, Divina descalça um sapato com a ajuda do outro e, esticando a perna sob a mesa, roça o pé na coxa de Orlando. Ele a olha surpreso, a testa franzida; ela sorri e pisca o olho. Um caolho insiste em beijar a boca de uma mulher, que esquiva a cabeça. Ele a deixa de lado e conta que rezou para satanás ajudálo num garimpo desossado, e dez minutos depois da oração bateu com três pepitas do tamanho de um bago de milho. O pé de Divina acaricia a coxa de Orlando e vai subindo, os dedos se mexendo como lagarta...

Ao sair do banheiro, Orlando se depara com Divina, que o espera de braços abertos e sorriso irresistível — e, não resistindo, abraça-a: "E se Merciana souber disso?" Ela sorri, cúmplice: "E por que haveria de saber?" Toma-o pela mão e o conduz pelo labirinto de portas e corredores mal iluminados.

De volta à fazenda quatro dias depois, Merciana conta a Orlando, olhos luzindo de entusiasmo, como foram a viagem e a consulta — fica arrepiada só de lembrar. Animada, cheia de esperança, diz que agora vai engravidar e, enfim, ter o filho com que ele sonha. Orlando ouve com interesse e silencioso ceticismo, e quer saber quais são as recomendações, se deverão fazer alguma coisa diferente do que fazem. A orientação é que, até engravidar, nada mudará. Porém, assim que as regras atrasarem, devem deixar de fazer sexo até o parto. "O quê?", ele se espanta. "Nove meses?" Merciana ameniza: "Oito, querido! Quando souber, já passou um. Passa depressa, vai ver. Pensa que a recompensa vai ser o nosso filho; não vale o sacrifício? Desanima não. E eu vou lhe fazer uns agrados. Se ainda me chama de Margô na cama é porque sei satisfazer suas vontades." Merciana se aninha no colo de Orlando, acaricia-lhe o cabelo e o cobre de beijos.

EM PLENA TARDE DE OUTONO, NO PALCO DO CASSINO DA URCA, DIA SEGUINTE à noitada em que começou assistindo ao show de uma mesa daquela platéia, depois cruzou a baía de Guanabara para jantar no Cassino de Niterói e voltou ao Copacabana Palace naquele amanhecer, o The Billy Byas Jazz Quartet, agora de gravata arriada e sem paletó, ensaia para a apresentação da noite. A fantástica sonoridade criada por Murray Russell no contrabaixo, Max West na bateria, Billy Byas no saxofone e Ralph Conway no piano tem um calor tão comunicativo que é quase impossível ficar indiferente. Habituados aos ensaios de artistas que irão se apresentar, os funcionários que preparam a casa para a noite — gerentes, maîtres, garçons, crupiês, caixas, atendentes, porteiros, seguranças, faxineiros e cozinheiros — dão um jeito de espiar a banda que está ensaiando.

Durante o ensaio, Billy Byas toca e rege de olhos fechados. Quando não está tocando, solta o saxofone no pescoço, bate o pé e estala os dedos. Se alguém erra, por imperceptível que seja o erro, no que revela agudo ouvido e prodigiosa memória musical, ele ergue a mão, pára tudo, vai até o músico que errou e trauteia o trecho, nota a nota, como deve ser tocado, imitando os movimentos dos dedos no instrumento. Repete passagens conjuntas e certos solos, até que cada compasso seja perfeitamente executado e retido na memória.

Os arranjos, do próprio Billy, com harmonia cheia de coloridos e certa doçura, apóiam-se principalmente no talento pessoal dos músicos — um quarteto não tem o volume nem o espectro sonoro de uma orquestra — o que abre espaço para a exibição de virtuoses. *Bandleader*, arranjador e saxofonista de grande técnica, Billy tem versatilidade para tocar tanto *sweet* quanto *hot*. Em certas peças, sobe, desce e rodeia as linhas melódicas com inflexões peculiares, sem se perder em sonoridades vazias. As interpretações são sutis, em tons quase sempre suaves e melodiosos, às vezes até melosos, mas que podem enveredar pelos agudos e até ostensivamente dissonantes. Os arranjos e as interpretações do quarteto refletem seu estilo. Sereno e firme, o contrabaixo de Murray Russell zumbe vagarosamente e com precisão nas solenes alturas do músico e do instrumento, assegurando o precioso tempo do *beat*. Max West, dos primeiros bateristas a recusar acessórios de efeito — sinetas, cabaças e *wood-blocks* — para se concentrar no ritmo regular e num *beat* genuíno, toca com permanente alegria, o sorriso contagiante apagando e acendendo como luminoso de néon.

Ralph Conway é extraordinariamente talentoso, mas está longe de substituir Art Tatum — o que ele nunca pretendeu, nem Billy Byas o contratou pensando nisso. É quase insuperável o desafio para o garoto ruivo e sardento que toca pela primeira vez com músicos que têm de profissão quase o dobro da sua idade. Não bastasse esta dificuldade, boa parte do programa é composto de peças que Tatum consagrou em gravações de sucesso, escolhidas justamente para criar empatia com o público, que, ouvindo-o ao vivo, poderia confirmar sua genialidade. Com a sua ausência, o que esperar da interpretação de Ralph Conway para "Gone With the Wind", "Stormy Weather", "Chloe" ou "The Sheik of Araby"; que mostram Tatum no apogeu? A paixão e o talento de Ralph têm um abismo de distância em relação à sua experiência. Mas isso não o alça ao nível dos seus colegas de palco. Aluno de Teddy Wilson na Juilliard School of Music, Ralph aprendeu a fazer as décimas na mão esquerda com Teddy, que aprendera com Art Tatum, assim como tocar de maneira viva, às vezes enérgica, e quase sempre terna. Ralph não faz floreios ao piano. Ornamenta, mas de maneira nada frívola. Das gravações de Tatum aprendeu *bravatos*, arpejos, apojaturas e outros adornos, brilhantemente intercalados e executados com surpreendente à-vontade. Sua mão direita dá a linha melódica do trompete, a esquerda executa grandes acordes de conjunto. Aplica contra-ritmos, *tremolos* brilhantes, e às vezes suspende por momentos o *beat* com sonoridade típica. Outra hora, ataca com acordes muito diferentes do dó maior e da sétima de dó, fundamentos do piano de *blues*. Nos solos, junta frases de baladas com contramelodias leves e *obligatos*, mantendo sempre um *beat* sólido e suave.

Ao longo do ensaio, Billy lhe faz várias observações, que ele ouve com atenção e prontamente executa. Após seus solos, ouvem-se sonoros "*Yeah!*" de Billy, de West e até do silencioso Russell, num entusiástico apoio ao jovem talento, no que são acompanhados, da platéia, pelo afinador de pianos Pires Lobo, que desde cedo trabalhara no maltratado piano de cauda pintado de branco. Ao repassarem "Rhapsody in Blue", de Gershwin, Ralph faz uma interpretação tão pungente que, em lugar de apenas gritos, os três largam os instrumentos e o aplaudem, no justo momento em que Joaquim Rolla entra no salão, seguido por Carlos Machado e um séqüito de funcionários, jornalistas, freqüentadores e oficiais de Justiça, com expressão tão tensa e sombria que parecem chegar a um velório. Rolla manda que traduzam para os artistas: eles devem encerrar o ensaio, não haverá audição naquela noite. Acaba de ser publicado no *Diário Oficial* o decreto-lei do presidente da República, Eurico Gaspar Dutra, que proíbe o jogo no Brasil. Todos os cassinos estão proibidos de funcionar, suas atividades suspensas, os contratos rompidos e os funcionários, demitidos. A surpresa é absoluta; o impacto, paralisante. Ninguém imaginava, ninguém esperava, ninguém estava preparado para essa decisão. Muito menos desta forma, sem aviso, sem consulta e sem debate.

A NOTÍCIA DE QUE OS MORADORES DA MANSÃO ESTÃO DE MUDANÇA, JUNTO com o aviso de que os empregados terão que deixar os bangalôs, instalou um clima de angústia e desespero na vida de Lavínia, Constança e Diva. Sem terem para onde ir, paira sobre suas cabeças a sentença de que não poderão ficar. Enquanto assistem às duas outras famílias de empregados prepararem a mudança, as três mulheres não sabem o que fazer nem a quem recorrer. O dinheiro que Lavínia traz a cada manhã nem sempre é suficiente para as despesas, e às vezes falta a carne, o leite ou os remédios de Constança.

Como é costume, aqueles moradores, que nunca se dignaram aprender o português, continuam sem dizer nada às três, agora as únicas que trabalham na silenciosa mansão; as demais famílias de empregados foram embora. Constança, Lavínia e Diva seguem vivendo a mesma angustiada incerteza. Até que, numa primaveril manhã de sábado, três caminhões enfileiram-se diante da mansão, e sem avisos, explicações ou despedidas, os misteriosos patrões partem, sem exigir que o bangalô seja desocupado. As três sentem o alívio que lhes permite respirar, sem saberem, porém, por quanto tempo. Resta-lhes esperar nos fundos da mansão vazia, entre bangalôs desocupados, a imprevisível definição. Provisoriamente aliviadas do desespero da mudança imediata e sem destino, a precária calma não aplaca a expectativa que invade o sono, desarruma o despertar, espanta o sossego, infiltra-se nas conversas e orações. Sem ter quem pague as contas, Lavínia teme que, de repente, cortem a água e a luz. As três mulheres flutuam no presente à espera de que, num futuro incerto, livrem-se da ansiedade, dos temores, da incerteza, e tenham um pouco de paz. Apesar do silêncio em volta e do sentimento de abandono, cuidam do que é possível — jardins, pomar, bosque, horta e viveiro —; se não havia vínculo de emprego desde a morte de Nicanor, agora não há sequer patrão.

Do que Lavínia ganha, subtraindo os gastos com armazém, feira, farmácia, despesas escolares e para vestir e calçar Diva, pouco sobra para sua supérflua mas profissionalmente indispensável vaidade. Com vestígios de senilidade precoce, Constança chora em qualquer lugar e por qualquer motivo: o prato que escapa da mão e se despedaça no chão; ao encontrar vazia a lata de açúcar; quando não consegue enfiar a linha no buraco da agulha ou, como aconteceu no domingo, quando o padre, refletindo sobre um salmo no sermão, indagou: "Porventura Deus nos rejeitará para sempre? Não mais há de nos ser propício? Estancou-se a sua misericórdia para o bom? Estará sua promessa desfeita para sempre? Terá Deus se esquecido da piedade?"

Lavínia não consegue mais dormir quando volta para casa de madrugada. Suas noites são cada vez mais exaustivas. Vive com um cigarro entre os dedos e toma café a toda hora, vícios que vieram de suas virtudes: como não pode dormir no trabalho, café e cigarro afugentam o sono. As olheiras estão mais fundas, e tem emagrecido tanto que Constança vive apertando suas roupas. O costume de tomar um longo banho antes de deitar-se já não a satisfaz. Toma três, quatro por dia, em horários variados — sem estar sentindo calor, sem estar suada ou suja, após as tarefas do jardim, ou porque vai sair. Agora, contando níqueis, compra sabonetes de marcas diferentes, buchas e esponjas para esfregar, cremes e loções para limpar e desodorizar, produtos para higiene pessoal e perfumes. Há dias em que passa duas longas horas no banheiro — quando concede, em retrospecto, uma migalha de compreensão a Ataliba, o ex-marido, que amava o saxofone e os banhos longos —; quando sai, tem partes do corpo em carne viva, tanto as esfrega.

Diva conclui a escola primária, e no início do curso ginasial passa a não querer ir mais à aula — seu rendimento escolar, que sempre foi ótimo, entra em declínio na nova etapa —, recusa-se a fazer as tarefas de casa, e quando faz é de má vontade, depois de enérgicas ameaças de Lavínia ou de Constança.

Alega que tem medo de, ao voltar da escola, não encontrar a avó nem a mãe, expulsas na sua ausência. Quase não se alimenta, apesar da dedicação de Constança, sempre estimulando-a a comer, enfeitando o prato com alguma fruta, promovendo as vantagens da saúde, insistindo contra a inapetência. A ligação com a mãe se intensifica: enquanto Lavínia está em casa, não sai de perto, desmanchando-se em admiração e carinho. Quer ajudar em tudo e entra nas conversas, qualquer que seja o assunto. À noite, na ausência de Lavínia, achega-se mais à avó ou fecha-se no quarto da mãe, onde calça sapato alto, veste vestidos decotados, pinta o rosto e os lábios, e desfila diante do espelho. Quando se cansa, o primeiro sono é na cama da mãe, até que a avó a acorda batendo forte na porta, e a conduz ao outro quarto, onde dormem.

Tempos depois, é com a mesma porta sendo esmurrada, aos gritos de "Mãe! Mãe! Abre a porta, mãe!" que Lavínia pula da cama, pouco depois de ter se deitado, e, ao abri-la, depara-se com Diva, pálida e trêmula, camisola levantada até a cintura e sangue escorrendo pelas pernas — é a primeira menstruação. A mãe acolhe a filha num abraço carinhoso, maternal, de feminina cumplicidade: "Calma, meu bem, calma. Não fica assustada. É assim mesmo. Vamos tomar um banho, que vou lhe explicar." E, abraçadas, saem do quarto para o banheiro, sob o olhar desperto de Constança, que sorri, serena.

Ao sair do banheiro mais calma, Diva é abraçada pela avó: "Minha neta já é uma moça! Que Deus a proteja, querida!" Lavínia concede que não vá à aula e, mais tarde, ao sol da manhã de outono, de luvas e tesourão, poda roseiras no fundo do jardim, enquanto fala com Diva: "Agora, todo mês vai se sentir incomodada, e se for como eu, vai ter cólica e mal-estar até o sangue começar a descer. É o sacrifício de ser mulher. Agora você é adulta, já pode ficar grávida e ter filho. Então, juízo, minha filha." Mesmo afastada do portão, Diva avisa a mãe que no portão da mansão acaba de parar um caminhão de mudança, e depois outro e outro. Lavínia interrompe o trabalho, reúne as ferramentas e, numa atitude impulsiva, as duas correm para casa. Ao entrar assustada, Lavínia anuncia: "Chegaram, mamãe! Chegaram os novos moradores!" Saindo do quarto, Constança aperta o rosto entre as mãos numa expressão de cansado desamparo. As três mulheres se protegem num abraço.

DEPOIS DE DEZ DIAS DE PÓS-PARTO NA SANTA CASA DE MISERICÓRDIA E MAIS trinta de repouso em casa, cumprido o resguardo de Giulia, o bebê Vittorio Emanuelle Sbravatti Chalmers esbanja saúde e vivacidade. Giulia se recupera bem, radiante por ser mãe. Para manter a qualidade da sua nutrição, o Dr. Hugo Werneck recomenda sopa de galinha gorda — nunca de frango — e a proíbe de comer couve, repolho e frutas cítricas, que ameaçam o leite materno. Para compensar, um copo de cerveja preta vez por outra é bem-vindo. Mrs. Austin, porém, não admite — considera de mau gosto e nada condizente. Aliás, a implacável vigilância de Mrs. Austin tem castigado os ouvidos de Giulia de tanto que repete esse "nada condizente".

Para poder dedicar-se ao parto de Giulia, Chalmers manda Catherine, Alexander e Helen passar as férias em Londres. Porém, já no Distrito Federal, às vésperas do embarque, chega a notícia de que o cargueiro brasileiro *Macau* foi torpedeado por submarinos alemães na costa da Espanha, e o Brasil declara guerra à Alemanha — que apóia o Império Austro-Húngaro —, posicionando-se com os Aliados. Preocupado, Chalmers muda a viagem a Londres para férias no Rio de Janeiro. E pode manter-se presente antes, durante e após o parto de Giulia, apesar de não ir ao hospital. Em casa, informado de tudo que se passa, toma providências, sugere atitudes e reza por um desfecho feliz. Mas nada disso o poupa de sofrer como se fosse o primeiro filho.

Ao receber Giulia e o bebê de volta à casa — enfeitada com guirlandas de flores que ele próprio colheu —, Chalmers sorri para ela com os olhos brilhando. Descobre o rosto da criança, nos braços de Mrs. Austin, e a olha com curiosidade e ternura. Volta a cobri-la delicadamente, e as acompanha ao quarto, onde espera Mrs. Austin concluir a arrumação e se afastar para, enfim a sós, abraçar o filho e a mãe com sincera emoção. Giulia lhe sussurra ao ouvido: "Foi bonito dar seu sobrenome a Vittorio. Nós dois ficamos felizes por ele ter um pai." Ao beijá-lo, surpreende-se com a barba molhada. Chalmers se sente um homem pleno e satisfeito com a vida quando, sozinho no salão, umedece a ponta do charuto no uísque — esquecido de que é abstêmio —, acende, dá a primeira tragada e solta a coluna de fumaça para o alto.

Apesar da disposição dos seus 18 anos, Giulia se sente exausta. Parece que o período de gravidez e as tensões do parto consumiram suas energias, e também a fase de amamentação, obrigando-a a acordar de madrugada e passar horas seguidas sem dormir, com incômodas dores nos seios. A alegria infinda de ter gerado uma criança pela primeira vez não é constante. Há inesperadas transições, ora sutis, ora abissais, que, sem excluir a alegria, incluem a rejeição — sentimento de repulsa em relação ao bebê nascido do seu próprio corpo, instala a culpa, assim como o medo de não ser capaz de manter uma vida que depende exclusivamente dela. Com o tempo, acha que Chalmers, que sente distanciar-se aos poucos, a amou mais quando estava grávida, assim como Mrs. Austin dá mais atenção ao bebê do que a ela. Giulia tem a estranha sensação de estar no céu, porém abandonada.

Com Chalmers, Giulia, Mrs. Austin e o bebê envolto em panos de fina alvura, o carro — de cortinas fechadas — cruza o pântano até a Capela do Sagrado Coração de Jesus. Vittorio é batizado, tendo como madrinha Mrs. Mary Austin e como padrinho, o seminarista que ajuda na cerimônia, por sugestão do celebrante, à falta de alguém escolhido pelos pais. Chalmers admitira o batismo católico, mas não o padrinho escolhido por Giulia: Giuseppe, o sardento italiano de boina, seu amigo em Vila Nova de Lima.

Na manhã de tempo fechado mas sem chuva, Giulia acaba de dar de mamar a Vittorio, e mal põe a criança no berço, irrompe Mrs. Austin, o coração saltando pela boca, anunciando que os muros e portões amanheceram pintados com dizeres ofensivos, a calçada atulhada de aves mortas, sujeira, cascas de ovos, pedras e mato. Assustada, Giulia vai ao portão e confirma: com sangue e fezes escreveram "Fora, adúltera", "Prostituta", "Para o inferno, vagabunda!", e na calçada, além da sujeira, galinhas e pombos mortos. Depois de trancar os portões e fazer severas recomendações aos empregados para nunca deixá-los abertos, Giulia entra, enquanto Mrs. Austin providencia a limpeza da calçada e nova pintura dos muros. Nos dias seguintes, Giulia experimenta emoções que variam da indignação e de impulsos de vingança ao ódio e à indiferença, da bravata ao ressentimento, da soberba à vontade de voltar para a Itália. Mas não toma qualquer atitude, sequer registra queixa na polícia. Desse dia em diante, enche-se de cautelas com portas e janelas, buzinas e telefonemas, entregadores e vizinhos.

Quando reaparece, Chalmers se revolta. Acusa a cidade de moralista, provinciana, preconceituosa e hipócrita por discriminar a mãe solteira. Conhece casos de moças assassinadas pela própria família por terem engravidado sem se casar. E não são raros os casos de isolamento da mãe durante a gestação, e de se livrarem da criança depois do nascimento. Famílias ricas, que se dizem esclarecidas, mandam a filha no princípio da gravidez para o Rio de Janeiro, e ela, depois de dar à luz e doar a criança, reaparece, milagrosamente virgem, comentando a viagem à Europa! Depois de exorcizar a raiva, Chalmers consegue pensar no problema, mais preocupado com a situação de Giulia do que com a própria. Considera que em cidade pequena não há segredos nem amantes secretos. E conclui: se não reagir à altura, Giulia será difamada nas rodas, embora jamais diante dele. Ao mesmo tempo, nas províncias o dinheiro e o prestígio calam as bocas maldosas e interesseiras, sobretudo se essas bocas vislumbrarem alguma vantagem. Logo tem um plano armado.

Dias depois, recebe para jantar o Dr. Artur Bernardes, presidente da Província de Minas Gerais, assim como diretores dos principais jornais da capital. Durante a reunião não se fala de Vittorio, nem do estado civil de Giulia ou de Chalmers. Mas quando o presidente destaca os amplos espaços da mansão, o conforto e o requinte da decoração, Chalmers insinua que aumentará o policiamento na área, mandando vir seguranças da Saint John Mining Company. Solícito, o presidente pede que não faça isso: um estrangeiro com segurança privada depõe contra a competência da autoridade; ele mandará pôr uma ronda policial dia e noite. Quando os jornais estampam as fotografias do jantar, a polícia já circula em torno dos muros da mansão. As hostilidades pararam.

Com o tempo, os surtos de instabilidade de Giulia tornam-se menos freqüentes, e aos poucos ela recupera a mobilidade perdida com o barrigão; depois, a juvenil agilidade; só mais tarde irá recompor o corpo. A beleza mediterrânea está mais suave com o trato: a pele, antes maltratada pelo sol, agora aveludada; o olhar, incisivo e inquisidor, agora meigo e acolhedor; os gestos, espontâneos e excessivos, agora econômicos e discretos; sorriso menos ruidoso, mais iluminado, rosto menos anguloso e mais harmonioso; antes quase maltrapilha, agora bem vestida; a sensualidade, antes ostensiva, agora insinuante, o corpo de menina ganhou formas de mulher. Giulia está mais feminina, elegante e encantadora. Bela como nunca foi.

Ao longo desse período, a presença de Chalmers torna-se mais espaçada, embora continue responsável por todas as despesas da casa e dos empregados, do carro, de Mrs. Austin, de Giulia e de Vittorio. Quando presente, estabelece com Vittorio uma relação alegre e carinhosa, informal e disponível, bem diferente da que teve com os outros filhos na mesma idade. Leva-o nos braços, faz-lhe festa, deixa-se montar e faz-lhe cócegas, o que jamais se permitiu com Alexander e Helen.

Fluente e quase sem sotaque em português, Giulia avança no inglês estimulada por Chalmers, que, nas conversas domésticas, prefere seu idioma de berço, e por Mrs. Austin, que, além de idêntica preferência, é austera professora do idioma e, como preceptora, não apenas exige boas maneiras, como orienta a leitura dos grandes escritores ingleses e a audição dos compositores alemães. Insatisfeita com o dialeto calabrês e com o pouco domínio da sua primeira língua, Giulia passa a tomar aulas semanais de italiano. Cada dia mais curiosa, quer aulas de música, história, geografia, matemática, ciências, gramática e latim. Chalmers aplaude e paga — inclusive o piano que ela pede e ele compra na Lyra Mineira, que tem bons afinadores. Quase reclusa, quase solitária, Giulia Sbravatti descobre na arte e na cultura um mundo novo e fascinante para ocupar o tempo.

Chalmers ama Giulia. Ama com coração inglês, calvinista e vitoriano, zeloso, atento e comedido. E ama com a sabedoria do amor tardio, que sabe dar e sabe esperar. Nunca perguntou se ela o ama — e ela nunca o disse. Tem ciúmes, mas sabe se conter; é controlador, mas sabe respeitar; cede, mas sabe se impor. Às vezes, é paternal provedor; outras, é dominador cruel; às vezes cínico, outras, ingênuo. George Chalmers ama Giulia com a inteireza do homem que é.

Num passeio matinal pelo jardim, no dia seguinte a uma das chegadas de Chalmers e após uma noite de carinhos e intimidades, os dois se sentam no banco, ao sol tépido e à brisa fresca da primavera, ela levemente recostada no seu peito, ambos apreciando o iluminado colorido das flores e folhagens. Na conversa, lenta e vadia, sem temas nem discussões, ele, num tom vago de desculpa e lamento, conduz o assunto para suas ausências mais freqüentes e presenças mais curtas devido às exigências da Saint John, às solicitações da família e ao cansaço. Talvez por isso lhe falte a energia e a disposição que a juventude dela esbanja e solicita. Giulia, que ouve em calmo silêncio, acariciando-lhe os pêlos do peito com os dedos enfiados na abertura entre os botões da camisa, diz que sente sua falta, mas compreende a situação, porém Vittorio se ressente. A cada partida, diz Giulia, passa dias procurando-o, impaciente e irritado, só dormindo na cama do casal, no lugar dele. E lembra a Chalmers suas reaparições, às vezes até três semanas depois, quando Vittorio reluta, chora e faz birra para não ceder o lugar que ocupa como seu. E se ele usa energia para retirá-lo, como fez na noite anterior, Vittorio amanhece amuado e arredio. Nesse momento, um beija-flor irrompe à frente deles e, parado no ar, suga da flor a sobrevivência — o encantamento interrompe a conversa, e o casal se deleita em contemplar a beleza fugidia que a natureza oferece.

Por não associar um fato a outro, Giulia não se lembra de mencionar a irritação de Vittorio quando o casal entra no quarto e fecha a porta. Ele a esmurra aos prantos, obrigando-os a levá-lo de volta ao seu quarto, distraí-lo com histórias até o sono chegar ou, se não querem ser incomodados, pedem a intervenção de Mrs. Austin para consolá-lo e distraí-lo. Também não se lembra da sua reação quando Chalmers chega, sempre de surpresa, e Giulia, para recebê-lo, é obrigada a adiar algum passeio combinado ao jardim, ao pomar, para colher frutas da estação, ou visita ao galinheiro ou aos pássaros do viveiro: Vittorio se esconde no quarto, de onde só sai depois que o pai vem abraçá-lo, dar presentes, fazer festa. Também não conta que, durante as aulas de piano, Vittorio permanece sentado, quieto e silencioso durante uma hora, olhos fixos na mãe e ouvidos atentos às repetidas músicas; mas se eventualmente o professor se aproxima da aluna para repetir algum acorde, ele sai do seu lugar e sutilmente se interpõe entre os dois.

Nas manhãs de domingo, o carro atravessa o pântano que separa a casa da Capela do Sagrado Coração de Jesus. Giulia vai à missa, acompanhada de Mrs. Austin e Vittorio. Por mais breve e discreto que seja, o ritual da chegada do automóvel, o motorista a abrir as portas e o rápido desembarque da família, constituída de uma mulher, uma jovem e um menino, é uma cena intrigante para a curiosidade da capital, de poucos automóveis, menos acontecimentos e muitas normas para a conduta. Durante a missa, olhando sob o véu os fiéis ao redor, Giulia sente na pele o peso dos olhares e, no coração, as flechadas da suspeição, da inveja, da condenação e da discriminação. Tudo em silêncio, sem palavras nem acusações, sem atos nem gestos, sem julgamentos nem sentenças, deixando sempre a possibilidade de serem sensações e impressões subjetivas, que não correspondem à realidade. Se num fortuito acaso ela olha nos olhos da sóbria senhora ajoelhada alguns bancos atrás, encontra um olhar acolhedor e, quem sabe, um esboço de sorriso afável. A ambigüidade, a indefinição e a evasiva dos olhares perturbam Giulia, habituada, desde que nasceu, à franca sinceridade da gente calabresa.

Mas não faltam gestos de consideração, que cativam. Embora os quintais sejam enormes e a vizinhança distante, há sempre alguém cordial, que envia um cacho de bananas, uma bacia de mangas ou um bolo recém-assado, coberto com alvos guardanapos de delicados bordados, para proteger da poeira e ser saboreado ainda quente. Giulia sempre retribui, *noblesse oblige*, ao devolver bandeja e guardanapos; manda doces exóticos da Calábria, um *cake* com receita de Mrs. Austin, quase a mesma *quéca* que aprendeu a fazer em Vila Nova de Lima. Contatos pessoais, quando ocorrem, são breves, gentis e lacônicos.

Em Vila Nova de Lima, Giuseppe mantém acesa a silenciosa paixão por Giulia, mesmo sem vê-la ou ter notícias, desde que ela foi para Belo Horizonte. Não esquece as longas conversas na ida para o trabalho e na volta para casa, no fim do dia. Não lhe saem da memória a risada franca e espontânea nem as expressões de dor e cansaço durante o trabalho. Lembra-se das danças típicas italianas em que faziam par nas festas. Por tudo que lhe vai na alma, Giuseppe não se conforma com o afastamento (e Giulia. Às vezes, não agüenta a saudade e visita os pais dela, sedento de notícias, de uma palavra que possa aplacar a dor de uma paixão que não se declara por alguém que não se vê e com quem nem se fala. Mas os pais de Giulia nada dizem, po s nada sabem — embora o pai tenha sido promovido e o casal receba, em env lope da Superintendência, a ajuda mensal supostamente enviada por Giulia —, e as visitas tornam-se sessões de lembranças e de mútuo consolo entre os pais e o amigo.

No fim de um dia de trabalho, tomado pelo desespero que ao anoitecer assalta os apaixonados, Giuseppe procura o superintendente da Saint John D'El Rey Mining Company, George Chalmers. Alegando falar em nome dos pais de Giulia, pedirá notícias e informações sobre ela, endereços de trabalho e residência —, mas é barrado na entrada do escritório. Tenta nos dias seguintes, sempre em vão. Indignado, oculta-se à noite numa curva do trajeto de Chalmers para casa. Ao saltar à frente da charrete, é subjugado e imobilizado pelos guarda-costas. Contrariando as sugestões, Chalmers desembarca, aproxima-se e reconhece Giuseppe. Quer saber o que pretendia com o ataque e por quais motivos. Ajoelhado e submetido, Giuseppe não disfarça a mágoa, a indignação e o ciúme. Responde entre gritos de dor física e pergunta com gritos de dor do amor ferido. Chalmers manda soltá-lo. Calmo, responde que só a família de Giulia deve saber dela. A empresa tem dois mil empregados e o superintendente não sabe o endereço de todos eles. Controlando-se, Giuseppe diz que vai denunciar à polícia brasileira o desaparecimento da cidadã italiana. Sereno mas enérgico, Chalmers adverte que se a polícia souber será pior: imigrantes em situação irregular são expulsos do país. E retorna à charrete, que parte deixando Giuseppe na poeira e no escuro. No dia seguinte, Chalmers ordena ao capitão da segurança que mantenha Giuseppe sob permanente vigilância: "Não apenas como imigrante em situação irregular, mas como alguém que cometeu tentativa de homicídio." Na primeira oportunidade, avisa Giulia da emboscada de que foi vítima, explicando que não mandou Giuseppe de volta à Itália por ser amigo dela.

Ocupada com a educação dos filhos, as obrigações da igreja, de dona-de-casa e de esposa do superintendente, Catherine se considera uma mulher feliz com o seu destino na terra e lamenta que Chalmers use estratégias para evitar que ela engravide, suprema bênção para a mulher, além de desígnio divino.

Meses depois, Giuseppe fica sabendo por acaso que dali a dois dias Chalmers fará uma das suas viagens a Belo Horizonte. Na véspera, vai a pé a Santa Rita e passa a noite à espera. Disfarçado num terno muito maior, aba do chapéu sobre o rosto barbado e lenço no pescoço, paga 1.200 réis pela passagem de segunda classe e embarca no mesmo trem que, na primeira, leva o superintendente. Ao desembarcar na Estação Central de Belo Horizonte, segue Chalmers, que, sem vê-lo, entra rapidamente no carro de cortina fechadas. Sem ter como segui-lo, Giuseppe não consegue fazer mais que guardar na memória o número da placa.

DEPOIS DA DESASTRADA TERCEIRA TENTATIVA DE TOMAR MONTE CASTELO, A quarta encontra dificuldades climáticas — em dezembro, o inverno torna-se inumano; a 20 graus negativos, congela os músculos e dói nos ossos. Pitaluga se exaspera por não entrar pleno na luta: além da topografia acidentada, que exclui os cavalos blindados, a neve tira a visibilidade e traz a lama. Ao avançarem no nevoeiro, sem enxergar dez passos adiante, os homens mal ficam em pé no terreno íngreme e escorregadio, sob o peso do equipamento. Após cinco horas de massacre, só uma nova retirada evita aumentar as baixas, a esta altura em 145 mortos e feridos.

Se um mínimo de visibilidade permite decolar, lá está Vittorio, voando entre os desfiladeiros, reconhecendo instalações, acampamentos, depósitos de munição, muitas vezes sob a mira do inimigo, sempre cantando suas árias de ópera e canções italianas, o que apavora o tenente Oliveira — menos por medo do que pela perplexidade de ver expondo a vida quem tanto a ama. Iniciante na função, sem intimidade com vôos e aviões, o oficial de Artilharia aos poucos se acostuma e adere ao grito eufórico da descoberta do alvo: "Olho nele!", e o *Giulia* balança e trepida na curva fechada, e retorna várias vezes, até que a descoberta seja identificada, localizada e o comando informado pelo rádio.

Surpreendido por súbita mudança do tempo, o *Giulia* penetra em denso nevoeiro e, sem qualquer visibilidade, é açoitado por turbulências e oscilações de altitude que deixam Oliveira paralisado pelo pânico, enquanto Vittorio canta "*Parigi, o cara, noi lasceremo, / La vita uniti transcorreremo...*". Depois de um tempo de vôo cego e atribulado, Oliveira aperta o binóculo para disfarçar o tremor das mãos e suplica: "Pára de cantar, tenente!" Sem se dar conta do estado do colega, Vittorio baixa o tom para ouvir, e Oliveira prossegue: "Pelo amor de Deus! Presta atenção nesse vôo! Eu não agüento mais sacudir!" "Não é a música, tenente!", responde Vittorio, "é a turbulência! O tempo fechou!" Supondo que Vittorio caçoa, Oliveira explode: "Eu sei! Eu estou vendo, não sou idiota! Pára com a cantoria, cumpra seu dever e respeite a segurança!" Vittorio olha para trás e se dá conta do lastimável estado de Oliveira: trêmulo, suando frio no rosto pálido de lábios descorados: "Fica calmo, tenente. Não há perigo. Vai passar!" "Eu não sou burro, sei que não vai passar! Mas ao menos me respeite e pára de cantar!" "Calma, tenente Oliveira! Vamos respeitar um ao outro. Vou tentar diminuir a turbulência e melhorar a visibilidade para o senhor se acalmar. É só baixar um pouco a altitude." Oliveira reage aos gritos: "E os morros, seu maluco! Não baixa, não! Vai jogar essa merda contra a montanha?" Vittorio fala grosso: "O piloto aqui sou eu, tenente! Cumpra o dever de observador e deixe o avião comigo! Se não confia em mim, quando pousar peça remanejamento!" Após uma pausa, Oliveira sussurra: "Eu confio, tenente." "Eu agradeço", diz Vittorio. "Só peço para não cantar." Vittorio não responde, e os dois mergulham num silêncio tenso. O avião começa a perder altitude e sacoleja ainda mais. Com o corpo trepidando, Oliveira fecha os olhos, aperta o binóculo e move rapidamente os lábios com o fervor de quem reza. Aos poucos, a densa massa de nuvem começa a se esgarçar, o vôo fica mais estável e Oliveira abre os olhos, parecendo mais calmo. Logo podem ver o cume nevado dos morros no mesmo nível do *Giulia*.

Vittorio descobre algo na estreita pista parcialmente coberta de gelo e grita: "Olho nele!" Oliveira se apruma, assesta o binóculo: "É um comboio de *fritz*!" Animado, se reveza entre olhar e anotar, enquanto o *Giulia* segue o trajeto da estrada, que serpenteia entre os morros: "Dezoito caminhões!", diz Oliveira, "volta para avaliar o armamento." Vittorio passa entre dois morros, contorna um deles e volta ao leito da estrada, onde é recebido com metralha antiaérea. Sobrevoa a estrada em ziguezague para não ser alvejado, cobre duas vezes a extensão do comboio, até que Oliveira anote todos os dados e, sempre voando baixo, afasta-se daquela área. Calmo, embora preocupado com os desfiladeiros próximos à janela, Oliveira procura alvos com o binóculo. Pouco depois, Vittorio avisa: "Autonomia esgotada. Retorno à base." E se mantém em silêncio. Adiante, dá um inesperado rasante sobre o descampado de uma propriedade, de cuja sede duas moças saem acenando. Vittorio faz a curva, retorna em rasante, e ao passar sobre elas acena, manda beijos e joga caixas coloridas; elas retribuem o carinho enquanto correm para recolher: "Batons e perfumes para minhas amiguinhas, tenente!", explica Vittorio, e toma o rumo de Suviana, a base atual.

Nas comunas onde a ELO instala suas bases, a guerra esvazia as ruas, e como não há vôos noturnos por falta de orientação, os homens não têm o que fazer, mesmo nas folgas. Para espantar a solidão, a saudade e o frio, Vittorio anima as noites: canta no chuveiro e, sempre cantando, invade a cozinha e inventa molhos e misturas que dêem sabor à insossa ração americana, e, sem deixar de cantar, passa o uniforme, engomando o colarinho e vincando as calças, e lustra os sapatos até brilharem como verniz.

A aparente semelhança dos idiomas facilita a aproximação dos brasileiros com os civis italianos. Com fluência na língua, o perfil mediterrâneo familiar e os olhos azuis de água, Vittorio atrai o olhar das mulheres de Suviana, como da anterior San Giorgio e da Itália inteira — sua elegância se mantém, mesmo metido nos folgados macacões e casacos de couro de aviador. Das que têm oportunidade de ouvi-lo falar, desfrutar a cultura, admirar a inteligência e divertir-se com seu humor, raras não se encantam, quando não se apaixonam. Sua maior sedução, no entanto, é saber gozar os prazeres da vida, inclusive nas situações adversas. Nas folgas, visita famílias amigas, sacia-lhes a curiosidade sobre um exótico país tropical, fascinante e desconhecido, e canta com elas canções italianas e árias de óperas. Na despedida, presenteia com pacotes de alimentos doados pelos colegas. Como resultado da recíproca cordialidade italiana, mantém, sempre renovada, discreta reserva de vinho tinto e massa feita em casa de ótima qualidade. Nas noites sombrias, de saudade, desalento e moral baixo, ele — cantando sempre — prepara a *pasta* de receitas centenárias, presente à sua simpatia que, servida com o vinho guardado a sete chaves, torna os encontros tão divertidos quanto inesquecíveis, e amenizam a dureza da guerra.

Num dos dias em que o inverno concede um céu que dá para voar, Vittorio recebe a missão de localizar e observar um ninho de águias, a partir de imprecisas pistas fornecidas pelo setor de Inteligência. Para executar sua função de observador, o tenente Oliveira precisa ver o alvo ao menos de binóculo, visibilidade que só se consegue voando abaixo das nuvens, o que obriga Vittorio a circular entre as escarpas e os desfiladeiros do labirinto de dentes de cobra dos Apeninos. Nessa altitude, ele procura o ponto indicado voando nas suas cercanias, enquanto Oliveira esquadrinha os morros, varrendo a encosta do cume ao solo. Nesse passeio, que vai, circula, volta, avança, retorna, de repente as saraivadas de metralhadoras zunem em volta do *Giulia*, vindas de uma casamata no cume da montanha: "Olho nele!", grita Vittorio, quando explode um trovão cujo eco reverbera entre os morros, o *Giulia* treme e Oliveira grita "É a Flak!", referindo-se ao temido canhão antiaéreo alemão. Incontinente, Vittorio começa a cantar uma ária. "Casca fora, homem de Deus, é a Flak, não ouviu?", grita Oliveira, e Vittorio: "Você já viu tudo?" "E eu lá quero ver a desgraça dessa Flak? Vamos embora!" A saraivada de metralhadora continua; os estilhaços na fuselagem lembram chuva de granizo. Outro canhonaço estronda, ecoando por vales e montanhas; o avião balança com o deslocamento do ar. Puxado o manche, ele começa a subir quando Vittorio interrompe a cantoria para avisar: "Furaram o tanque de gasolina!" "Não!", empalidece Oliveira, e Vittorio canta a plenos pulmões. Quase sem se mover, o tenente da Artilharia transmite as informações pelo rádio e conclui dizendo: "Estamos perdendo combustível e altitude. Câmbio e desligo." E silencia. Ao longe, explode outro trovão da Flak.

Com o marcador de combustível parado no zero, Oliveira informa a posição à base. Depois de fazer a barba na copa de uma árvore, Vittorio, sempre trauteando, pousa em pane seca, num descampado escorregadio onde o sol derretera a neve. Ilesos, eles saem do avião e Oliveira estende a mão a Vittorio, que, além de apertá-la, puxa-o para o abraço. "Devo-lhe a vida", diz Oliveira. "A mim, não: a Deus! Agradeça a Ele." A fuselagem está salpicada de minúsculos pontos de onde a tinta foi arrancada, além de algumas perfurações de tiros — uma no tanque de gasolina, outra sobre o "u", de *Giulia*. Depois de arrastar o aparelho até um barranco — plantações sugerem a presença de casas por perto —, armam com galhos um esqueleto de cobertura que camufla sua presença.

Metidos em macacões, esgueiram-se por um bosque depenado pelo inverno, de onde vasculham com binóculos as cercanias, sem encontrar vestígios de presença alemã. Caminham pela margem de um riacho quase congelado: nenhuma pista do inimigo. Sobem uma encosta, e do alto avistam dez ou doze casas. Descem do outro lado. Oliveira, à frente, oculta a mão armada. Chegam à casa mais isolada. Não se ouve qualquer ruído. A porta dos fundos está fechada. Vittorio a empurra, ela se abre, ele entra. Oliveira entra de costas, de arma engatilhada.

Seis dias depois, a dupla é localizada pelos sargentos-mecânicos na casa onde vivia um padre, com boa despensa e melhor adega, rádio e biblioteca de obras profanas, namorando as gêmeas Giovanna e Genoveva, que vivem no povoado. Foi preciso mais tempo do que o previsto para reparar o *Giulia*, porque os sargentos gostaram do descanso e das amigas das gêmeas. São as mulheres que a contragosto, pois não querem saber de despedidas, indicam o descampado a ser usado para a decolagem. O jipe arrasta o avião por trilhas tortuosas até a cabeça da pista improvisada. A despedida de Vittorio e Oliveira inclui abraços, beijos e promessas de rever as gêmeas. Os sargentos-mecânicos ficarão mais dois dias. O *Giulia* acelera, parte a plena potência e decola de volta à guerra — de onde, na verdade, não saíra: guerra são curtos tempos de horror-pânico e longos períodos de monotonia.

Numa tarde de folga, Vittorio volta do passeio pela cidade sobraçando um rádio, com o qual alguém retribuiu sua generosidade. Ele pede ajuda aos sargentos da comunicação, e à noite todos ouvem a transmissão de concertos e óperas do Teatro La Scala de Milão. A diversão, tantas vezes repetida, acaba criando, em quem jamais ouvira esse tipo de música, o prazer de apreciá-la. Alguns pilotos, depois de incursões arriscadas, sentem necessidade, antes de dormir, de ouvir uma sinfonia de Brückner ou Rachmaninoff. Um deles, tocado pela singela beleza do *Concerto para piano*, de Beethoven, passa a trautear o tema durante os vôos, e diz que sua melodia é uma tradução musical da sensação de voar.

Em janeiro, o 5º Exército Aliado decide que só voltará à ofensiva em abril, quando terá mais tropas, munição e um clima favorável — os alemães, aparentemente, pensam o mesmo. A FEB permanece na região, numa frente quase estática — as unidades ficam mais tempo nas posições. Nenhum dos lados tem fôlego para grandes manobras — e estão próximos, brasileiros nas partes baixas e alemães entrincheirados nos altos. Ambos em permanente atividade de patrulha, com emboscadas nos trajetos, golpes de mão ágeis e violentos. Uns e outros transitam pela terra de ninguém, até se depararem com o inimigo e vencerem-no sem matá-lo. Nesse exercício, os brasileiros aprendem a sobreviver ao frio, à neve, atolados na lama, carregando armamento, e sob a mira dos alemães.

A neve espessa e o nevoeiro tornam cada vez mais rara a participação da aviação. O 1º Grupo de Aviação de Caça, o Senta a Pua, incorporado à unidade americana, atua em outros céus. A ELO fica parada na base, agora em Suviana, para decepção de Vittorio, que, apesar da interdição de decolagem, está sempre de macacão, com pára-quedas e óculos de pilotagem ao alcance da mão. Passa os dias de olho no céu e nos boletins meteorológicos, na expectativa de voar para Monte Castelo e cumprir seu dever ao lado dos brasileiros — depois que conheceu de perto as dificuldades que enfrentam, acha que estão em missão de sacrifício.

Após três semanas de nevoeiro, tendo lido três romances — entre eles, *Guerra e paz*, de Leon Tolstoi, em tradução italiana, que pedira emprestado a um professor local —, com o tédio ameaçando roer-lhe a habitual alegria, Vittorio sai a passeio na sua folga e convida três amigas para comer a *pasta* que irá preparar, em retribuição às garrafas de vinho com que o presentearam. Ao verificar que àquela hora as cantinas da cidade haviam baixado as portas, leva-as para a base, onde trinta homens dormem o sono do guerreiro. Distrai o sentinela com anedotas, e elas, sem serem vistas, penetram numa instalação militar em plena guerra mundial. Num silêncio assustado, que inclui reprimidos frouxos de riso, seguem o trajeto previamente pensado e, driblando um e outro sentinela, chegam à cozinha, a uns 200 metros do dormitório. Preparam a massa e abrem as garrafas entre risos e sussurros. Enquanto a massa cozinha e ele prepara o molho, conversam — com a palavra molhada em vinho de boa cepa. O volume das vozes e as gargalhadas vão se soltando. Depois de recitar versos de Dante, entre eles o surrado, mas, no caso, oportuno "*Lasciate ogni speranza voi ch'entrate*", ele se entusiasma e baila em volta do fogão, caneca de vinho na mão, cantando canções napolitanas, com o trio feminino fazendo coro. Logo surge um colega estremunhado, de pijama e casacão, e mal vê as moças, desperta. Envolvido por elas, reanima-se. Com dois goles de vinho, entra na estripulia e, empolgado, ajuda a preparar o molho e aumentar a massa. Não demora, vem outro, outro e outro. Logo são tantos que transbordam da cozinha para o refeitório. É madrugada quando a massa é servida a 21 dos 32 homens do efetivo, a essa altura cantando e dançando com as moças que, eufóricas, começam a se livrar de peças de roupa, sob aplausos incentivadores. Eis que no portal do refeitório surge a imponente figura do comandante, abotoando o sobretudo. Silêncio imóvel. Ninguém se atreve a levar o garfo à boca. As moças saem cabisbaixas, sapatos na mão, ajeitando as roupas. O comandante se limita a apagar a luz, deixando tudo num escuro silencioso.

Na volta da missão de apoio à 10ª Cia. de Montanha — tropa de elite americana que, usando técnicas de alpinismo para galgar morros escarpados, ocupa os povoados de Gorgolesco e Mazzancana —, o *Giulia* surpreende Vittorio: pane! No L-4H, se o gelo acumular no cone do difusor do carburador, há uma parada parcial do motor e o avião perde altura, descendo a 600 e até a 300 metros, onde a temperatura sobe, derrete o gelo, e ele volta a funcionar. Às vezes, a parada é total, e o piloto, em vôo de planador, desce a baixas altitudes, confiando em que o gelo derreterá e o motor funcionará a tempo de evitar o pouso de emergência ou o choque contra o solo, o que assusta Oliveira — que informa pelo rádio a pane e sua posição — e surpreende Vittorio, que canta com paixão: a 300 metros do solo o motor não dá sinal de religar. Nem a 200, nem a 150, nem a 100 metros. Só depois de fazer o cabelo na copa de uma árvore é que consegue arremeter — Oliveira abre os olhos e respira quando sente que o *Giulia* ruma para o céu.

O combate não é adequado aos aviões, devido ao inverno, nem aos blindados, devido à topografia. No entanto, o ânimo guerreiro de Vittorio — e companheiros da ELO — é o mesmo de Pitaluga — e seu Batalhão de Reconhecimento. O mesmo se pode dizer dos infantes e artilheiros, a despeito dos insucessos — talvez até por eles. As debandadas e os recuos calaram fundo no moral da tropa e criaram novas motivações para a luta. O ânimo dos Aliados é que esfriou após a invasão da Normandia. O *front* italiano, que nunca foi protagonista, torna-se claramente secundário. Encarar a barbárie alemã sob tenebroso inverno, com privações, debandadas e recuos, quando os combates decisivos ocorrem longe, só se entende pelo senso de dever e a paixão patriótica. Mas a guerra continua. Às vezes, a vida também.

Em fevereiro, vencido o pior do inverno, o 5º Exército ordena ataque ao Monte Belvedere, pela 10ª de Montanha, e ao Monte Castelo, pela FEB — mais uma chance. Às 5h30 da manhã, as tropas iniciam o quinto ataque: um batalhão ataca de frente, outro flanqueia suas posições e o terceiro aguarda na reserva. Mas, ao contrário dos ataques anteriores, de peito aberto, agora a tropa avança com cuidado, busca cobertura a cada passo, evita ataques frontais e tenta atingir o inimigo pelo flanco. Mas, como sempre, quem ataca se expõe e quem defende se protege com a altura, a trincheira e a camuflagem — são necessários menos homens para defender posições altas do que para atacá-las. Com o avanço americano, os alemães se refugiam justamente na área confiada aos brasileiros.

A vanguarda da tropa enfrenta enormes dificuldades diante da reação inimiga. O comando ordena fogo contra a frente alemã que a imobiliza. Os homens de Pitaluga, especialistas em movimento e treinados para combate embarcado, são outra vez improvisados como artilharia móvel e infantaria ineficiente. Despreparados para a missão, revelam grande bravura. Tanto que, para substituir os seus 120 homens, são necessários 800 infantes treinados. Com o ataque simultâneo de elevações próximas, às 18 horas — doze horas e meia após o início e a 2,5 quilômetros do ponto de partida — os primeiros soldados brasileiros chegam ao cume do Monte Castelo, com 193 baixas, entre as quais 12 mortos.

ALÉM DE RESPONSÁVEL POR TUDO QUE SE REFERE AO 14 BIS, ZÉ BOLERO É também incumbido do abastecimento de água potável e da limpeza interna e externa do veículo. Estaciona à beira de rios, lagoas e riachos, de preferência perto do destino, para causar boa impressão com o 14 Bis reluzente — razão pela qual está parado, sem que os passageiros-moradores desembarquem, à beira do primeiro riacho surgido após a placa "Desterro — 5km". Depois de lavá-lo por fora, limpa vidros, espelhos, e capricha no polimento dos metais. Cuida com tal esmero que o 14 Bis, depois das quatro décadas de existência e das metamorfoses que sofreu, mantém-se em boas condições de motor, de mecânica e lataria — sem amassados nem arranhões. Tão limpo e lustroso na sua bizarra arquitetura antiaerodinâmica que por onde passa atrai atenção, e onde pára junta curiosos — isso num país de fanáticos por máquinas de correr. Se é abastecimento de água, ele faz sem raiva nem lamúria, mas uma incumbência o martiriza, motivo de acaloradas discussões com Diva: limpar o 14 Bis de lixo e matéria fecal acumulados. Zé Bolero estrila e esperneia com uma ladainha de resmungos. Para recompensá-lo, Diva ajuda nos gastos de manutenção e eventual avaria, na esperança de que o próximo prefeito, ou alguma autoridade local, assuma o pagamento ou mande fornecedores suprirem o 14 Bis em suas necessidades. Convencê-los é tarefa de Diva.

Sob um céu azul-escuro, o 14 Bis se aproxima das franjas de Desterro. Visto de fora, o veículo impressiona pela altura, pelo comprimento, pelo diâmetro dos pneus e pelas lâmpadas coloridas que piscam frenéticas. Nas laterais, pintados em cores fortes, o enorme retrato de Diva e, mais modesto, o de Ralph. No alto, o letreiro: "Arte para o povo". Em letras menores: "Grande Recital Operístico e Conversações Instrutivas sobre a Arte e a Vida dos Artistas". Dos alto-falantes em cima do veículo ouve-se "*Questa o quella*", a ária do *Rigoletto*. Sobreposta a intervalos, a voz masculina anuncia: "Venha assistir aos artistas aplaudidos em todo o mundo. Está nesta cidade a internacional cantora Diva Bustamante, amiga e herdeira da imortal Maria Callas, acompanhada do norte-americano Ralph Conway, um dos maiores pianistas do mundo! Esses artistas apresentarão, pela primeira vez na cidade, o 'Grande Recital Operístico e Conversações Instrutivas sobre a Arte e a Vida dos Artistas', em turnê pelo Brasil. É a sua única chance de saber tudo sobre a vida dos grandes artistas e se emocionar com as mais belas cenas do teatro, da ópera e do canto lírico! Música, arte, magia e encantamento! Ricos cenários, figurinos luxuosos, luzes e som! Compre seu ingresso. Preços populares!" Dito isto, a voz silencia, sobe "*La donna è móbile*", e a voz retorna com as mesmas palavras, numa repetição exaustiva.

Mobilizada pela estridência do som, olhos arregalados pelo fascínio das luzes, a população alvoroçada corre para portas, janelas, calçadas e praças, aglomera-se nas esquinas e aflui à praça principal. As ruas transversais, como afluentes de rio, conduzem crianças e idosos, homens e mulheres ao leito central. Para dar passagem, carroças e charretes sobem nas calçadas. Com ruas cheias de gente, carros, jardineiras, ônibus e caminhões desembarcam cargas e passageiros, que seguem a pé. Montados, homens e mulheres retêm as rédeas dos animais enquanto acompanham a passagem do 14 Bis — ciclistas se agarram ao veículo e seguem sem pedalar. Um senhor de cabelos de neve acompanha, com a barra de gelo derretendo no ombro. O garoto apressa o cego com arrancos na bengala. Olhos rútilos de curiosidade, um homem avança aos pulos entre as muletas.

No 14 Bis de persianas fechadas, inicia-se a agitada preparação do desembarque. Depois de 93 cidades, era de se esperar alguma serenidade nesse momento. Mas, ao contrário, a cada localidade Diva fica mais exigente com todos e até consigo mesma, numa obstinada excentricidade que a torna extravagante e caprichosa. Nas últimas paradas, virou ritual a submissão de Orlanda às obsessivas exigências, que, em seguida, ela transfere aos demais. Uma delas é quanto à faxina e arrumação no interior do 14 Bis. Ela não só exige como fiscaliza. E na azáfama da escolha de roupas, sapatos, perucas, maquiagens, bolsas, chapéus, brincos, colares, pulseiras e perfumes, azucrina Orlanda, que corre de um lado a outro, abre baús, vasculha araras, vira gavetas, revira malas. E Diva no seu encalço: "Refez a bainha do vestido que desceu? Deu o ponto na saia que alargou? Pregou o botão que caiu? Abriu um ponto na blusa que encolheu?" Orlanda prende com grampo, ajuda a abotoar, passa uma roupa, lava outra, limpa o sapato, escova o cabelo, prende o cabelo, passa o creme, retira o creme, solta o cabelo. Entre uma coisa e outra, e mesmo durante, ouve queixas e comparações com Maria Callas que sente como punhaladas: "É por isso que Maria tinha três camareiras de palco; uma só pra calçar os sapatos", ou "Imagina se, em vez de ensaiar, Maria ia perder tempo com chuleios, botões e alfinetes!" ou ainda: "Aqui, tratam a estrela como uma pessoa igual às outras!"

Aturdido com o estardalhaço dos alto-falantes, que reverberam no interior do 14 Bis ameaçando perfurar-lhe os tímpanos, Ralph tenta acalmar-se sentado na cadeira de vime, de olhos cerrados, tomando goles de conhaque. Desde o começo dessa aventura, atormenta-se com o que chama as *follies* de Diva — essas loucuras do desembarque. Avesso, por índole, gosto e formação, ao espetáculo de transfiguração, teve sérios desentendimentos com Diva, que o queria de *smoking* ao chegar às cidades. Embora tenha usado terno e gravata na viagem e nos ensaios do The Billy Byas Jazz Quartet décadas atrás, não considera o traje adequado aos trópicos; e o público brasileiro, diferente do americano, prefere o que ele viu no Cassino da Urca: calças brancas, jaquetas vermelhas, camisas floridas e chapéus-panamá. Isso, na capital da República. "*Smoking* no sertão do Brasil", dizia, "é coisa de maluco!" Diva admitiu que usasse terno e gravata, mas recuou ainda mais quando Ralph ameaçou abandonar a turnê. Para não ficar sem pianista, concordou que ele escolhesse o que vestir. Desde então, no ritual do desembarque, o público vê surgir, depois de Diva, um gringo alto, ruivo, de olhos azuis, apertado num paletó e enforcado numa gravata, de calça jeans e sandália franciscana comprada numa feira nordestina. Já Zé Bolero e Orlanda têm tantas funções que não é possível determinar um único figurino. Se durante as viagens já se esfalfam como mouros para manter em andamento uma casa móvel com quatro moradores, na preparação das apresentações as tarefas se multiplicam, e ambos têm que se desdobrar. Em vista disso, Orlanda usa roupa branca básica — à qual ela própria acrescentou uma espécie de véu, da testa aos ombros, também branco. Zé Bolero tem que usar mangas compridas para cobrir as tatuagens — e o dólmã da Aeronáutica se presta a isso — e um boné na cabeça — diferente para cada uma das suas várias funções.

O cortejo do 14 Bis cresce e se adensa ao se aproximar da praça central, onde a concentração se avoluma — os mais velhos, talvez informados do trajeto, esperam com ansiosa quietude; os mais jovens, em agitada ansiedade.

EM TRÊS ANOS DE TRABALHO NA OFICINA MECÂNICA NESTOR — A VIDA DO Seu Motor, José de Arimatéia, aos 17 anos, domina os métodos para localizar defeitos, assim como os procedimentos para repará-los — de carros de qualquer marca, nacional ou importado. Parte do rápido aprendizado se deve ao seu empenho e determinação em aprender, mesmo não sendo ainda um entusiasta da mecânica; mas grande parte se deve à empolgação com que o pai lhe passa a experiência acumulada. Além dos óculos de lente cega, Nestor engordou demais e perdeu mobilidade para entrar e sair dos carros — que, por sua vez, ficam menores a cada dia — e para meter-se debaixo deles. Seu trabalho é basicamente receber os clientes, ouvir o relato do defeito, levantar hipóteses para a solução e calcular a possível data de entrega. Daí em diante, o diagnóstico minucioso, o reparo adequado, as peças a serem trocadas e o orçamento ficam por conta de José de Arimatéia — além do conserto que, dependendo do movimento do dia, ele faz, ou supervisiona os dois mecânicos. Com físico de adolescente, magro e imberbe, José de Arimatéia manobra os carros com impressionante agilidade entre as vagas da pequena oficina de muitos clientes. Numa área de uns 80 metros quadrados, nunca há menos de dez, doze carros, o que o obriga a, durante o dia, estacionar na calçada ou na rua os que estão prontos ou aguardam a vez.

Todos os dias, com chuva, sol ou a ameaça de um dos dois, Nestor pára de trabalhar às cinco da tarde e senta-se no bar da esquina para a sua única diversão: deixar-se arruinar pelo álcool. Bebe até as dez, onze da noite, quando José de Arimatéia ou Ulda, a filha caçula e mais ligada a ele, vêm buscá-lo, não raro apoiando-o no ombro. Com a morte da esposa, Rosália, entregou-se de vez: bebe conhaque ou cachaça, quase sem conversar, balançando as pernas sob a mesa, a cabeça tombada, encostada na parede, o olho visível se fecha, e a boca entreaberta, depois de algumas doses, deixa escorrer uma baba ou entrar uma mosca. Parece que uma premeditada renúncia à vida tomou-lhe a alma. Não vai mais à missa de domingo, nem ver o Vasco no Maracanã. De tempos em tempos, Ulda lhe compra um par de sapatos, calças e camisas em lojas de tamanhos especiais, na Rua do Ouvidor — que ele nunca usa.

Alda, a filha mais velha, casou-se com o funcionário de uma sapataria que, na opinião de Nestor, tem emprego, mas não tem futuro: "Qualquer um vende sapato, basta descer o estoque: a escolha é de quem compra, e só se vende o que cabe no pé." Mas não só aceitou o casamento como arranjou o dinheiro para o enxoval. José de Arimatéia tem particular afeição por Alda. Com a morte da mãe, ela acabou de criá-lo: mandava cortar cabelo e tomar banho, cortava as unhas, verificava se os dentes tinham sido escovados, e pedia dinheiro ao pai para comprar-lhe sapatos — na loja onde conheceu Edmundo, agora marido. Olda, a quarta pela ordem e, na opinião da vizinhança, a mais bonita, consta que foi trabalhar em São Paulo, mas a família não sabe ao certo onde, embora um desfecho assim fosse de certa maneira esperado: ela odiava ser pobre, morar no Rio Comprido e andar malvestida. E o pai não tolerava vê-la chegar tarde, cada noite num carro diferente. Um dia, não voltou nem deu notícia — Ulda, a mais nova, diz que está em São Paulo porque teria ouvido dela, dias antes de sumir. Elda trabalha nas Lojas Americanas, Ilda quer seguir a profissão da mãe, e começa a fazer quitutes, almoços e jantares, mas a freguesia é inconstante e o movimento, pequeno. Não tem dado sorte com namorados, e está sempre em casa, sozinha. Ulda é a mais amorosa com o pai, com José de Arimatéia e com as irmãs. Cuida de Nestor, vai buscá-lo nos bares, convence-o a tomar banho, fazer a barba e mudar de roupa. Zela pela sua alimentação e se preocupa com a sua saúde. Tem o mesmo cuidado com José de Arimatéia; ajuda-o a tirar graxa das unhas, das mãos e dos braços, espreme cravos no rosto e sugere como combinar a calça com a camisa. Ulda é estudiosa e sonha fazer faculdade.

José de Arimatéia sabe, como poucos, dirigir um carro, mas não pode tirar a carteira de motorista porque ainda não fez 18 anos. Embora saiba consertá-los, não tem carro para passear. Ele ignora ambos os impedimentos. Sem o pai saber, costuma retirar da oficina o carro que, em boas condições de uso, lhe pareça mais adequado ao programa que tem em mente, de preferência com toca-fitas ou, ao menos, rádio. Nas noites de sábado, invade a oficina e, mais interessado em velocidade do que em marcas, pode escolher um nacional, Aero-Willys, Volkswagen — o melhor é o novo Volks 1200 —, JK-FNM, Simca Chambord, DKW, Dauphine, Gordini. Ou algum entre a infinidade de americanos, que fazem vista mas bebem de gasolina mais do que ele tem no bolso, ou um europeu econômico. José de Arimatéia não resiste é quando tem na oficina um nacional recém-lançado; ele sai sem ter programa, só para dirigir o Karman-Ghia. Ao volante de um deles, sente-se bacana, irresistível, capaz de conquistar qualquer garota. Orgulha-se de chamar a atenção de homens e mulheres ao estacionar na praça, diante da igreja, na saída da missa, na porta das festas ou dos ensaios de escolas de samba e, encostado no carro, balançando a chave, notar os olhares admirados das mulheres e de inveja dos homens. Outro prazer é parar num ponto de ônibus e oferecer carona às garotas, que se abrem feito pára-quedas — é comum o favor acabar em amassos no carro ou num *drive-in*, quando a gasolina não leva tudo o que tem no bolso.

A emoção que dispara o coração e arrepia o corpo é atolar o pé no acelerador, com as janelas abertas, o vento na cara e o cabelo tremulando como enfeite de pipa. É tão grande a alegria que ressurge a paixão pelo vôo dos pássaros e, como se tudo ficasse de repente em silêncio, sente-se outra vez criança, nos galhos mais altos das árvores, com o céu à mesma distância da terra. Entra na curva cantando pneu, girando o volante com os braços esticados, sentindo-se corajoso, capaz de vencer qualquer desafio e, ao sair da curva para a reta, ser modesto e achar que não fez nada de mais — multiplicando por mil sua bravura.

No sábado em que convida Elvira — quatro ou cinco imperceptíveis anos mais velha do que ele — para dar uma volta, na oficina só há um Aero-Willys em condições de uso. Morena, alta, esguia, de olhos grandes, olhar lânguido e longos cabelos pretos, Elvira merece mais; porém, é de Aero-Willys que vai buscá-la, a duas quadras da casa dela — de onde é proibida de sair de carro, muito menos sem acompanhante. Para sua surpresa, em vez de passear em Copacabana ou tomar chope no Amarelinho, Elvira prefere dançar na Estudantina — tradicional gafieira na Praça Tiradentes, onde José de Arimatéia nunca fora. Espanta-se de Elvira freqüentá-la e surpreende-se com a própria casa: grande orquestra, amplo salão repleto de casais dançando na maior distinção. Há homens de paletó e gravata, outros de camisa de seda colorida, chapéu-panamá e sapato de duas cores, portando lenço para absorver o suor das mãos enquanto dançam e enxugar a testa quando param. Elas, penteadas, perfumadas e elegantes — saias justas, rodadas, vestido moda saco —, sapato alto e lencinho na mão. O regulamento não permite beijos nem intimidades no salão: há fiscais atentos. José de Arimatéia se encanta com a sintonia dos casais, corpos empertigados, atentos, silenciosos, olhar no horizonte, expressão compenetrada, em passos cruzados e inesperados, para a frente, para trás, para um lado, para o outro, e rodopios — tudo, claro, ao sabor da música. Sem se conhecerem, o cavalheiro convida a dama para dançar — a recusa sem motivo é descortesia — e nos primeiros passos, qualquer que seja a música, seus corpos se entendem, um adivinha as intenções do outro como se dialogassem, como se convivessem. O encontro não é para outra coisa senão dançar, para que a intuição dos corpos festeje a música, que vai mudando: samba, choro, bolero, baião, tango, rumba, mambo, foxtrote etc.

Quando Elvira sugere que ele a tire para dançar, José de Arimatéia se esquiva, por não se sentir à altura dos dançarinos, cuja exibição o assusta. Sua experiência se resume a dançar com as irmãs — nada além de dois passos para cada lado — quando, obrigado a acompanhá-las às festas, ninguém as tira. Com delicadeza, olhar lânguido e sorriso tranqüilizador, Elvira o convence a conduzi-la ao salão. Ao primeiro passo, ela sente a mão dele fria e o corpo trêmulo. Quatro anos a mais pouco mudam num garoto, mas fazem de uma menina mulher: Elvira aperta-lhe a mão, espalma a outra nas suas costas, e de modo tão sutil que ele nem percebe, o induz a segui-la — e sente que está molhado o lenço que ela providencialmente pôs entre as mãos dadas. Aos poucos, mais confiante, ele pára de tremer e, observando os outros pares, descobre como Elvira dança bem. Bailam por longo tempo, passando por diversos ritmos e, quando param, José de Arimatéia descobriu que gosta de dançar. Torna-se freqüentador de gafieira e passa a ter um prazer e um sonho na vida: o prazer é dançar e o sonho, voar.

Aprender a voar no Rio de Janeiro ficou impossível para civis: depois que o Aeródromo de Manguinhos foi interditado e o Aeroclube do Brasil não tem mais aeroporto, não há como formar pilotos. Pelo que ouve falar, José de Arimatéia conclui que para tirar o brevê é preciso ter dinheiro, o curso secundário completo e falar inglês — três requisitos difíceis de atender, mesmo se houvesse curso e lugar onde decolar e aterrissar! Decepcionado, pensa em juntar dinheiro e fazer ao menos uma viagem de ida e volta a São Paulo para conhecer a sensação de voar. Com o que sentiu ao dançar, acredita que a dança e o vôo dão a mesma emoção.

Com ou sem Elvira, José de Arimatéia passa a freqüentar a Estudantina, e não só nos fins de semana. A princípio, estando sozinho, apenas observa os dançarinos veteranos, os passos e o estilo de cada um, a atitude com as damas que, gentis e disponíveis, não recusam convite de pé-duro ou pé-de-ferro — como chamam os que dançam mal. Quando Elvira o acompanha, ele ganha desenvoltura, arrisca um ou outro passo mais ousado. Uma noite, junta coragem e tira uma veterana. Depois de três músicas — limite da cordialidade —, ela não pede licença. Dançam quase uma hora. Tarde da noite, José de Arimatéia volta exultante para casa. É tamanha a felicidade que sobe aos últimos galhos da árvore e, na solidão noturna das alturas, vê o sol surgir no horizonte.

Depois dessa estréia, passa a dançar em casa com as irmãs, quando consegue tirá-las da frente da televisão — Alda e Ilda são as mais animadas —, e no fim de semana vai à Estudantina. Perde o medo do salão, inclusive de sábado, quando os bambas batem ponto e inibem iniciantes. Com a elegância aprendida, tira a mais exigente freqüentadora. E dança das dez à meia-noite. Com o tempo, passa a ter as suas preferências musicais que, para um dançarino, são extensões da sua própria pessoa: melodias que fazem vibrar, ritmos adequados ao tipo físico, que favorecem a criação de novos passos e sugerem atitude elegante ou romântica com a parceira. Aos poucos, descobre que se sente pleno ao dançar um bolero. Aos primeiros acordes, levanta-se e se apressa a tirar a mais afinada com o seu estilo. E acaba se consagrando: enquanto tocam boleros, é a atração do salão. Mantém no rosto a expressão apaixonada que a música sugere, conduz a dama com nobre elegância, cria passos originais e surpreendentes que fazem as delícias da parceira. Torna-se dançarino admirado; quando toca um bolero e ele se levanta para escolher a parceira, um *frisson* varre o salão; damas se mostram e o ciúme ataca os cavalheiros. Logo sua fama cresce com o nome de Zé Bolero.

Citado numa reportagem sobre os novos bambas das gafieiras, é inevitável a reação dos invejosos — passa a levar encontrões ocasionais a caminho do banheiro e pernas distraídas se enfiam entre as suas à beira do salão. José de Arimatéia — agora Zé Bolero — se dá conta de que seu corpo não impõe respeito. Mais do que magro, é magricela; mais do que franzino, é fraco. Passa a freqüentar academias de jiu-jítsu, faz a ginástica de preparação dos fuzileiros navais e se alimenta com critério. Toda manhã, antes de passar à oficina, conta cem flexões, cem abdominais, uma hora de corrida, dois copos de vitamina de frutas frescas. Em um ano, não tem motivo para se envergonhar do próprio corpo. Como fazem os marinheiros e lutadores que freqüentam a academia, manda tatuar uma sereia no bíceps — ela infla quando o músculo cresce. Nos corredores, não há mais encontrões, nem pernas esquecidas à beira da pista de dança.

Numa das incontáveis noites em que vai buscar o pai no bar, José de Arimatéia, ou melhor, Zé Bolero, encontra Nestor conversando, animado, com um estranho de olhos claros, cabelos ruivos esbranquiçados, penteados de lado para disfarçar a calvície, e leve sotaque estrangeiro. Nestor o apresenta como vizinho do Rio Comprido, ele estende a mão: "Prazer, Ralph Conway." Norte-americano e músico, morou no Rio de Janeiro, tendo voltado há pouco, depois de mais de três décadas no sul do país. Agradável e discreto, 45 a 50 anos, embora pareça mais pela calvície, as olheiras azul-violáceas num rosto inchado e descorado, além das sucessivas doses de conhaque. Educado, tem a conversa agradável, que encanta e diverte Nestor. José de Arimatéia, ou melhor, Zé Bolero, que viera buscar o pai, não consegue se afastar, atraído pelo assunto. Ele conta com graça que, quando deixou o Rio, a cidade era o Distrito Federal, onde viviam o presidente da República, os ministros, senadores e deputados. Quando voltou, não havia mais ninguém: foram governar em Brasília, onde se rouba sem o povo ver. Zé Bolero pergunta por que trocou a capital federal pelo Paraná. Ele diz que era o melhor lugar do país para ganhar dinheiro e fazer coisas escondidas, como tocar piano. Nestor quer saber como é Londrina; Ralph diz que a cidade nasceu para ser a Londres brasileira, animada pela produção de café. Acumulou tanta riqueza que chegou a ter cinco mil prostitutas, mais do que o Rio de Janeiro. Mais tarde, quando Zé Bolero leva o pai para casa, Ralph o ajuda a apoiar os 120 quilos, e desde então, sempre que se cruzam no bairro, trocam acenos e palavras afáveis.

Uma tarde, Nestor chama o filho para irem a um leilão. Embora não seja freqüente, costumam arrematar carros usados, do serviço público ou de empresas falidas, que vão à praça — em geral, semidestruídos, depenados e impedidos de trafegar. Compram para canibalizar peças, recondicionando ou adaptando-as. A novidade é o leilão ser realizado na Diretoria de Material Bélico do Exército, na Rua São Francisco Xavier, na Tijuca. Zé Bolero, que nunca vira um leilão militar, estranha que os jipes, embora antigos, estejam conservados, engraxados, encerados e polidos — coisa muito diferente do que se vê nos leilões. Pelo que diz o oficial, as viaturas estão em perfeito estado para uso civil — com a renovação tecnológica, ficaram obsoletas para uso militar, o que é usual nas forças armadas do mundo inteiro. Do que está em leilão, boa parte foi usada pela FEB na Itália, durante a Segunda Guerra Mundial, há mais de um quarto de século. Os pneus oleados, os metais reluzentes e o motor perfeito devem-se aos recrutas incumbidos de conservar armamento e viaturas. Nestor sussurra ao filho: "Com generais no poder, chove dinheiro nos quartéis."

Pelo perfil dos presentes e o estado dos veículos, Nestor constata que não tem cacife para arrematar nada, e circula observando os equipamentos expostos quando, na área aberta do pátio, descobre o estranho veículo, espécie de furgão, largo, alto, de pneus enormes, com uma inscrição acima do pára-brisa: "Viking". Pai e filho entram na cabine: volante, painel, medidores e pedais bem cuidados, embora antigos. Descem e entram pela porta traseira: vazio. Indagam sobre a utilidade daquilo, não sabem responder. Na ficha, o oficial lê: "Viatura de apoio flexível". No fim do leilão, vendo que a maioria dos interessados foi embora e os poucos restantes não dão lances, Nestor dá o lance mínimo, e ninguém oferece mais. Sem disputa, arremata o Viking, certo da sua inutilidade, mas confiante de que é bom repasto para ser canibalizado.

O misterioso Viking é estacionado no quintal atrás da oficina. Logo começa a ser depenado — a porta dupla da traseira para um caminhão-baú. Com o tempo, vai sendo canibalizado: medidores, bancos, volante, peças do motor etc. Ilda — que usa tudo que é ave nos quitutes —, instala no seu interior poleiros, comedouros, bebedouros, e uma tela metálica na traseira. Mais tarde, uma goiabeira, nascida sob a boléia, rompe o piso, e a sua exuberância, que inclui goiabas, salta pelas janelas. Viking vira nome de galinheiro.

Numa noite de tempestade, quando o Rio Comprido costuma naufragar, José de Arimatéia — ou Zé Bolero —, Ilda e Ulda estão em casa, vendo televisão. Debaixo do temporal, com água nas canelas, Ralph Conway chama, aos gritos, da rua. Os três correm a atender, e ele, aflito, pede que o sigam. Na sarjeta, junto ao bueiro, está o corpo de Nestor, encoberto pela enxurrada, visíveis apenas a barriga e a mão segurando os óculos com uma lente preta. Está morto — os três filhos e Ralph não conseguem arrastá-lo para a calçada. De joelhos, rezam, à espera de que a tempestade passe.

FOI NA MOSCA: DIVINA ENGRAVIDOU. EMBORA NÃO TENHA SIDO COM UM único tiro. Orlando volta tantas vezes que um dia Divina dá um basta e ameaça contar tudo a Merciana — só então ele some. Dias depois, é Merciana quem, em estado de euforia, anuncia que as regras não vieram: está grávida! Orlando exulta à sua maneira: anda a pé pelo pasto, corre atrás do rebanho como um touro bravo. Mas logo fica em apuros: Merciana avisa que, por exigência do médium, não haverá sexo de procriação nos próximos oito meses. Ele se consola com a alegria da gravidez, o que atenua o castigo da abstinência compulsória. E se distrai antevendo o prazer de criar um bebê nascido dele — justo ele, que, embora ninguém saiba em Galiléia, tirou três vidas deste mundo, segundo alega, em legítima defesa dos seus diamantes, e nunca pôs nenhuma!

Enquanto Merciana se resigna à inopinada abstinência, que desdenha o desejo tornado rotina, como se o monge não fosse fruto do hábito, e suporta sem queixa um falso enjôo sem trégua, vomita tanto sem motivo que quase bota fora as próprias vísceras. Orlando, ao contrário, mal resiste um mês, e corre de volta para os braços de Divina, que, infelizmente, não pode socorrê-lo, e não mais por fidelidade à amiga, mas porque está grávida. E com tantos enjôos que nem está mais trabalhando. Uma idéia faz-lhe cócegas ao juízo: quer saber quem é o pai. Depois de várias tentativas de desconversar, Divina não resiste à persistente curiosidade de Orlando: não sabe quem é o pai do bebê que brota na sua barriga. Sem encontrar os prazeres que lhe fazem falta, volta desconsolado. Homem calejado, habituado ao longo isolamento do garimpo e ao estoicismo diante de toda sorte de restrições, ainda que não as queira a esta altura da vida, sabe muito bem como fazer justiça com as próprias mãos. E, para fazer justiça, Merciana está pronta a dar uma mão. E não só uma, e nem só a mão.

Com o desvelo de mãe de primeiro filho, Merciana prepara o enxoval: tricota, borda e costura casaquinhos, sapatinhos, touquinhas, cueiros, camisinhas de pagão; e a cada semana estofa um pouco mais a barriga com enchimento de algodão. Do dinheiro de Orlando para o enxoval — de generosidade que beira o perdulário, à altura da empolgação de pai —, Merciana entrega uma parte a Divina, o que não fora combinado, mas lhe parece justa compensação a quem se afasta, sem remuneração, do exercício da função, como todo servidor público.

Nas suas idas cada vez mais freqüentes a Governador Valadares, para comprar tecidos, lãs e linhas, berço, bacia, cortinado etc., Merciana sempre encontra maneira de escapar de Orlando e visitar Divina em casa, nas cercanias do bordel — apesar de o marido repetir que não quer mulher sua metida com prostitutas. Os primeiros momentos do encontro são pura ternura e gratidão. Abraçam-se, sorriem, olham-se nos olhos e alisam-se os rostos como se fossem duas meninas. Merciana acaricia o ventre da amiga, apalpa o bebê que será seu filho, e não contém o impulso de novos abraços, arrepios e estremecimentos. Depois, segura de que Divina não mudou planos nem promessas, entrega o presentinho de Romualdo, o filho de Divina que completa 6 anos — embora em formação no mesmo ventre, torce para que seu filhote seja mais engraçadinho —, e as cédulas puxadas do lenço oculto no seio. Enquanto tomam café num calor que pede refrescos, falam de sabores, odores, sensações, enjôos, mudanças do corpo e movimentos do bebê. Despedem-se com abraços; Merciana insiste em saber se ela precisa de alguma coisa, e promete voltar em breve.

As escapadas de Merciana para ver Divina correspondem às fugidas de Orlando para visitar o bordel, onde, a pretexto de rever amigos, avalia discretamente o plantel. Se estiver atraente e a casa vazia, como costuma acontecer durante o dia, liquida o atrasado acumulado com a abstinência voluntária.

Merciana e Divina engravidam na mesma época, as barrigas crescem ao mesmo tempo e sempre se encontram para falar das sensações, dos sonhos e emoções comuns, como também sobre o enxoval, os cuidados com o futuro bebê etc. Se já eram colegas de profissão e depois amigas íntimas, agora são meio irmãs. Como o parto será em dias próximos, Merciana quer ter a criança na casa de Divina, e as duas escolhem dona Judith para parteira. Orlando, porém, é contra. Não só porque não a quer metida com vagabunda, o que seria motivo bastante, mas porque carrega um filho seu na barriga e lhe deve respeito; deveria estar mais perto das santas do que das pecadoras; além disso, acha que lugar de parir e criar família é em casa. Merciana insiste, alega que não é mais nenhuma menina, há risco no seu parto, a fazenda é longe de Governador Valadares, e, numa emergência, pode não ser socorrida a tempo. Orlando diz que seus pais, seus irmãos e ele próprio, todos nasceram em casa, pelas mãos de parteiras. Num tom melodramático, Merciana dá o último golpe: "Por que, meu querido, correr o risco de perder seu filhinho ou a mulher que te ama?"

Os partos são na casa de Divina, no mesmo quarto; na verdade, na única cama. Inibido com a própria expectativa, Orlando aguarda fora da casa, junto à janela, ouvidos alertas. As contrações de Merciana são mais intensas e a intervalos mais curtos, mas quem nasce primeiro é o bebê de Divina, e quem primeiro chora é o bebê de Merciana. É levado nas mãos de dona Judith, coberto de sangue e placenta e com o umbigo pendurado, à presença do pai, que sorri um sorriso discreto e pleno de orgulho — ao ver o sexo, o orgulho esmaece, mas o sorriso permanece. Orlanda, primeira e única, chega ao mundo.

AO APAGAR AS LUZES, O SALÃO DE JOGOS MERGULHA NA PENUMBRA. JOAQUIM Rolla não quer empregados dando avisos fúnebres aos freqüentadores do Cassino da Urca — a imprensa trará as explicações sobre o fechamento. De gravata arriada, pés sobre a mesa, a cadeira inclinada para trás, iluminado pela luz da lua que atravessa a janela aberta, por onde entra a brisa do mar com a leveza do outono, o poderoso magnata da arte e do entretenimento sente o golpe abaixo da linha da cintura. Ao saber da notícia, não acredita que um decreto presidencial, motivado por idiossincrasia pessoal e um moralismo estúpido, acabaria com tudo numa canetada. Mas agora, depois de visitar alguns gabinetes e falar com as pessoas certas, confirma para si mesmo: o jogo está proibido no país!

Joaquim Rolla se sente traído, desrespeitado, tratado como um canalha, e destruído. Sem saber o que pensar do futuro, tenta reunir forças no passado. A memória lhe traz o amparo da infância na sua pequenina São Domingos do Prata, terra dos índios botocudos, banhada pela calma barrenta do Rio Piracicaba, lá em Minas Gerais, onde há gente que sabe ouvir as queixas das horas sombrias e tem um jeito peculiar de ajudar em silêncio. É lá que Joaquim aprende a retribuir, dando com a mão esquerda uma parte do que ganha a direita. Faz o curso primário e vende gasosa na rua: lento na leitura, ágil nas contas. Menino ainda, o tio e padrinho, Francisco Rolla, coronel de terras e votos, o obsequia com tropa de mula para comprar e vender os de comer no sertão do Centro-Leste. Vira tropeiro considerado e fascina-se pelo jogo de cartas. A vida é um baralho de emoções: perde tudo, recupera no comércio, volta a perder e a recuperar. Esta não é primeira vez que a vida leva de um golpe o que amealha aos poucos, mas é a primeira em que perde tudo sem jogar: constrói um império dentro da lei e das regras, que nunca deixou de pagar ganhador. A revolta bloqueia o fluxo mental. Ele respira e, aos poucos, volta a chamar pelo passado, em busca de conforto para o desespero presente.

Na última vez que perdeu a tropa de animais e os mantimentos no carteado, o tio Francisco, ladino como sempre, o recomenda ao Dr. Artur Bernardes, então secretário de Fazenda de Minas Gerais. E Joaquim se inicia na vida de empreiteiro, abrindo picadas, construindo pinguelas e estradas de terra na sua região. Se muda o governo, muda de ramo. Vivendo em Belo Horizonte, abre com o irmão o Mundo das Meias: negócio sem emoção, feito engordar boi; vende sua parte ao irmão e arrisca ser dono de jornal. O amigo Artur Bernardes vira presidente da Província e, sem pausa, é eleito presidente da República. Foi como ter o ouvido do príncipe para soprar. Mais interessado em negócios do que em política — nunca foi candidato nem ocupou cargo. Mas pedido de amigo, para ele, é ordem, ainda que o desgoste. A pedido do governador Antônio Carlos de Andrada, lidera tropa de soldados para garantir que Getúlio Vargas chegue ao poder. Dois anos depois, outro pedido, agora de Artur Bernardes: apóia os paulistas contra o mesmo Getúlio. Ambos são presos, e a amizade fica sólida. Bernardes é exilado em Portugal; ele, assim que é solto, vai tratar de negócios na capital da República, e perde tudo no cassino do Copacabana Palace Hotel. Faz duplo juramento: jamais voltar a jogar e, um dia, ser dono de cassino!

Volta a Minas, ganha a concorrência para a construção de uma estrada de ferro — azar no jogo, sorte nos negócios! — e fica milionário. Retorna ao Rio, onde o cassino do Copacabana Palace reina sozinho. Aos poucos, sem chamar atenção, como bom mineiro, Joaquim Rolla compra ações do Hotel Balneário da Urca — túmulo do esforço do Distrito Federal para tornar atrativo um loteamento encalhado na área retirada. Depois, sempre anônimo, cria uma novidade, a Agência Difusora de Anúncios, para promover a Urca na imprensa. Em conversa com amigos, todos políticos, alguns notáveis, deixa escapar a idéia de comprar e reformar o Cassino da Urca. Era a isca, mordida e engolida, para criar uma sociedade, de fato anônima, para dar cobertura política e proteção policial ao negócio, malvisto e odiado, com inimigos francos e hipócritas, que, no entanto, fascina multidões. Joaquim sorri, satisfeito com a lembrança; cumprira o duplo juramento: nunca mais jogou e virou dono de cassino! Zeloso da imagem do negócio, na festa de abertura o irmão Waldemar é barrado por não vestir terno. Sua risada chama a atenção dos empregados, que esperam ordens na penumbra do Cassino fechado — e o presente se impõe como um soco; ele fica sério. Porém, o sucesso e o dinheiro, mais sedutores do que as incertezas do presente, o arrastam de volta ao passado.

Podia-se promover o Balneário da Urca, mas não se podia anunciar o jogo no Cassino da Urca. O que fazer para ter cliente jogando, a roleta e o dinheiro girando, e receita para cobrir a enorme folha de pagamento? A resposta é digna do rei do jogo: contrata artistas internacionais, como Tony Bennett, Glenn Miller, Edith Piaf, Jean Sablon, Amália Rodrigues etc. Com gente conhecida no mundo inteiro, e o trabalho da Agência Difusora de Anúncios, o Cassino da Urca toma conta dos jornais e das rádios. "Quem vê o show joga", garante Rolla. "E quem não viu quer ver", ele espera.

Por estarem na rota para Buenos Aires, os artistas estrangeiros cobram cachês mais baixos, embora altos para os valores locais. O que torna a operação viável é a associação entre Joaquim Rolla e Assis Chateaubriand: o rei do jogo se alia ao rei da imprensa! Uma aliança imbatível, que, para a opinião pública, absolve o jogo da visão sombria que o acompanha, dando-lhe o inocente colorido de lazer e entretenimento, ao mesmo tempo que o legitima como atividade econômica. Durante o dia, artistas famosos ganham amplas reportagens nos jornais e se apresentam nas rádios dos Diários Associados, que dominam as comunicações no país. À noite, no Cassino, distribuem ao vivo talento e charme, que associam ao jogo a magia da arte, aliviando-o da mancha de vício, indutor de crimes, falências e desagregação da família por explorar a esperança ingênua. Joaquim volta a dar risadas ao lembrar que Chateaubriand o incluiu entre os dez homens mais influentes do Brasil. Que ironia!, pensa; tão influente, e agora...

Mas Chateaubriand tem razão. O sucesso do cassino e as antigas ligações de Joaquim Rolla com Getúlio Vargas, dona Darcy Vargas e políticos do Estado Novo são decisivos para ele se tornar o dono de uma rede nacional de cassinos, que inclui São Cristóvão, também no Rio; Icaraí, em Niterói; Pampulha, em Belo Horizonte; Poços de Caldas, Araxá, Caxambu, São Lourenço e Águas de Contendas, no interior de Minas Gerais. A primeira-dama do Estado Novo patrocina festas e eventos no cassino, aluga avião para transportar Bing Crosby de Santos, onde seu navio aportou, à Urca; facilita tudo para Orson Welles filmar no Rio, patrocina a temporada de Carmem Miranda, entre outras benesses. Chateaubriand tem razão também porque a convivência de Joaquim com freqüentadores poderosos e influentes, que, por perderem mais que o previsto se vêem temporariamente em apuros, para fugir do escândalo ou repercussão familiar, faz com que fiquem em débito, de dinheiro e favores, com o dono do cassino. Quem sabe os segredos dos poderosos têm influência sobre o poder.

O maior orgulho de Joaquim, no entanto, foi construir, onde havia uma quitanda para viajantes, o fabuloso Quitandinha, o maior cassino da América Latina! Ele fez de um sonho realidade no alto da Serra de Petrópolis, a 60 quilômetros do Rio. No estilo normando francês, com seis andares, 50 mil metros quadrados, 440 apartamentos, banheiros de mármore em cores, lavatórios de porcelana, lustres de bronze com pingentes de cristal. O teatro tem dois mil lugares e o hotel pode receber 10 mil pessoas nos 13 salões com 10 metros de pé-direito, sendo que o Salão Mauá tem 50 metros de diâmetro e cúpula a 30 metros do piso, menor apenas que a da Catedral de São Pedro, em Roma. Construído em quatro anos e consumindo a mesma quantidade de energia elétrica de uma cidade com 60 mil habitantes, o Quitandinha se tornou o castelo das mil e uma noites, idealizado por um homem destituído de qualquer verniz cultural, que arribou dos grotões de Minas Gerais. Joaquim suspira fundo, orgulhoso de ter realizado o sonho que um dia sonhou — e que acaba de virar pesadelo.

Com a guerra, os artistas internacionais deixam de viajar de avião, nem querem enfrentar os torpedos alemães que infestam a costa brasileira, afundando navios mercantes. Não bastasse, a Argentina, aliada ao Eixo, sofre bloqueio econômico e não consegue mais contratar os astros e estrelas dos Estados Unidos e da Europa. O Cassino da Urca começa a sumir dos jornais e das rádios, e o público dos seus salões. O rei do jogo dá outra cartada: passa a usar os artistas brasileiros. E surgem Carlos Machado, Dalva de Oliveira, Dircinha Batista, Grande Otelo, Virgínia Lane e tantos outros. Aos poucos, a imprensa começa a falar deles. E, o que interessa a Rolla, do Cassino.

Mergulhado na memória, iluminado pela luz da lua, o primeiro magnata da arte e do entretenimento no Brasil emerge das sombras do passado possuído por uma idéia. Excitado, levanta-se, entrevendo na penumbra os empregados que o aguardam. À medida que caminha para a janela, a idéia ganha corpo com o seu raciocínio ágil: ele não pode ser golpeado como um boi no matadouro depois de tudo o que fez. Não se trata apenas da perda pessoal; juntando todos os seus cassinos e hotéis, uma multidão depende desses empregos para viver: de cozinheiros a advogados, de seguranças a contadores, de jornalistas a crupiês, de lava-pratos a artistas, e ainda há os que ganham com a agitação nas cidades: a rede hoteleira e seus funcionários, empresas de turismo, de aviação, ônibus, navios e trens, até motoristas de praça e prostitutas. Clareado o raciocínio, as idéias se ampliam. O Cassino da Urca sepultou a idéia de que diversão e arte são para os ricos. O "necrotério" garantia o acesso dos mais pobres à cultura. Alguma coisa precisa ser feita para defender a cultura! Os artistas que emprega devem denunciar que esse decreto é um ataque à cultura brasileira, da qual se julga um defensor. E mais: fechar a mais iluminada vitrine para os artistas não deixa de ser um ataque à liberdade de expressão. A Agência Difusora de Anúncios precisa divulgar entrevistas de Carmem Miranda, Grande Otelo, Dalva de Oliveira e todos os outros defendendo o Cassino da Urca. Assim como entrevistas com os estrangeiros que o Cassino trouxe ao Brasil e tornou conhecidos do povo, como Bing Crosby, Orson Welles, Edith Piaf e outros! E acionar os freqüentadores do Cassino — embaixadores, ministros, políticos, militares, banqueiros, industriais, empreiteiros, fazendeiros, negociantes, jornalistas etc. Se os artistas, seus empregados, defenderem o Cassino, o povo, que os idolatra, também o defenderá!

Cresce em Joaquim Rolla a esperança de que o presidente Dutra se sensibilize com o desemprego que a proibição do jogo vai causar. A estratégia que vai se desenhando na sua mente começa a se definir e inclui ações em vários campos. A primeira é política. E falar em política é falar em Minas Gerais e no amigo de longa data, companheiro de prisão, o ex-presidente Artur Bernardes, que depois do exílio elegeu-se deputado federal. Animado, Rolla se lembra de que a Assembléia Constituinte prepara a nova Carta Magna. Como o Congresso esteve fechado nos últimos nove anos, todos estão doidos para ocupar as tribunas: a arbitrariedade da proibição do jogo e, sobretudo, sua seqüela social podem ser fogo no milharal. Quem sabe não é a oportunidade de consagrar de vez o jogo no próprio texto constitucional! Empolga-se ao lembrar que o presidente da Assembléia Constituinte é o velho amigo senador Fernando Melo Viana, que, tendo sido vice-presidente de Minas Gerais quando Bernardes foi presidente da República, lhe deve favores. A experiência nos bastidores da política diz-lhe que não está delirando. Melo Viana é do PSD, que tem 173 dos 320 constituintes, e é o partido de Dutra! — aliás, Dutra comandou um regimento em Três Corações, deve ter amigos por lá; é preciso achar algum mineiro que sopre no ouvido dele! E Dutra foi eleito com o apoio de Getúlio Vargas, um amigo do Cassino da Urca, que, sem sair da sua fazenda em São Borja, se elegeu senador por três estados e deputado por seis outros na mesma eleição. Não é possível que Dutra recuse um pedido de Vargas — afinal, foi seu ministro da Guerra por quase nove anos, o Condestável do Estado Novo, vencedor da Segunda Guerra Mundial! Ele não disse "Todo poder à Justiça"? Não falou em restabelecer a ordem jurídica e voltar à normalidade constitucional? Então, conclui Joaquim Rolla, é hora de agir! Pega o paletó na cadeira, aperta o nó da gravata e caminha, decidido, para a porta — na penumbra, os funcionários percebem seu ímpeto, abrem passagem e acompanham o patrão.

Convidado por Ralph, que gostaria de continuar a conversa sobre afinação, Pires Lobo, o português afinador de piano, segue o pianista desde a brusca interrupção do ensaio, à tarde. No Copacabana Palace, torcendo pelos artistas, presencia a longa reunião na qual os representantes do Cassino se recusam a pagar o cachê estabelecido em contrato — e, pelo tom da discussão, se convence de que também não receberá pela difícil afinação do piano branco do Cassino, mas se consola de ter ouvido um grande talento e feito um novo amigo. A certa altura, Ralph o puxa à parte e confidencia não acreditar no que está acontecendo, não pelo cachê, mas por cancelarem a audição! Angustiado, conta que a longa e tediosa viagem pelo Atlântico fermentou a expectativa. Na breve confidência, lamenta, resmunga e pragueja: não compreende nem aceita. Para um pianista do país do jazz, pensa consigo Pires Lobo, a chance pode definir a carreira. "Sabe o que significa sentar no lugar de Art Tatum aos 19 anos e tocar com a banda do Byas?", pergunta Ralph, indignado. Para acalmá-lo, o afinador sugere que, se não for possível aqui, em Buenos Aires tudo correrá bem. Ele reage: "Eu quero hoje! Quero tocar aqui, no Rio de Janeiro! Naquele piano branco que você afinou!" O afinador silencia em respeito ao talento precoce e do amigo recente, com quem compartilha a paixão pelo piano e a admiração pelo Rio de Janeiro.

Ao sair para a luta, ainda no saguão do Cassino, Joaquim Rolla e seu *entourage* se deparam com o grupo de músicos americanos, o produtor, o representante da Embaixada dos Estados Unidos, advogados e assessores. A discussão, acalorada e confusa, em várias vozes e dois idiomas, reproduz o impasse da longa reunião anterior no Copacabana Palace. Os artistas querem receber o cachê constante do contrato assinado, mas os representantes do Cassino alegam que nada devem porque não houve audição. Exigindo solução imediata, pois o navio que os levará a Buenos Aires zarpa no dia seguinte, os músicos argumentam que não se apresentaram porque o Cassino cancelou a audição — "Quem cancelou foi o governo!", gritam os representantes do Cassino. Todos querem a definição de Joaquim Rolla. Feito o silêncio, ele pede que traduzam e pergunta: "Vocês fizeram a audição?" Há um silêncio perplexo. Ele insiste: "Fizeram ou não fizeram a apresentação?" Indignado, o produtor americano responde: "Na verdade, não, mas..." Joaquim o atropela: "Não fizeram! Não tocaram para o público! Não se apresentaram no Cassino da Urca! Portanto, não têm nada a receber!" Diante da revolta de Billy Byas, Max West, Murray Russell e Ralph Conway, o diplomata pondera num português hesitante: "Desculpe, mas o senhor... é empresário... é... respeitoso... e há um... contrato... com cidadãos dos Estados Unidos." Joaquim se antecipa: "Há um contrato, que não foi cumprido porque não houve a audição. Eu não devo nada. E, se devesse, não teria dinheiro para pagar. Se o senhor ou o seu governo quiserem cobrar alguma coisa, cobrem do presidente da República do Brasil. Ele é o responsável." E ao avançar para a porta, Billy comenta: "É o que dá tocar em república de bananas!" Joaquim olha para o tradutor e, mal ouve a tradução, balança os dedos para Billy: "Good-bye", e ordena ao porteiro: "Fecha a casa." Seu *entourage* o segue, deixando os demais paralisados de espanto. O porteiro obedece, os americanos saem em silêncio para a rua.

Na calma noite de outono, a caminhada pela calçada da Urca, com a brisa do mar roçando corpos apertados em ternos e gravatas, distrai, refresca e relaxa. O representante da Embaixada desaconselha contratar advogados para acionar o Cassino da Urca: os advogados cobrariam muito mais que o valor da dívida; na Justiça brasileira, esse processo levaria de dez a quinze anos para chegar a uma sentença, e com a proibição do jogo no país, o Cassino deve falir. Confirmando o sentimento de desamparo, não apareceram o Buick 46 nem o motorista que os servia; tampouco o tradutor deu as caras. O representante da Embaixada, que acha que fala português, e Pires Lobo, que acha que fala inglês, resolvem que é melhor irem andando até encontrar um carro de praça.

Pensando em aliviar a frustração, Pires Lobo sugere que, na última noite no Brasil, eles conheçam a Lapa, bairro da vida alegre, freqüentado por belas mulheres, boêmios, amantes da noite, artistas populares, políticos, negociantes e estudantes em busca de diversão, aventura, boa música, boa comida e boa bebida. O representante da Embaixada confirma que é um programa melhor do que o Cassino. Mas ninguém se anima: preferem ir para o hotel e preparar a partida da manhã seguinte. Pires Lobo insiste no convite a Ralph: "Vamos. Vais te divertir. Deves esquecer o que aconteceu." Indeciso, Ralph olha para Billy Byas, que pisca o olho, apoiando. Adiante, encontram dois carros de praça e partem em direções diferentes.

Sobre o tablado, o animador anuncia que o *strip and tease* da noite vai deixar os homens deslumbrados e as mulheres, desafiadas. Entre outras brincadeiras, das quais Ralph só entende *strip-tease*, anuncia o próximo cantor, que entra em cena. Numa mesa no fundo do salão escuro e abafado, Ralph, atarantado, não sabe para onde olhar. Em cada sofá, em cada porta, encostada na parede, à beira da pista de dança, ou numa mesa, uma mulher mais sedutora oferece um olhar mais tentador num corpo mais sensual. A seu lado, Pires Lobo não pára de falar. Tendo perdido a atenção do olhar, disputa com a música os ouvidos de Ralph: "Era o escape! Entende o escape? Bem, o escape é um... um mecanismo que permite ao martelo. Bem, vamos do princípio: o martelo está articulado com a tecla. Quando você tecla", ele toca a mesa com o indicador, "você aciona o escape, que empurra o martelo, que bate na corda. O escape é o mecanismo que permite ao martelo afastar-se da corda logo após tocá-la", levanta o indicador da mesa, "deixando-a livre para soar, para vibrar." Ralph vê surgir no vão da porta uma morena de carnudos lábios vermelhos e cabelos pretos encaracolados, e recua o corpo para ver melhor. Pires Lobo prossegue, sem interrupção: "Se, digamos, for um martelo de carpinteiro, ele bate na madeira", pousa o indicador sobre a mesa, "e fica em repouso no lugar onde bateu, sem produzir som, até abafando o som natural. É o recuo do martelo", ergue o indicador, "que cria a nota." A morena vai até o sofá, Ralph a segue com o olhar, o corpo se move lento, suave, passos em harmonia com braços, quadris com pescoço, numa malemolência sensual e irresistível. Pires Lobo olha de relance para onde Ralph olha, sem interromper o raciocínio: "Digamos que seja um martelo com cabeça de borracha", toca o indicador na mesa e recua devagar, "ele voltará um pouco após a batida. Esse tempo, entre o toque e o som, depende do feltro da cabeça do martelo." A morena se senta no sofá, cruza as pernas com elegância, e os lábios vermelhos se entreabrem num sorriso tímido, que contrasta com a exuberância do corpo. Ralph toma um gole do uísque, que desce queimando, o rosto fica rubro, ele faz uma careta e pigarreia. O afinador de piano interrompe para também beber um gole e volta à carga: "Depois do toque na corda, é o feltro que faz com que o martelo volte com velocidade proporcional à que chegou na corda. Não é um feltro comum, com que se forra mesa de jogo ou que se compra em lojas de tecido. Ele tem uma tessitura diferente, adequada para criar um som ao mesmo tempo forte, único e doce." Pires Lobo se cala ao perceber o interesse de Ralph pela morena. Olha em torno, acena para um homem e cumprimenta a loura oxigenada que o acompanha. Parece mais à vontade com outros freqüentadores do que com Ralph — a quem dedica uma formalidade prestativa e respeitosa. O garçom serve mais duas generosas doses de uísque da garrafa que está na mesa. Eles bebem.

O salão está repleto, todas as mesas ocupadas e muita gente em pé; os casais animados, as mulheres ainda desacompanhadas dançam, ou melhor, requebram com graça e alegria tão espontâneas e encantadoras que alguns até se esquecem que elas estão trabalhando. Em poucos lugares do mundo um cabaré ou um bordel têm essa alegria e essa malícia ingênua, distante do pecado que, de tempos em tempos, fustiga a consciência católica de Ralph. Segundo Pires Lobo, quando se assiste ao futebol, vai-se à praia e vê-se o carnaval, percebe-se que o Brasil é um país que sucumbe à tristeza individual e renasce na alegria coletiva. A morena troca com Ralph olhares tão longos — que nela surpreendem — que ele acaba desviando os olhos. Sentindo que descuidou do parceiro de mesa, Ralph indaga, mais por polidez do que por curiosidade: "Por que se dedicou à afinação se queria ser pianista?" "Meu avô foi afinador, meu pai ainda é", responde Pires Lobo, acrescentando: "E eu não poderia ser pianista." Ralph fica curioso: "Por que não?" "Porque tenho ouvido absoluto." "Isso impede? Sempre achei que fosse vantagem. Dizem que os gênios da música têm ouvido absoluto." "Alguns, sim. Nem sempre é vantagem. Mas falamos nisso noutra hora; a moça do sofá não tira os olhos de você." Ralph a olha, ela o olha sorrindo, ele retribui e engole uma dose de uísque: "Será que fala inglês?" "A língua de que precisam é universal." Com gestos discretos, Pires Lobo a atrai para a mesa. Ela atende sorrindo, os passos lentos pisam em nuvens, o corpo se torce e retorce em dança de serpente.

Diz que se chama Marlene, tem a voz suave, olha dentro dos olhos com um olhar doce e pálpebras que se movem devagar. Carinhosa, ajeita os cabelos ruivos que caem na testa do americano. Embora desnecessários, Pires Lobo traduz os diálogos: ela acha lindo o nome Ralph, admira os americanos e é apaixonada por cinema. Aceita a dose de uísque que o garçom se apressa a servir, mas não bebe, e ao saber que Ralph é um grande pianista, pega e examina, um a um, seus longos e finos dedos, beijando-os, afinal, com a pergunta que é uma sugestão: "Quando vai tocar pra mim?" Gentil, Ralph responde: "Quando quiser." "Quero agora!" A gargalhada dos três aproxima o casal, que logo prescinde de tradução e, em seguida, de palavras. Pires Lobo sente o clima e se afasta para o banheiro.

No percurso, os sucessivos cumprimentos de homens, mulheres e garçons revelam sua familiaridade com a casa e os freqüentadores. Nascido no Porto há 28 anos, Pires Lobo acompanhou os pais, militantes da Munaf — Movimento de Unidade Nacional Antifascista —, vítimas das perseguições da Pide, a polícia política do Estado Novo português, chefiado por Antônio de Oliveira Salazar. Vieram para o Brasil por sugestão de tios e primos, estabelecidos havia mais de trinta anos no mesmo ramo, em Belo Horizonte. Há dois no Rio de Janeiro, adaptou-se tão bem à cidade que costuma dizer: "Apenas mudei de endereço, estou em novo bairro, em casa maior e mais nova." A família refez no Brasil a empresa de compra, venda e reforma de pianos, serviços de afinação e comércio de partituras, com loja na Avenida Rio Branco. Depois de décadas de medo, censura, perseguições e constrangimentos em Portugal, e, nos últimos anos, as restrições da guerra, vive pela primeira vez a tranqüilidade do novo continente, num país onde tudo está por fazer, com oportunidades de negócios, e onde se pode usufruir a alegria e os prazeres da vida. Apaixonado por música, freqüenta concertos, recitais e audições, e pelos anos de estudo é, além de afinador competente, apreciador, com discernimento, das artes do piano. Ao voltar do banheiro, a intimidade do casal tinha evoluído de tal modo que decide ser hora de partir. Ralph hesita, mas resolve ficar. Pires Lobo lhe dá seu cartão de visita com os telefones de casa e da loja.

Despedem-se com um forte abraço, o mútuo prazer de se conhecerem e a promessa de se verem na volta de Buenos Aires, para prosseguirem a conversa sobre o dom do ouvido absoluto.

A madrugada da Lapa regurgita de gente, misturando sons, cheiros, luzes e cores Na rotatividade à porta dos pequenos hotéis, vão e vêm nacionalidades, raças e sexos. Marlene ajuda Ralph a subir os mais de cinqüenta degraus da estreita escada de madeira, que range a cada passo que ressoa por sombrios corredores. Mal abre a porta do quarto, ele avança cambaleando e desaba sobre a cama, iluminado pela luz que vem do corredor. Ela acende a luz, livra-se dos sapatos, ajeita o corpo dele na cama e entra no banheiro. Ao voltar, com a toalha molhada, ele ronca e baba. Ela tenta reanimá-lo, passa a toalha no seu rosto, no pescoço, e lhe dá beijinhos, sussurrando palavras carinhosas, mas em vão. Arranca-lhe o paletó, a gravata, os sapatos, desabotoa a camisa e a calça, e deita-se ao lado dele. Com olhar terno, admira aquele menino, tão diferente dos tatuados marinheiros: rosto bonito, delicado, nariz afilado, de mãos brancas e dedos longos, que fala inglês, toca piano e veio de longe. Acaricia-lhe os cabelos. Depois levanta-se, ergue o paletó dele e procura nos bolsos. Acha o passaporte, vê a foto recente e os carimbos dos dois vistos, Brasil e Argentina, e volta a guardar. Tira a carteira do bolso da calça, abre e conta o dinheiro: 325 dólares.

A PRESENÇA DO NOVO MORADOR DA MANSÃO SE FEZ SENTIR MAIS NA OCUPAção dos bangalôs pela governanta e pelo motorista do que pelo misterioso Brigadeiro, que ainda não se deixou ver. Os boatos e ameaças de terem de se mudar agora serão confirmados ou, quem sabe, negados: no silêncio não há certezas, e o mistério costuma morar neste endereço. Pouco se soube dos ex-moradores alemães, que partiram sem falar com vizinhos, antigos serviçais, e proibiram os empregados que trouxeram de falar. Do novo morador, os empregados dos vizinhos dizem que é brigadeiro e viúvo — não se sabe como tomaram conhecimento disso. Talvez por ser cercada de altos muros e grandes árvores, na qual se entra e sai de automóvel com cortinas baixadas e vidros levantados, a mansão pareça tão misteriosa que a imaginação se sinta livre para fantasiar. As mesmas vozes que falam em brigadeiro viúvo se perguntam o que faria um homem sozinho numa mansão de tantos salões, jardim, pomar... um mundo!, mesmo sendo ele brigadeiro — que, aliás, sabe-se que é título militar, mas não se sabe de qual arma nem qual posto.

O fato é que a mansão está de novo habitada. Por um brigadeiro viúvo e sem filhos e, descobre-se aos poucos, com os mesmos empregados — governanta, motorista e cozinheira — do Sr. Vittorio, o remoto morador. Com isso, acaba a sensação de relativo alívio criada com a mudança dos alemães. Lavínia, Diva e Constança voltam a ficar apreensivas. Na avaliação delas, Constança é remanescente, e se foi deixada para trás quando Mrs. Austin e Fidélis se mudaram com o Sr. Vittorio, não devia ser bem considerada. Agora que, além de mais velha e doente, tem filha e neta, certamente será despedida. Há tanto tempo sem vínculo nem patrão, as três se sentem outra vez ameaçadas e vulneráveis, e nada as liga àquela mansão senão a necessidade de morar, que persiste. Elas esperam...

Insegura e assustada, Lavínia se previne. À noite, ao sair para o trabalho, mesmo usando o portão lateral, veste roupas recatadas e discretas, sem pintura, perfume ou salto alto. Na casa de uma colega, veste o figurino adequado ao trabalho. Durante o dia, de macacão, luvas e tesourão, em vez de se esconder como fazia antes, passa a se exibir, quer que o tal brigadeiro a veja ativa e diligente. Ele, porém, não vê, nem é visto. Ela chega a colher dúzias de rosas brancas, vermelhas e chá. Pensa em fazer um buquê e presenteá-lo, mas, insegura com o que ele poderia pensar, entrega-o à governanta.

O Brigadeiro quer o isolamento entre os muros e as árvores que cercam a mansão. Viveu nos últimos anos um calvário que o arrastou à depressão, e recusa contato com o mundo e as pessoas. Foi o pivô de um crime passional de escandalosa repercussão que devassou sua vida, expondo-a como chaga aberta à sociedade. Várias vezes pensou em se matar, e em duas foi salvo pela governanta no último instante. Os cabelos ficaram grisalhos, as rugas de expressão se acentuaram, o sorriso desapareceu e o semblante ficou sombrio. Mergulhado em atormentado silêncio, não sai de casa nem recebe visitas. Todo o seu tempo é dedicado a ler livros e ouvir música. Morando há mais de um mês na mansão, não foi visto sequer no jardim.

Três meses depois, numa terça-feira, batem palmas diante do bangalô. Aquela mulher austera e silenciosa, com seus sóbrios uniformes em preto, cinza e azul-marinho de golas e babados brancos, conhecida como Mrs. Austin, depois de cumprimentar Constança e lembrar-se rapidamente do passado, assume um tom objetivo e convoca-a para uma conversa com o Brigadeiro na quinta-feira, às 10 horas da manhã. Constança pergunta se a filha pode acompanhá-la. Mrs. Austin concorda. Assustadas, elas não conseguem fazer perguntas, apenas assentem em muda obediência. Nessa noite e na seguinte, ajoelhadas aos pés do Sagrado Coração de Jesus, segurando velas acesas, Constança emenda Ave-Maria em Pai-Nosso e Salve-Rainha, recomeçando indefinidamente, enquanto Lavínia e Diva suplicam em coro "Rogai por nós!". Após as rezas, Constança desentranha da memória os fatos, os nomes, as épocas. Quer que o Brigadeiro saiba a longa história que liga sua vida e a do finado marido àquela casa. Lavínia ensaia censurá-la, mas percebe que o apelo à sensibilidade pode comovê-lo. E pensa em levar Diva — não a quer mais clandestina, nem viver aos sobressaltos pelo medo de ela ser descoberta. Escolhem as roupas que vão usar, no estilo asseada, distinta, recatada. Combinam atitudes, o tom da conversa e inúmeras recomendações a Diva. Tudo planejado e acertado, deparam-se com as muitas dúvidas sobre o homem que irá decidir seus destinos: quem é, como é, o que quer?

Na manhã de quinta-feira, as três mulheres, asseadas, distintas e recatadas, contornam o casarão pelo jardim lateral, e no jardim frontal sobem as escadas de acesso à ampla varanda de altas colunas. Lavínia aperta as mãos, uma sobre a outra, Constança contém o tremor de uma com a outra; Diva, que nunca entrara naquele palácio, sente o coração disparar e a curiosidade lhe dá febre. Enquanto esperam diante do imenso portal e Lavínia dá os últimos ajustes à roupa, ouvem, ainda abafada, a solene sonoridade sinfônica que vem de dentro — até que a governanta entreabre a porta, e a música fica mais nítida. Ao vê-las, a mulher comenta: "As três?" Achando que errara tudo, Lavínia move a cabeça para a mãe e a filha, e sorri sem graça. A mulher recua um passo e acaba de abrir a porta. Entram, Diva à frente, Constança, Lavínia por último.

Diva percorre com os olhos o imenso salão que se abre à sua frente. Uma única lâmina de luz, vinda de uma nesga de janela descoberta, corta o ambiente na diagonal. Pesadas cortinas descem até o chão, forrado por grossos tapetes. Nas paredes, grandes telas a óleo e, apesar da pouca luz, vêem-se céus tempestuosos, naturezas-mortas e o enorme retrato de uma mulher. Do teto pende suntuoso lustre com pingentes, e os móveis, criando vários ambientes, são majestosos e macios. Depois de espiar os sucessivos salões até onde a vista alcança, Diva se dá conta de que o encantamento não a toma só pelos olhos; pelos ouvidos é penetrada por uma música que nunca ouvira antes. Ora canta um homem com voz intensa, dramática. Depois, uma mulher com voz aguda, delicada. Embora não entenda a letra, sente o clima arrebatador — é a primeira vez na vida que ouve aquele tipo de música. Nesse momento, ela vê, na área de sombras onde se meteu a governanta, o vulto de um homem, que se levanta e vem na direção delas. À medida que avança, a música chega ao clímax do desespero. Alto, forte, sorriso triste e tímido de dentes alvos, olhos de um azul suave e cabelos grisalhos, ele pára diante delas. A música se precipita como num desfecho, em acordes com orquestra, e coro de centenas de vozes. Diva entra em estado de êxtase, começa a se sentir leve, mais e mais leve, seus pés saem do chão, não sente mais o próprio peso, e percebe que está levitando — não dura mais que segundos. Ele estende a mão a cada uma, dizendo com voz grave e aveludada: "Como vão vocês? Como vai a senhora, dona Constança?" E com um gesto na direção dos sofás: "Por favor, fiquem à vontade, vamos sentar."

O homem alto, de cabelos grisalhos, dentes alvos e suaves olhos azuis, relaxa os nervos e músculos das três mulheres, de três gerações, com a inesperada atitude gentil e afável. Elas se sentam menos assustadas. Do seu lugar, Diva vê os lábios da mãe se moverem, vê a apreensão nos olhos da avó e o sorriso iluminado daquele homem. Porém, não consegue ouvir nada além da música. Está ausente, parece num sonho, num solitário devaneio, contra o qual não tem forças para reagir, e nem quer. Nem mesmo quando vê lágrimas rolando no rosto da avó. Ela morde os lábios, se belisca, tenta prestar atenção à conversa que decide o seu destino, mas continua distante, em algum lugar tão encantado quanto as histórias de príncipes, castelos e fadas que a própria avó lhe conta. E o coração de Diva se entrega a tudo aquilo. Embora não ouça o que dizem, sabe que vieram pedir àquele rei que as deixe morar nos fundos do seu palácio. Vittorio ouve Lavínia com atenção, mas às vezes fecha os olhos, incapaz de impedir que a música o arraste para longe dali. Absorta, Diva não sente o tempo passar; quando se dá conta, a mãe e a avó estão se levantando para ir embora. Ela não quer ir; ficaria ali indefinidamente, entregue àquela música. Ao se levantar, Vittorio se aproxima e, olhando para Lavínia, acaricia o cabelo de Diva e passa a mão suavemente no seu rosto — pelo ardor, Diva sabe que suas faces estão rubras. A mão desce e segura-lhe o queixo. Ela acha agradável a sensação da pele fina, lisa, mas com o peso de mão de homem. Depois, acontece uma coisa com que Diva se espanta, ela estranha e não entende — porém, no seu delírio, não está segura de que de fato ocorreu ou se a teria imaginado: sente o suave roçar de dedos e unhas na maçã do rosto, que desliza para o pescoço, deixando-a, não sabe por quê, arrepiada. Procura com o olhar a mãe, que olha sorridente para o Brigadeiro. Os dedos, unhas à frente, movem-se, como se fossem cócegas, até a orelha, depois para nuca, provocando-lhe tremores pelo corpo. É tão sutil e ele está tão distraído que ela fica quieta, e não apenas consente como quer que continue. Mas os cumprimentos de despedida interrompem aquele momento inesperado, intenso e inesquecível de duas descobertas — a emoção da música e as sensações do corpo.

O caminho de volta, da mansão ao bangalô, é o oposto da ida; as três estão aliviadas e contentes: o Brigadeiro não só permite que continuem morando no bangalô, como pagará salário de jardineira a Lavínia — não poderia ser outra a atitude, teria dito, com uma família que, entrando na terceira geração, cuida dos jardins de sua casa — foi quando a avó chorou. Constança persigna-se e agradece a Deus, elogia a educação e a generosidade de Vittorio. Lavínia concorda sorrindo, as maçãs do rosto coradas, os olhos brilhando e o coração pleno de gratidão. Confessa que há muito tempo não se sente tão feliz — colhe duas flores e prende no cabelo da mãe e da filha. Diva a imita, pondo na orelha da mãe um botão de rosa vermelha. Felizes, chegam de mãos dadas ao bangalô.

Diva aprende que a música que ouviu na casa do Brigadeiro chama-se ópera. E desde então fica interessada em ópera. Aprende que é apresentada em teatros, mas é muito raro em Belo Horizonte, e quando tem, o ingresso custa caro. Também pode ser ouvida nas rádios, mas é difícil ter transmissões, e quem tem radiola, como o Brigadeiro, pode ouvir em discos gravados. À falta de rádio e radiola, procura na biblioteca do colégio o que há sobre o assunto. Encontra apenas o verbete da modesta enciclopédia. Fala em teatro lírico, obra dramática musicada, sem partes faladas, composta de árias, acompanhada de orquestra. Há ópera dramática, cômica e bufa. Nada à altura do que sentiu quando ouviu.

Num fim de tarde, de volta do colégio, onde seu desempenho melhora, Diva entra pelo portão lateral e, à distância, vê o Brigadeiro, que passeia no jardim com um livro aberto diante dos olhos. Ela acena espontaneamente. Ele hesita, mas responde com a intenção de sorrir, que não chega a se cumprir. Ela continua olhando-o ler enquanto anda entre as flores, intrigada com a quietude daquele homem. Semanas depois, ele está sentado num banco do pomar, o livro fechado ao lado, olhando para o céu, onde o sol se põe, quando ela, voltando do colégio, o vislumbra entre as folhagens. Diva colhe uma rosa, de um vermelho tão intenso que a beira das pétalas escureceram, vai até ele e a entrega: "Do seu jardim, mas eu que colhi para o senhor." "Muito obrigado", surpreende-se o Brigadeiro, ajeitando-se no banco: "Muito gentil da sua parte." "O senhor merece", diz Diva, e acrescenta: "Gosta mesmo de flor?" "Muito! Muito!" "Então, por que olha mais para os livros do que para elas?" "É verdade. Pode parecer que não, mas gosto das flores, pela beleza e pelo perfume. E gosto ainda mais de uma flor gentil como você. Não quer se sentar?" "Não, obrigada. Não quero incomodar nem atrapalhar a leitura. E eu tenho que ir para casa. Até logo." "Até logo", retribui o Brigadeiro. "E obrigado pela rosa."

Diva gosta mesmo é quando, na volta da escola, o Brigadeiro está ouvindo música. Ela se aproxima da mansão, senta-se no degrau da escada lateral e fica de ouvidos abertos. Não entende a língua nem a história, mas o encantamento de ouvir a leva a estados de êxtase que podem durar até o anoitecer. Numa dessas tardes, Lavínia cuida do jardim e, ao vê-la, vai até a escada e se permite ouvir por um tempo, acabando por sentar-se ao lado da filha. Ouvem até o começo da noite. Lavínia acha a música pomposa e bonita, mas um tanto triste.

A animação e o otimismo de Lavínia depois da conversa com o Brigadeiro incluem cuidados com a aparência mesmo em casa, mas, principalmente, quando trabalha nos jardins. Para surpresa da mãe e da filha, deixa de sair à noite — contrariando forte desejo que às vezes a deixa melancólica, mas recompensada pela definição da moradia e o salário de jardineira, garantidos pelo Brigadeiro. Acaba também com a mania dos longos banhos, esfregando-se até sangrar, que preocupava Constança e incomodava Diva — joga no lixo buchas, esponjas e sabonetes especiais. Um dia, colhe uma braçada de rosas vermelhas e brancas, lilases azuis e brancos, hortênsias brancas e róseas, e arma um buquê, enlaçado por fitas coloridas. Após o banho, veste-se com esmero, penteia-se, perfuma-se e, com o buquê na mão, vai à mansão com a intenção de entregá-lo ao Brigadeiro como presente da sua jardineira. A governanta convida-a a entrar e sentar-se e, numa atitude inesperada, diz que, se as flores são para o Brigadeiro, deve entregá-las a ela. Lavínia se recusa; a governanta sai para avisá-lo e ver se ele pode atender.

É longa a espera até que Vittorio surge, recém-barbeado e de cabelos molhados, com um livro na mão. Cumprimentam-se e ela entrega o buquê, explicando que são flores do seu próprio jardim, do qual ela se sente feliz de cuidar. Ele vai receber o buquê, mas Mrs. Austin se antecipa, exibindo-o à distância. Ele aprecia a combinação das cores, elogia a arrumação das flores e agradece a dedicação aos jardins. Pede a Mrs. Austin que sirva um café — a governanta, de passagem, observa Lavínia com atenção. A jardineira está feliz em continuar o trabalho dos pais, e lembra que na visita anterior a mãe se comovera com sua generosidade. Vittorio comenta brevemente a lembrança que guarda de Seu Nicanor e de Dona Constança, e quer saber notícias de Diva. Lavínia fala do entusiasmo dela pela ópera, que, aliás, ouvira pela primeira vez ali, na casa dele. O Brigadeiro acolhe com curiosidade esse gosto pela música, e faz perguntas sobre o cotidiano, o desempenho na escola e o interesse de Diva pelas artes. Lavínia fala da filha com orgulho e ouve o Brigadeiro embevecida. A certa altura, comenta as dificuldades de educar uma filha sem o pai — esperando, quem sabe, que ele pergunte sobre o seu estado civil, tema que gostaria de abordar para chegar ao dele. Porém, ele silencia; então, ela, objetiva como são as mulheres interessadas, pergunta se ele é casado; ele se limita a mover a cabeça, negando. Mrs. Austin serve café com *quécas* — que Lavínia não conhece. Ele explica que é a sua *madeleine* proustiana — o que ela não entende. *Quéca* é o bolo inglês de que a mãe ensinou-o a gostar, e cujo sabor hoje a lembra — o que enternece Lavínia. Como ele aprecia bolos, ela promete fazer-lhe um especial, cuja receita é segredo de família. Animada com o calor da conversa, Lavínia sente-se à vontade para cruzar as pernas com intencional descuido e exibir o decote com cuidada intenção. O Brigadeiro, porém, atencioso e polido, não se abala com a oferenda. E quando ela pergunta se sua mãe é inglesa, ele parece distante, o olhar fixo atravessa a janela e se perde no céu de azul tão suave quanto a cor dos seus olhos e, de volta, responde por monossílabos que a mãe é italiana e o pai, inglês. Não demora, ela se despede, ele agradece outra vez as flores com um sorriso triste.

O bolo, cuja receita é segredo de família, é também um mistério para ser feito. Há ingredientes que só são vendidos no Mercado Municipal, outros são caros, e a massa é tão manhosa que exige atenção máxima para não passar do ponto. Querendo presentear o Brigadeiro, Lavínia dedica a semana à sua preparação, sob o comando de Constança, que herdou o segredo, e a colaboração de Diva nas tarefas físicas. Sob a ameaça constante de desandar, várias vezes Lavínia quer desistir, e se arrepende de tê-lo prometido. Mas Constança, determinada e paciente, insiste para que prossiga. Com orações e promessas para tirá-lo da forma, a expectativa acaba em aplausos: o bolo sai com o sabor perfeito na forma ideal. Constança cobre a bandeja com delicados panos bordados, enquanto Lavínia se banha, veste-se a propósito, perfuma-se, e leva o bolo para o Brigadeiro. No portal, Mrs. Austin a interpela com o olhar, e ela diz que traz o presente que prometera ao Brigadeiro. A governanta explica que ele não pode atender, e, se ela quiser, pode deixar o presente, que lhe será entregue. Embaraçada, Lavínia se atrapalha e não sabe o que fazer. A mulher estende as mãos, ela entrega instintivamente o bolo. Mrs. Austin agradece e fecha a porta. Lavínia volta para casa mordendo os lábios, com um bolo na garganta e incontrolável vontade de chorar. Ao vê-la passar, rápida e cabisbaixa, para o banheiro, Constança sente que o plano deu errado.

Embora há meses livre de pagar o aluguel e recebendo salário como jardineira, Lavínia volta a sair de casa para o trabalho noturno, e volta aos longos banhos, às buchas, esponjas, aos sabonetes especiais e ao corpo martirizado pela esfregação. Todas as noites, em atitude recatada, roupas discretas, sem pintura, perfume ou salto alto, ela escapa pelo portão lateral e some na sombra dos altos muros. Desce a pé até a Praça Diogo de Vasconcelos, ponto final do bonde, e embarca para o centro da cidade. Da Avenida Afonso Pena, segue até a Pensão Ingleza, na Rua Guaicurus. No quarto da amiga, um caos de roupas, sapatos, chapéus e toalhas espalhados por todos os cantos, Dolores, jogada na cama de roupa e sapato, ainda retém a seringa da última dose. No rito da transfiguração — muda roupa, sapato, cabelo, pintura etc. —, a pudica Lavínia vira a luxuriosa dançarina Lola.

No salão repleto, ninguém consegue ficar parado ao som vigoroso da orquestra: metais em brasa, cordas vibrando e percussão estrondando incendeiam os mais de cem pares que rodopiam no salão, criando o esplendor da vida boêmia de Belo Horizonte. Nas mesas, comerciantes da capital, fazendeiros do interior e coronéis das gerais substituem roletas e bacarás, postos fora da lei, por champanhe, uísque, vinhos franceses e charutos enrolados em notas de mil. Com graça, elegância e sensualidade, as dançarinas acompanham os passos dos cavalheiros que, se ficam satisfeitos, poderão dar mais um furo no seu cartão. Lola é *taxi-girl;* toda noite leva para casa o que rendem os furos no seu cartão. Mas não é o dinheiro que mais a atrai — o salário de jardineira, sem o aluguel, daria para viver. É por algum motivo que ela não entende. Gosta de estar em casa, com a filha, a mãe, e cuidando do jardim. Tentou ficar sem vir ao Montanhês, mas não resistiu muito tempo. A vontade de estar aqui, de ser a Lola, é mais forte do que ela. Não entende, mas em casa nada lhe proporciona o prazer misterioso de dançar com os mais diferentes homens. Nos braços de um estranho, que a escolhe e paga para dançar com ela, é como sair de um quarto escuro para as luzes, como se estivesse num sonho, sente-se livre, atraente e desejada. Não foi compensadora a fiel devoção ao marido que, afinal, trocou-a pelo saxofone. Sabe que está à beira da prostituição — às vezes estremece diante da tentação das ofertas. Mas tem resistido. Não sabe até quando. Às vezes, acha que ela é Lavínia e Lola numa só mulher.

O tempo passa com intangível urgência. Um dia, olhando da janela, o Brigadeiro vê Diva sentada na escada lateral. Deixa a janela, reaparece no alto da escada e desce em silêncio, sem que ela o pressinta. Bem próximo, ouve a voz de Diva solfejando a música. Num tom delicado, pergunta: "Não quer ouvir lá dentro?" Diva se levanta num susto e recua um passo: "Não, obrigada. Desculpa." "Não há o que desculpar, Diva", diz calmamente o Brigadeiro, "Não fez nada errado. Sei que gosta de música. Vamos entrar e ouvir juntos." "Não, senhor, muito obrigada. Eu preciso ir. Até logo." Ela se afasta, o Brigadeiro se arrepende de tê-la interrompido. Diva segue para casa, arrependida de não ter aceitado.

Lavínia fica orgulhosa quando, tempos depois, o Brigadeiro convida Diva para ouvir ópera na casa dele. Esse orgulho, porém, se confunde com sentimentos profundos e pouco entendidos. Em retrospecto, sente que esqueceu o Brigadeiro, e hoje se envergonha da presunção de ter sonhado com um príncipe de forma ingênua e infantil — o sonho romântico, arraigado nos recônditos da mulher, inibe a maturidade que se anuncia cedo. Manda a filha tomar rigoroso banho e escovar os dentes com bicarbonato. Quando Diva sai do banheiro, ela verifica a limpeza dos ouvidos, do nariz e das unhas — que a filha quer pintar e ela não permite. Manda pôr o vestido branco com florzinhas azuis que a avó bordara — o mais bonito de Diva —, mas ela prefere o azul, de saia rodada, cintura marcada e discreto decote redondo, terminado em fitas trançadas em ilhoses, e sutiã preto. Penteia o longo cabelo, preso com fita azul, e põe perfume atrás das orelhas. Diva reclama que a mãe ainda não lhe deu o sapato com saltinho. Impaciente com a precoce vaidade da filha, Lavínia exige que calce o sapato preto, estilo boneca, e meia soquete branca — para desespero de Diva, que nunca foi tão minuciosa para se aprontar. Habituada a vestir a filha, Lavínia estranha as exigências e a independência. E faz mil recomendações para a visita ao Brigadeiro: falar baixo, sentar direito, puxar a saia ao cruzar as pernas, agradecer tudo que oferecerem e, se aceitar, comer de boca fechada, não fazer perguntas inconvenientes e indiscretas. Quando a governanta vem chamá-la, Diva está há tempos diante do espelho, fazendo poses, sorrindo, girando para um lado e outro, fazendo-se simpática, compenetrada, alegre, atraente e feminina. Na saída, Lavínia sussurra ao ouvido da filha: "Não se esqueça: você é uma moça — quase uma mulher!"

Ao ver a filha se afastar, mergulha num abismo de escrúpulo, dando-se conta de que preparou sua filha para visitar um homem! O que foi que fiz? — pergunta-se, aturdida. Logo, outro sentimento se sobrepõe: um homem envolvente, forasteiro que habitou seus sonhos e não se interessou por ela. Não quer nem pensar no que lhe vem à cabeça, mas não consegue deter as intuições que irrompem em profusão, assaltando-a com uma ponta de inveja e outra de ciúme da filha. Para afugentar pensamentos atordoantes, entra em casa apressada, à procura de louça ou roupa para lavar.

Seguindo a governanta pelo bosque e pelo jardim no percurso até a mansão, Diva estaca, deixando-a avançar, e a pretexto de abotoar o sapato, livra-se das meias soquetes rapidamente, atirando-as nas folhagens. Reaproxima-se e, um passo atrás da mulher, com uma mão cobrindo a outra, afasta os laços de fita dos ilhoses, abrindo um pouco o decote. Expressão do mistério humano nos gestos mais sutis e discretos, a menina manifesta instintiva feminilidade, como mulher plena num corpo em transição, e irrompe súbita sensualidade, há pouco latente.

Mal entra no salão, Diva é arrebatada por uma ária da *Norma* — é a dramática sonoridade, não o enredo, que a estremece. O mesmo facho de luz que entra pela janela corta o salão na diagonal. Ela entrevê o Brigadeiro sentado na sua área de sombra. A governanta a conduz até diante dele, que a olha com os olhos azuis suaves, sorri, descortinando os dentes alvos, e estende a mão sem dizer nada. Mrs. Austin se afasta. Diva se senta, e ouve. Logo se distrai da música e, inquieta, olha a todo momento para seus pés, suas roupas, seu corpo; cruza as pernas, abre um pouco mais os laços de fita, descruza as pernas e volta a cruzá-las. Levanta-se e vai para uma poltrona mais perto dele, e nos poucos passos faz incontáveis movimentos que envolvem ao mesmo tempo cabelos, braços, mãos, quadris, todo o corpo, enfim. No novo lugar, repete o cruza e descruza pernas, cada vez mais à mostra. Ele, que a olhava distante, passa a observá-la com interesse. A ópera está numa passagem suave quando ele sorri para ela — e, sorrindo, ela se aproxima mais. E antes que se sente, ele a puxa para si e beija-lhe o rosto. Ela sorri e se achega, ele gira-lhe o corpo e o ergue até o colo. Puxa-a devagar, até que as costas repousem no seu peito. Ela se sente protegida naqueles braços. Ele balança suavemente o corpo para um lado e outro, ao ritmo da música. Tranqüila, ela se entrega à maravilha que ouve e às desconhecidas sensações no corpo.

No segundo ato, ela começa a sentir uma espécie de cócega muito suave na coxa. Primeiro, pensa que é uma linha solta da roupa. Depois, acha que é algum inseto, talvez formiga, mosca, aranha... Tem vontade de gritar, mas lembra as recomendações da mãe, e descobre que gosta do que sente. Fica calada, finge que não está acontecendo nada, atenta às sensações, e tentando concentrar-se na ópera, cada vez mais dramática. Aquela sensação, subindo e descendo a coxa, lhe dá arrepios. E a cantora, no clímax do drama, grita feito uma desesperada. Não agüentando mais ficar quieta, ela começa a se mexer, a se contorcer. E mexe, mexe, sentindo calor, o corpo quente, queimando. Num movimento, depara com a mão do Brigadeiro sob o vestido — fazendo cócegas. Ela não sabe o que fazer; embora tocada pelo sentimento de que isto não está certo, que está errado, não tem coragem de falar, e o mais perturbador, está gostando. Deve recuar de uma sensação que nunca sentira e que lhe dá enorme prazer? Deve se afastar do homem que tem essas músicas maravilhosas? Se ele se zangar, não a convidará mais à mansão! Deve recusar o homem que deixou a mãe, a avó e ela própria viverem no bangalô? Muito menos tirar a mão dele de lá, depois de tudo que a mãe recomendou! Ela não quer, e não tira a mão dele de lá. Agora, a pontinha dos dedos junto com a pontinha das unhas sobem mais e descem menos entre as coxas. Ela mexe para um lado e outro, a cantora berra e o Brigadeiro funga no seu pescoço. E ela sente que está sentada em cima de uma coisa... uma coisa que quanto mais ela mexe, mais cresce, cresce... até que, na cena final da ópera, quando a mulher morre, a orquestra ataca com tudo, cordas, metais e percussão e, no momento em que a cantora dá o agudo final, o Brigadeiro, arrebatado, grita junto com ela. Ela dá trinados, ele estremece, sacudindo o corpo de Diva junto com o seu.

VITTORIO REVELA RARA PRECOCIDADE. CURIOSO, INTELIGENTE, SENSÍVEL, tem natural facilidade com idiomas. Responde na língua em que for solicitado: fala com o pai em inglês, com a mãe em italiano, e em inglês e italiano na conversa a três, e em português com os demais. Quando completa 6 anos,

Giulia procura a Escola Estadual Barão do Rio Branco, num prédio neoclássico da Avenida Paraúna, bairro dos Funcionários, para matriculá-lo no curso primário. Mas, a diretora, professora Helena Penna, não quer aceitá-lo, com o argumento de que a precocidade não lhe poderia fazer bem. Giulia pede ajuda a Chalmers, e ele a acompanha à reunião com a diretora — prestigiada pela presença dos pais na escola. George Chalmers explica o funcionamento das escolas inglesas e Giulia conta a curiosidade e a facilidade de Vittorio com idiomas. Além de assistir às suas aulas particulares de português, ele a acompanha nas horas em que estuda, tendo aprendido a falar e a escrever junto com ela. A professora insiste: "Se aos 6 anos ele escreve." "Corretamente", acrescenta Giulia, "e fala sem o meu sotaque." "É sutil o sotaque da senhora", diz a professora Helena. "Mas", acrescenta Giulia, "ele aprendeu inglês e italiano nas conversas domésticas. Não escreve nem lê nessas línguas, só em português." No fim da reunião, a matrícula é aceita em caráter experimental, na classe da prof. Domitilla Valladares — em três meses a diretora fará uma avaliação pessoal. Nas primeiras provas mensais, Vittorio obtém as melhores notas da turma e o seu comportamento é elogiado. A avaliação pessoal torna-se desnecessária.

No começo, vai à escola acompanhado por Mrs. Austin, no automóvel conduzido por Fidélis. Ele reclama, quer ir a pé, mas Giulia não deixa — agora que a escola conhece sua paternidade, bisbilhotices podem torná-la pública e surgir discriminação. Para Mrs. Austin, ser a única criança que não vai a pé atrai atenção e, talvez, mexericos. Como o percurso não é longo apesar do pântano, Giulia acaba concedendo. Mesmo pela severa mão de Mrs. Austin, a caminhada de casa à escola é uma diversão. Além da paisagem, há atrações diferentes nas calçadas, vendedores de doces, frutas, vassouras, amoladores de facas e, vez ou outra, um automóvel novo na rua. Passam pelo ponto de aluguel de fiacres, onde cocheiros jogam cartas e, perto do charco, outro de aluguel de carroças para transporte de carga, e a enorme olaria, que fabrica telhas, manilhas, jarras, potes e filtros, onde Giulia compra barro para os trabalhos em cerâmica. Vittorio caminha sem ver onde pisa; tanto olha para uma coisa e outra — cães, mendigos, cavalos, sorveteiro, crianças, militar — que tropeça, pisa na lama, nas poças d'água e nos cocôs de cachorro e gente, para desespero de Mrs. Austin. Às vezes, na volta, ela faz um trajeto diferente, e conhece uma construção nova, rua, praça ou loja — e assim vai se apropriando do entorno de sua casa.

Já Giulia só vê o charco e o movimento das ruas pela fresta da cortina fechada do automóvel no percurso até a Rua dos Timbiras, onde, na aula de artes manuais, aprende a fazer trabalhos em cerâmica e pintura a óleo. Depois de dominar o português e o inglês — torna-se leitora voraz de romances nas duas línguas —, recupera o nativo italiano, dedica-se ao piano, ao canto, e acaba de contratar um professor de francês. Povoa a solidão com as emoções da arte.

Com roupas modestas, de chapéu e escondendo-se o quanto pode, Giulia retorna a Morro Velho sem Chalmers saber e visita os pais, que a acolhem emocionados. Acham que ela perdeu o jeito de menina, parece séria e com ares de capital. Giulia explica seu fictício trabalho na capital, e confirma que eles recebem a ajuda mensal. A certa altura, faz a pergunta que a trouxe ali: "Querem voltar à Itália?" A resposta é um sim tão emocionado e categórico que inclui olhos úmidos e voz embargada. E Giulia assegura: "Então, preparem-se. Vou cuidar disso." E volta para Belo Horizonte sem ter sido reconhecida. Na primeira oportunidade, pede a Chalmers as passagens. Ele concede. Dois meses depois, despedem-se, entre lágrimas e soluços calabreses, na Estação Ferroviária, durante a baldeação de um trem a outro.

À medida que Vittorio cresce, Chalmers se aproxima mais do filho, orgulhoso de sua perspicácia e sensibilidade. Por impotência ou resignação, o ciúme que Vittorio sente do pai vem se aplacando — e se agrava com os estranhos que eventualmente se aproximam da mãe. Para alegria de Giulia, pai e filho começam a construir uma relação de confiança. Conversam sobre a profissão de Chalmers, sobre o seu trabalho em Morro Velho, Vittorio quer saber o que é o ouro, por que vale tanto, como se faz para arrancá-lo de dentro da terra — e cresce a vontade de conhecer o misterioso lugar onde o pai trabalha, assim como a emoção de descer ao fundo da terra e, juntos, tirarem de lá o valioso metal. Chalmers lê, na edição inglesa, os *Contos da infância e do lar*, reunidos por Jacob e Wilhelm Grimm, com exemplos de solidariedade, amor ao próximo, em que, mesmo não escondendo aspectos negativos, sempre predominam a esperança e a confiança na vida, com o encantamento das metamorfoses, o maravilhoso da magia, as fábulas vividas por animais, enigmas, mistérios, e as histórias de humor. Vittorio fica feliz com os momentos de intimidade e fantasia, e se orgulha de ter um pai que é amigo.

Não escapa a Giulia um traço curioso dessa relação. Atenta e perspicaz, tem observado que o comportamento de Chalmers vem se modificando com o tempo. Com Vittorio, ele hoje parece mais avô do que pai, e em relação a ela, parece mais pai do que companheiro. Percebe a crescente ausência de Chalmers, as vindas cada vez mais espaçadas a Belo Horizonte. Embora lhe garanta vida confortável, até mesmo luxuosa, sente falta da atenção de outros tempos, das brincadeiras e do carinho. Como inibe amizades para evitar aproximações inconvenientes, sente-se só — convive apenas com o filho e Mrs. Austin. Limita-se a cumprimentar vizinhos e mães dos colegas de Vittorio, troca breves palavras e finge dificuldade de entender a língua, ou algum pretexto para se afastar. Aos 24 anos, Giulia é uma mulher plena e saudável, com sonhos intensos e vibração com a vida. Encoberto pela austeridade religiosa, pela moral calabresa e a rigorosa discrição da condição de mãe sem ser casada, o desejo pulsa em silêncio, reclama e exige. As fantasias, criadas pelos romances e pela própria imaginação, habitam os dias reclusos e as noites vazias. Nas breves e raras saídas à rua, num olhar de relance, depara-se com dois olhos de intenso mistério e, num átimo, fixa o corpo masculino. A imaginação se despega e, em reações físicas — taquicardia, tremores, suores, calores —, vislumbra a virilidade que protege, o carinho que conforta, a conversa que consola. Deseja o corpo masculino para tocá-la com energia, mas energia amorosa, sem a qual é grosseria. O erotismo vem do fervor amoroso com a volúpia de macho. Quando Giulia vê Chalmers suado na cama, pálido, ofegante e com o coração acelerado, sente na carne a diferença de idade. No fundo escuro do coração, sem coragem de vir à luz, desponta em Giulia a vontade de voltar para a Itália.

De sua parte, Chalmers sente que o entusiasmo físico não o move mais, nem conta mais com a quantidade — aliás, a quantidade o aborrece, do ouro ao vinho, da conversa à leitura, do trabalho ao sono, do prato ao sexo; agora, o que interessa é a qualidade do prazer. Quando Giulia se queixa das suas ausências cada vez mais longas, ele parece entender o que ela quer dizer, mas, pelas explicações, ela vê que não. Ele afirma que o trabalho é a sua prioridade — por isso veio da Inglaterra para Vila Nova de Lima, assim como ela veio da Itália. Não vieram de tão longe apenas para se conhecerem; a vida proporcionou o encontro, ele se apaixonou e veio o filho. Ele preferiria ter evitado a gravidez, mas poderia parecer comodismo, uma vez que tinha filhos, além do risco de escândalo pela posição que ocupa na empresa: a decisão tinha que ser dela — e ela quis ter o filho. Foi uma decisão independente que, segundo ele, tornou-a dependente. Ele faz o que pode para ajudar a criar, mas, com duas famílias — a outra, por não morar na capital, não vive com o mesmo conforto de Giulia e Vittorio —, o trabalho tornou-se ainda mais prioritário. Daí as ausências. Ser provedor é um dever da razão, ser mãe é necessidade do instinto — não é sensato que a razão se curve ao instinto. Se não podem ter vida conjugal, para Vittorio é melhor a mãe presente e o pai, às vezes, ausente — sobretudo se é a ausência que assegura os meios para uma vida melhor. Não o aborrece prover as necessidades de Giulia e do filho. O que o aborrece são as queixas da sua ausência, o que Catherine jamais fez. Parece conversa de surdos. Italiana, jovem e impulsiva, Giulia se exaspera. Inglês, mais velho e racional, Chalmers espera. Abafadas entre as pesadas cortinas e a porta trancada do quarto, exasperações e esperas são cada vez mais freqüentes.

Agora mesmo, Chalmers chega de Morro Velho, como prometera, para levar Vittorio à inauguração da bitola larga da linha ferroviária entre Belo Horizonte e o Rio de Janeiro, que permitirá viagem mais rápida e sem baldeação. Convidado para a solenidade, ele só chega à estação após o encerramento da solenidade, no momento em que o trem parte para pequeno giro de comemoração: com a composição em movimento, embarca Vittorio e sobe atrás. Para não ser visto com a criança, permanece fora do vagão, tornando a aventura mais emocionante para Vittorio, e termina com um sorvete duplo de morango, servido em taça de cristal, no amplo salão da Confeitaria Americana, na Rua da Bahia.

Depois que Vittorio começou a aprender piano com o mesmo professor da mãe, o instrumento está sempre desafinado; daí as freqüentes visitas do afinador Jonas Pires Lobo, filho do proprietário de A Lyra Mineira, onde

Chalmers o comprou. De origem portuguesa, e há mais de trinta anos em Belo Horizonte, a família Pires Lobo domina o comércio de pianos, partituras, reparações e afinação. Há dois anos, com a vinda de novos parentes de Portugal, foi criada a filial do Rio de Janeiro. Giulia acha o afinador sensível, inteligente, e sua conversa, agradável e instrutiva — não se afasta dele enquanto dura a afinação, que pode levar horas. O que torna ainda mais interessante vê-lo afinar é a genuína admiração que tem pelo instrumento, um Steinway 1906, de cauda, um dos melhores pianos que já passaram pela loja, segundo Jonas Pires Lobo do mesmo nível dos Petrof e Bösendorfer. Sem deixar de falar, sopra o diapasão e aperta as cravelhas: "Cada nota do piano pode ter uma, duas e até três cordas. Quando tem mais de uma, todas têm a mesma espessura. Para afinar em 440 hertz — fosse piano de orquestra seria em 338 hertz —, as cordas são esticadas a uma pressão de 23 toneladas. Por isso esses ferros, para a estrutura segurar a pressão. Mas o ferro interfere na sonoridade do instrumento." Giulia se encanta com as explicações e ainda mais com Pires Lobo — moreno, de cabelos pretos, olhos castanhos penetrantes e misteriosos, sedutora voz grave. Ela estremece ao seu olhar, direto na alma. Se está em casa, Vittorio fica indomável com a presença do afinador. A toda hora solicita a presença da mãe, inventa que precisa de ajuda nas tarefas escolares, que algum brinquedo quebrou, que se feriu, quando não as três artimanhas ao mesmo tempo. Grita, chora e esperneia — ela se faz de surda e não arreda pé do piano, com o argumento de que precisa entender o funcionamento do instrumento. Mrs. Austin se incumbe de domar o ciúme da pequena fera.

O professor de piano convida Giulia para assistir ao Concerto nº 4 de Beethoven para piano e orquestra, com Magdalena Tagliaferro, a brasileira que brilha em Paris, com a Orquestra Sinfônica Mineira, regida pelo maestro Francisco Nunes. Será na sexta-feira, no Teatro Municipal. Animada, Giulia não pode ir sem a permissão de Chalmers — e teme que ele não venha a Belo Horizonte antes de sexta. A vontade de ir toma-a por inteiro — nunca antes quis tanto sair de casa e se divertir. Angustiada, reza para que Chalmers chegue logo. Mesmo na dúvida, decide preparar toalete adequada. Na Chic Parisien, da qual é cliente, escolhe um modelo noturno para jovem senhora.

Os dias passam e Chalmers não aparece. No fim da aula anterior ao concerto, o professor pede que ela confirme se irá com ele. Giulia não só confirma como oferece que o motorista vá buscá-lo e depois a pegue em casa, para irem juntos. A resposta impulsiva traz o arrependimento imediato, e mais orações para Chalmers chegar logo. Por várias vezes cogita mandar avisar ao professor que não irá, mas desiste. Três dias de desassossego, e finalmente Chalmers chega. E não só concorda que vá ao concerto como acha deslumbrante o modelo, que ela veste só para ele ver.

É um momento de encantamento para Giulia descer do automóvel sob as luzes da entrada do Teatro Municipal, vestida com elegância parisiense, entrar ao lado do reputado professor de piano e fazer a alta sociedade, autoridades e amantes da música se virarem para admirar a iluminada presença. Um *frisson* parte da entrada, alastra-se pelo *foyer* e agita a platéia. Quando ela surge no corredor central, todos estão de costas para o palco e giram o corpo à medida que avança, até encontrar o lugar e sentar-se, ao lado do professor. Só então Giulia se dá conta de que é a primeira vez que aparece em público. E se surpreende com o prazer que sente em ser observada, destacada, apontada, comentada. A sensação é de que estava morta e acaba de ressuscitar, como se, de alguma forma, o olhar dos outros fosse a confirmação de que existe e, ao mesmo tempo, como se flutuasse uns palmos acima de si mesma — e fosse capaz de emoldurar, no mesmo olhar, a si e aos que a olham.

Quando a orquestra entra no palco e as luzes da platéia diminuem, as atenções se dividem, e ela retorna devagar para junto de si. Com a entrada do maestro, da solista e os aplausos, volta inteiramente a si, aberta a ouvir. Ao longo de todo o concerto, esquece onde está e quem está à sua volta. O envolvimento criado pela melodia de Beethoven é um mergulho num mar desconhecido, que parece dentro e, ao mesmo tempo, fora dela. O piano tem um poder de fascínio quase místico. No fim do concerto, Giulia está reconciliada consigo mesma, com a vida e com o mundo. Abstrai-se do prazer de ser olhada, avaliada, comentada.

À saída, junta-se aos dois o afinador Pires Lobo, indignado com a leviandade dos organizadores, que expuseram a solista ao vexame de um piano desafinado, com que concorda o professor. Ao passar pelas mulheres que a observavam, uma delas diz: "É a filha bastarda do George Chalmers." O impacto deixa Giulia sem chão, com dificuldade para respirar e zonza. Mas consegue manter-se em pé e, altiva, sequer se vira para ver quem falou. Pressente que Pires Lobo ouviu e, pelo giro brusco do pescoço, sentiu o golpe.

Giulia desce do carro aos prantos, depois de conter as lágrimas desde a saída do teatro. Trêmula, conta com voz embargada a humilhação que sofreu, e desaba nos braços de Chalmers. Ele acolhe, protege e conforta seus estremecimentos, tentando minimizar o impacto. Diz que o alvo é ele, porque é velho. No entanto, tem certeza de que muitas gostariam de estar no lugar de Giulia, ter a vida que ela tem. Lembra que, jovem e linda como estava, devia ter atiçado a inveja das mulheres. Mas ela não pode se intimidar com agressões. Ao contrário, deve acostumar-se e aprender a ser forte. Se for fraca, será abatida: o homem não é bom, a vida não é justa e o mundo não é feliz, mas, ainda assim, a vida vale a pena. Sugere que faça mais o que gosta, que leia, estude, ouça música, que saia mais de casa, que vá a concertos, ao cinema, ao teatro e aos restaurantes. Diz que tem pensado muito nas suas queixas quanto às ausências dele. Acha que ela tem razão. Porém, não vê como resolver a situação. A Saint John o solicita cada dia mais, assim como Catherine, Alexander e Helen. E ele não consegue atender a tantas solicitações. As viagens a Belo Horizonte estão mais cansativas. A verdade indisfarçável é que está envelhecendo. Ele a ama, mas ela nunca disse que o amava. Não são casados e, ainda que fossem, não é justo exigir fidelidade sendo casado com outra. Na sua opinião, mesmo em outras situações, não existe a traição. Infiéis não são pecadores nem pecadoras. O que há é uma multidão desesperada para ser feliz. A maioria não será, mas todos têm o direito de buscar, da maneira que for, aquilo que acham que é a felicidade. Sobretudo alguém com a alma pura como Giulia. Ele gostaria que, se ocorressem a vontade e a oportunidade, ela se sentisse livre para viver outras relações.

De terno branco, camisa e gravata brancas, Vittorio se ajoelha diante do altar da capela do Colégio Sagrado Coração de Jesus. Segura um pequeno livro de orações e um terço, igualmente brancos, assim como dezenas de meninos e meninas que fazem a primeira comunhão. Orgulhosa, Giulia está no banco da primeira fila, ao lado de Mrs. Austin, um pouco afastada das outras mães. É a missa de domingo, e a capela está cheia. Sob o véu, Giulia corre os olhos pela igreja, tentando ver se Chalmers chegou ou se vê colegas de Vittorio. Seus olhos se deparam com o olhar ansioso de Giuseppe, semi-oculto por uma coluna.

Na Itália, a primavera tem contagiante exuberância, mesmo em guerra, mesmo aos olhos do inimigo — se a beleza não tem pátria, a primavera não tem dono. Vittorio pilota o *Giulia*, eufórico com a vista que se descortina do alto, à luz do sol ainda desbotado. Decolou da base de Porreta-Terme solfejando a *Primavera*, de Vivaldi, primor de fantasia, que ecoa o canto dos pássaros. Como num milagre, da noite para o dia brancas montanhas de gelo e nuvens sombrias fugiram com a chegada do céu de azul puríssimo. A vegetação desponta depois de meses hibernando. Nos cumes, o verde dialoga com o fundo azul, a brisa sopra gotas de orvalho da última noite e as árvores sacodem os derradeiros flocos de neve, e do vale branco surge denso pinheiral verde-escuro. Com a primavera, acaba o gelo acumulado no cone do difusor. Vittorio canta: "*La più felice primavera dei nostri cuori*". Atrás, Oliveira, de binóculo assestado, esquadrinha um lado e outro da rota, à cata do que observar. Como anunciado em dezembro, o 4º Corpo do 5º Exército, sob o comando do general Crittenberger, inicia a ofensiva da primavera — mais tropa, mais munição e clima favorável —, com o objetivo de chegar ao vale do Rio Pó. A operação envolve várias Divisões do 4º Corpo, em particular unidades da FEB e da FAB: Artilharia, Infantaria, Esquadrão de Reconhecimento, Grupo de Aviação de Caça e a ELO. Vittorio canta: "*Vieni, c'è una strada nel bosco / Il suo nome conosco / Vuoi conoscerlo tu? / Vieni, c'é una strada nel cuore / Dove nasce l'amore / Che non muore mai più...*"

A 10ª de Montanha e a 1ª Blindada são o centro do primeiro ataque — os alemães bloqueiam seu avanço na região de Montese-Montelo —, e a FEB é incumbida de apoiar pelo flanco esquerdo. Vittorio tem um motivo para a sua alegria: está numa missão ao lado do amigo Pitaluga, que a considera a primeira genuína da arma de Reconhecimento: vai levantar a geografia da área, a topografia do terreno, esquadrinhar o entorno densamente minado de

Montese, avaliar a força do inimigo na área, o posicionamento de batalhões, companhias e regimentos, o armamento e poder de fogo da Infantaria, as maneiras de entrar, ocupar e escapar da cidade se necessário, e, sobretudo, de perseguir o inimigo que recuar ou debandar, a fim de impedir que volte a se reunir, se reorganizar e contra-atacar. Enquanto Vittorio voa, Pitaluga rasteja; Vittorio se emociona com a vista do céu; Pitaluga analisa a paisagem da terra; Vittorio canta, Pitaluga silencia. Diferentes podem ser amigos, e diferenças podem provocar guerras — eis a luz amarela da intolerância e do desrespeito.

Vittorio sobrevoa o maciço Montese-Montelo e observa que às 9h45 a 10ª de Montanha inicia o ataque, e encontra violenta reação dos alemães — Oliveira passa as informações. Às 12h15, o general Crittenberger, diante das enormes baixas na 10ª de Montanha, pressiona os comandantes brasileiros — que assistem à batalha dos altos de Sassomolare, com privilegiada visão de Montese — a iniciarem o ataque imediatamente. Esgotada a autonomia de combustível, Vittorio precisa reabastecer em Porreta-Terme, e não vê que, às 13h30, as tropas brasileiras, que os próprios soldados apelidaram de "Laurindo", começam a se mexer. Depois do duro aprendizado na montanha gelada, vai agora lutar em área urbana: em cada esquina uma surpresa; em cada janela uma ameaça. O centro da frente brasileira avança na direção Serreto-Paravento-Montelo, com apoio de blindados americanos. Uma parte ataca à direita e outra à esquerda, na direção Montaurigola-Montese.

Partindo de Montaurigola, o tenente Iporan Nunes avança para Montese com os três pelotões sob seu comando. De repente, constata que está ilhado num vasto campo minado. Envia emissário ao seu capitão, que promete mandar apoio. Mas o apoio não vem. Ele segue por uma ravina coberta de vegetação. Cada passo é um ato de bravura, o cuidado vale a vida. Qualquer descuido, um corpo voa pelos ares — cai aos pedaços, que ficam insepultos. Avança lento, subindo as encostas de Montese, que lembram degraus de ampla escada. Dois pelotões chegam ao topo, bem perto dos alemães, mas a vegetação não dá cobertura para avançar mais. Imobilizado, Iporan Nunes avalia o terreno, a posição e a força do inimigo: os degraus se alongam até junto a duas casas. Ele, então, aciona o 3º Pelotão, apoiado pelos outros dois.

Quando, à frente dos seus homens, está a 40 metros das casas, é surpreendido pelo fogo cerrado de artilharia: "Às casas! Às casas!", ele grita. Todos correm para as posições do inimigo, camuflado em esconderijos. A metralha ruge brava e sem trégua. Mal a fumaça se dissipa, vê-se que o bombardeio partiu da sua própria artilharia. Depois de corrigir a mira, o fogo recomeça mais pesado. Os brasileiros não recuam nem dão trégua. Os alemães reagem, mas, aos poucos, vão sendo postos fora de combate e recuam.

Mal se inicia a caça aos inimigos na área urbana, os brasileiros são surpreendidos por explosiva reação alemã, de violência inimaginável: poderosa, implacável e impiedosa. O bombardeio zune, tremendo. A matança parece não ter fim. Iporan Nunes e seus homens resistem como podem, em desvantagem numérica e de armamento. A sensatez recomenda retirada estratégica, ou haverá um massacre.

Às 19h entram mais tropas da FEB na cidade, chefiadas pelo capitão Sidney T. Alves. O bombardeio recrudesce, com os brasileiros em vantagem e dispostos a lutar. Aos poucos, os alemães perdem outra vez a iniciativa e recuam para a defensiva, até que silenciam. Apesar das enormes baixas e da exaustão, o sentimento de dever cumprido conforta os brasileiros. Os generais festejam com tal euforia que dão a impressão de que a guerra acabou. E o Brasil foi vencedor.

De manhã, a cidade começa a ser limpa dos inimigos e devidamente ocupada. A continuação das ações é transferida para o dia seguinte. Porém, à noite os alemães voltam a surpreender: despejam alucinante bombardeio sobre as posições ocupadas pelos brasileiros, que, em vantagem, redobram a reação e conseguem ocupar Paravento. Às 22h, mais brasileiros chegam a Serreto, a fim de preparar a ação do dia seguinte. Porém, à mera aproximação, os alemães reagem com bombardeio tão violento que não é possível sequer tomar posição.

Surpreendendo a todos, o general Crittenberger surge no Posto de Comando de Sassomolare. Quer saber por que, após a conquista de Montese, não se perseguem os demais objetivos, o que tem repercussão nas outras tropas, como na 10ª de Montanha, que teve grandes baixas. Conclui dizendo que falta coordenação nas ações. Reiterando que passa do meio-dia, questiona a retomada do ataque às 14h, sem qualquer mudança de estratégia, de armamento ou de tropas! E sentencia: "Não há conveniência neste ataque, que só trará mais perdas. É melhor realizá-lo amanhã, com apoio de artilharia, blindados e aviação." O general Mascarenhas de Moraes, comandante da FEB, concorda imediatamente. Mas poucas horas depois de se despedirem, por razões desconhecidas, convoca o major Vernon Walters, tradutor e oficial de ligação do 4º Corpo. Pede a ele que ligue para o general Crittenberger solicitando o adiamento, por mais 24 horas, do ataque que acabara de concordar que fosse no dia seguinte. O major Walters faz a ligação que preferia não fazer. Mais tarde, Crittenberger envia mensagem dizendo que tomou conhecimento da proposta, e deixa a critério de Moraes atacar quando quiser — e não opinará mais!

O fogo inimigo declina. Em nova mensagem, o Comando do 4º Corpo determina que a tropa brasileira "deverá limpar a margem do Panaro e capturar elementos esparsos do inimigo na direção geral de Monte Orsello". O Comando da FEB, que não recebera mais nenhuma ordem de ataque, vê suas tropas incumbidas de missão sem qualquer importância. A DIE sente-se alijada das ações centrais, quem sabe decorrência da avaliação de Crittenberger.

Pitaluga e seu esquadrão rumam na direção de Samone, a fim de restabelecer contato e limpar o trajeto. Animado, o capitão impõe seu ímpeto aos blindados, que partem em alucinada correria pelas estradas italianas, em varredura à cata de informações estratégicas e do paradeiro do inimigo. O Viking segue na retaguarda do esquadrão, levando feridos, exauridos, e um ou outro prisioneiro encontrado. Depois de reabastecer e cumprir outras missões, Vittorio reaparece na área. Do alto, identifica os M-8 do Reconhecimento, assim como Pitaluga, da torre do seu blindado, reconhece o *Giulia*, que faz a curva e volta em vôo rasante. Vittorio acena do alto, Pitaluga responde de baixo. Pitaluga bate palmas, Vittorio balança o *Giulia* no mesmo ritmo. Ambos cantam: "*Tanto pe' cantà / Perché me sento un friccico ner core / Tanto pe' sognà / Perché ner petto me ce naschi un fiore*". Vozes e palmas se fundem aos motores. Habituado às peculiaridades do piloto, o tenente Oliveira se diverte. Vittorio faz a curva no lado oposto e volta com o *Giulia* dançando ao ritmo de "*Fiore de lillá / Che m'ariporti verso er primo amore / Che sospirava le canzone mie / e m'arintontoniva de bugie*". Com gestos, marcam encontro para mais tarde e se despedem. Em Samone, o batalhão de Pitaluga atropela a resistência alemã e, na sua empolgada determinação, leva tudo de roldão.

Na manhã seguinte, Vittorio volta a localizar Pitaluga, que faz reconhecimento nos eixos Zocca-Vignola e Zocca-Lodalo. Com sinais da torre do M-8, ele orienta Vittorio a seguir o blindado até um descampado em Vignola, onde aterrissa. Vittorio desembarca cantando "*Jammo, jammo*", Pitaluga adere e seguem em dueto: "'*ncoppa jammo ja'! / Jammo, jammo / 'ncoppa jammo ja'! Funiculi funicula, / funiculi funicula / 'Ncoppa jammo ja' / Funiculi-funicula...!*" E se abraçam, festejando a chegada da primavera. Oliveira e os ajudantes-de-ordem de Pitaluga desembarcam e se divertem com o encontro musical. O grupo fala da correria por terra e pelo ar, celebram a queda de Bolonha com meia dúzia de tiros e se divertem contando que os *fritz* do Führer correram de calças arriadas para o norte do Rio Pó. Fazem planos de ir a Roma, agora "Cidade Aberta", e de ver *La Traviata*, no Scala de Milão, a menos de 200 quilômetros de onde estão. Vittorio confidencia ao amigo que está amadurecendo mirabolante idéia: visitar a mãe, que vive em Catanzaro, na Calábria. "Depois da guerra", afirma Pitaluga. "Não, antes!", diz Vittorio, "numa folga!" "Voando?", espanta-se Pitaluga. "No *Giulia*", responde Vittorio, rindo. "Vai pegar corte marcial por deserção, uso indevido de equipamento militar, o diabo!" E depois de censuras e advertências, conclui: "Como nada disso o assusta, posso programar postos de abastecimento." Despedem-se às gargalhadas. Quando Vittorio acelera para decolar, Pitaluga pára o M-8 ao lado, propondo disputa. Com Pitaluga na torre, arrancam juntos. O *Giulia* decola com os dois às gargalhadas.

O Batalhão de Reconhecimento caça o inimigo entre os rios Enzo e Parma, mas ele se esquiva do enfrentamento, levando a crer que não consegue manter a luta no nível anterior. Há indícios de que bate em retirada, com desagregação. Até acontecer o que Pitaluga nunca imaginou: soldados alemães começam a desertar. Identificados por civis italianos, são perseguidos, castigados e humilhados em praça pública, e depois entregues aos Aliados ou aos *partisans*. Nas andanças por cidades abandonadas pelos alemães, Pitaluga nota que cresce o ódio, até então contido, entre fascistas e antifascistas, entre italiano e italiano, com desfecho às vezes mortal — não raro como pretexto para vinganças pessoais.

Habituando-se ao clima de fim de guerra, o Batalhão de Reconhecimento entra em Collecchio sob o sol do meio-dia, e de repente é surpreendido pelo pesado fogo de blindados alemães. Sem contar com apoio, Pitaluga e seus comandados resistem — é brutal o desnível de homens, armamento e munição. A assimetria cria dramático cenário e a notícia do confronto chega ao comando, causando grande perturbação. Às 15h o fogo alemão é tão vigoroso que o combate parece caminhar para o desfecho. Pitaluga pressente que seu batalhão, com muitas baixas, será massacrado. Ele pede apoio e inicia manobra de retirada.

Um teco-teco pousa em Montecchio, sede do comando avançado brasileiro. Dele desembarca o general Lucien Truscott, comandante do 5º Exército Aliado, sucessor do general Clark. Truscott se dirige ao coronel Lima Brayner, chefe do Estado-Maior brasileiro, e num tom seco pergunta: "Onde está o general Mascarenhas?" "Em Collecchio", responde Lima Brayner. "Em que pé se encontra a ação?" E Brayner: "O inimigo se apresentou inicialmente muito agressivo, está cedendo e retirando o grosso da tropa." Após uma pausa, Truscott retoma: "Sabe se já foram identificados elementos da 148ª DI?", referindo-se à divisão alemã que o 5º Exército não consegue localizar. "As unidades alemãs em Collecchio pertencem à 90ª Divisão Panzer. Mas alguns prisioneiros falam em reforços da 148ª DI, vindos de La Spezzia", responde Brayner. "Diga ao general Mascarenhas", ordena Truscott, "que precisamos deter e destruir essa Divisão alemã antes que alcance Parma." No mesmo tom seco, Truscott se despede.

Não demora, pousa outro teco-teco. O general Crittenberger se dirige ao mesmo coronel Lima Brayner. Confirma a presença da 148ª DI em La Spezzia, e expõe com detalhes a distribuição das Divisões, ressaltando a extrema responsabilidade dos brasileiros, caso a 148ª fure o cerco ou os vença numa batalha que lhe parece iminente. E conclui: "Brayner, a 148ª DI não pode passar. Faça sentir isto ao general Mascarenhas." E se despede.

Às 19h chegam reforços a Collecchio, em sete caminhões, jipes e, na rabeira, o Viking. Com novo ânimo, os brasileiros atacam com tudo que podem. A luta é encarniçada e sem trégua. A certa altura, os brasileiros começam a ganhar terreno. A exaustão do inimigo é notória, a artilharia aparece cada vez menos. Com avanços graduais, bem coordenados, reverte-se o quadro, e os brasileiros passam à ofensiva. Aos poucos, dominam a situação. Às 21h, o general Zenóbio da Costa, alegando preocupação com o dia seguinte, suspende os ataques, e na companhia de alguns oficiais retorna a Montecchio, restando o coronel Nelson de Melo. Passa das 23h quando surgem três oficiais alemães — um deles chefe do Estado-Maior da 148ª DI —, credenciados pelo seu comandante, para negociar a cessação da luta e a deposição das armas.

QUANDO O 14 BIS ASSOMA À PRAÇA PRINCIPAL DE DESTERRO, É RECEBIDO com assombro nos rostos, que mudam de cor ao piscar das luzes. Alguns se imobilizam, tomados por silencioso pasmo; outros, mais sensíveis, piscam olhos úmidos, e há os que brilham como se aplaudissem. Em todos — encarquilhados pelo sol, descarnados pela necessidade, femininos de brejeira sensualidade —, o brilho da alegria no sorriso incrédulo, na ingenuidade perplexa, na incompreensão ansiosa. Na praça da remota província, nos fundos do Brasil, está parte da infinita variedade da face humana, que não se permite o empobrecimento da repetição.

Diante do Grande Hotel — a porta esmagada entre a farmácia e a padaria —, o 14 Bis estaciona de persianas fechadas, irradiando a estridente convocação. Entre os circundantes a curiosidade se aguça, a expectativa cresce. Na recepção, as autoridades — prefeito, juiz, secretários, delegado, vereadores, médico, dentista, farmacêutico etc., e respectivas esposas e convidados — afrouxam os cintos, guardam a fralda da camisa dentro das calças, apertam os cintos, assungam gravatas, secam suor, endireitam chapéus, retocam maquiagem, penteiam cabelo, abotoam paletós e dispõem-se em ordem hierárquica, uns à frente, outros atrás, mulheres ao lado; eles, de mãos cruzadas sobre a barriga; elas, dependuradas em seus braços, se entreolham confirmando o lugar e, com posada elegância, esperam imóveis.

A porta do veículo se abre. No rebuliço das calçadas, as pessoas se agitam, empurram-se, esticam o pescoço, ficam nas pontas dos pés. Zé Bolero surge com um rolo de tapete vermelho, que desenrola rapidamente porta adentro do hotel, depois recua corrigindo ondulações e repuxos da passarela, até desaparecer no interior do 14 Bis. Uma criança acaricia o tapete, uma mulher sente a textura, e todos olham com admiração. Ouvem-se gritos do alto — na árvore apinhada de gente, o rapaz perde o equilíbrio e fica pendurado no galho. O "Questo o Quella" volta no alto-falante, sufocando os gritos. Depois de malabarismos, resgatam o rapaz que, sentado no galho, acena para a aglomeração. Na recepção, a espera desfez a pose e o cansaço derrete a elegância posada das autoridades — a curiosidade pela agitação na calçada bagunça tudo. Cremilda, secretária de Educação e Cultura, reagindo ao olhar de reprovação do prefeito, chama todos à ordem, lembrando que Desterro precisa aparecer bem para a artista famosa.

Os alto-falantes silenciam e os olhares se voltam para a porta do 14 Bis. Ouve-se "Moonlight Serenade", o volume subindo aos poucos. Eis que, num lance teatral, surge Diva Bustamante, de vestido longo preto, chapéu roxo, estola branca, colar de falsas pérolas e ouro falso nas orelhas, nos braços, nos pulsos, nos dedos. Uma admirada exclamação em uníssono perpassa os presentes. Com pomposa solenidade, ela desce os degraus, braços se abrindo no alto erguem as pontas da estola; um pé atrás, com breve dobra de joelhos, e curva o corpo para a frente, para um lado e outro, com sutis acenos de cabeça, avança, passo a passo, no alto do salto agulha, sobre a passarela vermelha. O público acompanha, risinho aqui e ali, completamente fascinado. Mais uns passos, e ela repete os movimentos, para um lado e outro. Oculta atrás da porta do 14 Bis, Orlanda, cabisbaixa e de olhos fechados, puxa palmas. Todos a imitam, o aplauso se alastra por contaminação. Para retribuir, Diva joga beijos, com longos gestos dos lábios para o alto. Metido num colete de fotógrafo e máquina engatilhada, Zé Bolero corre à frente dela e dispara *flashes*, recuando quando ela avança, agregando ao ritual do desembarque a mágica promessa de repercussão e posteridade que faltava — isto é, se na máquina houvesse algo além do *flash*. O desembarque é uma ovação.

Na recepção, luzes espocam, iluminam narcisos e beliscam o ego de autoridades e convidados, despertando-os da modorra provinciana para o *frisson* da celebridade. Aos que querem apertar-lhe a mão, ela a oferece na horizontal, para ser beijada; sem entender, insistem em segurá-la; ela conduz ambas à boca deles, que têm os lábios pressionados. Diva planta-se de pé, enquanto Orlanda, em voz baixa, orienta a formação da fila — todos se postam como para o imperial beija-mão. Às mulheres ela oferece o privilégio do beijinho, que consiste em manter-se de pé, com sutil movimento para a frente e, sem tocar na outra face, mover os lábios, franzidos num círculo, e beijar o ar. Sob os *flashes*, na agitada movimentação de Zé Bolero, posa com glacial sorriso, ao lado de um ou outro que ouse se aproximar — colarinho revirado, barriga saltada, faltando um botão, e esposa atracada ao braço. Diva se sente generosa ao prestigiá-los, e lhes dar os ares de importância que passam a emanar. Com 93 cidades no currículo, ela aprendeu a se beneficiar da vaidade ingênua.

Enquanto a maioria, em intimidado recolhimento, se encosta nas paredes e procura os cantos, há os que se enfatuam como notáveis para impressionar a artista famosa — uns, como ricos e poderosos; outros, como cultos e inteligentes; outros ainda, como amantes da ópera e freqüentadores de temporadas líricas na capital — o que deixa o prefeito ameaçado na sua autoridade, sua liderança e seu prestígio de anfitrião e patrocinador, distinções que, a seu ver, devem garantir prioridade sobre a artista e privilégios sobre a patrocinada. Investido dessas prerrogativas, o prefeito avança até Diva com seu metro e noventa, paletó cáqui, camisa xadrez, colarinho abotoado, sem gravata. Diva estende-lhe a mão na horizontal. Sem saber o que fazer com aquela mão, ele busca o olhar da esposa, traquejada nas lides sociais, e encontra-a com rombuda tromba, fuzilando Diva com o olhar — o que a própria Diva, sagaz como águia, já notara. O prefeito, enfim, acha melhor sacudir aquela mão com firmeza, como faz com correligionários — sem saber que a maneira como acolhem a sua mão é um dos testes de Diva para identificar um cavalheiro: quem a beija acerta o primeiro quesito. "A senhora me desculpa, dona Diva, mas meu nome é Perácio Ermida, sou o prefeito da cidade. Muito prazer, e seja bem-vinda a Desterro." No caso, porém, de tratar-se do prefeito e também patrocinador, Diva mantém-se gentil, mesmo com a mão doendo e o corpo sacudido pelo cumprimento — para ela, típico de um bárbaro —, mas não foi tão tolerante com a esposa. Fera ciumenta merece ser atiçada, pensa: segura a mão dele entre as suas e diz com o fervor de gratidão eterna: "Senhor prefeito, que alegria conhecê-lo! Alegria e honra. Mas não sou dona Diva. Tira o 'dona'." E vendo que Zé Bolero arma a foto, aproxima o rosto do dele, retém-lhe a mão e abre um sorriso para a câmera. Inseguro, ele puxa a esposa para a pose; ela resiste, ele puxa com energia, ela se achega, esforçando-se para ser fina — o coração envenenado não concede sequer o riso amarelo de foto posada. Todos os presentes gostariam de sair na foto, mas quem se atreveria se o prefeito não convida! O *flash* espoca uma, duas, três vezes — e Zé Bolero vai para o 14 Bis —, enquanto duas hóspedes, alheias à agitação, ligam a televisão e assistem à telenovela. Diva retoma a conversa no mesmo tom artificial: "Que alegria saber que um homem sensível está no poder! O senhor, que transita entre os poderosos do país, sabe mais do que ninguém como é raro ter alguém sensível no poder. Esta é uma população de sorte: estou aqui porque o senhor me convidou. Sem o seu apoio, seria impossível. Nada mais estimulante para o povo do que um prefeito que ama a arte." "Muito obrigado, Diva! Diga essas palavras sábias no teatro, quando estiver cheio, durante sua cantoria. Este ano tem eleição, sabe, e eu quero... bem... o povo quer me eleger deputado estadual." A esposa tira a mão do marido das mãos de Diva.

Os alto-falantes do 14 Bis, estacionado diante do hotel, enfim silenciam e as lâmpadas se apagam — um suspiro aliviado percorre a recepção, mas os diálogos da telenovela ficam mais nítidos. A aglomeração, que a curiosidade juntara em portas e janelas, começa a se dispersar. A esfuziante Cremilda aproveita para avisar que a Secretaria de Educação e Cultura preparou uma surpresa para Diva, que ergue lentamente os braços enquanto a boca se ovala num "Oh...!" que prolonga a comovida surpresa, "Quanta delicadeza!", embora preferisse um longo banho e refestelar-se numa cama imóvel, sem o nauseante balanço do 14 Bis. Mas há situações em que é necessário parecer simpática. Cremilda pede para abaixarem o volume da televisão; as hóspedes atendem, mas logo voltam a aumentar.

Da cadeira de espaldar alto, tendo ao fundo diálogos da telenovela, Diva assiste à apresentação do coral de crianças da Escola Municipal, que canta o arranjo da esfuziante Cremilda para "O galo Garnizé", com contracantos em "Co-có-có-ri-có" que arrepiam Diva. É tal a desafinação que é de se supor que a cidade nunca viu um diapasão e jamais saberá qual é o som de um lá. "Que horror!", pensa Diva, e aplaude as crianças, que estão mais interessadas na televisão. Seguem-se mais dois números, "O tatu subiu no pau" e "Calango da lacraia", que elas cantam de olho na televisão, enquanto autoridades e convidados riem e conversam nas rodinhas.

Em passos curtos e ágeis, Orlanda, de malas, bolsas e sacolas na mão, contorna com discrição o círculo em volta de Diva, seguida por Zé Bolero, agora de jaqueta e boné de *bellboy*, arrastando uma arca com rodas. Ralph, tentando não ser percebido — impossível não ver a pálida figura de cabelos ruivo-esbranquiçados, escassos na frente e longos atrás, e óculos escuros —, acerta o passo com Zé Bolero, usando-o como escudo contra o olhar dos presentes, Diva inclusive. Na recepção, o funcionário pega parte da carga, e somem todos ao subirem a escada.

Após a apresentação do coral, a esfuziante Secretária de Educação e Cultura anuncia a peça teatral, preparada pelos alunos do 3º ano especialmente para a recepção à grande Diva Bustamante. "Oh! Encantador! Comovente!", reage Diva, rosto entre as mãos espalmadas, enquanto avalia se a morte seria tão dolorosa. Apesar da telenovela a pleno volume, "Chapeuzinho Vermelho" entra em cena —, uns 7 anos, boné vermelho, vestido de papel crepom, sandália de dedo e uma cesta de frutas de plástico. Escondidos atrás do balcão da recepção podem-se ver o Lobo Mau, três caçadores e a vovozinha. O espetáculo prossegue. A certa altura, o Lobo esquece os diálogos, o espetáculo empaca, todos se entreolham, paralisados pelo nervosismo. A esfuziante Secretária de Educação e Cultura, que é a diretora, diz alguma coisa, que não é entendida. Ela se junta ao elenco e todos confabulam, agitados. Enquanto aguardam o fim da indecisão do teatro, todos se voltam para a novela. De repente, o Lobo Mau, tomado de fúria, arranca o rabo e as orelhas e diz alto: "Não foi culpa minha! A televisão atrapalhou! Por que não desligam? Com esse barulho, ninguém ouve nada nem olha pra nós! Então, enfia o seu teatro no cu!", e sai, indignado, do hotel. O público continua assistindo à novela quando a esfuziante Secretária de Educação e Cultura, com voz derrotada, avisa que o teatro acabou. Ninguém ouve, ninguém nota.

Aproveitando o silêncio, Diva se levanta: "Vocês me desculpem, mas preciso me retirar para repousar e aquecer a voz. A minha amiga Maria Callas..." "Callas, Maria Callas?", indaga o juiz, cortando Diva: "Maria Callas não morreu?" "Morreu, infelizmente", diz ela. "Apenas o corpo. Sua voz é imortal. Eu dizia que Maria é..." "Ela foi mulher do Onassis, não foi?" — é o prefeito que corta Diva, exibindo intimidade com Callas, Onassis, o canto lírico e a própria Diva, que, aliás, se irrita, mas se contém: "Maria, prefeito, a sublime Maria Callas, é a maior cantora lírica que o mundo já conheceu!" E num tom de censura e defesa da idolatrada amiga: "É isso que importa. Ela dizia que a voz é como um instrumento. Precisa ser aperfeiçoada. Eu evito conversar antes de récitas. 'Só um pássaro feliz pode cantar', dizia Enrico Caruso. Concordo com ele. Então, com licença. Até mais, na audição." Diva vai saindo quando Cremilda a interrompe: "Dona Diva!" Diva se volta, impaciente: "Dona, não! Por favor: Diva! Diva Bustamante! O que deseja de mim?" "Bem, gostaria de pedir que a apresentação fosse depois de novela." "Oh, não, não, não, não, minha querida! A arte, o país, o mundo não podem parar por causa de novela! Não existe isso no mundo!" Cremilda hesita, mas fala: "Há o risco de não ir ninguém." Diva balança a cabeça, furiosa, sem saber o que dizer: "Veremos. Na hora, veremos." Afasta-se, abrindo os braços para ajeitar a estola.

Autoridades e convidados acompanham imóveis, impressionados com a força da sua personalidade, num silêncio de admiração, ciúme e raiva. Ela passa pela recepção e, não resistindo, pára diante do espelho e avalia-se como um todo: meio giro para a frente e para as costas do vestido, os pés ligeiramente nas pontas, corrige as abas da estola, fixa-se no rosto: sorri, aperta os lábios para reavivar o batom, mas algo a perturba, e uma sombra franze-lhe a testa. Tomada de súbita tristeza, encara-se no espelho. Lembra que está sendo observada, sorri sem graça, e com expressão compungida sobe as escadas.

NOS DIAS QUE SE SEGUEM À MORTE DO PAI, JOSÉ DE ARIMATÉIA, COMO DIZ O registro, ou José, como o chamavam a mãe e o pai e o chamam as irmãs, ou Zé, como preferem os clientes da oficina, ou Zé Bolero, como o chamam os dançarinos e a turma da noite, é tomado de tristeza infinda. Desolado, sobe para os últimos galhos da sua árvore, e do alto contempla o mundo como órfão de pai e mãe, e longe de Alda, a irmã que ajudou a criá-lo e que, casada, mudou-se para Niterói.

Às vezes, vai ao bar da esquina para rever Ralph, que continua virando uma dose de conhaque após a outra, e conversar sobre a vida no Paraná e sobre a época de criança em Boston e, depois, como artista em Nova York. Sempre disponível para a conversa, sem restrições de assuntos, Ralph, porém, se envolve em nuvens de mutismo e surdez quando lhe perguntam o que foi fazer em Londrina, cidade nova, pequena e distante, sem atrativos conhecidos que pudessem interessar um músico de nível internacional. Zé Bolero também não entende por que um artista nascido nos Estados Unidos, que fala inglês, vive sozinho numa modesta pensão no Rio Comprido e bebe todos os dias, com sol, chuva, frio e calor. Quando o vê sentado no bar, encharcando-se de conhaque, é tomado de indignada compaixão.

"Tudo que eu quero é continuar na oficina, fazendo a única coisa que sei fazer e que meu pai me ensinou, que é consertar carro", responde José, e acrescenta: "Mas não tenho grana pra comprar a parte de vocês." As filhas do finado Nestor — Alda, Elda, Ilda, Olda e Ulda — e José de Arimatéia estão reunidos no escritório do Dr. Falcão, advogado responsável pelo inventário dos bens, que são a oficina mecânica — o imóvel, equipamentos e ferramentas — e a casa contígua, onde vivia a família. Alda, a mais velha, grávida do segundo filho, intercede: "Eu gostaria que você ficasse com a oficina, mano. Se o Edmundo entendesse de carro, a gente até podia tentar, sei lá, uma sociedade. Mas ele só entende de sapato. Por isso, prefiro o dinheiro. Edmundo quer sair da sapataria e pegar a representação de uma fábrica de calçados do Sul. Se der certo, vai ser a chance de a gente se aprumar. Agora, vindo outro bebê e com essa maldita inflação, vocês nem imaginam! O salário acaba muito antes do mês." Ilda, cansada de ser desprezada pelos homens, livrou-se da dependência deles e vive para o negócio de jantares e festas: "Como o José aprendeu com papai, aprendi o que sei com a mamãe. O negócio está indo bem, mas preciso de recursos para crescer — mamãe não cresceu porque papai nunca acreditou que quitute dá dinheiro. Vou aplicar a minha parte num bufê para grã-finos e empresas." Faz-se silêncio. O Dr. Falcão olha para cada uma das três que não se manifestaram. Elda, que talvez preferisse ficar calada, fala sob o olhar do advogado: "Sou a mais fodida aqui: não aprendi nada com o papai nem com a mamãe. Só consegui ser balconista das Lojas Americanas, sem dinheiro, sem namorado, sem marido, enfim, uma merda. Quero a grana porque é meu direito. Nem pensar em mecânica, Zé! É tanta necessidade que nem sei o que fazer com o dinheiro. Talvez tratar dos dentes, comprar um sapato melhor e umas roupas que façam o Demétrio largar a bruxa da mulher dele e ficar comigo." Bem vestida, maquiada e com jóias caras, Olda emenda a sua fala com a de Elda, sem deixar o silêncio se instalar: "Quero essa grana porque a lei me dá o direito. Se dependesse da escolha de papai e mamãe, não ganharia porra nenhuma. Não faço idéia do que vou fazer com ela." Volta-se para o advogado: "Tem que dizer o que vou fazer?" "Não, não. Basta declarar se quer a sua parte em espécie, se quer se associar à oficina mecânica ou se tem alguma outra idéia", esclarece o Dr. Falcão. "Quero em espécie!", responde Olda rapidamente: "Nem pensar em mecânica, imagina!" Ulda, ruborizada pela timidez, é instada a falar: "Ai, meu Deus, vou ter que falar!" Ela faz uma pausa, respira fundo, Alda a anima: "Fala, mana, o que você quer!" Ulda toma fôlego: "Eu entendo as necessidades das minhas irmãs, mas não vou precisar desse dinheiro de uma vez; eu gosto de morar no Rio Comprido, gosto da minha vida e quero estudar medicina. Prefiro usar a minha parte para ser sócia do meu irmão. Eu acredito nele, e acho que pode dar certo." O Dr. Falcão aproveita o breve silêncio e resume: "Dos seis herdeiros legais, quatro preferem receber suas partes em espécie e dois gostariam de preservar a oficina mecânica. Portanto, os que querem vender o espólio são maioria, ou seja, a decisão é para vender a oficina e a casa contígua. Esse trabalho deve ser entregue a um corretor. Se ninguém se opuser, posso me incumbir de escolher um profissional idôneo que cuide da venda." Ilda o interrompe: "Escuta, cada um de nós vai receber a mesma quantia, não é?" "Sim, sim", responde o Dr. Falcão, "um sexto do total apurado, algo como 16,6% para cada." "E o senhor receberá 20% pelo seu trabalho." "Sim", confirma o Dr. Falcão, "é a praxe." "Então o senhor ganha mais do que nós?", indaga Elda. "Bem, com tantos herdeiros, pode dar esta impressão." Ulda tenta conter a indignação: "Papai trabalhou até morrer pro senhor ser o maior herdeiro!" O Dr. Falcão pigarreia, a careca tão lisa que não se distingue do rosto: "A lei exige que um advogado faça o inventário, e a Ordem dos Advogados estabelece a alíquota." "A lei exige, a Ordem estabelece o valor e nós pagamos! Pagamos mais do que herdamos pro senhor redigir, num português de latrina, o que nós decidimos em dez minutos de reunião!", protesta Ulda, vermelha feito pimentão. "Pra mim, isto é roubo!" Olda olha nos olhos dele: "O senhor é um explorador da aflição alheia! Um gigolô dos desesperados!" "Calma, mana", pede Alda. "Não fala assim, Olda", pede Ilda. Faz-se um silêncio tenso. O Dr. Falcão fala com cínica calma: "Esta reação, aliás legítima, não é contra mim, mas contra a lei. Não são os advogados que fazem as leis. Nós apenas as cumprimos e exigimos que sejam cumpridas." Ulda se levanta: "Vou embora. Já disse o que penso." Olha para José: "Nós perdemos, mano", e para as demais: "Resolvam vocês." Olha com desprezo para o Dr. Falcão: "Não tenho estômago pra ficar mais aqui." "Vou com você, mana!", diz Zé Bolero, e saem juntos.

Dias depois, a oficina está vazia, os três mecânicos e quatro ajudantes demitidos, os equipamentos limpos e reunidos, e os três últimos carros consertados esperam os proprietários. A placa "Mecânica Nestor — A Vida do Seu Motor", retirada da fachada, resta no chão, encostada na parede. Sem saber o que fazer da vida, Zé Bolero se dá conta de que não terá mais carro para passear. No fim do dia, Ralph passa na oficina procurando uma informação: "Uma colega, cantora, teve a idéia de viajar pelo país fazendo apresentações. Você sabe onde ela pode encontrar um ônibus, um caminhão, um furgão ou um trailer que possa ser adaptado para transportar, hospedar e ser palco para três ou quatro pessoas?" Zé Bolero não sabe. Não é o tipo de motor que a oficina atendia. Mas, se não for urgente, ele pode pensar, quem sabe... Ralph agradece e pede: "Se ocorrer alguma idéia ou se lembrar de alguém que saiba, deixe, por favor, um recado na pensão..." E se despede, lembrando que, quando quiser ouvi-lo tocar, é só ir à Churrascaria Gaúcha, em Copacabana. Zé Bolero agradece.

Logo chega a careca luzidia do Dr. Falcão. Ele vem acompanhado do corretor de imóveis, Moreira, que fuma um cigarro atrás do outro. O Dr. Falcão, com ar compungido, lamenta o fechamento de oficina tão antiga e conceituada, e com ar otimista diz ter certeza de que, competente e trabalhador como é,

Zé Bolero será bem-sucedido no que vier a fazer, e ainda irá contratá-lo muitas vezes para defender seus interesses. Zé Bolero vira-se para o lado, pigarreia, escarra no chão e pisa em cima. Os três percorrem as dependências da casa e da oficina, inclusive o quintal. Retornam quando um proprietário chega para pegar o carro e Zé Bolero tem que atendê-lo. A sós com o corretor, o Dr. Falcão pergunta num tom cúmplice: "Então, Moreira, quanto vale essa coisa?" Moreira olha desconfiado: "Antes, me diga: como ficou o rachuncho da comissão?" "Meio a meio", responde o Dr. Falcão com um sorriso sórdido. "É avaliação pra vender logo, torrar rapidinho?" "Claro, Moreira! Esperar o quê! É botar a mão na grana, o mundo gira!" Com o ronco do carro partindo, não se ouve o que dizem, e Zé Bolero retorna. Moreira diz qual é, na sua avaliação, o valor do imóvel — muito aquém da expectativa das irmãs e de Zé Bolero. E acrescenta: "Por esse valor, vende rápido." "Quanto é a comissão que temos de pagar?", pergunta Zé Bolero: "Cinco por cento", responde Moreira.

À noite, sentado nos altos galhos da árvore, Zé Bolero vê o suave pisca-pisca das luzes da cidade e pensa no que fazer da vida. Não cursou o nível médio, não aprendeu inglês e não é aviador, como sonhou. Nem na gafieira tem ido mais. Não tem pai nem mãe, não tem casa nem emprego. A vida lhe armou uma cilada e sente-se num beco sem saída. Seu olhar, que perambula entre as luzes próximas e as estrelas distantes, fixa-se no galinheiro de Ilda, onde, mesmo na penumbra, ainda se pode ler: Viking.

No dia seguinte, improvisa um galinheiro no fundo do quintal e, sob protestos de Ilda, transfere poleiros, comedouros, bebedouros, frangos, pintos e galinhas, esvaziando o Viking. Com pá, enxada e facão, arranca goiabeiras, mamoeiros, samambaias e capim que cresceram no Viking, deixando-o limpo. Vai à pensão e deixa recado para Ralph procurá-lo. No dia seguinte, ao mesmo tempo que Moreira mostra o imóvel a interessados, ele explica a Ralph, diante do chassi e do que resta de carroceria e motor, o que deve ser feito para que aquela carcaça possa viajar, hospedar e ser palco das apresentações, como quer a cantora. Ralph ouve em silêncio e não parece convencido, mas sugere que Zé Bolero vá à churrascaria e converse com ela pessoalmente.

VENCIDO O TEMPO DE RESGUARDO, 40 DIAS APÓS O NASCIMENTO, Orlanda é levada para a fazenda no colo de Merciana, que ainda sente dores do parto em certas posições. Orlando, que voltara para casa dois dias depois de conhecer a filha e lhe fizera várias visitas nesse período, consegue confortável charrete com rodas de pneu, que não trepida nem balança, e a segue a cavalo. Cercada de cuidados, a viagem de volta dura uma eternidade — além de Merciana e Orlanda, viaja Dionísia, a ama-de-leite, contratada em Governador Valadares, para suprir as deficiências da mãe.

Orlanda é um bebê saudável. Morena, rechonchuda, cabelo preto de azeviche, olhos negros estranhamente tristes. Chorou ao nascer, mas com o correr dos dias ficou silenciosa, exceto quando falta leite nas pontuais mamadas — o que é raro depois de Dionísia. Orlando, que preferia um macho do "saco roxo", acostuma-se com a menina. Embora ainda não a pegue nos braços, gosta de se sentar, queixo metido nas mãos, olhando para ela em silêncio. O severo garimpeiro emana os vestígios de soterrada ternura. Coisa de garimpeiro.

Um mês após a volta de Merciana, não são boas as notícias do bebê de Divina. Num surto de gastroenterite, desidratou-se tanto que em três dias morreu. Desolada, a mãe viajou para a casa de parentes para os lados de Itambacuri. Orlando sente pela primeira vez o peso da morte de uma criança. Lamenta por Divina, a quem, depois do que aconteceu, passou a olhar com outros olhos — talvez tenha até aprendido a gostar, mas isso ele não consegue dizer nem a si mesmo.

Registrada em Galiléia com o nome de Orlanda Pereira da Silva, é batizada na Igreja Católica Apostólica Romana e ganha festança na fazenda, com a presença de vizinhos de cerca, alguns de Galiléia e amigos de remotos garimpos — a prudência familiar sugeriu não convidar os de Governador Valadares. Orlando é um orgulho só, e não lhe fica mal a moldura de homem de bem, pai de família respeitável e proprietário de terras, cidadão pleno a quem políticos locais não poupam elogios, e o avaliam com interesse. Aos olhos do pai, sob os cuidados da mãe e com o leite de Dionísia, Orlanda cresce serena e saudável.

Alcançada a graça, Merciana quer cumprir as obrigações que assumiu na consulta com o médium Zé Arigó, e precisa que Orlando lhe dê a importância combinada. Nas várias conversas, ele se mantém calado ou diz que vai pensar — e não se fala mais no assunto. O tempo passa e cresce a apreensão de Merciana. Ela precisa, de fato, do dinheiro, mas para outro fim, não para o que diz — daí a insegurança de pedir. Uma noite, na penumbra da cama, ela cria coragem e, lamuriando-se pelo descaso dele, volta a falar no dinheiro. Confessa seu temor de que o espírito que realizou a graça, não tendo a retribuição, desfaça tudo: "Oh, meu Deus, o que vai ser de Orlandinha!" Sem perder a calma, Orlando diz que o espírito que faz o bem não é vingativo, não destrói o que fez só porque não recebeu a paga. Fosse promessa de achar diamante, até podia ser: "O espírito do tal Dr. Fritz, que Arigó recebe, sendo médico e alemão, não é tão necessitado assim. E o que ele vai fazer com dinheiro do Brasil, que não vale nada na Alemanha?" Sem saber responder, Merciana resmunga baixinho. Apavora-se com a idéia de que o marido resolva ir a Congonhas negociar pessoalmente com Zé Arigó: "Então me empresta esse dinheiro, Orlando. Pelo amor de Deus! Pelo amor que tem a Orlandinha! Depois dou um jeito de ganhar e lhe pagar." "Dorme, mulher. Amanhã a gente conversa", murmura Orlando, acariciando a cabeça de Merciana.

Dias depois, ele vai a Governador Valadares, vende uns cascalhos de diamante e entrega à mulher o dinheiro. Depois de nova discussão para viajar sozinha, Merciana leva o dinheiro a Zé Arigó. Em Governador Valadares, no lugar de tomar o ônibus para Congonhas, viaja a Itambacuri, onde encontra Divina, surpresa com a visita. Abraçam-se apertado, a gratidão de Merciana está presente em cada palavra, cada gesto, cada olhar — Divina se convence de que fez o que deveria ser feito, apesar de ter sido, em confissão, tão severamente condenada pelo padre que quase se arrependeu. Quando Merciana lhe entrega a caixa com o dinheiro, Divina se recusa a aceitar: não combinaram pagamento, ela não fez e nunca faria com essa intenção. Mantém a recusa até mesmo quando Merciana diz que ela lhe deu a felicidade de ser mãe, e ficara sem ganhar durante a gestação. Não para retribuir nem recompensar, mas para gratificar a generosidade da amiga — que lhe deu o que a vida negou —, Merciana deixa o envelope sob o travesseiro da sua cama. Volta para casa convencida de que a bondade humana existe.

Orlando gosta de olhar para a filha deitada no berço; a pele de pétala cor de jambo, a cabeça coberta por cabelo preto curtinho, lábios rosados, olhos negros. "Como é triste o olhar da minha filha!", admira-se. "Será que está sofrendo, Merciana?" "Larga de tontice, Orlando", a mulher ri da idéia. Mas ele não pára de olhar, como se tentasse desvendar algum segredo. Um dia, disse: "Acho que Orlanda se parece com minha mãe." Merciana fica intrigada com o tanto que ele olha para a filha. Ele próprio indaga: "Por que o olho dessa criança me atrai?" Depois acha que lembra uma irmã já morta. Mais tarde, acha que Orlanda se parece com alguém — embora esteja prestes a se lembrar, não consegue. Essas divagações de Orlando deixam Merciana assustada: tem medo sem saber de quê.

No fim de um dia, Orlando está na sala observando a filha, deitada sobre um lençol no chão. Nota que os olhos dela vêem algo às suas costas. Um arrepio lhe varre o corpo; vira-se rapidamente e não vê nada. Agora, os olhos dela parecem acompanhar algo que se move atrás dele — ele olha imediatamente para trás e, com mais atenção, esquadrinha o teto, a parede, a cadeira: nada. Os olhos dela se movem da esquerda para a direita, param por instantes e retornam no mesmo trajeto: chegam ao limite, e ela continua seguindo, girando o pescoço. Ele aguça os ouvidos, prende a respiração, abre os poros: não ouve, não vê nem pressente nada — sente outro calafrio. Intrigado, conta a Merciana. Ela diz que na presença dela nunca houve nada parecido. Dionísia também nunca notou nada. Orlando passa a prestar mais atenção à filha. Noutro anoitecer, Orlanda está no berço e Merciana vê a criança fazer os movimentos que o pai descrevera, acompanhando algo que se move às suas costas — e sente no corpo todo o calafrio que Orlando sentiu. Vira-se de repente e não vê nada. Agora, há uma novidade: no fim do movimento, a criança sorri — sim, o bebê sorri, seus lábios se movem e desenham um sorriso no fim do movimento. O pescoço gira para um lado, pára, sorri, gira para o lado oposto, e pela primeira vez olha também para trás, de modo que o alto da cabeça se apóia no travesseiro. Depois, gira de volta e sorri, agora uma risada, o corpinho se contorce como se sentisse cócegas — num impulso, Merciana tira a filha da cama e a abraça. Orlanda chora alto, como raramente acontece.

RALPH ABRE OS OLHOS E, EM VIGÍLIA, NÃO RECONHECE ONDE ESTÁ. Estremunha, acorda e vê Marlene dormindo seminua ao seu lado. Constata que está só de cueca. A cabeça dói, a boca está áspera, o quarto do hotel não pára no lugar. Ignora como veio parar ali, nem se lembra do que aconteceu na noite anterior. Nessa confusão mental, fixa-se no corpo seminu de Marlene — uns 18 a 20 anos, a pele morena, os cabelos pretos encaracolados. Atraído pelo corpo disponível, não resiste à tentação de acariciá-lo. Os dedos finos e longos mal tocam a pele das costas. Ela se move devagar e manhosa, olha para ele e sorri. Ele retribui. Ela volta a ficar de bruços, reúne e afasta para o lado as madeixas que escorrem pelo torso nu, oferecendo o corpo e sugerindo carícias. Ralph passa a mão do pescoço à cintura, revezando a unha que toca a pele como se dedilhasse um piano. Os finos pêlos de Marlene se eriçam, dourados pela luz do dia que entra pela janela. Às vezes, o corpo estremece com o toque ou a sensação da cócega. Ralph vai beijar-lhe a nuca, ela gira rapidamente o corpo e colhe o beijo com a boca. Beijam-se com crescente volúpia. Sempre tomando a iniciativa, ela o despe e se despe. Sem dizer uma única palavra, seus corpos se entregam um ao outro com voracidade juvenil. Ralph sente a força dos lábios carnudos vermelhos, do corpo que se move lento, os passos em harmonia com os braços, quadris com o pescoço, em irresistível sensualidade.

Revezando pausas sonolentas e banhos reanimadores, prosseguem até a exaustão chegar com a noite. Só então a língua se interpõe ao entendimento dos corpos, identificando com gestos e pronúncias aproximadas de palavras como uísque, boate, *strip-tease*, dança, piano, Rio de Janeiro, Lapa, Marlene, Ralph, Pires Lobo, cartão de visita, telefone e, súbito, o pânico: o navio para Buenos Aires! Vestem-se às pressas e descem aos saltos os cinqüenta degraus da escada até a portaria do hotel e ao telefone, de onde ligam para Pires Lobo, o afinador de piano. O navio partira às dez da manhã e são oito da noite. Ele vai se informar, mas suspeita que não há nada a fazer. Que aguardem no hotel, virá ao encontro deles. De volta ao quarto, Ralph sente o coração esmagado pela culpa e o arrependimento: "Se autoflagelação aliviasse, se ofereceria ao Byas Quartet para ser espancado! Como pôde trocar a confiança, a amabilidade e a oportunidade que lhe deram pelo descaso de nem aparecer no embarque. Será que está bêbado? Está dormindo? Será um pesadelo? O que pode fazer para o tempo voltar e isso não ter acontecido? E o que farão sem ele em Buenos Aires? Contratarão um pianista argentino, com quem nunca ensaiaram? Tudo por causa dessa mulher, que nem fala inglês. Será que deixaram uma passagem? Nunca, estão com ódio de mim. Com razão. Nunca mais trabalho em Nova York. Não haverá outro navio que zarpe agora, ou de madrugada, ou amanhã pela manhã? Não haverá algum vôo? O que fazer sem passagem? Vai ficar sem dinheiro, num país estrangeiro, onde ninguém fala inglês?" No desespero impotente e culpado, chora as lágrimas puras dos 19 anos. Apiedada, Marlene o ampara e consola, quem sabe roída por uma ponta de culpa. Depois do choro estremecido e quase silencioso, ele abandona o próprio corpo e desaba sobre a cama, rendido à impotência e às incertezas do futuro. Sente que desabou do Paraíso para o nada. Marlene o acaricia delicadamente — só então ele realiza a presença dela, olhando-a, como ela sempre faz, no fundo dos olhos. Com gestos tímidos e olhares, ele confessa que foi a sua primeira experiência sexual. Marlene dá uma risada, divertida e incrédula. Ele insiste com gestos veementes. Sentindo a sinceridade, ela acaba acreditando, embora pasma. E o abraça forte.

Com o aviso de que Pires Lobo o espera do lado de fora, descem outra vez os cinqüenta degraus. Ao abrir a carteira para pagar o hotel, Ralph conta 325 dólares. Dá 15 ao recepcionista e 100 a Marlene — que recusa, mas ele faz questão, e enfia na bolsa dela. E saem ao encontro do afinador de piano.

Pires Lobo tem notícias. The Byas Quartet embarcou às 8h no *Phyladelphia*, que partiu às 10h. Antes, tentaram de todas as maneiras localizá-lo. Acionaram a Embaixada dos Estados Unidos e a polícia — sem resultado. O *staff* do Cassino da Urca, atrapalhado pelo súbito fechamento e estremecido pela polêmica sobre o cachê, lavou as mãos — não se responsabiliza pela sua presença no país. O apartamento no Copacabana Palace foi desocupado e a bagagem está na recepção. A passagem Rio-Buenos Aires está perdida — não pode ser usada numa próxima viagem. E não deixaram outra. A Embaixada se dispôs a ajudar, mas ao saber que ele está vivo e em segurança, diz que nada pode fazer. Segundo o Byas Quartet, o fato de não ter embarcado rompe o contrato de trabalho com o produtor, também cidadão americano. Não há navios nem aviões que cheguem a Buenos Aires a tempo da audição. O retorno não poderá ser pelo *Phyladelphia*, que volta via Pacífico para audições em Los Angeles e San Francisco. Desamparado, Ralph busca os braços de Marlene, sob o olhar solidário e impotente de Pires Lobo.

Diva torna-se amante da ópera. Se antes ouvia de fora, sentada na escada, agora pode ouvir no interior da mansão, sentada numa confortável poltrona. Basta o Brigadeiro convidar e ela está pronta a ouvir ao lado dele. E ele não só convida, como tem sempre surpresas: caixa de chocolate, perfume, bijuteria, livro etc. À medida que ouvem, ele conta o enredo, esclarece a cena, diz o que quer e o que sente cada personagem e, ao aproximar-se o final, emociona-se, senta-a no colo e, no desfecho, canta com os cantores. Num desses fins de tarde, o percurso até a cama é natural, espontâneo e desejado pelos dois. Ela entrega sem pudores a sua virgindade. E ele, sem pudores, a acolhe.

Uma tarde acabam de ouvir a *Cavalleria Rusticana* e o Brigadeiro, ainda eufórico, trauteia "*Viva il vino spumeggiante*", quando pára, encara Diva e pergunta, de surpresa, se ela não gostaria de estudar canto lírico. Ela responde, decidida, que sim, mas pondera que a família não tem como pagar. Ele a olha como se a avaliasse: "Você gostaria de ser uma cantora lírica? De cantar, por exemplo, a Santuzza, que acabou de ouvir?" "Eu não canto, não sei cantar, como vou saber se gosto? Nem sei como é a vida de uma cantora. Acho que deve ser emocionante viver cantando. Mas deve-se pagar caro para aprender." "Não gosta de ouvir?", pergunta o Brigadeiro sem deixar de olhá-la. "Gosto! Muito! Fico encantada mesmo sem entender a letra. Só sei da história o que me conta. E fico tão emocionada com a música que me arrepio inteira." Olhando-se em silêncio, um homem maduro, vivido e amargurado tenta entrar na alma da moça que há pouco era menina; e a moça, que há pouco era menina, sente a emoção de ser invadida por um homem maduro, vivido e amargurado. Diva volta a falar num tom baixo e íntimo: "Se soubesse cantar, gostaria de cantar ópera. E se soubesse cantar ópera, seria um sonho, nem sei imaginar, cantar a Santuzza." "Não é fácil ser uma boa cantora. É preciso renunciar a quase tudo e viver para a música. Está disposta?" "Não sei. Não sei nada da vida. Não sei nem do que gosto e do que não gosto. Sei que gosto de estar aqui com você. E não quero recusar nada. Não tenho nada, quero tudo." Impressionado, ele é direto: "Quer estudar canto lírico?" "Estudar? Quero!" "Está disposta a ir às aulas, aprender a ler partitura, cantar, cantar e cantar sozinha, sem público nem aplauso?" "Estou!", responde ela no impulso, mas decidida. O Brigadeiro sorri, contente: "Vou me informar sobre cursos e professores da Sociedade Coral — tenho amigos lá. Não se preocupe com pagamento." Embora surpresa e feliz, Diva adverte: "E se eu não gostar posso parar?" "Se não gostar, pode; mas não pode desistir." Ela o abraça, ele retribui acariciando-lhe paternalmente os cabelos. Num gesto inesperado, ela o beija, seus corpos se juntam num abraço apertado e amoroso. O Brigadeiro parece perder o medo, e entreabre a porta dos afetos. Aos poucos, Diva vai ocupando um lugar que está vazio, frio e escuro, tornando-se seu anjo salvador. Sopra-lhe ao ouvido, num tom ambíguo: "Pergunta a sua mãe se ela permite."

Lavínia exulta com a novidade e cresce seu fascínio pelo Brigadeiro, que, na sua opinião, dá mais uma prova de generosidade. "Que homem abençoado!", diz, erguendo para o céu as mãos postas: "Este homem é o sonho de toda mulher: lindo, inteligente, sensível e rico!" Constança lamenta: "E vive numa solidão que dá pena!" Sugere que rezem uma novena para ele; Lavínia aprova, e elas torcem para Diva ter herdado do pai um pouco da paixão pela música: "Só um pouquinho", reitera Lavínia, "se for demais, vai fazer o mesmo que aquele cachorro fez!" Depois de uma pausa, queixa-se: "Vida ingrata! Em vez de um santo como o Brigadeiro, me deu uma peste que só queria soprar aquele cachimbo rouco!" Sem dizer, lamenta que o Brigadeiro não a olhe como mulher, mas se consola por ele ao menos olhar pela filha, e sente orgulho de Diva por saber agradar-lhe — sob as sete chaves dos seus segredos, que nem ela própria sabe, o tremor de ciúme e inveja sacode seus recônditos. Logo a vida se impõe: é preciso comprar umas roupas para Diva. Está mocinha, as formas, que se delineiam, não devem mais ficar escondidas em balofas saias azuis de colegial. Os seios são pequenos para o decote, mas a gola um pouquinho aberta dá uma graça feminina e deixa entrever o colo como uma promessa. Os sapatos não precisam ficar ao rés do chão. Um saltinho, pequeno e discreto, dá elegância e feminilidade. Bijuteria é tão feminina: uma pulseirinha, brincos, a correntinha ou o colarzinho! Nas revistas, procura modelos de mulher que sirvam para Diva. As ingênuas chiques imitam Grace Kelly ou Audrey Hepburn; as sensuais fatais são como Rita Hayworth ou Ava Gardner, e a sensualidade ingênua, que Lavínia vê em Diva, está em Marilyn Monroe e Brigitte Bardot. Tudo somado, e dividido em prestações mensais, obriga Lavínia a perfurar incontáveis cartões por inúmeras noites de vários meses de Montanhês Dancing.

Diva vai à primeira aula de canto. O jovem professor Luiz Aguiar acha que, talvez pela idade, o timbre da sua voz ainda não tenha definição clara se é contralto ou soprano. Diante da determinada insistência de Diva, sugere trabalhar exercícios de vocalise e impostação, técnica vocal e respiratória. Como ela faz questão de cantar, ele diz que podem experimentar peças simples, e sugere que aprenda a ler partituras com outro professor da própria Sociedade Coral.

Tempos depois, Luiz Aguiar, ao piano, acompanha Diva cantando *Panis Angelicus*. A certa altura, ele interrompe: "Levanta a cabeça, querida. Evite cantar com a cabeça abaixada. Na vertical, o pescoço relaxa e a voz sai com facilidade, sem forçar nem espremer. Outra coisa: não tente criar o som dentro da boca. Ele é emitido pelas cordas vocais; já está pronto quando chega à boca, que é apenas a caixa de ressonância dos fonemas. Cada parte da anatomia tem a sua função. Tito Schipa dizia: 'Coloque as palavras nos lábios e cante.' Há sempre a dúvida sobre onde o som deve vibrar: basta dizer um 'iii' com energia e observar onde esse 'i' vibra no seu rosto. Este é o lugar onde o som deve vibrar, entende? Ponha todas as sílabas para vibrar neste lugar. Outra coisa: não é preciso abrir demais a boca, nem mesmo para cantar uma nota muito aguda. Já falei sobre isso com você e dei exercícios para fazer em casa. Cada cantora tem a sua abertura ideal que, em geral, é a mesma do início do bocejo. Faça comigo." Diva se dispõe, ele continua: "Abra a boca. Como no início do bocejo. Aspire e prenda o ar embaixo, dilatando o abdômen para os lados. Se empurrar o ar contra as cordas vocais e jogar a barriga para dentro, perderá o controle da voz. Ao mesmo tempo que o ar se acomoda embaixo, comece a emissão de um 'aaaa...' sem mudar o formato da boca. Esta emissão é a mais correta." Ela tenta algumas vezes, ele observa: "Ótimo! Ótimo!" Enquanto ela repete, ele volta ao piano e reiniciam o *Panis Angelicus*. Ela canta por algum tempo, ele fecha os olhos, concentrado na voz, até que começa a balançar a cabeça negativamente e volta a interromper: "Cante como você fala, Diva, com sua voz natural. É normal que goste da maneira como canta alguma cantora. Mas, por favor, não tente imitá-la! Não imite nenhuma outra cantora, ninguém, entende? Cada uma tem seu timbre. Se você imita alguém é porque está insegura ou acha que tem a voz feia. Ouça a sua voz gravada. Saiba como ela é ouvida do lado de fora. Se acha sua voz feia, ela ficará mais feia se imitar outra. Cantoras que não têm timbre tão agradável mas o exploraram, passaram a vibrar com a originalidade de suas interpretações, como aconteceu com Maria Callas." Diva se interessa: "Maria Callas não gostava da própria voz?" "Detestava. Depois, se apaixonou." Diva ouve, perplexa: "Nunca poderia imaginar! Ouvi gravação dela cantando a *Norma*. Que maravilha! Fiquei deslumbrada!" Luiz Aguiar a observa atento e retoma: "Falei que deve ouvir sua voz gravada, mas não confunda: nunca estude uma peça a partir de gravações de outras cantoras." "Por quê?" "Porque vai acabar imitando, e não interpretando a personagem que criou, entende? Uma cantora lírica, ou uma atriz, só é artista se cria personagens; se copia, é apenas um embuste, que pode enganar alguns, mas não a quem entende." Diva o olha com respeito reverencial. Ele fala num tom mais delicado: "Seja verdadeira, compreenda o que está cantando e crie a sua personagem, alguém que, por algum motivo, sente e vive aquilo que canta — a razão da arte é a criação, entende?" "Entendo, entendo, entendo", repete Diva, ansiosa. "Você vai me ouvir repetindo isso mil vezes", sorri Luiz Aguiar, "então, é melhor entender logo por que insisto." Ele pára e pensa, ela se encosta no piano, bebendo as palavras dele: "Há cantoras que se guiam apenas pela intuição. Mas não é suficiente, entende, Diva? É preciso estudar a peça, traduzir o que o autor quis dizer ao nível do seu entendimento, mas não é só, porque estaria reduzindo as idéias do autor à sua moldura e, assim, não passaria à platéia o que o autor quis dizer. É você quem deve ampliar a sua moldura para acolher o pensamento do autor, entende? Não desça a personagem a você; é você quem deve se alçar à personagem. Depois, é preciso entender a intenção musical de cada frase. Uma cantora lírica é diferente da atriz, que também cria personagens: a atriz pode dizer sua fala cada dia de um jeito; daí algumas acharem que não precisam de técnica, mas a cantora lírica tem uma orquestra, duzentos músicos, impondo um tom, uma melodia e um ritmo." Diva está assustada com o tratamento de choque do professor. Ele percebe, retorna ao piano, brinca com uns acordes, e reiniciam o *Panis Angelicus*. Enquanto canta, ela tenta executar as sugestões. No fim da segunda estrofe, ele interrompe de novo: "Melhorou, melhorou, mas queria fazer uma observação. A nossa voz, Diva, tem vibrações que são anteriores às sonoras: são as emoções e os sentimentos que vêm de dentro da cantora, da sua sensibilidade, da sua alma. Essa é a sua contribuição, isso é que faz a platéia sentir que ouve uma artista. Entende o que quero dizer?" "Perfeitamente", responde Diva. "Nas peças que trabalhamos, há algumas que você ora consegue cantar, ora não consegue. É sinal de que ainda não adquiriu técnica para cantá-las, ou sua voz não é adequada àquela peça. Sendo deficiência técnica, vamos aprimorá-la, para não criar vícios ao cantá-la. Mas se a voz não é adequada, querida, não cante. Não cante, entende? O público é implacável com cantora sem autocrítica. Você, que é soprano, só deve..." "Eu sou soprano?", Diva o interrompe, quase sem fôlego de alegria. "Sim, soprano, não lhe disse?" "Não, não! Meu Deus, que maravilha!" "Mas faz tempo que não estudamos peças para contralto!" "É verdade! Professor, então eu sou soprano! Estou tão feliz, tão feliz! Obrigado, meu Deus! Era o que eu mais queria!" Ela não se contém, abraça Luiz Aguiar: "Obrigada, professor. Muito obrigada!" Ele sorri, inibido; ela desfaz o abraço: "Desculpa, professor. Fiquei emocionada!" Com dificuldade, contém-se e silencia. Ele disfarça o riso, senta-se ao piano e dá uns acordes; vai retomar o *Panis Angelicus*, mas se lembra de algo: "Ah, outra coisa que quero lhe dizer é sobre a respiração. Há alguns cantores que acham bonito cantar frases enormes sem respirar. Devem ter ouvido gravações com gente que faz isso e acham que devem imitar. O importante, Diva, é cantar de modo a transmitir à platéia o que o autor quis dizer, não exibir um fôlego de baleia a quem quer apenas ouvir música. Concentre-se no tema e esqueça o virtuose. Ao aspirar, absorva um volume satisfatório de ar — melhor pecar por excesso do que ficar sem ar no final de uma frase e cortar *legatos*; isso não faz do abdômen um balão. Alguns alunos, no início do curso, quando vão dar um agudo, enrijecem a barriga e não se abastecem de ar suficiente na inspiração; no final da ária, não agüentam mais cantar. É preciso inspirar como se fosse mergulhar numa piscina e nadar debaixo d'água até o outro lado, entende?" Diva aspira da forma sugerida. "Faz o seguinte: ponha a mão no abdômen na altura em que as costelas se encontram e inspire. Isso, perfeito. Sente que esta região está mais mole, afunda um pouco quando aperta, e o ar está lá em baixo? Ótimo! Está respirando corretamente. Repita até ficar mecânico, e pode esquecer." Ele volta ao piano e, após um movimento de cabeça, recomeçam o *Panis Angelicus.*

Exercícios de vocalise, monótonos e repetitivos, enchem de sons as tardes do bangalô, antes silencioso — embora Diva estude no quarto com a porta fechada. Às vezes, incomodada com a infindável repetição da voz aguda e estridente, Constança vai caminhar pelo bosque, passear no jardim ou sentar-se sob uma árvore no pomar. Cada vez mais envolvida com o canto, aumenta a freqüência com que Diva ouve ópera na mansão. Quase toda tarde — as aulas na escola são de manhã —, com a cabeça apoiada no colo do Brigadeiro, ele acariciando seu rosto, ela pede que traduza passagens, faz perguntas sobre o enredo e a emoção das personagens. Às vezes, só à noite, após o amor, volta para casa. Constança dorme cedo, mas estando Lavínia no trabalho, ela faz questão de esperar Diva na cadeira de balanço, entre extenuados cochilos.

A vaga idéia que Diva tem da encenação de uma ópera vem das fotografias de livros e revistas estrangeiras que o Brigadeiro lhe mostra. A oportunidade de assistir a uma encenação surge quando a Sociedade Coral de Belo Horizonte, da qual o Brigadeiro é um dos patronos, anuncia a Temporada Lírica Oficial. Ao receber a programação, o Brigadeiro promete levá-la para ver a *Carmen*, de Bizet, que abre a temporada. Enquanto ele se preocupa com a aparição pública, que evita com rigor obsessivo, ela entra numa incontrolável espiral de excitação. A expectativa aumenta, quanto mais ouve a gravação, os comentários das encenações a que ele assistiu, as cantoras, os regentes e diretores. A ansiedade cresce a tal ponto que ela não consegue mais dormir — passa noites em vigília, adivinhando imagens do que nunca viu, intuindo sons e vozes ao vivo num palco. Lavínia anda tão excitada quanto

Diva, e nunca assistiu, nem pensa em assistir a uma ópera. A ansiedade vem de que será a primeira vez que o Brigadeiro vai aparecer em público com sua filha! E segreda à mãe o que a inquieta: "Ela precisa estar vestida à altura! Ópera num teatro, imagina! Diva na estréia, Virgem Maria! Só gente importante vai estar lá! E minha filha também, Jesus Cristo!" Da euforia passa ao fervor: "Como o Senhor é bondoso, meu Deus!" E, em guinada brusca: "Ai, meu Cristo, como comprar roupa à altura, encalacrada de prestação!"

Às vésperas da estréia, Mrs. Austin traz ao Brigadeiro a encomenda entregue pelo funcionário da costureira Maria Augusta Zenha, que espera no portão — ela sabe que é engano por ser roupa feminina, quer apenas confirmar. O Brigadeiro olha as caixas e os cabides sem reconhecer, até ler a nota presa à caixa. Arranca-a e pede a Mrs. Austin que chame o entregador. Preenche o cheque no valor da nota, dá ao rapaz e manda entregar a encomenda no bangalô.

Quando Diva surge na sala, o Brigadeiro se deslumbra com sua elegância e feminilidade. Ela rodopia de braços abertos, a saia rodada do vestido rosa abre-se e ergue-se, expondo as pernas acima dos joelhos. Ao parar, a saia se enrola ao corpo e escorrega no caimento natural até quase os tornozelos; a cintura é marcada pelo cinto da mesma cor e destaca os sapatos brancos de salto alto. Os olhos; com sombra esverdeada, rímel e delineador; os lábios realçados com batom contrastam com sua palidez. A gola alta, ao descer, abre-se no colo, com os seios levemente alteados. Luvas brancas três quartos e bolsa da mesma cor.

O carro entra no Parque Municipal, contorna o Teatro Francisco Nunes e pára nos fundos. Uma hora antes do espetáculo, o Brigadeiro e Diva entram discretamente pela porta lateral, e sem olhar para os lados, sentam-se na primeira fila. O desapontamento de Diva com as precauções do Brigadeiro cresce com a nudez descarnada do teatro em comparação com o que viu em fotos. Nada da solenidade e da nobreza de um teatro. No entanto, com todo o despojamento, a cortina à sua frente encerra um mistério, oculta segredos que só serão revelados quando for aberta, assim como encanta o silêncio das poltronas vazias. O silêncio e o mistério fascinam e assustam Diva. Um teatro nunca é lugar de paz. Se no palco cresce o medo de que tudo dê errado, na platéia a espera acumula a expectativa — intensificando emoções que são diluídas em outros lugares. Quando se dá conta do que irá assistir em instantes, o coração se acelera e a garganta seca. A orquestra ocupa seu lugar no poço, e ouve-se a algaravia da afinação dos instrumentos. Sem olhar para trás, ela pressente que o público toma seus lugares.

A orquestra ataca os monumentais acordes de *ouverture* e a cortina se abre. Diva estremece e sente o corpo inteiro se arrepiar — tudo é eletrizante. Não consegue tirar os olhos, ouvidos, o coração, a cabeça, todo o seu ser do palco, esquecida da silenciosa presença do Brigadeiro, segurando-lhe a mão trêmula e úmida. Chega bem aos seus ouvidos a voz do soprano Lia Salgado, que faz Carmen — nada mais pode dizer porque nada entende, mas, olhando-a como mulher, sente falta da sensualidade, da sedução e do fogo da operária Carmen. Otávio Mondulci, como Don José, não a faz sentir a paixão que o enlouquece e o leva à morte. Impressões emocionadas de uma estreante. Como platéia.

Depois da fuga rápida da platéia enquanto o público ovaciona os cantores, no carro, de volta para casa, o Brigadeiro trauteia a passagem de D. José: "*La fleur que tu m'avais jetée / Dans ma prision m'était restée, / Flétrie et sèche, cette fleur / Guardait toujours saun douce odeur...*" Diva permanece silenciosa, completamente tomada pelo impacto, olhar esgazeado como se ainda estivesse no teatro e incapaz de se afastar dali, sentido-se predestinada a passar a vida sob as luzes.

No fim de uma aula, o professor Luiz Aguiar quer saber se Diva já lê partitura. "As mais simples", ela responde. Ele soube que a Igreja de Santa Efigênia está selecionando cantoras para um coral de 50 vozes, e sugere que ela faça o teste. "Cantar em coral", diz ele, "é ótimo para o ouvido, a voz, a leitura de partitura e o trabalho em grupo." Diva se empolga com a idéia; ele adianta: "Não é certo que a aceitem, mas procure a dona Eglantina, que ensaia o coro da igreja." Ao chegar à mansão, antes de ir ao bangalô, Diva dá a notícia ao Brigadeiro, que aplaude a idéia. Em casa, Constança, animada, diz que irá à missa em Santa Efigênia só para ouvi-la cantar. Lavínia também torce para que entre no coral — mas, caçoando, pede que não vire beata. No dia seguinte, Diva vai à igreja, que está repleta de gente levando flores para a santa negra, em clima de desolação e tristeza, com muitas pessoas chorando. Na sacristia, uma mulher que retira os paramentos da gaveta diz que, devido à morte do presidente Getúlio Vargas, dona Eglantina só virá no dia seguinte.

Aterrada com o suicídio do presidente, Diva é contagiada pela comoção dos que rezam por ele na igreja. Volta para casa triste e pensativa, sem entender por que um homem amado pelo povo acaba com a própria vida, deixando-o órfão. Por que alguém se mata? — se indaga. Que aflição, desgosto ou amargura levaria um homem poderoso e risonho como Getúlio Vargas a se matar? Em casa, encontra o Brigadeiro em muda perplexidade com a notícia. Instigado, ele fala baixo e pausadamente, sem ódio nem paixão, como verdades decantadas ao longo da vida: "Getúlio foi um bom homem. Perdeu-se por ter verdadeira obsessão pelo poder. Coisa de político. Todo político faz qualquer coisa para chegar ao poder; uma vez poderoso, faz qualquer coisa para se manter no poder e, insatisfeito, faz qualquer coisa para aumentar seu poder. Político é insaciável; o desejo de poder não tem limite. Todo o poder do mundo é insuficiente. Sei bem o que fizeram Hitler, Mussolini e tantos outros. E tudo para só pensar em si, na sua carreira, no seu patrimônio, na sua imagem, na sua família, nos seus amigos, no seu partido, nos seus aliados. Para ter poder vale mentir, fingir, trair, trapacear, roubar, matar, cuspir na lei, agredir a ética, tudo. Getúlio foi bom para o trabalhador e, ao mesmo tempo, foi um ditador que mandou prender, torturar e matar quem pensava diferente dele. Talvez tenha se matado para não perder poder. A ganância de poder é uma lepra que apodrece os homens." Instala-se o silêncio, até Diva perguntar se ele foi político. "Não tenho nenhuma vontade de decidir pelos outros, de ter poder sobre os outros."

Dias depois, Diva volta à Igreja de Santa Efigênia e chega até dona Eglantina, que, ao piano, avalia voz, afinação e leitura de partitura de dois rapazes e três moças usando a *Ave Maria*, de Gounod. Embora note sua presença, a maestrina não lhe dirige a palavra nem facilita a aproximação. Esperando em pé, Diva, que nunca assistira a um teste, tem ótimo aprendizado. Alguns a examinadora interrompe antes do final com um "Muito obrigado". Outros vão até o fim da música e ela também agradece. Apenas a um rapaz, que Diva considera o melhor, ela diz: "Ensaio na próxima sexta, às 18h." Só resta Diva quando ela diz: "Seguinte." Diva se aproxima. Sem dizer nada, ela entrega a partitura e toca a introdução. Diva canta a *Ave Maria* até o fim. Dona Eglantina pergunta: "Você é a Carmita? "Não, senhora, sou Diva." "Quem a mandou aqui?" "O professor Luiz Aguiar." "Ah, é aluna dele?" "Sim." "Nome completo." "Diva Bustamante Durães." "Os ensaios começam na sexta-feira, às 18h." Depois de agradecer, Diva desce a escada do coro aos pulos, cruza a nave às pressas, e ganha o adro. Com o coração ameaçando saltar boca afora, corre para casa, a fim de contar ao Brigadeiro.

O BRANCO AVIÃO FLUTUANDO NO CÉU AZUL TIRA DE CASA AS FAMÍLIAS curiosas para admirar uma imagem rara para os mineiros, mesmo sendo mineiro o inventor do avião. A empolgação contagiante enche as ruas de pessoas olhando para o alto. O *Caudron G-3* flutua de uma montanha a outra do maciço que cerca a cidade, para deslumbramento de Vittorio, que, entre o pai e a mãe, assiste entusiasmado à exibição. De olhos no céu, a população aplaude cada manobra — poucos sabem que no comando está Anésia Pinheiro Machado, primeira brasileira a voar sozinha e a sobrevoar Belo Horizonte. Com curiosidade insaciável, Vittorio faz perguntas sucessivas sobre por que voa, limites de altitude, como faz curvas, a forma de propulsão etc. Animado com o interesse do filho pela tecnologia — que aprecia, entende e acompanha —, Chalmers tenta responder, sob o bombardeio das novas questões que as respostas suscitam, entre elas, sobre a aviadora, que tem apenas 19 anos: "Então, daqui a nove anos também posso pilotar avião?" "Certamente, filho, se estiver preparado", responde Chalmers. "Acho que não demora, o avião será um meio de transporte como o navio, o trem e o carro, só que mil vezes mais rápido." Vittorio olha o pai com silenciosa admiração. "No ano passado", continua Chalmers, "essa moça ainda não tinha 18 anos e voou, nesse mesmo avião, de São Paulo ao Rio de Janeiro — uns 400 quilômetros, imagina! — para comemorar o centenário da Independência do Brasil. Voava hora e meia por dia, e levou quatro dias. Foi a primeira mulher a voar aquele trecho." Vittorio olha fascinado para o céu, quem sabe se imaginando no lugar de Anésia Pinheiro. Giulia fica feliz de ver o entusiasmo com que Chalmers fala com o filho sobre tecnologia, e com o orgulho de Vittorio pelo conhecimento do pai sobre as novidades da ciência, que poucos conhecem. "No ano passado", acrescenta Chalmers, "dois portugueses fizeram proeza ainda maior, também para comemorar a Independência do Brasil. O oficial da Marinha Sacadura Cabral e o almirante Gago Coutinho fizeram de avião o percurso que Pedro Álvares Cabral fez por mar no descobrimento: decolaram de Lisboa num hidroavião e chegaram ao Rio de Janeiro." Vittorio olha extasiado para o pai, na expectativa de que continue: "Foram mais de oito mil quilômetros em 60 horas de vôo. De Lisboa a Cabo Verde não foi tão difícil, porque as ilhas da Madeira, Canárias e outras são referências e postos de reabastecimento. Difícil foi o trecho de Cabo Verde a Fernando de Noronha: 1.200 milhas! Já pensou, horas e horas vendo só o céu e o mar. Não há uma única referência até a pequena ilha perdida no oceano. Gago Coutinho, que era matemático..." "Ele era gago?", corta Vittorio. "Não", responde Chalmers, enquanto Giulia dá risadas. "E se fosse, isso não afetaria o seu conhecimento. Era matemático e geógrafo, e criou o sextante com bolha de ar..." O filho corta outra vez: "Com bolha de ar, como?" "Como o nível de carpinteiro, que indica se a peça está ou não na horizontal", explica Chalmers. "Eu sei, eu sei, eu já vi!", diz Vittorio. "É um instrumento simples, prático e eficiente", continua Chalmers. "É uma espécie de horizonte artificial que serve para orientar o piloto quando a rota não tem referências visuais." "Entendi", diz Vittorio, e vira-se para Giulia: "Entendeu, mamãe?" Sorrindo, Giulia confirma, e Chalmers conclui: "Foi a primeira travessia aérea no sul do Atlântico." Vittorio silencia, pega a mão de Chalmers: "Obrigado, papai", e olham o pássaro que, pela primeira vez, faz parte do belo horizonte.

Apesar da aparente tranqüilidade familiar, Giulia vive turbulências interiores. Desde que Giuseppe reapareceu, mal tem resistido à vontade de se encontrar com ele. Mas, além do olhar silencioso de Mrs. Austin, a culpa é devastadora na sua consciência. Giuseppe costuma vir de Vila Nova de Lima na terça-feira, dia da sua folga, programada para coincidir com a ida semanal de Mrs. Austin ao Mercado Municipal para fazer as compras. Ao chegar, sai da Estação Central e sobe a Rua da Bahia até o Centro Telephonico, na esquina de Guajajaras e Álvares Cabral, de onde telefona para Giulia, que está à espera.

Pouco depois, encontram-se na olaria, onde ela compra argila, e Giuseppe faz o papel de carregador — seus trajes e atitudes são adequados à representação. O tempo de escolha da argila, de colocar em caixas e transportar a pé até a mansão é o que têm para conversar. Parece pouco, mas o fogo da paixão *in natura* de Giuseppe e a tosca eloqüência de genuíno dialeto calabrês têm efeito arrebatador sobre Giulia: "Eu quero você como nunca um homem te amou ou vai amar", ou "Dinheiro eu não tenho, não sou bonito, não sou educado nem sou doutor, mas vim da Itália para fazer de você a mulher mais feliz do mundo. Foi a missão que Deus me deu."

Ouvir esses sussurros de um homem saudável e musculoso enquanto contornam o charco, desviam-se de poças e evitam animais, toca fundo o coração da jovem que sente a aguda dor da solidão acompanhada. Há momentos, nesses encontros, em que Giulia tem ímpetos de se atirar nos braços dele, tocar o corpo jovem e poderoso e ouvir, no dialeto da sua gente, que o amor não é flor de estufa, fruto cristalizado ou pássaro na gaiola; tampouco é ária de ópera, casa com governanta ou vestido francês; o amor são tremores e arrepios, corpos suados em fricção a céu aberto, beijo mordido, gritos e tapas excitantes, e palavras que dizem o que não se diz em público. Mas Giulia não faz nem diz nada — sabe que, atrás de venezianas, olhos atentos e corações mesquinhos se excitam com a pá de terra que sepulte de vez o casal que, parecendo rico, poderoso e feliz, atiça a inveja e o desejo de vingança contra quem vive fora do seu código moral, das suas normas sociais, da discriminação econômica, do modelo de vida conjugal e familiar, da cultura das aparências, das suas regras de comportamento das mulheres. Diante da mansão, Giuseppe deixa a carga e se despede — dali em diante, o acesso lhe é interditado.

Silenciar e reprimir o gesto evita que se consume o ato, mas não esgota o desejo, que resta latente, pulsando na banda escura do coração. No último encontro, Giuseppe diz: "Você nasceu italiana para amar e ser amada por um italiano. Mas prefere um inglês, que é mais seu pai do que seu homem. Não agüento mais querer quem me despreza. Vou voltar para a Itália, casar com uma italiana e fazer a minha família na minha terra!" Giulia esmaga um lábio no outro, aperta os olhos, mas não consegue evitar as lágrimas que forçam as pálpebras e escorrem rosto abaixo, enquanto o corpo sacode em silêncio. A idéia de voltar à Itália incendeia sua alma, deixando-a ainda mais confusa. Giuseppe joga a carga de barro na sua porta e se afasta, ofegante e pisando duro.

Habituado a fazer companhia à mãe nos seus passeios, Vittorio tem a possibilidade de se divertir com atividades que ninguém de sua idade tem. São programas de adultos, de que ele gosta, e quase sempre incluem a música, paixão de Giulia. Por isso, vai com a mãe à inauguração do Conservatório Mineiro de Música, na Avenida Afonso Pena, fundado pelo maestro Francisco Nunes. Lá se encontram, por acaso inevitável, com o afinador de pianos Jonas Pires Lobo, por quem Vittorio não morre de amores. Abespinha-se mal Pires Lobo pega o braço de Giulia para levá-la à janela — mete-se entre os dois, aparta-os e segura a mão da mãe. Quando se sentam na platéia, Pires Lobo ocupa a cadeira entre os dois. Vittorio quer sentar-se ao lado da mãe; Giulia explica que precisa tratar de assunto sério. Vittorio se levanta e, avançando para a saída, diz numa altura que todo o auditório ouve: "Se prefere ficar com ele, eu vou embora!" Vermelha de vergonha, Giulia sai atrás dele e pega-o no *foyer*: "Vem, meu querido. Vai sentar-se ao meu lado." Toma-lhe a mão e voltam aos lugares; ela pede a Pires Lobo que lhe ceda a cadeira do meio.

Concluído o curso primário, Vittorio passa a estudar no Colégio Arnaldo, de educação confessional, da Congregação do Verbo Divino. Sua inteligência e sua familiaridade com as ciências, a leitura e as artes lhe dão destaque imediato, assim como o humor e a camaradagem aproximam os colegas. As novas matérias — matemática, história natural, geografia, ciências, português, latim, religião etc. —, na extensão e na profundidade em que são dadas e exigidas, dão seriedade e compromisso com o estudo. Vittorio se empolga, e a escola deixa de ser um apêndice no seu dia para ser o núcleo central da sua vida. Além das aulas, as tarefas de casa e o tempo de estudo para acompanhar cada matéria, faz leituras complementares, às vezes em italiano ou inglês, para atender à sua insaciável curiosidade — o pai autorizou a Livraria Francisco Alves a lhe entregar os livros que quiser, a fim de formar sua própria biblioteca. Para se divertir, tem aulas de piano e teoria musical três vezes por semana.

Os colegas de classe tornam-se amigos, e surgem os primeiros indícios de que todos agora têm existência mais autônoma em relação aos pais — e não só porque vão sozinhos e a pé para o colégio. Começa a nascer alguém chamado Vittorio, chamado Vicente, ou Pedro, ou Raul, e não mais o filho de Dr. Fulano ou da dona Fulana. O Vittorio que surge descobre que tem muito em comum com os colegas de classe. Primeiro: é homem; e os colegas são muito mais igualmente homens do que o pai — mais deus do que homem. Expressão dessa identidade é o interesse pelo sexo feminino — embora mais fantasioso do que real. Além da austeridade e da ferrenha disciplina imposta por padres e professores, paira a assustadora ameaça do fogo do inferno aos condenados pelo mortal pecado — para o qual começam a despertar. No recreio e nas rodinhas, conversas e brincadeiras versam sobre o sexo e suas variantes — sobretudo variantes como romances picantes, revistas e fotografias de mulheres seminuas, que propiciam homenagens ao deus Ona, pois ninguém tem contato real com mulheres, mas fala-se e pensa-se nelas quase todo o tempo — não nas garotas da mesma idade.

Colegas que se tornam amigos, como Vicente, Pedro e Raul, têm irmãs, vizinhas e amigas, que promovem reuniões, saraus e passeios. E elas começam a perceber a existência de um garoto de cabelos pretos lisos e olhos azuis, a pele moreno-clara, inteligente, alegre e bem-humorado, que gosta de música, toca piano, fala de ciência, literatura e arte. Com o tempo, uma ou outra se deixa discretamente enlevar por ele, que nunca percebe.

Após quarenta anos de trabalho, George Chalmers se aposenta da Saint John D'El Rey Mining Company, deixando na presidência da empresa seu filho, Alexander George Nort Chalmers. Pela dedicação, competência e relevantes serviços prestados, é agraciado com especial bonificação em ações. Com o merecido ócio, Vittorio espera conviver mais com o pai, quem sabe convencê-lo a mudar-se para Belo Horizonte. Giulia, porém, atiçada pela apaixonada presença de Giuseppe, teme que, ocioso, Chalmers venha a cercear sua liberdade, justamente no momento em que se indaga até onde ela pode levá-la.

PITALUGA E O ESQUADRÃO DE RECONHECIMENTO CHEGAM A TURIM, ÀS MARgens do Rio Pó, antes das tropas da FEB. A cidade fora tomada pelos *partisans*, e o prefeito, comunista, procura-o com prematura arrogância: "Não precisamos mais de vocês. Reconquistamos a cidade. Podem ir embora." Pitaluga explica por que não pode sair: "Só deixaremos a cidade depois de receber orientação superior." E sem dizer, admira-se: "Os *partisans* atacam a cidade, os alemães fogem, e os comunistas já dispensam os Aliados!" Enquanto aguarda orientação, Pitaluga instala o Esquadrão na fábrica da Fiat — o Viking na garagem. Os homens estão exaustos das últimas corridas, numa velocidade que mal deu tempo para dormir e comer. Antes de completar a semana, comendo, dormindo e tomando banho, os alemães se rendem incondicionalmente em todo o continente.

Com Pitaluga em Turim e Vittorio em Bérgamo, na primeira folga, encontram-se em Milão, a meio caminho entre elas. Sonham em assistir a uma ópera, mas não sabem a programação do La Scala, sequer se está funcionando. Diante do teatro, os dois amigos constatam que a catedral da ópera desde o século XVIII foi duramente bombardeada. Desalentados, sentam-se sobre os escombros e contemplam as ruínas de um dos templos da inofensiva arte lírica. A nenhum ocorre cantar uma ária em palco tão desolador. Sem trocar uma palavra, pensam na vasta distância entre os cenários que o palco recriou e o próprio edifício, agora cenário da barbárie. Depois, caminham pensativos entre as ruínas da cidade, quem sabe avaliando em que medida eles próprios contribuíram para aquela destruição.

O dia está amanhecendo na base de Bérgamo, no extremo norte, quase fronteira com a Suíça, quando Vittorio começa a taxiar o *Giulia*. No banco de trás, no lugar do tenente Oliveira, um saco amarrado com corda. Vai ao fim da pista e acelera. Despegando-se do chão, acena para os colegas que surgem, atônitos, do hangar. Canta feliz: "*Vieni, c'è una strada nel bosco / Il suo nome conosco / Vuoi conoscerlo tu? / Viene, è la strada del cuore /Dove nasce l'amore / Che non muore mai più...*" Terá tempo para cantar durante a viagem que sua coragem oferece à sua carência, com seis escalas acertadas com os contatos de Pitaluga. Na primeira, em Porreta-Terme, que foi base da ELO, ele tira um embrulho do saco e, junto com uns dólares, presenteia o operador de combustível. Reabastecido, volta a decolar. Ao passar perto de Castiglione Del Lago, não resiste e, com breve desvio de rota, sobrevoa o lago. Ver o mundo em paz, depois de tanta matança e destruição, inunda Vittorio da esperança de que nenhum político jamais voltará a pensar em guerra. Segue até Perúgia, onde repete o ritual: pousa, reabastece, paga o combustível, dá o presente tirado do saco e decola rumo a L'Áquila. Antes, vai a Pescara, sobrevoa a franja do Mar Adriático, que o inspira a cantar. Retoma a rota, pousa em Salerno. Ao decolar, tangencia comunas incrustadas na montanha sobre o Tirreno, ruma para Cosenza — abastecimento preventivo, caso não haja combustível em Catanzaro, onde, finalmente, pousa num descampado.

Antonino, contato acionado por Pitaluga, o espera na motocicleta com carona lateral. Depois de cobrir o *Giulia* com uma lona, Vittorio embarca, e rumam pela picada para Martirano Lombardo. Antonino entra na comuna gritando: "*Il liberatori venuti dal Brasile!*", "*Il eroi venuto dal Brasile!*" Para surpresa de Vittorio, as pessoas cercam a moto, estendem-lhe a mão, abraçam, as mulheres beijam-lhe o rosto. Vittorio quer que Antonino avance, mas o assédio retarda a marcha. O sol se põe quando Vittorio, cercado por parte da população, está diante de sua mãe. Mal acreditando que vê o próprio filho, corre e o abraça: "Vittorio, alegria da minha vida! Oh, Deus bondoso e piedoso!" "Que bom te abraçar, *mama*!" "Então, o meu menino querido estava na guerra! Mas está vivo, forte e bonito! Pensei que tivesse me abandonado!" "*Mama!* Como? Nunca!" "Não responde carta!" "Estava aqui, na Itália!" "Esquece, esquece! Está vivo o meu querido, e nos meus braços, é o que importa!" "Estamos vivos, *mama*, é o que importa! Não te abandonei!" Vittorio acena para a população. Voltam a aplaudir: "*Liberatori! Liberatori!*" Abraçados, entram em casa sob os aplausos da pequena multidão.

Giulia mantém os traços da sua beleza, adensada pelas marcas do tempo e uma sombra de amargura que lhe furta o brilho do olhar. De pé, no centro da sala, acaricia o cabelo do filho olhando-o nos olhos, num silêncio que tenta recuperar imagens e sons do tempo vivido, cada um no seu mundo, unidos por um amor silencioso e infindo: "Você está bonito, meu menino", diz ela. "Com sua mão no meu cabelo, me sinto mesmo um menino, que prazer!", ele diz. "Nunca deixará de ser o meu menino. Estou orgulhosa por você ter lutado pela libertação da Itália." "Não vim pela Itália, *mama*. Vim pela liberdade." "Estou emocionada de cruzar o país de norte a sul para me ver!" "Eu a amo, *mama*! Sem guerra é até divertido. Você merece muito mais. Quanta saudade!" "Morro de saudade de você, meu querido! Morri muitas vezes pensando em você. É tanta coisa para falar que nem sei como começar. Quero saber de você, da sua saúde, da guerra, da aviação, do piano, do que as moças têm feito com o seu coração, da engenharia, daquela casa maravilhosa, dos jardins, do pomar que ajudei a plantar, de Mrs. Austin, de Belo Horizonte, do Brasil... Mas vejo que está exausto. Melhor que descanse; quando acordar, falamos disso e muito mais." Eles se olham nos olhos durante o silêncio, que Vittorio rompe: "Onde está Giuseppe?" A luz da alegria foge do rosto de Giulia, que se transfigura em máscara sombria: "Foi a Crotone avaliar um barco. Quer trabalhar com pesca." A dureza da expressão, o olhar opaco e a frieza da resposta inquietam Vittorio, que faz um silêncio de avaliação. Giulia olha pela janela, vê piscarem as primeiras estrelas. Vittorio pergunta com delicada cautela: "Não está feliz, *mama*?" Giulia quer responder, as palavras não saem; engole as lágrimas e evita a explosão. Intuindo a resposta, Vittorio espera. "Melhor não falar disso agora", sugere Giulia. "Não está feliz com ele?" "Não, não estou feliz, meu querido. No Brasil eu era feliz." Ela volta a silenciar, num esforço para não chorar: "Você é a única pessoa que me faz feliz. Papai e mamãe descansaram." "E Giuseppe?", insiste Vittorio. Giulia não responde, olha a noite. "Ei, *mama*, e o Giuseppe?" "Giuseppe é um menino impulsivo." "Como, impulsivo? Eu também sou impulsivo." "Quando as coisas não vão bem, ele foge para a bebida. Há anos as coisas não vão bem." "Mas agora, *mama*, não há mais guerra, tudo vai melhorar." "A bebida começou antes da guerra, a infelicidade também." Ele se aproxima da mãe, atraído por uma cicatriz que o movimento da blusa deixa à mostra no pescoço. Giulia imediatamente a cobre: "Que marca é essa, *mama*?" "Não é nada. Machucado à-toa." Giulia abotoa a blusa, enquanto Vittorio a olha fixamente: "Como se feriu? Parece uma cicatriz." Giulia está cada vez mais aflita: "Não é nada, filho. Esfolei o pescoço numa corda." "Numa corda? Como foi isso? Posso ver?" "Vittorio, esquece isso. Tanta coisa para conversar e está preocupado com isso!" "Não estou preocupado, *mama*. Quero apenas ver." Ele leva a mão ao rosto de Giulia, que desiste de resistir e se imobiliza. Vittorio desce a mão ao pescoço, ela se enrijece e balança a cabeça, contrafeita. Ele abaixa a blusa, deixando à vista fundos vergões vermelhos, violáceos e escuros. O semblante de Vittorio se transtorna, tomado de cólera. Ele parte decidido para a porta: "Onde vai, filho? Pelo amor de Deus, Vittorio!" "Vou a Crotone!" Giulia o detém: "Não, filho!" "Vou ensinar este canalha a não bater em mulher!" "Não!", grita Giulia, "não faça isso, pelo amor de Deus! Nem pense nisso! Não quero vingança! Já não basta o sangue dessa maldita guerra? Não basta o meu próprio sangue?" Vittorio treme de ódio: "Vou ver isso sem fazer nada?" "Isso já passou! Não é o que me dói agora. É muito pior, e talvez não tenha cura. A dor física passa!" Giulia prende o rosto dele entre as mãos: "Imagina: um oficial brasileiro, recebido como herói, se meter com um bêbado que a cidade despreza." Vittorio gira o corpo da mãe, estarrecido com a quantidade de vergões. Passa a mão trêmula nas suas costas, indo do ódio à compaixão: "Não pode me pedir para ficar quieto!" Giulia fala com calma e sem ressentimento: "Essas marcas não são recentes, filho. São apenas cicatrizes. Quem sabe não as mereci? Não sou uma santa, meu querido. Tenho minhas culpas. Vendo você tão bonito, tão íntegro, sinto que nunca vou me perdoar por tê-lo deixado por uma aventura. A guerra acabou com a liberdade, com os empregos, e nos fez viver dia e noite em pânico. Mas não foi isso que destruiu a minha felicidade, ela já tinha sido destruída. Eu a matei. Giuseppe apenas a sepultou." Vittorio abraça a mãe, apóia a cabeça dela no seu ombro e acaricia-lhe os cabelos. Ficam longo tempo em silêncio, abraçados. Ele afasta a mecha de cabelos brancos e beija-lhe a testa: "Tem tocado piano?" Aninhada em seu peito, ela nega com a cabeça. "Por que não?" Ela sussurra: "Um dia, entrei em casa, o piano tinha sido vendido." Vittorio vai até a janela e olha para fora: "Não quer se separar?" Achega-se, colhe o rosto da mãe entre as mãos: "O que quer fazer?" "O que mais quero é que ele compre o barco. Por isso vendi as últimas jóias que seu pai me deu. Melhor que fique por lá e apareça de vez em quando." Vittorio fala em tom decidido: "Vai voltar comigo para o Brasil. Vamos viver juntos outra vez." Ela o olha nos olhos que se iluminam, logo baixa a vista: "Fui feliz no Brasil, mas meu lugar é aqui. Você, sim, é brasileiro." "Não é obrigada a ficar aqui infeliz." "Sabe, meu querido, seu pai me ensinou como se ama. Depois que aprendi, não há mais homem para ser amado. Você é o meu único amor." "Então, vamos para o Brasil!" "Ainda vou ser feliz aqui. Isso vai passar. A guerra acabou, Giuseppe vai para Crotone, vou ter mais alunos de inglês, francês e italiano — com a guerra, todos querem falar outras línguas —, vou cuidar da biblioteca da comuna, comprar outro piano e voltar a dar aulas." Ela faz uma pausa e beija-lhe a testa: "Basta de falar de mim; quero saber de você. Como vai a sua vida? Agora que a guerra acabou, é hora de pensar no futuro, de fazer planos, de voltar a sonhar. Conta para a *mama*, quais são os seus sonhos?"

Os primeiros raios de luz do novo dia revelam Antonino, que chega de moto à porta de Giulia e se anuncia acelerando. Giulia e Vittorio saem abraçados. Ele a ajuda a ocupar o banco do carona e senta-se na borda. A moto parte e cruza Martirano Lombardo, assustando cachorros e galinhas, e acordando os moradores. Deixam a comuna para trás e seguem pela picada. Giulia canta baixinho: "*Oggi tutto il cielo è in festa / più ridente brilla il sole / Il mio cuore è innamorato / non lo posso più frenare*", Vittorio canta junto: "*Io non so cos'è / dè qualcosa in me che mi fa cantare: / Fiorin , Fiorello, / l'amore è bello vicino a te / mi fa sognare, mi fa tremare / chissà perché...*" Quando chegam ao descampado, silenciam e dão-se as mãos. Resta o ruído da moto. Retirada a lona, Giulia vê seu nome na fuselagem do avião, e abraça e beija Vittorio — é a despedida. Vittorio tira um embrulho do saco e entrega a Antonino, juntamente com uns dólares. Embarca, taxia até o limite do descampado. Acelera, arranca e passa acenando, enquanto o *Giulia* se despega do chão e Giulia murmura: "Seja feliz, meu querido!"

De volta, Vittorio se apresenta ao major-aviador Belloc, comandante da ELO. Declara que no dia anterior, de sua folga, depois de anunciada a rendição alemã, voou de Porreta-Terme a Catanzaro, cumprindo compromissos pessoais e utilizando combustível pago por ele. Diz que é filho único e foi visitar sua mãe, cidadã italiana, que vive em Martirano Lombardo, próximo a Catanzaro, e ela jamais o perdoaria, assim como ele também jamais se perdoaria, se retornasse ao Brasil sem vê-la. Embora ambos estivessem na Itália, não se viram porque milhares de alemães guerreavam entre eles, a ponto de temer não encontrá-la viva. Explica que, por ser cidadão italiano... O major Belloc o corta: "Fui informado de tudo. O caso, sem dúvida, é de Corte Marcial." "Pois não, senhor. Estou à disposição!" Belloc anda em silêncio pela sala: "Mas não posso aplicar a punição que merece. Ontem fui informado que a 1ª ELO, criada por aviso do ministro da Aeronáutica em junho de 1944, foi extinta pelo *Boletim da Artilharia Divisionária do Exército* a seis dias de completar um ano! Assim como o senhor não pode ser oficial aviador de unidade que não existe, não há comando de unidade inexistente. O senhor está dispensado. Apresente-se ao comandante do GAvCa, major Nero Moura, em Pisa." E em tom cordial: "E como está a senhora sua mãe?" "Muito bem, comandante, graças a Deus!"

O presidente Getúlio Vargas desconfia que a FEB, tendo ajudado a derrotar Hitler e Mussolini, volte contaminada por ideais de liberdade e idéias de democracia, e trame contra o seu governo. Ele suspeita que os militares pretendem esticar o desfile da chegada até o palácio presidencial para depô-lo. Precavido, Getúlio ordena a desmobilização da tropa ainda na Europa, e distribui o desembarque dos expedicionários por vários pontos do país.

Todo o contingente da FEB se desloca até Nápoles, de onde embarca para o Brasil. No dia 20 de junho, os 10 teco-tecos, inclusive o *Giulia*, pilotado por Vittorio, fazem, em esquadrilha, o último vôo na Itália, e no dia 22 chegam a Nápoles, onde os pequenos pássaros são embarcados. Na comovida despedida, Vittorio lembra momentos de dificuldades, de bravura e de alegria que viveu com o *Giulia*, e beija a fuselagem sobre o nome *Giulia*. No dia 6 de julho, volta ao Brasil no navio *US. General M. C. Meigs*. Pitaluga e o Esquadrão de Reconhecimento embarcam no navio *Pedro I*, que parte no dia 12. Entre os embarcados, o Viking.

Uma parte da FEB chega ao Distrito Federal no dia 3 de agosto. No desembarque, os expedicionários são saudados com um portal que lembra o Arco do Triunfo, tendo no alto a legenda "A cidade às Forças Amadas". No desfile de recepção, a tropa e a população cantam juntas: "*Por mais terras que eu percorra,/ Não permita Deus que eu morra, / Sem que eu volte para lá / Sem que leve por divisa / Esse V que simboliza / A vitória que virá...*" Nesse dia no país, a censura já não controla a oposição, que ataca abertamente o governo. A anistia ressuscita personagens que estavam nos porões, e os partidos políticos ressurgem. Longe do desfile, o Viking é conduzido à Diretoria de Material Bélico do Exército, na Rua São Francisco Xavier, na Tijuca.

ENQUANTO ZÉ BOLERO ESPERA AO VOLANTE DO 14 BIS, ESTACIONADO DIANTE do Grande Hotel de Desterro, na recepção Orlanda prega cartazes da apresentação: as mesmas imagens e letreiros que estão nas laterais do veículo. Na faixa branca ao pé do cartaz, escreve à caneta o local, a data e a hora. Depois, circulando pela cidade, irradiando cores e sons, o 14 Bis continua atraindo a atenção. No seu interior, Orlanda inspeciona os figurinos, os quais não há como evitar a ação do tempo e da poeira nos tecidos — quanto mais lavados, mais desbotados. O figurino de Violeta, da *Traviata*, tem bainhas e mangas descosturadas; o de Carmen, além das manchas de vinho, estão puídos nas axilas, mangas e punhos. Ao cantar em palcos calorentos, o inevitável suor deixa cheiro forte. Orlanda confere caixas de maquiagem, bijuterias etc. Depois, tira do armário da sua cabine três *corbeilles* de plástico, limpa-as e acerta a posição das flores. O 14 Bis estaciona e desliga o motor; alto-falantes e luzes continuam a plena potência. Está diante do pequeno teatro, em cuja fachada lê-se: Teatro Nivaldo Pereira. O prédio ao lado, maior e mais antigo, é o Colégio Gervásio Pereira Limoeiro.

Mal entra na platéia, Zé Bolero se surpreende: é um auditório, quase um teatro; pequeno, com razoável boca de cena, em cujo pano bordô estão bordadas em dourado as tradicionais máscaras do drama e da comédia. No pequeno proscênio, há luzes na ribalta. Confirma, aliviado, a presença do piano, assim como da caixa do ponto, o que sugere construção antiga: ao andar no palco, o madeirame range, parecendo apodrecido: no piso escalavrado há buracos, risco para sapato alto e, mais grave, ameaça de desabamento. Zé Bolero acha as coxias estreitas, mas o urdimento — espaço nos altos do palco — e as tapadeiras — que regulam a largura do palco — estão firmes e conservados. Ao voltar ao 14 Bis, grita, animado: "É o melhor teatro que já pegamos, Orlanda!", e descarrega fios, refletores, gelatinas coloridas e singela mesa de comando de luz.

A cabine de Orlanda no 14 Bis foi transfigurada pelas suas práticas religiosas. O ambiente enfumaçado e pouco iluminado lembra parlatórios de mosteiros e sombrias sacristias de igrejas barrocas. Tem o despojamento de uma cela de monge medieval, no tom lúgubre de sala de ex-votos, onde romeiros agradecem as graças recebidas. No alto da parede, impondo-se ao ambiente, impressionante crucifixo, e cravado à grande cruz de madeira escura, o corpo esquálido, esculpido em retorcido lenho bruto, de um Jesus que sangra, tendo no rosto ossudo, de olhos grandes, a expressão de horror da agonia. Há uma grande vela acesa ao pé do crucifixo e outras menores ao pé das imagens de Santa Ágata e Santa Maria Egipcíaca. Luzes coloridas contornam as molduras das reproduções de Santa Justina e Santa Teodora. Jesus e as quatro santas compõem o pequeno altar instalado num canto da cabine, sobre o qual há um exemplar da *Bíblia Sagrada* e dois outros volumes, a *Imitação de Cristo* e o maior deles, *Legenda áurea*, de Varazze, além de flores silvestres em jarras — umas secas, outras despetaladas. O forte cheiro de vela, incenso e mofo, num cômodo em que raramente se abre a janela, se mistura ao perfume de flores mortas — tudo aspirado ao mesmo tempo dá ao ambiente um odor intenso, misterioso e asfixiante. Orlanda, metida numa casaca vermelha com botões dourados do tipo usado em circo, reza em voz alta, ajoelhada no genuflexório, o rosário numa das mãos e a cabeça, levemente inclinada, apoiada na outra. Contrita, de olhos fechados e cenho franzido, o fervor transparece na intensidade com que murmura a oração: "... e dona Diva, meu Jesus, imploro que derrame sua bênção sobre ela. A pobrezinha está abalada com a notícia que recebeu. Tem horas que nem entendo o que diz. Estou preocupada com a audição de hoje. Tenho medo de que ela acabe perdendo o fio da meada e não saiba o que fazer no palco. Não deixa uma desgraça dessa acontecer, meu Jesus. Prometo rezar dez rosários em Sua homenagem se o Senhor jogar Sua luz sobre ela. Tem outra coisa que me preocupa — ai, meu Deus, quanto pedido! É sobre Dona Diva e Seu Ralph: tudo é tão delicado. São apaixonados pela música, mas são também destemperados. Ela fica dizendo tudo que ele tem que fazer, fica mandando nele. E ele, que é um homem bom, que aceita tudo e fala pouco, de repente pode perder a paciência! Já pensou, meu Cristo, se ele não quiser mais trabalhar com ela? Que pianista vai acompanhar dona Diva mundo afora, na agonia desse 14 Bis? Quem, meu Cristo? Agora eu vou para o teatro arrumar a entrada do público. Suplico a Sua proteção para essa criatura aflita, meu Jesus. Ela vem lutando a vida inteira e não arrumou nada do que toda mulher sonha. Não tem filho, não tem marido, não tem família, não tem casa, não juntou nada para a hora do descanso. A única coisa que tem é a arte de cantar que Deus deu. Mas nem sei se isso é profissão. Porque arte, o Senhor sabe, além da beleza, não serve para nada. Também não se ganha quase nada, meu Cristo. São palmas e palmas, mas fazer o que com as palmas? Palma, se hoje tem, amanhã não tem. Nem sei por que as pessoas metem na cabeça de ser artista. Sabe, meu Cristo, eu tenho medo do futuro. O tempo vai passando, se hoje está difícil, amanhã o que vai sobrar? Enquanto esse carro está andando, dá a impressão de que alguma coisa boa pode acontecer na próxima cidade, na próxima semana, no próximo mês. Com o carro andando, há um resto de esperança. É quase nada, mas com ela a gente vai vivendo. Porque, no fundo, a gente acredita que, ao virar a próxima curva, tudo vai ser diferente, o mundo vai ser melhor. Mas depois de uma curva vem outra curva, e em cada cidade que a gente chega tudo é igual às outras onde estivemos. A gente roda, roda, e o mundo é sempre igual. Uma hora dessas isso vai parar de andar. Ai, meu Jesus Cristo, nem quero pensar! O que vai sobrar de tudo isso? O que será de dona Diva, que gastou a vida inteira cantando! Eu gosto tanto dela! Olha por ela, e faço uma promessa pra Lhe agradecer. Vou pensar numa coisa digna da Sua bondade." Orlanda silencia, mas os lábios se movem e os dedos avançam de uma conta a outra do rosário. Depois, volta a rezar: "Eu também preciso dar um jeito na minha vida, pensar no que fazer, descobrir meu caminho. Oh, meu Deus, minha vida está pior do que a de dona Diva. Não tenho nada que toda mulher sonha, e nem a música para consolar. Perdi até a esperança." Reconsidera: "A esperança não, meu Jesus! Que pecado! Perdão, perdão, perdão! Mais tarde rezo três rosários de penitência por esse pecado! O Senhor, que tudo sabe e tudo vê, sabe que estou em dúvida — e a dúvida é a porta do inferno. O Senhor sabe de qual dúvida estou falando. Não é dúvida da minha fé e da minha salvação. Minha vida está salva porque está em Suas mãos, quer eu reze aqui ou reze acolá..."

A MUDANÇA PARA O RIO DE JANEIRO, SEGUINDO A ROTA DOS ARTISTAS EM busca de condições profissionais de trabalho, tem se revelado desafio superior às forças de Diva. As dificuldades são tão grandes que só a sua implacável determinação pode mantê-la animada a prosseguir na luta para sobreviver, e motivada a ser cantora lírica. Se em Belo Horizonte sua profissionalização não é possível, talvez seja no Rio de Janeiro; por isso, todas elas querem cavar seu espaço na ex-capital federal — a disputa é um jogo pesado, com tráfico de influências, poder político, poder econômico, poder de sedução, qualquer poder, enfim.

O Rio de Janeiro vive do remanescente poder de Distrito Federal e da democracia de praia — desnudos, somos mais iguais. Do passado escravagista restou o legado de pobreza da massa negra e mulata, contrastando com a riqueza cultural, especialmente musical, além das religiões, crenças e seitas. Da herança de Corte colonial, a descendência portuguesa, branca e católica, em mosteiros, igrejas, conventos, museus, bibliotecas, teatro etc. O epíteto "Princesinha do Mar" reproduz o gosto submisso à monarquia européia — há reis em todas as atividades, do comércio de pastel à fabricação de arame farpado. No carnaval, a mais popular festa nativa, pululam nobres. Da vivência cosmopolita, da imigração e diplomacia com diversidade de nacionalidades em convívio, ficou a cultura dos contatos pessoais, das relações de conveniência e troca de favores, que ajuda a manter o mito da ausência de preconceito de classe, de raça e de crença. O Theatro Municipal é fechado a quem vem de fora, exceto estrangeiro. A Escola de Canto Lírico Carmem Gomes, do próprio Theatro, só aceita os recomendados pelas famílias tradicionais, pelos artistas consagrados, políticos e empresários. Reprovada no concurso, Diva encontra as portas fechadas, e não conta mais com a dadivosa mão do Brigadeiro para abri-las.

Sem conhecer a cidade, ela aluga uma quitinete num 12º andar de Copacabana. A troca da monumental mansão, com jardins, bosque e pomar, por 20 metros quadrado é um impacto de tirar o fôlego, a vista, o horizonte e até a sensação de liberdade. É munida apenas de esperança que todos os dias se veste, da maneira adequada e, das dez da manhã às três da madrugada, lança-se ao mar de possibilidades da metrópole de forte apelo musical que, no entanto, oferece poucas ilhas aos náufragos. Visita restaurantes, bares e boates que oferecem música ao vivo: poucas chances para não-sambistas, raras chances fora da MPB, mínima chance para voz feminina, sem chance para música lírica. Exaurida, perde peso, ganha fundas olheiras, gasta dinheiro, perde tempo. Mas não desiste. Vestindo roupas austeras, visita igrejas espalhadas pelos subúrbios, oferecendo-se para cantar em casamentos, batizados, missas de sétimo dia e velórios.

Nas andanças por ambientes sagrados e profanos conhece muita gente, de todo tipo. A recompensa pela dificuldade de conseguir trabalho é a facilidade para se divertir, numa cidade em que ninguém se mete na vida pessoal de ninguém. Diva se sente menos controlada e mais corajosa. Em cada boate, bar ou restaurante em que tenta uma chance, conhece um *maître*, um gerente ou sócio mais solícito, que a convida a sentar-se, oferece um drinque e, ainda que não tenha a vaga, dispõe-se a conversar e até a falar com amigos de outras casas noturnas, o que quase sempre leva a outro jantar em outro local e a novos conhecidos.

Se não é o mais presente na hora da dificuldade, o carioca está sempre disponível nas horas de lazer. Cordial, criativo, humorado, irônico, alegre e sensual, tem o privilégio de usufruir a estupenda cidade e de se divertir com o próprio carioca. É a esperteza do malandro: ser criativo e saber improvisar, ser simpático e saber seduzir. Tanto simpatia quanto sedução se adaptam às circunstâncias na ética da sobrevivência — numa sociedade rica, de oportunidades desiguais e diferenças gritantes, cada um se vira como pode. Cidade litorânea, habituada à nudez e à sensualidade expostas, faz a vida mais livre, mais solta — poucas coisas são pecado; o sexo não é uma delas. No giro pelas igrejas na Zona Norte e nos subúrbios, Diva sempre encontra alguém simpático — motorista, policial, feirante —, que faz um gracejo, uma insinuação, que realça um encanto, faz uma proposta sussurrada que, mesmo inaceitável, excita a auto-estima e estimula a feminilidade. Assim, Diva toma drinques, vai a jantares, estica em boates, conhece pessoas e cruza com homens gentis e humorados, que tornam mais toleráveis, e às vezes até agradáveis, suas noites de ronda por trabalho. Bem mais alegres do que as que passa na quitinete depois de infrutíferas garimpagens, do insosso jantar que ela prepara ou esquenta, e de lavar e passar a roupa do dia seguinte.

Uma tarde, no início do inverno, Diva é acometida de aguda dor de dente num incisivo que a maltrata sem trégua, e cada latejo repercute em toda a arcada; se a língua o toca, é como se o corpo inteiro fosse um único nervo exposto. Por vários dias alivia-se com analgésicos. Porém, quando três comprimidos não mais aplacam a dor, precisa de ajuda. Sem referência de dentistas na cidade, sai às cegas pela Avenida Nossa Senhora de Copacabana, procurando um profissional no painel do edifício comercial mais próximo. A menos de duas quadras, o Dr. Cornélio a atende com presteza, e rapidamente elimina a dor. Mas o que a encanta é a amabilidade com que a recebe e a conversa com que tenta distraí-la enquanto está sentada na cadeira de tortura: sente-se respeitada e bem tratada, e emenda consulta de emergência com tratamento. Na terceira sessão, quando ele se curva sobre sua boca aberta e ela sente o perfume sutil, está apaixonada. Três sessões, e ele corresponde. Apaixonam-se perdidamente, de ela emagrecer, arrancar os cabelos quando não pode ir ao consultório, arrancar o esmalte roendo unha se ele se atrasa quando vem à quitinete. "É um homem raro", diz a si mesma, "carinhoso, solidário, companheiro." Tanto que, às vezes, acha demais para ela. Mas, sendo filha de Deus, acha que também merece ser amada.

Uma cidade com milhões de habitantes impõe resignar-se com o fato de que qualquer idéia que pareça original tenha ocorrido a milhares de outras pessoas. Aonde quer que se vá — boate, igreja, clube ou cemitério —, dezenas de cantoras estão em busca da mesma coisa: oportunidade para realizar um sonho. Os frutos desse esforço são quase sempre mirrados e, quando aparecem, é aos poucos, pingam de onde menos se espera: ora um improvável casamento no subúrbio, um inesperado jantar na Zona Norte ou a urgente viagem de um *crooner* — como aconteceu há quatro meses na Churrascaria Gaúcha, ironicamente, a três quadras da quitinete.

É justamente na Churrascaria Gaúcha, no coração de Copacabana, que Zé Bolero chega com o vizinho Ralph, por volta das nove da noite. Inibido por não ser freqüentador da Zona Sul, nem de churrascarias, revela uma falsa descontração que só realça o constrangimento. Depois da conversa reservada de Ralph com o gerente, Zé Bolero é conduzido a uma mesa rente à parede, junto ao tablado onde está o piano. Ralph pede licença e vai se arrumar. Do seu canto, copo de chope na mão, Zé Bolero olha o salão. A época pré-natalina induz ao clima festivo. Nas mesas reúnem-se famílias, que comemoram o

Natal; outras, a formatura do filho, todas se empanturrando de picanha ao vinagrete, assim como funcionários de escritórios, agências bancárias, lojas comerciais e empresas do bairro. A alegria e o álcool elevam o volume das conversas ao quase insuportável e animam exaltações proibidas em recintos de trabalho. No salão repleto, garçons se agitam com bandejas, bebidas e ameaçadores espetos que pingam sangue.

Não demora, o alto-falante anuncia: "A Churrascaria Gaúcha tem o prazer de apresentar o trio que alegra o nosso Natal: o pianista norte-americano Ralph Conway, o baterista Terêncio Raios X e o baixista Luís Bisnaga, que acompanham a nossa querida Diva Bustamante." O público aplaude, eles atacam a introdução, Diva canta: "*Não sei se vou aturar / Esses seus abusos / Não sei se vou suportar / Os seus absurdos / Você vai embora / Por aí afora / Distribuindo sonhos / Os carinhos que você me prometeu...*" O público canta junto, depois apenas ouve, e por fim retorna às carnes, às bebidas, às conversas, às gargalhadas, aos gritos chamando garçons, e logo o som do salão fica mais alto que o do palco e, juntos, um barulho insuportável. No fim da música, os escassos aplausos levam os músicos a passar, sem agradecimentos, à seguinte: "*Se acaso me quiseres / Sou dessas mulheres / Que só dizem sim / Por uma coisa à-toa / Uma noitada boa / Um cinema, um botequim...*" Ninguém nota quando o gerente, levando um bolo com velas acesas, chega ao tablado e sussurra no ouvido de Ralph, que interrompe a música e, atropelando Diva, ataca o "Parabéns pra você" enquanto, em chamas, o bolo segue até a mesa do aniversariante. Eufórico, o coro familiar canta com o trio, batendo palmas e, solidário na festa, o salão acompanha.

Mais tarde, o gerente traz aos músicos o pedido de uma mesa, e Diva canta "Noite Feliz", junto com enlevados comensais. A partir daí, o vozerio volta a crescer, assim como as brincadeiras. Uns atacam os outros com palitos retorcidos, estes contra-atacam com bolinhas de pão. Aos gritos, uns contam anedotas da loja, da agência ou do escritório. Diva e o trio insistem com a música sobre o barulho, até que o gerente avisa que os fregueses estão pedindo para abaixar o som. A música silencia, os músicos deixam o palco, o vozerio disputa com a música ambiente.

O garçom pede a Zé Bolero que o acompanhe até uma mesa no corredor, entre a cozinha e o banheiro, onde Ralph o apresenta a Diva, Terêncio Raios X e Luís Bisnaga. Diva está animada: "Então, você tem o carro do nosso sonho?" Zé Bolero explica: "Bem, eu tenho uma carcaça. Parece furgão ou baú, não sei. Tem modelo não, foi usado na guerra, não sei pra quê. Meu pai arrematou no leilão do Exército. Foi canibalizado, sucateado, mas pode adaptar." O garçom põe pratos feitos sobre a mesa, inclusive para Zé Bolero. "E quanto custa adaptar?", pergunta Diva, enquanto os outros comem. "Depende do que vai ter", responde Zé Bolero. "Sim, sim. Isso se vê depois", diz Diva, "mas você tem interesse em participar?" "Depende. Pra fazer o quê?" "Ser o responsável pelo transporte de uma cidade a outra e da instalação do palco." Zé Bolero ri: "Sei nada de palco." "É simples: instalar os refletores, arrumar as coisas do palco e operar a luz: apagar, acender, diminuir, aumentar. E, quando terminar, guardar tudo. Vamos comer e dormir no veículo. E pensei em lhe oferecer uma porcentagem do que ganharmos." "Quanto?", quer saber Zé Bolero. "Que tal 25%?" "E quanto vocês vão ganhar?" "Não faço a mínima idéia." Paira o silêncio da falta de resposta. Diva nota que Zé Bolero desanimou: "Vamos vender audições para prefeituras, empresas, escolas, o que aparecer. Isso não é novidade. Já foi feito, porém, viajando de trem, de ônibus, indo a uma cidade ou outra. E, em geral, dá certo. Nós pretendemos ir a todas as cidades que se interessarem!" Zé Bolero ouve com curiosidade distante, ela come, e novamente o silêncio se instala: "Parece que ele não se animou", Diva comenta com Ralph. "É que não entendo nada dessas coisas. A senhora desculpa, mas oferece porcentagem e não tem idéia de quanto vai faturar, fico sem saber." Diva mastiga para ganhar tempo, mas não encontra resposta: "Você tem razão." O resto do jantar é silencioso. Intrigado, o mecânico se atreve: "Posso fazer uma pergunta?" "Sim, claro." "Leva a mal não, mas... Se a senhora não quiser, não precisa responder." "Faça a pergunta, José!" "Zé Bolero." "Ah, sim. Faça a pergunta, Zé Bolero." "Eu assisti ao show e achei bacana. Bacana mesmo. Teve hora que deu vontade de dançar. E o pessoal que tava jantando também gostou e bateu palma. A senhora vai largar uma churrascaria bacana dessa pra rodar por aí, dormir na estrada e tudo?" Diva sorri, compreensiva: "Eu explico. É que sou cantora lírica. Canto ópera, entende?" "Sei..." "E a ópera não tem público. Não posso cantar ópera aqui. Viajando de cidade em cidade, vou poder cantar ópera, que é o que eu gosto. Entendeu?" Zé Bolero se decepciona: "Então, isso não vai dar dinheiro!" "Muito dinheiro, não. O Ralph, que é seu vizinho, gosta de tocar jazz, e também não ganha dinheiro. Arte não dá muito dinheiro. Mas algum sempre dá." "Artista de televisão ganha dinheiro. Lá todo mundo é rico. Por que a senhora não canta na televisão?" "Bem, Zé Bolero, a televisão não gosta de arte." "Sei..." Há uma pausa. Zé Bolero está desapontado. "E você", pergunta Diva, "gosta de cantar bolero?" "Eu? Eu canto que nem pardal: nada! Eu gosto é de dançar bolero!" "Ah, é? Que romântico! E trabalha com quê?" Ele ri: "Com nada. Meu pai morreu, fiquei desempregado." "Meus pêsames." "É..." Ela toma o cafezinho e, sem saber como avançar, move as sobrancelhas pedindo socorro a Ralph. Zé Bolero vê e abaixa a cabeça. "Se está desempregado, vem com a gente! Se Deus quiser, vai dar certo, não é, Ralph?" Ralph confirma sem convicção. "Vai ser divertido, Zé Bolero!" "Sei..." "Vamos combinar uma coisa. Você faz um orçamento da adaptação..." Zé Bolero se antecipa: "Nem sei o que esse carro vai ter!" Diva decide: "Eu cuido disso e mando pelo Ralph. Combinado?" "Tá certo."

O garçom se aproxima de Diva: "Aquela senhora, com as crianças, quer dar uma palavrinha com a senhora." Diva não reconhece. Levanta-se e vai até a mulher, que estende a mão com assustada humildade: "Boa noite." "Boa noite" responde Diva. A mulher fala baixo, referindo-se às crianças: "Nora e Ney". Nossos filhos. Meus e dele." Diva sente um frio correr pela espinha: "Dele?" E a mulher, doce e humilde: "Do Cornélio" — o nome do dentista, sua paixão, atira Diva num abismo interior —, "meu marido. Com quem você tem um caso." Diva olha ao redor com medo de testemunhas; sente que o chão sumiu debaixo dos seus pés. "Você é bonita, canta muito bem. É uma mulher que pode escolher o homem que quiser. Já eu, não. Não sou bonita, não sei cantar, e só tenho ele. E eu o amo." A mulher, de olhos úmidos, tão humilde que mal fala: "Deixa ele pra mim. A vida lhe dará outros. Ele é minha única chance." Aturdida, Diva nem fala nem chora: "Ele é seu. Foi sempre seu. Fica tranqüila. Não vou vê-lo mais." A mulher sorri, agradecida: "Deus lhe pague!" Volta-se para as crianças: "Dá um beijo na tia." Nora e Ney beijam Diva, que se afasta apressada para o banheiro.

Duas semanas depois, Zé Bolero se encontra com Diva na mesma churrascaria, às dez da manhã de um sábado — ao meio-dia começará o show. Ela quis fazer a reunião sem a presença de Ralph para tratar de questões comerciais. Faxineiros e garçons arrumam o salão recém-lavado quando os dois cruzam para os fundos. Zé Bolero mostra o esboço de como será o veículo adaptado — acolhidas as sugestões de Diva. Ela fica radiante. Mas se assusta ao ler o orçamento detalhado. Seu rosto desenha a expressão sombria da decepção. As poucas palavras são de irritada desistência. Aos poucos, porém, a conversa avança, e ela passa a admitir a necessidade de aplicar recursos que o Brigadeiro lhe deixou. De sua parte, Zé Bolero também começa a se sentir tentado a aplicar parte da sua pequena herança. Depois de idas e vindas, somas e divisões, chegam a um acordo. Ela ajudará no custo da adaptação, que será propriedade dele. Zé Bolero se responsabilizará pelos gastos com combustível e manutenção, e receberá 30% do faturamento bruto. Diva se incumbe da compra do piano, que será propriedade dela, e assumirá as despesas de alimentação, o salário do pianista e de uma assistente para fazer tudo. Fechado o acordo, combinam assinar o contrato. Zé Bolero avalia que em três meses poderão partir Brasil adentro.

À MEDIDA QUE ORLANDA CRESCE, CONFIRMA-SE QUE OS MOVIMENTOS DE cabeça se referem às visões que a criança acompanha, ora sorrindo, ora interessada, nunca assustada. Mas ninguém consegue ver ou deduzir o que ela vê. Vieram padres, rezadeiras, sensitivos, curandeiros e espíritas. Benzeu-se, rezou-se, encomendaram-se trabalhos. Com a convivência, o excepcional torna-se trivial. Merciana, Orlando e Dionísia se acostumaram com o mistério de Orlanda.

Quando, por volta dos 4 anos, Orlanda começa a gesticular e dialogar com alguém que ela chama de Rita e parece ser uma criança, a preocupação se reacende. Convocam novos especialistas, videntes, mães-de-santo, cartomantes, astrólogos, quiromantes, místicos de várias linhas, seitas, credos e facções, que depois de rezas, benzeções, sessões, consultas e trabalhos, enunciam vaticínios: "A menina é médium, precisa desenvolver, senão a desgraça recairá sobre ela." Ou: "A criança está com encosto, é preciso fazer um trabalho para livrá-la", ou ainda: "Está possuída pelo espírito do mal, é preciso aproximá-la de Jesus para exorcizá-la." A mãe chora, faz novena, promessa e penitência. Orlanda continua a falar sozinha, a olhar para o vazio e a sorrir para ninguém.

Merciana procura Divina e conta o mistério de Orlanda. A amiga propõe rezarem o terço, o que fazem por quase duas horas. Depois, conversando, Merciana faz alusão a Rita, a pessoa invisível com quem Orlanda brinca. Arrepiada, Divina se benze: "Rita? Maria, valei-me! Ela disse Rita?" "Sim, ela chama de Rita! Por que esse susto, mulher?" Pálida, Divina se benze três vezes: "Rita é o nome da filha de 3 aninhos, que perdi com 16 — tinha sopro no coração." Pasma, Merciana sussurra: "Meu Deus! Será que é ela que vem brincar com a irmãzinha?" "Oh, minha Santa Rita, será que o meu anjinho está sofrendo?" Pega Merciana pela mão: "Vem, vamos rezar mais." Enquanto acende a vela, pergunta: "É devota de Santa Rita?" "Não, mas..." Merciana não conclui, mas sugere disposição. Ajoelham-se diante da imagem de Santa Rita de Cássia. Divina indica num pequeno volume: "Leia aqui, eu te acompanho." Merciana lê, Divina repete: "Ó poderosa Santa Rita, a Santa das Causas Impossíveis, advogada dos casos desesperados, auxiliadora da última hora, refúgio e abrigo da dor que arrasta para o abismo do pecado e do desespero, com toda a confiança no Vosso poder junto ao Coração Sagrado de Jesus, a Vós recorro no caso difícil e imprevisto, que dolorosamente oprime o meu coração. Vós bem sabeis, vós bem conheceis o que seja o martírio do coração. Pelos sofrimentos atrozes que padecestes, pelas lágrimas amargosíssimas que santamente chorastes, vinde em meu auxílio. Falai, rogai, intercedei por mim, que não ouso fazê-lo ao Pai de misericórdia e fonte de toda a consolação e obtende-me a graça que desejo..." Divina cutuca Merciana: "Peça a graça em silêncio." Concentradas, ficam em silêncio até que Divina retoma: "Apresentada por Vós a minha oração, o meu pedido, por Vós que sois tão amada por Deus, certamente serei atendida. Dizei a Nosso Senhor que valerei da graça para melhorar a minha vida e os meus costumes e para cantar na terra e no céu a divina misericórdia. Amém." Tomada pela comoção do fervor, Divina segura a mão de Merciana: "Quando Deus levou a minha Rita, foi tanto o sofrimento que jurei nunca mais ter filho. Resolvi ficar só com o Romualdo. Quebrei a jura com Orlanda porque era pra você."

As conversas de Orlanda com Rita se espaçaram. Ao entrar na escola, convive com outras crianças, e as conversas desaparecem aos poucos, até não acontecerem mais. O que passa a chamar atenção é a sua religiosidade. Freqüenta o catecismo e gosta de ficar na igreja. Começa ajudando a varrer o adro, depois a nave, e a limpar os bancos. Padre Frederico, que só vem a Galiléia aos domingos, admira o jeito silencioso e humilde de Orlanda. No Natal, dá-lhe de presente a *Imitação de Cristo*. Desde então, ela não se separa mais do livrinho, no qual diz encontrar inspiração para o fervor de sua fé. Com o tempo, além da admiração, ganha a confiança de padre Frederico, que lhe concede o privilégio, sonhado por beatas veteranas e experientes, de arrumar a sacristia.

A decisão provoca rebuliço. Umas dizem que, por ser jovem, Orlanda não teve tempo de provar sua fé; outras, que ela não é exemplo para os jovens; outras ainda, que o privilégio deve ser reservado a mulher casada e mãe de filho, como foi Nossa Senhora. E não faltam veladas vozes masculinas para lembrar que padre Frederico é muito novo para resistir às pernas roliças, à perdição do traseiro e ao olhar suplicante de Orlanda. Muita gente teme que a escolha venha a apartar o rebanho de padre Frederico. Merciana e Orlando defendem, apóiam e estimulam a filha. Aturdida com a repercussão, Orlanda se torna mais recatada e se recolhe a uma silenciosa vida doméstica, sem, contudo, descuidar dos deveres. Nas horas livres e antes de dormir, lê a *Bíblia sagrada* e a *Legenda áurea — A vida dos santos* —, brochura ilustrada que encontrou numa gaveta da sacristia e, com a permissão de padre Frederico, leva para casa. Além das tarefas do Curso Normal, abre a igreja diariamente às duas da tarde e fecha às oito da noite. Nesse tempo, varre o adro e a nave, limpa o altar e a sacristia. Às quintas-feiras, passa a ferro e avalia se precisa lavar a estola, a casula e o cíngulo. No sábado, com paciência perfeccionista, capricha no polimento de cálice, patena e cibório. Deixa luzindo o turíbulo, asperges, caldeirinha, campainha e castiçais. E pede aos moradores flores dos seus jardins para enfeitar o altar no dia seguinte. Fecha a igreja no horário de sempre, mas é tanto a fazer que segue trabalhando a portas fechadas, e só chega em casa às nove, dez da noite. No domingo, seu esforço é recompensado pelos elogios de padre Frederico.

Impaciente com os mexericos que agitam Galiléia, tentando envenenar a sua quase ilimitada confiança em Orlanda, padre Frederico toma duas atitudes. A primeira é usar o confessionário para interpelar de surpresa o rebanho com a pergunta: "A senhora anda dizendo que Orlanda não é exemplo para os jovens?" Ou "A senhora anda espalhando que o Santo Papa disse que só mulher casada e mãe de filho pode cuidar da sacristia?" As respostas foram, unanimemente, apavoradas negativas. A segunda atitude de padre Frederico realiza um sonho de Orlanda: ela é incumbida de tocar o sino no lugar de seu Hermenegildo, que, com a idade, não agüenta mais subir ao alto da torre nem tocar no horário, o que tem causado transtornos à vida cronológica da cidade.

Mal circula a notícia do novo privilégio concedido a Orlanda, os mexericos correm nas asas do vento, espalhando mau cheiro: "Virou dona da igreja!" "Da igreja, não, da cidade! Quem é ela pra dizer que horas são!" "E vamos obedecer à hora dela?" Ou as insinuações veladas da ala masculina: "Esse padre, sei não!" "Essa moça, sei não!" "Esses dois, sei não!" "Essa igreja, sei não!" Desde então, todos os dias, com sol ou chuva, às seis e meia da manhã Orlanda cruza a praça, abre a porta da sacristia, sobe os três lances de escada e às sete horas, com um prazer que cresce e se renova a cada manhã, bate as sete badaladas. Volta a tocar ao meio-dia e às seis da tarde. Reage à ironia de uma beata dizendo que toca o sino com o fervor da sua devoção. Confessa à mãe que é o melhor momento do seu dia: "Gosto de chamar as pessoas para desejarem bom-dia às outras e lembrar que Jesus também deseja bom-dia." Visita seu Hermenegildo para aprender toques hoje abandonados que gostaria de tocar, como os que anunciam morte, nascimento, casamento, batizado, Finados, Páscoa, Sexta-feira Santa etc.

Eis que, numa quinta-feira à tarde, Orlanda encontra no canto da sacristia uma âmbula com várias hóstias. Tomada de estupor, ajoelha-se e reza com um fervor que não permite abrir os olhos. Decide manter rigoroso segredo — não vai contar nem aos pais — e guardar as hóstias no sacrário até o domingo, quando padre Frederico dirá o que fazer. Nos dias seguintes, não prega os olhos, com sobressaltos e suores frios: sente-se responsável pelo que considera conspurcação do sagrado, e não imagina quem possa ter cometido o pecado. O sacrílego entrou pela porta sem arrombar nem deixar pista: deve ter a chave da igreja! Orlanda acha que a responsabilidade é dela — e vê no episódio a intenção de prejudicá-la com um pecado gravíssimo.

O padre Frederico faz inúmeras perguntas, mas evita intimidar Orlanda. Chega a pensar — mas não diz — que pode ser vingança de alguma ovelha inconformada com a sua confiança na moça. Na incerteza se as hóstias são ou não consagradas, padre Frederico segue a orientação da Igreja: manda pôr as hóstias num frasco com uns dois litros de água e guardar no fundo do armário da sacristia. Depois de tranqüilizá-la, pede que não toque no frasco, evite abrir o armário e mantenha sepulcral silêncio. E retorna a Governador Valadares. Durante toda a semana, Orlanda obedece rigorosamente às recomendações. Cumpre a sua rotina sem se aproximar do armário, num estado de ansiedade que mal pousa os pés no chão. O que conforta sua alma e acalma a agonia é ler a *Vida dos santos*.

No domingo, padre Frederico entra na sacristia e Orlanda o lembra das hóstias. Ele pega o frasco e, arrebatado pelo impacto, mal consegue conter a emoção. Ergue o frasco na direção de Orlanda, que se prostra de joelhos: a água se transformara em sangue. "Milagre! Milagre! Milagre!", murmura em êxtase, enquanto padre Frederico sacode o líquido e nota que ainda resta material sólido das hóstias. "Você não mexeu nesse frasco, não é, Orlanda?" "Não, padre Frederico, pelo amor de Deus! Nem passei perto do armário, e também não falei com ninguém, como o senhor mandou. Nem com meus pais!" Ele se persigna e guarda o frasco no armário. Orlanda indaga com voz trêmula: "O senhor acha que é um milagre, padre Frederico?" Ele estende a mão, ela se ergue. Fala num tom grave: "Não sei." Põe dois dedos do líquido num frasco menor: "Vou mandar examinar. Não fale sobre isso nem com os seus pais, ouviu, Orlanda?" "Ouvi, padre. Desculpe, não estou falando direito porque meu queixo está tremendo."

Orlanda passa outra semana transtornada — a expectativa e a responsabilidade aumentam, e a emoção de estar participando de um milagre provoca arrepios a todo instante. A leitura da *Legenda áurea* torna a vida dos santos mais próxima, mais presente e mais real. Ela se sente minúsculo instrumento da manifestação divina, e quanto menor e mais fervorosa for, mais emocionante. A explosão do entusiasmo, que clama no seu coração e a alça ao olho do furacão de um milagre, é contida pelo manto de ferro da humildade. Na quarta-feira, Merciana ouve vozes no quarto da filha. Aproxima-se sem fazer ruído e cola o ouvido na porta. É a voz dela — e só a dela. Merciana abre a porta de repente e surpreende a filha ajoelhada ao pé da cama, com o crucifixo na mão. Recua, volta ao seu quarto, acende uma vela ao pé da imagem de Santa Rita de Cássia e reza a oração que Divina lhe deu. Não tem coragem de comentar o episódio com a filha, mas passa a observá-la com atenção.

O sacristão Melchíades, homem de fé e circunspecto pai de treze filhos, ao entrar na sacristia surpreende Orlanda falando em voz alta com a imagem do Senhor morto, retirada do seu caixão de vidro, que ela limpa com algodão úmido. Ele estaca antes de ser visto. Ela parece em transe: olhar desnorteado, rosto pálido, mãos trêmulas, e a voz sussurrante mistura oração fervorosa, gemidos, murmúrios e volúpia num todo incompreensível, como se delirasse. Chocado, Melchíades invade a sacristia: "O que é isso? O que está acontecendo, pelo amor de Deus?" Ela se esforça para voltar ao estado normal, mas a transição é lenta, a voz ralentada, o olhar inquieto: "Acontecendo?... Onde? O senhor está... falando comigo?" Melchíades a olha desconfiado, sem entender: "Está sentindo alguma coisa?" Aos poucos ela recupera o controle: "Eu? Estou bem... estava... limpando o Senhor morto. Tão bonito... Mas tem muita poeira... E o senhor por aqui a essa hora, precisa de alguma coisa?" "Não, nada... Ia passando e vim ver se está tudo preparado para a missa..." "Tudo pronto. Estou tirando a poeira que desbota as imagens, a gente precisa limpar sempre..." "Bem, vou andando..." Intrigado, Melchíades se afasta, olhando para trás. Orlanda passa a ser observada em casa, pelos pais; na igreja, por Melchíades; na cidade, pela população. Ela não se dá conta, mas nela tudo respira a expectativa do milagre do sangue.

Quando padre Frederico chega no domingo, a ansiedade de Orlanda virou comichão à flor da pele. Diante dele, ao tentar se conter, as narinas se movem como animal à espera do alimento. Padre Frederico comenta as nuvens pesadas anunciando chuva, que ameaça bloquear a estrada, impedindo-o de chegar a tempo de celebrar a missa vespertina em Governador Valadares. Sem conseguir contê-la mais, a curiosidade de Orlanda explode: "Padre Frederico, pelo amor de Deus, e o exame?" "Ah, sim! O resultado deu que é sangue humano." Orlanda se benze, ofegante. O padre continua: "Mas é sangue de menstruação. Além de tecidos da mucosa que reveste o útero, tem material sólido das hóstias. Não há ligares, nem hóstias viraram sangue. Alguém, certamente uma mulher, misturou seu sangue com a água que diluía as hóstias." Padre Frederico silencia, e com o olhar perscruta Orlanda, que não consegue ocultar o impacto da decepção: "Você tem idéia de quem teria feito isso, Orlanda?" Sem conseguir falar, Orlanda nega com a cabeça, sem saber o que fazer com os braços: "Não sei, padre. Não sei dizer... Então não é um milagre?" "Não, não é. Por quê? Achou que fosse?" "O senhor também não achou? Ficou emocionado e tudo!" "Milagre é um acontecimento muito raro. E para confirmar um milagre é preciso um processo longo, minucioso e complexo." "Será que para negar pode ser tão fácil? Um exame basta?" "Parece que você torcia para que fosse um milagre." "E não seria uma bênção de Deus, padre? Imagina, o senhor como instrumento do sinal divino! E, de certa forma, eu também. E até a cidade: já pensou, Galiléia cheia de romeiros!" "São maravilhosas todas as afirmações dos poderes de Deus. Mas não é o caso, Orlanda. Acho que o sangue menstrual nas hóstias pode ser mais uma façanha das inconformadas com o seu trabalho na paróquia." "O senhor quer dizer que alguém fez isso? Padre, que coisa horrível, é sacrilégio! E quem fez queria me prejudicar!..." Padre Frederico limita-se a olhá-la sem dizer nada, como se avaliasse suas reações. Ele pega o frasco, vai até o jardim no fundo da igreja e vira o conteúdo sobre o canteiro, para pasmo de Orlanda, de olhos arregalados e a mão sobre a boca aberta. Quando voltam à sacristia, Melchíades os espera, e depois de cumprimentá-los, murmura ao ouvido do padre: "Poderia dar uma palavrinha em particular com o senhor?" O padre concorda e pede a Orlanda que espere lá fora: "Depois nós continuamos, Orlanda." Ofendida, ela sai da sacristia.

O padre indica a cadeira a Melchíades, e os dois se sentam: "Faz tempo que quero ter uma conversa, mas nunca dá certo. O senhor sai apressado depois da missa, e quando ficamos juntos, Orlanda está sempre por perto." "É verdade, Melchíades. Agora mesmo tenho que pedir para ser breve, porque temos missa daqui a pouco. O que quer me dizer?" "Bem, padre, o senhor sabe que as paroquianas não têm simpatia pela Orlanda desde que o senhor deixou ela cuidar da igreja, do altar, da sacristia, dos paramentos, de tudo. Não é que não têm simpatia; na verdade, elas detestam a Orlanda. Quando ela passou a tocar o sino no lugar do seu Hermenegildo, então, foi um deus-nos-acuda. Disseram até que ela era a dona da igreja. Sei de gente que até hoje não vem à missa por isso. Essa parte o senhor já sabe. Mas não pára por aí. Gente com raiva fuxica, especula, pergunta e inventa. Verdade ou mentira, a matraca não pára. O senhor sabe que Merciana e Orlando, os pais de Orlanda, não são de Galiléia. Chegaram aqui forasteiros, ninguém sabe de onde, compraram propriedade, ninguém sabe com que dinheiro, e ficaram. Vivem arredios, encorujados. Dizem que Orlando, o pai dela, foi garimpeiro, matou os companheiros e se escondeu aqui. Todo mundo sabe que não conhece gado nem plantação. Os homens mais velhos dizem à boca pequena que Merciana é parecida com uma mulher da vida chamada Margô, de Governador Valadares. Isso não tem importância: há flor que nasce no pântano. Mas o povo lembra que Orlanda, quando era criança, via coisas — alma penada, visagem, fantasma e, dizem, até o demônio! A menina não só via, conversava também! — sabe Deus o quê! Estou contando tudo isso para o senhor entender a ojeriza dos paroquianos e também o que aconteceu comigo. Esta semana, padre Frederico, eu presenciei um fato que nunca poderia imaginar que alguém tivesse a ousadia de pensar, muito menos de fazer. O senhor se prepare. Eu vim entrando nessa sacristia, e o que vejo na minha frente, diante destes olhos? Orlanda, padre Frederico, sobre a imagem do Senhor morto, gemendo e fungando, como mulher no ato do sexo. Sim, senhor: gemia, chiava, fungava como se, como se estivesse, como se fizesse, como se sentisse, não tenho coragem de dizer! Com o Senhor morto! Há sacrilégio maior? Se o senhor duvida, eu juro pela felicidade dos meus treze filhos! Quando me viu, ficou branca, tremeu feito vara verde e não disse coisa com coisa, parecia louca." O padre, que ouve com a cabeça apoiada na mão, de olhos fechados e cenho franzido, desperta, olha Melchíades sem acreditar.

No altar lateral, onde fica o caixão de vidro com a imagem do Senhor morto, Orlanda se ajoelha e sussurra no seu ouvido: "O Melchíades está contando, do jeito dele, que me viu lavando o Seu corpo e cuidando das Suas feridas. E o padre Frederico não acredita que as hóstias, que são o Seu corpo, viraram o Seu sangue. Será que falta fé ao padre Frederico e bondade ao Melchíades, meu Senhor? Não sei o que vão fazer comigo. Me ajuda, meu Jesus. Nunca precisei tanto da Sua ajuda." Aos poucos, os fiéis começam a entrar na igreja. Ela vai se sentar num banco perto do altar. Padre Frederico e Melchíades iniciam a missa.

RALPH CONWAY NÃO PODE RECUSAR A OFERTA DE MARLENE PARA FICAR NO quarto dela. Tamanha generosidade o surpreende. Assim que o desespero o pegou sozinho, acreditou que teria ajuda. Pensou no Cassino da Urca, na Embaixada americana e até no Pires Lobo, de quem ficou amigo. Nunca imaginou que uma prostituta — profissional que não se envolve na vida de parceiros — viria em seu socorro. É ela, que tentou devolver o que ele pagara, quem abre a própria casa para acolhê-lo.

Ralph não mentira ao dizer que teve com Marlene a primeira relação sexual da sua vida — o que não é raro em Boston, onde nasceu e viveu até a adolescência. O puritanismo dos presbiterianos de Massachusetts — verdadeiros fundadores da nação americana e não, como crêem alguns, os pioneiros do *Mayflower* — aportou em 1620, instalou-se e incrustou-se ao longo de mais de três séculos, e está até hoje vivo e ativo. Na disputa das religiões pelo cetro moral, o puritanismo protestante contagiou a rival católica — seus pais, imigrantes irlandeses, são exemplos acabados. Homem rude, estivador do porto de Boston, seu pai confia a salvação eterna à honestidade e à retidão moral, convicto, como sua mãe, de que o sexo é destinado exclusivamente à reprodução — idéia que impõem, a ferro e fogo, aos três filhos, dos quais Ralph é o caçula. Deve vir daí certo desconforto, mais moral do que físico — que alguns chamariam de culpa —, que pesa na consciência de Ralph por ter se rendido ao prazer pelo prazer, e trocado por dinheiro a posse do corpo de uma mulher, o que só se deve alcançar, segundo aprendeu, pelo amor, e com a bênção de Deus.

O choque por não ter embarcado pôs nas sombras as profundas sensações do orgasmo com uma mulher — alcançara algo parecido no ritual de todos os banhos, pelo que, para expiar, pagava penitência depois de cada confissão. Sabe agora que com uma mulher, o prazer atinge níveis que nunca imaginou. Teve a sensação de perda da consciência e, por instantes, sentiu que morria. Tem a sensação de que foi tocado no mais fundo da intimidade, e de uma maneira que parece irreversível. Como se o corpo pecador pudesse se impor à alma culpada, fazendo-a sentir diferente do que pensa, em desacordo com ela, negando o que sempre ouviu da mãe — a primeira professora de piano, aos 5 anos —, de que a música existe para louvar a Deus, e tocá-la bem é privilégio concedido a poucos, por isso exige dedicação absoluta do corpo e da alma, por toda a vida.

Lembrar-se da mãe na situação de desamparo e desespero é quase um álibi para o grito de socorro, que não dará. Ela fora contra sua participação na turnê porque interromperia seus estudos na Juilliard School — sagrado templo de formação musical, que Ralph ganhou o privilégio de freqüentar depois de realizar duas façanhas: ser aprovado com louvor no disputadíssimo concurso para bolsa de estudo e, mais difícil, convencer a mãe de que, aos 16 anos, poderia viver em Nova York, dentro dos austeros princípios puritanos. Não fossem a paixão que ela devota ao piano, o respeito pela Juilliard e a certeza do talento do filho, jamais permitiria que deixasse Boston. Daí não querer o filho em turnês por países sem expressão musical. Nem quando Ralph diz que estreará com profissionais consagrados consegue aliviar o temor de que perca a vaga na Juilliard. Quem decidiu foi o pai, quando soube do cachê.

Sua vida em Nova York, como prometera à mãe, não foge aos austeros princípios puritanos. A maior parte do dia ele passa na Juilliard School, na 120 Claremont Avenue, em Morningside Heights, tendo aulas de teoria musical ou tocando piano. Ernest Hutcheson, presidente da escola, aposta no seu talento e autoriza que estude até mais tarde por não ter piano em casa. Sua bolsa dá para pagar o metrô e uma refeição diária — quando tem tempo, ele mesmo a prepara. Seu sonho é comprar um gramofone e gravações das bandas de jazz que admira. Os melhores programas ele faz na companhia de um colega de Illinois chamado Miles Davis, que estuda trompete, conhece muitos músicos e costuma levá-lo para assistir, de graça, a umas *jam sessions* em Manhattan. E, aos domingos, bem, os domingos pertencem à igreja.

Com essa vida, não tem tempo para conhecer moças — as poucas a quem foi apresentado não têm dinheiro, e também estão forçando portas para estudar ou trabalhar. Além de tímido, Ralph acha que não lhes agrada. Ruivo, sardento, espinhento — já foi chamado de barata descascada —, dentes meio acavalados, só fala de música, e não tendo dinheiro para nada, não pode mesmo interessá-las, avaliação que faz sem inveja nem ressentimentos. Por isso, quem lhe oferece a primeira relação sexual, tira a sua virgindade e alça-o aos céus do orgasmo e ainda tem a generosidade de acolhê-lo em casa é mais do que uma mulher, é deusa, mãe, santa — uma pessoa a quem não conhece, que o faz sentir o que nunca sentiu, e nem sabe o nome do que sente.

Deitado sobre o esquálido colchão da cama de casal, Ralph ouve ecoarem os passos ritmados de Marlene até o fim do corredor, onde fica o banheiro. A lâmpada numa luminária que é um pires virado projeta um cone de luz amarelada — acima dele, o fio some na sombra que esconde o teto. Nas altas paredes, a umidade e o mofo desenham manchas e soltam o reboco. Com a penteadeira e o guarda-roupa de madeira escura, o quarto fica atulhado, sem espaço para duas pessoas — a saída dela lhe dá o breve alívio de que o cômodo cresceu. A pequena janela, onde roupas secam na corda, dá para outras janelas e telhados na altura do quinto andar. Roupas femininas se espalham sobre a cama, penduradas em pregos, maçanetas e venezianas. No chão, sapatos, sandálias e chinelos se misturam. No começo, não consegue dormir com o ronco intermitente do elevador ao longo de toda a noite e, às vezes, o ruído da porta pantográfica, que sempre termina com uma pancada, o eco dos passos no assoalho do corredor, o cheiro de mofo dentro do quarto e o de urina que vem do banheiro ao fundo.

Marlene volta de banho tomado, e em vez da pesada maquiagem e das roupas justas, traz o frescor da pele jovem no corpo limpo e saudável enrolado numa toalha, e os cabelos molhados escorrendo pelos ombros nus. Reanimada, joga-se na cama e, embora cansada da noite, se dispõe a brincar, relaxá-lo e tranqüilizá-lo. Beija-o na barriga, no peito, morde-o e faz cócegas num erotismo lúdico, humorado e juvenil, que culmina na irresistível entrega de um corpo à sedução do outro, e só se rende ao cansaço quando o dia irrompe pela janela do quarto.

Marlene acompanha Ralph, de terno e gravata, à Embaixada dos Estados Unidos. Ainda envolvida nos rescaldos de fins de guerra, a diplomacia americana não teve tempo de reativar programas especiais de apoio a civis no exterior. E, nesse episódio, as circunstâncias do cidadão Ralph Conway decorrem de opção pessoal numa relação profissional privada, consolidada em contrato legal, rompido unilateralmente pelo contratado, segundo a contratante, com prejuízos. Não consegue arrancar sequer a promessa de uma passagem de volta.

Ralph só não se entrega ao desespero porque Marlene, em poucos anos de vida, acumulou tal experiência em adversidades, que diante dele é vivida e sábia. Quem sabe não é essa experiência que a leva a cobri-lo de carinho e confortá-lo com a proteção que o desamparo lhe inspira? Ou será que o garoto frágil, perdido num país remoto e desconhecido, que ela desvirginou e a quem ensina a ser homem, não lhe desperta inesperados e misteriosos sentimentos? Não será valioso troféu para uma mulher desvelar a um homem os segredos do sexo, educando-o para o prazer, para o seu prazer, ou melhor, para os prazeres mútuos, subvertendo a tradição, cumprindo à plenitude o desígnio maternal e, no caso, também o dever profissional?

Amor, amor, sobrevivência à parte, Ralph sabe. Diante da posição da Embaixada, terá que arcar com a passagem de volta. E não há, no horizonte das suas possibilidades, outra maneira de conseguir dinheiro senão trabalhando. Jamais escreverá aos pais pedindo, sobretudo porque a responsabilidade por tudo que aconteceu e acontece é exclusivamente sua.

Por sugestão de Pires Lobo, que diz conhecer o mundo musical, Ralph visita o radialista Mário Lago, e os compositores populares Pixinguinha, que anos antes fundara a *jazz band* Os Batutas, e Luiz Gonzaga, contratado da Rádio Nacional, e criador de um novo ritmo chamado baião, que Pires Lobo suspeita ter relações com o jazz. Recebido com atenção, todos o ouvem tocar com admirada polidez. Mário Lago diz que nada pode fazer por alguém que não fala português nem conhece samba. Pixinguinha explica que Os Batutas era uma *jazz band* que nada tinha a ver com jazz. E Luiz Gonzaga diz que sanfona tem teclado, mas baião não tem improvisação. E Ralph sai como entrou, sem nada.

Além da barreira da língua, da pouca divulgação do jazz e da música instrumental, e do seu desconhecimento da música brasileira, Ralph é prejudicado também pelo momento que vive a cidade. O fechamento dos cassinos — cujo sucesso inibia o surgimento de outras casas noturnas — não só gerou desemprego entre músicos, como deixou vastas platéias sem essa diversão. Mas como o fim de um estilo é o início de outro, Carlos Machado renasce dos escombros do Cassino da Urca e alia-se a Oscar Ornstein, e eles se tornam os novos reis da noite. Arrendam o Golden Room do Copacabana Palace, e com o nome de *couvert* artístico, reciclam o ingresso criado por Joaquim Rolla para os cassinos — mas sem jantar nem jogo. Ralph corre ao Copacabana Palace, que o encantara na chegada ao Brasil, e após várias tentativas, consegue que Carlos Machado o ouça tocar. O animador da extinta *Brazilian Serenades* se impressiona com seu talento, mas acha que a noite carioca não absorve música tão elaborada. Sugere-lhe criar sua própria banda — sem conhecer músicos de um gênero que a cidade não absorve, se Ralph não consegue trabalho para si, não crê que conseguirá para uma banda.

Com o êxito do Golden Room, surgem em Copacabana boates, clubes fechados e restaurantes sofisticados destinados ao café-soçaite — formado por grã-finos, *playboys*, políticos, celebridades etc. Na sua esteira brota uma miríade de pequenas boates, cafés-concertos etc. que cobram, de consumação mínima, dez vezes mais que a entrada do Cassino da Urca. Nessa onda aporta o sofisticado Hotel Vogue e, na Cinelândia, a boate Night and Day, anexa ao Hotel Serrador — defronte ao Senado Federal, razão para funcionar as 24 horas do dia. Com recursos para fazer a programação Carlos Machado é o diretor artístico, e também do Hotel Quitandinha — fracassado o mirabolante plano de reabrir os cassinos usando aliados políticos, Joaquim Rolla o mantém como centro de lazer e entretenimento. Ralph não tem chance, mas não desiste.

Por indicação do pianista Bené Nunes, que se encantara com o seu dedilhado, Ralph se apresenta na pequena boate de Copacabana. Sem acompanhamento, toca sucessos de grandes orquestras, como Glenn Miller, Harry James, Tommy Dorsey, Xavier Cugat, Ray Noble, Ted Heat etc. À medida que a noite avança, porém, freqüentadores cercam o piano. Num português que ele mal entende, pedem músicas brasileiras que não sabe tocar e, bêbados, o destratam. Na noite em que um bêbado insistente vomita sobre ele, Ralph deixa o emprego e desiste de procurar trabalho como músico.

O CORAL DE CINQÜENTA VOZES, DIVA ENTRE ELAS, SE APRESENTA NO PALCO do modesto Teatro do Instituto de Educação, com um programa que inclui *Panis Angelicus*, *Mio Bambino*, *Jesu Meine Freude* e partes do *Magnificat*, de Bach, e do *Messias*, de Haendel, além de outras peças típicas do canto coral. De batas azul-escuras, na postura clássica, os componentes usam partituras nas mãos. Dona Eglantina rege com discrição, como é discreta a reação da platéia, onde se encontram, à esquerda, o Brigadeiro, à direita, Constança e Lavínia, e ao centro, o professor Luiz Aguiar. O desempenho do coral é secundário, comparado ao que se celebra: pela primeira vez Diva canta em público, como anônima componente de um coro.

À medida que se aproximava a data da apresentação, seu nervosismo foi crescendo, dando a impressão de que se tratava de muito mais que a audição de um coral amador. Pela alegria com que agradeceu os aplausos, e depois, pela explosão de abraços da avó, da mãe e do professor, era grande a expectativa quanto ao seu desempenho. Se havia dúvida sobre como se sentiria no palco, fica claro que se sente muito bem ao ser exposta e observada, assim como ao cantar em público: embora não tenha feito solos, esteve correta nos tons e ritmos, a voz uniformizada às outras até quase desaparecer, o que é uma virtude no canto coral.

Embora sigam para a mesma casa, Constança e Lavínia preferem ir de bonde, e Diva vai para o carro, onde o Brigadeiro a espera com uma *corbeille* de flores e efusivos abraços. Exultante, olhos brilhando e sorriso irreprimível, ela retribui com abraços e beijos calorosos. O motorista acomoda as flores no banco da frente, eles entram atrás, o carro parte. O Brigadeiro pergunta se está feliz: "Muito! Nunca fui tão feliz na minha vida. No palco, com todos os olhares em cima, foi como se eu me esquecesse de mim e fosse uma outra pessoa, mais interessante, mais simpática e mais bonita do que eu. Cantar em público é muito mais emocionante do que em casa ou para o professor. As pessoas ficam felizes de ouvir o que se canta. Olho uma, outra, outra e outra: todas acompanham com atenção. E, no final, o aplauso mexe no fundo da gente. É uma emoção enorme ser aplaudida. Dizia comigo: 'O mundo olha para mim, descobriu finalmente que existo, e agora eu sou como as outras pessoas que estão aqui, como todas as outras pessoas.'" Ela silencia, emocionada. O Brigadeiro a olha com admiração. Ela retoma: "Não é verdade. Não me senti igual às outras pessoas, me senti melhor do que elas, senti que faço alguma coisa que elas admiram e aplaudem. É a primeira vez que me sinto melhor do que alguém. E eu não imaginava que havia algo em mim que fosse melhor do que nos outros." Ela faz uma pausa, respira fundo e conclui, quase com um sussurro: "Acho que é isso que me deixa feliz."

Instala-se um silêncio de bons presságios. O Brigadeiro sussurra: "Canto coral é ótimo para educar o ouvido." Ela o olha com sincera e silenciosa gratidão: "É verdade, aprendi muito nesses ensaios." Ele acaricia a mão dela com intenção de apoio e estímulo. Ela aperta a mão dele com intenção de agradecer: "Você tem me ensinado a descobrir como posso ser feliz." Beija a mão dele. O carro pára, o motorista abre o portão. Mais tarde, quando Constança e Lavínia entram pelo portão lateral, as luzes da mansão estão acesas e a voz de Diva cantando o *Panis Angelicus* ecoa pela noite — elas ouvem com contraditórias emoções enquanto caminham na penumbra do bosque dos jardins e do pomar.

O Brigadeiro leva Diva para assistir a *Luzes da ribalta*, filme de Charles Chaplin, que conta a história do amor impossível entre Calvero, grande palhaço, velho e decadente, e a jovem Theresa, que, depois de ser salva por ele do suicídio, triunfa como bailarina. Surpreso por ver Chaplin abandonar a graça de Carlitos e filmar um melodrama, o Brigadeiro não resiste e chora discretamente. Embora ache o filme triste, Diva não entende a lágrima, nem cogita a identificação dele com o palhaço. Na volta do cinema, ela murmura a versão do tema musical: "*Vidas que se acabam a sorrir / Luzes que se apagam, nada mais / É sonhar em vão tentar aos outros iludir / Se o que passou pra nós não voltará jamais / Para que chorar o que passou / Lamentar perdidas ilusões / Se o ideal que sempre nos acalentou / Renascerá em outros corações...*" Num impulso, ele a beija na boca, com uma urgência que pareceu querer mais silenciá-la do que um beijo. Depois do silêncio, Diva murmura: "O filme o emocionou muito, não foi?" Após uma pausa, ele diz: "Esperava uma comédia. Vem uma história triste!" E silencia. "Fala! Fala mais!", pede Diva, mas ele não responde, apenas olha a paisagem fora do carro com olhos úmidos. "Não quer conversar um pouco? Fala um pouco de você, da sua vida. Nunca diz nada. Eu gostaria de saber como foi a sua vida. Esse filme tem alguma coisa com o seu passado?" Ele hesita, depois diz: "Com o passado, o presente e o futuro." E nada mais diz, por mais que Diva pergunte. Em casa, ouve *Il Pagliacci*, e ri do velho bufão, obrigado a fazer rir embora dilacerado pela dor, sabendo que "*La commedia è finita*".

Animada pelo Brigadeiro, que minimiza as dificuldades, Diva começa a crer que tem talento — crença que seus devaneios alçam aos inimagináveis céus, aonde o sucesso a levará. Embalada pelos sonhos, refúgio dos desejos impossíveis, torna-se obcecada pela carreira, para ela metáfora da plenitude. Concentrando todas as energias no canto, esquece tudo o mais. O dia é feito de hora para as aulas permanentes, hora para cursos eventuais, hora para ensaios, hora para estudar em casa, hora para ouvir gravações etc. Às vezes, falta hora para a refeição, e come com o prato no colo para não interromper o estudo. Nunca se pergunta o que pretende com tanto empenho, sente-se compelida a suportar o calvário, cuja redenção é ser aceita, admirada e amada. Por isso, não se queixa nem regateia o preço a pagar. Aceita as regras como preço do privilégio de ter um benfeitor. E canta, canta, canta, levando à loucura a mãe e a avó. Intuindo o desconforto, o Brigadeiro manda revestir de cortiça um dos quartos da mansão e, de surpresa, o oferece a Diva para estudar na hora que quiser, no volume que quiser, pelo tempo que quiser, sem incomodar ninguém. Diva aceita e passa a circular amiúde pelos salões e corredores, e sempre faz companhia ao Brigadeiro no almoço, no jantar e nas audições de ópera.

Interrompida a aula para descansar a voz, Diva pede ao professor Luiz Aguiar que avalie a sua evolução e o futuro que poderia ter no canto lírico. Ele notou na aluna uma ingênua e prematura busca do sucesso rápido, e vestígios de uma ambição por ora delirantes, mas normal em iniciantes. Se não pode evitar que se iluda, acha que deve dar sua opinião sincera e realista: "A arte é complicada, Diva. Verdades e certezas que valem em outras profissões não valem para artistas. Eu acredito em trabalho e disciplina. Para mim, é a transpiração que abre as portas da inspiração — nem sei explicar o que é talento. Sei que a vontade de ser artista, de lidar com a criação, é fundamental, indispensável. Mas a vontade não basta. Vejo pelos meus alunos. Mesmo os que têm enorme vontade, são apaixonados, dedicados, cumprem as tarefas, fazem os exercícios — nada garante que vão ser criadores! Não falo do seu caso, nem quero desanimá-la. Vi pessoas inteligentes, preparadas, sensíveis, até poderosas, se esforçarem ao máximo e não conseguirem fazer carreira. E o pior, concluírem, ao fim de tudo, que perderam tempo, que deviam ter se dedicado a outra coisa. Às vezes, com razão. A arte tem um mistério que não decifro. É preciso se esforçar, ter sorte, ter apoio de gente influente, mas nada disso é suficiente quando não há a tal luz interior que irradia do verdadeiro artista. Pode estar debaixo de mil refletores, olhos brilhando, plena de felicidade por fazer o que ama, e nem assim irradiar luz. Eu a vejo e sinto essa luz, mas não sei dizer o que é." Diva pergunta o que de fato quer saber: "Pelo que viu, acha que eu tenho essa luz?" "Não sei. Você ainda não foi desafiada a criar."

Apesar da certeza do Brigadeiro sobre seu talento e da sua candente vontade, Diva acha às vezes que a tarefa é grande demais, as exigências, excessivas, e enorme a responsabilidade — ao ver uma cantora lírica no palco, ninguém imagina a dificuldade para chegar até ali, o empenho, o trabalho incansável, os cuidados permanentes, as renúncias e os sacrifícios. Nesses momentos, teme não ter forças suficientes e fica prostrada. Porém, não deixa transparecer. Não tem coragem de falar ao Brigadeiro das suas inseguranças e seus temores. Receia que fique desapontado, que se decepcione com ela. Estremece só de pensar o que restará se esse castelo desabar. Embora tema a solidão, ela a reconhece como sua companheira desde a infância. Não podia freqüentar a casa dos amigos, por ser filha de mãe separada e por se sentir humilhada de não ter pai. Nem podia recebê-los em casa; era proibida a entrada de estranhos na mansão, ainda mais crianças, que podiam causar danos ao jardim, colher frutas e abrir a porta do viveiro — como acontecera no passado. Conviveu mais com adultos e idosos do que com crianças. Até o Brigadeiro lhe oferecer a afeição de amigo, pai, mestre, herói e homem. Nos momentos em que é tomada pelo medo e pela insegurança, acha que a maneira de não se entregar é trabalhar, ir à aula, estudar, trancar-se no quarto de cortiça e cantar e cantar e cantar...

Porém, mesmo trancada e cantando, dúvidas invadem o seu sossego. As respostas evasivas, mas sugestivas, do professor, e as afirmações convictas do Brigadeiro giram na sua cabeça, ora umas, ora outras; vão e voltam, criando um leito de incertezas no qual é impossível repousar: "Será que o professor, que sabe tudo, mas não é um artista, e não é porque não tem a tal luz e, por uma inveja além do seu controle, destrói quem a tem, mesmo sem intenção? Será que a intimidade amorosa cega o Brigadeiro, tornando-o incapaz de discernir sobre o seu talento? Ou será que ele acha que para tê-la ao seu lado precisa manter acesa a chama da esperança, ainda que falsa?" Sem respostas, só lhe resta cantar e cantar e cantar trancada no quarto de cortiça, sem que ninguém possa ouvi-la.

Juscelino Kubitschek, governador de Minas Gerais, lança sua candidatura à Presidência da República pelo PSD, e entrega o cargo ao vice-governador Clóvis Salgado, do PR, com quem o Brigadeiro convive, ambos membros da Sociedade Coral de Belo Horizonte. Juscelino avalia que nenhum candidato terá êxito no plano nacional se não levar consigo o apoio do seu município e do seu estado. Procura conciliar e se reconciliar com correligionários e opositores mineiros. Clóvis Salgado, que, após hesitar, apóia Juscelino, sonda o Brigadeiro sobre um possível apoio à campanha. Com fortes reservas à política e aos políticos, não se nega, porém, a conversar, como bom mineiro. A favor de Juscelino, guarda simpática lembrança de fortuita cena do passado. Algumas reuniões são feitas na mansão, durante as quais Diva se exila no bangalô. O Brigadeiro admite a possibilidade de vir a apoiar Kubitschek, mas, de saída, tem restrições ao vice, João Goulart, escudeiro de Getúlio Vargas, a quem condena pela ambigüidade inicial, entre apoiar aliados ou nazistas na Segunda Guerra Mundial e, afinal, a definição vendida aos americanos por investimentos. Mas Juscelino tem argumentos objetivos: a aliança PSD-PTB é condição *sine qua non* para ganhar a eleição, e o PTB impõe João Goulart. Prestes a recuar, o Brigadeiro acaba se definindo não pelas virtudes de um candidato, mas pelo que considera vícios do seu oponente. A UDN apresenta uma emenda constitucional que transfere a eleição presidencial para a Câmara dos Deputados, no caso de o eleito não conseguir 50% mais um dos votos. A emenda é rejeitada pela Câmara, mas a simples tentativa, golpista, segundo o Brigadeiro, que tem repulsa à quebra da legalidade constitucional, é suficiente para que decida apoiar a chapa Juscelino-Goulart. Para ele, antes a contradição do que a ilegalidade, num país que sempre vota no menos pior. Apesar da dificuldade para se definir, a participação do Brigadeiro na campanha é limitada. Rejeita qualquer aparição pública; o escândalo do passado, ao qual jamais se refere — todos conhecem, mas respeitam o silêncio —, o levou ao monástico recolhimento. Com a condição de não aceitar cargos públicos, sua contribuição é apenas financeira, e mereceu o agradecimento pessoal do próprio candidato.

Na disputada eleição há três outros concorrentes: Juarez Távora, Adhemar de Barros e Plínio Salgado. A campanha de JK-JG evita o que o Brigadeiro temia: a manipulação eleitoral do suicídio de Vargas; não acusa opositores nem lamenta obstáculos. Volta-se para o futuro e a capacidade de realizar: com a plataforma de crescer 50 anos em 5, lista trinta metas de governo com os respectivos custos e fontes de recursos. A dupla é eleita pela pequena margem de 33,8% dos votos.

Inaugurada a primeira emissora de televisão de Minas Gerais, a TV Itacolomi, o Brigadeiro compra um televisor. Dispensa audições operísticas em certas noites e, junto com Diva, assiste ao Grande Teatro Lourdes. Nessas noites, Diva dorme na mansão — dizendo à avó que é para evitar a volta para casa na sombra das árvores. Camisolas, *baby-dolls* e *lingerie* passam a ocupar os guarda-roupas do Brigadeiro.

Passear, conhecer pessoas diferentes, fazer amizades ou mesmo namorar não fazem parte da vida de Diva. No bangalô, não há o que fazer senão ouvir as histórias da avó, que parou no tempo, enquanto na mansão, o Brigadeiro, com a magia da música e do dinheiro, exerce irresistível fascínio. Diva ainda não conhece os sobressaltos do amor nem as dores do coração; tudo tem sido indolor, aconchegante e capaz de realizar sonhos. Aprende a criar emoções na música, e o Brigadeiro é parceiro íntimo. A cada dia, passa mais tempo na mansão do que no bangalô, adquiriu agradável sensação de segurança, que reflete na estabilidade emocional e na tranqüilidade para estudar. Mais confiante, aos poucos seus sonhos ganham contornos mais nítidos. Começa a acreditar que pode ser uma grande cantora, quem sabe um mito. Nas conversas cada vez mais raras e breves, Lavínia exala a mesma confiança da filha. Aos seus olhos de mãe sem marido e de mulher experiente nos antros onde as urgências gritam mais que as aparências, ter a filha sob a proteção do Brigadeiro é uma bênção.

Diva passa a usar roupas discretas, de cores sóbrias, quase sempre *ton sur ton*, combinando sapatos de meio salto e meias de seda. Cabelos bem cortados e penteados, unhas cuidadas com esmaltes suaves. O motorista, que costumava dispensar, agora é solicitado a qualquer saída. Os colegas da Sociedade Coral, do Coral de Santa Efigênia e do Curso Normal notam que sua silenciosa timidez juvenil ganha uma vaga circunspecção de jovem senhora, mais cautelosa que silenciosa, mais reservada que tímida. Não escapa a Lavínia que a filha quer parecer mais velha e mais rica.

A idéia de um dos alunos de canto lírico deixa todos entusiasmados e contagia Diva, que adere sem hesitar. Trata-se de preparar a parte vocal de uma ópera. Cada cantor ou cantora estudará sua personagem e a apresentará na íntegra, sem encenar um espetáculo. Será uma única audição, sem cenários, figurinos, orquestra, regente; somente as sucessivas árias, com as personagens entrando e saindo informalmente do palco ou de algum salão, acompanhadas apenas por um piano e, quem sabe, algumas cordas e sopro. Poderão convidar parentes e amigos para assistir. Escolhem *O barbeiro de Sevilha*, de Rossini, e Diva cantará Rosina, para voz de contralto — o que a desanima. O Brigadeiro, porém, pondera que, não sendo para exibição pública, apenas exercício sem grandes compromissos, seria didático cantar uma ópera-bufa. Pelo gênero e para ampliar sua extensão nos graves. Lembra que Rosina foi cantada por sopranos de registro agudo flexível, e a convence.

Como preparação, ouvem, mais de uma vez, distintas versões de *O barbeiro de Sevilha*, e o Brigadeiro passa a freqüentar sua sala de estudos com três funções: ensinar a correta pronúncia, traduzir a letra original e cantar as vozes masculinas das suas árias. Logo sentem falta de um piano — o de cauda está no salão e não passa pela porta —, ele compra outro, de armário, e contrata alguém para acompanhá-los. Divertindo-se com o fato de cantar, e cantar papéis distintos numa peça caricata, os ensaios são entremeados de risos, às vezes gargalhadas, que criam um clima alegre, quase uma festa. No enredo, ingênuo e eivado de qüiproquós, como convém ao gênero, o Brigadeiro se desdobra, cantando como tenor o conde de Almaviva, galã que se apaixona por Rosina; como baixo bufo, o Dr. Bartolo, tutor de Rosina, que quer se casar com ela; como baixo, o professor de canto Basílio, aliado de Bartolo e como barítono, o barbeiro Fígaro, que arma as estripulias dos enamorados. Com esta irrealizável diversidade de papéis, os ensaios são verdadeiramente bufos. A descontração contribui para o clima farsesco da cena sem prejudicar o trabalho de Diva, cujas partes são cantadas à vera e com empenho em alcançar tons de contralto e *mezzo-soprano*. Durante os ensaios, as relações entre as personagens, discutidas como parte do trabalho, admitem sutis analogias com a relação dos dois — inesperada fonte de silencioso humor, embora cúmplice — que os divertem, mas, às vezes, não divertem apenas.

No íntimo, o Brigadeiro deve se ver na pele do tutor Bartolo e Diva no lugar de Rosina. Aos poucos, a esperteza de Rosina e o desespero de Bartolo deixam de provocar risos. O humor passa às aulas de canto de Rosina, mas por curto tempo: não sendo a personagem um primor de cantora, vai perdendo graça para Diva. Nas árias em que Almaviva é o apaixonado galã, o Brigadeiro não tem mais o fôlego de tenor. É patético quando adverte Rosina de que será inútil tentar enganá-lo. No irônico desfecho, ele se sente desconfortável de ser o galã que se casa com Rosina e ainda mais desconfortável de ser o enganado que espera pelo dote. Mas antes de a comédia virar drama, outros cantores começam a ensaiar e o Brigadeiro se afasta, poupando-se de ouvir o que dizem e cantam atrás das paredes revestidas de cortiça. Mais tarde, quando é necessário reunir todo o elenco, os ensaios são transferidos para o lugar onde será a apresentação.

A sucessão de árias, com breves silêncios entre elas, aproxima a apresentação de um sarau lírico para trinta, quarenta espectadores, num amplo salão, com piano, violino, violoncelo, flauta e clarinete. A falta de unidade na interpretação, a imobilidade dos cantores e a tensão que paralisa o elenco tiram o humor das cenas, que resta vagamente nos tipos, nas letras e na música, esta apagada pela falta de uma orquestra. O exercício confirmou para Diva que ela só deve cantar no próprio tom, mas permitiu que percebesse uma personagem na sua inteireza, com as mudanças de atitude, de estado de espírito e de clima em cada cena, o que lhe deu consciência da complexidade da criação de uma personagem.

Orgulhosa do fato de a filha se tornar professora primária, Lavínia faz questão que Diva participe da festa de formatura do Curso Normal. Manda fazer três vestidos: para a missa matinal, para a cerimônia de entrega de diploma e para o baile. Sem entusiasmo e sem a presença do Brigadeiro, Diva participa do que entende como despedida. Levará raras lembranças boas e nenhuma grande amiga — nunca teve com quem trocar confidências, confessar intimidades, revelar sonhos, compartilhar pecados e dividir problemas. A festa de formatura, rosário de adeuses, juras de amizade eterna, fervorosas promessas de reencontros, é quase um suplício. Convence a mãe de que é hora de ir embora, e mentalmente se despede de toda escola. Acha sua instrução insuficiente, e às vezes se envergonha do tão pouco que sabe, mas nem pensa em continuar freqüentando escolas. Quer aprender com o Brigadeiro, sem compromissos nem obrigações, divertindo-se ao vê-lo discorrer sobre botânica, criação artística, exploração de ouro, penicilina, aviação, geografia, história, e todo o seu saber enciclopédico. Ouve embevecida, achando que entenderá o funcionamento do mundo pelo som das suas palavras, e todos os mistérios estarão ao alcance do cérebro. Mas não quer perder tempo lendo livros, nem se martirizar quebrando a cabeça com problemas complicados.

Uma noite, eles ouvem a *Cavalleria Rusticana* quando, súbito, ela se levanta: "Eu quero fazer essa ópera!" Atônito com o tom imperativo, o Brigadeiro a acalma: "Claro, minha querida, um dia você cantará Santuzza." Ela é incisiva: "Quero cantar agora! E vai fazer isso por mim!" Ignora as ponderações do Brigadeiro e insiste que se sente madura para cantar Santuzza, que aprendeu o suficiente com *O barbeiro de Sevilha*, e não vai passar a vida em aulas. Agora que se dedica com exclusividade à música, precisa de desafios etc.

Evitando se comprometer com um impulso que acha prematuro, o Brigadeiro avalia que a exposição antes da hora pode ser prejudicial à carreira. Diva o ignora. Quer cantar a *Cavalleria Rusticana*, e acha que merece. Nos dias que se seguem, apega-se a essa toada da manhã à noite, durante as refeições, na cama, até que o Brigadeiro se rende. Propõe à Sociedade Coral a encenação, com Diva no papel de Santuzza. Ninguém ousaria recusar a primeira sugestão do generoso associado, amigo do governador.

E recomeça a roda-viva de ensaios, agora com orquestra, coro, cenários, figurinos, maestro, diretor e toda a parafernália. O Brigadeiro faz questão de ficar à margem de tudo, um observador distante, e Diva se entrega ao trabalho: com o corpo, a alma, a sensibilidade, o sonho, o desejo e a determinação. Persegue o maestro e o diretor por toda parte, o tempo todo. Quer ensaios particulares após o coletivo, repassa cada ária, frase a frase, nota por nota. Com um professor de interpretação particular, testa nuances da personagem em cada verso. Paciente, ele a ensina a movimentar-se em cena, a ficar imóvel e manter-se viva, ativa e revelando emoções interiores, a usar as infinitas possibilidades expressivas dos braços e das mãos, lembrando que excesso de gestos cria polvos cênicos de agitados tentáculos, enquanto a economia concentra a emoção e valoriza os movimentos. Impressionam sua determinação e sua perseverança.

Depois de mudar o comportamento e a imagem, Diva parece calma, mas basta ficar junto dela para se sentir que nas entranhas, ou na alma, há um vulcão quase em erupção. A impressão de inabalável determinação é pouco simpática aos colegas, que se sentem desnecessários ao êxito de Diva e até à sua vida. A rigor, ninguém parece de fato essencial além dela. No corredor, ouve queixas de um desempregado; no banheiro, as dificuldades conjugais de outra; a doença de um, a depressão de outro; mas é passageiro o seu interesse, que pode, eventualmente, levá-la às lágrimas. Logo retoma sua personagem mais importante, ela própria, e esquece os dramas alheios. O convívio com os colegas envolve cuidados devido à relação com o Brigadeiro — tão secreta que não ousa confessar nem a si mesma. Antes, portava-se como se nada de mais acontecesse, embora fosse previdente o bastante para saber que não devia deixar ninguém se aproximar daquela casa, nem daquele homem. Talvez intuísse que seriam ambos censurados — exceto, talvez, pela mãe, que sempre soube de tudo sem que fosse preciso dizer nada.

A urgente necessidade de brilhar sugere que a relação com os colegas oculta o sentimento de que, se os outros avançam, ela recua. Imagina-se em disputa com todos, sentindo-se ameaçada de ter seu sucesso ofuscado pelo brilho dos outros. Nunca está satisfeita com o próprio desempenho, sempre pensando no que ainda precisa conquistar, sem perceber que a ansiedade não tem fim e a impede de viver o presente e sentir prazer com o que faz — que, sendo ainda pouco, merece, no entanto, ser valorizado. Vê o mundo como arena de disputa e rivalidade, vitória e derrota, com os colegas no papel de adversários. E o mundo se comporta, de fato, como Diva espera: há pouca camaradagem e menos amizade. Reage ao que sente com rejeição, tornando-se altiva e indiferente, ocultando dos outros, e de si, a insatisfação. Atira-se ao trabalho de forma obsessiva. O importante não é propriamente o prazer no momento da criação, que lhe parece angustiante e exaustivo, mas ser observada, destacada, comentada com repercussão pública, sair do anonimato e ter sua existência pessoal confirmada — isto é essencial, e não apenas cantar, o que, às vezes, cansa pela repetição. Maria Callas é a prova de que cantar é uma maneira de se chegar ao sucesso e ganhar fama.

A apresentação da *Cavalleria Rusticana* é um sucesso. Os aplausos calorosos exigem seis aberturas de cortina com coro de "Bravo!". O espetáculo enche os olhos. Bela cenografia para a singela aldeia italiana, figurinos surpreendentes, criativos e coloridos. O tenor cria um frágil e ingênuo soldado Turiddu, que se deixa seduzir por Lola e teme o marido dela, o carroceiro Alfio, e se apieda de Santuzza, a quem trai. Diva está comovente, na sua paixão traída e patética, na célebre passagem: "*Battimi, insultami, t'amo e perdono.*" O Brigadeiro, que escapou durante os aplausos, está exultante no carro que o leva para casa, e não ouve os consagradores comentários no *foyer*, nos quais Diva é considerada grande revelação. Ainda no camarim, com Lavínia e Constança chorando de emoção, recebe efusivos abraços e elogios superlativos — poucos sinceros —, e fica sabendo que estão abertas as inscrições do concurso para cantora lírica do Theatro Municipal do Rio de Janeiro.

Ao chegar em casa, a estrela da noite é surpreendida pela recepção, com palmas e chuva de pétalas, oferecida pelo Brigadeiro e os empregados, seguida de jantar à luz de velas. Orgulhoso, ele não lhe poupa elogios e assume, com humildade, que subestimou suas possibilidades como cantora. Para se redimir, entrega-lhe um presente que coroa o esforço e o sucesso: um colar de pérolas de três voltas.

No dia seguinte, é a convidada especial do almoço no bangalô, onde é recebida por Constança e Lavínia com abraços, beijos e bela mesa posta, onde brilha inusitada garrafa de vinho frisante. A conversa se estende pela tarde, com as duas querendo detalhes sobre os acontecimentos da noite anterior — quem era quem, quem disse o quê, quem veste o quê etc. etc. Ao ouvir as respostas, apenas exclamam: "Que maravilha! Benza-a Deus! Nossa Senhora que te proteja, minha filha! Você merece! Fez por onde! O safado do seu pai é que não se dignou a te ver brilhar! Mas se ele não te quis, Deus mandou quem te queira!" Diva, com um prazer eivado de orgulho oculto em modéstia e humildade, conta com detalhes, responde com paciência a cada pergunta, repete nomes, relembra gestos, satisfaz a curiosidade de quem pergunta pelos outros para saber dela, sobre quem não se fala, senão daquilo que é público.

Pela primeira vez, Diva viaja de avião, ao lado do Brigadeiro, para o Rio de Janeiro. Vestida com estudada elegância para a ocasião, seus olhos brilham não apenas pela visão acima das nuvens, mas pela sensação de plenitude com que tem vivido nos últimos dias. Flutuando de felicidade, sente-se completa: bonita, amada, segura e reconhecida como artista. Eis que a Baía de Guanabara se descortina aos seus olhos, e logo o Constellation da Panair do Brasil aterrissa no Aeroporto Santos Dumont. Diva pisa pela primeira vez na capital federal.

Hospedam-se no Hotel Serrador, dos mais confortáveis da cidade, em frente ao Senado Federal. Antes de descer do táxi, Diva se impressiona com o *frisson* que a envolve. Está no coração da cidade, onde o Rio de Janeiro é mais carioca. No *lobby* do hotel, preferido de políticos e homens de negócio, descobre que a famosa boate Night and Day, dirigida por Carlos Machado, fica justamente na sua sobreloja. Depois de se acomodarem no amplo apartamento, descem ao térreo. Na calçada, vêem a placa da francesa Mestre et

Blatgé, abreviada como Mesbla. Caminham trezentos metros até o Theatro Municipal, e no percurso ela observa a profusão de estilos arquitetônicos, do colonial ao neoclássico, do *art nouveau* ao *art déco*. Lê os nomes de inúmeros cinemas: Metro Passeio, Odeon, Império, Pathé, Capitólio, Rex, Rivoli, Vitória, Palácio, Plaza, Colonial — e entende o nome Cinelândia, onde, no carnaval, desfilam as escolas de samba. Do outro lado, o Supremo Tribunal Federal, a Biblioteca Nacional e o Museu Nacional de Belas Artes. Do lado de cá, o Bar Amarelinho, o Cordão da Bola Preta e os teatros: Glória, Rival e a jóia da coroa, o Theatro Municipal: o casal sobe a escadaria.

De volta ao hotel, já inscrita no concurso, Diva relê o regulamento. Cada candidata deverá fazer um solo de livre escolha e, como peça de comparação, o solo de Violeta do final do 1º ato de *La Traviata*. Diva solta o corpo sobre a cama como quem desiste: "Por que tem de ser internacional? Como vou disputar com cantoras do mundo inteiro?" Calmo, o Brigadeiro pondera: "Não é bem assim. O Brasil não é o maior centro operístico do mundo. Se vier alguma estrangeira, é argentina. Você sabe o que fazer: apenas estudar, como fez com a Santuzza." "Acha que alguém com a minha idade, com a minha experiência, tem alguma chance?" "Se não concorrer, não terá nenhuma. Se concorrer, saberá qual é a sua chance. Quem cantou tão bem Santuzza poderá cantar bem Violeta." Diva salta da cama sobre as costas do Brigadeiro, abraçando-o aos gritos: "Meu amor, meu amor, você é a única pessoa que me entende e pode me ajudar. Você conhece todo mundo, as pessoas o respeitam e admiram. Liga para seus amigos cariocas, descobre quais estão na banca examinadora. Vai fazer isso por mim, não vai?" Ele até se dispõe a fazer o que ela quer, mas hesita: "Não se divulgam os nomes dos membros da comissão. E, em geral, há estrangeiros!" "Você tem que me ajudar! Para se orgulhar de mim como soprano do Theatro Municipal do Rio de Janeiro!"

À noite, de vestido longo na pista cheia, Diva dança de rosto colado com o Brigadeiro ao som do piano de Waldir Calmon, que avisa ser aquela a sua última noite na Night and Day — em dois dias vai inaugurar a própria casa, a boate Arpège, no Leme.

Em casa, acompanhada pelo pianista, Diva se esfalfa na peça de comparação, o solo de Violeta, no fim do 1º ato da *Traviata* — a transviada parisiense, que dá grandes festas em casa. A ária começa com a explosão de emoção após a declaração de amor do jovem Alfredo, que ela acaba de conhecer: "*È strano! È strano! / In core scolpiti ho quegli accenti! / Sarìa per mia sventura un serio amore? / Che risolvi, o turbata anima mia? Null'uomo ancora t'acendeva. / Oh, gioia*. As mudanças dramáticas bruscas e as nuances musicais assustam Diva, mas não a desanimam.

Numa pausa do ensaio, Diva espairece no bosque e no pomar, dando-se conta do pouco que usufrui do silêncio e do frescor da brisa. Passeando entre as árvores, chega ao bangalô. A mãe não está em casa e Constança, como sempre, cochila no leve pra-lá-e-pra-cá da cadeira de balanço. Chega até a avó e beija-lhe o rosto. Mal os lábios tocam a pele, sente o gelo da morte e recua, apavorada. Constança partira sozinha e silenciosa como um passarinho. Diva se ajoelha aos pés da cadeira pensando em rezar, mas começa a cantar. Canta, canta, canta... todas as árias e canções que sabe. Era o que tinha de melhor para agradecer e homenagear a avó. Ao chegar, Lavínia encontra Diva com a cabeça apoiada no colo da avó. Combalida pela perda, não derrama uma lágrima, e toma todas as providências. No enterro, sob as árvores do Cemitério do Bonfim, o padre lembra que naquele dia também morrera o Santo Papa Pio XII. A morte da avó abalou Diva — passa vários dias consternada, sem conseguir cantar. Ao primeiro verso, os olhos se enchem d'água e a voz embarga.

De volta ao Rio de Janeiro, Diva se penitencia por não ter estudado mais e se arrepende de ter preparado a "Habanera", da *Carmen*, como ária de livre escolha. Está insegura com o solo da *Traviata*. No Theatro Municipal, fica sabendo que na banca de cinco membros, dois são estrangeiros — não soube a nacionalidade. Há treze candidatas, entre as quais uma italiana, uma espanhola, e duas argentinas. Entre as brasileiras, quatro paulistas, três cariocas, uma gaúcha e ela. Embora o Brigadeiro fique sempre ao seu lado, acalmando e encorajando, Diva está em pânico. Na manhã do dia da apresentação, somou-se ao seu pânico o terror que notou nas mãos trêmulas do Brigadeiro, quando a ajudou a subir a escadaria do Municipal. A ansiedade cresce ao saber da presença de Lavínia, que veio de ônibus para assistir ao teste. Momentos antes de subir ao palco, Diva não se lembra de nada, não sabe sequer por onde deve começar, inteiramente tomada pelo pânico. Mal inicia a ária, os medos desaparecem, e ela se entrega à música.

Mas não é aprovada. Não há avaliação escrita nem comentários da banca. Não há nota. Apenas a informação sucinta, dada por uma funcionária, de que a vaga será ocupada por uma cantora do Rio de Janeiro.

Na volta para Belo Horizonte, não tem vontade de falar, de se queixar, de chorar, nem de cantar. Tem uma única vontade: de morrer. Durante dez dias, sua depressão contamina a casa. Não se ouve música, não se vê televisão, não se conversa. No décimo primeiro dia, o Brigadeiro não agüenta mais a dor de vê-la naquele estado e propõe fazerem uma viagem à Europa.

NO TERRENO BALDIO PERTO DA MANSÃO, O MOTORISTA FIDÉLIS, NO BANCO ao lado, ensina Vittorio, ao volante, a dirigir. Chalmers assiste do banco de trás. É tal a desenvoltura de Vittorio que Fidélis se limita ao indispensável: "Agora, vamos voltar. Freia pra diminuir a carreira, debréia pra aumentar a força e roda o volante depressa pro lado esquerdo." Os pneus quase param ao mudar a direção, e o carro retorna. Chalmers estimula: "Parabéns! Conduziu bem, não, Fidélis?" "Sim, doutor, muito bem!", responde Fidélis. Em linha reta, Vittorio acelera um pouco: "Devagar!", adverte Chalmers, "está a 20 quilômetros por hora! Não pode, meu filho! Breca!" Vittorio reduz a velocidade. "Qual é o limite da velocidade que o inspetor de polícia tolera, Fidélis?", pergunta Chalmers. " Até 10 quilômetros por hora na zona urbana, 20 na suburbana e 30 na zona rural." "Mas essa lei é antiga!", reage Vittorio. "De 1912. Hoje se pode conduzir mais depressa." "É verdade, Fidélis?", confere Chalmers. "A lei tem uns 15 anos, doutor." "E a polícia permite mais?" "Auto de último tipo é mais ligeiro, doutor. E agora tem muitos. A polícia, o senhor sabe... Não tem como medir os quilômetros!" "E qual é a punição?" Fidélis se dirige antes a Vittorio: "Vamos voltar outra vez? Mesma coisa: frear, debrear, força e volante pra direita." Vittorio faz a curva e retorna. Fidélis se volta para Chalmers: "Para todas as infrações, a multa varia de 10 a 50 mil-réis para nós, motoristas; para proprietário, de 20 a 100 mil-réis." "Ouviu, filho?" Vittorio dá de ombros: "Não vou ser motorista nem proprietário!" Chalmers ri e volta a

Fidélis: "São diferentes os exames para motorista e proprietário?". Pára e adverte Vittorio, "Devagar, filho! Devagar!" Vittorio reduz a velocidade: "São diferentes?" Fidélis responde: "O motorista precisa ser maior de 21 anos, o proprietário, maior de 15 anos — e os pais são responsáveis pelas faltas que cometerem." "Ouviu, filho? O que fizer de errado, eu serei o punido." "Papai, confie em mim! Não vou fazer nada errado!" "Ele conduz bem, mas tem que prestar a atenção ao parágrafo 12 do artigo 9, e ao parágrafo 3 do artigo 26 do Regulamento." "Eu conheço e presto atenção", antecipa-se Vittorio. "E o que dizem esses artigos?", pergunta Chalmers. "O parágrafo 9 diz: 'Evitar encontro com árvores e postes', e o 3: 'Guiar veículo com cautela e prudência para evitar prejuízo e danos aos transeuntes, não precipitando a carreira, especialmente nas descidas e ruas de declive.'" "É correto", avalia Chalmers, "prudência com máquina nunca é demais. Mas está bem o treinamento, filho. Vamos para casa, deixa o Fidélis conduzir."

Na festa do aniversário de Carmela, irmã do amigo Pedro, no palacete da família, na Avenida Christovam Colombo, Vittorio é esperado com expectativa. Convidadas pediram à aniversariante não só que o convidasse, como se empenhasse para que viesse, tal o interesse que desperta. Uma delas, Izabel, adia viagem a São Paulo para estar com ele. Sem saber, Vittorio destrói romances, como aconteceu com Inácia, cujo namoro de dois anos se desfez porque o rapaz não quis mais ouvi-la falar que Vittorio era o homem mais lindo que já vira. Carmela se empenha, exige do irmão que arraste Vittorio para a festa, e não apenas para atender aos pedidos das amigas: em segredo, ela também cobiça o moreno de olhos azuis, inteligente, lindo e sensível, coqueluche das moças entre 15 e 20 anos — tudo sempre com a peculiar discrição mineira. Menina-moça, simpática e divertida, Carmela é inibida pelas atitudes infantis que a rigidez da educação familiar lhe impõe, o que não ocorre com o irmão Pedro — dois anos mais velho, e mais independente, irônico e debochado.

Ao chegar, Vittorio provoca *frisson* entre as convidadas, e, como sempre, não se dá conta. Ao cumprimentar Carmela, encantadora num vaporoso vestido branco com chapéu da mesma cor, a alegria e a gratidão se derramam dos olhos negros e no abraço discretamente aconchegante — registrado por

Izabel e por três outras que acorrem à sala e, ansiosas e enciumadas, querem se fazer notadas. Vittorio, com a polidez peculiar, concede a cada uma a menção ao nome e delicadas palavras alusivas à última vez em que se viram, a uma eventual história então contada, à beleza e à elegância com que se houveram. As mulheres, livres da camisa-de-força do espartilho, vivem em estado de euforia com os vislumbres de liberdade que os novos tempos concedem à maneira de vestir. A nova mulher não tem curvas, os seios e quadris são pequenos. Atrevida, fuma em público — em geral, com longas piteiras. O chapéu mais popular é o *cloche*, enterrado até os olhos, exigindo cabelos curtos, *à la garçonne*, ou cortados à altura do queixo, com boinas. Modelos de cortes retos, com capas e longos colares, convivem com decotes que deixam o colo à mostra, e saias que sobem à altura do joelho, mostrando as pernas, como nunca se viu. Uma ou outra mais audaciosa sobe até mostrar as ligas rendadas. Silhueta de tubo, os vestidos, além de curtos, deixam braços e costas à vista. A maquiagem é decisiva: rosto redondo, pele branca, boquinha pintada de carmim em forma de coração, beicinho arrebitado, olhos destacados, sobrancelhas pinçadas e delineadas a lápis. Como todas as presentes, é assim que a afoita Izabel avança o passo, predisposta ao abraço, e Vittorio sutilmente evita que os corpos se toquem — entre os olhares que suspenderam o que faziam para avaliar o recém-chegado, há pais, avós, tios, amigos e vizinhos num silêncio imóvel e curioso. Depois de Izabel, com suas louras melenas e olhos de um azul cintilante, é a vez de Helena estender-lhe a mão, com sorriso tímido e rosto de maçãs ruborizadas como boneca de louça, sugerindo que sua ousadia é menor que o desejo. Na sua vez, a deusa — assim os quatro amigos se referem a ela —, Maria Antônia, não se move, apenas inclina o corpo ligeiramente para trás, induzindo Vittorio a ir até ela, e estende languidamente a mão para ser beijada, enquanto seu olhar irresistível, seguro do seu poder de sedução, tenta arrancar-lhe a alma. Vittorio toca-lhe a mão com os lábios e sorri com um jeito peculiar, que combina humildade, elegância e ironia. Logo surgem Pedro e Vicente, que, entre abraços e troças, o arrastam dali, deixando as moças desapontadas, e sob protestos da aniversariante Carmela, que reivindica sua atenção.

Avançando de um salão a outro entre saudações e sorrisos, depara-se com dona Otília, mãe de Pedro e Carmela: "Vittorio, meu príncipe! Então pensou que não saberia do seu segredo! Pois aprenda: nada acontece nesta cidade que eu não saiba! Acabam de me informar que tem uma voz linda! E se canta na casa dos Savassi, há de cantar na minha! E vai ser hoje, em homenagem a Carmela!" Vittorio sorri, modesto: " Carmela merece uma bela voz, e a minha não é, dona Otília!" "Mamãe", intervém Pedro, "Vittorio mal chegou e quer lhe dar obrigações!" Puxa-o pelo braço: "Vem, vamos ao caramanchão." Dona Otília cede, mas não desiste: "Mais tarde vou buscá-lo para cantar!" Os três cruzam o salão, onde casais dançam, animados pela *jazz band* — os movimentos frenéticos do *charleston* exigem braços livres e vestidos soltos abaixo da cintura. Vittorio se encanta com a ousadia das meninas-moças, alegres, imprudentes, namoradeiras, piscando-lhe o olho. Conduzidos por Pedro, os três retornam, pela lateral, à entrada.

Depois de cruzar o jardim iluminado, com mesas dispostas pelo gramado e servidas por garçons uniformizados, Vittorio vê o caramanchão coberto de buganvílias de todas as cores, flores-de-cardeal, bons-dias e lianas. A céu aberto, sente-se, pelo suave frescor da brisa na pele, o quanto são agradáveis as noites de Belo Horizonte em setembro e outubro — a Avenida Christovam Colombo é o leito natural por onde corre a aragem que sopra das montanhas para os lados de Morro Velho. Antes de ver e ser visto, Vittorio ouve a voz veemente de Raul: "Não, não, ano passado lançaram a pedra fundamental! É o mesmo Viaduto Artur Bernardes, mas com novo projeto, que o presidente da Central do Brasil entregou ao prefeito esses dias. Vai da Rua da Bahia à Avenida Tocantins, uns quatrocentos metros..." Ao ver Vittorio entrando com Pedro e Vicente, Raul saúda: "O príncipe!" Vittorio se inibe: "Desculpe o tumulto." "Tumulto? Príncipes trazem luz e concórdia!" Enquanto todos riem, Vittorio corre o olho pelo ambiente. Acomodados em bancos de jardim e apoiados no parapeito, moças e rapazes — almofadinhas e janotas, sem barba, paletó curto colado ao corpo, ombros caídos, mangas e punhos estreitos, calça de cintura alta, pernas afuniladas acima dos tornozelos. Pedro anuncia: "Se alguém ainda não teve o prazer, apresento-lhes o príncipe Vittorio, nosso amigo!" "Boa noite", Vittorio saúda, "muito prazer; o 'príncipe' é brincadeira entre amigos. Continua, Raul, por favor." Vittorio se senta entre Pedro e Vicente. Raul retoma: "Eu falava do projeto do viaduto que vai ser construído sobre o ribeirão Arrudas e os trilhos da Central do Brasil. Vai ligar o centro da cidade aos bairros de Santa Teresa e Floresta. Vi a maquete, é formidável!" O rapaz de cavanhaque confirma: "Eu conheço o projeto! Saiu nos jornais ano passado." "O que saiu nos jornais", explica Raul, "foi o lançamento da pedra fundamental." "Não", insiste o cavanhaque, "me lembro do croqui." "Você tem razão", assente Raul, "mas aquele croqui era do outro projeto, com rampa de acesso e 275 metros de extensão." "Isso mesmo." "Eu me refiro ao novo, com 400 metros e 14 metros acima dos trilhos. No meio do vão, há dois arcos em forma de parábola em cada lado da pista. São lindas formas geométricas, verdadeira escultura flutuante no espaço! Dá a impressão de que Belo Horizonte também vai ter a sua Semana de Arte Moderna." "Quando fica pronto?", indaga a moça, olhos ocultos pelo *cloche* preto: "Estão falando em ano que vem", responde Raul, cético. "Esta semana", diz Pedro, "também fiquei empolgado: o governo regulamentou a Universidade de Minas Gerais!" A morena decotada, de cílios preguiçosos, tira a piteira da boca e, soprando o jato de fumaça, acrescenta: "Em trinta dias o governador nomeia o primeiro reitor! E no início do ano estará funcionando!" "Ótimas notícias! Fico animada com tudo isso!", diz a loura, *flûte* de champanhe na mão. "Pensar que a cidade não fez trinta anos e progride num ritmo alucinante!" Depois de acertar o nó da gravata, Vicente comenta: "Cidade planejada já nasce avançada. Como diz o Raul: 'Nasce moderna, com o espírito da época.'" "Tive a mesma impressão", diz Vittorio, "ao saber pelo jornal que o governo foi autorizado a abrir uma escola de aviação aqui! Imagina, uma escola de pilotos em Belo Horizonte! Há alguma coisa mais moderna do que a aviação?" O mais maduro, corrente de ouro entre os bolsos do colete e fumando cigarrilha importada, levanta-se antes de falar: "Vejam vocês, um viaduto que é geometria flutuando no espaço, a Universidade e tudo o que significa de ciência, cultura e arte, curso de pilotagem de aviões! Tudo na mesma semana, na capital que ontem substituiu Ouro Preto! Percebem como a origem planejada, arquitetada, dá à cidade uma racionalidade de acordo com o espírito dos novos tempos? Pensa: arrojo, velocidade, ciência, progresso, simultaneidade — é a era moderna!

Talvez agredissem a preguiça arcaica de Ouro Preto, mas aqui brotam naturalmente, como vocação, como destino. Um desses modernistas que estiveram aqui recentemente disse que o passado é lição para meditar, não para reproduzir; a tradição não tem valor, a não ser que se ligue à atualidade!" Satisfeito com o impacto que causou, suga a cigarrilha e sopra a fumaça para o alto. Diante da silenciosa admiração, sintetiza, triunfante: "Belo Horizonte tem os pés no passado de Ouro Preto e os olhos no futuro, mas seu presente é moderno." Alegre e espaventada, Izabel vem avisar que vão cantar os parabéns.

Depois dos parabéns, depois de servido o jantar em mesas espalhadas pela casa e pelos jardins, depois de o *charleston* incendiar melindrosas e almofadinhas, madrugada alta, de convivas empanzinados, corpos cansados e suados, dona Otília convoca todos ao salão principal, onde Vittorio é instado a sentar-se ao piano e cantar: "*Oh, linda imagem de mulher que me seduz / Ah, se eu pudesse tu estarias num altar / És a rainha dos meus sonhos, és a lua / És malandrinha, não precisas trabalhar...*", e passeia o olhar pelas melindrosas à sua volta, de maquiagens retocadas, bocas de coração vermelho e piteiras entre os dedos. Todas num deslumbrado encantamento com a voz macia que incita a intimidades, com os cabelos pretos, finos e lisos, que sugerem carinho, com os olhos azuis de misteriosos mares distantes, a boca sedutora de dentes alvos, que atrai lábios vermelhos, num rosto belo e viril, perfeito para a moldura romântica de uma época cheia de esperanças. Vittorio leva as admiradoras ao êxtase. Preso à banqueta do piano, mal se protege de afagos, abraços afoitos e beijos atrevidos. Provocante, fustiga o ingênuo coração das moças e meninas-moças, quase sussurrando a pungente canção da moda: "*Ao amor em vão fugir / Eu procurei / Pois tu / Breve me fizeste ouvir / Tua voz mentir deliciosa... / E hoje é meu ideal / Um abismo de rosas / Onde a sonhar / Eu devo, enfim, sofrer e amar...*" No fim da festa, e sem querer, Vittorio ofusca a presença da própria aniversariante, que, no fundo, deseja diluir-se naquele homem, pura tentação.

Na terça-feira, como sempre, Giuseppe chega a Belo Horizonte, e do Centro Telephonico liga para Giulia. Ela atende sôfrega, certa de quem está do outro lado, e sai imediatamente ao seu encontro, antes que Mrs. Austin volte do mercado. Está ansiosa desde que acordou aquela manhã, na expectativa de rever Giuseppe, que tem agitado os seus dias e ocupado os seus pensamentos, atormentando-a com dilacerante dúvida, que ora a arrasta para ele, ora a afasta dele. Tudo isso justamente quando, aposentado, Chalmers tem sido mais assíduo, o que torna a situação mais espinhosa. Com seu olhar compreensivo, ele tem sido testemunha, quieta e silenciosa, das noites em que ela rola na cama, da inapetência com que afasta o prato na mesa, da desatenção e do desinteresse por tudo que cerca sua própria vida, exceto Vittorio. Quanto mais cresce a vontade de rever Giuseppe, mais freqüenta a Capela do Sagrado Coração de Jesus em busca de refrigério para sua alma, devastada pela culpa e assolada pelo medo. Doces cravos, doce cruz, doce é o nome de Jesus. Do meio da tarde ao crepúsculo, passa horas de joelhos, o pensamento a girar da oração mais fervorosa aos mais solares devaneios, do próprio corpo nu chicoteado à coroação da Virgem na Catanzaro da infância, em irrefreável profusão de imagens, sem nexo nem lógica. Incapaz, a princípio, de se concentrar em qualquer coisa, vai sendo aos poucos contagiada pela serenidade da capela. Doces cravos, doce cruz, doce é o nome de Jesus. Giulia devota a Chalmers infinita gratidão e não quer jamais magoá-lo. Mas, verdade seja dita, não sente por ele, nunca sentiu, o vulcão que a arrasta para o italiano. Melhor seria que Giuseppe jamais tivesse aparecido, mas a verdade — sim, é hora de dizer a verdade, diante das chagas de Jesus — é que ele veio antes de Chalmers. Ela é que não o vira, atordoada pela viagem e pela adaptação a um país diferente e ao novo trabalho. Entre o imigrante seu igual, que veio ganhar o pão em terra estranha — mais parceiro de infortúnio do que sonho de menina-moça, que, à época, nem se fez interessado —, e o fascínio pelo homem maduro, sábio, poderoso e digno, que a inesperada gravidez precipitou a decisão, não a escolha, entende agora. Doces cravos, doce cruz, doce é o nome de Jesus. O que sente por Giuseppe, esse arrebatamento, jamais sentiu na vida; é uma emoção obscura, que experimenta pela primeira vez, sobre a qual não tem controle e parece ser mais forte do que ela, o que a deixa assustada, perturbada sobre onde poderá levá-la e onde vai parar. Ao mesmo tempo, lhe dá a sensação de alegria, felicidade e plenitude, que também nunca sentiu, como se estivesse começando a viver, a descobrir o que é viver: a solidão, o medo e a alegria da larva que se torna borboleta, como uma vez acompanhou no pomar. Doces cravos, doce cruz, doce é o nome de Jesus. Depois dos romances e das poesias que leu, filmes e óperas a que assistiu, sabe bem o nome do que sente. Mas não quer dizer — em nenhuma das línguas que fala. Ouviu infinitas vezes Chalmers se declarar, e sempre respondeu com o silêncio — única forma de, sem magoar, retribuir uma verdade com outra verdade. Não é só o medo do castigo divino ou de que a vida se vingue no futuro. Doces cravos, doce cruz, doce é o nome de Jesus. Afinal, não conhece o rude e bronco Giuseppe; mais do que um imigrante nesta terra, é forasteiro na sua vida. Sendo mãe de brasileiro, sente-se menos imigrante, não menos medrosa. Chalmers ela conhece: é confiança, segurança, estabilidade e conforto, que lhe propiciam desvelar os mágicos mundos da música, da arte, da leitura e do conhecimento; do piano aos vinhos, das sedas aos perfumes, da polidez à elegância — luxos com que jamais sonhara por não saber que existiam. Agora que sabe, saberá renunciar? Doces cravos, doce cruz, doce é o nome de Jesus. Mas Chalmers é também a humilhante divisão com outra, a solidão acompanhada. Giuseppe é um abismo que atrai por se entregar de alma e corpo ao que sente, fascina pelo mistério e pela tentação da aventura, seduz pelos estremecimentos da carne e do sangue que provoca. Doces cravos, doce cruz, doce é o nome de Jesus. Crê que sua culpa não é da alma, mas do corpo, e pede perdão pela luxúria que o habita. Crê que o medo não é do corpo, mas da alma, e pede perdão pela covardia que a habita. Devastada pela culpa e assolada pelo medo, Giulia se sente uma mulher à beira do abismo diante de Giuseppe.

"Vontade de cravar os dentes na sua boca, na sua nuca", murmura Giuseppe, olhos rútilos e rosto afogueado. "Não se atreva", sussurra Giulia, "não aqui." "Então vem", ele descobrira, sob as árvores nos fundos da olaria, a meia-água que os empregados usam para a sesta, e antecipou ao encarregado que a patroa iria avaliar a argila daquela área. "Aonde vai me levar?", sopra Giulia, estacando assustada. "Pra ver o melhor barro, perto das árvores." "Não vou. Está louco? E esses homens? Não posso me expor." "Vai ver a argila, já disse a eles. É seguro, vem." "Não. Já lhe disse: não sou só eu. Há ele. E meu filho." Parados frente a frente, olham-se. Ele arqueja, ela treme. "Vamos!" Olhos nos olhos dele, ela permanece imóvel: "Vamos, dá um passo ao menos. Mostra que tem coragem de fazer o que o seu coração pede. Vamos, um passo." "Sinto uma faca no peito. Não faça isso." "Então, faz como quiser." "Eu vou só. Se me sentir segura, chamo você." Ele assente, cabisbaixo. Ela vai para os fundos. Não se esconde dos homens que carregam de barro a carroça. De lá o chama. Giuseppe se aproxima rápido, e se atiram nos braços um do outro.

Enquanto o barbeiro lhe apara os bastos bigodes, que descem até a altura do queixo, Chalmers sacode o *The Daily Telegraph* na direção de Vittorio, que, à mesa, acaba de tomar o café-da-manhã: "Nos últimos cinco, seis anos, o mundo mudou tanto que os mapas ficaram inúteis: os comunistas abocanharam Ucrânia, Geórgia, Bielorrússia, Moldávia, Armênia etc.; Lenin morreu, Stalin chutou Trotski e agora manda sozinho na União Soviética, com a boca aberta para o Leste europeu. No Oriente Médio, o Império Otomano, o temido poder muçulmano de seis séculos, desabou — chutaram o último califa. Com a prosperidade dos últimos anos, os Estados Unidos vão se tornar potência mundial. Já sei para onde irá o ouro que sai daqui." Acertado o bigode, o barbeiro tira o avental e Chalmers se levanta: "Por que não aproveita e apara o cabelo?", sugere a Vittorio, que aceita e se senta. "Já que pensa em ser engenheiro, há aqui uma notícia estupenda", diz Chalmers. "Sobre o quê?" "Nos últimos anos, a ciência tem avançado mais na biologia — insulina, penicilina etc. Acho que agora um escocês deu um salto na eletrônica. Inventou um equipamento, baseado no princípio dos raios catódicos, que transmite imagens em movimento de um lugar a outro sem usar fio, como ondas de rádio." "Reinventou o cinematógrafo?", ironiza Vittorio. "Não, não, a imagem é capturada por uma espécie de câmera de cinema e imediatamente transmitida a uma espécie de tela, onde pode ser vista em movimento, como se fosse revelada naquele instante. Mais veloz que o cinema!" Vittorio imita a maneira do pai de falar: "O futuro está na velocidade!" Eles riem, o barbeiro se diverte: "E não é verdade?", pergunta Chalmers às gargalhadas: "Índio sabe construir pontes; o desafio da engenharia não é construir pontes, é construí-las de modo rápido e barato!" Entrando por trás de Vittorio, Fidélis ergue um chaveiro para Chalmers, que o guarda rapidamente no bolso.

Cortado o cabelo de Vittorio, Chalmers gratifica o barbeiro e se despedem. Pelo braço ele leva o filho a passear no jardim, para falarem do futuro da tecnologia. De passagem, pede a Mrs. Austin: "Por favor, peça a dona Giulia para descer ao jardim." "Sim, senhor." "Ela precisa saber mais sobre máquinas e velocidades." Estacionado na garagem, um automóvel novo e desconhecido atrai a atenção de Vittorio: um Ford Phaeton de luxo, último tipo, com a capota conversível arriada, verde-escuro, de quatro portas. Ele olha para o pai, que parece estranhar a novidade. Vittorio contorna o carro, fascinado: roda raiada, pneus de banda branca, estribo unindo os pára-lamas, bancos traseiro e dianteiro inteiriços, estofados em couro, porta-estepe atrás, buzina externa. Sem ser vista, Giulia assiste. Vittorio se volta para o pai, olhos brilhando: Chalmers balança a chave, sorrindo. Vittorio o abraça apertado, beija-lhe a face. Chalmers o segura pelos ombros: "Para o engenheiro que calhou de ser meu filho." "Obrigado, papai." Giulia aplaude, Vittorio a beija e volta ao carro. Ela se achega a Chalmers: "Obrigada, papai."

Vittorio dirige com Pedro a seu lado, Raul e Vicente no banco de trás, a brisa agita os cabelos, quase leva os chapéus. Por onde passam, atraem a admiração dos pedestres. O trânsito flui fácil nas largas avenidas e ruas de mão dupla — breves retenções naquelas em que circulam bondes, com o sobe-e-desce de passageiros. Sem a capota, podem ver o céu azul de esparsas nuvens brancas, sedosas e brilhantes, lembrando couve-flor. O desfilar de palmeiras imperiais e renques de árvores, extensos a perder de vista, as copas criando túneis de folhas sobre as ruas e se entrelaçando sobre os muros com as dos quintais; podem ver, ao nível dos olhos, arbustos, folhagens e flores nas praças daquela que é conhecida como a cidade-jardim. Vittorio estaciona em frente ao Grande Hotel. Os quatro descem a Rua da Bahia, na porta do Teatro Municipal, o cartaz anuncia a apresentação da pianista Guiomar Novaes. Depois de breve giro pela Livraria Francisco Alves, onde Vittorio retira, na conta do pai, *Tales of the jazz age*, de Scott Fitzgerald, sentam-se numa mesa do Café Estrela e pedem cerveja Teotônia. A conversa perambula por vários temas, até se fixar em profissão: que curso fazer?

Filho de médico, Vicente parece o mais tranqüilo: vai estudar Medicina. Não morre de amores por gente se lamuriando, agonizando, nem por cadáveres, mas tem curiosidade por uma ciência na qual todos se igualam na dor e na morte. Objetivo, valoriza a ajuda do pai em reputação, consultório e clientela, que, para ele, é mais do que um estímulo. Se profissão se escolhesse pelo coração e não existissem as facilidades do legado paterno, seria poeta ou escritor, o que os pais e avós jamais apoiariam, pelo temor de ele se entregar à vida boêmia, às mulheres, e a dilapidar o patrimônio acumulado em gerações. Tampouco está disposto a sacrifícios: pelo que sabe, a vida dessa gente é só idealismo, dedicação e dificuldades. As mulheres se apaixonam pelos versos do poeta, mas preferem namorar o médico. Por fim, embora goste de ler, não seria escritor nem poeta por uma razão simples: acha que não tem talento.

Raul vai estudar Direito, sabendo que será político ou comerciante, ou ambos ao mesmo tempo. Tem exemplo no pai: fazendeiro e chefe político, entende de currais — de gado vacum e gado eleitor, sem distinção — e de finanças — públicas e privadas, também sem distinção. Liderança reconhecida e respeitada nos setores da agricultura, pecuária — assumiu há pouco o controle de um banco —, tem reputação de político honesto, de ser pai de família exemplar e referência pública de moralidade. Raul terá vasto legado. O título de advogado para ele significa: anel de grau no dedo — uma coçada no queixo já informa com quem se está falando —, o título de doutor, que dá superioridade; o latim, que dá saber profundo e eterno, respeito intelectual e credibilidade; a retórica, que dá solidariedade humana, largueza de horizontes, amplitude de percepção e espírito superior, capaz de compreender os graves problemas da humanidade. E no âmbito familiar, ser advogado o distinguirá entre onze filhos legítimos e seis naturais, até agora: sete mulheres e dez homens. Os quatro adultos, que não têm curso superior, trabalham nas fazendas do pai. Os mais novos talvez estudem. Como advogado, poderá herdar poder político e ficar à frente dos negócios. Anda incomodado com o jurista Clóvis Bevilacqua, que defende o direito de os filhos naturais pedirem o reconhecimento de paternidade, mas acha que muita água passará sob a ponte até que os bastardos dos grotões façam uso dele.

O mais indeciso é Pedro: não faz idéia do que quer estudar. Filho de funcionário público e de uma rica herdeira — de raro casamento por amor, ou melhor, paixão desabrida —, tem vida abastada e uma irmã mais nova, Carmela. Compreensivos e pacientes, os pais não o pressionam, mas esperam uma decisão. E ele não sabe a que se dedicar. Faltam-lhe convicção, paixão, desejo. Não se vê como médico, advogado, engenheiro, dentista, fazendeiro, artista, padre, comerciante, político, nada. Não se vê, mas não odeia, nem morreria se exercesse uma dessas profissões — exceto a de político. Pedro odeia políticos. Não discorda do padre professor de Filosofia do Colégio Arnaldo, de que os homens, seres gregários, precisam de lideranças que os conduzam a uma sociedade justa e fraterna. Porém, não crê que os políticos brasileiros queiram qualquer coisa que se pareça com uma sociedade justa e fraterna. Com as reclamações e queixas diárias do pai, funcionário de carreira, aprendeu como o político age uma vez no poder. Foram tantas as injustiças a que assistiu, tantas bandalheiras, fraudes, roubos e manipulações, tudo no mais frio cinismo, na mais vergonhosa hipocrisia, que acabou morrendo de ataque cardíaco. Poderia ser qualquer coisa, mas não sabe escolher.

Vittorio vai estudar Engenharia porque o pai é engenheiro e quer que ele seja engenheiro — mas não quer saber de engenharia de minas nem de metalurgia. Não entende, nem mesmo o pai conseguiu esclarecê-lo, por que um metal carrega em si tamanha preciosidade que cria a miséria e a opulência, poderosos e escravos, guerras e revoluções, e leva os homens a se enfiarem debaixo da terra como tatus para arrancá-lo. Tem curiosidade por mecânica de aviação e aerodinâmica, cujos fundamentos andou assuntando no colégio. Assistiu à palestra de Santos Dumont, quando o inventor do avião esteve em Belo Horizonte, e ficou fascinado pela mágica de voar. Considera que tem definida a sua profissão, de forma objetiva e clara, sem hesitações nem delongas. No entanto, sua paixão, que se situa num patamar distante do profissional, é a música. As infinitas variações de umas poucas notas produzem reverberações por todo o seu corpo, como se ele próprio fosse o instrumento, ao mesmo tempo que o elevam a um estado em que transcende a si mesmo. O corpo vibra, a alma repousa. A música lhe soa muito além do que a razão pode alcançar, bem perto do sacrário onde incensa o amor à mãe. Não é uma forma de conhecimento que se possa reduzir à trivialidade de uma profissão. E ainda que cogitasse, a música, como a arte em geral, exige dedicação absoluta, todo o tempo da vida inteira, com a mesma fé, abnegação e renúncia dos religiosos e místicos — e não está disposto a se sacrificar no altar da arte. Se permite ao pai influir na objetividade da escolha da profissão, com a mãe compartilha a subjetividade da paixão. Para ele, a música e a mãe são inseparáveis. Canto e piano são conversa e carícia.

As decisões dos quatro amigos têm essa radiografia — imagem, descarnada e crua, que revela o interior, oculto desde o ventre —, que não faz jus às sutilezas mineiras. Já a fotografia, composta, bem-posta, com feição, figurino, maquiagens, no cenário do Café Estrela, é velada, literalmente coberta de véus, com nuances de olhares e silêncios, gestos e sorrisos, mesmo tratando-se de jovens amigos, no à-vontade de calorosa conversa sobre definições de vida. A polidez mineira prefere fotografias a radiografias.

Giulia salta da cama com súbita disposição para refazer o jardim — mais animação de quem tem energia de sobra do que urgências paisagísticas. Com Mrs. Austin e seu Nicanor, o jardineiro — armado de enxada, enxadão, pá, chibanca, picareta, ancinho e forcado —, o trio se entrega à tarefa. Giulia está tão ativa que lembra os tempos de Morro Velho. Num passeio pelos canteiros, surpreende-se com a quantidade de folhas amareladas e desbotadas, com pintas e manchas, brotos murchos, uns não enraizaram, outros não floresceram. E os culpados passeiam calmos à vista: lesmas, caracóis, lagartas, tatuzinhos, formigas e tudo que é praga. Em voz baixa para Mrs. Austin, a patroa se queixa do descuido de seu Nicanor com os jardins. Decidida a repreendê-lo, se contém ao encará-lo com atenção: uma tristeza infinda se acumulou nos olhos baços, de um castanho sem brilho, circundado pelo branco raiado de fios de sangue, num rosto enrugado e esquálido, de cabeleira nevada — mais do que a idade, a decadência, a saúde precária e a inércia dos que não esperam nada explicam as plantas sem viço, os canteiros sem flores e a mudez pasma de Giulia, que não tira os olhos de seu Nicanor. O instante fugaz repercute nos recônditos de mulher apaixonada por um jovem e vivendo na companhia de um velho. Reanima-se andando entre os canteiros, aponta aqui e ali, determina tarefas, e incita-o, e a Mrs. Austin, a remover ervas daninhas, catar pragas, podar umas plantas, transplantar outras, revolver e adubar a terra. Ela própria se arma de um tesourão, e mãos na massa!

No terceiro dia de trabalho da manhã ao entardecer, a reforma do jardim é uma revelação para Giulia. A começar da sua animação, que ela não sabe de onde vem e cresce dia a dia, a mudança se estende à maneira diferente com que passou a ver o mundo, as coisas e as pessoas; como as plantas, às quais não dava atenção e agora reconhece como seres vivos, que necessitam de ar, água e luz para viver, e se estão frágeis, precisam de atenção, cuidados, adubo; sem isso, definham e morrem, assim como seu Nicanor e Mrs. Austin, com quem tem conversado nesses dias, ouvindo o que dizem, olhando-os nos olhos.

Seu Nicanor foi mandado ao médico, ganhou os remédios, mas quanto à tristeza do seu olhar, não há o que fazer — segundo Giulia, são atenções para a esposa e a filha. Mrs. Austin surpreende e emociona Giulia: confessa que a espionava a pedido de Chalmers. Porém, em todos esses anos, nunca teve o que delatar e, afinal, informou-o de que não só passara a respeitá-la como a admirá-la, e por isso demitiu-se da função. Giulia sente-se aliviada, mas a ironia da situação não passa sem uma fisgada de culpa pela solidão de Mrs. Austin, que veio dar no Brasil como funcionária da Embaixada da Grã-Bretanha, onde ficou pouco tempo: nunca se casou, nunca namorou e continua virgem e sozinha. Aos olhos de seu Nicanor e Mrs. Austin, Giulia se transfigurou: de menina adulada e moça caprichosa numa mulher atenciosa, generosa e de bom coração. Revelações, confidências e intensa convivência aproximam afetivamente os três.

Com a ajuda de dois diaristas, trabalham duro — Mrs. Austin apenas nas brechas dos afazeres de governanta. A disposição de Giulia, em vez de diminuir, aumenta, para espanto de Vittorio, que sugere descanso, sem sucesso; e de Chalmers, que, tendo aparecido por dois dias, é instado a autorizar a construção de três bangalôs nos fundos do terreno, onde irão morar seu Nicanor com a família, Mrs. Austin, e Fidélis. Também quer aumentar as variedades do pomar e criar um bosque, transplantando espécies ornamentais adultas e plantando outras. Diante da animação de Giulia, Chalmers faz perguntas, pondera, tenta regatear, e depois de olhá-la longamente, como se devaneasse, acaba concordando. Giulia pressente algo estranho nesse instante de fugaz afastamento, e um arrepio de medo atravessa-lhe o corpo. Não imagina, intui ou decifra o que ele pode estar pensando. Reúne coragem e se aproxima, beijando-lhe levemente os lábios, que, frios, não se movem. Ela sente o chão fugir dos pés, enquanto ele mantém o olhar que a atravessa e vai longe dali, sem que ela atine aonde.

Numa noite de insônia, Giulia encontra Mrs. Austin na cozinha, e a partir da queixa banal de que tem dormido pouco, começa uma conversa com a intimidade de mulheres que se tornaram amigas. Sem que nada seja explicitamente dito, Mrs. Austin deixa perceber que compreende o drama que Giulia vive. Diz que a vida costuma tomar rumos que não são os do coração. Mas, às vezes, a mesma vida, que antes foi cruel, adiante dá uma nova chance. E esta é a chance do amor. A conversa avança e, aos poucos, as duas acabam falando mais abertamente. Nessa noite, Mrs. Austin torna-se também confidente.

Construídos os três bangalôs, mudam-se os empregados. Mrs. Austin fica no mais próximo, junto ao jardim, com quarto, sala e varanda, semelhante ao do viúvo Fidélis, em meio ao pomar. Seu Nicanor fica com o mais afastado, nos fundos do bosque, com dois quartos, sala e varanda, para viver com a esposa, Constança, e a filha, Lavínia.

Poucos dias depois, Mrs. Austin traz a notícia de que seu Nicanor morrera durante a noite. Dona Constança e Lavínia se desesperam. Giulia acha que teve uma premonição desta morte, pelo visto, tarde demais. Intui que, ao sentir a esposa e a filha abrigadas, o jardineiro deixou-se morrer. Vittorio e Fidélis tomam as providências para o sepultamento, enquanto Giulia reza entre os canteiros do jardim, arrancando brotos murchos, folhas amareladas, desbotadas, com manchas e pintas. Depois, orienta Mrs. Austin a proteger a viúva e a filha, que não têm onde viver nem como ganhar a vida. Poucas pessoas aparecem no velório. Constança e Lavínia estão inconsoláveis. Giulia, Vittorio, Mrs. Austin e Fidélis assistem em silêncio ao sepultamento.

A deusa Maria Antônia, segura do seu poder de sedução e com liberdade rara entre as moças da mesma idade, sugere a Pedro assistirem juntos ao primeiro filme "com voz", referindo-se ao sonorizado *O cantor de jazz*, com Al Jolson, em cartaz no Cine Avenida. Entusiasmado, ele aceita a idéia — e ela, delicada e insinuante, o induz a convidar Vittorio — jeito feminino de fazer os admiradores agirem contra os próprios interesses. Sentindo-se usado, mas sem querer ficar mal com ninguém, ele faz o que ela quer. Na noite combinada, vai pegá-la em casa no carro que Vittorio dirige. Durante o filme, ela, entre os dois, sabe muito bem a quem quer, mas os dois, ainda não. Na fita, o protagonista, de família judia com tradição musical, rompe com o pai e sai de casa para realizar o sonho de ser cantor de jazz. No final, astro da Broadway, na noite de estréia do novo espetáculo, prefere ir para a sinagoga, onde ocupa o lugar do pai agonizante. Na saída, ao comentarem a história, Vittorio tem bons motivos para se identificar, pelas músicas e por mostrar delicada relação entre pai e filho.

Ao abrir primeiro a porta da frente do carro e depois a de trás, Vittorio, sem querer, frustra as intenções de Pedro — Maria Antônia entra na frente e se senta ao lado do motorista. Ao passarem pela porta do primeiro restaurante, Pedro pede que pare, despede-se e desembarca, agradecendo o oferecimento de Vittorio para levá-lo em casa. A deusa suspira, recosta-se no banco inteiriço, cruza as pernas e fixa em Vittorio o seu irresistível olhar, capaz de arrancar pelos olhos a alma que deseja: "E então, gostou da fita?" "Sim, gostei. A música é bem melhor do que tocada atrás da tela. As canções são lindas. E o final me surpreendeu." "Que bom! Imaginei que ia gostar, por isso pedi ao Pedro para convidá-lo. Foi idéia minha." "Ótima idéia. Agradeço por ter me incluído." "Não precisa agradecer. Quando vi que era sobre um cantor, pensei logo em você." "Pensou, foi? Fico contente." Vittorio freia, assustado; um burro, em fuga do terreno baldio, cruza a frente do carro, desastradamente perseguido por dois homens. O animal faz que vai numa direção, eles barram o caminho, ele foge na direção oposta; mesmo cerco do outro lado, nova finta. Vittorio se diverte com a cena bizarra até que, após vários dribles, um dos homens se estabaca no chão, o outro se choca contra uma árvore e o burro se afasta trotando. Vittorio arranca com o carro e, no silêncio após as risadas, nota que a deusa não se divertiu, e se concentra na direção. "Posso lhe fazer uma surpresa?" "Surpresa? Sim, por favor", diz Vittorio, curioso. "Eu sempre penso em você", ela diz, em ousada confissão, que, pela falta de convivência, deixa Vittorio perplexo, sem saber o que dizer. "Desde o aniversário da Carmela, você não sai da minha cabeça." Ela silencia e tenta, mais uma vez, arrancar-lhe a alma com o olhar. Ele sorri, gentil: "Bem, acho que devo dizer alguma coisa, não sei o quê. Você realmente me surpreendeu. É uma moça muito bonita, educada e..." "Atrevida!", ela completa; ele sorri: "Isso não me incomoda. Ao contrário, acho ótimo. Mas...", ele gesticula sem achar as palavras: "Fico contente de saber, mas... Mas, achei... Bem, o Pedro..." "Não! Somos apenas amigos." "Amigos?", ele espera a resposta. "Apenas amigos?", insiste. "Sim, amigos", ela confirma, sorrindo. Vittorio encosta o carro: "Assim, conversamos melhor." Desliga o motor e se volta inteiramente para ela, que sorri, procurando posição mais confortável: "Ainda bem que não abaixou a capota. Estou perto de casa, não ficaria bem me verem no seu carro à noite." Aos poucos, a conversa fica rarefeita e os olhares, eloqüentes. O silêncio se impõe, mas os corpos dialogam, em crescente sofreguidão, sobre questões de instinto. Até chegarem ao limite, e a deusa atrevida empaca: "Sou virgem! Só deixo se jurar que vai casar comigo."

O desapontamento com a deusa leva Vittorio a render-se às mortais, ao usufruto das que o assediam — que não são poucas. Com o mesmo fervor que dedica à engenharia, ao piano e ao canto, entrega-se à sedução das moças — devoção a que elas se dedicam com fervor, pudores e limites a cada 24 horas do dia. As aproximações são veladas, a linguagem, cifrada, e os encontros, na maioria, fugazes. O compromisso tácito é manter a discrição e preservar a reputação com silêncio tumular. O vaidoso, falastrão e detrator é sumariamente linchado pela maioria delas, sobretudo pelas comprometidas. Descuidados, os homens espalham suas bravatas eróticas ao sabor da necessidade de se afirmarem — numa imolação moral em praça pública! Elas mantêm ágil e eficiente circulação de currículos masculinos, compilados a partir de duas situações pessoais: se envolveu paixão e ressentimento, é demolidor, não restando pedra sobre pedra na vida do infeliz; se é coisa fugaz, encantamento fortuito ou circunstância episódica, a folha corrida é velada, sutil, evasiva, mas suficiente para desqualificar o réu.

Num olhar mais abrangente, por alto, incluindo parte expressiva da sociedade, todos sabem alguma coisa de todos, mas as boas maneiras sugerem que não se diga em público — a arquitetura das relações tem telhado de vidro. O respeito à imagem e à reputação de uns pelos outros cria silencioso pacto de discrição, que preserva todos do linchamento público, não da tortura privada. Na capital planejada com vastos espaços de modernidade urbana, os primeiros moradores, transplantados do interior, trazem o tempo longo e lerdo, que não se ajusta à velocidade que a metrópole espera. A maioria, que não usufrui a nova liberdade modernista nem os novos direitos republicanos, contempla e admira o novo espaço-tempo-velocidade, mas se recolhe ao âmbito doméstico e religioso, à casa e à igreja, a Deus e à família. Enclausurada, sem lazer nem diversão, numa cidade sempre em obras, a população, entediada, espia a vida pela veneziana, instila bisbilhotice e destila moralismo.

LINDO, INTELIGENTE, RICO E SENSÍVEL, AS MENINAS, AS MENINAS-MOÇAS E AS moças alçam Vittorio à involuntária condição de príncipe encantado. Na expectativa de viver a primeira experiência amorosa, ele mordisca todas as iscas lançadas em suas águas — peixe que morde isca ignora a quem servirá. Há de tudo, para todos os gostos, mas quem não prova não cria preferência. O pai, a mãe e o seu próprio instinto mandam experimentar, desde que não cause danos às cobaias — o que é impossível de se prever, avaliar e evitar. Vittorio, que não sabe o que fazer da própria vida, não saberia o que fazer da vida alheia. E cai na rede de Izabel, de louras melenas e olhos azuis cintilantes, que uma vez deixara de ir a São Paulo para vê-lo na remota festa de Carmela. A pescaria tem o mesmo roteiro, mas desfecho-surpresa: "Sou virgem! Mas, se quiser, posso fazer com a mão."

Como sempre acontece, a primeira experiência sexual antecede a primeira experiência amorosa — há risco de seguirem autônomas vida afora. Na portentosa festa de inauguração da sede do Automóvel Clube, no trecho nobre da Avenida Afonso Pena, a mais importante da cidade, Vittorio experimenta a ruptura entre amor e sexo, sentimento e instinto. Ponto de encontro da elite mineira, seus sócios controlam a vida econômica e, pela costura que as liga, a vida política — em emocionante convivência no cassino privado, que funciona no último andar. É lá que Vittorio, metido no obrigatório *smoking*, tenta escapar da implacável perseguição de Carmela — infantilizada pela rigidez dos pais —, que se beneficia do privilégio de ser irmã do amigo Pedro. Seu ataque, porém, se dá justamente quando Helena, a menina pudica que enrubesce como boneca de louça, surge, aos olhos de Vittorio, mulher plena, belíssima, exuberante, elegante, de irresistível sensualidade. Arrebatado, Vittorio sente, pela primeira vez na vida, irreprimível vontade de estar junto dela indefinidamente. Embora acolhedora, gentil e delicada, Helena mantém-se estranhamente impávida, tratando todos da mesma maneira, o que, para Vittorio, é uma eqüidade revoltante. Ela chega a afastar-se até outra mesa, obrigando-o a bordejá-la. De repente, ele se vê na bizarra situação de fugir da caça de Carmela e caçar Helena, sempre de maneira discreta e sutil, mas intensa. Seguem assim até que Helena se despede com cruel polidez, e se vai com a família. Sem perder tempo, Carmela oferece o colo ao príncipe ferido. Pouco depois, à meia encosta do morro, quando acaba o calçamento da Avenida Afonso Pena, seus corpos no frenesi da fricção levam a um novo desfecho-surpresa: "Sou virgem! Não gosta na boquinha?"

O fascínio por Helena, edulcorado pela fantasia delirante, dispersa a concentração necessária ao estudo de engenharia, e Vittorio troca o sono pelo exasperante rolar na cama. Nem horas diárias de devaneios ao piano aliviam o impacto da primeira rejeição ao florescer da primeira paixão. Não resistindo mais, procura Helena. Antes que possa dizer o que sente, ela deixa escapar, ou o faz saber, de forma polida e oblíqua, que tem namorado, de quem ficará noiva e com quem vai se casar. O coração virgem sangra à primeira estocada, e clama pelo colo da mãe — justamente quando Giulia trava consigo mesma duros embates às vésperas de difíceis decisões. No seu atormentado coração se enfrentam a mulher feliz e assustada com a paixão que a possui, a mulher que tem medo de se afastar do pai do filho que não é marido, e a mulher que é mãe. Oculta seus embates e, com música, passeios, conversas e carinho, ajuda Vittorio a cicatrizar a ferida, confortada pela intuição de que, ao sentir a paixão, seu filho tornou-se homem, e ao experimentar a dor sem cura, tornou-se um ser humano.

EM SEU QUARTO NO MODESTO GRANDE HOTEL DE DESTERRO, DIVA DORME com rodelas de pepino sobre os olhos e o pescoço envolto pelo cataplasma de alho e alface. O espelho grande, exigência que foi atendida, está fixado à parede. Acima da cabeceira da cama há uma reprodução do Sagrado Coração de Jesus, com a mão direita erguida e o indicador apontado para um coração vermelho fora do corpo. Ela acorda, livra-se das verduras e começa a aquecer a voz com exercícios de vocalise de tons variáveis e volume crescente: "Mi-mi-mi-mô, mi-mi-mi-mô, vô-i-vô-i-vô-i-vô, vô-i-vô-i-vô-i-vô..."

Não demora e no primeiro andar, assim como no térreo, as portas dos quartos se abrem e hóspedes saem, do jeito que estão, para o corredor, atarantados com a estridência da voz e a monótona repetição do bizarro fraseado. Indagam uns aos outros de onde vem e de quem é a insuportável voz, tão aguda que fere o tímpano, com tal volume que perturba o hotel inteiro, e cantando aquela música — será música?, se perguntam: a uns lembra cacarejo de galinha-d'angola, a outros, o abater de um porco — com uma letra imbecil. Os mais incomodados e menos tolerantes — caminhoneiros, tratoristas, vendedores, representantes comerciais, técnicos agrícolas, fazendeiros — protestam, exigindo uma atitude do hotel. O funcionário limita-se a informar que a hóspede é uma cantora famosa que veio fazer um show na cidade. Um dos mais exaltados associa Diva ao espalhafato que um caminhão-baú acaba de fazer na cidade. Irritado, denuncia que, depois de bagunçar o trânsito e ensurdecer a população, quer enlouquecer os hóspedes. "Tem que mandar calar!", grita outro. Alheia ao transtorno, Diva aquece a voz: "Ô-ô-ô-é-é-é-ô-ô-ô..."

Ralph é dos raros hóspedes, talvez o único, indiferentes à agitação. Na porta aberta do quarto, no mesmo andar de Diva, está com o interesse e o desejo concentrados na copeira Edivânia, cerca de 30 anos, nascida em Desterro, de onde nunca saiu — autêntica desterrada de nascimento: "Por que a sua amiga grita tanto?", ela quer saber. "Porque ela é louca", responde Ralph. Na dúvida, ela reage: "Está caçoando de mim? Sou besta não, viu?" Ouve por instantes, enquanto Ralph, fauno esfomeado, a devora com o olhar: "Virgem Maria, os gritinhos são tão finos que até dói nos ouvidos!" De pernas grossas, seios pequenos, longos cabelos pretos, pele clara, lábios que repousam entreabertos, veio trazer a garrafa de conhaque e um copo, e deixou-se ficar — a princípio, para responder às sucessivas perguntas de Ralph; depois, seduzida pelos elogios que ele fez à sua educação, à sua beleza, à sua pele, aos seus olhos, aos seus lábios, e se envolve tanto com aquela perspicácia para sentir a beleza feminina que não hesita quando ele, temendo ferir a mão antes da audição, pede ajuda para abrir a garrafa de conhaque.

Mal entra no quarto, Edivânia nota que ele fecha lentamente a porta, sem fazer ruído. Mas algo lhe diz que pode confiar nele — talvez a sensibilidade que mostrou ao perceber seus dotes. A conversa prossegue prenhe de intenções ocultas e frases ambíguas, mas sem que ele a toque, sem sequer se aproximar. Com voz macia, elogia sua habilidade para abrir a garrafa, e quando ela lhe entrega o copo com conhaque, Ralph faz questão que ela tome o primeiro gole. Se a recusa é insistente, a oferta também insiste. Ele segura a mão dela delicadamente e leva o copo à sua boca — e se tocam. Ela abre um pouco mais os lábios e bebe um gole, que desce queimando a garganta. O rosto vermelho se contrai, os olhos se enchem d'água, ela tosse, expulsando o bafo quente. Durante esse curto tempo, Ralph mantém suas mãos dadas, próximos o bastante para sentirem a respiração um do outro. Ele sorve um grande gole, enquanto ela abana a mão diante da boca aberta, procurando alívio. Ele engole a bebida de uma vez e, puxando-a para si, aperta os lábios nos dela. Edivânia tenta escapar, vira o rosto, empurra-o, sem convicção, para deter-lhe o ímpeto. Não apenas se deixa beijar, beija-o também. Um beijo longo, voluptuoso, compartilhado, findo o qual ela ajeita os cabelos, sorri para ele, que toma mais um gole, e abre a porta. "Volta depois da audição", ele pede, "lá pelas dez e meia." Ela olha sem entender, nem dar a entender, ao mesmo tempo serena e confusa. "Você vem?", ele seduz; ela abre a porta e sai. "Vou esperar você", insiste, mas ela não dá resposta. A porta está se fechando; ele, num salto, põe o pé e ganha o corredor, repetindo que vai esperá-la. Ela avança sem olhar para trás, até desaparecer. Só então ele se dá conta dos hóspedes, metidos em robes e penhoares, toalhas no pescoço e bobes no cabelo, escovando os dentes e dando de mamar, todos cantando juntos, num vozerio ritmado, que se soma a outras vozes espalhadas pelo hotel, ecoando Diva: "Mi-mi-mi-mô, mi-mi-mi-mô..."

Mais tarde, no camarim do Teatro Nivaldo Pereira, Orlanda caça fios brancos nos cabelos de Diva, que, sentada diante do espelho, prepara-se para a apresentação: "A senhora está precisando tingir o cabelo de novo", sugere Orlanda ao pinçar mais um fio. "Oh, meu Deus!", ela suspira, "tingi outro dia!", e aproxima o rosto do pequeno espelho: "Olha o estrago, Orlanda!" A camareira olha e se afasta para cuidar dos apetrechos de maquiagem. Diva vai até o espelho grande na parede, onde se vê de corpo inteiro. Gira para um lado e outro, aproxima-se, estica a pele, avalia as olheiras, pés-de-galinha, rugas de expressão. Enquanto restaura a intimidade com o próprio rosto, sussurra para Orlanda, olhando-a pelo espelho: "Ninguém imagina como uma cantora sofre com a idade! Nenhuma mulher é mais castigada pelo tempo do que nós — cantoras, bailarinas, atrizes, e as prostitutas também, coitadas. O público quer que a artista seja eterna como a arte. E a gente primeiro se ilude de que será sempre jovem, depois se ilude que pode voltar a ser jovem. Só eu sei o quanto fico insegura de enfrentar o público feminino. É difícil subir ao palco com a cara enrugada feito um maracujá murcho." Tira as mãos do rosto, solta os braços e se olha nos olhos. Uma nuvem sombria escurece a expressão: "É preciso saber a hora de parar. Será que vou saber quando a minha chegar? Não aprendi, nem sei onde se ensinam essas coisas." Recosta-se na cadeira e entrega os cabelos à escova de Orlanda. Sobre a penteadeira, uma caixa de jóias finamente trabalhada, interior forrado de veludo azul, onde se entrelaçam colares, correntes, pulseiras, diademas, tiaras, brincos, anéis, broches, coroas de pedrarias e incontáveis adornos femininos de diversas épocas — nada com valor em si; valem como promessa do que virão a ser no palco ao cintilarem as luzes, que farão de tudo ouro, pérola, platina e diamante. No meio da bancada, organizados em minuciosa disposição, potes, vidros, bisnagas, caixas, bastões, *sprays*, batons, ruges, cremes, pastas, líquidos — nada com valor em si; valem como promessa do que virão a ser no palco, usados em mulheres sem atrativos, ao cintilarem as luzes que farão delas deusas. O palco cria sua própria realidade, feita para encantar, mas no final não se pode acreditar.

Com as batidas na porta ouve-se a voz de Zé Bolero: "Sou eu, Orlanda." Diva autoriza, Orlanda abre: "Queria dividir o serviço de outro jeito." "Como?", quer saber Orlanda. "Você disse que a lotação tá vendida", Diva intervém. "Graças a Deus, não é, Zé?" Ele assente: "Claro, dona Diva." Orlanda se dispõe: "Como quer fazer?" "Como a gente faz quando não precisa bilheteiro. Você vai pro meu lugar no picote e eu opero a luz." "Aqui tem cortina. Quem vai abrir a cortina?" O mais simples, pensa Zé Bolero, seria dona Diva abrir, porque o Ralph entra em cena primeiro. Mas ela nunca fará isso: "Nem pensar! A estrela abrir cortina, onde já se viu!", ele a imagina aos gritos; melhor esquecer. Movido pela vontade de provocar, cogita a solução que sabe que será rejeitada: "Se começasse com a cortina aberta, bastava eu acender a luz." "Nem pensar!", grita Diva, e encerra o assunto. Rindo por dentro, Zé Bolero retoma a sugestão: "Fizemos tantas vezes sem cortina." "Porque nessas bibocas nunca tem cortina!", explica Diva. "Quando tem, você quer esconder! Essa tem uma pintura linda! Deixa de ser preguiçoso, Zé Bolero! Vai usar a cortina, sim, senhor!" "Então vamos usar, dona Diva", ele sorri. Diva aproveita: "Não há meio de você tomar gosto pelo canto, não é, Zé? Um rapaz inteligente em mecânica, eletricidade, carpintaria, todos os ofícios! Que aprende com facilidade como funcionam as máquinas, os motores, o chuveiro, o fogão! Que é capaz de consertar um automóvel, um relógio, o fecho de um colar! Que faz tudo com dedicação, com capricho. Um homem educado e respeitador, que na hora de demonstrar bom gosto, de apreciar o que é belo, de revelar seu espírito superior, parece uma pedra, sem a menor sensibilidade! É um espanto! Como pode a inteligência se desenvolver numa direção e não em outra? Eu não entendo como você pode ser inteligente e insensível! Olha, Zé Bolero, eu já prometi mil vezes, e vou prometer mil e uma: ainda levo você ao Scala de Milão para ver o que é uma cortina de boca de cena! Você vai chorar de emoção!" " Eu já disse que quando a senhora quiser me levar, é só avisar. De graça, até injeção na veia!" Ela o encara, balançando a cabeça: "Não consigo entender." E após curta pausa: "Mas agora não importa. A cortina fica fechada e só abre antes de começar." Zé Bolero volta-se para Orlanda: "Quando a cortina abrir, eu preciso estar na mesa de luz, lá no fundo da platéia." "Então, eu abro a cortina", antecipa-se Orlanda, acrescentando: "Não tendo bilheteria, acho que dá. Assim que o público entrar, dou a volta por trás e corro pra cá." Atenta, Diva adverte: "Você sabe: só começo com você aqui. Se demorar, Ralph vai esperar sozinho no palco." "Dá tempo, dona Diva", assegura Orlanda, "fizemos assim outras vezes e a senhora nem notou." Zé Bolero vai saindo, e Diva ordena: "Chama o Ralph, por favor." "Sim, senhora." " E vem você também. Quero falar com os dois." Ele sai. Orlanda fecha a porta.

É O FIM DE UM DIA DE JULHO DE 1945, QUANDO O NAVIO *USS GENERAL M.C. Meigs*, que partiu de Nápoles no dia 6, entra nas águas da Baía de Guanabara trazendo de volta ao Brasil parte das tropas da FEB. Entre os oficiais está o tenente Vittorio. Embora cansados da desconfortável viagem, depois da inominável exaustão da própria guerra, no momento do regresso os homens ardem de saudades, ansiosos para rever esposas, filhos, mães, pais e amigos. É na expectativa do abraço, da explosão de alegria, que torcem para que o navio aporte o quanto antes. Na euforia da aproximação, gritos cruzam do convés à casa de máquinas, do tombadilho aos camarotes, antecipando emoções refreadas pela disciplina, pelas adversidades e pelo medo. Contagiado pelo clima a bordo, Vittorio também quer chegar, embora ninguém o espere no porto — a mãe está na Itália, o pai partiu há quinze anos, não tem irmãos, primos, e nunca conheceu o par de meios-irmãos. Chegar longe da cidade natal é um chegar que não chega; quem não tem parentes que possam vir tampouco encontra o abraço dos amigos.

A experiência de estar só lhe é cada vez mais familiar. Ser filho único e não ter a presença constante do pai feriu uma das asas do vôo afetivo. O gosto pela música, que os amigos não compartilhavam, o isolou. O prazer de voar confirma a inconsciente escolha de estar só nos céus. Embora regida por movimentos de grandes massas em nome de razões intangíveis, a guerra é, sobretudo, uma experiência pessoal. Vittorio sabe mais de estar só do que de compartilhar.

Anoitece quando o *USS General M.C. Meigs* atraca no porto do Rio de Janeiro. No desembarque, uma multidão ocupa a praça e o porto, cantando e acenando lenços, numa recepção festiva, de forte enlevo patriótico e de gratidão pela vitória contra os inimigos do Brasil. Animada pela vibrante banda dos Cisnes Brancos da Marinha do Brasil, a população canta junto com os expedicionários: *"Por mais terras que percorra / Não permita Deus que eu mor-*

ra / Sem que volte para lá / Sem que leve por divisa / Esse 'V' que simboliza / A vitória que virá!" Presentes várias autoridades públicas, políticos, militares das três armas, parentes, crianças, ambulantes e toda a fauna de desocupados — de malandros e mendigos a gigolôs, que na Praça Mauá estão em casa.

Cumprido o protocolo público da recepção e o ritual militar do desengajamento, Vittorio ainda não se sente em casa porque não está em Belo Horizonte, nem fora da guerra porque ainda está fardado, mas tenta sentir-se, enfim, em paz. Não tem que estar todo o tempo atento a ruídos e movimentos à direita, à esquerda e às costas, nem sob a tensa expectativa de ser subitamente atacado ou levar um tiro do inimigo oculto. Não deu tempo de se acostumar interiormente com a paz, mas sempre se pode desfrutar as graças da vida quando se está no Rio de Janeiro, ainda mais vindo do inferno.

Agradecera polidamente a gentil oferta de alojamento e rancho no quartel, assim como a passagem de trem até a cidade de origem, para espanto do oficial da recepção. Porém, não pode voltar aos trajes civis — na hora do desembarque, o comércio já baixara as portas. No impulso de celebrar a vida e esconjurar os tormentos da guerra, as restrições e a penúria, de vingar a comida intragável, a latrina de acampamento, o frio na cama de campanha, e de exorcizar neve, lama e o banho gelado, Vittorio sabe, sob o fardado anonimato de tenente-aviador, quanto vale chamar-se Chalmers, e hospeda-se no Copacabana Palace Hotel.

Estirado na banheira de mármore, *flûte* de champanhe ao alcance da mão, o murmúrio do mar entrando pela porta aberta da varanda, cortinas flutuando com a brisa noturna, Vittorio cochila enquanto a água cuida do corpo submerso. Para jantar, pede no quarto a dileta cavaquinha com aspargos e Château Lafite, servidos em porcelana, cristal, prata e linho, que degusta devagar e em silêncio. Depois, na varanda, contempla a lua insegura sobre as ondas, aspira ar fresco cheirando a maresia. Sobre macios lençóis de seda, espalha-se na cama e dorme.

De manhã, no Aeroporto Santos Dumont, um senhor de uns 50 anos se afasta de seu *entourage* e, de mão estendida para o efusivo cumprimento, vai até Vittorio, ainda no seu uniforme de aviador: "Tenente, meus parabéns! Eu sou o...", a memória, em cambalhotas, traz o nome junto com a voz: "Brigadeiro Eduardo Gomes" — um dos criadores da Força Aérea Brasileira, que, em trajes civis, Vittorio não reconhecera. A informalidade do encontro fortuito de dois aviadores alivia o peso da hierarquia e a conversa se anima, reunindo os acompanhantes do Brigadeiro, que viaja para Belo Horizonte como candidato da UDN a presidente da República. Integrado ao animado grupo, Vittorio participa da conversa, que prossegue durante o vôo, saltando da guerra à política, dos aviões a Getúlio, dos Estados Unidos ao Brasil. O grupo desembarca no Aeroporto da Pampulha ao meio-dia. Recepcionado por políticos, eleitores e os *flashes* da imprensa, o Brigadeiro se despede de Vittorio com um abraço: "Não saia da tropa! Voluntário como você tem futuro na Aeronáutica." E sorrindo, brinca: "Fica, Brigadeiro!"

Depois de escapar da aglomeração, Vittorio caminha sozinho pelo aeroporto em busca de um carro de praça, quando vê, encostados timidamente na parede, Mrs. Austin e Fidélis, acenando lado a lado. Surpreso com a carinhosa recepção, abraça-os afetuosamente. Mrs. Austin não contém as lágrimas e Fidélis, de olhos úmidos, lembra-a de que prometera não chorar. Depois de olhar Vittorio de cima a baixo, ela diz: "Vamos, quero vê-lo como antes. Não fica bem de soldado."

Do banco de trás do carro, Vittorio constata a passagem do tempo nos cabelos de algodão de Mrs. Austin e nos grisalhos de Fidélis. Pergunta como souberam da sua chegada. No Comando Militar, informaram-se sobre os expedicionários mineiros que voltariam e a data de desembarque no Rio. Sabiam que Vittorio chegara ao Rio na véspera: foram à Estação Ferroviária pela manhã, não o acharam, correram para o aeroporto. Vittorio conta seu encontro com Giulia, o que leva Mrs. Austin às lágrimas. Ao volante, Fidélis aperta perigosamente os olhos tentando detê-las.

A nova casa, onde Vittorio entra pela primeira vez, fica perto da Igreja da Boa Viagem, área que sempre lhe inspirou simpatia. Confortável, tem dois andares, amplas varandas e quintal com árvores frutíferas. Os móveis são os da mansão — por falta de espaço, parte está encaixotada no porão. Dos empregados, restam a cozinheira e a faxineira, além de Mrs. Austin e Fidélis. Como se cumprisse lento ritual, Vittorio tira, peça por peça, a farda de tenente-aviador e entra debaixo do chuveiro. Acha que fez o que deveria ter feito ao se apresentar como voluntário; não se arrepende nem se queixa. Correu riscos, mas volta vivo, e o lado pelo qual lutou foi, por acaso, o vencedor — o que não muda em nada a sua convicção de que a guerra é uma estupidez, embora seja uma criação humana da qual muitos se orgulham, o que o fez desistir de entender a sua espécie, que é capaz de criar os *Concertos de Brandenburgo* e a bomba atômica, pintar a Capela Sistina e inventar a metralhadora. Nas chacinas diárias da guerra, nunca entendeu bem qual era a diferença essencial entre o alemão que acabara de morrer e o brasileiro que acabara de matar — ou o oposto; a guerra é uma experiência radicalmente pessoal porque não interessa pessoalmente nem a um nem ao outro, assim como a vitória não exclui a culpa em relação ao destino do derrotado. O jovem soldado alemão que matou — sua expressão antes de morrer ressurge sempre, acordado ou em sonhos —, fantasma que, ele sabe, vai persegui-lo pelo resto da vida. O sentimento é de que cometeu um crime — atenuado por ter sido em legítima defesa. Penteando-se diante do espelho, nota pela sombra encalhada em seu rosto que, embora vivo e vitorioso, está triste; certamente perdeu o entusiasmo e a alegria com que foi e lutou na guerra. Não sabe por quê.

Depois do almoço, tranqüilo por estar em Belo Horizonte e em casa, passeia pelos cômodos. A arrumação feita por Mrs. Austin o faz lembrar onde estavam os móveis, quadros e objetos, e como eram usados na mansão. Corre cortinas, abre janelas, aprecia a vista. No escritório, depara-se, surpreso, com o retrato a óleo de Giulia, aos vinte e poucos anos. Crescera com aquele quadro, dele tivera medo e achava que se libertara; de repente, ele provoca novo impacto! Não apenas porque Giulia está linda na exuberância da idade, mas porque o pintor captou a luz dos olhos, que infunde vivacidade e perspicácia, certo movimento dos lábios que, unidos nos cantos, se afastam ligeiramente no centro da boca, dando a sensação de que ofega e, olhando detidamente, ofega de misterioso desejo que a mãe realmente carrega. Que força revela agora! Incrível tamanha mudança — e quem mudou não foi o quadro. Mudou Giulia, ele mudou, mudou o mundo e mudou a sua percepção não só do quadro, mas das pessoas, das coisas e do mundo. Terá sido o tempo, a guerra, o fato de ter visto a mãe tão diferente em Catanzaro, a saudade, quem sabe?

Vittorio sabe que não é o homem que a sua infância fazia crer que seria. Mudou tanto quanto mudou a sua casa, mudou a cidade e mudou o mundo, que jamais será o mesmo depois dos campos de concentração e das bombas atômicas. Vagando pelos cômodos, chega à sala e ao piano: acaricia o instrumento, companheiro dos momentos de tristeza e de alegria — os pensamentos escapam para outros tempos. Senta-se, ergue a tampa e, antes que toque em qualquer tecla, perpassa-lhe um calafrio de medo — e se tiver esquecido? Por várias vezes abre e fecha as mãos com os dedos afastados; apóia as pontas na madeira, força-os no sentido contrário à dobra e, num impulso, solta-os saltitantes sobre as teclas — a sonoridade ressoa pela casa silenciosa, invade salas, penetra em quartos e voa pelo quintal. Vittorio toca até a noite, quando Mrs. Austin vem perguntar se não quer que sirva o jantar.

No dia seguinte, os jornais exibem foto destacada de Eduardo Gomes abraçando Vittorio e a manchete: "Brigadeiro chega à capital em campanha". Estando Vittorio fardado e sendo a imagem de Eduardo Gomes ainda pouco conhecida no início da campanha, pareceu aos distraídos e desinformados que o brigadeiro era ele, assim como aos desentendidos, para quem a palavra campanha se referia à farda. Ao longo do dia, telefonam os amigos Pedro, Raul e Vicente, além de vários conhecidos — alguns, só depois de ligarem para a mansão e saberem que Vittorio mudara de telefone e endereço — dando boas-vindas e chamando-o de "Brigadeiro". Logo os três amigos começam a chegar, trazendo novos amigos e amigas, os abraços efusivos, a alegria, os gritos de "Viva o Brigadeiro!", a música, a dança e, afinal, a festa da vitória — para Vittorio, a festa de estar vivo e ser ironicamente rebatizado de Brigadeiro — como num renascimento.

Afugentados os vestígios da depressão pós-guerra, o cotidiano faz aflorar situações objetivas, rotineiras e triviais, que, se dão concretude à vida, são também a sua mazela. Armado de cadernos de anotações, livros-caixa, contratos, recibos, certificados de depósito etc., Raul presta contas das incumbências que lhe foram confiadas quando da partida para a guerra. Alugada a uma família alemã ligada a empresas de siderurgia e mineração, a mansão rendeu os recursos para pagar os empregados, o aluguel da nova casa e outros gastos. Raul administrou contas, contratos, rendas e patrimônio com o mesmo rigor que teria se fossem seus. Agradecido, Vittorio faz questão de pagar seus honorários. E por ter cuidado da casa e dos empregados, dá uma gratificação a Mrs. Austin, compensando sua perda por ele ter sobrevivido — se morresse, seria herdeira, junto com a mãe, inclusive da renda da Saint John D'El Rey Mining que, apesar da redução durante o conflito mundial, lhe garantiria vida confortável e segura sem trabalhar.

Tentando erguer os olhos do trauma interior para o horizonte e a vida, Vittorio tira o carro da garagem e sai na companhia de Pedro, que sugerira visitar a nova capela construída às margens da lagoa da Pampulha. Antes, porém, passa em frente à mansão, reduzindo a marcha: vista por cima do muro, está bem cuidada, as copas das árvores exuberantes, com flores no bosque e frutos no pomar — súbitas lembranças de Giulia o arrastam para longe dali, deixando-o silencioso, o olhar perdido, até que a buzina de outro carro o traz de volta. Vittorio se surpreende com as casas construídas em volta, a qualidade das construções e o estilo moderno da arquitetura. Vai longe o tempo da infância, quando havia o pântano, a olaria e o ponto de carroças de aluguel. Animado, Pedro anuncia as mudanças: "Lembra-se do Colégio Sion, que ficava isolado lá no alto, ao pé da montanha? Agora é um bairro que o prefeito acaba de criar, chamado Sion." "Quem é o prefeito?", pergunta Vittorio, incerto se não sabe ou se esqueceu. "Não se lembra? Chama-se Juscelino Kubitschek. É acusado de apoiar o Estado Novo. Não sei se é verdade, mas foi nomeado por Getúlio. É médico e está modernizando a cidade. Ampliou o bairro de Lourdes e criou um bairro-modelo chamado Cidade Jardim. Mas se meteu numa encrenca justamente por causa da capela que vamos ver."

Vittorio se deslumbra com a pequenina capela de São Francisco de Assis, original e radicalmente diferente das tradicionais catedrais. Com abóbadas que lembram as ondas da lagoa em frente e fachadas de azulejos em tons azuis — sobre os quais a figuração do santo, de comovente candura, com olhos, mãos e pés enormes, o impressiona, assim como a via-sacra. Depois de percorrer o confessionário, o batistério, o coro e o púlpito, acha que a igreja significa a retomada da esquecida vocação modernista da cidade. Ao contornar a lagoa, arriada a capota do Chevrolet 42 — último modelo antes de a guerra interromper a fabricação —, indaga de Pedro: "Qual é a encrenca?" "Ele cutucou uma casa de marimbondo. O arcebispo, com apoio de boa parte dos católicos, não quer consagrar a igreja." "Por quê?", estranha Vittorio. "Pelo que acaba de admirar. Estão escandalizados com o São Francisco, que acham horroroso, o azulejo pobre, e se horrorizaram com o cruzeiro de base invertida do adro, que chamam de 'poleiro de satã'." "Esses padres estão com a cabeça nas catedrais de Chartres, de Colônia, de São Pedro! Se até hoje não saíram da Europa, agora terão que sair: a Europa está destruída, arrasada, não é modelo para nada." "Dizem que não querem consagrar porque os que a construíram são comunistas e homossexuais", explica Pedro: "O arquiteto, um tal de Oscar Niemeyer, e Candido Portinari, que pintou os painéis, são do Partido Comunista." "Mas, Pedro", irrita-se Vittorio, "o Partido Comunista está na legalidade! Eles lutaram do nosso lado na guerra! E homossexuais, Pedro, não são espécimes estranhos à Igreja!" "Pois é, mas vá entender essa gente! Vá entender esse país!" Na volta da lagoa, visitam um cassino e uma casa de baile, que despertam menos interesse.

Dias depois, num trajeto costumeiro, Vittorio estaciona o carro nas cercanias do Grande Hotel e desce a Rua da Bahia a pé. Eis que, na esquina da Rua Goiás, se depara com um inesperado Cine Metrópole — no mesmo lugar e no mesmo edifício do Teatro Municipal. Passos adiante, entra na Leiteria Celeste, onde Pedro, Raul e Vicente o esperam, e antes de sentar-se quer saber as razões da mudança: ninguém sabe. Sabem apenas que a cidade não tem mais teatro e ninguém esboça qualquer reação. Ao se virar para chamar o garçom, Vittorio dá uma olhada no salão cheio e nota que várias pessoas o olham, algumas o saúdam: "Parabéns, Brigadeiro!" "Como vai, Brigadeiro?", "Prazer em vê-lo, Brigadeiro!". Inibido, Vittorio move levemente a cabeça como se respondesse, mas, aflito e envergonhado, não se atreve a desmentir, enquanto Raul, que assistiu, tem um ataque de riso impossível de disfarçar. Vittorio quer sair dali, mas os três o retêm. De repente, na mesa ao lado, irrompe uma vaia para alguém na calçada, para onde todos se voltam. Vittorio não entende. Pedro explica: "É o Juscelino, o prefeito." "Juscelino Kubitschek", completa Vicente. Na calçada, um homem de uns 40 anos abre um sorriso largo, de dentes claros, e acena para os que o vaiam — não o sorriso amarelo de quem, julgando-se superior, finge não ser atingido; mas um sorriso sinceramente cordial, de quem se põe no mesmo plano. De repente, para surpresa geral, ele deixa os dois acompanhantes na calçada e entra na leiteria. A expectativa de Vittorio e dos presentes é de um sermão exigindo respeito à autoridade, denúncia de desacato, se não chamar a polícia — um rebuliço agita todos, a vaia se intimida. Juscelino se aproxima da mesa — o salão fica mudo, quieto, passantes se juntam nas portas — e, com a mão na cadeira e voz serena, pergunta: "Posso sentar?" Vittorio não acredita no que vê: os opositores estão desapontados, um deles indica a cadeira. Vicente sussurra a Vittorio: "É um líder estudantil chamado Hélio Pellegrino, da Faculdade de Medicina!" O Prefeito agradece, senta-se, dispensando a presteza do garçom em limpar a cadeira, e sem perder a espontaneidade: "O que estão comendo? Aqui tem um pão de queijo supimpa!" Depois de fazer o pedido ao garçom, volta-se aos contestadores e pergunta, sorrindo: "O que foi que eu fiz para chateá-los?" A resposta é tímida, sem convicção, perturbada pela surpresa e pelo constrangimento. Juscelino ouve atentamente, queixo apoiado no polegar, dois dedos no rosto, o mínimo no canto da boca, e respeitosamente dá as explicações pedidas. Vittorio tem ímpetos de perguntar sobre o Teatro Municipal, mas desiste, impressionado com a atitude do prefeito.

NO ESCRITÓRIO DA CONSTRUTORA GUANABARA, ALDA, ELDA, ILDA, OLDA, Ulda e Zé Bolero, acompanhados do advogado, Dr. Falcão, e do corretor de imóveis, Moreira, assinam a promessa de compra e venda. A cada assinatura, o cheque é entregue pelo diretor da empresa, inclusive o de Moreira, pela corretagem, e o do Dr. Falcão, o mais aquinhoado, pelo inventário. Indignadas com o valor, as irmãs reagem de formas diferentes. Ulda, a mais inconformada, chora com o cheque na mão, olhando acintosamente para o Dr. Falcão, que acintosamente a ignora. Grávida de oito meses, Alda é a mais resignada. De óculos escuros, minissaia e várias pulseiras, Olda reclama: "Queria comprar a quitinete do Catete, mas isso não dá pra entrada!" "Eu preciso ir embora", diz Elda, com o uniforme das Lojas Americanas. "O chefe só me deu uma hora. Tchau, tchau." Sai apressada, guardando o cheque na bolsa. Ilda comenta: "Não tenho para onde levar as galinhas; não tem um canto no seu quintal em Niterói não, Alda?" "Lá em casa?", surpreende-se Alda, "Meu quintal é a entrada da vila, mana!" O Dr. Falcão sussurra para Moreira: "Escuta, me dá um cheque seu com a minha parte da comissão." "Pagar a sua parte antes de receber? Nem pensar! Primeiro vou depositar este. Depois de compensar, posso dar a sua parte." "Faz pré-datado, que espero compensar." Suado, semblante cansado, Zé Bolero consola Ulda, aninhada em seu peito: "Fica assim não, maninha. Você vai ser médica, vai ganhar muito mais. Isso é só um presente do pai e da mãe." Ela recua a cabeça: "Vai aceitar a proposta da cantora?" "Acho que vou. Não consigo emprego." "Então, vou ser sua sócia." "Não, Ulda, põe seu dinheiro na poupança, é mais seguro." "Acha que as viagens vão dar prejuízo?" "Não sei. Mas não é seguro como a poupança. Para quem está desempregado pode valer a pena. Pra você, não." O Dr. Falcão se aproxima: "Desculpa importunar, poderíamos trocar duas palavrinhas, José?" Ulda se afasta com asco, ele fala ao ouvido de José: "É sobre as máquinas e ferramentas da oficina. Você sabe, a remuneração do inventário incide sobre elas também. Como estão as negociações dessa venda?" "Estou tentando vender, doutor. Não está fácil." "E você já tem idéia de quanto pode apurar, assim por alto?" "São ferramentas usadas, o preço varia." "Não sabe nem a ordem de grandeza? Se é mil, 10 mil, 100 mil?" "Não sei... Talvez uns 150 mil." "Escuta, você não quer... Bem, vinte por cento seria qualquer coisa como uns trinta mil, não é? Você se incomodaria de me dar um cheque desse valor e fazermos um acerto quando a venda for concretizada?" "Mas, doutor, eu chutei esse valor! E se vender, o apurado vai ser dividido por sete. Não posso lhe dar o valor sozinho." "Entendo. Só propus porque achei que poderia ser vantajoso para você." Zé Bolero o fuzila com o olhar e se afasta. O diretor da construtora o interpela: "Precisamos que desocupem o imóvel imediatamente. Em quinze dias começamos a demolição." Zé Bolero sente o impacto: "O que vão fazer lá?" "Apartamentos. O arquiteto está preparando o projeto: três prédios de oito andares." "Vão derrubar as árvores?" "Evidente!" Desolado, Zé Bolero olha para o cheque na sua mão. O Dr. Falcão e Moreira vêm se despedir. O advogado fala ao seu ouvido: "Ficamos em contato. Aguardo notícias sobre as ferramentas. Senão, volto a incomodá-lo." Moreira se despede das irmãs, e o Dr. Falcão se adianta sem se despedir. O diretor pressiona Zé Bolero: "Preciso da casa e da oficina desocupadas na semana que vem." "Um momento", pede Zé Bolero, e reúne-se às irmãs: "Que dia vocês podem tirar tudo da casa?" As quatro se entreolham em silêncio. Alda sai do torpor: "Só tenho a máquina de costura lá. Meu Deus, como vou levar aquela máquina pra Niterói?" "Não tem mais nada meu lá", diz Olda, mordendo a perna dos óculos escuros. Ulda está aflita: "Pra onde vou levar minhas coisas? Não tenho pra onde ir!" Ilda a consola: "Vamos morar juntas, Ulda, já disse. Fica calma. Acho que a Elda também vai." "Vamos nos encontrar lá em casa e resolver isso", diz Zé Bolero, e volta-se para Alda e Olda: "Vocês vão?" As duas confirmam. "Então, vamos sair logo daqui." Afastam-se, Zé Bolero com a mão no ombro de Ulda.

A adaptação do Viking envolve várias oficinas em bairros diferentes, obrigando Zé Bolero a se deslocar sem carro pela cidade — uma tortura para quem cresceu ao volante. Enquanto se incumbe da recuperação do motor, perto do Cemitério do Caju cuidam de eliminar a corrosão do chassi e recuperar eixos e rodas. Em São Cristóvão, fazem trabalhos de serralheiro, abrindo na cabine o vão da porta, janelas e ventilações, assim como a lanternagem. Numa fábrica de baús em Nova Iguaçu, fazem as divisórias internas, e em Queimados, uma fábrica de *trailers* cuida de camas, armários, reservatório d'água, tubulação hidráulica, latrina, chuveiro, lavatório, pia da cozinha etc. Sendo veículo diferente do baú e do *trailer*, inúmeras peças precisam ser adaptadas. Na correria, Zé Bolero só pára à noite, quando, exausto, sobe ao alto da árvore no quintal.

No cume, respira o ar puro da noite. Perto do céu estrelado, olhando as luzes embaixo, se pacifica com o mundo e consigo mesmo. Recostado no tronco, pernas soltas no ar, olhando o escuro infinito onde pontos de luz cintilam, é que as idéias vão chegando devagar e, sem se dar conta, está pensando na vida, indo ao passado, lançando-se ao futuro, tão depressa que parece simultâneo. No alto, os pensamentos são mais leves, vão e vêm sem esforço. Não sente mais o corpo, e nem sente mais que existe; apenas os pensamentos flutuam, intangíveis e inefáveis, até que, por misteriosa razão, tudo se reinstala. Ele acorda e se lembra de que é vivo, e seu corpo se restitui, a árvore se restabelece, assim como a cidade, com menos luzes, e o céu, com mais estrelas. Esta é a hora de descer, seguro de que os problemas se resolverão no dia seguinte, tão seguro que nem pensa mais neles, e dorme um sono de criança.

É fim de tarde quando Zé Bolero finalmente consegue fazer funcionar o motor, ainda desmontado. Exultante com a proeza e orgulhoso da própria capacidade, acelera e desacelera, aperta e afrouxa, procurando o ponto ótimo da regulagem. Sem que tivessem combinado, Ralph surge, tapando os ouvidos por causa do barulho. Por não se ouvirem, mal se falam. Zé Bolero sinaliza para esperar um minuto, ele assente e, incomodado, sai da oficina. Alcançada, enfim, a regulagem do ruído, Zé Bolero desliga e, limpando as mãos com estopa, vai ao encontro de Ralph.

No bar, de macacão sujo de graxa e óleo, mãos engorduradas, mas contente por ter se desincumbido da tarefa, Zé Bolero toma uma cerveja gelada e Ralph, sucessivas doses de conhaque. Como sempre, pergunta sobre Boston, Nova York e Londrina, e como sempre, tem poucas respostas. A certa altura, faz a pergunta que o inquieta: "Seu Ralph, o senhor acha que vai dar certo? Falo da idéia de dona Diva, de cair na estrada e ir por aí, viajando e cantando. Acha que vai dar dinheiro?" Ralph ri, apertando os lábios; olha para o alto, e balançando a cabeça devagar para um lado e outro: "Hummmm... Não sei." E depois de aspirar ruidosamente o ar pelas narinas: "É uma loucura, mas... quem sabe? Tudo na arte é incerto e arriscado. O risco é parte essencial da criação. No Brasil, então! Aqui, certeza, só o salário da televisão! Mas aí não tem criação. Entre tocar numa churrascaria e fazer uma loucura, prefiro a loucura. Vou tocar por aí afora. Você sempre quer saber de Nova York e Boston, eu quero conhecer os fundos do Brasil! Mas você, que tem o privilégio de não ser artista, deve ter mais opções." Zé Bolero não entende a resposta: "Eu estou trabalhando e pondo dinheiro nessa idéia. Quero saber a sua opinião. O senhor acha que vai dar dinheiro ou não? "Eu disse que não sei. Mas entendo a sua preocupação, dinheiro é muito importante. Há riscos, sim." Ele toma um gole de conhaque, o rosto fica vermelho: "Mas a vida é engraçada porque é arriscada. E às vezes dá certo! Pensa o seguinte: você está desempregado, mas não é casado, não namora nem tem compromisso. Se tudo der errado, você começa de novo, como mecânico ou noutra coisa qualquer. E terá vivido uma experiência nova.

Se der certo, você vai ser um homem feliz — se é que deseja isso." As respostas de Ralph nunca deixam Zé Bolero satisfeito.

Galinhas, frangos e pintos correm, saltam e voam — sempre baixo e curto —, numa zoeira de cacarejos e bater de asas, tentando escapar ao cerco dos rapazes que as querem pôr nos engradados. Ilda acompanha do lado de fora do galinheiro. Águias jamais se resignariam a esse destino sem nobreza, de morrer para servir de alimento. Quando os engradados estão repletos, os rapazes os levam, dois a dois, para o caminhão estacionado dentro da oficina, ao lado de outro, no qual quatro homens acomodam armários, balcões de ferramentas, esmeril, máquinas de furar, macacos, compressores, bancadas etc., deixando vazia a oficina, as paredes nuas dos pôsteres de mulheres provocantes, o galinheiro sem comedouros nem bebedouros. Um homem entrega um cheque a Zé Bolero e sai com o caminhão. Ilda entra no outro, acena e também parte. Na oficina vazia, Zé Bolero se senta num caixote, junto ao motor do Viking, com o cheque na mão.

Os dedos de Ralph percorrem o teclado do piano de armário no canto do amplo salão, onde estão uns 40 ou 50 instrumentos armazenados de forma desordenada. Seguida por Pires Lobo, o encanecido português afinador de pianos, Diva se move entre eles, examinando um ou outro, até chegar a Ralph: "Gostou desse?" "É o que me parece o mais adequado." "Também acho", diz Pires Lobo. "Pianos não são feitos para resistir a trepidações, solavancos, variação de temperatura e de umidade, e vocês querem um instrumento para viajar nessas estradas esburacadas! Esse piano tem boa estrutura de caixa; se o protegerem, talvez resista algum tempo!" Ralph dá risadas seguindo-os até o escritório, onde Pires Lobo pede à secretária que sirva água e café. Depois de explicar suas precárias condições de compra, Diva quer saber as condições de venda. Pires Lobo ouve em silêncio, mas não responde quando ela conclui; pergunta a Ralph: "Não foi convidado para o jantar que o Geisel oferece hoje ao seu presidente, Jimmy Carter?" Sorrindo, ele nega com a cabeça. Pires Lobo bebe a água observando Ralph: "Onde está tocando?" "Churrascaria Gaúcha, em Copacabana." "Suicida! Você é um artista suicida!" Ralph sorri sem graça e abaixa a cabeça, ruborizado. Diva não entende as palavras de Pires Lobo, e tenta voltar às condições de venda. Sem ouvi-la e sem olhar para

Ralph, ele fala duro, mas com paixão: "Façamos o seguinte: manda buscar o piano. Ele será o capital com que o suicida Ralph Conway vai entrar na sociedade." Diva olha para Ralph, que está cabisbaixo, e para Pires Lobo, que olha para o teto, e de repente parece entender: "Está dizendo que vai nos dar o piano de presente?" "Eu disse que o suicida Ralph Conway é sócio dessa sandice na proporção do valor do piano." Ralph sai bruscamente do escritório. Diva vai encontrá-lo depois, tomando conhaque num botequim por perto: "Você ganhou um piano!" Ele toma um gole e finge que não ouviu.

Elda, Ilda e Ulda carregam as últimas trouxas, malas e caixas para o caminhão, onde foram acomodados os móveis e utensílios da família — Olda não apareceu; Alda veio, mas, no oitavo mês, não pode carregar peso. As três e Zé Bolero vão morar na Penha, em apartamento alugado num conjunto habitacional. No alto da árvore, Zé Bolero se despede do céu, da vista, do bairro e da casa onde nasceu e viveu até hoje. Por sua vontade, nunca sairia daquela casa, e trabalharia sempre na Oficina Nestor — A Vida do Seu Motor. Depois de sentir a distância da Penha ao centro da cidade, descobre o privilégio de morar parede-meia com o trabalho. Do alto, vê o movimento de homens da Construtora Guanabara na oficina, e olhando longe, tentando guardar na memória aquela imagem, desce acariciando galhos e folhas. No chão, abraça a frondosa árvore como alguém que sempre o acolheu quando esteve só e triste, e lhe infundiu ânimo para viver.

Conversando com as irmãs na sala vazia, Zé Bolero se assusta com a pancada na parede, que ecoa pelos cômodos vazios. Em seguida, outra. Todos recuam por causa dos pedaços de reboco que saltam. As pancadas se aceleram, a parede estremece, logo a marreta rompe a alvenaria, derrubando tijolos. A família sai apressada, e o caminhão com a mudança parte para a Penha.

Na fábrica de *trailers*, em Queimados, o veículo está pronto, inclusive o enorme retrato de Diva em cores vivas e, mais modesto, o de Ralph. No alto, emoldurado por lâmpadas coloridas, o letreiro "Arte para o povo", e em letras menores, "Grande recital operístico e conversações instrutivas sobre a arte e a vida dos artistas", alto-falantes no lugar e o som funcionando. Na frente, acima do pára-brisa, a inscrição "Viking". Zé Bolero pergunta: "Quem mandou escrever esse nome?" O homem explica: "É o que estava na carroceria antiga." "Não, o nome é 14 Bis." O pintor apaga Viking e escreve 14 Bis. Onze dias depois, o 14 Bis ganha a estrada, com Zé Bolero ao volante, quepe da aeronáutica na cabeça e óculos *ray-ban*, conduzindo Diva, Ralph e Orlanda.

ERAM UMAS SEIS DA TARDE, VOLTANDO DE CARRO ABERTO DA ESCOLA DE Engenharia, Vittorio é surpreendido pelo aparatoso deslocamento de viaturas militares, com movimentação de tropas e tiros à distância. O comércio fecha as portas, os bondes param de circular e a população, atarantada, volta a pé para casa. Ele pára o carro e tenta se informar. As notícias são desencontradas. Ninguém sabe ao certo o que está acontecendo. Consegue apurar que, ao longo do dia, pessoas foram presas na cidade, inclusive o comandante do Exército na capital e oficiais superiores. Nesse momento, a Polícia Militar fecha o cerco ao quartel do 12º Regimento de Infantaria do Exército, no Barro Preto, e, com o anoitecer, o fogo cruzado se espalha pela cidade. Eufórico, um senhor de cabelos brancos atira o chapéu para o alto, festejando o começo do que chama de insurreição nacional contra os desmandos do governo da República. Ele assegura que no Rio Grande do Sul as tropas federais se renderam. E o governador de Minas, Olegário Maciel, fez veemente pronunciamento contra o presidente da República.

Preocupado com a mãe, Vittorio volta às pressas para casa, sendo surpreendido pela presença do pai, que acaba de chegar do Rio de Janeiro e confirma que na capital federal é iminente a queda do presidente Washington Luiz. Mas Chalmers tem sempre novidades mais amenas. Dessa vez, traz na bagagem uma caixa de madeira, que Fidélis abre diante da curiosidade de Vittorio e da indiferença de Giulia. De dentro tira outra caixa, em forma de ferradura, de madeira envernizada, com painel retangular de vidro e vários botões. Posto sobre a mesa, Chalmers anuncia: "Eis o radiorreceptor. Ao girar o botão menor, ele liga; ao girar o maior, sintoniza uma estação radioemissora, e vamos ouvir em casa vozes e músicas de longe. A notícia vai chegar na velocidade da luz!" "Eu vi um parecido na faculdade", anima-se Vittorio. "Alguns aviões já usam. Pode-se sintonizar radioemissoras do Rio de Janeiro?"

"Não, não pode." "Para que nos servirá, se aqui não tem?" "É presente para o futuro! Vão instalar aqui no ano que vem." Enquanto Vittorio se entretém na leitura do manual de instruções, Chalmers se achega a Giulia. Ela se esquiva, ele a retém com abraços e beijos.

Caminhando entre as árvores ao sol da manhã, Chalmers se entusiasma com as mudanças feitas por Giulia. Os jardins estão floridos, o pomar, agora distante do bosque, com maior variedade de frutas. Afastados um do outro, os bangalôs, pintados de branco, com varandinha, porta e janelas azuis, são aconchegantes e simples. Ele não poupa elogios a Giulia, pela dedicação e esforço para fazer tudo aquilo. Silenciosa, ela toma a mão dele entre as suas, e sentam-se num banco. Levemente trêmula, Giulia esmaga um lábio no outro, com dificuldade para falar. Num suspiro, murmura: "Preciso que me ouça, George." Calmo, Chalmers balança afirmativamente a cabeça. Após uma pausa, prossegue: "Eu já disse que devo a você o que de melhor aconteceu na minha vida. Minha gratidão é eterna. Você é parte de mim, parte do meu coração. Mas acho, George, que chegou a hora de nos separarmos. Quero mudar um pouco a minha vida. A sua mudou: você se aposentou, seus filhos estão adultos e casados, você está mais livre. Vim para cá menina, atordoada com o susto da gravidez inesperada, e vivemos como foi possível viver, você com a sua família, mas sempre presente e atento, cuidando de mim e de Vittorio. Você é um homem digno, gentil, de uma bondade que nunca vi na vida. Um homem abençoado por Deus." Faz uma pausa, respira fundo. Lágrimas escorrem pelo seu rosto, mas cabisbaixo, queixo apoiado na mão e com a respiração rápida, George não vê. Ela retoma: "Eu sei que você me ama. Seu amor nunca me faltou. Mas você sabe, nunca escondi que não o amo, George. Eu me angustiava por não amar um homem com tantas virtudes, a quem muitas mulheres amariam e seriam felizes. Cheguei a pensar que Deus não me dera a capacidade de amar. Em todo romance, filme, peça de teatro e ópera, tentava compreender o que sentem as pessoas que amam, o que teriam elas que eu não tenho. Nunca entendi. Mas agora, George, Deus me concedeu a bênção de amar um homem. Sinto por ele o que você sente por mim. E eu quero viver com ele o que resta da minha vida."

Ela silencia. Seu rosto inchado está molhado de lágrimas. Esmagando as pálpebras, Chalmers suspira vezes seguidas para aliviar a sensação de opressão. A brisa que percorre os jardins e o canto dos passarinhos alivia a tensão do longo silêncio. Giulia sussurra: "Não vai dizer nada?" Após fundo suspiro, ela ouve sua voz: "Eu a amo, Giulia. É a única mulher que amei na vida. Hoje eu posso aquilatar o que sente. Por isso a minha gratidão. Envelheci, e você é uma mulher jovem. Vou torcer para que seja feliz. Você merece essa felicidade." Ele faz uma pausa, Giulia segura-lhe a mão; ele a acaricia e segue: "Eu esperava por este momento." Olham-se nos olhos pela primeira vez desde que se sentaram: "Eu sabia de tudo: quem é ele, dos encontros, da olaria. Mas não tinha o direito de impedir. A escolha tinha que ser sua. Eu a amo, mas sou casado com outra; nunca pude me dedicar só a você, e não seria justo exigir que se dedicasse somente a mim." Ele olha para o céu, procura os pássaros que cantam, retoma: "Vou me afastar um pouco para deixá-la à vontade. Talvez volte à Cornualha. Nunca fiz essa viagem com você. Queria que conhecesse a minha cidade." Ele suspira e silencia. Depois de um tempo, Giulia recomeça, contendo a alegria: "Estamos pensando em voltar para a Itália. Recomeçar em Catanzaro, perto dos meus pais." Num tom grave: "Vittorio também vai?" "Ele ainda não sabe de nada." "Não, por favor, não o leve." "Ele não é mais criança, George. Não creio que vá." "Vai ser insuportável." "Nem eu quero. Virei vê-lo, ele irá me ver." " A vida dele é aqui." " Sim. É brasileiro." "Sim, brasileiro, ama o Brasil." Giulia suspira, acariciando as mãos de Chalmers, brancas, manchadas, com finas veias roxas: "Posso lhe oferecer a passagem." Ela beija-lhe o rosto, vê uma lágrima sumir entre os fios do bigode. "Foi preciso haver o Brasil para nos conhecermos", ele diz. "Agora, um pedaço de nós é brasileiro." E sorriem.

Vittorio recebe sucessivos golpes. Primeiro, sabe que a mãe está se separando do pai — peculiar separação, não precedida de união. Para surpresa dos pais, o filho assimila o golpe sem grandes traumas, com a garantia de que continuará a conviver com ambos. A compreensão sugere que talvez a intuísse como inevitável. Poucos dias depois, a Junta Militar, formada pelos generais Tasso Fragoso e Mena Barreto e o almirante Noronha, depõe o presidente Washington Luiz e assume o poder. Chalmers não se surpreende e

Vittorio se enfurece contra os militares e políticos que não respeitam as leis e mudam a Constituição quando querem, para atender aos seus interesses estritamente pessoais. Desse jeito, pensa Vittorio, sem cumprir as leis, nunca se construirá neste país a nação desse povo. Após cinco dias de incertezas e apreensões, a Junta Militar entrega o poder a Getúlio Vargas — e o povo sai às ruas para comemorar. O primeiro ato de Vargas é fechar o Congresso e as Assembléias Legislativas, depor todos os governadores e nomear interventores em todos os estados, exceto em Minas Gerais.

Na manhã de terça-feira, na meia-água da olaria, Giulia e Giuseppe festejam a rendição de George Chalmers à paixão que os une. Felizes, abraçam-se e beijam-se, deixando aflorar as emoções, e se expressam sem muitos cuidados com os curiosos olhares em volta. Confiantes na força da paixão e com o coração inundado de esperanças, fazem planos para a viagem de volta e para a nova vida na amada Itália. Resta apenas um último ato, a conversa com Vittorio, que Giulia vem adiando. Encorajada, garante que não deixará passar dessa semana.

Tarde da noite, ela lê um romance enquanto espera a volta do filho, que foi ao cinema com amigos. Embora Vittorio tenha reagido com maturidade à separação, ela se preparou para uma conversa sincera e franca. Está ansiosa, com dificuldade de se concentrar na leitura. Algumas vezes retorna à página anterior, em vez de avançar. Quando, enfim, ouve o ruído do carro na garagem, o coração dispara. Ela volta mais uma vez a página e limita-se a olhar para o livro; sua atenção está no carro e depois nos passos de Vittorio, que surge à sua frente e vem beijá-la. Depois de breves comentários sobre o filme, que não o encantou, e sobre o jantar, no qual se divertiu com os amigos Vicente, Pedro e Raul, ele pergunta: “Está com insônia, lendo a essa hora?” “Não é insônia”, responde Giulia, “talvez apreensão.” “Com quê?” “Bem, acho que estou vivendo uma fase de agitação.” Vittorio a olha: “Não está contente com a separação?” “Sente-se filho”, sugere Giulia, e fecha o livro. Vittorio se livra do paletó e se senta. “Senta mais perto de mim, meu menino.” Vittorio obedece, ela acaricia-lhe os cabelos: “Fiquei orgulhosa da sua maturidade. Nós, eu e seu pai, sabíamos que seria um momento difícil para você, como foi para nós. Mas soube pôr o egoísmo de lado e compreendeu a situação.”

Vittorio ouve, queixo apoiado na mão, os dedos sobre a boca, numa quietude que perturba Giulia: "Preciso ainda mais da sua compreensão, filho. Agora que amadureceu e estou separada, quero ouvir sua opinião sobre uma idéia. É mais que uma idéia, é o sonho de todo imigrante." Vittorio abaixa a cabeça e espera. "Estou pensando em voltar para a Itália", conclui Giulia.

O braço de Vittorio escorrega bruscamente, deixando o queixo sem apoio. Recompõe-se logo, olha incrédulo para a mãe e em seguida desvia o olhar para o pêndulo do relógio atrás dela. Giulia se surpreende com a reação, incomoda-se com o silêncio, e fala por necessidade de preencher o vazio: "Não estou pretendendo nada de novo. Vim para o Brasil disposta a trabalhar duro, fazer um pé-de-meia e voltar. É o mesmo sonho, só que vou realizá-lo mais tarde do que imaginava. Mas não mudou nada!" "E eu?", sussurra Vittorio, "eu não vim da Itália. Nasci aqui. Não muda nada no seu sonho?" "Você mudou tudo na minha vida, meu querido. Mais do que imagina!" "Atrapalhei os planos de voltar antes." "Não diga isso, meu querido. Você não atrapalhou, foi muito bem-vindo. Recebemos você com todo o amor do mundo. Por que só fala nesse assunto como se fosse um estorvo? Não imagina o quanto me magoa." "Não quero magoá-la, eu a amo." "Ama mesmo?" "Amo, mamãe. Mas sei que não fui um filho sonhado — fui um estorvo para uma menina italiana com a cabeça cheia de sonhos e o coração cheio de curiosidade que vem trabalhar no Brasil. E o todo-poderoso presidente da empresa, casado e pai de filhos, se apaixona por ela. E vivem essa paixão — ele não se desapega da família, ela não se desapega dos sonhos. Passa o tempo, ela volta aos sonhos, ele volta à família. E eu, faço o quê?" Giulia se abraça ao corpo do filho. Enquanto ela estremece, ele permanece rígido, olhar distante, lágrimas rolando rosto abaixo. De repente, num repelão inesperado, Giulia se afasta dele, levanta-se e, sem parar de chorar, explode: "Eu nunca menti para você, e não vou começar agora. Você sabe de tudo. Se eu errei, assumo meu erro. Mas eu fiz de tudo para ser uma boa mãe. Sei que sou uma ótima mãe. Não vou deixar que faça isso comigo. Você não é mais uma criança, não tem o direito de impedir que eu viva o sonho que me resta. Eu estou apaixonada por um homem. Pela primeira vez na vida estou apaixonada por um homem. E eu quero viver esse sonho no meu país, para onde sempre sonhei voltar. Não é justo que você impeça sua mãe de viver o que lhe resta de sonho na vida. Eu o amo, não vou deixar de amá-lo nem de vê-lo. Quer que eu lhe peça pelo amor de Deus que me dê a chance de viver a minha vida? Você não tem esse direito, meu querido!" Vittorio, se levanta e sobe correndo a escada. Giulia ouve a porta do quarto bater com estrondo. Sai para os jardins e caminha entre os canteiros na madrugada fresca.

Sentindo-se abandonado e traído, Vittorio, com raiva de Giulia, deixa de ir à universidade, não almoça, não janta, não dorme e não consegue falar com a mãe. Sai mais cedo do que de costume, chega mais tarde, direto para o quarto, onde se tranca. Não se ouve mais o som do piano na casa. Quando ela insiste e força o encontro, esperando-o tarde da noite, tentando falar duas palavras, ele se afasta num rompante, tranca-se no quarto e chora até o dia clarear. De sua parte, Giulia entra num tempestuoso mar de dúvidas e temores. Sem ter com quem conversar, passa as tardes na Capela do Sagrado Coração de Jesus, a avaliar se é certo seguir o seu desejo e realizar um sonho ou o certo é estar ao lado do filho, que ela ama.

Na terça-feira, o encontro com Giuseppe a aproxima do seu desejo e a pacifica consigo mesma. Sem ter nada quando veio para o Brasil, a vida lhe dera muito, inclusive um filho. Mas decide que merece viver a sua paixão na terra que ama.

Quando Vittorio, sentindo-se rejeitado, começa a admitir a idéia de que a mãe merece viver onde quiser, Giulia, supondo aliviar a dor, dá a notícia de forma serena e objetiva. A reação passiva a surpreende, o que não quer dizer que ele compreenda ou aceite. Reconhece o direito da mãe de recomeçar a vida com outro homem no seu país, mas a sua emoção não tem compromisso com a sua razão. À menção de também ir, descarta de imediato. Nasceu no Brasil, sente-se brasileiro e ama a sua terra. Admite que irá visitá-la. Quando for possível.

Dias depois, Chalmers reaparece e, em conversa reservada, Giulia aceita as passagens que ele oferece e um milhar de libras para reiniciar a vida, mas renuncia, em nome do filho, a qualquer outro bem. Depois do almoço, George diz que vai passar uns três meses em Londres, e embora a viagem não seja imediata, deixa com Vittorio o dinheiro para os gastos domésticos enquanto estiver fora. Recomenda parcimônia, mas gosta da idéia de que o filho administre a casa e o dinheiro — afinal, com a partida da mãe, será dele a incumbência. No fim do dia, quando está de partida para a Vila Nova de Lima, Giulia o toma pela mão e o leva ao quarto. Despede-se com longo abraço e um vale de lágrimas; Chalmers desce de olhos vermelhos e com a barba molhada. Mal se despede, Vittorio debruça-se sobre o piano e toca até altas horas. Nessa noite, Giulia não desce para jantar. Da cama, ouve as melodias que o filho arranca do teclado e chora, num misterioso diálogo sem palavras.

Dias antes da sua viagem, Giulia convoca Mrs. Austin para separar as roupas em três guarda-roupas: no primeiro, as que levará, no segundo, as que devem ser doadas, e no terceiro, as que devem ser vendidas em benefício da própria governanta, e que, estima, renderá pequena fortuna. Mesmos destinos para os sapatos. Depois, fazem as malas e acomodam em caixotes o que irá para a Itália. Giulia quer sair de Belo Horizonte tão silenciosa e desconhecida quanto chegou; não quer que ninguém mais saiba de sua partida e impõe a Mrs. Austin que os sapatos e roupas sejam vendidos três meses depois que embarcar, de forma discreta e sem identificar a origem. Durante os dias de preparativos, nos raros momentos em que Vittorio está em casa, quando não se tranca no quarto, evita falar com a mãe e, se precisa de alguma coisa, dirige-se a Mrs. Austin, com quem passa a ter relação direta, além de ignorar as malas e os caixotes lacrados espalhados pela sala e pelos corredores. Fora de casa, tem bebido todas as noites e, bêbado, dirige sem rumo por avenidas, ruas sem calçamento e estradas. Volta de madrugada e toca piano até o dia amanhecer.

Às vésperas da partida, tendo deitado bêbado com o dia claro, Vittorio esquece de fechar a porta do quarto. Ao subir após o café-da-manhã, Giulia vê a porta entreaberta e resolve entrar. Pela fresta da cortina penetra um facho da luz do dia. De gravata sem paletó, só um pé calçado, pálido, magro, desamparado, Vittorio parece uma criança grande. Giulia se ajoelha aos pés da cama. A natureza realizou precisa fusão de dois seres: ali dorme o filho de Giulia Sbravatti e George Chalmers. Se o semblante anuncia a filiação, o temperamento é criação própria, nada parecido com o dela ou com o do pai: apaixonado, impulsivo, generoso, sensível e, no recôndito do coração, fechado como ostra, misterioso na sua impenetrável solidão de filho único. Meu filho, avalia Giulia, vai sofrer por não ser compreendido nem amado o quanto necessita. Mas um dia irá entender que a dor é parte inelutável da vida. No impulso irreprimível, Giulia toca levemente os lábios na face do filho. Ele abre os olhos. Imóveis, olham-se por longo tempo dentro dos olhos, num silêncio perturbador. Giulia quer tirar os olhos, mas sente-se terrivelmente atraída. Entrega-se ao olhar dele, ao mesmo tempo que se concentra em perscrutar o que vai na alma do homem que saiu de dentro dela. Se alguém pode um dia desvendar esse mistério, esse alguém é ela. Aos poucos, parece sentir o que pede aquele olhar, e lhe vem a intuição de que sabe qual é o desejo que suplica — assustada, quer tirar os olhos, e uma dor aperta-lhe o coração. Desiste. E rende-se àquele olhar terrivelmente suave, de tristeza infinita, até que, aterrorizada com o que possa estar sugerindo, tenta, num impulso, sair da posição; ele a segura pelo pescoço; ela força o recuo, ele a retém e puxa o rosto dela para junto do seu. Num enérgico repelão, ela escapa, recua apavorada para a porta e, trêmula, sai correndo do quarto.

Só no dia da partida mãe e filho voltam a se ver. Ao ser apresentado a Giuseppe, Vittorio estende a mão com polida frieza, e durante todo o ritual de despedida dos empregados mantém-se à parte, quieto, silencioso. Giulia o abraça e beija; lágrimas borram a maquiagem; ele retribui com abraço e beijo, sem lágrimas. Quando o carro se afasta, ele acena da varanda.

O primeiro mês sem Giulia é um tormento para Vittorio. Deixa de freqüentar as aulas, não sai de casa, evita os amigos, não faz a barba nem corta o cabelo. Seus dias são dedicados a beber e tocar piano. Por mais que se mantenha atenta, Mrs. Austin o encontra dormindo sobre o piano, no banco do jardim, no sofá, às vezes vomitado, quando não urinado. Numa tarde, no fim da quarta semana, ela se aproxima mal contendo a emoção e diz que o amigo Pedro quer lhe falar ao telefone. Irritado com a interrupção, Vittorio deixa o piano e atende, diz um "alô" e silencia enquanto o rosto se transfigura. Larga o aparelho sem desligá-lo e, meio zonzo, sobe para o quarto.

De manhã, no cemitério de Vila Nova de Lima, agora abreviada para Nova Lima, por trás da aglomeração, Vittorio assiste, anônimo, ao sepultamento de George Chalmers. Numa homenagem ao pai, está penteado, barbeado e vestido de forma adequada. Sem conhecer Catherine, intui que a senhora de preto junto à sepultura é a viúva e, ao lado dela, Helen e Alexander, seus meios-irmãos. Tenta se aproximar na esperança de ver o pai pela última vez, mas não consegue furar a barreira de homens e suas esposas, de autoridades públicas a ex-escravos, que se contam ao milhar. Pela primeira vez aproxima-se daquele mundo misterioso, que lhe foi sempre ocultado. O choro sincero de muitas pessoas e os comentários elogiosos de outras provocam arrepios de orgulho. Pela fresta entre ombros e cabeças, vê o caixão descer à sepultura. Mais tarde, depois que todos deixam o cemitério, aproxima-se e, sentado sobre a lápide, vê a noite chegar.

ORLANDA ANDA MAGOADA COM PADRE FREDERICO. DEPOIS DA CONVERSA com o sacristão Melchíades, ele celebrou a missa e saiu apressado para Governador Valadares, sem se despedir dela. Fosse só isso, seria uma questão pessoal. Mas a mágoa está virando suspeita. Não entende por que ele descartou com tanta facilidade a prova do milagre. Tinha que mandar a água com sangue para outro laboratório. E era sua obrigação informar ao bispo, em Governador Valadares, e até ao arcebispo, em Belo Horizonte: um milagre é a manifestação de Deus, e quando Ele se manifesta, o mundo tem que se prostrar para decifrar e se empenhar para entender. O padre Frederico desdenhou a manifestação divina, ignorou Deus! Não bastasse o sacrilégio, expulsou-a da sacristia para ouvir particulares de Melchíades! E ela não sabe, mas pode até imaginar, o que Melchíades deve ter dito, pela reação que teve ao vê-la limpando a imagem — parecia ver o demônio em carne e osso. O conforto, o consolo, quase a vingança de Orlanda, é a leitura da vida dos santos — dos quais se sente cada dia mais próxima. Enquanto lê, transporta-se para o mundo daquelas pessoas iluminadas, de fé inabalável, capazes de suportar as maiores provações sem esmorecer. Como Santa Ágata responde a Quintiliano, quando ele a tortura para que renegue Cristo e adore os deuses: "Da mesma forma que o trigo só pode ser colocado no celeiro depois de fortemente batido para ser separado de sua casca, minha alma só pode entrar no Paraíso com a palma do martírio se meu corpo tiver sido dilacerado com violência pelos carrascos." Orlanda está convencida de que não se alcança a pureza sem sacrifício.

Na terça-feira, Orlanda está limpando os castiçais do altar — ao queimar, a vela transborda do aparador e escorre, sujando a peça sacra —, quando pressente a presença de alguém. Muda de posição para observar e vê Melchíades, de dentro do confessionário, abrir a cortina para espioná-la. Posta-se em frente à cortina e canta a plenos pulmões: "Com minha Mãe estarei / Na santa glória um dia / Junto à Virgem Maria / No céu triunfarei / No céu, no céu / Com minha Mãe estarei." Não satisfeita, pega a vassoura e varre em volta do confessionário, dando impulso para a vassoura ribombar contra a caixa oca de madeira no ritmo da música. Como Melchíades não dá as caras, passa a tirar a poeira do confessionário com um pano. Nenhuma reação. Com o pano à frente, abre de uma vez a cortina: eis a cara de Melchíades sorrindo amarelo. Com um grito de quem viu o demônio, ela finge o susto e ele se assusta: "Seu Melchíades! O que está fazendo aí? Virou padre, para ouvir confissão? Que Deus me perdoe! Padre Frederico precisa saber disso!" Atrapalhado, Melchíades sai do confessionário: "Eu não estava ouvindo confissão não, criatura. Pelo amor de Deus!" "Então, o que fazia aí, me explica?" "Bem, eu... Estava rezando... Precisava de um pouco de paz... Lá em casa, você sabe, 13 filhos, não tenho sossego... E aqui... Você canta alto feito lavadeira, entrei aí para ver se tinha silêncio e sossego!" E ataca para se defender: "Com seus gritos na igreja, quem virá rezar? É disso que padre Frederico precisa saber! Igreja não é beira de rio!" Melchíades sai resmungando. Orlanda se diverte. De volta à sacristia, passa diante do altar e pede perdão a Deus pelo impulso de vingança que não soube controlar.

Nas leituras durante a semana, agora mais centradas em Santa Ágata, Santa Maria Egipcíaca, Santa Justina e Santa Teodora, mulheres clarividentes, que renderam a vida ao Senhor como prova de fé, Orlanda começa a pensar em como surge a fé dos verdadeiros devotos. Logo retorna à dúvida sobre a fé de padre Frederico — será que ele tem mesmo fé? —, que se agravou depois que ele regou as plantas com a prova do milagre. Agora, a dúvida está se transformando em desconfiança: "Não acho que tenha a fé de Santa Teodora!" Sem ter como responder a suas próprias perguntas, surge a vontade de desafiá-lo, instigá-lo a provar sua fé. Não sabe como fazer isso, mas está prestes a acreditar que a prova indiscutível, definitiva e absoluta da fé é morrer por ela.

No domingo, padre Frederico chega mais cedo e encontra Orlanda na sacristia. Ele pede desculpas por ter saído sem se despedir no domingo anterior; tinha que fazer um batizado antes da missa em Governador Valadares. Orlanda aceita a desculpa e eles conversam sobre amenidades e algumas necessidades da paróquia. Quando acha oportuno, o padre Frederico pergunta: "Notei que tirou as manchas da imagem do Senhor morto." "Estava precisando. A poeira vai juntando e cria as manchas; amarela, marrom, roxa, azulada. Tirei tudo." "Fez bem, ficou bom. E fez isso dentro do sepulcro de vidro?" "Não, padre. Confesso que achei esquisito a imagem nua com a igreja aberta. Fiz aqui, na sacristia, para ficar mais protegido." "E o que usou para tirar as manchas? Algum preparado?" "Não. Água e sabão de coco." O padre tem dificuldade de entrar no assunto. "Você falou na imagem nua. Mas é uma representação de Jesus. E as representações merecem todo o nosso respeito, não é, Orlanda?" "Todo! Imagina, Padre! É como se fosse Jesus!" "Qualquer descuido é profanação." Orlanda silencia, desconfiada: "Mas por que o senhor está me dizendo isso? Acha que desrespeitei a imagem de Jesus?" "Se lavou respeitosamente, não." "Eu posso jurar ao senhor que lavei respeitosamente. Mas não sei o que Melchíades lhe disse. Ele apareceu aqui feito assombração justo quando a imagem estava deitada sobre uma toalha e eu esfregava o pano molhado com sabão. Enquanto limpava, eu rezava — foi o que fez quem teve a graça de limpar as chagas de Jesus. Como Jesus me emociona, padre! E o Senhor morto é a última imagem de Jesus na Terra!" E cala-se. O padre a observa, ausculta, avalia. Na atitude, na maneira de andar e até na respiração ela transpira inquietação e inconformismo, que, enfim, explodem: "O senhor tem que saber também o que Melchíades tem feito aqui. Ele está me vigiando dentro da igreja! Esta semana mesmo, andou me espiando de dentro do confessionário. Um homem da idade dele, pai de 13 filhos, desrespeitar um lugar sagrado só para ter o que futricar com o senhor!" "Fala baixo, tem gente na igreja", repreende o padre. Após uma pausa, ele muda o tom: "Não tem se confessado ultimamente, Orlanda. Não me lembro da última vez. Por quê?"

“Ah, padre! Eu penso tanto nisso! O senhor me desculpe, mas eu fico encabulada de confessar com o senhor. Contar tudo — pensamentos, palavras e obras —, e depois conviver com o senhor. Me dá uma agonia esquisita.” “Eu entendo. Mas não pode ficar sem confissão!” “Eu converso muito com Deus.” “Você pode escolher o confessor. Mas sem pároco em Galiléia, terá que ir a Governador Valadares.” “Não posso. Não dá tempo. Meu pai e minha mãe não gostam.” O padre começa a se vestir: “Orlanda, Melchíades não chegou, você me ajuda?” Ela o ajuda a vestir as várias peças sobrepostas do celebrante. Após um silêncio, pergunta num tom mais baixo: “Você tem namorado, Orlanda?” “Eu? Não!” O padre sorri com a resposta categórica: “Por que o espanto, Orlanda? É da natureza que as moças namorem. E muitas começam mais cedo que você. Não pensa em namorar, casar e ter filhos?” “Eu sou namorada de Jesus!” “Você quer ser freira?” “Ainda não sei. Quem sabe?” Pelo tom seco e a inflexão sem nuance, padre Frederico entende que o assunto é incômodo, e silencia. Melchíades chega atrasado, ressabiado, e cumprimenta. Orlanda não responde.

O tempo estirado de cidades do interior rói mansamente a vida sem atos nem fatos que possam despertar o interesse, rasgar o manto que oculta desejos, arejar comportamentos e revelar os verdadeiros poderes. Antes que se passem três meses, Orlando é visitado em sua fazenda por uma volante formada pelo delegado de Governador Valadares, um cabo, três praças armados e outros homens à paisana com mandado de prisão, busca e apreensão. Ele esboça reação, mas é contido e algemado. A fazenda é revirada, da sede ao curral, das gavetas aos casebres de colonos. Aturdidas, sem entender e sem informações, Orlanda e Merciana, por mais que peçam calma e cuidado, não conseguem deter a fúria policial na busca de não sabem o quê, nem minorar a humilhação que impõem a Orlando — que se mantém cabisbaixo e silencioso. Os policiais partem levando-o na caçapa da viatura. Com Merciana ao volante e Orlanda ao lado, a Rural Willys segue a viatura policial.

RALPH CONWAY NUNCA EXPERIMENTARA O PRAZER DE ESTAR AO LADO DE alguém como o que sente ao lado de Marlene, nem a alegria de sorrir de uma graça tola, mas compartilhada. Também nunca tivera a curiosidade tão acesa para conversar com alguém, mesmo entendendo pouco do que diz. Cresce a inimaginável volúpia de beijá-la, o deleite recém-descoberto de brincar de sexo sem pressa, sem tempo, sem objetivo, pelo lúdico interesse nas sensações do corpo. Ralph Conway não sabe que em português se chama paixão o que sente por Marlene, e nunca viveu nada parecido. O inédito estado de euforia com a presença dela convive com o desassossego da ausência, a sôfrega espera, madrugada adentro, pela sua volta, a inquietação de sabê-la com outros homens, a incerteza sobre quanto vai durar e o medo de ela se desinteressar. Impressiona a intensidade com que as emoções irrompem, dando a sensação de que o eixo da sua vida lhe escapou das mãos. Considera um mistério que pessoas de índoles diferentes, de línguas e países distintos, de história pessoal, culturas e valores diversos, se encontrem por acaso, e ele sinta por ela o que nunca sentiu por garotas que conheceu no seu país, da sua idade e classe social. Como a música, a paixão é universal; mas o amor, assim como o emprego de músico, depende das circunstâncias.

Desde a aflição do primeiro momento até hoje, mora no mísero quarto de Marlene, no Hotel Paraíso, cheirando a urina, que vem do banheiro, infesta o corredor e entra por baixo da porta. Nas madrugadas de esperas ansiosas, ouve passos no assoalho, ronco de elevador e baque da porta pantográfica. É o que tinha quem o acolheu. Além da paixão e do sexo, ela ensina que a solidariedade é maior quando parte de estranhos, e se torna generosidade quando vem de quem nada tem. Os 210 dólares que restaram no bolso sumiram em três meses. Desde então, com regularidade e discrição, ela tem posto no seu bolso o dinheiro para as necessidades do dia-a-dia, quando, em geral, ela dorme, enquanto ele, de terno e gravata, faz o périplo em busca de trabalho — qualquer trabalho que lhe renda algum dinheiro. Acaba de saber que das orquestras de baile, que sempre têm trabalho, poucas têm pianista, porque os clubes não têm piano.

Desde os primeiros dias, estuda português. Começou com a própria Marlene, numa troca: ela lhe ensinava palavras e frases cotidianas, ele retribuía com as equivalentes em inglês — úteis nas negociações com marinheiros e turistas. A utilidade se confirma quando suas colegas também se interessam, e Ralph passa a visitar a quitinete de uma delas, no Catete. Ensina a três alunas, interessadas e pontuais — seu vocabulário em português, que crescia, ganhou impulso com o baixo calão da anatomia humana e das práticas eróticas. O êxito o anima a dar aulas de piano. Faz publicar pequenos reclames em dois jornais, dando o número do telefone do hotel, e prega um cartaz na loja de Pires Lobo, freqüentada por interessados no instrumento. Raramente porteiros dão recados, e ainda assim surgiram interessados. A dificuldade é que a maioria não tem piano em casa, e os que têm querem professores com formação clássica. Somente uma moça chamada Branca, que mora em Botafogo, acerta uma aula semanal.

Perdidamente apaixonado, Ralph está convencido de que precisa se integrar à cidade — ter emprego, endereço familiar, conviver etc. Para isso, dois obstáculos precisam ser vencidos: saber falar português e conhecer a música brasileira. Branca, a aluna de piano, recomenda-lhe um professor aposentado de português que dá aulas particulares em casa, em Laranjeiras. Inteligente e humorado, o professor Antero Lima, que além de inglês fala francês e italiano, concorda com Ralph que, entre as línguas ocidentais, o português é das mais difíceis. É ele que, depois de ouvir Ralph tocar e saber da sua situação, sugere-lhe procurar um amigo que é compositor, radialista, locutor de futebol e, sobretudo, polemista, chamado Ary Barroso. Escreve um cartão de apresentação e diz para visitá-lo na Câmara dos Vereadores. No dia seguinte, Ralph está no gabinete de Ary Barroso. Entregue o cartão à secretária, o próprio Ary vem à sala de espera convidá-lo a entrar; manda que lhe sirvam água gelada e café e assegura que irá atendê-lo num minuto. Porém, pela agitação no gabinete cheio de políticos, Ralph conclui que veio em hora e dia errados. Segundo vereador mais votado do Distrito Federal, tendo perdido somente para Carlos Lacerda, os dois travam uma guerra, que mistura liderança e vaidade, sobre o local da construção do Estádio do Maracanã, onde serão disputados os jogos da Copa do Mundo de futebol de 1950 — esporte que Ralph não faz a menor idéia do que seja. Lacerda quer o estádio na restinga de Jacarepaguá; Ary, no terreno do Derby Club: a votação em plenário está marcada para o fim da tarde. Habituado a falar com as massas futebolística e musical, Ary pedira uma pesquisa ao Ibope, e 88% da população prefere o novo estádio no terreno do Derby. Com tal aprovação, não foi difícil obter o apoio da maior bancada da Câmara, a do Partido Comunista Brasileiro, com 18 vereadores. Ary Barroso ganha em plenário, mas Ralph perde seu tempo — embora surpreso com a rapidez com que o Brasil, recém-saído de oito anos de ditadura, exerce avançado conceito de democracia, que inclui a pesquisa de opinião e a aliança entre comunistas e conservadores, que no seu país se utiliza em decisões de cunho técnico. Na euforia da vitória, Ary pede desculpas a Ralph e o convida a visitá-lo em casa, dando endereço, dia e hora.

Em casa, Ary Barroso o recebe com toda a cortesia; conversam sobre a diferença entre a música americana e a brasileira; Ary senta-se ao piano e canta suas músicas, e depois cede o lugar a Ralph e o ouve tocar peças de jazz. No fim, reconhece-lhe o talento de instrumentista, sem perder de vista a sua situação de imigrante ilegal sem trabalho e as nítidas diferenças entre as duas expressões musicais, e sentencia que será mais fácil ele se adaptar à música brasileira do que o público brasileiro apreciar as harmonias do jazz.

Não tendo rádio no quarto para ouvir música brasileira, Ralph freqüenta o "Programa César de Alencar", no auditório da Rádio Nacional, onde ouve cantores como Emilinha Borba, Marlene, Ângela Maria, Aracy de Almeida, Silvio Caldas, Francisco Alves e Orlando Silva, entre outros, mas o que lhe chama a atenção é a dupla formada por Garoto, talento que transita com desenvoltura pelo banjo, violão, guitarra e cavaquinho, e a pianista Carolina Cardoso de Meneses. Procura-os nos bastidores e, confiando no seu português, cumprimenta-os. Nos camarins é apresentado ao maestro e arranjador Radamés Gnattali, que dirige a Orquestra Brasileira, da Rádio Nacional. O maestro se interessa pela história do jovem pianista de precário português. Depois de ouvi-lo tocar peças de Duke Ellington e Art Tatum, pergunta se conhece Jerome Kern. Ralph dedilha "Yesterdays", e Gnattali imediatamente o convida a participar de uma edição do programa "Aquarela das Américas", sobre Jerome Kern, que morrera no ano anterior. Ralph aceita, animado, e Gnattali lhe consegue um piano para estudar após a meia-noite. Empolgado, Ralph mergulha no trabalho com disposição e vontade de acertar, além de matar a saudade do instrumento, do qual anda afastado e que lhe faz falta como o alimento. Sem partitura, tira de uma gravação as melodias de "The last time I saw Paris", "All the things you are" e "Yesterdays", entre outras, e trabalha com afinco e prazer nas horas em que dispõe do piano. De dia, no quarto do hotel, com as melodias memorizadas, ensaia no teclado de pano que ele próprio fizera — tecla e reproduz mentalmente o som. O programa vai ao ar sem grande repercussão, mas Gnattali elogia o seu trabalho. E recomenda: se quiser de fato conhecer a música brasileira de teclado, comece por Ernesto Nazareth. O cachê é ridículo, mas fica a promessa de que, se a emissora vier a precisar de pianista de jazz, será consultado. Ao se despedirem, o maestro sugere que conheça Dick Farney, que tem viés jazzístico, para quem acabara de fazer o arranjo da canção "Copacabana", sucesso do momento. Além de pianista, diz Gnattali, Dick é cantor com repertório americano, e "andou se apresentando no seu país com Nat King Cole, Dave Brubeck e Bill Evans, se não me engano". Ralph corre a ver Dick Farney, pseudônimo de Farnésio Dutra da Silva, cantar numa boate de Copacabana. Apresentando-se como músico, não paga consumação, e mal ouve alguns acordes, sente que aquela música é muito diferente de tudo que ouvira, e tem, de fato, filiação ao jazz, mas não tem lugar para instrumentista virtuose.

Se a vida profissional tropeça e se arrasta, a amorosa é o deleite mais puro, que insufla energia para trabalhar e dá asas à esperança. Viver sob restrições não perturba a relação carinhosa com Marlene, e o entendimento entre eles melhora quanto mais conhece o português. Ralph aprendeu a dizer "eu te amo", mas ela se comove de arrepiar quando ele diz *I love you*. Sem dinheiro para presenteá-la, onde quer que veja um jardim, não perde a oportunidade de roubar flores — rosas, de que ela mais gosta — para uma braçada, e chegando ao quarto até as sete da noite, oferecê-las antes que ela vá para o trabalho. Se está em casa ou chega mais cedo, compra salame ou salsicha, e prepara-lhe sanduíches enfiando alguma coisa entre duas metades de pão, que ela come com Coca-Cola: Marlene adora Coca-Cola! Quando ela acorda mais cedo, até o meio da tarde, os dois vão assistir à matinê em um dos cinemas da Cinelândia — ela adora filmes americanos! Na fila, na sala de espera ou na penumbra da platéia, Marlene vira uma moça como as outras — Ralph se encanta mais com esta mudança do que com o próprio filme, orgulhando-se de passar ao seu lado diante das filas de outros cinemas. Observá-la durante o filme é ver alguém que parece viver mais a trama da tela do que a própria, tão esquecida de si e dele que parece ausente do próprio corpo. Nesses momentos, ele sente um aperto no coração pelo sentimento de que tudo conspira para afastá-la dele.

Perdê-la é o pânico que o habita, e que às vezes se agita para assombrá-lo. Embora presumível, a vida profissional dela é oculta. Não voltou mais ao cabaré, nem a acompanha até a porta. Embora lacônica, costuma exibir, orgulhosa, as cédulas amealhadas numa noite rendosa, sem explicações nem detalhes. Em retribuição, ele não faz perguntas. Com a vida de Marlene envolta numa névoa, Ralph não sente que é apaixonado por uma prostituta — a simples menção da palavra revolve valores arraigados da sua educação. Por isso prefere não saber nada, não fazer perguntas, esquecer a palavra e silenciar sobre o trabalho dela.

Nem o cansaço de quando chega de madrugada — suada, maquiagem borrada, querendo livrar-se do sapato alto — persiste depois do banho: surge revigorada, cheirosa, animada para as delícias da carne, que desfrutam até o dia irromper pela janela. Depois de tantos homens na consumição da noite, o estímulo é dispor do único a quem iniciou no sexo, pronto a lhe dar o seu singular orgasmo com o mesmo empenho com que ela se dedica a levá-lo aos píncaros do gozo. Compensa a frustração criada pela ignorância dos homens sobre a anatomia da mulher e suas formas de excitação e prazer. Se pagam para usá-la porque descuidaram da iniciação erótica das virgens que escolhem para casar, ela oferece ao casto amante prazeres que eles jamais sentiram, e continua adestrando-o para lhe proporcionar idênticas delícias. O instinto leva o corpo a êxtases além dos limites da cultura e da razão, da moral e da religião: cantando em dueto, os corpos cantam mais alto e abrem ao puritano as fronteiras das sensações eróticas. Ralph consagra Marlene como sua mulher, sua paixão e sua deusa.

Vez ou outra visita Pires Lobo na loja de pianos para farejar trabalho, saber de eventuais interessados em aulas, espiar o estoque de partituras importadas. Afável e receptivo, o português quer saber como andam a vida e a profissão. Admirador do talento do pianista, esquiva-se polidamente quando a conversa escorrega para o desemprego e as dificuldades financeiras, embora às vezes o convide para jantar. Ralph compreende que o amigo evite dar informações sobre trabalho pelo temor de eventual má reputação respingar no seu negócio. Pires Lobo tem veladas restrições à sua relação com uma prostituta. Uma vez citou um verso, não sabe se com a intenção de advertência ou vaticínio: "A paixão é uma flor que se colhe à beira do abismo." Guardou-o nos escondidos da alma, e se assusta quando, de repente, ressurge. Mas Ralph aproveita essas visitas para tocar um pouco num dos vários instrumentos da loja. Nesses momentos, reconcilia-se com o seu talento, com os sons que é capaz de produzir, consigo mesmo e com o seu passado. Ao sabor da melodia, a Boston da infância se mistura com a Nova York da adolescência, as imagens da mãe, do pai, dos irmãos se fundem com as dos colegas músicos. Nesses momentos, Pires Lobo mantém a porta do escritório aberta e se delicia com a música que ocupa a loja, às vezes após a hora de fechar, depois que os funcionários foram embora. Arrebatado pelo que toca, Ralph parece não saber onde está, parece despegado do próprio corpo.

Mas, à medida que o tempo passa, a situação se agrava. O dinheiro, incerto, tem sido insuficiente para a mensalidade do hotel, a alimentação dos dois, de um infindável tratamento de dentes que ela faz, além das despesas indispensáveis à profissão, como roupas, sapatos e cosméticos. E ela ainda ajuda a família — pai, mãe e quatro irmãos menores — que vive em São Gonçalo, no interior fluminense. A renda de Ralph vem das aulas de piano para Branca, em Botafogo — as colegas de Marlene, satisfeitas com meia dúzia de palavras, desistiram antes de completar quatro meses. Deixa de ir às aulas de português, mesmo com o professor Antero Lima concedendo que pague quando se empregar — o gasto com condução pesa. Satisfaz-se com uma refeição por dia, num bar da Vila Mimosa, zona de baixíssimo meretrício, meia hora a pé do hotel, enquanto Marlene dorme; acordada, ela poderia querer pagar a conta.

Farejando trabalho como cão de caça, Ralph refaz religiosamente o circuito da Rádio Nacional, "Programa César de Alencar", maestro Gnattali, Ary Barroso, Dick Farney, Bené Nunes e bares com música ao vivo. Sem qualquer perspectiva, se desespera e faz o que não queria fazer: escreve uma carta aos pais dando a sua versão da situação. Diz que foi abandonado no Rio de Janeiro pelo The Billy Byas Jazz Quartet, que ainda o intrigou com a Embaixada americana, que, por isso, não lhe deu a passagem de volta. Graças a Deus, foi acolhido por simpática família católica brasileira. O Senhor lhe concedeu a graça de se apaixonarem, ele e a filha da família — com quem está comprometido. Gostaria que conhecessem Marlene. Diz que o Brasil tem muito sol, florestas, praias lindas e um povo alegre e cordial. Mas não tem trabalho para músico de jazz. Trabalhou no começo, depois não conseguiu mais nada. Não quer incomodar a família, mas depois de todos esses meses, está passando necessidades. Por fim, diz que está com saudade e quer voltar. Pede, com urgência, dinheiro para a passagem.

Ao falar da carta com Marlene, brinca com a idéia de mandarem duas passagens: "Não vou", ela diz, "não saio daqui." Sorrindo, ele lembra: "Não gosta dos Estados Unidos?" "No cinema." "Lá tem trabalho para músico, tem oportunidades para todos, poderíamos viver bem em Nova York." Ela intui que a brincadeira pode ser uma sondagem e o encara: " Não tenho essas ilusões. Não quero ser humilhada em outro país. Basta aqui." Ele entende e muda de assunto. Depois de hesitar durante alguns dias, desiste de pôr a carta no correio.

Acreditando ter uma ótima idéia para a divulgação dos negócios do amigo e uma salvação para si, Ralph se oferece para tocar na calçada em frente à loja de Pires Lobo. Entusiasmado, imagina que os passantes, atraídos pela música, fariam uma aglomeração e muitos entrariam para ouvir, tocar e comprar. Pires Lobo rejeita de pronto a idéia: "Passante não compra piano, e você é um grande artista, não um vendedor ambulante." Embora chocado com a reação, Ralph reconhece sua infantilidade e dá razão ao amigo. Temendo não ser entendido, o afinador de pianos muda o tom: "Desculpe, meu caro, mas acho que é meu dever lhe dizer uma coisa. Você é um garoto, e me preocupa que não saiba avaliar seu talento nem administrar a carreira. Está se esforçando para ficar no Brasil, mas o melhor que pode fazer é ir embora daqui. Se não quer voltar para o seu país, vá para a Europa. E não é porque o povo brasileiro seja ruim ou o país ignorante: esse povo é maravilhoso e o país, deslumbrante. É que os países são diferentes, têm povos diferentes e, portanto, culturas diferentes. O brasileiro não conhece o jazz e, como sou do ramo, posso lhe afirmar, são poucos os que conhecem o piano. Você é um talento na sua cultura. Daqui a um século, quando os povos se aproximarem e as culturas se misturarem, haverá talentos universais, como acontece na Europa com Beethoven, Bach, Da Vinci, Michelangelo, Shakespeare, Balzac, Einstein. O Brasil vai ser descoberto no próximo século. Hoje, sepulta seus gênios universais. Já ouviu falar de Aleijadinho, Machado de Assis, Santos Dumont? Vá embora daqui, Ralph Conway, o Brasil é pouco para você." Desapontado, mas impressionado com o interesse de Pires Lobo por ele, Ralph fica mais confuso e se achando uma criança incapaz de decidir a sua vida.

Marlene entra no quarto de madrugada e acorda Ralph, empolgada: "Acorda! Acorda, querido!" Ele acorda estremunhando, ela pula na cama, senta na barriga dele: "Você vai trabalhar! Eu consegui!" Ele desperta: "O quê?" "Falei com o gerente e ele topou!" "Para fazer o quê?" "O quê! O que sabe fazer: tocar piano!" "No cabaré?" "Sim, no cabaré! Das seis às dez da noite, quando começa o primeiro show. Tem que tocar música lenta e baixinho: é a hora dos discretos senhores casados." "Verdade mesmo?" Ela confirma, sorriso aberto de felicidade. Ralph a puxa pelo pescoço e a cobre de beijos, rolando na cama. Para tomar banho, ela tem que fugir. Na volta do banheiro, iniciam uma dança sobre a cama, que só termina quando os dois corpos exauridos desabam para os lados.

Na penumbra do pequeno palco do cabaré, Ralph faz música de fundo para alguns casais que sussurram nas mesas — nada de *swing* ou *bebop*, apenas versões de músicas brasileiras embaladas em jazz, tocadas de modo lento e baixo, enquanto no salão homens chegam sozinhos, convidam mulheres para drinques entre carícias, e partem acompanhados. A circulação é calma, discreta e constante, sequer se nota a presença de Ralph, embora o som acaricie os ouvidos presentes. Das seis às oito, Ralph devaneia, move o tronco levemente para a frente e para trás, meneia a cabeça de olhos fechados. A partir das oito, porém, quando Marlene chega, a serenidade desaparece. Ele vê a mulher por quem é perdidamente apaixonado nos braços de um homem, beijar outro, sentar no colo de outro, sair acompanhada, e voltar perfumada, maquiagem retocada, e de novo nos braços de um, no colo de outro. Ralph sente o impacto de assistir ao que ela faz ao som criado por ele. E entende o verso que Pires Lobo citou — "A paixão é uma flor que se colhe à beira do abismo" —, e se sente mergulhando num precipício. Mergulho solitário, que não pode comentar com Marlene: antes de assumir o posto, ela o advertira sobre o que veria e exigiu que não reclamasse, não fizesse cena de ciúme ou — "Não, pelo amor de Deus!" — reagisse! Melhor não falar sobre o assunto, melhor ainda fingir que não vê. Ali, explicara Marlene, qualquer deslize, ninguém lhe diz nada, mas na noite seguinte o porteiro barra a sua entrada.

Com o tempo, as quatro horas diárias de piano, com descanso na segunda-feira, tocando um repertório restrito, começam a ficar cansativas, sem falar nas cenas de Marlene e seus clientes, a que assiste em silêncio. As duas cervejinhas de cortesia, servidas no começo e no fim de cada noite, ficam insuficientes para as longas horas de obscura solidão. Uma noite, pede outra cerveja e fica sabendo que a cortesia acaba na segunda. Teve que pagar. Não demora, passa para quatro, cinco, seis por noite. Um dia, experimenta uma dose de cachaça — apesar da queimação, sente-se relaxado e aliviado do peso de carregar, com dez dedos, aquele piano nada criativo. Depois do trabalho, no quarto do hotel, sabendo com quem Marlene está, o álcool alivia também a dor do apaixonado.

Uma noite, perto das dez horas, quase encerrando o expediente, Ralph, de trás do piano, percebe que Marlene está incomodada com as carícias do homem que acompanha. Atento, vê que as bolinações, cada vez mais ousadas, agastam sua mulher e excedem o que é habitual no salão. Para se conter, toma um cálice de virada. Marlene insiste com o homem para saírem logo, e ele ataca com as mãos e a boca, como se quisesse se satisfazer ali, enquanto ela tenta se esquivar. Não suportando mais a cena, Ralph larga o piano, desce ao salão e arranca Marlene das mãos do homem, que reage aos gritos, chamando o gerente e dizendo-se desacatado. Angustiada, Marlene volta-se contra Ralph: "Merda! Por que fez isso? Eu sei me defender. Agora, vou pagar o pato!" Indignado e constrangido, Ralph responde alguma coisa no seu idioma de berço, e o homem pergunta ao gerente, aos garçons e aos leões-de-chácara que acorreram: "Quem é o gringo filho-da-puta? O pirralho se atreveu a arrancar a mulher das minhas mãos! Quem ele pensa que é! Estou pagando, e ela é maior de idade." "Não arrancou, querido. Eu estou aqui." Ela o abraça ao ver que conduzem Ralph para os fundos, com o gerente buzinando no seu ouvido: "Por que diabos foi mexer com o homem? Ele pode fechar a casa amanhã, seu filho-da-puta. Pianista de merda!" Desaparecem no fundo do corredor, enquanto Marlene acalma o homem com ousadas carícias. No dia seguinte, depois da noite de brigas, o porteiro barra a entrada de Ralph às seis horas e a de Marlene, às oito.

DIVA VOLTA EXULTANTE DA EUROPA. MAL CONTÉM A ANSIEDADE DE CONTAR tudo o que viu e ouviu, as impressões e emoções, e a sua história amorosa que, na viagem, ficou sólida e definitiva. Não se cansa de repetir que foram os dias mais felizes da sua vida. Ama o Brigadeiro, ama o canto lírico, e decidiu dedicar a vida aos dois!

Mal chega em casa, fica sabendo que sua mãe teve uma crise e está internada. Ela muda de roupa e corre ao hospital, um edifício sombrio, com longos corredores azulejados, pátios arborizados e um silêncio entrecortado por gritos que ecoam entre os pavilhões. Ela aguarda numa sala branca, de paredes altas e bancos de madeira, onde passos e vozes reverberam. A enfermeira traz Lavínia: tem os braços cruzados na frente, puxados para trás pelas longas mangas da bata grosseira. Lavínia a olha em silêncio, balançando ligeiramente o corpo para um lado e outro, a boca meio aberta, o olhar esgazeado. Diva a abraça apertado. Ela fala devagar, com dificuldade: "Ontem choveu pedra no telhado. Fez muito barulho. Pedra de gelo do Nosso Senhor Jesus Cristo." A enfermeira diz que Lavínia não pode passear no pátio e que aquele encontro é excepcional e precisa ser breve; ela está com visitas interditadas. E o médico, só de manhã.

Diva nada pode fazer pela mãe. Ninguém pode: os médicos dizem que Lavínia não deve mais sair do hospital. Não há cura. O que se pode fazer é mantê-la calma e tentar, entre os tratamentos existentes, o que teria efeito tranqüilizante menos nocivo. O impacto sobre Diva é arrasador. Desorientada, mal consegue dormir, não se alimenta e deixa de ouvir música. Não fossem o carinho e o desvelo do Brigadeiro, se entregaria ao desespero. Nesse estado, se dá conta de que, sem avó, sem mãe, sem família, resta-lhe o Brigadeiro. Não tem a quem contar as mil histórias que viveu na Europa.

Visitar a mãe passou a ser sua atividade mais importante. Três vezes por semana está no hospital. Leva braçadas de flores colhidas no jardim, frutas, biscoitos, queijos e doces. Sua presença constante contribui para que a mãe passe a freqüentar o pátio. Aos poucos, Lavínia se habitua à sua presença e, embora não lembre o nome, reconhece a mulher que a visita. Diva corta-lhe as unhas, passa esmalte, penteia o cabelo, ouve as suas histórias confusas e conta-lhe outras. Interessa-se pelo tratamento, conversa com os médicos, observa o cumprimento da medicação, presenteia e gratifica as enfermeiras.

Com o tempo, Lavínia torna-se uma criança inofensiva e, às vezes, alegre. Gosta que Diva cante para ela, participando com palmas e ruídos. Costuma abrir a bolsa da filha, tirar objetos, que olha com infantil curiosidade. Sente enorme prazer em se embelezar, fazer a maquiagem, mas não identifica a imagem refletida do próprio rosto. Aos poucos, com movimentos e expressões, parece reconhecer como seu o rosto no espelho. Abaixa a blusa do uniforme até o ombro, enrola as calças e, com trejeitos sensuais, canta numa língua inventada — o que a deixa risonha e feliz. A alegria da mãe é um bálsamo para Diva. Nos dias em que ela brinca e sorri, volta para casa aliviada. Um dia, canta em dueto com a mãe, as internas sentam-se em volta, e logo estão cercadas por uma platéia alegre e animada. Elas se divertem tanto que o médico-chefe agradece a colaboração de Diva. Mas é ela quem agradece: "É um prazer cantar para essas crianças."

Numa fria manhã de inverno, o Brigadeiro lê o jornal quando as empregadas vêm avisar que Mrs. Austin amanheceu morta. Pela primeira vez, Vittorio entra no quarto dela, com a sensação de estar invadindo a privacidade de alguém que soube respeitar a intimidade alheia e preservar a própria. A veneranda Mrs. Austin está sobre a cama, soltos os ralos cabelos de algodão, que viviam ocultos sob a touca do uniforme, mãos postas sobre o peito, de sapatos e meias, num vestido preto, que, segundo os empregados, ela comprou para vestir no próprio enterro. No guarda-roupa, somente uniformes pendurados — doara previamente seus pertences, e até os de higiene pessoal — pente, escova de dente, sabonetes etc. — jogou no lixo. Vittorio sente a perda de alguém que, quase aos 90 anos, foi avó, foi mãe, irmã e amiga, sem nunca deixar de ser empregada. Seu funeral, à altura da sua dedicação, foi acompanhado por oito pessoas. Nos dias seguintes, o Brigadeiro submerge em silenciosa tristeza.

Com o passar do tempo, Diva começa a sentir falta da música. Volta a ouvir algumas gravações e a assistir às raras encenações de ópera na cidade, até que decide tomar aulas de canto novamente. A vida parece voltar ao normal, mas a tristeza pelo estado da mãe está sempre presente — agora, a normalidade é conviver com a dor inevitável. As aulas reacendem a paixão, animada pela experiência de tudo que assistiu, ouviu, conversou e viveu na Europa. A empolgação cresce; logo volta a sonhar e a fazer planos, ainda secretos.

Numa visita a Lavínia, leva o par de sapatos altos que ela, andando nas pontas dos pés, sugeria querer calçar. Antes de mostrá-los, porém, faz todo o ritual: pinta as unhas, passa batom vermelho brilhante e o pó-de-arroz, apara as pontas do cabelo e tinge de preto os primeiros fios brancos, desce o uniforme ao ombro e empresta-lhe seu colar. Quando, enfim, calça os sapatos, Lavínia entra em estado de graça. Desfila pelo pátio numa felicidade que arranca aplausos das demais internas. E, para coroar o momento, Lavínia estaca de repente, indicador para o alto e ouvidos atentos. Logo impõe silêncio ao pátio e pode-se ouvir uma música, vinda não se sabe de onde, de algum lugar distante, pois mal se ouve. Ela apruma o corpo e, enlaçada a um imaginário parceiro, põe-se a dançar como se estivesse num baile, com tal altivez que as internas, em completo silêncio, fazem um círculo à sua volta e assistem à exibição de uma dançarina — elegante e sensual. Embevecida, a platéia não sabe que é manifestação genuína de longa experiência, onde se vislumbram traços de uma identidade perdida.

Ao chegar em casa no fim da tarde, Diva vê o Brigadeiro sentado na poltrona de sempre, na penumbra ao fundo do salão, ouvindo a *Traviata*. Ela se aproxima e, caçoando, canta junto com Callas os últimos versos de Violeta antes de morrer: "*M'anima insolito vigore! / Ah! io ritorno a vivere! / Oh gioia!*" Os demais personagens se assombram: "*O cielo! Muor!*", e a orquestra dá os majestosos acordes finais — quando Diva percebe que o Brigadeiro está imóvel. Rígido. Morto.

VITTORIO EMMANUEL SBRAVATTI CHALMERS VIVE UMA TORMENTA. COM A morte do pai e a mudança da mãe para a Itália, sem irmãos, tios ou primos, não tem qualquer vestígio de família. Sua segurança e seu conforto estão ameaçados. Tudo lhe parece difícil e confuso. Não se acha preparado para lutar pela vida nem enfrentar as dificuldades do cotidiano. Não aprendeu a usar as armas dessa luta. Sem concluir o curso de Engenharia, não faz idéia de qual será o seu futuro, e tudo lhe parece assustador. O mundo desabou sobre a sua cabeça, e quando tenta erguê-la de sob os escombros, vê-se no meio do vendaval.

Afora as dificuldades objetivas, há outras, mais difíceis. Por inelutável, resigna-se à morte do pai, mas não consegue domar a ira pelo que sente como traição da mãe, com repulsa pela idéia de que ela ama outro homem. Martiriza-se com as fulgurações que a imaginação, fustigada pela memória, faz e refaz à sua revelia. Repete a si mesmo que ela nunca pensou em viver o tal amor em Belo Horizonte, no Rio de Janeiro, ou em qualquer cidade do Brasil. Decidiu que seria na Itália, e nunca pensou em levá-lo com ela. A intenção era afastar-se dele, abandoná-lo à própria sorte, quem sabe como punição por ele ter sido o estorvo da sua vida.

Paralisado pelas turbulências que lhe vão na alma, Vittorio não consegue sair de casa. Nos dois primeiros dias, fica no quarto sem sair nem para se alimentar. No terceiro dia, desce de manhã e, em silêncio, toma chá com torradas, mas, perturbado pelo enorme retrato a óleo da mãe na sala de visitas, volta a se trancar. À noite, pede uma sopa, que Mrs. Austin lhe serve na cama. No quinto dia, desce para o café, caminha pelo quintal, observa os jardins floridos, senta-se no banco à sombra das árvores: tudo lembra a mãe, o que o deixa ao mesmo tempo comovido e revoltado. Almoça, sobe para o quarto, e recusa o jantar. No sexto dia, toma café e tenta ler o jornal que comenta o ministério de Getúlio Vargas, mas desiste. Almoça, e pelo meio da tarde toca piano por algum tempo, mas subitamente se afasta e vai para o quintal. Mal vê os jardins, recua, rápido. No oitavo dia, toma banho, faz a barba, muda de roupa e passa umas quatro horas ao piano. Quando pára de tocar, Mrs. Austin se aproxima e, em voz baixa, pede licença para tratar de assunto doméstico: precisa de dinheiro para gastos da casa. Pela primeira vez na vida, Vittorio vai ao cofre, abre e retira da reserva deixada pelo pai — um frio corre pela espinha, repercutindo no corpo a pergunta que não tem resposta: "Como vai ser quando acabar?" E entrega a Mrs. Austin o dinheiro pedido. Experiente e perspicaz, ela percebe a angústia estampada no seu rosto, mas não acha oportuno tratar do assunto, que também a inquieta. No décimo primeiro dia, Vittorio acorda cedo, toma o café-da-manhã, tira o carro da garagem e vai para a Escola de Engenharia. As aparências sugerem rotina, mas está tão diferente que não parece a mesma pessoa.

Tempos depois, sentado na varanda, ele olha pensativo para a montanha semi-encoberta, enquanto a chuva fina cai suave e silenciosa do céu opaco. No seu uniforme impecável, Mrs. Austin se aproxima e, sem querer importunar, espera que ele a pressinta. Perdido na contemplação que a visão enseja, Vittorio demora a percebê-la: "A senhora estava aí?" "Queria conversar, mas não precisa ser agora. Posso esperar." "Vamos conversar. Senta, Misaute", sua pronúncia para Mrs. Austin tem sonoridade que vem da infância. Ela se senta na cadeira de vime, as pernas juntas, as mãos muito brancas estendidas sobre a saia preta: "Nem sei como começar, Vittorio." Ele a olha, os cabelos de finíssimo algodão escapando da touca preta de rendados brancos. "Nós passamos maus bocados esses tempos. Se foi difícil para mim, posso imaginar para você, como filho. O Dr. Chalmers partiu, dona Giulia na Itália e você sozinho, essa tristeza. E eu, você sabe... eu... Você, eu acho, talvez não precise mais de mim." "Nunca precisei tanto, Misaute!", interrompe Vittorio com assustada veemência. "Como disse, todos me abandonaram. Eu preciso de você!" Mrs. Austin se sente gratificada, mas oculta a emoção no fundo dos seus segredos, e mantém-se sóbria: "Entendo que precisa de alguém que cuide de você. Mas já não sou mais uma menina, Vittorio!" "Não parece. Está saudável e disposta, Misaute!" Apoiado nos braços da cadeira, ele se curva e fala junto ao rosto dela: "Não me abandone, Misaute, por favor! Você agora é minha mãe, minha avó. Não sei viver sem você!" Num gesto raro e discreto, ela afasta o cabelo que encobre o rosto de Vittorio. Ficam, assim, próximos por alguns instantes; ele insiste: "Vai ficar comigo?" "Vamos conversar", ela propõe, e, obediente, ele se senta na cadeira em frente. A voz dela ganha mais clareza: "Agora, o patrão é só você... e nós somos tantos empregados!

Zulmira e Nezinha na cozinha, Cleuza lavando e passando; Fidélis, que só me leva às compras, pois você dirige o seu carro; dona Constança, que ficou como jardineira desde que seu Nicanor morreu — mas ela não recebe salário —, e eu... É muito empregado, Vittorio, para uma pessoa só! Não é necessário, custa caro." Vittorio desvia o olhar para a montanha e a chuva fina, que cai sem ruído.

Mrs. Austin continua após a pausa: "Estou pensando em voltar para Londres. Não tenho mais ninguém por lá, mas, como os elefantes, quero morrer no meu cemitério." Vittorio a olha nos olhos: "Você não vai morrer, Misaute! Eu não quero que morra. A vida não pode ser feita de morte e abandono." Ela sorri com tristeza, ele olha para a chuva, que fica mais nítida sobre as folhas das árvores. Instala-se um silêncio delicado. Vittorio murmura, sem tirar os olhos da chuva: "Não tenho coragem de despedir o Fidélis, que serviu a meu pai, está aqui há tantos anos, e me ensinou a dirigir. Não sei fazer isso. Não quero fazer." "Mas é necessário, Vittorio. Não há trabalho para tanta gente. Só para dona Constança: as plantas não param de crescer, dão flores e frutas, secam e apodrecem." "E voltam a nascer. Veja aquele mamoeiro ali. Nasceu sozinho, e vai crescendo." "Não é assim com as pessoas", diz Mrs. Austin. "Será que não?", indaga Vittorio. "Eu nasci sozinho." Ela sorri, divertindo-se: "Nasceu do vento?" "Não foi o que quis dizer. Quis dizer que meu pai e minha mãe não queriam que eu nascesse. Não sonharam comigo, não me desejaram. Eu é que forcei as portas para nascer, contrariei a vontade deles, juntei os despojos de um e de outro, me fiz com os restos e surpreendi todo mundo, chegando sem ser esperado. Foram obrigados a mudar os planos e os sonhos. E nem queriam continuar juntos. Fui um estorvo na vida deles." "Não diga isso, Vittorio. O Dr. Chalmers amava dona Giulia." "E ela? Ela o amava?" Mrs. Austin hesita: "Aprendi a não responder a perguntas indiscretas. Por que essa pergunta? Vittorio, as pessoas têm maneiras diferentes de..." Ele a corta: "Não, não amava! Você sabe, Misaute, que ela não o amava!" Mrs. Austin abaixa a cabeça e murmura: "Ele a amava pelos dois." Vittorio volta a olhar a montanha, onde as nuvens se movem, deixando à mostra a meia encosta. Sem tirar os olhos das nuvens, murmura: "E ela me ama?" "As mães sempre amam seus filhos. Ela o ama. Não tive filhos, mas não é difícil ver isso quando se convive com a pessoa." "Então, por que não pensou em me levar com ela para a Itália? Por que não mora aqui com o homem dela?" Mrs. Austin procura os olhos de Vittorio e olha lá dentro: "Você é um homem que na infância foi amado pelo seu pai e pela sua mãe. Posso dizer isso porque o vi nascer. Você sabe o que é ser amado. E ela, mesmo sendo sua mãe, continuava uma menina que nunca tinha amado, tinha o coração virgem de qualquer homem, além de você. E não merece viver o único amor que sentiu? Assim como você merece amar uma mulher?" Entre os dois brota um silêncio que cresce como parreira, isolando-os. Sem se darem conta, ambos olham para a montanha, de onde as nuvens se afastam e descobrem o pico.

Como é do seu costume, Vittorio passa longas horas lendo romances e poesias, caminhando entre os canteiros do jardim, à sombra das árvores do pomar ou do bosque. Às vezes pára, atraído pela beleza de uma flor, pela tentação de um abacate ou uma manga, por uma casa de joão-de-barro erguida num galho, de marimbondo em outro, e logo volta à leitura. Outra hora, senta-se num banco, põe o livro de lado e contempla o céu, onde uma nuvem perdida, tentando inutilmente resistir à brisa, se estica e se alonga até se diluir em transparência.

Na manhã de outono, Vittorio se surpreende diante do retrato a óleo de Giulia, que o assusta e que ele evita enfrentar. A luz da manhã, levemente filtrada pela cortina, dá tons suaves e aconchegantes à sua intensa beleza. Até mesmo aquele olhar intenso, que parece arrastar para dentro da tela quem a olha, agora mais oferece que atrai. A boca, que lhe parecia voluptuosa, agora lembra um ricto de ironia. Depois de observar o quadro por longo tempo, sente um alívio, como se lhe tirassem uma lança do peito. Como quem cumpre a via-crúcis dos ressentimentos, invade o quarto da mãe — abre a porta devagar e entra sem fazer ruído, respiração quase presa. A luz entra em listras pela veneziana. O quarto está nu, a cama de casal desarmada, colchão encostado na parede, sem quadros ou adornos sobre os criados-mudos. Ele avança para o quarto de vestir, também vazio, abre as portas de um dos guarda-roupas e puxa os lençóis que cobrem as roupas. Eis os incontáveis vestidos de Giulia, muitos ainda frescos na memória, outros reconhecíveis, alguns nunca vistos. Vittorio pega um dos cabides e expõe o vestido à luz listrada do cômodo. Lembra-se daquele: criança ainda, foram ao concerto, ela o vestia. Quando puxa pela memória, lembra-se de detalhes, a porta do quarto é empurrada e alguém entra no quarto de vestir: é Mrs. Austin, que se surpreende ao ver Vittorio com o vestido na mão: "Dona Giulia deixou para serem doadas, mas..." Ele a interrompe: "Não doe nada. Deixe-as aqui e cuide delas." Mrs. Austin assente com a cabeça, e diz como boa notícia: "Demiti a Nezinha. Na cozinha vai ficar só a Zulmira. Cleuza agora virá uma vez por semana para lavar e passar; dona Constança continua, sem ganhar nada, e Fidélis fica como morador." "Alguém reclamou?" "Ninguém gosta de ser despedido." "Vou vender a casa." Mrs. Austin se surpreende: "Está decidido?" "Não é decisão, é necessidade. Sabe como amo esta casa!" "Eu também. Se precisar, eu ... Compro libras esterlinas com as economias, se quiser..." Vittorio a abraça apertado. Mais tarde, vê a noite baixar enquanto, ao piano, canta as canções italianas com que Giulia encantou sua infância.

Na faculdade, Vittorio se depara com candente debate dos estudantes sobre os recentes acontecimentos em São Paulo, dos quais nada sabe. Num comício em São Paulo, que exigia uma nova Constituição, houve tiros, e quatro estudantes foram mortos — Matias, Miragaia, Drauzio e Camargo —, e suas iniciais, MMDC, tornam-se o símbolo da revolta, que deflagra o movimento contra o governo Getúlio Vargas. Agora, diante da faculdade, um estudante discursa: "Precisamos estar vigilantes, caros colegas! O presidente Getúlio Vargas abriu a Constituinte e nomeou o novo interventor de São Paulo — as queixas eram meros pretextos. As oligarquias paulistas, aliadas dos latifundiários mineiros, querem que a história recue à nefasta política do café-com-leite. Não podemos admitir, caros colegas! Essas múmias querem ressuscitar o fantasma de Washington Luiz, querem o retrocesso político, querem deter a centralização republicana do poder, que significa a organização, a modernização e a industrialização do país. E para isso é preciso um Estado forte, centralizado, racional, que se imponha a essa sociedade primitiva e ingênua, dominada por oligarquias parasitárias e incompetentes!" Outro estudante sobe num caixote e o interrompe aos gritos: "Não é verdade, caros colegas! O que acabaram de ouvir fere a verdade. O que os paulistas querem é o que nós, mineiros, também queremos: uma nova Constituição, que estabeleça a democracia no lugar desse governo de interventores, que reabra a Câmara dos Deputados, o Senado Federal e as Assembléias Legislativas, que Getúlio Vargas fechou. O que nós queremos é reabrir as casas do povo aos representantes livremente eleitos. Ninguém quer deter o progresso! Quem pode imaginar São Paulo, a mais pujante economia do país, contra o progresso? Ao contrário, queremos acelerá-lo. E nós, futuros engenheiros, não podemos ser contra o progresso e a industrialização!" Um rapaz gordo e careca toma a palavra: "Eu vou dizer o que está acontecendo! O que está acontecendo é que os empresários e latifundiários de São Paulo se uniram contra o presidente Getúlio porque ele reconheceu os sindicatos dos operários, legalizou o Partido Comunista do Brasil e apóia o aumento de salário para os trabalhadores. Tudo isso deixa a elite paulista indignada. Mas é isso que pode salvar a classe trabalhadora. Eu quero saber onde está o governador Olegário Maciel, que não aparece nessa hora!" Um rapaz alto, de óculos e cabeleira rebelde, brandindo um jornal, sobe no barril onde estava o primeiro: "Caros colegas, eu peço a palavra. Vou ler para vocês alguns trechos do que saiu publicado neste jornal paulista. Depois que eu ler, todos vão entender o que os paulistas querem. É um manifesto do escritor Monteiro Lobato." Míope, ele lê com dificuldade apesar dos óculos, mas com poderosa ironia acusativa: 'Criador de riquezas que é, São Paulo não pode deixar a riqueza que já criou, e que está habilitado a ir criando, à mercê da pilhagem sistemática, e crescente, que por meio do governo central todo o resto da federação vem procedendo!' Ele está dizendo, caros colegas, que todos os estados brasileiros estão roubando as riquezas de São Paulo. E não é só. O senhor Monteiro Lobato quer que os paulistas peguem em armas para defender as suas riquezas. Ouçam, por favor: 'Hegemonia ou separação. Ou São Paulo assume a hegemonia de fato, que já conquistou pelo seu trabalho no campo econômico e cultural, ou separa-se. Aceitemos Hobbes, sejamos lobos contra lobos. Lobos gordos contra lobos famintos.' Portanto, caros colegas, os paulistas não querem liberdade nem democracia, querem defender sua riqueza que, segundo eles, nós estamos pilhando!" Depois de ouvir um pouco, Vittorio abre caminho na aglomeração e vai para a sala de aula. Na sua cabeça não cabem mais problemas.

Depois de marcar pelo telefone, um advogado da Saint John D'El Rey Mining Company visita Vittorio em casa para lhe informar que o falecido Dr. George Chalmers deixou testamento, e registrado em cartório. Pela sua vontade expressa e consagrada, os 5% de sua participação acionária, como superintendente aposentado de todas as minas da empresa em território brasileiro, será dividido na seguinte proporção: 2% para a viúva e 1% para cada um dos três filhos, incluindo Vittorio Emmanuel Sbravatti Chalmers, que, a partir desta data, será convidado para as assembléias anuais de acionistas, em Londres, e receberá balanços periódicos da empresa. Até 31 de março de cada ano, os dividendos serão depositados em conta bancária, na proporção de sua participação. Os atrasados até esta data serão imediatamente creditados. Pelos números citados dos últimos balanços, Vittorio tem assegurada vida tranqüila e confortável para o resto dos seus dias. Depois de prestar as informações solicitadas, ele assina a papelada, despede-se do advogado, corre para o piano e toca até de madrugada. Dorme em paz.

Ao despertar, o mar tempestuoso se tornou calmaria, quase se pode andar sobre as águas. Parece que a vida tenta recompensá-lo com um presente oferecido pelo passado, presente que lhe oferece o passado para lhe garantir o futuro. Confiante, sai das sombras para as luzes.

De terno, gravata e chapéu, ele tira o carro da garagem e, como fazem todos em Belo Horizonte, vai se divertir no cinema — consagrado como o maior, se não o único, entretenimento da cidade. Rapazes e moças, senhoras e senhores se habituaram a ir juntos ao cinema, a encontrar-se no cinema, conversar sobre cinema e ver quantos possam dos filmes em cartaz. Cinemas são pontos de encontro, e assistir a filmes, uma atividade social sem distinção de classe, credo, raça, nível cultural. Um filme não visto pode deixar a pessoa sem assunto para conversar nas festas, nas escolas, nas mesas de bar e até em casa — é quase condenar-se ao isolamento. Não se recusam nem se adiam convites para ir ao cinema. A dúvida, quando existe, é apenas de horário, se *matinée* ou *soirée*, assim mesmo, em francês, para filmes quase todos americanos. Amizades começam com a ida ao cinema e namoros surgem durante os filmes, a penumbra ajudando a vencer a timidez: é durante o filme que se roça o braço, pega na mão, beija-se na boca, e, quem sabe, chega-se à bolinação. Cinema na tela e na platéia. Sem lazer nem diversão, o mineiro, que espiou a vida pela veneziana e nutriu-se de mexericos, descobre que o cinema é uma janela, muito maior do que as venezianas, aberta às bisbilhotices do mundo. A cidade cumpre a vocação, sugerida no projeto original e realizada na construção, de substituir o velho e atrasado pelo novo e progressista. Nada mais moderno do que a arte que usa a tecnologia, na qual a ilusão de simultaneidade comprime o tempo e acelera a velocidade, para bisbilhotar a vida alheia. No seu embate entre o arcaico e o moderno, o belo-horizontino sai de casa de manhã para a igreja e de noite para o cinema.

Cinemas brotam como cogumelos; a grandiosidade de alguns inclui destacadas fachadas, vitrais coloridos e pisos elaborados, que se tornam centros de lazer da cidade. Um deles, o Cine Theatro Brasil, na Praça 12 de Outubro, que exibe teatro, ópera e filme, é recordista de público no país. Portentoso nos seus oito andares revestidos de pó-de-pedra, no centro da cidade, tem estilo *art déco*, de linhas e curvas futuristas, em harmonia com a moderna funcionalidade geométrica. Visto da praça, lembra a quilha de um transatlântico ancorado entre a Avenida Amazonas e a Rua dos Carijós. Outro, o Cine Glória, na Avenida Afonso Pena, administrado pela Metro-Goldwin-Mayer, tem prédio imponente, que acolhe 1.200 pessoas em poltronas estofadas, sala de espera com grandes espelhos, e anuncia nova iluminação, que faz a transição do escuro ao claro sem ofender a vista do espectador. Nesse cinema houve escândalo recente, que acabou nos jornais. Duas moças de família tentaram assistir ao filme *Rose Marie*, com Joan Crawford, sem terem completado 18 anos. Foram barradas. A reportagem sugere que, para evitar que isso se reproduza, é necessário que a empresa proprietária dos cinemas mencione nos programas, que faz publicar nos jornais, os filmes que não podem ser assistidos por menores.

É de uma sessão do Cine Glória que Vittorio sai com o amigo Raul, após assistirem a *Aconteceu naquela noite*, comédia romântica de Frank Capra, com Clark Gable e Claudette Colbert, ganhadora de cinco Oscar — e que agradou aos dois. Pegam o Ford conversível V8-302, amarelo de capota branca, dois lugares estofados em couro branco, que Vittorio estacionara em frente ao cinema, sob as árvores da Avenida Afonso Pena. Duas quadras adiante, dobram à direita, sobem duas esquinas na Rua da Bahia e estacionam na Avenida Paraopeba, sob a frondosa gameleira na lateral do Grande Hotel. Passam pelo bar do hotel e logo se dão conta de que, numa noite de sábado, é impossível encontrar mesa livre. Vittorio deixa recado com o garçom para Pedro e Vicente, e descem a Rua da Bahia, no trecho de *footing* cosmopolita de gente elegante e animada, que entra e sai dos bares e restaurantes, e se misturam aos que acabam de assistir ao espetáculo do Teatro Municipal e aos que, vindos de todos os lugares, esperam o bonde que os levará para casa. No passeio, Vittorio observa que as mulheres ganharam cor e brilho na maquiagem com pó-de-arroz, ruge e batom. E cores também nos vestidos, que destacam os movimentos e deixam as formas do corpo sensualmente visíveis. Há amplo espectro de tons, entre o azul e o vermelho, em enfeites de renda, golas jabô com laços de crepe *Georgette* e a novidade chamada *tailleur*. Confirmado que o Estrela e o Trianon estão lotados e o Bar do Ponto, freqüentado por barulhentos torcedores do Atlético e do América, espanta as mulheres, além de ter sido denunciado pela Saúde Pública, entram no Colosso — embora decadente, é ponto de encontro de boêmios há mais de uma década.

Na mesa, feitos os pedidos, avaliam a presença feminina enquanto a conversa visita vários assuntos até voltar ao filme: jovem mimada foge de casa porque o pai não quer que se case com um *playboy*, e encontra um jornalista galã, que lhe dá lições de vida. Num tom amigável, em defesa do amigo, Raul comenta o que se disse de Vittorio, associado-o ao filme: "Você não tem nada daquele *playboy*! O que ninguém entende é por que você é tão sozinho!" "Eu, sozinho?", admira-se Vittorio. "Não sou solitário! Os que pensam assim estão enganados!", defende-se Vittorio. "Parece que se esconde! Por quê?" "Até admito que sou reservado em certos assuntos, talvez por não ter irmãos nem primos, mas não sou solitário!" "Quando seus pais morreram, todo mundo ficou sabendo, eu mesmo vi a foto dele no jornal, e você sumiu, não falou com ninguém! As pessoas ligavam para sua casa, você não atendia. Por que isso? Quem gosta de você estranha esse comportamento!" Vittorio retribui a afeição oculta falando com delicadeza: "Eu não perdi meus pais, Raul. Perdi o meu pai. Sobre o silêncio, vou lhe fazer uma confissão: eu não acho que a morte tenha tanta coisa para se comentar. A dor da perda é tão pessoal que resta pouco a compartilhar, não acha? Por favor, Raul, não deduza que posso viver sem amigos! Num filho único, os amigos ocupam vastas lacunas do coração, sobretudo quando se perde o pai." O garçom serve uísque para os dois. "Então a sua mãe não morreu?" "Não. Quem diz isso deve querer que ela morra antes da hora. Está vivíssima e muito bem na Itália, onde nasceu!" Depois de tomar um gole do uísque, Raul conclui: "Essa gente fala demais!" Vittorio sorri: "E a sua vida, como anda? Espero que não tenham matado seus pais também." Eles riem: "Que ninguém nos ouça, mas acho que meu pai, eu mesmo vou acabar matando." Eles riem: "Nunca vi um filho pensar tão diferente do pai. Se minha mãe não fosse a santa que é, diria que sou filho do vizinho. É incrível!" "Mas você dizia que ia estudar Direito para ser o herdeiro político dele. O que mudou?" "Eu mudei! E foi o Direito que fez isso. Deu uma cambalhota na minha maneira de ver o mundo. Não que eu seja ingênuo e idealista para achar que a prática da advocacia vai instaurar o paraíso da Justiça. De jeito nenhum! A vida não é justa, o homem não é justo, nem as leis criam a justiça. Mas não preciso conviver com a indignidade, não preciso ser um cúmplice silencioso que se beneficia da injustiça! Por que tenho que comer o que vem da lama?" "Calma, Raul! Está muito radical! Afinal, é seu pai!" "É, é meu pai. E eu gosto dele, o que me confunde todo e complica tudo!" "Imagino", solidarizou-se Vittorio, acrescentando: "Eu tinha sentimentos parecidos em relação ao meu pai, quando ele falava um tanto friamente das mortes por silicose, as doenças de pulmão que os empregados contraíam por respirar no fundo da mina." "Com meu pai é mais grave, Vittorio. Não são circunstâncias de trabalho, é desvio de caráter! Você pode imaginar o que é ser filho de um corrupto? Um homem que embolsa o dinheiro não do sócio, do amigo ou da família, mas da população! Dinheiro que poderia diminuir a miséria, melhorar a saúde e a educação desse povo! Cada mendigo que eu vejo na esquina me dá o sentimento de que a roupa que visto foi arrancada dele, a comida que como foi tirada do prato dele, a casa onde moro seria o abrigo de muitos deles! Eu tenho vergonha de meus colegas da faculdade." "Você está parecendo o Pedro, que tem horror aos políticos." "É difícil para um político não ser corrupto. Dificilmente a eleição, para qualquer cargo, deixa de envolver corrupção. Sem esforço e sem se dar conta, meu pai controla três grandes currais. O curral de gado vacum, o curral eleitoral e o curral familiar — este com umas trinta cabeças: onze filhos legítimos, seis naturais, minha mãe, meus tios, primos e agregados. Menos eu, que estou pulando a cerca. Esse homem, que começou catando minhoca no barro para o meu avô pescar o almoço, hoje é fazendeiro, banqueiro, foi secretário de Estado e tem enorme influência política. Minha casa vive cheia de lambe-botas que vão beijar-lhe a mão! Me dá asco, Vittorio. Não posso falar sobre isso com ninguém — falo com você em confiança —, muito menos em casa! Não vejo a hora de me formar e ir cuidar da minha vida!" Ele toma longo gole de uísque e sussurra: "Mas antes eu mato ele!"

Vittorio silencia, divertido com o ânimo fantasioso de Raul, quando surge Pedro, reclamando por não terem ficado no Grande Hotel. Sua presença, leve e afável, alivia o semblante de Raul, que estava rubro, crispado, com saliva acumulada nos cantos da boca, e se abre num sorriso: "E então, Pedro, como vai a nova paixão?" Antes que ele responda, Vittorio pergunta, curioso: "Pedro também está apaixonado? Pensei que fosse só o Vicente." "O meu caso não é paixão", diz Pedro com um sorriso travesso. "O Vicente sim, está apaixonado!" "O que é então?", quer saber Vittorio. Raul se antecipa: "Ele tem um aconchego em Santa Efigênia." Em meio ao riso, Pedro confirma: "Estou vindo de lá. É mesmo um aconchego. E o seu, Raul?" "Eu não tenho mais, Pedro. Pousou um gavião no ninho dela, lá no Carlos Prates. Com gavião por perto, qualquer pinto se esconde! Não tenho mais nenhum consolo para esta vida ingrata. Parece que Deus me abandonou. Nem as empregadinhas, que me aliviavam as tensões, querem saber de mim. Só me resta fazer justiça com as próprias mãos!" O garçom renova as bebidas e traz o uísque de Pedro. "E você, Vittorio, que arrebata o coração das mulheres, não tem um aconchego?" "Infelizmente, não, Pedro. Prova de que não arrebato o coração das mulheres." Raul intervém, debochado: "Vittorio come quieto!" "Aliás, nem lhe conto, Vittorio", diz Pedro. "Outro dia estavam lá em casa umas amigas da Carmela, minha irmã: quatro mulheres lindas! Por duas delas eu rastejava daqui a Ouro Preto, faria qualquer coisa para ter no meu quarto por quinze minutos! E todas elas fascinadas, deslumbradas, apaixonadas por você, inclusive a minha mãe e a boboca da minha irmã, que tem ciúme de você comigo!

Todas reclamaram que você não dá bola, é arredio e meio estranho." Raul concorda: "Acabei de falar nisso com ele. Ninguém entende!" "Eu tentei desfazer essa impressão", continua Pedro, "mas elas não se convenceram. Então assegurei que você não é fresco", explodem em gargalhada, "e sugeri que partissem para o ataque. Que dessem em cima de você!" "Se não der conta de todas, manda as sobras para mim", pede Raul no momento em que chega Vicente, dizendo que há mesas vagas no bar do Grande Hotel. "Chegou o apaixonado!", saúda Pedro. "Vai nos ensinar o que fazer para nos apaixonarmos!", diz Raul. Vicente sorri, e como ninguém se interessa pelas mesas do Grande Hotel, senta-se, como novo alvo da gozação: "Vocês sabem mais do que eu. Sou iniciante. Quem sabe tudo disso é o Vittorio, que deixa as mulheres loucas!" A gargalhada é geral. Raul indaga: "Escuta, Vicente, o que é mesmo que você sente nesse estado de apaixonado?" "Pergunta a sério?", quer saber Vicente. "Sim, a sério", responde Raul. Todos silenciam, na expectativa; o garçom renova a bebida. Raul tenta ajudar: "É aquela baboseira dos poetas românticos?" "É", responde Vicente, "só que em vez de ser a palavra rimada, lua e rua, bela e janela, a paixão e coração, você sente as coisas de forma mais intensa. Não tem relação com as palavras. Você vê a lua mais bonita, o corpo dela fica mais desejável, o beijo mais emocionante e a despedida mais triste. São sensações, emoções; é evidente que nada mudou, seu olhar é que está mais sensível." Depois de um tempo de silêncio, Vittorio suspira: "Eu gostaria de me apaixonar." "Eu também", diz Raul. "Eu também", diz Pedro, e acrescenta: "O sujeito que fode a mulher por quem está apaixonado deve esporrar na lua!" Com a nova gargalhada, Vicente abaixa a cabeça, enrubescido. "Como ela se chama, Vicente?", quer saber Vittorio. "Clarice", responde Vicente. "Você pensa nela o dia inteiro?", quer saber Raul. "Eu preciso de uma Clarice na minha vida!", pede Vittorio. "Não, Raul. Ninguém pensa na mesma coisa o dia inteiro." "Pois não, doutor", emenda Raul, brincando com o quintanista de Medicina. "Você pensa de vez em quando, em momentos imprevisíveis, só que, ao pensar, é de forma intensa, com vontade de estar junto da pessoa." Raul fustiga Vittorio: "Você não se apaixona porque não quer." Pedro intervém: "Não é assim. Ele pode ter um harém de Joan Crawford e não se apaixonar por nenhuma delas!" "Mesmo que várias delas estejam apaixonadas por ele", completa Vicente. "Se é assim, ao acaso, sem reciprocidade, é impossível se apaixonar por quem está apaixonado por você, e isso vira uma loteria infernal", reclama Raul, para diversão de todos. E conclui: "É mais simples o que meus pais fizeram: aceitaram quem meus avós escolheram para marido e mulher." "É por isso que o Vittorio não namora", constata Pedro, e acrescenta: "Nenhuma nesse harém de Joan Crawford o faz ver a lua mais bonita, nem sentir o beijo mais emocionante e a despedida mais triste." "Sem experimentar?", critica Raul. "Ele podia conhecer essas Joan Crawford, provar a fruta e avaliar se está apaixonado ou não. Mas ele se recusa a apalpar a fruta!"

Entre as gargalhadas, o garçom renova a bebida, aumentando a dose de álcool no sangue e no cérebro. Vicente provoca Vittorio: "Você quer se apaixonar sem apalpar?" Vittorio sorri: "Vocês resolveram me pegar para Cristo, então tenho direito de resposta, não é justo, doutor Raul?" "O direito de defesa é sagrado! Mesmo que a gente não acredite." "Obrigado. Serei testemunha de defesa do seu parricídio. Quando troçam comigo, me divirto mais que vocês — quem não ri de si mesmo põe-se acima dos outros, o que não é o meu caso. Mas a gozação tem sempre uma nesga de verdade, que é exagerada senão não tem graça. Que história é essa de que sou sozinho, me escondo, pareço arredio e estranho?" "Quem disse isso?", quer saber Pedro. "Não sei", responde Vittorio. "Pois o não sei está certo! Você é exatamente isso", conclui Pedro, provocando risadas. "Podem mandar as mulheres darem em cima de mim!" "Engraçadinho!", ironiza Raul. "Vamos mandar uma tropa de vaqueiros para aliviar a sua solidão!" "Vê como fala! Agora, a mulherada vota!" Depois das risadas, Vittorio continua: "Eu disse que quero me apaixonar e vocês debocharam. E eu quero, de verdade. A questão é que as pessoas se apaixonam — e não estou falando de você, Vicente —, mas não estão interessadas em viver apenas a paixão, querem as conseqüências da paixão, o depois da paixão. Querem desembrulhar o presente da paixão para ver o que há lá dentro, como o sujeito que desmontou o relógio para ver como o tempo passa." As risadas coincidem com nova rodada de bebida trazida pelo garçom, enquanto Vittorio segue sem se interromper: "Acontece que a paixão carece de conseqüência, de desdobramento! Ela é apenas paixão, não é namoro, não é noivado, não é casamento, não é nem mesmo o amor morno. Importa estar vendo a lua mais bonita, sentindo mais emoção e mais tristeza na hora da despedida. É como estar diante de uma obra de arte. Digamos que seja a *Nona sinfonia* de Beethoven: ouvi-la é entregar-se a um estado de plenitude que se explica e se justifica em si mesmo — não tem conseqüências, não há o que entender, há que senti-lo, há que vivê-lo, sem pretender eternizá-lo. A sinfonia vai acabar no fim do terceiro movimento, e o ouvinte terá se deslumbrado, se fascinado. É tudo, e é só." Raul aplaude e Vicente contesta: "Eu discordo!" "Assegurado o sagrado direito de discordar!", grita Raul. "Apaixonado", completa Vicente, "quer eternizar, quer noivar e quer casar." "E quer foder!" completa Pedro. Há aplausos, gritos e assobios: "Queremos festa! Casa amanhã! Fode logo!" Mal se mantendo em pé, Raul propõe: "Vamos foder no *rendez-vous* da Leonídia!" Todos aplaudem e gritam em aprovação.

O Ford V8 amarelo de capota branca, com dois lugares de couro branco, acolhe os amigos, dois deles no estribo. De pileque, o motorista avança pelas amplas avenidas vazias, e os quatro cantando o sucesso do último carnaval: "*O orvalho vem caindo / Vai molhar o meu chapéu / E também vão sumindo / As estrelas lá do céu / Tenho passado tão mal / A minha cama é uma folha de jornal...*"

EM TRAJES DE CENA — CAMISA DE SEDA BRANCA, GRAVATA-BORBOLETA E CASACA pretas — Ralph e Zé Bolero estão, em silêncio, lado a lado no vão da porta, atendendo ao chamado de Diva, que, de olhos fechados, está sendo maquiada por Orlanda, que diz baixo: "Estão aí." Diva fala sem se virar: "Meus queridos, chamei para saber se estamos prontos para abrir o pano e para os avisos de sempre. Controlar a bebida é o primeiro. Também não quero ninguém falando alto de madrugada pelos corredores do hotel, tropeçando nos pés, batendo em porta errada, nem, muito menos, levando mulheres para o quarto. E não se esqueçam de que temos audição amanhã à tarde. Por favor, não entrem em confusão por aí, porque não vai dar para fugir da cidade às pressas. O melhor mesmo é dormir cedo." Ela faz uma pausa, Ralph e Zé Bolero se entreolham, ela conclui: "É só." Ela olha para os dois e pergunta primeiro a um, depois ao outro: "Alguma dúvida?" A resposta é um silêncio de indiferença, sobretudo de Ralph, que, cabisbaixo, sente-se mais que desconfortável, até indignado de ouvir conselhos de Diva, que prossegue: "O prefeito vai nos oferecer um jantar, na casa dele, depois da audição. Insistiu que o convite é para todos." Ralph e Zé Bolero voltam a trocar olhares com o mesmo silêncio cúmplice de indiferença. Diva ergue-se na cadeira e olha para eles, incomodada: "Vocês não vão, já sei! Como sempre! Pelo menos você, Ralph, que também é artista, devia aceitar. "Agradeça ao prefeito por mim", pede Ralph sem olhar para Diva. "Agradecerei", promete ela, irritada, e pergunta: "Por que nunca vai a nada, nunca aceita nada? Eu gostaria mesmo de saber. Responda, por favor." Depois de um tempo em silêncio, Ralph se permite responder: "Bem... Eu não sei. Já tentei explicar. Acho que não me sinto bem na casa de quem não conheço. Nos Estados Unidos, as crianças são educadas para..."

Nesse momento, um rato passa sobre o pé de Diva. Em pânico, ela grita como se tivesse visto a morte. Num gesto rápido, Orlanda alcança a vassoura, e com movimentos bruscos e vigorosos acerta o rato, que voa pelo camarim, choca-se contra a parede e corre zonzo para um lado, outro e outro, até desaparecer. Enquanto Orlanda o persegue, Diva grita, exasperada, em pé na cadeira; Ralph e Zé Bolero divertem-se discretamente. Ao retornar, Orlanda traz um copo d'água para Diva, que bebe com mãos trêmulas e garganta seca. Mal se acalma, retoma a conversa com Ralph: "Como você pode ser um artista e não gostar de festa, de conversar, de conhecer gente nova, de ficar alegre, de comer comidas diferentes, de be..." Ia dizer beber, mas bloqueou o tema-tabu sobre o qual mantém divergências. Ralph tem opinião clara, que não esconde: "De beber eu gosto", diz com um sorriso. "Gosto muito, todos sabem. Só que prefiro pagar a minha bebida." "Então, você não vai aceitar o convite. Mais uma vez." "É. Mais uma vez, eu não vou aceitar o convite." Ralph ergue a cabeça e olha para Diva com desafiadora frieza. Ela retribui com lampejos de ressentimento: "Então, é só." Os dois se afastam; Ralph retorna ao seu camarim, Zé Bolero segue para a platéia. Orlanda fecha a porta e volta a cuidar da maquiagem de Diva, cujas mãos tremem: "Dá vontade de esganar! Que ódio desse homem! Nunca vi tanta frieza! Parece uma pedra, um pedaço de pau. É ele com as pessoas e Zé Bolero com a arte! Um é a pedra, o outro é o pau! Nada no mundo emociona Ralph além do piano. Este homem ainda vai me matar do coração!" "Não diga isso, dona Diva. Pelo amor de Deus." " Digo, sim! Um dia ainda caio dura no chão, no meio de uma conversa com ele! Quando isso acontecer, a culpa será dele! Pode contar para a polícia, Orlanda. Ele não só faz questão de me contrariar como sente prazer em ficar observando, com aquele olhar gelado, como reajo às suas maldades! Deve se divertir me vendo espernear e bater a cabeça, tentando ficar bem com ele, fazendo tudo pra ele ficar bem com os outros, largar de viver tão só, parar de beber tanto...!" "Eu já disse à senhora, dona Diva. Que Deus me perdoe se estou errada, mas acho que ele tem problemas. A senhora me entende? Problemas de sistema nervoso. Alguma coisa aconteceu na vida dele, sabe Deus o quê! Um desgosto grande, um sofrimento, uma desgraça qualquer. E deve ter sido quando vivia na terra dele, nos Estados Unidos. Ele tem uma tristeza, uma amargura no fundo do olho, que dá vontade de chorar. Esse homem precisa de ajuda, dona Diva! Mas ele ri quando falo nisso." Diva se olha no espelho, insatisfeita com a maquiagem: "Realça mais os olhos, Orlanda. Quero que brilhem!" Orlanda pinga o colírio especial, que sob as luzes dos refletores faz os mais turvos olhos fulgurarem como estrelas. Em seguida, pega o figurino de Carmem na arara. Ajuda Diva a vesti-lo. Apertada, a roupa entra com dificuldade: "Meu Deus, engordei de novo! Preciso voltar à dieta. Cuida disso pra mim." "Sim, senhora. Não seria melhor afrouxar um pouco esses figurinos?" "E eu virar uma baleia em cena?", reage Diva. "Não, prefiro a dieta." Ela interrompe o que faz e aspira seguidas vezes em direções diferentes, procurando a origem do cheiro: "Cheiro horrível de suor, Orlanda! Estou com ânsia de vômito!" Ergue o braço, cheira as axilas, faz uma careta: "Você perfumou esses figurinos?" "Todos, dona Diva. Todos." "Pode perfumar mais, o fedor está insuportável!" Diva ergue os braços, Orlanda, com um *spray*, borrifa perfume sobre o tecido na área das axilas, no decote e sobre o vestido, numa abundância nauseante. Diante do espelho, Diva testa a firmeza do dente colado. Com a mão em concha diante da boca, solta o hálito. Faz uma careta e pragueja. Orlanda se apressa a trazer outro *spray*, que Diva borrifa dentro da boca. Ao olhar toda aquela construção, que inclui figurinos, dietas, espelhos, maquiagens, perfumes, colírios, dentes postiços, Orlanda refuta as lições do catecismo e pensa que a aparência pode mais que a essência.

Na penumbra da coxia, lateral do palco fora da visão da platéia, Zé Bolero e Ralph conversam em voz baixa. Com boné de *bellboy* e metido na surrada casaca vermelha com botões dourados, Zé Bolero cobre e emenda parte do piso, onde o madeirame apodrecido está cedendo: "Não sou eu que estou dizendo. Foi dona Diva que disse que o senhor deveria jantar na casa do prefeito. E reclamou que não vai a nada que é convidado." Ralph, com roupa de cena — sedas, gravata, casaca puída e esgarçada—, não encosta nas empoeiradas paredes, tapadeiras e cortinas, onde aranhas tecem enormes teias; ouve Zé Bolero, mas não responde, entretido com o passeio de uma barata sobre a desbotada fotografia de um velho ator, de olhos esbugalhados e mãos crispadas, em alguma terrível cena teatral. "É, não vou", responde, pausado, Ralph: "Esta noite vou fazer a felicidade de uma princesa chamada Edivânia, que conheci no hotel. Graciosa e brejeira como uma florzinha do campo, tem aqueles olhinhos apressados de curiosidade safada. Sabe o que ela tem, Zé Bolero? Tem seios tenros e rosadinhos, homem! Tão fresquinhos, parece que acabaram de estufar." Zé Bolero olha para Ralph com espanto arregalado: "É uma criança?" "Não, não", tranqüiliza Ralph. "Digamos que é uma franga, quase galinha caipira." "O senhor viu os peitinhos dela?" "Não. Ainda não. Vi o volume e adivinhei o resto — com a minha experiência no ramo que você sabe e conhece. E não é só isso. É o mais saboroso par de coxas das vinte últimas cidades onde houve coxas. Você não teve o prazer de vê-la no hotel?" Zé Bolero, que parou o trabalho fascinado pelas palavras de Ralph, responde como se visualizasse a tal princesa: "Não... Mas quando o senhor fala com essa voz rouca, com a boca molhada, e a boca não fecha quando pára de falar, eu posso imaginar." "Não, não imagina! Você está evoluindo na apreciação das mulheres, mas ela é muito mais do que você pode imaginar." "É mesmo, seu Ralph? E eu já fico sem graça com o que imagino! Se é melhor, então nem sei. Conta logo!" "Agora não posso, vou entrar em cena." Ralph alonga os lábios sem entreabri-los, num esboço de sorriso típico de quem oculta enigmática superioridade, o que irrita Zé Bolero: "Olha, seu Ralph, eu não estou com inveja nem com ciúme da sua felicidade com a princesa, nem quero agourar nada, mas a dona Diva não quer saber de bebida, grito no corredor do hotel nem mulher no quarto! E avisou que tem audição amanhã à tarde e, se o senhor criar algum caso aqui em Desterro, não vai dar pra sair às pressas, como fizemos em outras cidades!" " Ora, Zé Bolero! Nós não temos nada com o que Diva quer ou não quer! O que importa é o que nós queremos! Que conversa, homem! Por que diabos nos interessa o que Diva quer ou não quer?" "Acontece que a gente está precisando de dinheiro! Essa viajação já não tem rendido quase nada! Se tem confusão e não tem apresentação, rende menos ainda! E o senhor sabe que enfiei nisso tudo o que tinha!" "Mas por que não vai haver apresentação? Quando foi que o meu conhaque atrapalhou alguma coisa? Por que a minha franguinha vai atrapalhar alguma coisa? É preciso tocar, mas é preciso beber e comer uma mulherzinha, senão tudo perde a graça! Se você for na conversa da Diva, vai se estrepar. Ela detesta álcool, esqueceu o que é sexo e vive para cantar. E você ainda odeia o que ela canta! Se perder a graça da aventura, eu largo esse negócio no primeiro puteiro que tiver um piano!" Há um silêncio longo. Zé Bolero se assustou: "Calma, seu Ralph. O senhor ficou nervoso à toa. Eu não tinha essa intenção." Novo silêncio. A ingenuidade humilde de Zé Bolero cativa Ralph. Ele muda de tom: "E olha aqui, rapaz: desse jeito você não pode ser meu discípulo de conquistador!" "Por quê, seu Ralph? O que foi que eu fiz de errado?" "Ora, bolas, você parece espião da Diva!" Zé Bolero se aflige: "O senhor não entendeu. Eu não disse pro senhor fazer o que ela quer. Quem sou eu pra dar conselho pro senhor! Ainda mais tendo uma princesa no programa. Só quis lembrar o que dona Diva disse. Só isso." Ele faz uma pausa e avalia a reação de Ralph, que está atento ao trajeto da barata sobre o ator: "Ela também disse que você tem a sensibilidade de uma pedra. O que acha disso?" "Acho bom. Se ela continuar pensando assim, pode me pagar a tal viagem à Itália." "Você acredita nisso, Zé Bolero? Então deve acreditar em fadas e fantasmas! Acha mesmo que Diva vai te levar pra assistir a óperas no Scala de Milão? E logo você, que não agüenta ouvir uma ária, vai até Milão pra assistir a uma ópera inteira?" "E o senhor acha que eu quero ir lá pra ver ópera? Deus que me livre! Eu vou conhecer a Itália, seu Ralph! O senhor não entende porque é estrangeiro, acostumado a viajar. Eu nunca botei o pé fora do Brasil, seu Ralph. Nunca vi um país estrangeiro com os meus olhos. Se ela me levar de graça pra Itália, eu faço o sacrifício de assistir a qualquer ópera! Posso cochilar de vez em quando; se cochilo aqui, onde estou trabalhando, não vou cochilar lá, como público? E vou realizar dois sonhos duma cacetada só. Vou viajar de avião a jato, seu Ralph! Sabe o que é isso pra mim? Vôo internacional é tudo a jato. Já vi no mapa como é a viagem. Fico arrepiado quando penso em atravessar o oceano pelo céu. E, na Itália, vou ver, com os olhos que estão atrás desses óculos, aqueles lugares onde os soldados brasileiros lutaram na guerra, Monte Castelo, Montese, o Vale do Rio Pó e os caminhos por onde rodou o 14 Bis. E isso não vale o castigo de assistir a uma ópera, seu Ralph? Sou capaz de assistir a dez, cem óperas!" Ralph sorri, e com voz mansa dispara sua bomba demolidora de ilusões: "Sabe quando a Diva vai te levar a Milão, Zé Bolero? Nunca! Nem ela mesma irá mais a Milão, meu caro." Zé Bolero sente o golpe e arrefece o entusiasmo; procura algum argumento, gagueja, mas acaba dando de ombros para não ser tomado pela decepção, e volta a fechar o buraco no piso cediço.

Ralph murmura mais para si mesmo, embora não escape a Zé Bolero: "O que nos espera são as baratas que passeiam na cara desse ator, que um dia mostrou sua arte aqui e sumiu; não deixou nem o nome, só restou essa esforçada cara anônima, que a barata vai comer. Essas baratas ainda vão passear em cima das nossas caras." Nesse momento, morcegos voejam dos altos do teatro, passam sobre as cabeças dos dois, que se abaixam. Ralph ajeita o cabelo: "Daqui a pouco virão as cobras!" Depois de um silêncio, Zé Bolero provoca: "Se vai ter a felicidade com a princesa, não vai conhecer o puteiro daqui." "Você sabe que, nesses casos, eu digo mil vezes talvez e cem vezes quem sabe, mas não digo um único não. O que sabemos sobre o que vai acontecer depois da audição? Guarda mais essa, Zé Bolero: quem não sabe o que virá deve viver com as portas abertas. De agora até mais tarde tudo pode mudar, menos a passagem do tempo. E se ele passa, arrasta junto a vida."

TEM SIDO INÚTIL O ESFORÇO DE VITTORIO PARA SER DISCRETO E RESGUARDAR sua privacidade, rigoroso mandamento da educação de um pai inglês vitoriano que ele aprendera a observar. Meses depois da campanha na Itália, ainda é visto como herói de guerra e identificado como brigadeiro. Por onde anda é saudado com cumprimentos e acenos que louvam a bravura do soldado brasileiro. Anônimos se identificam, apresentam membros da família, comentam histórias da guerra, pedem para ser fotografados ao seu lado. Vittorio, ou Brigadeiro, não se sente confortável nesse papel, esquiva-se dos convites para palestras sobre a FEB, evita participar de homenagens, celebrações, jantares, festas, e não dá entrevistas. Nunca se sentiu realmente vitorioso, e está longe de se sentir um herói. Sempre que a imprensa faz referência aos valorosos heróis que lutaram pela liberdade e pela democracia no Velho Mundo, ilustra com a sua foto ao lado do brigadeiro Eduardo Gomes, cuja figura, após perder a eleição para o general Eurico Dutra, foi sendo aos poucos cortada até ficar só a dele. Inibido com o assédio, Vittorio, ou Brigadeiro, recolhe-se à casa, tornando-se mais recluso.

Mas, com o tempo, a novidade do seu regresso vai se esgotando. Cresce a hera do cotidiano e ele submerge à paz e à tranqüilidade da vida pacata. É quando começa a ser assaltado pelas terríveis imagens da guerra, que invadem suas lembranças e atormentam seus sonhos. Liberado o sigilo militar, circula na imprensa do mundo inteiro a profusão de fotografias do macabro acervo de morte e destruição dos combates. Imagens do cogumelo atômico arrasando Hiroshima e Nagasaki são um pesadelo constante. Num obscuro abismo de culpa, sente-se responsável pela tragédia. Deixa de ler jornais, revistas, e de ouvir rádio. Passa os dias dedicado à sua paixão, a música, operística ou sinfônica: ouvi-la é um bálsamo, assim como ler romances, poesias e ensaios filosóficos. Disse mais de uma vez que a música de Beethoven vai direto ao coração, como injeção na veia: acelera a circulação, sente-se vivo; faz a alma flutuar, sente-se leve. Ao ouvir a *Nona sinfonia*, tem a sensação de estar em contato íntimo com um homem como ele, atormentado pelas incertezas, açoitado pelas dúvidas, angustiado com as próprias fraquezas, um ser humano com quem dialoga sem palavras. Por sentir o misterioso poder da música, entende o filósofo austríaco quando ele diz que o lento movimento do *Terceiro quarteto* de Brahms por duas vezes evitara que se suicidasse.

Para vê-lo, os amigos devem ir à sua casa, vizinha à Igreja da Boa Viagem, sempre aberta para acolhê-los. Raul, Pedro e Vicente, juntos ou separados, aparecem nos fins de semana, e às vezes à noite. Toma-se cerveja Teotônia, uísque escocês, um vinho francês ou italiano, come-se um queijo francês ou suíço e põe-se em dia a conversa sobre todos os assuntos. Raul dá conta das discussões da Assembléia Nacional Constituinte, que ocupam o noticiário, e, sem papas na língua, esculhamba o trabalho dos deputados pelo baixo nível das discussões, assim como fareja na criação da Cidade Industrial de Contagem manobra para reduzir a arrecadação de Belo Horizonte e sabotar o desenvolvimento da cidade. Tendo montado a própria banca de advocacia, sua reputação se consolida. O Direito foi mais que uma inesperada revelação profissional para quem disse que faria a faculdade sabendo que seria político ou comerciante: mais que advogado, tornou-se um apaixonado estudioso de Direito. Hoje, ninguém acredita que um dia disse que usaria anel de grau para mostrar, com uma coçada no queixo, quem está falando. Impregnou-se de tal maneira da idéia de justiça que rompeu com o pai, foi deserdado, e recentemente pediu reconhecimento de paternidade dos irmãos bastardos. Sua permanente vigília do que é legal e ilegal às vezes incomoda Pedro, mas não Vittorio, que o ouve, com simpatia, discorrer sobre o conceito de Cláusula Pétrea numa Constituição. É Raul quem, indignado, lhe dá a inacreditável notícia: o famoso Plano Cohen, que pretendia implantar o comunismo no Brasil, seqüestrando e assassinando autoridades, foi inteiramente forjado. Tudo mentira, criada apenas para ensejar a brutal perseguição aos opositores e favorecer Getúlio Vargas! Denunciada, a fraude é atribuída ao capitão Olímpio Mourão Filho, que alegou tratar-se da simulação de um ataque bolchevique! Perseguições e prisões arbitrárias para insuflar o medo do comunismo e justificar a repressão, que, afinal, visava entregar o poder a Getúlio Vargas!

Pedro só trata de frivolidades: as namoradinhas que arranja na saída da fábrica de tecidos Renascença; as mais belas pernas da piscina do Minas Tênis Clube; o *footing* diante da Casa Sloper; quem está traindo o marido; quem tem uma amante; quem sustenta a amante; quem perdeu a virgindade; solteiras que ficaram grávidas e quem as engravidou; quem faliu ou está falindo; quem está apaixonado por quem; quem perdeu e quanto ficou devendo no carteado clandestino do Automóvel Clube; quem fez aborto; quem freqüenta *rendez-vous;* esposa que bate no marido e marido que apanha; quem desmanchou o noivado; quem deu cheque sem fundo, quem está se embriagando e por quê; marido que abandonou a família; quem foi ter filho no Rio de Janeiro; quem deu trambique na praça; quem deu rasteira no sócio; enfim, é o colunista social dos encontros. Indeciso sobre os seus próprios caminhos e sem se ver em qualquer das profissões tradicionais, Pedro não cursou nenhuma faculdade. Sem paixão nem desejo por qualquer coisa, a mãe lhe conseguiu uma colocação na Secretaria de Fazenda. E apesar da aversão aos políticos e de o pai ter morrido de revolta com a política no trabalho, Pedro tornou-se funcionário público, lotado na Coletoria Estadual. Filho amado de viúva rica, a mãe não deixa que viva só do salário, e reforça os ganhos com generosa mesada. Com tempo e dinheiro, dedica-se a saber tudo que é privado das pessoas públicas, e exibe aos amigos, como troféu bravamente conquistado, a sua enciclopédia de banalidades, esperando arrancar exclamações. Aí repousam seu prazer e sua glória. Apaixonado e intenso, de índole radicalmente distinta da de Pedro, Vittorio, no entanto, entende o amigo e lhe dedica tal amizade que é capaz de passar horas ouvindo suas notícias, sem qualquer interesse por elas — o que nao ocorre com Raul e Vicente, que, estando presentes, iniciam conversa paralela ou se afastam.

Elegante e vaidoso, em dia com a moda, Vicente vive uma vida sem mudanças nem agitações, e sem surpresas. Aluno mediano, formou-se em Medicina e divide o consultório com o pai, de quem herdou a clientela. Admirador de Juscelino Kubitschek, colega de profissão e amigo da família, com quem convive, sempre aplaudiu as iniciativas do prefeito, não sem uma dose de corporativismo, que, caçoando, Vittorio e Pedro chamam de "máfia de branco". Vem daí o que parece ser o único dissabor da sua vida: a saída de Juscelino da Prefeitura, determinada pelo presidente do Supremo Tribunal Federal, no exercício da Presidência da República após a deposição de Getúlio. A indignação de Vicente resiste ao tempo e irrompe sempre que a discussão lança farpas contra o ex-prefeito, às vezes com tal veemência que exige a interferência da esposa, Clarice.

Clarice, eis a novidade dos encontros! Esposa de Vicente, é verdade, mas o encanto de uma mulher onde só há homens pode ser como a inofensiva cereja do bolo, ou a maçã no Paraíso: diabólica tentação proibida! Vittorio a conheceu antes de embarcar para a Itália, quando ainda não era o Brigadeiro e ela era a namorada de Vicente. O impacto foi estonteante. Não só para ele; Pedro e Raul também ficaram zonzos. Não só por ser bonita e sensual — muitas o são ou fazem por se tornar —, mas Clarice é belíssima, de sensualidade irresistível, além de educada, inteligente, humorada, mulher de personalidade iluminada! São mesmo insondáveis os mistérios do amor, pensa Vittorio, observando-a ao lado do amigo. E depois vêm Raul, Pedro e o próprio Vicente dizer que é ele quem arrebata o coração das mulheres! Apesar do fascínio que despertara e das animadas conversas quando coincidiu de voltarem a se encontrar, não chegaram a ficar amigos e poucas vezes estiveram juntos. Ele suspeita hoje que a família dela e o próprio Vicente acreditaram no seu falado poder de sedução e a protegiam das convivências de risco. Fama de sedutor só fecha portas.

Enquanto Vittorio estava na Itália, Clarice e Vicente se casaram. Depois que voltou como o Brigadeiro, ela nem sempre está nos encontros. Quando aparece, é um delírio para Vittorio, e ele intui, ou deseja, que seja também para ela; talvez porque, entre os amigos do marido, Vittorio foi com quem menos conviveu. Ele se surpreende com o bem que o casamento fez a Clarice. Experimentar o peso de um homem não a livrou apenas do amargo manto da pureza virginal. Perdeu a timidez, ficou mais segura e desenvolta, e libertou-se dos medos. O corpo ganhou forma adulta, ela ficou mais sensual e maliciosa. Tornou-se mulher ciosa de suas formas, volumes, encantos e sedução. A surpresa é recíproca: ela se admira de ele ser filho de italiana com inglês, que se encontraram por acaso; de ele falar três línguas desde criança, de ter cabelos pretos e olhos azuis, de ter uma voz linda e ser ótimo pianista tendo estudado Engenharia, de ter posses e renda sem precisar trabalhar, de ter ido à guerra como voluntário e, sobretudo, de ainda estar solteiro. Sem ocultar a curiosidade, faz perguntas pessoais: por que vive tão só? Por que não namora? Não pensa em casar? Não sente que o tempo está passando? Por que vive em Belo Horizonte se poderia morar em Londres ou Roma?, perguntas corriqueiras para Vittorio. Ele responde as que sabe, até onde pode, sempre avaliando se deve. A conversa dos dois se anima com novidades tão conhecidas dos demais que Raul, Pedro e Vicente tratam de outros assuntos em paralelo. Constrangida com a própria curiosidade, ela se dispõe a responder ao que ele perguntar. Mas ele sabe que não pode nem deve. Para manter aceso o inofensivo interesse, durante a tagarelice ela deixa escapar pistas sutis, como iscas em pesca esportiva. Ou, orgulhosa do próprio charme, fala deliberadamente de si e ateia fogo à amizade. Numa conversa, ele menciona a passagem do seu aniversário em plena guerra — ela deduz que a data se avizinha, e aliciando os demais, combinam, à sua revelia, fazer uma festa para comemorar. Os encontros em que ela está presente sempre terminam em volta do piano; ele cantando românticas canções italianas ou acompanhando-a em músicas brasileiras.

Tarde da noite, depois que as visitas se despedem, Vittorio põe uma gravata, tira o carro da garagem, e enquanto a cidade dorme num silêncio que ecoa, roda por ruas vazias, em solitárias investidas num lado da sua vida que prefere manter clandestino — não por razões morais, mas por achar humilhante. Na madrugada fresca, a sensação de solidão é aterradora, mas se consola com o perfume dos jasmins e das magnólias. Tem destino certo, mas o endereço varia. Quando quer diversão mais alegre e está disposto a se expor, vai ao Montanhês Dancing, onde paga uns níqueis para dançar com alguém. Quando o instinto se impõe, vai aos *rendez-vous* da Olímpia, da Leonídia, da Petronilha, que, mesmo tendo novas proprietárias, homenageiam as pioneiras, ou o da Zezé, recém-inaugurado, logo depois do viaduto, no limiar do bairro da Floresta, onde tem ido ultimamente.

Tem fascínio por prostitutas, especialmente as novinhas. Seu corpo fica febril ao ver uma ninfa, como as que agora, em frouxo de riso, divertem-se no salão da Zezé — algumas certamente menores de idade, que há pouco brincavam de boneca, pulavam corda e aprendiam a bordar, e que devem ter dado o mau passo com o primeiro namoradinho. Risonhas boquinhas vermelhas, pó-de-arroz e ruge em excesso, sobrancelhas pinçadas, seios feito peras, voz ainda sem definição, Vittorio não resiste. O fauno quer desvelar a fêmea que se oculta nas meninas e entrega-se ao prazer, com exigências de *connaisseur*, concentração de degustador e minúcias de esteta. Se sabe fruir até o esgotamento, sabe ser generoso ao retribuir.

Na volta para casa — a brisa úmida do sereno e o céu cinza-azulado anunciam que o sol desponta por trás das montanhas —, outro dia está começando. Instinto saciado e corpo cansado, Vittorio sente uma alegria interior que há muito tempo não sentia, como se renascesse a vontade de viver, da qual, agora nota, andava afastado. Em vez de dirigir para casa, sobe ao alto da Avenida Afonso Pena, pára o carro, senta-se sobre o capô e assiste, entre arrepios, o amplo céu se inundar de luz e o mundo à volta se encher aos poucos de cores e de vida; as árvores, as casas, os trabalhadores e ele próprio iluminados e nítidos, como se estivesse abrindo os olhos pela primeira vez. Sente que algo se move dentro dele, se agita, leva-o à ação. Sem saber identificar o que se passa no território obscuro da sua alma, chama de esperança.

Dessa manhã em diante, parece ter se tornado outro homem, disposto, alegre e humorado. Toda manhã, abre janelas que antes mantinha fechadas, passeia pelo quintal. Um dia, para surpresa de todos, liga a mangueira e fica horas aguando o jardim. Encomenda roupas novas, claras e leves, não se descuida mais da barba e está sempre trauteando alguma melodia. Passa a tocar, cantar e ouvir músicas mais alegres. Animada, Mrs. Austin nota as mudanças, e nas conversas da cozinha chama de ressurreição, achando que é o desabrochar do amor, pelo qual torce com o fervor dos que são gratos ao generoso patrão e gostariam de vê-lo feliz. A animada curiosidade não consegue descobrir quem tem tamanha sorte.

Movido por súbito interesse pela música brasileira, que conhece pouco e toca menos, resolve procurar algumas partituras. Pelo meio da tarde de verão, depois de longo banho, barbeia-se e perfuma-se. Metido num impecável terno de linho branco, chapéu de palhinha e óculos de sol, dirige de capota arriada para a Avenida Afonso Pena, acariciado pela brisa fresca que desce dos altos da Serra do Curral — seu estado de relaxamento e alegria latente predispõe à sensível fruição de tudo à volta, das sensações da pele aos transeuntes que passam próximos nos sinais, à paisagem e ao céu azul sem nuvens. Depois de estacionar sob as árvores, sobe a sempre agitada Rua da Bahia, onde fica A Musical. Por indicação do proprietário, que vendeu o piano a sua mãe e lhe conseguia partituras raras, compra uma pilha de preciosidades. Ao sair, vê-se defronte à Discos Lucerna e, embora não estivesse nos planos, atravessa a rua, que mais se agita quanto mais declina a tarde, e compra outra pilha de gravações recentes da Sétima de Beethoven e do *Concerto para violino* com a Sinfônica de Boston, além de uma raridade, a *Cavalleria Rusticana* regida pelo próprio autor, Pietro Mascagni, com Lina Bruna Rasa, Beniamino Gigli e Gino Bechi.

O verão explode na Rua da Bahia. Homens de terno enxugam o rosto e o pescoço com lenços enormes. As mulheres transpiram, os vestidos leves e vaporosos não impedem que o suor escorra sobre a pele brilhosa borrando a maquiagem, numa sensualidade tropical. Vittorio se refugia no Bar Trianon, onde moças e senhoras tomam sorvetes, e se senta, pousando o chapéu numa das cadeiras austríacas. O acaso o premia com disputado lugar junto à porta. Defronte estão a Confeitaria Elite, a Farmácia Americana, a Papelaria Brasil e, mais abaixo, o ponto do bonde. Pede um chope cremoso e a tradicional empadinha, servida no prato e com talheres. Nas calçadas, empregados na saída do trabalho misturam-se aos funcionários de colete e paletó, que acabaram de bater o ponto nas repartições da Praça da Liberdade, e às moças avançadas, que saem da *matinée* no Cine Metrópole para a Confeitaria Elite. Bondes chegam e partem, levando quem consegue se aboletar primeiro. Descem rápidos e sobem lentos, com estudantes e professores, poetas, médicos, juízes, políticos, sentados ou no estribo, onde o cobrador é malabarista sem proteção, e a cada passagem paga puxa a alavanca que computa a féria.

Ele sabe que na Rua da Bahia estão os interesses, as fantasias, as inquietações e os desejos dos que moram na capital e dos que vêm de todo canto do mundo. Todos vêm à Rua da Bahia, que se torna balcão de quem quer comprar e vender, platéia de quem quer ver, palco de quem quer ser visto. Está quem quer sonhar e realizar sonhos. Estão as solteiras que sonham em se casar e os rapazes que podem realizar seus sonhos; as casadas insatisfeitas e os que podem satisfazê-las; rapazes que querem se casar e maridos que querem prevaricar. Sobem e descem, tentando ocultar a ansiedade, na expectativa de cruzar com um olhar que acolha, convide ou desafie; na esperança do encontro amoroso ou da aventura, ou, quem sabe, a tentação bem-vinda do pecado. Estão os que querem fantasiar, e encostam-se em postes e paredes fingindo ler o jornal, ou sentam-se em bares e confeitarias, excitados com o desfile de pernas femininas que embarcam e desembarcam dos bondes, na ansiosa expectativa de que a posição ingrata e o verão impiedoso facilitem entrever o lance da fenda aberta, o descuidado cruzar e descruzar das pernas, dois dedos de coxas, um decote generoso, as escarpas entre os seios. Na sedução ingênua da languidez recatada, as moças, ardendo de desejo de serem lambidas e comidas pelos olhares libidinosos, resguardam-se em cabisbaixo recolhimento. Quando o bonde parte, lançam olhares compridos aos que ficam, e um sorriso inocente que não esconde a melancolia. Os homens suspiram e voltam ao jornal e à bebida com mais estímulos para fantasiar.

Da sua mesa, Vittorio assiste a tudo como um busto na praça. Olha, mas não vê. Com olhos opacos, os pensamentos perambulam vadios, e retornam sempre ao mesmo pouso com renovados arrepios de emoção, partindo para novos devaneios — pouso chamado Clarice, que Vittorio não revela nem a si mesmo. Como quem se livra do desejo impossível, paga a conta, pega o carro, pára diante d'A Musical e da Lucerna Discos, até os caixeiros acomodarem as compras no porta-malas.

Ao avançar pela Avenida Afonso Pena, Vittorio se depara com o estrepitoso embate que se trava no céu, na altura da Serra do Curral. Ele pára, sai do carro, senta-se no capô e assiste, extasiado. O dia resiste com todas as forças a ser coberto pelo manto da noite. Agita os ventos que revolvem as nuvens, dando-lhes formas e volumes que parecem reproduzir os relevos da própria Serra do Curral, incendiadas numa profusão de cores, do escarlate ao vermelho e ao amarelo-fogo, sob um azul cada vez mais denso. Mas a noite avança serena e implacável, escurecendo aos poucos o resplandecer do sol até engolir tudo, enquanto o familiar sino da Boa Viagem bate as seis horas. Volta ao carro e vai devagar pelas quadras que restam, ouvindo a Ave-Maria pelo som dos rádios que atravessa as janelas, respirando o perfume de jasmim e magnólia dos jardins. Ao chegar em casa, o céu está estrelado e a noite, escura.

Durante vários dias, divide-se entre ouvir as novidades operísticas e estudar as partituras: duas formas de prazer que ocupam seu tempo e alimentam silenciosa expectativa de agradar a quem ouvir, preocupação quase desconhecida de quem toca para o próprio prazer. A novidade que o surpreende é que a intenção de agradar a alguém não reduz o próprio prazer; ao contrário, aumenta-o, suscita a alegria de compartilhar, que, por sua vez, aspira dividir algo mais do que música, quem sabe o mesmo que alcançou Vicente. Embora óbvia e banal para a maioria dos mortais, não é experiência rotineira de um filho único, de família apartada, que cresceu quase exilado na sua cidade, desterrado na própria terra.

O caminho tortuoso até a revelação do prazer de fazer algo para compartilhar com alguém joga luz num obscuro e turbulento sentimento interior de Vittorio. Ultimamente, tem sido cada vez mais difícil para ele estar todo o tempo sozinho. Os dias consumidos na leitura de empolgantes romances, as sucessivas noites na platéia escura de filmes eletrizantes, as horas passadas ouvindo óperas e outros tipos de música agravam o sentimento de que, no turbilhão de emoções, a vida não pode ter sido criada para ser vivida em silêncio. Cresce a vontade de comentar, trocar idéias, discutir, enfim, compartilhar. Não é de hoje: a morte do pai e a partida da mãe deixaram lacunas e silêncios com os quais viu-se obrigado a conviver ainda cedo — teve que reunir forças para sobreviver. E mais recente, a guerra — a solidão entre a vida e a morte. Estar só foi deixando de ser característica, de ser índole ou de ser uma fase para se tornar destino — como a hera que se alastra por paredes e muros parece bela e natural; no entanto, apodrece a pedra onde se entranha. Ultimamente, até mesmo as investidas nas ninfas e seu intenso prazer de explosão e jorro vêm-lhe deixando um gosto insosso na boca, um aperto na garganta, um sentimento de humilhação no acerto final. A razão, a emoção e o corpo de Vittorio querem viver a experiência do verdadeiro amor — o que não o distingue em nada; ao contrário, atira-o na vala comum; afinal, todas as pessoas, todo o tempo, querem viver a experiência do verdadeiro amor!

Pedro faz uma visita de surpresa a Vittorio e o encontra retirando da sala o retrato da mãe. Detendo-se a observá-la, Pedro não esconde o encantamento: "Sua mãe era mesmo linda, parecia artista de cinema!" Ao vê-lo pendurar o quadro no corredor, estranha: "Vai pôr sua mãe na sombra?" Vittorio explica: "A luz que entra pelas janelas desbota as cores; o quadro está ficando sem vida." Pedro franze o cenho, duvidando, e ao voltarem à sala, pergunta, empolgado: "E então, animado para a festa? Não vai acreditar! A Clarice está preparando uma festança!" Vittorio não contém a alegria: "Verdade? Ela mesma preparando?" "Pessoalmente! Cuidando de tudo! Vai ter bolo, jantar, o escambau!" "Quanta gentileza! Ela é generosa e delicada!" "Também acho", sorri Pedro, e acrescenta: "E linda!" "Linda! Linda!", concorda Vittorio. "E inteligente", completa Pedro. "E sensível!", conclui Vittorio. "Melhor parar! Vicente não gosta nada disso", brinca Pedro. "Ele é ciumento?", quer saber Vittorio. "É brincadeira. Não sei se é ciumento. Não parece. Pelo menos conosco não é." "Vem cá, vem ouvir uma coisa", diz Vittorio, levando o amigo pelo braço até o piano. Ele se senta, abre a partitura e, concentrado, toca "Odeon", de Ernesto Nazareth. Pedro aplaude no fim e, Vittorio explica: "Clarice sugeriu tocar alguma coisa brasileira. Não tinha tocado Nazareth. É ótimo! Vou estudar outras peças dele. Tem uma, chamada 'Sentimentos d'Alma', que é preciosa!" "Por que não faz uma audição no dia da festa?" "Não, Pedro, por favor. Não dou audições, não sou profissional. Gostaria de tocar para a Clarice; ela notou que conheço poucos compositores brasileiros." Pedro olha em silêncio para o amigo; quando Vittorio percebe, ele sorri: "Acho que ela vai gostar. E, pelo visto, você também está animado com a festa!" "Não, não", diz Vittorio, "nunca gostei! E não sou criança para me alegrar com mais um ano de vida. Só quero retribuir a delicadeza da Clarice." "Ela merece, ela merece" diz Pedro, e fica olhando para o amigo em silêncio.

"Sabe que tenho inveja do Vicente?", confessa Pedro sem ser perguntado. "Todo mundo acha, até o Vicente, que tenho inveja de você. Mas, não. De nós três, ele é o que tem tudo no lugar. O que fez tudo certinho. Tem pai e mãe vivos e na mesma casa, é médico como o pai, que ensina tudo a ele, casou com a mulher que ama e que o ama." "Também invejo o Vicente", admite Vittorio. Após uma pausa, Pedro faz uma pergunta que é uma sugestão: "Você não gostaria que a festa fosse um viveiro de mulheres bonitas, não? Conheço algumas que ficariam emocionadas de apertar a mão do Brigadeiro, herói de guerra; muitas gostariam de ser apresentadas ao *playboy* inglês, todas ficariam felizes de conversar com o galã italiano, outras gostariam de visitar o engenheiro, várias são doidas para voar com o piloto maluco. Se quiser, convido todas. Encho essa casa de mulher, e o meu prestígio vai aos céus." Às risadas, Vittorio não consegue dizer nada. Por contágio, Pedro também gargalha, e entram num riso frouxo sem fim.

Aos poucos, o riso cessa, eles suspiram. "É ótimo rir! Como alivia!" Após breve pausa, Vittorio retoma: "Você tem notícia da Helena, Pedro? Lembra da Helena?" "Lembro. Linda, a Helena. Você andou enrabichado por ela, não foi?" "Fiquei empolgado, mas ela me descartou." "Finíssima, ela. Continua casada, e o marido vive bêbado. Tem cara de mal-amada; se ganhar um carinho, vira uma princesa. Ela teve berço, mas não tem cama. Você foi louco por ela!" "Fiquei enfeitiçado", responde Vittorio. "Por que não tenta?" "Não acabou de dizer que está casada?" "E qual é o problema, Vittorio? Casada infeliz é quase solteira, meu caro! Está pela hora da morte. É só lançar a isca." "Você simplifica tudo, Pedro!" "E você complica, Vittorio!" "As mulheres não são assim!" Pedro ri: "Mulher quer ser feliz, meu caro. Se não está feliz, mesmo com o homem que ama, a porta está entreaberta. Se chegar alguém exalando felicidade, ela se embriaga. Pode até não fazer nada, mas fica bêbada!" "O que disse? Repete, Pedro! Por favor." Pedro responde sério: "Disse que uma mulher infeliz fareja a felicidade onde quer que ela esteja. Ser feliz é o sonho de toda mulher." "Não só da mulher. Eu também quero ser feliz." "Mas você sabe que não vai ser. Já viveu, cresceu, sofreu, foi à guerra, sabe como é a vida. Elas ainda acreditam." Vittorio sente o golpe; não crê que seja feliz, mas tem esperança. Pedro insiste: "Fosse você, jogava isca na lagoa da Helena. Com aquele marido, ela está abrindo e fechando o biquinho como peixe sem ar." "Vou lhe fazer uma confissão, Pedro: eu não sei nada de mulher. Não entendo as mulheres. Como se diz em engenharia, não sei qual é o princípio de funcionamento delas. Não sei o que querem, o que sonham ou necessitam. Mas, sinceramente, eu tenho uma vontade louca de amar uma mulher que me ame." Pedro dá uma gargalhada. Vittorio se constrange: "Falei uma idiotice?" Pedro responde entre risadas: "Não é idiotice! É apenas o óbvio. Quem não quer ser feliz, Vittorio? Tem horas que você parece criança."

"Boa tarde, Dr. Pedro", cumprimenta Mrs. Austin, entrando com a bandeja de café, biscoitos, refrescos de frutas naturais e água fresca. "Boa tarde, Misaute", responde Pedro, "obrigado pelo café." "Obrigado, Misaute", diz Vittorio. Eles se servem enquanto a governanta vai para o interior da casa. "Você se lembra da Maria Antônia?", pergunta Vittorio. "A deusa? Claro!" "Tem notícia dela?" "Vai levantar a tampa de tumba? Maria Antônia está solteira. Queria tanto casar, tanto, mas tanto, que espantou os homens!" "Eu fugi apavorado! Mas era uma deusa!" "Era! O tempo roeu a beleza dela. Fruta, flor, melado e mulher, se não usar logo passa do ponto. Me lembrei da Inácia!" "Ah, sim, a Inácia! Que foi feito dela?" Pedro engole antes de responder: "Essa moça foi apaixonada por você como nunca vi na vida! Foi alucinação o que ela teve por você!" "Verdade? Como assim?" "Emagreceu, ficou como este dedo. Bastava saber que você estava por perto, ficava branca feito cal, o coração disparado de taquicardia, suando frio, pingava suor das mãos. Você sabia, eu te contei." "Lembro vagamente. Não soube que era grave." "Foi internada. Quando saiu, a família a mandou para São Paulo. Dia desses, cruzei com outra que grudou em você que nem carrapato. Lembra da Eleonora?' "Lembro! Lembro bem!" Pedro sorri, irônico: "Pelo jeito, foi muito bom!" "Ela gostava de voar!" "Casou com aviador." "Com aviador, é?" "Gosta de viver nas alturas!"

Pedro vai até a janela: "Bem, vou indo. Hoje eu tenho aconchego. E então, posso encher a casa de mulher bonita?" Vittorio ri: "Pergunte à Clarice, ela sabe para quantos convidados é a festa." "Engraçado você. Não sabe nada das mulheres, quer viver um amor verdadeiro, mas não quer conhecer mulheres! Eu é que não vou perguntar nada à Clarice; a casa é sua e o aniversário é seu!" "Mas ela é quem sabe!" Pedro sai apressado, sem dar ouvidos. De volta ao corredor, Vittorio acerta a posição do retrato de Giulia, alinhando-o na horizontal, enquanto repensa o que disse Pedro, com a ressalva de que ele fala sem pensar. Começa a se arrepender de ter dito, justo a ele, que quer amar uma mulher: a confissão pode virar boato. Gostou de saber que Clarice cuida pessoalmente da festa, anima-se ao pensar que ela vai gostar de ouvi-lo tocar Ernesto Nazareth. Volta ao piano, senta-se, e diante do teclado tudo o mais desaparece para Vittorio.

Dias depois, Clarice vai tratar com Mrs. Austin dos detalhes da festa. Vittorio saíra para comprar bebidas, o que sempre faz pessoalmente. Mrs. Austin estranha que a amiga queira imiscuir-se em sua seara. Incumbe-se das comemorações do aniversário de Vittorio desde que ele nasceu, sem ouvir palpites de ninguém. Habilidosa, Clarice controla o ímpeto: quer só ajudar, quem sabe dar alguma sugestão para o cardápio, para a escolha da sobremesa. Mas a inglesa, ciosa do seu reino doméstico, não transige: "Foram tantos jantares quanto os anos de vida, menos o do ano passado, porque estava na Guerra! E ele sempre gostou!" E solta farpas: "A senhora serve banquetes no aniversário do seu marido?" Paciente, Clarice amansa a provocação, contorna desafios, releva ciúmes. Mrs. Austin é uma pedreira: não aceita as sugestões nem revela o que pretende fazer. Clarice desiste — difícil saber se por respeito, renúncia, estratégia ou cansaço. Passa a cogitar o que pode ser feito na decoração. Estando na varanda dos fundos, ocorre-lhe espalhar mesas pelo quintal. Mal menciona a idéia, Mrs. Austin a bombardeia com ameaças de frio e chuva, e lembra desastrados jantares ao ar livre da sua época de embaixada. Dessa vez, Clarice não recua nem cede. Circula pela casa, olhando com a imaginação o que pode ser feito — exceto no segundo andar. Mrs. Austin é radical: visitas, longe da parte íntima! E Clarice, embora amiga, é casada, não deve visitar os aposentos de um homem solteiro, mesmo na sua ausência. Resignada, restringe-se ao andar de baixo e ao quintal, desapontada com a intransigência da inglesa.

Ao chegar, Vittorio a surpreende no quintal, olhando o alto das árvores: "Está procurando ninho de passarinho?", cumprimentam-se alegremente. "Aproveitei que estava fora e invadi sua casa." "E pretendia subir nas árvores?" "Queria ver onde prender os fios. Pensei em iluminar seu quintal." Vittorio se espanta: "Iluminar?" "Sim, iluminar. Com lâmpadas penduradas em fios." Tentando conter a alegria de revê-la, ele aplaude: "Que idéia iluminada! Gostei. E é possível?" "O engenheiro aqui é você." "Tem que saber a potência. Serão quantas lâmpadas?" "Responda, doutor. Quero iluminar esse quintal como se a noite fosse dia." "Se quiser, mando descer o sol." "Que deve estar à toa de noite." Os dois riem. "Tomou mesmo a frente da festa!" "Eu falei que o seu aniversário não passaria em branco. Você permitiu!" "Não só permiti como agradeço tudo o que está fazendo por mim." "Não estou fazendo nada. Até queria fazer mais." "Bonito o seu brinco", nota Vittorio. Clarice o olha, curiosa com o comentário: "Obrigada." Seus olhares se cruzam rapidamente. "O Pedro me disse que está cuidando de tudo pessoalmente, e que vai ser uma festança, com jantar, bolo etc. Fiquei impressionado. Vejo que não mentiu." "Pedro fala demais. Está espalhando isso na cidade inteira. Convida todo mundo. Disse para ele não convidar mais ninguém; ele me respondeu que você nunca fez uma festança, que é a chance de a cidade conhecê-lo." Vittorio se assusta: "Imagina que venha tanta gente assim?" "Não sei. Ele não me ouve. Fala você com ele." "E se vier uma multidão? Por favor, Clarice, não deixa! Não sei o que fazer! Fujo de casa!" Eles riem, os olhares voltam a se cruzar, por mais tempo, com mais intensidade; ela acaba desviando. "Andou conversando com Misaute?" "Sim, conversamos." Vittorio espera que prossiga, mas ela se cala. "Conseguiram se entender?" "Não muito." "Foi o que imaginei." "Não se incomode. Mas deve conversar com ela sobre garçons, quantidades, bebidas, essas coisas." "Acabo de comprar vinhos, uísques e licores. Quanto a ela, é delicado, fez tudo de todos os aniversários, sempre familiares e reservados!" "Ela sabe o que fazer. Não sabia que era assim: achei bonito como o protege, a relação que tem com você. E você com ela." Eles se olham um pouco mais, surpresos um com o outro. Enquanto caminham para o interior da casa, Clarice explica o que pretende fazer para a festa.

Na sala, sentados à distância, a conversa segue animada e os olhares se cruzam com mais freqüência e se prolongam cada vez mais. O diálogo dos olhos se liberta do diálogo das palavras, que vai perdendo a importância; aos poucos perde a seqüência, até perder o sentido. Nenhum dos dois sabe mais o que diz, mas ambos entendem, nos arrepios e estremecimentos, o que sentem. O olhar de Vittorio se perde nos olhos dela, e o rosto se transfigura como se outra mulher surgisse na mesma boca, nas mesmas maçãs do rosto, nos mesmos olhos. Já não dizem nada, apenas perscrutam a alma um do outro. Depois de longo silêncio em que se queimam no mesmo fogo, Vittorio sussurra: "Estou apaixonado por você." "E eu, apavorada!", desabafa ela, saindo às pressas, sem se despedir.

ACAMPADAS NA PRAÇA EM FRENTE À DELEGACIA DE POLÍCIA DE GOVERNADOR Valadares, Merciana e Orlanda denunciam aos passantes os gritos de Orlando, sob tortura lá dentro. As pessoas ouvem por compaixão, se benzem e, por temor, se afastam. Passaram três dias de vigília na sala da guarda, dormindo no chão e comendo na venda próxima, esperando que o delegado desse as razões da prisão. Incomodado com a persistência das duas, a autoridade policial as expulsou, alegando ser a dependência de uso exclusivo da Secretaria de Segurança Pública, sem permitir que Orlando receba visita, nem remédios, roupa limpa, escova de dentes e sabonete. Disse também que preso não pode receber alimentação de fora da cadeia, nem ser examinado por médico particular.

Orlanda procurou dois advogados, que recusaram a causa mesmo com garantia de boa remuneração; um deles sugeriu que saíssem da cidade. Procuraram o juiz, que só as atendeu depois de dois dias de vigília na porta do Fórum, e disse que nada poderia fazer na fase de investigação. Insinuou que não deveriam dormir na praça, e o mais prudente seria voltarem para casa. Uma noite, Orlanda bate palmas na casa paroquial. O padre manda entrar. Conhece-o de nome pelo que lhe contou Melchíades, sacristão de Galiléia. Não tem como ajudar, vive viajando para atender o rebanho da região. Sugere que pousem numa pensão ou na casa de algum amigo — na praça, se expõem sem benefício. Se quiserem rezar, a igreja fica aberta das duas às oito da noite. Na véspera, cumprindo ordem do delegado, o cabo atravessou a rua e avisou que a Rural Willys estava estacionada havia vários dias no mesmo local; se não fosse retirada, seria considerada abandonada, e apreendida. Merciana levou o carro para um posto de gasolina na entrada da cidade. Agora, as duas estão acampadas na praça, protegidas por sombrinhas sob o sol abrasador. Três vezes ao dia, ouvem os gritos de Orlando e, sem poderem fazer nada, denunciam aos passantes ou ajoelham-se na calçada e rezam por ele.

A presença das duas mulheres na praça atrai a atenção da população. Entre os curiosos ao redor das duas, uma mulher de elegância tardia, cabelo preto retinto, rosto maquiado, em que o tempo poupou os vestígios da remota beleza, olha com crescente interesse. De repente, rompe o cerco de espectadores, e com olhar transido caminha para as duas, que rezam sentadas no banco, entre bolsas e sacos. Pega Orlanda pelo braço e a ergue até ficar em pé. Com olhar intenso, esquadrinha-lhe o rosto. Merciana se levanta, cobrindo com as mãos o espanto do rosto, atônita de ver a mulher, que esmaga os lábios para deter as lágrimas. Abraçam-se forte e sussurram: "Divina!", "Merciana!" Com lágrimas represadas feito açude, nada mais foi dito. Orlanda conta o que aconteceu ao pai. Ouvindo-a, Divina convive com a emoção de estar diante de alguém que nasceu dela, mas não é sua filha. Depois de oferecer os préstimos e pôr sua casa à disposição, atravessa a rua para conversar com o delegado. Mais de uma hora depois, volta para dizer que ele irá recebê-las. Elas juntam as tralhas e entram na delegacia.

Chapéu no alto da cabeça, gravata arriada, sem paletó, arma no coldre de suspensório, o delegado, na faixa dos 50 anos, dentes escuros de cigarro, que fuma um atrás do outro, recebe-as de mão estendida, sem se levantar da cadeira: "Estou atendendo ao pedido da Divina, mas nem devia, porque as senhoras estão perturbando a ordem. Em todo caso, vou dar as informações com o compromisso de que não fiquem mais na praça, incitando a população contra a polícia." Faz uma pausa, olha para Merciana e Orlanda, que assentem: "Não posso falar muito nem responder a todas as perguntas, porque as investigações estão em curso. O marido da senhora e pai da senhora é suspeito de ter cometido latrocínio, roubo seguido de morte, de três garimpeiros há cerca de 24 anos, numa área de garimpo a 220 quilômetros daqui. Um triplo homicídio com o sumiço de uma fortuna em diamantes. As famílias das vítimas investigaram o crime, reuniram as provas, localizaram o criminoso, e o juiz expediu mandado de prisão, busca e apreensão. É tudo o que eu posso dizer." Orlanda e Merciana não acreditam no que acabam de ouvir. Um silêncio de perplexidade paralisa as duas. O delegado olha para Divina, dando a conversa por encerrada. Merciana, com a garganta seca e o olhar assustado, pergunta: "A gente pode ver ele?" "Não", diz o delegado. Mãe e filha trocam um olhar de compaixão, desespero e impotência. Divina olha o delegado com piedosa súplica. Ele hesita, depois diz: "Só uma. E cinco minutos."

No corredor, Merciana reúne coragem para avançar entre as celas escuras, entrevendo, atrás das grades, homens seminus e soturnos. Tapa o nariz para suportar o fedor de fezes, urina e suor no recinto quente e abafado. Na cela, onde o carcereiro chama "Orlando!", estão vinte homens onde cabem dez. Orlando está estirado, sem camisa, sobre o catre de tábuas, as costas descarnadas, lanhadas de vergões violáceos e escuros, a face visível do rosto deformada pelo inchaço, num roxo escuro que envolve o olho em total oclusão; da boca aberta escorre uma baba vermelha. Está descalço, e a calça azul, que vestia ao ser preso, tem sangue ressecado. Ao ouvir o chamado, move a cabeça devagar e vê Merciana — veste a camisa o mais depressa que pode, tentando cobrir os ferimentos. Levanta-se com dificuldade, e embora disfarce a dor com um sorriso forçado, os pés se arrastam e o equilíbrio vacila. Junto à grade, sorri, o rosto intumescido mal se move, e faz um carinho na face de Merciana, molhada de lágrimas. A voz grave sai fraca como um sopro, e sente dor ao falar: "Não conta pra Orlanda. É tudo engano. Diz que sou inocente. Não preocupa. Vai passar." Merciana seca as lágrimas: "O que a gente pode fazer?" "Põe o ouvido na minha boca." Ela obedece, de perfil para ele, de frente para o carcereiro: "Garimpeiro não confia nem na mãe. Vou confiar em você. Se tretar, morre!" Ela se vira ofendida; ele a olha, grave; ela volta ao perfil: "Tira uma reta do jequitibá até o chiqueiro. A meio caminho, tem a caixa de cimento, enterrada a dez palmos. Cava e tira o baú de braúna-preta. Cobre de terra, planta mato em cima. E some no mundo com Orlanda. Manda dizer por Divina onde vão, endereço, tudo. Quando sair, acho vocês. Compreendeu?" Ela confirma, fica de frente, ele se esforça e fala um pouco mais alto. "Não diz pra Orlanda o que viu aqui. Diz que sou inocente. Não quero que..." "Acabou!", interrompe o carcereiro. Merciana deixa calça e camisa novas, toalha, escova de dentes, dentifrício, chinela e o terço que Orlanda mandou. "Deus lhe pague. Dá bênção a Orlanda. Diz que vou rezar e sair logo." Beijam-se entre as grades — os lábios mal se tocam.

Pouco mais tarde, Merciana pega a Rural Willys na bomba de gasolina e volta a Galiléia, passagem obrigatória para a fazenda. Não entende bem o que está fazendo nem o pedido do marido, mas, entre outras emoções, sente a gratidão por Orlando ter compartilhado com ela o seu segredo; outra, a de retribuir tudo o que ele fez por ela, e outra mais, fazer em sigilo a tarefa que ele lhe confiou. Para que Orlanda desistisse de acompanhá-la, teve que mentir — os empregados estão sem orientação desde que o patrão foi preso. A inocência do pai seria arranhada se a filha soubesse da caixa enterrada.

Depois de insistentes convites, Orlanda vai à casa de Divina para tomar um banho e descansar, já sabendo que o pai está tranqüilo, é inocente, e tudo não passa de um engano, inclusive, que poucos dos gritos ouvidos na praça eram dele. Sem poder continuar a vigília pelo acordo com o delegado, pensou em ir para uma pensão, porém a carinhosa presença de Divina tem sido uma revelação para ela. Nunca vira a amiga da mãe nem ouvira falar no seu nome; e Divina lhe tem dedicado tal atenção que seria desfeita recusar, mais uma vez, ir à sua casa.

Após o banho restaurador e a saborosa refeição feita em casa, Orlanda dorme numa cama pela primeira vez em duas semanas. Ao acordar horas depois, ouve uma voz masculina, serena e macia, que vem da sala, e supõe que seja do marido de Divina, cuja cama de casal ocupa. Trata de se levantar, vestir-se e pentear-se. Na sala, depara-se com um rapaz de terno mostarda e gravata vermelha, bem mais novo que Divina. Apresentados, sabe que é Romualdo e, para sua surpresa, filho de Divina — que lhe serve refrescos, café, pão de queijo, doces e biscoitos. Educado, Romualdo tem conversa tão agradável e envolvente que Orlanda se distrai do seu drama, e Divina, com intuição de mulher e temores de mãe, vive a apreensão de que irrompa afeição entre os dois — meios-irmãos!, ele seis anos a mais que ela. Ao longo da conversa, Orlanda fica sabendo que Divina é evangélica e Romualdo, pastor da Igreja Universal Jesus no Coração.

Merciana chega à fazenda ao anoitecer, a tempo de reunir os empregados e ouvi-los sobre o andamento do trabalho e as novidades desses dias. Dá as ordens necessárias e explica o engano de que Orlando foi vítima, assegurando que tudo se esclarecerá em breve e ele voltará para casa — o que ensejou manifestações de apreço ao patrão, desapreço à polícia, ao Poder Judiciário e às leis da cidade, que, sem distinguir quem é honrado ou não, tratam todos do mesmo jeito.

À noite, quando todos dormem nos casebres de pau-a-pique, longe da sede, Merciana, armada de lamparina, pá, picareta, enxadão e cavadeira, vai até o chiqueiro, no lado que dá para o jequitibá. Tira uma reta entre os dois, marca o meio e põe-se a cavar. De tempos em tempos, pára, observa a escuridão e aguça os ouvidos. Segue cavando. Quinze palmos — o seu é menor que o de Orlando — abaixo, nada de caixa de cimento. Cansada, repõe a terra no lugar e cava mais adiante. Embora seja noite alta, o suor pinga do rosto. De repente, a picareta bate no que parece ser uma pedra, e ela logo identifica a caixa de cimento. Animada, cava mais depressa, apesar da dor nas costas e da umidade da terra nos pés, até aparecer toda a caixa. Com a picareta, desloca a tampa e vê o baú de braúna-preta. Ao tirá-lo, o peso a surpreende, bem mais que um bebê — deve ser uma fortuna, tratando-se de diamantes. Assustada, nem pensa em abri-lo, repõe a tampa no lugar, cobre de terra e replanta o mato arrancado. Como não agüenta carregar tudo de uma vez, leva primeiro o baú até a sede, com a lamparina na outra mão, enfiando-o embaixo da cama, e volta para pegar as ferramentas, que guarda no porão de arreios.

Sentada na cama, limpando o baú com um pano, Merciana está contente por ter atendido ao pedido de Orlando e cumprido seu dever de esposa. Apesar da curiosidade, resolve não abri-lo. Mais tranqüila, enfia-o embaixo da cama e reza o terço, pedindo a Deus que o marido saia dessa situação. Bem sabe que se ele errou foi para construir a família que sonhava, e ela, que conhece o pecado, foi beneficiada por essa decisão. Será solidária até o fim.

Suavemente, o céu passa do azul-escuro para o azul um pouco mais claro quando os empregados, acabando de despertar, deixam seus casebres e se deparam com a sede da fazenda em chamas, enquanto um rolo de fumaça escurece o céu que começara a clarear. Quando o telhado do casarão desaba, os homens correm na direção da grande fogueira, a ver se resta algo que possam salvar.

PELO VIDRO DA JANELA, MARLENE VÊ O CARROCEIRO CHICOTEAR BRUTALmente o animal, que, abaixando as ancas, tenta arrastar as rodas da carroça, que afundam ainda mais sob o peso excessivo. A chuva torrencial cai há onze dias sem trégua, espanta o sol, deixa no ar uma névoa úmida e fria, transforma em atoleiros as ruas sem calçamento, inunda plantações, encharca as paredes de madeira das casas, umedece o sal na cozinha e cobre de mofo o coração carioca de Marlene. Em Londrina, Paraná, com Ralph, desde que, expulso da boate na Lapa, o casal tornou-se indesejável para os donos da noite carioca.

Dias antes, estando na mesa com paranaenses em viagem ao Rio, Marlene ouvira falar pela primeira vez de Londrina, que, diziam eles, em vinte anos tornara-se a maior produtora de café do país; o dinheiro corria a rodo e enriquecia-se da noite para o dia. Quando o agente de Selma, incumbido de recrutar mulheres no Rio e em São Paulo, convidou-a para trabalhar em Londrina, não hesitou, decidiu fazer a vida no Paraná. Sabia que onde surge uma nova Eldorado, uma nova Canaã ou uma nova Terra da Promissão, surgem também farras, orgias e esbórnias, que exigem moças de vida alegre. Já Ralph teve muitas dúvidas. Tentou convencê-la a mudar de vida, mas silenciou quando ela desafiou: "De que vamos viver, amor, se nem piano você tem?" Para quem não tem profissão, nada dá mais dinheiro. "Moral é para poucos!", debochou ela. A paixão apagou as dúvidas, e, mesmo apreensivo com o futuro do pianista de jazz num cafezal, Ralph acompanhou Marlene.

Londrina não é um cafezal, mas para uma carioca e um nova-iorquino, o impacto é brutal, embora não desencoraje a sede de fazer dinheiro: a prata rola com pródiga fartura e bizarro esbanjamento, ainda mais para jovens bonitas e desinibidas como Marlene. As mulheres chegam em bandos, de trem, ônibus, até de avião, ávidas por um naco da riqueza trazida pelo café — é a corrida do ouro pelo sexo! Os homens, não há novidades, são os mesmos, lá como cá: querem o que querem, e quando têm, pagam quanto pedem. Cumpre a elas satisfazê-los em troca da sonhada riqueza. Estrelas da noite provinciana, bem vestidas e maquiadas, são admiradas, solicitadas e disputadas nos salões onde se oferecem para dançar mambos, rumbas e, na madrugada, melodramáticos boleros na voz de Dolores Duran, Nelson Gonçalves, Bienvenido Granda e Gregório Barrios.

Diferente do Rio de Janeiro, onde a Lapa está no coração da metrópole, a Vila Matos, para onde recentemente transplantaram a zona boêmia, é nas cercanias da cidade. Quando chove, as estradas ficam impraticáveis e os povoados do entorno, isolados. Daí os atoleiros, as interrupções de luz, mulas empacadas na lama, cães, porcos e vacas soltos nas ruas, a friagem úmida, que traz desânimo, tristeza e saudade. Na época da seca, qualquer brisa levanta do chão a terra roxa, que dificulta a respiração, irrita os olhos e mancha a roupa nos varais — caminhões molham as ruas para fazê-la baixar. Foi pelo temor de que as moças alegres contaminassem a moral da família londrinense, e também por saberem que dispor de mulher alivia e aquieta os instintos masculinos, além de restaurar a força de trabalho, que as autoridades confinaram a zona boêmia. Nem muito perto para não contagiar, nem tão longe para não desanimar. Para Marlene, que pelo vidro da janela vê o carroceiro chicotear o animal, o cenário em volta da casa de Selma dá a sensação de uma zona boêmia exótica, truculenta e rural. Mas rica.

Ter vindo com Ralph cria inusitada situação: Marlene é a única ninfa com marido — uma exceção! —, que dorme no quarto com ela — uma excrescência! Selma não admite. Ralph, porém, na condição de marido benevolente, ganha imediata simpatia das demais e, o que é oportuno e proveitoso, cai nas graças de Selma, que tem queda por homens ruivos, e ao ouvi-lo ao piano, torna-o imediatamente seu predileto incondicional. Ralph é contratado, e Selma sugere a Marlene terem sua própria casa, viverem como casal e comparecerem diariamente ao trabalho. Ela, das duas da tarde às três da manhã; ele, a partir das seis da tarde, saindo à mesma hora que ela — o que os deixa exultantes, diminuindo os temores iniciais de sair do Rio de Janeiro. Ao tentar alugar uma casa, porém, o casal se depara com inesperado obstáculo. Precavidos, os locadores querem mais que fiadores; exigem uma espécie de avalista da idoneidade moral, exigência impossível de ser atendida por forasteiros: os residentes não querem aparecer em sua companhia. Conseguem, finalmente, alugar uma casa na Rua Espírito Santo, quase no centro da cidade, junto aos remanescentes da antiga zona boêmia, conhecida como Zona Estragada, que em vez de minguar, como se esperava, com a criação da Vila Matos, não pára de crescer. Com a avalanche diária de ninfas, brotam como cogumelos hotéis, pensões, cortiços, restaurantes, bares, além da turbulenta Boate Colonial. Marlene trabalha no alto meretrício e mora no baixo meretrício, o que faz de sua vida uma condenação ao meretrício. Para ela, que nunca havia ganho tanto dinheiro, compensa.

Com pequeno jardim na frente, a casa de madeira tem sala, dois quartos, cozinha e banheiro, mais espaçosa e confortável do que o quarto de hotel na Lapa. A vizinhança, porém, é mais barulhenta, sobretudo no fim de semana. E a violência — brigas, facadas, tiros — é uma ameaça. O que mais incomoda, no entanto, é o frio. No inverno, Londrina é fria, muito fria, terrivelmente fria. Nada detém a friagem, que penetra pelas frestas das paredes, do piso e do forro, invade todos os cômodos, faz ficar tiritando e depois congela. A geada atravessa os poros e chega aos ossos, enregelando tudo de dentro para fora. Habituado ao inverno de Boston e Nova York, Ralph ainda suporta, mas Marlene, que só conhece o clima tropical, não resiste, se desespera, não quer sair da cama ou quer fugir da cidade, e grita debaixo das cobertas, ao se levantar às três da tarde: "Eu não agüento! Quero morrer!" Sai para o trabalho com três, quatro camadas de roupas superpostas, recebe o vento gelado que açoita a charrete, e, chegando à casa de Selma, é obrigada a usar roupas leves e decotadas. Para ela, nem o bom dinheiro que ganha compensa o sofrimento no inverno.

A Casa da Selma, assim como a de Laura e mais duas ou três mais sofisticadas da Vila Matos, tem amplos salões luxuosamente decorados, quartos confortáveis, ótimo serviço de bar, oferecendo aos que podem pagar prazeres sem limites para todos os gostos, do champanhe francês ao uísque escocês, as mais belas mulheres para realizar todas as fantasias e, no segundo andar — antes de subir, todos são revistados e as armas penduradas na parede do cômodo ao pé da escada —, as emoções do jogo: das cartas aos dados. O crupiê, que é também escrivão da polícia, banca o bacará da cabeceira da mesa. Altos preços filtram a freqüência, restrita aos poderosos: plantadores, corretores e compradores de café, empresários, médicos, advogados, juízes, políticos, jornalistas — inclusive os que publicamente condenam a invasão das mariposas — lá se reúnem para conversar, beber, dançar, jogar, fechar negócios e festejar lucros, adornados por belas mulheres, ao som de música alegre. É comum a casa ser fechada para a festa de algum milionário, que pode incluir bacanais romanos. Às vezes, artistas como Orlando Silva, Carlos Galhardo, Nelson Gonçalves, Dalva de Oliveira, Emilinha Borba e Ângela Maria se apresentam no pequeno tablado. Além do salão principal, há outro, de acesso restrito, reservado às autoridades que não podem ser vistas.

Para atender à exigente clientela, as ninfas, além de belas, elegantes e sensuais, devem saber conversar e cativar. A casa de Selma acolhe de dez a doze moças em quartos separados. Às sextas-feiras, o número cresce com a chegada dos vôos da Vasp e da Real Aerovias que trazem as contratadas no Rio e de São Paulo para o fim de semana — o chamado Balaio das Putas, que inicia a correria de figurões ao aeroporto para avaliar, reservar e dar lances no leilão de carne fresca.

Numa noite de baixa freqüência, com poucas mesas ocupadas, ao som dos *blues* que Ralph tira do piano, irrompem oficiais da Polícia Militar, e o delegado ocupa a porta para impedir a entrada de mais pessoas. O chefão sussurra ao ouvido de Selma, que vai de mesa em mesa explicando: "Desculpe, mas terão que sair, o governador do estado está chegando." Logo que saem todos, Moisés Lupion entra, seguido de seu *entourage*. O que acontece a partir daí, até o diabo duvida.

A fama do pianista norte-americano corre a cidade, menos pelo talento do que pela resignação com que aceita a mulher-ninfa, o que provoca a repulsa dos homens: ou não é macho ou não gosta da mulher, reagem eles, alheios à explicação das moças de que, no trabalho, o que sentem é diferente do amor por um homem. Não faltam os orgulhosos da virilidade e defensores da honradez conjugal, que após algumas doses vão ao piano e acintosamente provocam Ralph: "O que vai sentir se eu for com sua mulher para a cama agora? Não vai defender sua honra? Não vai me dar um tiro?", ou "Na tua terra macho só mesmo no cinema de faroeste!" De olhos no teclado e ouvidos no som, Ralph não responde nem reage — aprendeu a lição no cabaré da Lapa —, mas sente o golpe. O orgulho e a auto-estima sangram. Num salão de homens truculentos, impetuosos e obscenos, é insuportável ver Marlene avançar pelo corredor arrastando um deles grudado às suas nádegas, as mãos enormes esmagando os seios, a boca selvagem no pescoço, a língua saltando da boca, e entrar no quarto, batendo a porta com o pé. Dói na alma ouvir a voz de Marlene prometer realizar as mais secretas fantasias de um troglodita. Para continuar tocando, Ralph toma grandes goles de conhaque, que descem queimando. Alivia, ao mesmo tempo, a dor e o frio — sem luvas, os dedos congelam; sem conhaque, o coração explode.

Depois que a casa fecha, nunca antes das três da manhã, as moças, sem viço nem maquiagem, juntam-se aos empregados e vão ao restaurante do Toninho, o preferido de boêmios e notívagos, tomar a "Canja da Madrugada", que alimenta e aquece o corpo gelado pelo vento noturno; ou, em noites mais quentes, o "Arroz de Puta", que restaura o apetite sexual de quem passou a noite se vendendo. Após o jantar, exaustos e insones, Marlene e Ralph conversam e se tocam pela primeira vez depois de horas afastados pelo trabalho, à vista um do outro. Ralph tem a sensação de que algo que não é música está escorrendo pelos seus dedos.

Nem as alegres moças da Vila Matos, nem as menos alegres da Zona Estragada andam a pé pela cidade. A lei municipal exige que a saída dos guetos seja em charrete ou carro fechado; o passeio, as idas às compras, ao salão de beleza, à costureira, à sorveteria e ao cinema são permitidas apenas em certos horários, desde que se comportem com o decoro das senhoras da sociedade. Antes, era das seis da tarde à meia-noite, quando o comércio já baixara as portas e elas não podiam fazer compras. O delegado muda para das seis da manhã às seis da tarde: a família londrinense sente-se agredida com as moças alegres nas ruas, e os jornais exigem que a polícia prenda as mariposas que durante o dia voarem além dos limites do gueto. Confusas, elas não sabem a que horas sair sem serem presas ou humilhadas. Para qualquer pessoa chegar à Vila Matos, ninfas ou não, a charrete é o veículo da alegria — conhecido como "Balaio das Putas", como o vôo das sextas. Tão habituadas ao trajeto, as mulas, soltas em qualquer ponto da cidade, vão direto para a Vila Matos. Quem quiser tomar outros rumos que segure firme as rédeas, sobretudo os casados que estiverem com a família, senão é para lá que a charrete vai.

Na cidade onde as ninfas são o maior entretenimento, para elas não há lazer. A paixão de Marlene pelo cinema americano vira vício — única evasão pela fantasia para quase todas. Sempre que podem, vão à sessão da tarde no moderno e confortável Cine Ouro Verde. Descem das charretes, compram rapidamente os ingressos e somem na sala escura, com duas horas livres para sonhos e devaneios. Mas, implacáveis, os jornais denunciam a presença das decaídas no cinema, em trajes indiscretos, até transparentes, em atitudes inconvenientes diante das senhoras, moças e crianças, em flagrante desrespeito ao Poder Público. Uma reportagem diz que "Londrina é uma meca de imoralidade". Assustadas, as ninfas se acautelam. Para Marlene assistir aos sonhados filmes americanos, só ao lado de Ralph, e com roupas criteriosamente escolhidas.

Na chuva ou no frio, os charreteiros esperam em fila, madrugada adentro, a hora de levar os homens de volta para casa. Bêbados, uns vomitam, outros cantam, uns roncam, outros resmungam, a maioria prepara as desculpas para dar em casa. No escuro da rua de terra, as mulas abaixam a cabeça e os charreteiros cochilam, enquanto a música corta a noite: *"Reloj no marques las horas / Porque voy a enloquecer / Ella se ira para siempre / Cuando amanezca otra vez..."*

NÃO UMA MULTIDÃO, MAS MUITA GENTE CIRCULA PELA CASA DE VITTORIO, repleta da sala ao quintal, com mais mulheres do que homens, mais curiosos do que amigos, mais rotativos do que permanentes, todos igualmente servidos em alto estilo por atenciosos garçons, sob a batuta de Mrs. Austin. Alegre e diversificada, a festa tem música para dançar no quintal e para ouvir na sala. Empenhado em realizar o que achava ser vontade do amigo, Pedro arrebanhou moças que passaram pela vida de Vittorio, com destaque para Maria Antônia, Caetana, Izabel, Marta e Carmela, as que gostariam de passar, como Inácia, Ângela e Lorena, as que Vittorio gostaria que passassem, como Helena, Roberta e Felícia, e as que vieram decididas a passar — impossível listar entre as incontáveis presentes.

Mas o aniversariante só tem olhos para Clarice e o marido, Vicente, por motivos opostos, mas conexos. Tranqüilizou-se quanto ao "apavorada" do outro dia — ao chegar, Vicente o abraçou apertado, desejando-lhe muitos anos de vida e afirmando sua amizade. No abraço de Clarice, tão apertado quanto o do marido, sentiu não só as formas do cálido corpo junto ao seu, como o arquejo da sua respiração no ouvido. O casal o presenteou com pequena e deslumbrante peça de Aleijadinho — que o aniversariante custou a acreditar que fosse possível adquirir, mesmo por meios espúrios. Durante a festa, Vittorio e Clarice olham-se, sorriem-se, piscam-se, esmagam furtivamente as mãos, tocam inadvertidamente seus corpos e, num breve momento a sós junto ao piano, roubam mutuamente leve beijo no rosto. Noite alta, tocado pelo álcool e contagiado pela alegria, Vicente interrompe a dança com a esposa e passa a parceira ao aniversariante. Sob o olhar de todos, Vittorio toma Clarice nos braços e os dois dançam, ele excitado pelo calor do corpo movendo-se junto ao seu e a respiração soprando, arquejante, no ouvido.

Embora incendiado pela paixão, Vittorio é, como sempre, um *gentleman* com as demais moças, tenham ou não passado pela sua vida. Face à habitual descortesia no trato, o homem gentil e afetuoso induz à idéia de fantasioso interesse afetivo, que atiça o ânimo das pretendentes. Foi o que se deu ao longo da festa, criando tenaz assédio a Vittorio, que teria sucumbido, não fosse sua serena complacência e a oportuna idéia de apresentar Raul e Pedro às mais insistentes. O clima afável dominante estimula todos a beber, comer, dançar e conversar até a madrugada, dispersando as mais aguerridas. Porém, nos cumprimentos de chegada ou de despedida, o aniversariante é abraçado, beijado, beliscado, palmeado, apalpado, apertado, lambido. O dia amanhece quando os últimos convidados se despedem.

Passada a memorável festa, Vittorio volta a ser procurado e desejado como fora antes do recolhimento. Convites se acumulam, recebe flores, bolos e doces de presente; o telefone não pára de tocar e as afoitas fazem visitas de surpresa. Uma, mais atrevida, chega na sua ausência, burla a vigilância de Mrs. Austin e, depois de se despedir, retorna escondida. Quando Vittorio chega, é surpreendido pela criatura de camisola, languidamente estirada na sua cama.

Tais impertinências, no entanto, abafadas pela discrição local, não chegam a turvar o mais importante que acontece na serena vida amorosa de Vittorio: a paixão insana, insanamente retribuída por Clarice, que tem ocupado o pensamento e as emoções de ambos nos últimos meses. Sente uma inclinação emocional violenta, que domina a vontade e se impõe às atitudes, obscurecendo completamente sua autonomia de escolha racional. Todas as suas emoções, antes dispersas em música, leitura, aviação, concentram-se, de maneira completa e absoluta, em Clarice, levando-o até a passividade, a uma certa inatividade que o deixa dependente das ações dela. Numa entrega absoluta de alma e corpo, o impetuoso desejo de estarem juntos vence as minuciosas dificuldades práticas para se encontrarem em sigilo e a rapidez com que o tempo se desvanece quando estão juntos. Nesses momentos, curtos e esparsos, dedicam-se um ao outro com fogo de vulcão, em expansivas declarações de amor, os corpos em carícias infindas e gozos sucessivos. É paixão na sua plenitude visceral e incontrolável, porém clandestina, dependente, de incerta oportunidade, de duração imprevisível, sob constante ameaça de ser descoberta, com conseqüências imponderáveis. A despeito das dificuldades, dos riscos e medos, Clarice e Vittorio vivem o que sentem com alegria, prazer e felicidade.

Às vezes, ela vai de manhã e fica até meio-dia, saindo às pressas para almoçar em casa com o marido. Às vezes, vai depois do almoço e fica até o anoitecer; outras vezes, não é mais que um abraço, e já aconteceu de ser apenas um aceno do carro. Às vezes, são dois encontros na mesma semana, às vezes, são duas semanas sem encontro. Às vezes, ele vai pegá-la de capota erguida, na esquina da costureira; às vezes, ela desce do carro de praça na esquina da igreja. Tudo parece incerto, precário, ameaçado de acabar a qualquer momento. Mas a volúpia dos encontros e as juras de amor ao telefone atiçam chamas à brasa. Por ironia, é a presença ou a ausência de Vicente em casa que programam o dia e a hora de os apaixonados se verem. Pacientes, no consultório ou no hospital, concedem ou não o momento de amor; o moribundo, que parte desta para melhor, manda Vicente mais cedo para casa, e o esperado encontro para as calendas. Nos encontros, jantares e passeios dos amigos, impõem-se controle sobre os impulsos, atenção para não descuidar, talento para fingir, paciência para adiar — em alguns momentos, é quase insuportável! Mas a paixão torna tolerável até o insuportável. E a incandescência pode queimar seus arredores: Clarice encontra um batom que não é seu no chão do quarto. Vittorio não sabe explicar como foi parar ali — a hipótese de infidelidade acorda a fúria dela, que arranca colchas, puxa lençóis, desnuda travesseiros, arrasta colchão, escancara o guarda-roupa, revira gavetas, espalha roupas e cresce para cima de Vittorio, que, enfim, consegue detê-la pelos braços e a sacode pelos ombros: "Se eu digo que te amo, você tem que acreditar em mim, e não vir com essas exigências infantis de fidelidade. Dia e noite fico esperando você ter tempo para mim, porque tem que se dedicar primeiro ao seu marido. É com ele que dorme e faz sexo todas as noites!" "Mas não faço porque quero; faço porque sou obrigada." "E vem me exigir fidelidade!?" "Não posso me separar e ser difamada como vagabunda!" "Então, não exija a fidelidade que não pode oferecer." Ele a solta. Clarice chora enquanto repõe o colchão na cama, cobre com lençóis e colcha, arruma as roupas no cabide, organiza as gavetas. Arrumado o quarto, aninha-se no colo dele e, em silêncio, começa a beijá-lo nos cabelos, na testa, no pescoço e no rosto. Não demora, ele retribui. E a vida segue seu curso, até que um dia Vicente convida Vittorio para jantar: tem um problema delicado e quer ouvir a opinião do amigo.

"De uns meses para cá", conta Vicente entre goles de Cointreau, após o jantar no Grande Hotel, a um Vittorio transido, "tenho estranhado o comportamento de Clarice. Não fizemos três anos de casados e ela está descuidada, avoada e relapsa com as coisas da casa e, ao mesmo tempo, muito vaidosa, comprando roupas, perfumes e cosméticos. Não aparece nos encontros com minha mãe, e basta eu sair de casa para ela sair também. Chega atrasada para o almoço, e às vezes tenho que almoçar sozinho; outra hora, chega no fim do jantar e diz que foi à matinê com amigas. Conversei com meu pai. Ele disse para ficar atento porque ela pode estar me traindo. É esse o motivo desta conversa só entre nós; confio em você o bastante para saber que guardará segredo. Além de ser sensível e inteligente, você entende as mulheres, e elas gostam de você. Vi como se jogam nos seus braços. Você conhece a Clarice. São amigos, conversam, se entendem. E é o meu melhor amigo, muito anterior a ela. Eu gosto de você, Vittorio. Confio mais em você do que no meu pai. Me diga: você acha que Clarice me trairia, que ela pode estar me traindo?"

Cabisbaixo, Vittorio enrola miolo de pão entre o polegar e o indicador até que, junto com um angustiado suspiro, murmura: "Que situação, Vicente! O que eu posso dizer, meu Deus! Não sei... não sei o que dizer. Você tem a impressão de que isso está acontecendo ou já é uma suspeita com algum indício?" "Os indícios são os que eu disse: descuidada, sai muito de casa e não vai ao cinema como diz. Fiz umas perguntas sobre o filme a que ela disse ter assistido: não assistiu. Inventou uma história de improviso. Dia desses, encontrei por acaso duas das suas amigas. Fiz mais perguntas casuais: não foram ao cinema com ela. E os gastos com produtos de beleza cresceram." Pálido, respiração opressa, Vittorio parece pensar. Vicente espera, olhando-o: "O que mais me incomoda nem é isso — vou lhe confessar uma intimidade que não disse nem ao meu pai: Clarice não me procura mais! E quando a procuro, não é que me rejeite, mas parece ter perdido o interesse. Faz tudo, mas desanimada, parece entediada ou cumprindo a obrigação. Me dá a sensação de que está satisfeita. O que você acha, Vittorio? Diga sinceramente. Eu acredito em você."

Imóvel, Vittorio olha para o miolo de pão entre os dedos — única coisa móvel em seu corpo. Vicente toma outro gole de Cointreau e espera, quase sem respirar: "E então? Não acha que há outro homem que a satisfaz?" "Bem...", sussurra Vittorio, "essa conversa é difícil para mim, Vicente. Eu gosto de você e gosto da Clarice. Não posso ser irresponsável nessa resposta. Do jeito que fala, o que eu disser vai pesar e vir a precipitar suas atitudes. Não posso, não tenho o direito de dar opinião sem que tenha indícios fortes. Mas, antes disso, me diga, Vicente: o que pretende fazer quando souber a resposta?" "Não sei. Eu não sei. Eu não sei. Não sei, não sei, não sei, não sei! De dez em dez minutos me faço essa pergunta e não consigo responder. Tudo, a suspeita, a desconfiança, a traição, a facada pelas costas, é muito duro, muito doloroso, envolve muita emoção. Espero que Deus não me abandone, que me ilumine se essa tragédia for verdade. Não sei responder à sua pergunta, Vittorio. O que pode acontecer quando se toca fogo na mistura de paixão, traição, ódio, vingança, mentira, fingimento, falsidade, nojo, dignidade, respeito, reputação?"

Com mão trêmula, Vicente vira de uma vez o que resta no cálice de Cointreau. Vittorio percebe o descontrole do amigo e fala lenta e suavemente: "Calma, Vicente. Você respondeu como se sua impressão fosse a verdade. E se não passar de impressão?" "É o que espero, Vittorio." "É o que espera? Que não passe de impressão?" "É o que peço a Deus." "É o que espero também. Mas você tem que admitir que pode ser mesmo uma impressão. Vou lhe dar os indícios. As mulheres são mais complexas do que a gente pensa, Vicente. Você sabe, melhor do que eu, que elas nascem preparadas para procriar. Boa parte do corpo existe não para uso delas, mas para gerar outra pessoa. Daí seios, ovulação, menstruação, menopausa e suas repercussões. Isso cria um mundo de diferenças entre o corpo delas e o nosso, que, aliás, não gera nada, só é usado por nós e para nós. Somos mais egoístas — não vou falar de anatomia a um médico! Nascemos diferentes, Vicente, não só pela anatomia. A psicologia também é diferente. A sensibilidade, a relação com a vida: para nós, o sexo é a coisa mais importante; elas acham que é o amor. Para falar da mulher é preciso pensar em delicadeza, em nuances. Há certos dias no mês em que a mulher fica impaciente, irritadiça, suscetível — essa é a palavra: suscetível! Ela fica vulnerável, passível de mudar seu estado de ânimo devido a certas impressões, fica impressionável, sugestionável, pode vir a sentir as influências mais sutis, inclusive contrair algumas doenças. Com a sensibilidade exposta, pode se ofender facilmente, ficar melindrada. Em outros dias, ela fica aborrecida, entediada. Nesses dias, ela nem se suporta, não quer ver homem, nem sentir seu cheiro!" Vicente esboça gesto de falar, Vittorio se antecipa: "Não, não, me deixa concluir primeiro." "Você está desviando a conversa, falando de mulher suscetível, de medicina, de menstruação! Não se trata disso!" "Eu sei, eu sei. Mas fica calmo, Vicente. Vou ser mais objetivo. Ouça: há uns três ou quatro meses, Clarice se esfalfou para fazer a festa do meu aniversário. Será que se recuperou do esforço? Antes de responder, pense: elas são diferentes! Pelo que conheço de Clarice, em vez de avoada e relapsa, ela não poderia estar cansada da chateação que é cuidar de casa? Não há nada mais repetitivo, monótono e chato do que cuidar de casa! Fosse eu morreria de tédio! Se sua mulher gasta com roupas e cosméticos, Vicente, por que não pensar que é para seduzir você em vez de imaginar o mais improvável e que primeiro ocorre aos homens: ela tem um outro! Quanto a sair de casa, tenha paciência, Vicente! Já pensou na vida de mulher de médico? As horas de espera para ir ao cinema ou a um jantar, e o marido salvando a vida de alguém! Quantos programas não fracassaram! Todos os doentes vêm antes dela, são mais importantes do que ela! Para não achar que sou defensor da mulher, dou-lhe uma sugestão: em vez de se guiar por impressões, desconfianças e suspeitas, observe mais, vigie, fiscalize até se convencer de uma coisa ou de outra. E uma vez convencido, pense antes de agir. Além de adulto, responsável pelos seus atos, você dedica seus dias a salvar vidas e aliviar a dor; não pode causar a dor nem eliminar a vida sem rasgar seu diploma e manchar sua reputação profissional, afora as penas a que estará sujeito. Não é esta a solução para um homem como você! E digo mais: sendo o homem um ser transitório, tudo nele é precário e passageiro. O amor mais alucinado pode acabar pelos motivos mais variados, mas pode acabar, e às vezes acaba. Ninguém pode ser culpado se o amor acaba! Você pode responsabilizar alguém por ser infiel, não porque o amor acabou. Não se escolhe a quem amar, nem por quanto tempo."

Quando Vittorio olha para Vicente, ele está com a cabeça apoiada na mesa, o corpo aos arrancos, chorando. Solidário, Vittorio repousa sua mão sobre a dele. Vicente aperta a mão com força e fala sem erguer a cabeça nem deixar de chorar: "Obrigado, amigo. Admiro sua sabedoria. Você é um santo homem."

Por vários dias, angustiado e assustado, Vittorio espera algum sinal de Clarice, que não vem. Depois de tudo, o silêncio pesado e aflitivo, de dúvidas e temores. Desde o patético jantar, tem sido assaltado por pressentimentos que lhe tiram o sono e o apetite. Mas decidiu não tomar qualquer atitude. Ser o terceiro num triângulo amoroso com dois amigos é expor-se ao inferno de ser ao mesmo tempo apaixonado, humilhado e cínico. E quem tem essas três lanças no peito não pode se mexer, mal pode respirar, sob pena de sangrar! Mas com o correr dos dias, o desespero com a falta de notícias o leva a pensar em telefonar a Vicente para saber como o amigo tem lidado com as suspeitas e desconfianças. Logo desiste: o silêncio, deduz, pode ser porque descobriu tudo; ou Clarice, esmagada pelas evidências, decidiu falar.

Quase três semanas se passaram até Clarice surpreendê-lo ao telefone, no momento em que escreve a primeira carta para sua mãe. Ela diz que está morta de saudade, que a vida não faz sentido longe dele e que precisa vê-lo urgentemente. Está com sede dos seus beijos e quer ouvir a sua voz sussurrando no ouvido. Quer ser abraçada, beijada e mordida pelo homem que mais ama na vida. Depois da torrente de declarações desabridas, de lamentos pelos prazeres adiados e vontades malogradas, quer saber o que houve no jantar com Vicente, que, segundo ela, voltou outro homem para casa: atencioso, delicado, compreensivo e solidário, tão amoroso que ela está, ao mesmo tempo, com mais remorsos e mais desconfiada. Quando Vittorio lhe conta o que houve, Clarice tem a sensação de vertigem, de mergulho no abismo. Sem chão, perde a noção do que realmente está acontecendo à sua volta, da perigosa trama em que está metida. Sente-se desamparada e cercada de ameaças por todos os lados. Atemorizados pelo que Vicente possa estar tramando, combinam ficar afastados, quietos e silenciosos, até que o céu desanuvie.

A falta de notícias cria, entre os acontecimentos e as apreensões de quem está isolado, um vácuo no qual as emoções flutuam à deriva. Angustiado por não saber o que se passa, Vittorio convida Pedro e Raul para jantarem em sua casa. Além do conforto dos amigos, poderia obter alguma informação, ou ao menos, uma opinião — para quem cruzou os céus da Itália varejando informação, um ponto escuro é melhor que o branco da neve, um ruído melhor que o silêncio. Porém, os convidados têm outros assuntos. Pedro não quer falar de outra coisa senão de Roberta, que Vittorio lhe apresentara na festa de aniversário: "Uma lindeza, Raul! É a criatura mais suave que já conheci. Tem uma pele de pétala e um olhar azul como céu sem nuvem. Basta tocar no meu pescoço e me arrepio inteiro. Vittorio tem bom gosto! Vale a pena pegar a sobra dele!" "Não fala assim", pede Vittorio, "não é sobra! Ela é que me esnobou. Mas é uma lindeza!" Pedro ironiza: "Exigente, a moça! Se esnobou você, vai cuspir na minha cabeça. É por isso que outro dia ela disse que eu sou fútil. Vocês acham que eu sou fútil!" "Eu acho", diz Raul às gargalhadas. "Também me acha fútil, Vittorio?" "Fútil, não. Você é irônico, como agora, e às vezes debochado." "Carmela, minha irmã, disse que não namoraria um fútil como eu nem se estivesse numa ilha deserta. Só ela para pensar em namorar numa ilha deserta!" "Preciso conhecer melhor a sua irmã", diz Raul. "Ela precisa mais do que você. Precisa conhecer qualquer um, desde que seja homem." "Se não gosta de homem fútil, pode gostar de um comunista!" Pedro e Vittorio reagem em coro, igualmente pasmos: "Você? Virou comunista?" "Calma! Calma, que o Brasil é nosso! Comunista eu já sou! Já li tudo e me identifico com as idéias. Agora, estou pensando em me filiar ao partido!" Pedro balança a cabeça, incrédulo: "Vai atravessar o Brasil a cavalo, que nem o Prestes?" Eles riem, Raul insiste: "É sério! Vou votar no Iedo Fiúza para presidente." "Iedo? Quem é Iedo Fiúza?", pergunta Pedro. "Prefeito de Petrópolis", diz Raul, acrescentando: "A classe operária é que vai fazer justiça neste país!" "O camarada Raul vai ser o nosso Stalin! Sua primeira medida vai ser pôr três milhões de brasileiros na cadeia, como Stalin fez na União Soviética!", brinca Pedro. "É pouco. Aqui, seriam pelo menos uns seis milhões!" "Com 15% da população na cadeia, o país ficará justo ou irá à falência, camarada Raul?", brinca Vittorio. "Acho que nessa leva de seis milhões eu entro!", diz Pedro. "Eu também!", diz Vittorio. "E quantos fuzilados, camarada Raul? Mais seis milhões?", quer saber Pedro. "Não!", diz Vittorio. "Desse jeito, o camarada Raul vai governar só crianças, mulheres e idosos." Pedro sugere: "Camarada Raul, alguns ricos, como o Vittorio, devem ficar vivos, senão quem vai convidá-lo para jantar com Château Mouton Rothschild?" "Vocês vão esculhambar o comunismo antes de eu entrar para o partido!" "Fosse do Partido, não deixaria você entrar: vai querer tudo direito, honesto, decente. Isso não é ser camarada, camarada Raul!" Raul ergue a taça e diz às risadas: "Está bem, está bem, troco o Partido Comunista por esse Mouton Rothschild!"

Depois das gargalhadas, num instante de silêncio, Vittorio pergunta: "E Vicente? Vocês têm visto?" Ambos negam com a cabeça. Mastigando, Raul diz: "Médico trabalha demais! Só vejo Vicente quando a gente se encontra." "E a Clarice, com aquela saúde toda, bem que merecia mais atenção do marido!", diz Pedro, que ri com Raul. Vittorio não acha tanta graça e deixa o silêncio baixar, ávido por algum comentário, que não vem.

Depois de um mês de silêncio, Clarice volta a ligar. Quer ver Vittorio imediatamente, ou vai morrer de sede e de fome. Vittorio, que rasteja de saudade, lamuriando-se pelo abandono, considerando-se mais um desiludido do amor, entra em euforia. Três dias depois, quando o crepúsculo explode em cores por trás da montanha, Clarice surge diante dele. O reencontro é de entrega verbal e física aos clamores da saudade, às carências da paixão, às exigências do corpo, com juras fervorosas de eternidade. O calor vulcânico contagia toda a casa, que acompanha a reentrada em cena de Clarice e o renascimento de Vittorio. O tempo trouxe a certeza de que Vicente não tinha mais do que vagas impressões, nenhuma suspeita ou indício, se é que não se tratou de insegurança pessoal. Agora, os encontros são mais amiúde e se estendem um pouco mais, para atender às urgências da mútua carência e do sentimento de tempo perdido durante o afastamento. Como a paixão é insaciável, o casal começa a sentir que os encontros, mesmo mais freqüentes e duradouros, são insuficientes para o fogo que os habita. Aqui e ali, o sonho tenta se impor. Entre beijos e carícias, ou no silêncio após o incêndio, surgem frases sobre o futuro, idéias vagas que ainda não ousam se revelar.

Num entardecer que parece ter convocado todas as cores do céu para encontro no outro lado da montanha, o casal está na cama, na nudez quieta após o amor, com a janela aberta. Com a cabeça apoiada no peito de Vittorio, Clarice, de olhos fechados, sussurra que perdeu o medo de tomar a decisão que lhes resta tomar, quando ouvem leves pancadas na porta. Vittorio veste rapidamente o roupão, abre a porta e sai do quarto, puxando-a atrás de si. Mal desaparece, volta imediatamente de costas, desequilibrado, no impulso de brusco empurrão, batendo-se nos móveis, e Vicente surge aos gritos: "Vagabunda! Prostituta!" Transtornado, branco feito cera, cabelos desgrenhados, olhos arregalados, a arma tremendo na mão, dispara três tiros seguidos em Clarice — o corpo nu dá três arrancos sobre a cama. No chão, Vittorio quer socorrê-la, mas Vicente grita: "Não!", e ele pára, de joelhos. Vicente aponta-lhe a arma com as duas mãos. As lágrimas descem sobre o rosto de expressão desvairada. Ele grita: "Por quê? Por quê?" Vittorio faz gestos pedindo para se acalmar. O corpo inteiro de Vicente se sacode, as pernas, as mãos, o tronco, a cabeça: "Por que eu não te mato também? Por quê? Por quê?" Ele vira a arma para a própria cabeça e puxa o gatilho. Seu corpo tomba ao pé da cama.

Vittorio avança de joelhos para a cama e vira o corpo de Clarice, morta. Ele a abraça: "Eu te amo, Clarice! Nunca amei uma mulher como te amo, Clarice!" Chora abraçado a Clarice. Olha para Vicente no chão, a cabeça encostada na parede, tombada para o lado, esvaindo-se em sangue. Salta da cama e chuta várias vezes o corpo: "Assassino! Assassino!" Volta para Clarice e a beija no rosto: "Meu amor! Você é o amor da minha vida!"

A SALA DE ESPERA ESTÁ ATOCHADA DE GENTE FALANDO ALTO QUANDO É ABERta a cortina de acesso à platéia. Antecipando-se aos demais, a manada de garotos corre para a porta gritando, falando alto e atropelando-se uns aos outros, até deparar-se com inesperado obstáculo: Orlanda, de braços abertos, impede a passagem, aos gritos de ordem e silêncio. Os afoitos embolam-se junto à entrada, até que Zé Bolero, vindo da platéia, com o paletó e o boné de *bellboy*, orienta a formação da fila e exige que falem baixo. Instala-se uma ordem precária, os gritos cessam, o vozerio se reduz. Só então Orlanda, com a surrada casaca vermelha de botões dourados, permite que entrem um a um, recolhendo os canhotos dos ingressos. Mal passa por ela, a molecada recomeça a correria e os empurrões para ocupar os primeiros lugares. Em seguida, o prefeito Perácio Ermida, com a esposa atracada ao braço, cumprimenta uns e acena para outros. Contentes com o público, o juiz e o padre elogiam o prefeito pela decisão de oferecer cultura ao povo, que comparece com a ansiedade de estreante como platéia: os idosos falam da novidade, olhos atentos e espírito desinformado que raramente saem de casa, jovens casais, intimidados pelo ambiente, imitam os demais; os casais maduros, recendendo a mistura de naftalina e perfume, alguns com a elegância de décadas passadas, outros com a elegância industrial a crédito, outros ainda com a elegância das modistas locais, a elegância dos arranjos improvisados, e os sem elegância alguma — vasta categoria que inclui os de camisa aberta no peito, de chapéu, botas enlameadas, os que falam alto, os de costeletas, os banguelas, os que pitam fumo de rolo, os com chicote preso ao pulso, os que exalam suor de cavalo, os bêbados, os que balançam o molho de chaves, os que jogam ponta de cigarro no chão e esmagam com o pé, os com dentes de ouro, os que cospem no chão, os que arrotam, os que peidam, os que coçam o saco, os com arma na cinta e inúmeros outros, inclusive os educados, asseados, penteados, de roupas limpas.

Esvaziada a sala de espera, Orlanda fecha a cortina, dá a volta correndo e, pelos fundos, chega à coxia, para alívio de Diva. Sem ela saber, na platéia, com três quartos dos lugares ocupados, ocorre o que se tornou rotina em audições que a Prefeitura patrocina, apóia ou colabora. Dona Betânia Flores, diretora do Colégio Gervásio Pereira Limoeiro, ao qual pertence o teatro, sobe ao proscênio, à frente da cortina fechada, fala ao público o que chama de "breves palavras". Suando por todos os poros e enxugando o buço a cada minuto, discorre sobre a importância da arte e da cultura na vida de cada um, o significado daquela noite para a vida cultural de Desterro, para sua família e para ela própria. Comovida, conta a história do teatro. Em palavras solenes, diz que seu avô, o coronel Gervásio Pereira Limoeiro, proprietário daquelas terras, fundou a cidade, e, por tantas décadas que quase chegam ao século, foi o líder político da região. Nunca aprendera a ler e tinha vergonha de ser analfabeto. Fez questão de que todos os onze filhos — sete homens e quatro mulheres — estudassem e se formassem. Para isso, fundou aquele colégio, que tem o seu nome, e contratou os melhores professores da região. O filho caçula, chamado Nivaldo, além de aluno aplicado, manifestava vocação para o teatro.

Criança ainda, vira uma peça num circo, e desde aquele dia suas brincadeiras sempre incluíam representações. Vestia-se de padre, de vaqueiro, mascate, soldado e, no mais das vezes, de mulher. Imitava o andar de cego, de bêbado, de pessoas com defeitos físicos e cacoetes. Fazia isso com perfeição de artista. Os irmãos se divertiam, mas o pai — ninguém entendia por quê — não gostava, e acabou proibindo. O tio Nivaldo passou a brincar escondido no fundo do quintal, num palco coberto de folhas de bananeira. Com medo, os irmãos não iam assistir. Ele representava para as galinhas, os cachorros e uma arara. De vez em quando era apanhado em flagrante. Levava uma surra de vara de marmelo e parava com as representações. Por uns dias apenas. Nem bem desapareciam os vergões, lá estava ele debaixo das folhas de bananeira, a cara pintada como índio, cocar de penas na cabeça e saiote de palha de milho. Embora cansado de reprimir, diz a diretora, seu avô não abria a guarda, mas fazia vista grossa. O tio Nivaldo mantinha-se discreto, mas não largava sua fantasia. Já rapaz, disse ao pai que iria para a capital estudar teatro e ser ator profissional. O pai não permitiu. Se ele fosse, não o abençoaria e o deserdaria. O rapaz pediu, suplicou, implorou: nada demoveu o pai. A professora, o padre e até a mãe intercederam, mas o velho foi implacável. Dias depois, o tio Nivaldo desapareceu. Não o encontraram na vizinhança, nem tinha embarcado na jardineira. O avô mandou homens no seu encalço. Vasculharam estradas, matas e grotões. Em vão. Até que o acharam dependurado pelo pescoço numa árvore no fundo do quintal. Enforcara-se. O avô passou cem dias contados sem falar uma palavra, sem comer nada e dormindo onde e quando o sono o surpreendia — na cadeira de balanço, na rede, debaixo de árvores, no pasto, em qualquer lugar, menos na cama. Quando melhorou, mandou construir o teatro, que tem o nome do tio: Nivaldo Pereira Limoeiro. Mas o avô morreu sem vê-lo concluído. O pai dela, irmão de Nivaldo, o inaugurou. Com voz embargada, a diretora agradece ao prefeito — Perácio Ermida Pereira Limoeiro, seu primo — por proporcionar o evento. Ela desce do palco sob aplausos; há quem enxugue os olhos. Uma vez citado, o prefeito não perde a chance. Sobe ao palco e pronuncia o que ele também chama de "breves palavras". Lembra as realizações da sua administração, coroadas por aquela noite cultural, e arremata com o *slogan* "Desterro civiliza-se!", que arranca aplausos. Em seguida, rogando o testemunho da platéia, lembra a sua profunda ligação com a cultura — e não só por também ser neto do fundador do colégio e sobrinho do grande ator-suicida, que deu nome ao teatro, mas pela herança sangüínea mais próxima, iniciada ainda no ventre da mãe, que foi professora, ou antes — ele se corrige — ainda no sêmen do pai, ex-proprietário da única livraria e papelaria da cidade e hoje presidente da Câmara de Vereadores. Depois de afogar o nome de Diva Bustamante em elogios superlativos, referindo-se, o mais singelo deles, à "portentosa representante da música pátria", repete as palavras que ela lhe dissera no hotel: "Não há nada mais estimulante para a população do que um prefeito que tem amor à arte!", dando os devidos créditos à autora, previamente alçada às alturas para assegurar a credibilidade do seu vaticínio, embora ninguém na cidade jamais a tenha ouvido cantar ou sequer escutado falar no seu nome. E anunciando que iria concluir, o prefeito declara: "Quero que essa grande artista, a nossa querida Diva Bustamante, saiba que nunca esquecerei as suas palavras, e serei sempre o que sou: um apaixonado pela arte!" Finalmente, agradece e desce do palco aplaudido. Ainda há aplausos quando, dos bastidores, soam as sete pancadas de Molière — tradição dos espetáculos teatrais — anunciando o início da récita. Logo a cortina se abre e a luz da platéia diminui. Ralph entra em cena, faz uma discreta vênia no centro do palco — ganha aplausos —, segue até o piano e se senta. Há um tempo de silenciosa expectativa. A luz se apaga. Platéia e palco mergulham na escuridão. Alguém assobia no fundo. Outro assobio na metade da platéia. Mais um, ao fundo, de novo. E outro adiante. Vários assobios se sucedem num tempo mais curto, causando inquietação e apreensão. Na primeira fila, um grito de voz masculina fazendo-se aguda, "Ai, que medo!", é seguido de risos e gritinhos. Ouve-se um "shhh...". Uma voz exige: "Começa essa porra logo!"

OS TEMPOS DE GRANDES DESCOBERTAS E DE MUDANÇAS DE COMPORTAMENTO criam novas esperanças e desilusões — idéias insuflam utopias e mudam interesses. Fala-se tanto de política, de revoluções e do futuro que a história da vida pessoal perde importância. As turbulências que sacodem o país estremecem não apenas os políticos, os militares e a imprensa. Alastram-se por todas as áreas, envolvem os sempre ativos universitários, contaminando até os mais esquivos, como Vittorio. Nos últimos dias, guarnições militares, com sede no Rio de Janeiro, em Recife e Natal, rebelaram-se contra o governo de Getúlio Vargas em nome da Aliança Libertadora Nacional, criada no início do ano. O movimento foi abafado, mas o assunto não perde importância e, naturalmente, ocupa os encontros de Pedro, Raul e Vicente no jardim da casa de Vittorio, enquanto tomam cerveja numa noite de verão. Assustado com a onda de prisões que levou até alguns dos seus professores da Faculdade de Direito, Raul lembra: "Na Aliança estão muitos dos que, cinco anos atrás, levaram tropas paulistas à guerra contra Vargas. Perderam a batalha, que levou militares e civis a trocarem tiros com tropas federais nas ruas de São Paulo, e continuam descontentes com os rumos que Getúlio tem dado ao país." "Mas o que eles propõem?", quer saber Vicente. "Que Prestes assuma a Presidência sem eleição?" "Com apoio da União Soviética, o país vira comunista!", diz Pedro. "Prestes é do Partido Comunista!", lembra Vicente. "Para ele, eleição é jogo de cartas marcadas da democracia burguesa!" "É isso mesmo", concorda Pedro, após um gole de cerveja, "Comunismo é ditadura do proletariado, mas quem manda é a cúpula do partido: agora, Lenin, depois, Stalin, depois, Trotski, e volta ao começo." "Mas escuta aqui", diz Vittorio, "o lema deles, 'Pão, Terra e Liberdade', é o que o país precisa." "Também acho", concorda Raul, e acrescenta: "Caríssimos, Prestes é um homem sério! Foi o líder da Coluna Prestes, que dez anos atrás varou 24 mil quilômetros país adentro, no meio da barbárie e do primitivismo!" "E acabou na Bolívia", lembra Pedro, "filiado ao Partido Comunista!" Vendo o conflito se acirrar, Vittorio pondera: "Não se esqueçam: a Aliança Libertadora Nacional tem apoio da nata da sociedade!" Raul lembra: "E é popular, mesmo nascendo na elite!" "Agora está na ilegalidade. Getúlio ganhou mais essa!", Pedro encerra o assunto.

Dolores, espanhola magra e sem rosa vermelha no cabelo, andava na mira de Vittorio desde que lhe foi apresentada na missa dominical, há umas três semanas. Ficou fascinado pelo olhar sôfrego, típico de pessoas intensas e determinadas. Hóspede e aparentada de uma família mais ou menos vizinha, da

Rua Pernambuco, esquina de Santa Rita Durão, reencontra-a na festa de aniversário de Maria Alice, amiga comum. E descobre que é ela a atração da noite como declamadora, dessas que até no mais angelical poema ateiam o fogo dramático das mãos crispadas e dos olhos arregalados. Tomada pelo êxito doméstico e desinformada das sutis nuances do humor mineiro, avesso a empolgações exaltadas, Dolores ataca de Garcia Lorca, Florbela Espanca, São João da Cruz, Santa Teresa de Ávila, entre outros, que tratam da paixão arrebatadora. Com o interesse esmorecido, Vittorio aplaude, sem gritar bravo nem pedir bis. Aos poucos, os convidados vão saindo da sala para o alpendre e o jardim, restando dois ou três, Vittorio entre eles — ela acha que o encantamento o retém, e mais por ela do que pela poesia. Num verdadeiro furor de paixão poética, atira-se sobre ele, recitando os últimos versos do famoso soneto de Florbela Espanca: "*Benditos sejam todos que te amarem / As que em volta de ti ajoelharem / Numa grande paixão fervente e louca! / E se mais que eu, um dia te quiser / Alguém, bendita essa Mulher / Bendito seja o beijo dessa boca!*" Assustado, Vittorio não sabe como agir para não se queimar naquela fogueira, embora pressinta que no fundo daquele teatro haja alguém interessante. A conversa começa difícil, mas, com o passar do tempo, ela vai descendo do palco, tirando a máscara, até se revelar uma pessoa simpática e humorada, que cativa Vittorio. E começa o namoro.

É primavera quando, no carro de capota arriada, ele estaciona sob as árvores da Avenida Afonso Pena e caminha até a Feira de Amostras, onde, numa sala cedida pela Secretaria de Agricultura, participa, sem ter sido convidado, de cerimônia com aviadores, mecânicos e curiosos como ele. Em breves palavras, o tenente Dorgal Borges conta que, não faz dois anos, os primeiros pousos de aeronaves na cidade eram no Prado Mineiro. Um ano depois, para atender aos vôos do Correio Aéreo Militar, foi cedida a área para a construção do Aeroporto Belo Horizonte, conhecido como Pampulha, por causa da vizinha lagoa. A área é um pântano sobre o qual, depois da camada de terra, com 600 metros de extensão e 30 metros de largura, ele próprio mandou passar um caminhão. Como não afundou, autorizou o pouso. Agora, ele se diz impressionado com a rapidez, que é típica da aviação, com que inaugura o Aeroclube de Minas Gerais, cuja função será formar quadros para a aviação civil e militar. Depois, no coquetel, Vittorio quer saber quando começam os cursos de pilotagem e quais as exigências para matrícula. Mas antes gostaria de voar; é um sonho de criança. Quem poderia convidá-lo?

É com uma Dolores apaixonada que Vittorio assiste à fita *Bonequinha de seda*, com Gilda de Abreu, Delorges Caminha e Conchita de Moraes. E se interessa pela história da jovem musicista que deixa de estudar para ajudar o pai falido. Com o apoio de um amigo e da avó, finge ser uma madame educada em Paris para impressionar o credor e evitar a bancarrota. Mas se esquece da mão do destino...

A discussão sobre o filme no Bar Trianon é febril. Dolores censura a personagem que larga os estudos, como péssimo exemplo para que as jovens troquem a profissão pelas aventuras amorosas. Vittorio, ao contrário, acha um exemplo de renúncia provisória à profissão por amor filial. A discussão esquenta; ela, passional, ele, ponderado, com nítida diferença não só de atitudes, mas de visões de mundo. E por isso o namoro termina. Na volta para casa, depois de deixar Dolores aos prantos na esquina de Pernambuco com Santa Rita Durão, Vittorio se pergunta se a arte é um espelho que reflete a realidade ou um farol que ilumina o horizonte. Não tendo resposta, acomoda-se à ambigüidade de que pode ser as duas coisas.

Depois de se recusar a ser o orador da turma, eleito unanimemente pelos dezesseis colegas, e de cogitar em não participar da cerimônia de formatura, Vittorio é informado de que é obrigado a colar grau em público. Sem a presença do pai, que o queria engenheiro e estaria orgulhoso nesse momento, Vittorio se diploma em Engenharia Civil, aplaudido pelos três amigos. No baile de formatura, Mrs. Austin, numa elegância britânica, é *partner* na valsa. Para ele, concluir a universidade tem o significado dos ritos de passagem. Deixa de usufruir da justa complacência de uma situação transitória, na qual se dispõe a aprender — e o erro faz parte do processo de aprendizado —, passando para outro patamar, agora definitivo, em que, cumulado de conhecimento, sua palavra e seus atos têm fé pública; tem de arcar com a responsabilidade humana, social, material e criminal decorrentes. O início da profissão é mais uma inflexão na sua vida. Toda passagem inclui ganhos e perdas — embora não saiba dizer qual é o seu saldo, o sentimento é de perda.

Não deixa de surpreendê-lo o convite de Eduardo Santilli, seu colega de turma, para um jantar na casa dele, para o qual também foi convidado Sandoval Carneiro, outro colega. A surpresa se deve à pouca intimidade com Eduardo, que sempre lhe deu a impressão de alguém que, tentando passar por sério, se faz sisudo, sem ter revelado nenhum brilho como estudante, nem mesmo interesse pelo conhecimento, havendo até rumores de que desistiria do curso. Sandoval foi aluno brilhante, embora arredio e calado, talvez encabulado por ser do interior. Antecipando tratar-se de assunto ligado à engenharia, Vittorio imagina que algum horizonte profissional se descortine, o que não o surpreenderia: em cinco dias de formado recebeu onze propostas de emprego. Ele pede tempo para avaliar, mas a verdade é que não tem critérios para decidir por não saber com clareza o que quer.

Na manhã de sol leve e brisa suave, lê o jornal enquanto toma o café servido no jardim, quando Mrs. Austin avisa que alguém quer falar-lhe ao telefone. É o tenente Dorgal, comandante do 4º Regimento de Aviação, informando que na terça-feira haverá uma aeronave e um piloto prontos a fazer o vôo com que sonha. Vittorio agradece, tomado de excitação quase infantil.

Afinal, no jantar reencontra os colegas e fica conhecendo o pai de Eduardo, Dr. Felipe Ermenegildo Santilli, advogado dos seus 55 anos, robusto, careca, voz grave, que parece seguro dos seus saberes e de suas premonições. Enquanto bebericou antes do jantar, a conversa gira por vários assuntos, até que o Dr. Felipe conduz ao seu interesse e razão do jantar. Suas palavras são tão organizadas e justapostas que parecem fruto de um raciocínio longamente elaborado para ser persuasivo. Embora fale pausadamente, seu olhar controla os ouvintes, e seus gestos e atitudes não permitem interrupções, hesitações nem perguntas: apenas silenciosa anuência. Ele acha que os três, em vez de aceitar qualquer proposta de trabalho, deveriam constituir uma sociedade e fundar uma construtora de obras civis. E explica: "Belo Horizonte foi construída e consolidou-se como capital com recursos do governo; agora terá de crescer pela iniciativa privada — o Estado gastou o que não tinha. E a cidade incha com a vinda de milhares de pessoas por ano, extrapolando as estimativas. Proporcionalmente, é a cidade que mais cresce no país. Com vocês, três jovens em início de carreira, desponta uma geração de profissionais liberais nascida na cidade, os primeiros belo-horizontinos a ocupar funções destacadas. Em breve, os políticos e governantes serão nascidos aqui. Com olhos no futuro, vai se repetir aqui o que ocorreu na Europa, nos Estados Unidos, em São Paulo e no Rio de Janeiro, e por iniciativa de alguns pioneiros, até mesmo em Belo Horizonte. As elites econômicas vão continuar a morar em casas porque podem mantê-las, mas a classe média urbana vai viver em edifícios de apartamentos, que começam a ser construídos. Custam muito menos do que as casas, e no mesmo terreno, em vez de uma família, vivem dez, vinte, cem! Todas na região central, a mais nobre da cidade. Assim como novos advogados, médicos e dentistas vão preferir escritórios e consultórios na área central. Uma construtora terá um futuro esplêndido! Vai fazer fortuna!" Ele toma um gole de vinho tinto e o faz circular pela boca, sem engolir. Vittorio aproveita para observar a reação de Sandoval, que lhe parece entusiasmado, e Eduardo, entediado. Depois de engolir o vinho, o Dr. Felipe pigarreia e volta mais animado: "Se a capital cresce, é sinal de que o estado se desenvolve, e o governo é o responsável pelas grandes obras para fomentar o progresso: usinas hidrelétricas, represas, estradas, pontes, aeroportos, hospitais, escolas, abastecimento de água, esgoto, uma infinidade de obras de infra-estrutura, que são executadas por empreitada. É esse o futuro dos engenheiros recém-formados com ambição e disposição para trabalhar. O que acham da idéia?"

A sensação de aceleração progressiva empurra o corpo para trás, enquanto todo o aparelho sacode com a irregularidade da pista, que passa cada vez mais rápida pela janela pouco acima do chão, deixando para trás uma nuvem amarelada de poeira; tudo trepida, chacoalha e se mistura ao ronco do motor; cresce tanto a velocidade que parece que não vai parar mais, vai engolir a pista e avançar mato adentro. De repente, um impulso o arremessa para cima, e o corpo — o arrepio se junta ao calafrio —, o avião, tudo se desprega do chão; cessam a trepidação e os estremecimentos, restando uma leve vibração e o ruído do motor. Sustentando-se sem chão, ele se move no ar. O gado vai se afastando, as casas diminuem, a Lagoa da Pampulha encolhe, e logo, aos olhos de Vittorio, abre-se a amplidão de um céu azul-claro com poucas nuvens, que se estende para longe. Pasmo com a beleza do que vê, é tomado de poderosa emoção: poucos no mundo estiveram mais alto, menos ainda em velocidade maior. A cidade se oferece por inteira ao seu olhar, parte de um planeta, em cores e em relevo — não como planta topográfica. As montanhas, em nítido contorno, envolvem Belo Horizonte num amplo abraço: o Parque Municipal, o ribeirão do Arrudas, o Acaba Mundo e as avenidas, a Afonso Pena, encoberta pelas árvores, é como o leito verde de um rio, as ruas em diagonal, os casarões, a Praça da Liberdade, o Colégio Arnaldo e, enfim, a sua casa! Vendo dali lugares tão vivos na memória, Vittorio tem a estranha sensação de estar ao mesmo tempo no alto e embaixo, no presente e no passado, como se, afinal, pudesse estar em todos os lugares e em todas as épocas. A revelação da plenitude lhe dá o sentimento de infinito poder e, ao mesmo tempo, da efemeridade de tudo. Sobrevoando Belo Horizonte, Vittorio descobre que voar lhe fala à alma.

Após o pouso, uns quarenta minutos depois, agradece a cortesia do piloto Brito Melo e quer pagar o seu trabalho, assim como custear o combustível — o que ele aceita, mas agradece e recusa qualquer remuneração: não é profissional, e voou para conhecer a cidade. O Piper, monomotor americano modelo Cub, pertence a um paulista. Ele veio trazer a irmã do proprietário. Vittorio o convida para o almoço, durante o qual não pára de fazer perguntas. E acabam amigos. Se voltar à cidade, Brito vai avisá-lo, para darem novo passeio pelo céu.

Na falta de alguém mais experiente, Vittorio consulta Raul, Vicente e Pedro. Os três consideram perfeito o raciocínio sobre o desenvolvimento da cidade, mas Raul quer saber como será constituída a sociedade, o total do investimento e a forma de desembolso. Sem respostas, Vittorio o nomeia seu advogado para tratar do contrato, decidido a ser sócio da construtora. Três meses depois, a empresa está constituída, com o nome de CSC Construções, de Carneiro, Santilli e Chalmers, os três sócios com idêntica participação e escritório na Rua São Paulo, centro da cidade. A intenção é construir, por empreitada ou administração, casas, edifícios residenciais e comerciais, pretendendo mais adiante, com experiência, entrar na área de estradas. Passam a procurar terrenos para comprar, a discutir o que deve ser construído, a avaliar projetos alheios e tudo o que envolve a atividade.

A aventura de construir casas e apartamentos numa cidade planejada aproxima Vittorio das questões urbanas, e para isso contribuiu de alguma forma a experiência de sobrevoar a cidade — as imagens e emoções não lhe saem da cabeça. Considera a cidade marcada pela tensão entre a sua vocação modernista, voltada para o futuro e imposta de cima para baixo, e a população de maioria oriunda de cidades pequenas, de costumes e cultura arcaicos. A mentalidade provinciana malogra o impulso para o vôo modernista. A vida pacata, privada e doméstica se inibe nos grandes espaços abertos. Prefere a casa à praça, a cozinha à sala, o privado ao público, a conversa ao pé do ouvido à fala aberta, a conspiração à luta franca. Serão necessárias décadas para que o coração da população se abra e se alargue como as ruas, praças e avenidas. Se a casa é o centro da vida, construir moradias para mineiros é lidar com o que ele mais sonha e ama.

Com a criação, pela Panair do Brasil, da linha comercial Rio de Janeiro-Belo Horizonte, Vittorio encontra a maneira de saciar a vontade de voar sem ter que esperar pela gentileza de Brito Melo. Passageiro do vôo inaugural, experimenta o bimotor Lockheed 10E, Electra I, para seis passageiros e dois tripulantes. A viagem, de uma hora e quinze minutos, é o mais puro deleite. E ao pousar no Aeroporto Santos Dumont, desfruta a exuberante vista da Baía de Guanabara, entre o mar, o céu e o verde dos morros. Hospeda-se no Copacabana Palace Hotel e descansa namorando a praia. Volta dois dias depois, lamentando que seja apenas um vôo semanal, e se irrita ao tentar comprar passagem para o fim de semana seguinte: a espera é de vinte dias! Mas compra e espera.

Encontrando um terreno em boas condições, a CSC Construções o adquire e inicia a elaboração do projeto — Vittorio tenta passar para a prática o que aprendeu no curso, e suas intuições sobre habitações e espaço urbano. Porém, o que agora mais o atrai é o curso de pilotagem no Aeroclube de Minas Gerais. A formação em Engenharia facilita as primeiras aulas sobre o funcionamento do motor a reação, introdução à meteorologia, aerodinâmica e navegação aérea. Depois, voará junto com o instrutor para aproximar a teoria da prática e, por último, assumirá o comando do avião, acompanhado pelo instrutor. Antes mesmo de comandar uma máquina voadora, descobre que voar o emociona tanto quanto o piano.

Com a CSC a pleno vapor e aulas de pilotagem pela manhã, só ao anoitecer consegue ler os jornais, dever de empresário, o que faz junto ao rádio, ouvindo a *Hora do Brasil*, programa de pronunciamentos e debates de parlamentares sobre projetos de leis e decisões da Presidência da República — costume que herdou do pai para se informar e auscultar os humores dos políticos. De repente, a voz monótona do apresentador assume um tom grave e urgente: "Atenção, muita atenção, senhoras e senhores ouvintes! Diante de graves acontecimentos que envolvem a segurança nacional, interrompemos neste momento o noticiário e passamos a transmitir o pronunciamento de Sua Excelência o senhor presidente da República Getúlio Dorneles Vargas, lido por seu porta-voz." Num tom dramático, ouve-se: "O Estado-Maior das Forças Armadas acaba de comunicar à Presidência da República a descoberta, levada a cabo pelos Serviços de Informação, de documento de inquestionável autenticidade que descreve, com riqueza de detalhes, um plano de derrubada do governo constitucional do Brasil e de implantação pela força de Estado revolucionário comunista." Vittorio larga os jornais, corre a aumentar o volume do rádio. A voz prossegue: "O documento apreendido descreve as etapas, rigorosamente planejadas, do golpe de Estado, que incluem: mobilização de trabalhadores com vistas a uma greve geral que paralise o país, promoção de quebra-quebra de bens públicos e privados, posse com violência de estabelecimentos comerciais, pilhagem de bancos e instituições financeiras, saque de residências, assaltos a pessoas. Prevê a depredação de residências, o incêndio de prédios públicos, a eliminação física de autoridades civis e militares que se oponham à insurreição. Como comandante supremo das Forças Armadas, e após consultas ao seu Estado-Maior, o presidente da República julga que é dever do chefe de Estado, em obediência à Constituição, a divulgação do episódio por todos os meios disponíveis, com a urgência e a gravidade necessárias, não com o propósito de alarmar, mas de manter a população em estado de alerta face à situação de concreta ameaça ao Estado brasileiro. Sabe-se que o golpe é iminente, mas imprevisível. As Forças Armadas estão de prontidão em todo o território nacional, cumprindo o dever constitucional de defender a lei e a ordem, garantir a segurança dos cidadãos e da propriedade privada. No entanto, é oportuno lembrar aos brasileiros os acontecimentos na União das Repúblicas Socialistas Soviéticas e nos seus atuais satélites, na Ásia e no leste da Europa, e até mesmo no Brasil recente, nos quais é nítida a maneira de agir dos comunistas: traiçoeira e sanguinária, sem escrúpulos nem limites. Não hesitam na utilização de terrorismo, traição, sabotagens, seqüestros, incêndios, assassinatos em massa de inocentes, mulheres, idosos e crianças. Por agir nas sombras e de surpresa, tornando imprevisível a ação preventiva, o presidente reitera recomendação a todos os cidadãos brasileiros para que se mantenham em estado geral de alerta máximo, com todas as precauções e providências cabíveis à segurança pessoal, da família e do patrimônio. O documento apreendido é assinado pelo membro da Internacional Comunista, de origem húngara, Bela Cohen." A voz do locutor reaparece para dizer: "Senhores ouvintes, boa noite."

Estarrecido, Vittorio liga para o escritório de Raul, mas ninguém atende. Telefona para Pedro: saiu; a mãe, dona Otília, está apavorada: "Meu irmão disse que os comunistas vão tomar a casa dele, e mandou vir os empregados da fazenda para se defender." Ela não sabe o que fazer, está aflita para Pedro chegar em casa. Pergunta se Vittorio não tem medo de ficar sozinho no casarão. Despedem-se. Vittorio liga para Eduardo, o sócio da CSC, que não ouviu o pronunciamento: "Seu pai deve ter informações; quando souber de alguma coisa, me telefone. E vamos nos reunir amanhã cedo. Nessa situação, a construção do prédio fica descartada. Você fala com o Sandoval?" Vittorio desliga. Mrs. Austin vem avisar que o Dr. Vicente está na sala. Com a gravata arriada, mangas da camisa dobradas, de meias sem sapatos, ele vai para a sala levando os jornais; Vicente, todo de branco, o espera: "Soube no consultório, vim saber mais: os comunistas deram mesmo o golpe?" Vittorio confirma: "Parece. Ainda está confuso. Acharam um plano. Não sei mais nada." "E o que vai acontecer?", pergunta Vicente, preocupado: "Meu pai está assustado." "Tudo pode acontecer! Uma revolução comunista é imprevisível! Quem deve saber é o Raul." "Eles tentaram há dois anos, agora conseguiram." "Não posso acreditar! Um golpe comunista no Brasil com o Prestes preso!" Raul entra vaticinando, enquanto põe a pasta sobre a mesa: "Sem o Prestes não foi! Ele pode ter escrito o plano na cadeia; teria tempo de sobra. Ou orientado alguém. Sem ele é que não foi." "Mas o que vai acontecer, Raul?", quer saber Vicente. Raul vê o espanto nas expressões dos amigos. "Escuta aqui, vocês estão apavorados, mas não aconteceu o golpe. Acharam os planos de um golpe, que, descoberto, não vai acontecer!" "O comunicado manda a população ficar em alerta", explica Vittorio, "diz que pode começar a qualquer hora, de forma inesperada, e em qualquer lugar!" "Ouviu, Vicente?", diz Raul. "Essa é a resposta à sua pergunta: pode acontecer a qualquer hora e em qualquer lugar." "Acontecer o quê? Por onde começa uma revolução comunista?", quer saber Vicente. "Eu não sei!", responde Raul. "A única que houve até hoje foi na Rússia. Vocês leram *Os dez dias que abalaram o mundo*? Se não leram, leiam!" "Eu acho, Vicente", diz Vittorio tentando acalmá-lo, "que eles devem começar atacando quem tem poder! Político ou econômico!" "O perigo", diz Raul, "é a turbamulta insana invadindo casas comerciais ou residências, depredando, pilhando, prendendo e arrastando pessoas pelas ruas; isso ninguém controla!" "Isso não vai acontecer", pondera Vittorio. "Não sei" diz Raul, "não se pode saber, não há como saber. Essas coisas, quando começam, ninguém sabe como vão acabar." "O que eu não entendo", diz Vittorio, "é por que o governo fez esse comunicado à nação! As autoridades podiam agir de maneira preventiva, sem deixar a população em pânico!" "O comunicado tira a surpresa do golpe e pode abortá-lo", conclui Raul.

Há um silêncio pesado de apreensão, até que Vittorio se levanta: "Vou ligar para a Embaixada inglesa no Rio de Janeiro." "Por quê?", quer saber Vicente. "Porque eles devem saber de tudo. Não se esqueça de que sou cidadão inglês." Vittorio vai ao escritório e fala com a telefonista. De volta à sala: "A ligação se concluirá em quatro horas." Despedem-se sem informações; Vicente, preocupado; Vittorio, apreensivo e Raul, pensativo.

Na manhã seguinte, o assunto ocupa os jornais, com fotografias da reunião da cúpula militar: o ministro da Guerra, general Dutra, o chefe do Estado-Maior do Exército, general Góes Monteiro, o chefe de Polícia do Distrito Federal, Filinto Müller, e outros. Todos confirmam a autenticidade do documento e conclamam a população a manter-se alerta. Asseguram que as Forças Armadas estão agindo preventivamente, única forma de combater o inimigo covarde que se oculta nas sombras. Os jornais reproduzem trechos do documento; o que mais impressiona Vittorio diz: "No plano de violências deverão figurar, como já foi dito atrás, os homens a serem eliminados e o pessoal encarregado dessa missão. Todavia, tão importantes quanto estes serão os reféns, que, em caso de fracasso parcial, servirão para colocar em xeque as autoridades. Serão reféns: os ministros de Estado, o presidente do Supremo Tribunal Federal e os presidentes da Câmara e do Senado, bem como, nas demais cidades, duas ou três autoridades ou pessoas graduadas. A técnica para a colheita de reféns será a seguinte: os raptos deverão ser executados em pleno dia, nas próprias residências, que serão invadidas por grupos de três a cinco homens dispostos e bem armados, e munidos de narcóticos violentos (clorofórmio, éter em pastas de algodão empapadas), e serão transportados para pontos secretos e inatingíveis, com absoluta segurança. Em caso de fracasso, proceder ao fuzilamento dos reféns." Vittorio se sente ameaçado e inseguro, e lhe ocorre, pela primeira vez na vida, a utilidade da sua tripla cidadania. Ao descer do carro perto do escritório, percebe a tensão na rua, pessoas mais apressadas, inquietas e desconfiadas. Na reunião da CSC, os sócios suspendem a obra por unanimidade, até terem novas informações. Nesse dia, não há aula de vôo porque o aeroporto está fechado.

Um dia depois, 2 de outubro, os jornais trazem declarações de ministros, lideranças políticas e empresariais que reagem à ousadia dos comunistas, incitam a população a denunciar suspeitos e a preparar suas armas. Preocupados com a gravidade da situação, políticos governistas ponderam sobre a conveniência de eleições presidenciais, marcadas para começo de janeiro, nesse quadro de insegurança e incertezas. Os três candidatos, José Américo de Almeida, Plínio Salgado e Armando Sales de Oliveira, embora perplexos, são unânimes em atacar os comunistas, mas seguem em campanha. Vittorio fica aliviado por não encontrar notícia de greve geral, saque, seqüestro, pilhagem ou incêndio, conforme previa o plano. No entanto, avalia que a expectativa é paralisante em todos os setores.

Ao chegar para jantar no Minas Tênis Clube, encontra Pedro com duas moças numa mesa da varanda. Contente com o encontro, o amigo o convida a juntar-se a eles, e o apresenta a Berenice e Elisinha, cujos pais as controlam de uma mesa no salão. A conversa amena, enfeitada pela graça e pelo bom humor da estouvada, desajeitada e divertida Elisinha e pelo riso sardônico, contido e malicioso de Berenice, que faz poucos gestos e menos movimentos. Embora amigas, talvez até por isso, as duas são pólos opostos. Mal Vittorio se acomoda na cadeira em frente a Berenice, vendo-se diante de dois olhos que são duas bolas de gude azuis num rosto rosa de pétala, tem um estremecimento. Ela reage: "Então, é você o esquisitão que é o melhor partido da cidade!" Elisinha dá uma risada, Pedro fica apreensivo com a reação do amigo, e Vittorio, espantado e sem graça, procura apoio em Pedro: "Esquisitão, eu?" Elisinha se antecipa: "Entre 13 mulheres, você foi eleito o melhor partido da cidade." "Já posso pensar em alguma candidatura!" E para Berenice: "Você, que acabo de conhecer e já me conhece tão bem, sabe por que o título de esquisitão?" E ela, sorriso inabalável: "Sua fama chegou antes de você. Por quê, não sei. Mas pode-se imaginar." "O que acha que explica essa fama?" "Melhor não começarmos por aí. Não sou tão interessada assim na vida alheia." "Por onde devemos começar?" "Digamos que com você pedindo uma taça de champanhe para mim." "Não poderia ser um tinto, igualmente francês, para compartilhar com o esquisitão?" Berenice enfia na ponta da piteira o cigarro que tira da cigarreira de prata: "Obrigada, prefiro champanhe. Não sabia que o esquisitão fosse de compartilhar." "Quando encontra quem compartilhe esquisitices, sim. Mas não é o seu caso. Quem toma champanhe, fuma com piteira, usa colar de pérola sobre vestido pérola compartilha bom gosto, não esquisitice." "Pessoas de gosto compartilham o bom gosto de outras." O *maître* se aproxima: "Um Veuve Clicquot para a senhorita"; volta-se para Pedro e Elisinha, que, servidos, agradecem. "E um Chivas para mim. E, por favor, o cardápio para o jantar." Dirige-se a Pedro: "Sua mãe foi para o interior?" "Vai amanhã. A cidade está apreensiva." "O país está assustado." "Meu pai não consegue dormir", diz Elisinha. "Não vai acontecer nada", diz Berenice, sorrindo. "Como sabe, Berenice?", retruca Elisinha. "Foi rebate falso. Ataque comunista com Prestes preso? Só desembarcando tropas russas no porto do Rio de Janeiro!" O sorriso debochado permanece. Vivamente impressionado, Vittorio vai direto ao assunto: "Elisinha, quem é a Berenice, que sabe tanto de tudo?" "Berenice é uma amiga querida. Pergunte a ela." "Eu, não", Berenice se diverte. Ele provoca: "Ela já me acha esquisito. Se pergunto, vai me achar louco." Todos riem. O garçom serve as bebidas e entrega o cardápio, que Vittorio lê: "Quem é a Berenice, Pedro?" "Berenice é uma moça que gosta de maltratar o coração dos homens." "Ótima definição!", aplaude Vittorio. "Já tinha me ocorrido. Conheço cinco Berenices, nenhuma parecida com você." "E me conhece tão bem para comparar?" "Não. Conheço as outras." "Quem são?", pergunta Elisinha. "Será que conheço?" "Talvez. Uma é *Berenice*, a tragédia de Racine. Outra, do conto do Edgar Allan Poe. Berenice, a rainha do Egito que deu nome à cidade egípcia, tem uma história bonita. Ela prometeu seus longos cabelos à deusa Afrodite se seu marido voltasse vivo da guerra contra os assírios. Ele voltou, ela cortou o cabelo e o ofereceu à deusa, que, encantada, levou a cabeleira e a própria Berenice para o céu. Os astrônomos a encontraram há uns dez anos sob a forma de constelação, que recebeu o nome de Cabelos de Berenice, vizinha da Ursa Maior", vira-se para Elisinha: "Não são diferentes dela?" "Muito diferentes!" "Também acho", diz Pedro. Vittorio pergunta a Berenice: "Você sabe o significado do seu nome?" "Sei. É grego: a que carrega a vitória." "Meu nome é Vittorio. Acha pesado?" Todos se divertem, Berenice se descontrai um pouco, Vittorio olha-a nos olhos: "Seria um prazer conhecer mais uma Berenice." Ela sorri: "Não quero ser mais uma Berenice na sua lista." "Sorte que os Cabelos de Berenice estão no céu toda noite. Vou ter que comprar um telescópio para ver o que está à minha frente." Os pais de Elisinha, vindos do salão, chegam à varanda anunciando que estão de partida. As moças se despedem e vão com os pais. Uma vez a sós, Vittorio comenta: "Essa Berenice sabe mesmo maltratar os homens! Não perde por esperar." De pé, o *maître* aguarda o pedido.

O tempo passa e o temido ataque comunista não acontece. Apesar do susto e do temor remanescente, a CSC retoma seus projetos. As campanhas presidenciais de José Américo de Almeida, Plínio Salgado e Armando Sales voltam a mobilizar o país. Vittorio retorna às aulas de pilotagem; logo comanda o avião, assistido pelo instrutor. Em dois meses, o exame de habilitação é marcado e, pelas normas do Aeroclube, consta de prova teórica e prova prática. Vittorio é aprovado em ambas, sendo credenciado a pilotar aeronaves. Pela sua alegria, fica a impressão de que dá mais importância a essa aprovação do que se poderia imaginar.

No encontro dos amigos no bar do Grande Hotel para celebrar a conquista, uma surpresa: Pedro leva Elisinha e Berenice, que já chegam admiradas com a coragem de Vittorio de ser aviador, arrolada como mais uma excentricidade do esquisitão. Na insistência delas em saber de onde veio a idéia de voar, com o risco que significa, Berenice acha que se trata de vontade autodestrutiva, e alinha perguntas no tom habitual: "Você detesta viver e quer voar por não ter coragem de se matar?" "Não!", diz Vittorio. "Como pode pensar uma coisa dessa? Eu amo a vida, nunca pensei em me matar. Apenas tenho enorme prazer em voar." Insatisfeita, ela alfineta: "Por que você optou por viver sozinho?" "Eu não optei. Estou sozinho agora. Não há nada definitivo na vida, nem a própria vida." Elisinha, que em geral acompanha a conversa com atenção, mas em silêncio, resolve fazer uma pergunta: "Então, por que não tem namorada?" "Se eu tivesse uma namorada, não seria o esquisitão, e você não estaria me fazendo essas perguntas tão instigantes!" "Você quer provar o que com as suas atitudes?", fustiga Berenice. Vittorio retruca: "E você, quer provar o que com as suas atitudes?"

A chegada de Vicente e Raul, com novidades do Rio de Janeiro, muda o rumo da conversa. Mal são apresentados às moças, Raul pergunta: "O que achou das novidades de hoje?" "O que aconteceu?", devolve Vittorio. "Passei o dia voando. Por que estão com essas caras?" Raul é seco: "Getúlio deu o golpe!" Vittorio não acredita: "O quê? Adiou a eleição?" "Suspendeu! A Câmara e o Senado amanheceram cercados pela cavalaria." "Como os espanhóis ocuparam o México!" "Falando em nome do presidente da República, o chefe de Polícia avisou — ouça bem: avisou! — ao presidente do Senado e ao presidente da Câmara que o Congresso Nacional estava dissolvido! Só isso: está dissolvido, acabou, não existe mais!" Os sentimentos de incredulidade e revolta estão nos rostos, inclusive nos de Elisinha e Berenice. "Então, estamos numa ditadura!", conclui Vittorio. "A democracia desaba com um sopro!", diz Vicente. Vittorio balança a cabeça sem acreditar: "Não houve reação?" "Nenhuma! As Forças Armadas assumiram a responsabilidade. Às dez da manhã, a nova Constituição, que o Francisco Campos escreveu sozinho, foi promulgada por meia dúzia de ministros no gabinete do presidente da República! Imagina o absurdo: um único homem escrever as leis que vão reger o país! E anteontem, na casa dele, ainda leu, capítulo por capítulo, artigo por artigo, para o general Dutra, o general Góes Monteiro e o almirante Guilhem, que fizeram reparos para ficar ao gosto de cada um. Agora, eu, você, elas, o país inteiro tem que pagar os impostos e obedecer calado!" Desolado, Vittorio afirma com indignação contida: "E Getúlio continua!" "Continua!", confirma Raul. "No discurso, para justificar o golpe, disse que o chefe de Estado não pode fugir ao dever de tomar decisões excepcionais quando as circunstâncias impõem, e o momento exige medidas que afetam o regime. Os partidos não são nada ideologicamente, representam apenas ambições pessoais, paroquiais, de grupos que querem dividir os despojos." "E ele não divide os despojos com ninguém!", diz Pedro, provocando risadas. "E as eleições, a campanha, como ficam?", pergunta Vicente. "Como ele explicou que não vai mais haver?" Raul dá de ombros: "Vicente, ditador precisa explicar alguma coisa? Ele disse que a eleição virou disputa entre grupos, que subornam e fazem promessas demagógicas a uma população indiferente e silenciosa. Que governos locais, caudilhos e oportunistas capitalizam inquietações e julgam-se centros de decisão política e decretam suas candidaturas, como se a vida política do país fosse um biombo para legitimar ambições pessoais." Pedro se irrita: "E ele se declarar ditador não é ambição pessoal, é interesse coletivo!" Novas risadas, mas todos olham para Raul, esperando mais: "Enfim", diz Raul, "ele disse que o desinteresse da população prova que as candidaturas não eram legítimas. E que a solução dos problemas do país transcende os mesquinhos quadros partidários, improvisados às vésperas das eleições, para serem bandeira de interesses de grupos que só querem o poder. A democracia de partidos, em vez de oferecer crescimento e progresso, estimula competições, discórdia, subverte a hierarquia e ameaça a unidade da nação. Partidos degradados desgastam o processo político, que caminha para a violência e a guerra social."

Depois de um silêncio, Vittorio diz: "Que argumento mais frouxo! Não tem nenhuma consistência!" "Está claro que não, Vittorio! Todo ditador é primário. Ele quer desmoralizar os partidos porque sem partido não há democracia!" "Com os partidos que estão aí, não tem democracia nunca!", diz Pedro. "No Brasil não tem partidos, tem quadrilhas!" Mais risos; as moças se divertem com Pedro. Raul retoma: "Mas, Vittorio, há consistência no discurso dele; consistência de ditador falando para 35 milhões de habitantes, mais da metade analfabeta!" "Raul", indaga Vicente, "e o que ele disse sobre o Partido Comunista?" "Mandou fuzilar todo mundo!", adianta-se Pedro. "E nisso eu apóio o ditador!" "Ele disse uma coisa interessante... O que foi mesmo? Deixa ver se me lembro... Ah, sim! Disse que os novos partidos que surgiram no mundo atacam a democracia e ameaçam as instituições." Pedro debocha: "Para os comunistas não acabarem com a democracia, ele acabou!" "Ah, ele falou dos comunistas!", lembra Raul. "Disse que o surto extremista de 35 obrigou-o a criar o estado de guerra, pedido pelas Forças Armadas, que são vigilantes, mas não têm meios legais para defender o Estado do risco iminente, daí o uso de medidas excepcionais. Quando a disputa política pode virar guerra civil, é porque o regime constitucional perdeu seu valor prático, virou abstração. E insistiu que uma verdade tem que ser dita com clareza e sem medo: é preciso restaurar a autoridade e os instrumentos de poder num regime forte, de paz e de trabalho." "E acabam os partidos políticos?", pergunta Vicente. "Deviam acabar", responde Pedro. "Vão ser transformados em sociedades culturais ou beneficentes. Ah, sim, decretaram a intervenção federal em todos os estados, menos em Minas Gerais!" "Benedito Valadares é uma vergonha para nós, mineiros!", sentencia Vicente. Raul acrescenta: "Asqueroso foi saber que alguns deputados e senadores, eleitos pelo povo, foram ao Palácio do Catete, depois do Congresso fechado, babar o ovo de Getúlio!" "Os políticos brasileiros me dão vontade de vomitar", diz Vicente. "Se um sujeito desses aparecer no meu consultório, eu deixo morrer! Do mesmo jeito que eles matam as nossas esperanças!" Pedro aplaude Vicente. Elisinha e Berenice também. Raul fala mais para Vittorio: "Disse que não houve reação, mas o Armando Sales, que renunciou ao governo de São Paulo para se candidatar à Presidência, reagiu com um manifesto — nessa hora, quem vai dar bola para manifesto! —, dizendo que um pequeno grupo de homens, tão pequeno que se pode contar nos dedos de uma só mão, decidiu escravizar o Brasil. E denunciou o golpe:

‘Em lugar de ir de baixo para cima, como o mundo dos nossos dias oferece tantos exemplos, a subversão das instituições brasileiras está sendo realizada do alto, com todas as armas de que dispõe o poder.’ Pura retórica! O golpe está sacramentado, e sem reação. Getúlio vai nos governar como bem quiser, até quando quiser, com as Forças Armadas garantindo, e a maioria dos políticos aderindo aos poucos, para não dar na vista. E ponto final.”

Com aprovação das moças, Pedro sugere mudarem de assunto; os demais concordam, embora Raul resmungue. Berenice vai direto a Vittorio, da forma que gosta: “Por que você tirou essa habilitação para voar?” Vittorio sorri: “Pelo mesmo motivo que tirei carteira de motorista para dirigir automóvel. Só se pode pilotar avião com um documento que ateste que você sabe operar a máquina que voa e conhece as leis do tráfego aéreo. E eu gosto de voar, da mesma maneira que gosto de guiar carros. Não quero ser piloto profissional, como não quero ser motorista profissional. No fundo, o que fiz foi alargar a pista para correr, o que gosto de fazer.” “Mas se não vai ser profissional, como vai voar?”, quer saber Elisinha “Vai comprar um avião?” Vittorio ri: “Quem sabe?” Berenice dá um salto: “Pelo amor de Deus! Você não vai fazer essa loucura! Para que voar? Andar não basta?” “Calma, Berenice!”, diz Vittorio carinhosamente. “Não vou fazer nenhuma loucura!” “Olha como a minha mão está trêmula e suando frio. Pega na minha mão para ver!” Vittorio se levanta, contorna a mesa, dobra-se sobre a cadeira e, de surpresa, tasca-lhe um beijo na boca. Ela esboça reação, mas a mão pára no ar, esquecida e suspensa, num resmungo que vira murmúrio suave e, finalmente, suspirado gemido de prazer. Selado o beijo, lábios sem cor, revira os olhos e diz num fio de voz: “Atrevido!” E, com o corpo mole e as pernas bambas, apóia-se nele, sorrindo. Cessam as perguntas sarcásticas, o sorriso irônico, os olhares de desdém. Na noite em que se sepulta a democracia nasce um namoro.

É quase infantil a ansiedade com que Vittorio anda de um lado para o outro diante do hangar, no Aeroporto da Pampulha. De tempos em tempos, olha para o céu azul sem nuvens, enquanto a brisa lhe assanha os cabelos e, adiante, levanta a poeira da pista. O piloto Brito Melo ergue os olhos do jornal e sorri ao ver a impaciência de Vittorio. O silêncio no vasto descampado é quebrado pelos ruídos metálicos do mecânico que trabalha no fundo do galpão. Um zumbido distante começa a ser ouvido. Com a mão em aba na testa, Vittorio perscruta o espaço aéreo tentando localizar sua origem. E um ponto refulgente surge no azul. "É ele!", grita. Brito Melo dobra o jornal, que põe sobre a cadeira, espreguiça-se e vai para a beira da pista. O ponto móvel cresce, o sol resplandece sobre ele e o zumbido fica mais nítido. É um avião amarelo, que faz a volta, se inclina e vem na direção do aeroporto. Toca a pista e avança dentro da nuvem de poeira, amarela como ele. Vittorio sorri como se chegasse um animal de estimação, um cão, um gato, quem sabe um cavalo. No fim da pista, retorna como um louva-a-deus amarelo, as patas dianteiras levantadas, arrastando a cauda no chão. Enfim, pára, o ronco silencia, a hélice deixa de girar, Vittorio e Brito Melo se aproximam, o piloto desembarca, cumprimentam-se. O mecânico chega até à porta do hangar e olha o Waco RNF, asa dupla, motor de 125 HP, fabricado pela Waco Aircraft Company, para tripulante e passageiro, com o qual Vittorio se presenteou.

Dessa manhã em diante, o avião ocupa todo o tempo do novo piloto. Nos dias claros, de céu limpo, nada nem ninguém o retêm em terra. A sensação de voar tem para ele o poder de recuperar o prazer lúdico da infância e, ao mesmo tempo, realizar a plenitude de potência ao alçar-se ao espaço sem asas próprias, tornando-se mais leve que o ar. A princípio, prefere sobrevoar a cidade, indo de um extremo ao outro, perfazendo seu contorno, ou o ribeirão Arrudas, com o prazer de reconhecer lugares que conhece de baixo. O ronco característico do avião amarelo começa a ser conhecido na cidade. Convidada várias vezes a voar, Berenice sempre recusa, alegando medo intransponível. Ao perceber que Vittorio tem mais prazer de estar no ar do que com ela, acorda um dia corajosa e se dispõe a acompanhá-lo. Sem deixar transparecer, vive momentos de pânico e de pavor, depois de medo, mas voando sempre perde até o medo, e se descontraindo acaba sentindo genuíno prazer em voar e passa a se divertir, tornando-se ótima companhia. Com ela, Vittorio se anima a ultrapassar as fronteiras da cidade, sem desafiar o limite da autonomia. Com o tempo, adquire completo domínio do avião e da navegação, o que o predispõe a novos desafios.

Envolvendo-se com pilotos, instrutores e mecânicos do Aeroclube, ouve falar dos irmãos Robba, dois italianos que, num Bleriot remanescente da Primeira Guerra Mundial, fazem proezas nos céus de São Paulo. Vittorio os procura. É recebido com entusiasmo. Os Robba não só lhe dão um curso de acrobacia como o apresentam a vários pilotos e aos comandantes Camargo e Pedroso, que disputam a mais bela passagem sob o Viaduto do Chá. Em meio a tanta gente corajosa, Vittorio se impressiona com Charles Astor, que salta de aviões com dispositivo feito de panos e cordames que lembram guarda-chuva, chamado de pára-quedas, e além de descer lentamente, pousa em pé. Embora impressionado, agradece a oferta de Astor para ensiná-lo a saltar.

Quando, de volta, começa a praticar acrobacias, Berenice, apavorada, se recusa a ir com ele, mas uma parte da população passa a assistir às estripulias aéreas. Seus vôos tornam-se um espetáculo para a cidade. Crianças, adolescentes e adultos interrompem o que estão fazendo e de olhos no céu, mão na boca ou no coração, vêem Vittorio levar o avião amarelo à posição vertical, igualando a força da gravidade, e praticamente parado no ar, dar uma guinada em mergulho direto, como se fosse chocar-se contra o chão, e pouco antes recuperar altitude — manobra que gosta de fazer sobre o Parque Municipal, o Cemitério do Bonfim ou a Praça Diogo de Vasconcelos. Motoristas encostam os carros, e de portas abertas apreciam as manobras; nas escolas, mal ouvem o ronco do motor, as crianças saem correndo para o pátio; no centro da cidade, pedestres afastam-se das copas das árvores; comerciantes chegam às portas das lojas. Assistem de respiração presa, e só voltam a respirar quando o avião amarelo torna a subir. Outra hora, parte de um ponto alto e desce em semicírculo até atingir lugar mais baixo, de onde, sempre em semicírculo, sobre novamente até o ponto de partida, descrevendo um círculo perfeito no ar. A manobra que tira o fôlego da cidade é quando, de um ponto alto, o avião entra girando na vertical descendente, numa espiral que parece sem controle, até que, numa altura perigosamente próxima do chão, recompõe-se. Sobre o leito da Avenida Afonso Pena, poucos metros acima das árvores, lá vai Vittorio voando de cabeça para baixo. Ou voa de lado entre os renques de palmeiras da Praça da Liberdade.

A população aplaude das janelas, acena com chapéus e lenços coloridos, joga beijos. Parte do prazer de Vittorio é manter-se incógnito: esquiva-se de curiosos, evita a imprensa, pede discrição aos funcionários do aeroporto e aos sócios do Aeroclube, deixando correr e até alimentando boatos de que o destemido piloto do avião amarelo é misterioso, excêntrico e esquisitão. Divertiu-se ao ouvir que o piloto do avião amarelo é um italiano maluco que vive em São Paulo. Empolgado, amadurece algumas idéias. Uma é ter alto-falantes no avião, pôr música no ar e fazê-lo dançar um balé aéreo. Outra é soltar fumaça, de modo que as trajetórias acrobáticas tracem desenhos no ar, ficando mais nítidas e por mais tempo para quem vê de baixo. A mais recente é ter pessoas equipadas com pára-quedas do Charles Astor fazendo malabarismos fora do avião. Nas noites e nos dias chuvosos, Vittorio se dedica a Berenice. Anda afastado da CSC, até que Sandoval o convoca para uma reunião urgente, fora do escritório, que acaba sendo na mansão.

"Você me desculpa, Vittorio, por vir importuná-lo em casa. A reunião é sigilosa; não podia ser no escritório, nem adiada. Você anda sumido, e eu não poderia ficar sozinho com o problema, nem tomaria uma atitude sem conversarmos. Do capital inicial da CSC, um terço para cada sócio, só eu e você integralizamos. O Eduardo, na verdade o pai dele, Dr. Felipe, que decide tudo, não entrou com a parte dele até hoje. A compra do terreno e os custos da obra, até o estágio atual, foram pagos com os nossos recursos. Eu sempre conversava com o Eduardo pedindo que depositasse a sua parte, sob pena de a obra parar. Ele dizia que o dinheiro estaria na conta da empresa amanhã ou depois, em três dias, na semana seguinte, no mês que vem, enfim, o dinheiro nunca entrou na empresa. E não faça essa cara de espanto, porque isso não é nada. Na semana passada, desisti de conversar com o Eduardo e procurei o Dr. Felipe diretamente. Ele me disse que não dispõe dos recursos, está numa situação difícil, porque as empresas que defende estão em crise e as ações movidas pelo seu escritório não têm sentença — não há recursos para pagar a propina exigida pelos juízes e desembargadores. Nessa situação, ele se viu obrigado a fazer o que fez. E sabe o que fez o Dr. Felipe? Vendeu mais de metade dos apartamentos do nosso prédio! Vendeu, Vittorio, com a assinatura do Eduardo, antes da obra ser concluída! Vendeu para os amigos desembargadores, juízes, empresários e políticos. E quando perguntei pelo dinheiro das vendas, ele disse: 'Que dinheiro? Não há dinheiro! Fui obrigado a pagar dívidas com os imóveis. A uns por sentenças favoráveis, a outros por favores políticos.' Depois de confessar tudo, disse que eu estava livre para exigir meus direitos. Apenas advertia, se eu ainda não soubesse, sobre os riscos de se reaver imóvel de um juiz ou um desembargador, que têm autoridade legal para me mandar prender ou levar à praça meus bens e os de minha família. Mais: os políticos e empresários iriam me aniquilar profissionalmente; trabalhar como engenheiro, só na Amazônia! E se acaso eu tornasse pública alguma coisa, ele se incumbiria pessoalmente de pôr chumbo na minha cruz. É isso. O que investi era tudo que tínhamos, meus pais, meus irmãos e eu. Agora, a quem recorrer? O que fazer?" Vittorio não consegue acreditar no que acaba de ouvir. Está zonzo, com ânsia de vômito, incapaz de pensar, sem ter o que dizer. Sandoval espera em silêncio, mordendo os lábios.

O desalento de Vittorio ultrapassa em muito o dinheiro envolvido. Inicialmente, tem manifestações físicas: náuseas, insônia, inapetência. Depois, transparece o estado de choque — mergulha num silêncio apático. E quando volta a conversar, descobre-se uma pessoa combalida, deprimida. É a primeira vez na vida que enfrenta a desonestidade e a indignidade, o desdém pela ética e pelos princípios, agravado pelo fato de ser cometido por um advogado respeitado, com idade para ser seu pai, com ampla influência política, pai de família preocupado com o futuro dos filhos, que está sempre nos jornais pontificando sobre a probidade pública, o respeito à lei e a revolta contra as injustiças sociais. Descobre agora que não é mais que um ladrão, um assaltante, um bandido. Dói-lhe, mais que a perda material, a descoberta do cinismo entranhado nas pessoas, que corrompe e degrada os valores, as palavras, a conduta. O deprimente é a descoberta de que as pessoas são uma coisa na aparência pública e outra na verdade. A simulação é um veneno letal para a vida social, descobre Vittorio, mas é uma criação humana e não há como ser extirpada — a aversão o leva a ter vergonha de ser homem, e chega a pensar em se isolar. Por mais que os amigos, ingênuos ou otimistas, tentem demovê-lo dessa avaliação, insistindo que se trata de caso isolado de um indivíduo sem caráter, o impacto calou fundo no sentimento de Vittorio sobre os homens. Entrega a causa a Raul com a recomendação de levá-la até o fim, sem acordos nem concessões, ciente de que será derrotado, pois sabe que as quadrilhas formadas por advogados, políticos, desembargadores e juízes são donas do país, a vontade delas é a lei, e a interpretação da lei é a sua vontade. Toda essa gente, avalia Vittorio, incapaz de mergulhar no fundo da terra para arrancar o ouro com as mãos, ou plantar e colher o alimento, ou pesquisar e fabricar o medicamento, vampiriza os que trabalham. Inventaram uma maneira de arrancar seus ganhos da boca de quem produz. Vivem de fantasiar as palavras para lhes trair o sentido, num malabarismo verbal que é pura retórica estéril, um teatro de testemunhas e provas, ritual solene, que engorda a burocracia com volumes e volumes de ficção inócua, pretendendo fazer crer que o processo é a catedral da justiça, quando não passa de uma maneira de esconder a verdade e a justiça para impor a vontade deles. Apesar de ciente de tudo isso, Vittorio faz questão de ver escritas, documentadas e assinadas, num volumoso processo, todas as fases das mentiras, das trapaças, do cinismo, do ritual usado para esconder os crimes e as injustiças que os beneficiam.

Com o abatimento, Vittorio se recolhe. Passa longo tempo sem voar e evita sair de casa. Berenice procura estar por perto, o que a obriga a freqüentar a mansão, atitude temerária para a reputação de moça de família, que não deve visitar homem que more sozinho. Ela toma cautelas para não se expor e tenta levar-lhe conforto. Com o passar do tempo, porém, vendo que Vittorio, além de pouco objetivo, é lento para reagir, Berenice sente que o peso daquela amargura lhe é opressivo. As conversas repisam variações sobre o tema da desonestidade, falta de ética, cinismo e desrespeito. Lamenta por ele não se sentar mais ao piano, não voar, não ouvir música, não ir mais ao cinema nem comentar livros. Começa a achar o clima asfixiante e o recolhimento de Vittorio excessivo. Afasta-se aos poucos. De três vezes na semana, passa a vê-lo duas, uma, até não aparecer mais. Vittorio aceita sem comentários a decisão de Berenice.

Rejeitado pela namorada, roubado como empresário, frustrado como engenheiro e lesado como cidadão que assiste ao endurecimento da ditadura Vargas, Vittorio volta a voar. A solidão do céu, com os homens à distância, o consola. Com o tempo, volta à leitura, a ouvir óperas e a tocar piano. Pela manhã, vai dar umas braçadas na piscina do Minas Tênis Clube, e se o desejo aperta, visita um dos discretos aconchegos remunerados que preserva. Nunca deixa de agradecer ao pai a providencial herança, sem a qual não imagina como seria a sua vida.

De tempos em tempos, Raul dá notícias da ação contra o Dr. Felipe Ermenegildo Santilli e seu filho Eduardo — que, aliás, não fala mais com Vittorio, sequer o cumprimenta, tendo fugido nas três vezes em que por acaso se cruzaram. Num encontro com Raul no Fórum, o Dr. Felipe lamenta que ele estivesse movendo aquela ação, que jamais será vitoriosa, mas poderá criar desconforto a expoentes do Judiciário, grandes conhecedores do Direito, a quem o país deve muito do saber jurídico. E anunciou a novidade: entrará com ação contra os dois sócios da CSC, que levaram seu filho à falência ao abandonarem a empresa sem cumprir compromissos contratuais, e por isso ela ficou impossibilitada de entregar a obra no prazo. Disse que seu filho está em dificuldades por causa de irresponsabilidade dos sócios, que, ao contrário de Eduardo, são pessoas de posses. Raul acrescenta: "Sandoval perdeu os bens da família e o pai, de tristeza, hoje é fiscal de obras da Prefeitura de Montes Claros, onde nasceu."

No 1º dia de setembro, explode como uma bomba a notícia de que a Alemanha invadiu a Polônia. Foi uma novidade, não uma surpresa. Depois do que aconteceu com a Áustria e a Tcheco-Eslováquia, deduzia-se que a Polônia seria a próxima vítima da voracidade nazista. Ao raiar o dia, os exércitos alemães transpuseram a fronteira polonesa e avançaram sobre Varsóvia. Aviões de guerra rugiram à cata de depósitos de munições, estradas de ferro, pontes e cidades desguarnecidas. Não foi preciso muito tempo para que os militares e a população civil polonesa sentissem o que poderia ser a guerra. Ao ler os jornais e ouvir os noticiários, Vittorio fica atônito com o poder de destruição que está nas mãos de um homem imprevisível, sequioso de poder e com sinistras teorias sobre a superioridade racial. Preocupa Vittorio também a ameaça que ele significa para a Europa, ainda mais aliado a Mussolini, o que deixa a Itália vulnerável e sua mãe em risco. Ele se pergunta: por que a França e a Inglaterra se omitem? Não vêem que Hitler e Mussolini crescem para cima dos mais fracos? No jornal do dia seguinte, Getúlio não esconde a satisfação com os ataques de Hitler: "Marchamos para um futuro diverso de tudo quanto conhecemos em matéria de organização econômica, política e social.

Passou a época dos liberalismos imprevidentes, das demagogias estéreis, dos personalismos inúteis e semeadores da desordem." O jornal lembra a simpatia de Vargas pelos nazistas. Não só Filinto Müller mandara oficiais fazerem estágio na Gestapo, a polícia secreta nazista, como o general Góes Monteiro participara de manobras do exército alemão. Quando os ingleses apreendem o navio *Siqueira Campos*, carregado de armas alemãs compradas para o Exército brasileiro, o general Góes Monteiro exige que o Brasil rompa relações com a Inglaterra. Getúlio, que dava uma no cravo e outra na ferradura, não concorda. Dois dias depois, como se respondessem à pergunta de Vittorio, a Inglaterra e a França acordam. Começa a Segunda Guerra Mundial.

Vittorio, como grande parte dos brasileiros, ouve os noticiários radiofônicos sobre o conflito na Europa e lê quatro jornais diários — a curiosidade sobre a guerra vira obsessão. Nos bares, cafés e restaurantes só se fala nisso. Assim como nos pontos de bonde, em barbeiros, oficinas mecânicas e nos clubes. Há pessoas estudando a geografia européia para entender o deslocamento das tropas; outras lêem sobre os armamentos e outras se dedicam às negociações entre os chanceleres. Surgem grandes discussões sobre o lado para o qual tenderá Stalin — e seu poderoso exército —, que não tem afinidades naturais com nenhum dos dois.

OS GRITOS DE ALGUNS ESPECTADORES EXIGINDO O INÍCIO DA AUDIÇÃO SÃO calados por outros. No escuro em que mergulha o teatro, um tênue círculo de luz desponta no centro do palco. A luz aumenta devagar, criando mágico efeito de aparição e, aos poucos, vislumbra-se Diva em pé, imóvel, vestida como Carmen — a operária da fábrica de fumo espanhola em 1820, estilizada na visão operística, desbotada e puída pelo uso. Logo a voz suave canta: *"L'amour est un oiseau rebelle / Que nul ne peut apprivoiser..."*

A área de luz se amplia, incluindo, à direita, o piano, e em seguida Ralph, que, surpreendido pela mudança da ária de abertura, rapidamente muda a partitura da estante —, e à esquerda, a *chaise longue*, a penteadeira e, ao fundo, a arara com figurinos. Aborrecido, com a nova partitura na estante, Ralph dá os acordes iniciais e passa a acompanhar Diva, que se move com sutis passos de dança cigana. Na cabine, Zé Bolero aciona cursores, que aumentam a intensidade da luz e ampliam a área iluminada. Da coxia, Orlanda, apreensiva, avalia o ânimo de Diva, que segue cantando: "*Et c'est bien en vain qu'on l'appelle, / S'il lui convient de refuser...*" Risos e vozes na platéia imitam os *trêmulos*, mas Diva continua impávida: "*Rien n'y fait; menace ou prière; / L'un parle bien, l'autre se tait: / Et c'est l'autre que je préfère, / Il n'a rien dit, mais il me plaît. / L'amour, l'amour, / L'amour est enfant de Bohême / Il n'a jamais, jamais connu de loi; / Si tu ne m'aimes pas, je t'aime; / Si je t'aime, prends garde à toi!*"

Risadas e agudos contaminam a platéia — o prefeito contém o riso. Um enérgico "shhh!" do padre Miguel exige silêncio. Diva segue: "*L'oiseau que tu croyais surprendre, / Battit de l'aile et s'envola, / L'amour est loin, tu peux l'attendre; / Tu ne l'attends plus, il est la' revient. Tout autour de toi, vite, vite /Il vient, s'en va, puis il revient... / Tu crois le tenir, il t'évite, / Tu crois l'éviter, il te tient. / L'amour, l'amour!*" Em agradecimento, Diva se curva para a frente, depois para a esquerda e para a direita. Da coxia, Orlanda observa, atenta; na cabine, Zé Bolero também. Diva esboça o gesto de indicar Ralph; ele se levanta, mas ela não o apresenta: "A ária que acabo de interpretar, conhecida como 'La Habanera', é da ópera *Carmen*." A platéia ri de Ralph; ele se senta, encabulado. Diva aplaude: "Nossos aplausos para..." Ralph se levanta outra vez e se curva, supondo ser a sua apresentação; a platéia ri ainda mais, ela segue: "... Georges Bizet, o autor desta linda ópera!" O público aplaude junto com Diva, há risos e vaias. Ralph percebe que o aplauso não é para ele; senta-se, desapontado. "Palmas também para Henry Meilhac e Ludovic Halévy, autores do libreto, baseado no romance de Prosper Mérimée. *Et vive la France!* A história de Carmen se passa na Espanha, mas foi a França que nos deu autores maravilhosos! Ah, a França! Berço da civilização! Templo da inteligência! Luz da cultura!" Na platéia, dona Betânia, a diretora do colégio, levanta-se, aplaude com entusiasmo, e numa emoção incontrolável grita: "Viva o conhecimento! Viva a cultura! Viva a arte! Viva o tio Nivaldo!" Crescem o entusiasmo e o volume das palmas. Diva agradece e prossegue: "Tudo que é francês é inteligente, sensível, delicado! Eu já me entreguei a um francês!" Espanto na coxia, susto na cabine, surpresa no piano, pasmo na platéia. Com ar evocativo, Diva se enleva, e Ralph, preocupado, dedilha leves acordes para lembrá-la da música que deveria cantar, segundo o roteiro. Ela não percebe e provoca: "Que *finesse*! Nós dois éramos seda deslizando sobre seda." Tentando adverti-la, Ralph move as sobrancelhas para Diva; ela ignora e segreda para o público: "Depois eu conto", e num tom jocoso: "Mas os franceses Meilhac, Halévy e Mérimée a esta hora devem estar no céu! Quem faz coisas bonitas não vai para o inferno!"

Diva pára, atônita. Parece procurar não na memória, mas nas circunstâncias, o que dizer: "Eles morreram há mais de cem anos!" Não sabe o que dizer: "A alma deles nem deve existir mais." O público observa, atento. Ela se anima como se tivesse achado o fio da meada: "Esta ária", e cantarola: '*L'amour est un oiseau rebelle...*'" Ralph se apressa a dar uns acordes para acompanhá-la, mas, em vez de pegar o embalo, ela silencia e o olha: "Não precisa de piano. Estou só lembrando a eles o que acabei de cantar!" Numa brusca mudança, vira-se para a platéia e cantarola: "'*Que nul ne peut apprivoiser...*' É francês. Quer dizer: o amor é um pássaro rebelde que ninguém pode prender. Lindo, não?" Ela devaneia — Ralph se mexe no banco, procurando Orlanda na coxia — e tenta uma familiaridade com a platéia: "Sabe, eu nunca entendi por que Maria não cantou a *Carmen* no palco! Pela gravação, seria um deslumbre!" Seu sorriso vira risada e em seguida gargalhada: "Quando perguntaram por que não cantava a Carmen, ela respondeu com uma anedota: 'Porque não sei dançar feito cigana.'" Diverte-se até que se dá conta: "Falei que Maria fez isso e falou aquilo, e não disse quem é Maria! Desculpe. Maria é a grande, a maior de todas as cantoras líricas de todos os tempos, a deusa Cecília Sofia Ana Maria Callas, conhecida no mundo inteiro como Maria Callas! Digo Maria pela nossa intimidade."

Enquanto Diva fala com a platéia, Ralph indaga de Orlanda, na coxia, com gestos discretos e um sobe-e-desce de sobrancelhas: "O que fazer? Ela se perdeu!" Orlanda pede calma, sugerindo que Diva voltará ao roteiro. "Maria é americana", continua Diva; "muita gente acha que é grega, mas ela nasceu em Nova York, no Fifth Avenue Hospital, no dia 3 de dezembro de 1923, três meses depois que a família emigrou da Grécia." De repente, súbita e densa nuvem de tristeza cobre o rosto de Diva. Ela baixa o tom, fala quase para si, ao mesmo tempo que parece pedir ajuda: "Depois da notícia que ouvi no rádio, não é fácil falar de Maria!" Para ouvir melhor, Zé Bolero enfia o rosto na pequena janela entre a cabine e a platéia. Ralph não percebe que Diva, perdida, precisa de ajuda, e com sutis acordes esboça a introdução da ária seguinte. Ela se irrita: "Pára! Pode parar! Não me obrigue a ir depressa! A notícia me desorientou!" O público se mexe nas cadeiras, parece intuir que a audição não vai bem. Diva se esforça para se organizar mentalmente, buscando saídas, até que se anima como se as tivesse encontrado: "É meio-dia quando Carmen canta essa ária, naquele sol quente e sensual de Sevilha!" Assume ares vagamente sensuais: "As operárias estão saindo para o almoço, e na praça em frente há um quartel." Pisca o olho, maliciosa. "Percebem? Operárias de um lado, a soldadesca do outro, e a praça vira uma loucura!" Ralph acompanha, atarantado. Diva se contorce e se acaricia de forma erótica: "Olhares, piscadas, gestos, um belisca, outro amassa, outro lambe, num clima de desejo e vontade de entrega!" Suspira, excitada: "Ah, os espanhóis! Eu já me entreguei a um espanhol." Zé Bolero se surpreende, Orlanda fica pasma, Ralph se espanta, o público se entreolha sem saber o que pensar, as gargalhadas ressoam. Com acordes longos, Ralph tenta adverti-la. Ela o provoca: "São *calientes* os espanhóis! Na cama, o espanhol é como um touro!" Ralph martela novos acordes, tentando cobrir sua voz. Ela pisca para a platéia: "Depois eu conto."

Diva se esforça para se lembrar da apresentação que repetiu em 93 cidades: "Ah, a Espanha! A Espanha é... é... é uma tourada! A hora do almoço naquela praça é uma fome! Uma vontade de comer! Vêm os tremores, suores brotam nas partes, escorrem pelo corpo, encharcam as roupas! De repente, ela irrompe na praça!" Diva sapateia, abre os braços em gesto amplo e se apresenta: "É Carmen!" Fala e desfila, exibe-se apresentando-se: "Morena, bonita, sensual, seios fartos arfando de desejo, boca vermelha de lábios carnudos, inocência selvagem no olhar. Uma rosa nos cabelos negros, roupa de operária, vistosa e provocante! Quando os soldados vêem aquela cigana deslumbrante, um monumento ao amor, formam um cortejo de soldaditos." Ela anda como se estivesse assediada por soldados imaginários: "*Jovencitos, mui hermosos, mui machitos*, que vão atrás dela suplicando..." Diva os imita: "Oh, Carmen! Responde, Carmencita! Diga que dia vai nos amar!" Ela narra e age como diz: "Carmen se volta, irônica e sedutora, as mãos na cintura, e diz: 'Quando os amarei? Isso eu não sei. Pode ser que nunca. Pode ser que amanhã.'" Volta a narrar: "Os homens reclamam, mas agora é o cabo Don José que surge do outro lado da praça. Nessa hora é que ela canta", Diva cantarola a ária, tentando dizer em português as palavras em francês, no original: "O amor... Um pássaro... rebelde... Ninguém... Aprisionar", mas desiste: "Em português não cabe na melodia. Vamos em francês, eu traduzo."

Num gesto típico, Diva pede a introdução. Supondo que seja, afinal, a hora da sua apresentação, Ralph se dobra para a frente num empenhado agradecimento. Concentrada, aguardando a introdução, ela não vê. O público ri. Ele se senta. Ela abre os olhos e, impaciente, vai até o piano. Ao mesmo tempo que sussurra sua irritação para Ralph, toca algumas notas, repetindo-as com a voz, como quem afina: "O que houve? Por que a orquestra não entrou? Eu fiz tudo direito, descrevi a cena, falei da praça, do sol, dos soldados, da cigana sensual, e na hora agá a orquestra não entra?! Assim não dá! Parece boicote! Por favor! Não posso me irritar no começo do recital. Ainda mais hoje, depois da notícia...!" Paciente, Ralph se recompõe e espera que ela recomece. De volta ao centro do palco, Diva diz, sorridente: "Foi só um acerto de tom. Já estamos afinados", e repete o gesto de pedir a introdução. Silêncio. Ralph não entende. Ela se irrita, sorri para o público: "Vocês merecem meu carinho, meu esforço e meu talento." Olha para Ralph. "Em respeito a vocês, vou passar por cima dessa...", mais baixo, "só pode ser sabotagem!"; alto de novo: "Por vocês, eu vou cantar. Não vai ser um...", baixo, "sabotador!", alto outra vez, "piano que vai me calar! Canto a capela, mas canto!" E num inesperado tom heróico: "Ninguém silencia uma artista como eu!" Olha desafiadoramente para Ralph. Ele entende, sorri, pronto para tocar. "Está rindo de quê?" Faz-se silêncio no palco; na platéia, um clima de apreensão.

"Então, como ia dizendo, naquela praça calorenta de Sevilha vem um monte de soldado de cá, um monte de operária de lá, e quando se encontram é aquela espanholada se pegando, se esfregando, a praça recendendo a suor e sexo, quando surge Carmen, a feiticeira do amor! Excitados e molhadinhos, os soldadinhos gritam:", ela imita o soldadinho sem perder a segunda intenção, de provocar Ralph: "'Carmen, eu quero te amar!', 'Carmencita, eu sonho com você todas as noites!', 'Carmen, que fêmea você é!' 'Carmen, quando você será minha?'" E, sem avisar o pianista, canta a capela: "*L'amour est un oiseau rebelle...*" Surpreendido, Ralph tenta acompanhá-la; ela o ignora: "*Que nul ne peut apprivoiser...*" Cala-se, tomada de súbito desânimo. Ralph interrompe a tentativa de acompanhá-la. Ela diz pausadamente: "Esse pássaro rebelde sempre escapa das mãos da gente. Você tenta segurar, faz tudo para não perder, mas se ele resolve voar, ficam só as penas com você. O amor sempre voa, voa, voa para longe de mim!" Ela vira as costas para a platéia e tira o dente solto da boca. Na platéia, mulheres ficam enternecidas; uma senhora sussurra ao ouvido da filha: "Está chorando, coitada!" Na coxia, Orlanda leva as mãos à cabeça; Zé Bolero se prepara para cumprir a fatídica ordem: 'numa emergência, apague todas as luzes', e Ralph, sem entender o que acontece, dedilha uma velha peça de Art Tatum para aliviar a melodramática expectativa. Cobrindo o rosto, Diva aperta o dente contra a gengiva. Antes de se virar para o público, encara Ralph, estranhando a música. Ele pára. Depois de curto silêncio, reinicia a introdução da outra ária. Na hora de entrar, Diva não canta. Ele recomeça a introdução. Ela não entra. Ele pára. Ela fala como quem decorou um texto:

"Boa noite. Antes de prosseguir, quero dizer que é um grande prazer estar aqui com vocês esta noite. Nós chegamos à cidade hoje, e mesmo nessa curta permanência deu para ver que Enterro..." Ralph dá um acorde, ela se corrige: "Deu para perceber que Aterro...", outro acorde, "Que Desterrado ...", o acorde forte deixa Diva atônita: "Enterrado...?" Ouvem-se gritos na platéia: "É Desterro, sua burra!" Ela explode com Ralph: "Pára de me pressionar com esse piano! Não me irrita no começo do recital! Você tem que me acompanhar, não me perseguir. Desse jeito, não consigo chegar ao final!" A platéia gargalha, grita, assobia, embora alguns, perplexos, não saibam se é mesmo assim a audição ou algo está dando errado. Zé Bolero mantém a mão pronta para dar o *blackout*, e Orlanda arranca os cabelos na coxia. Diva impõe limites: "Logo hoje! Estou por aqui! Não me azucrina, não!" Convencido de que Diva se afastou do roteiro e não consegue voltar, e que a audição naufraga irremediavelmente, Ralph se pergunta o que fazer. Prosseguir tentando reconduzi-la ao roteiro? Interromper, apagar a luz e recomeçar? Cancelar a apresentação?

Depois de um silêncio, Diva se dirige ao público: "Eu sempre canto as árias na ordem cronológica: primeiro *La Traviata*, que é de 1853, depois *Tristão e Isolda*, que é de 1865, e por último a *Carmen*, que é de 1875." Olha para Ralph: "Só que hoje, nesta cidade, nesta audição, eu resolvi mudar! E abri com a *Carmen*. Eu lá tenho compromisso com datas! Mas com o prussiano ali tem que ser na ordem rigorosa, a ferro e fogo, sem vaselina! Fiz do jeito que ele gosta duzentas e doze vezes, em noventa e três cidades. Quis fazer só uma vez diferente! Depois da notícia que ouvi no rádio esta madrugada, achei que me sentiria melhor se começasse com a *Habanera*. Se fosse a ópera inteira, que ninguém entenderia se começasse pelo terceiro ato, até compreenderia o rigor. Mas num recital, para um público que não tem a menor idéia do que seja uma ópera!" Protestos e vaias na platéia: "Eu tenho idéia, sim, senhora!" "É cacarejo!" "É uma bosta!" "Baixa o topete, galinha-d'angola!" "Ópera é de operária!" Diva tenta consertar: "Eu não me referi a vocês de Desterro, gente culta, acostumada. Pensei nas outras cidades onde estivemos." A Ralph, o bode expiatório: "Além do mais, fui eu que fiz o roteiro, eu escolhi as óperas, eu escolhi as árias, até você fui eu que escolhi! Eu canto na ordem que bem entender, e ponto final!"

Ralph acha que ela tomou as rédeas da situação e voltará ao roteiro. Ela fecha os olhos, respira, ofegante, e balança o corpo sutilmente de um lado para o outro, sem sair do lugar. Ralph entende que é melhor suspender a audição e começa a juntar as partituras. Na coxia, Orlanda pede com gestos que tenha paciência, que fique um pouco mais. Diva vai até ao piano e, humilde, sussurra: "Eles estão impacientes! Vamos trabalhar! Está difícil, mas eu vou conseguir. Me ajuda!" Ralph assente e retorna ao piano. De volta ao meio do palco, ela fala como quem decorou:

"Boa noite. Antes de prosseguir, quero dizer que é um prazer estar aqui com vocês esta noite. Nós chegamos à cidade hoje, e mesmo nessa curta permanência deu para ver que a cidade de vocês é um encanto e a população, acolhedora. A pracinha em frente ao hotel...", hesita, "é a mesma em frente ao teatro?" Procura confirmação em Ralph, que nega. "Não, não, o hotel fica na outra praça, em frente à rodoviária!" Vozes da platéia: "Só se for na sua terra!" "A galinha é burra ou é doida?" Ela continua: "A pracinha aqui, em frente ao teatro, é linda e bem cuidada! Vocês estão de parabéns! Vindo para o teatro, nós passamos pelo cemitério: que encanto! Vocês cuidam tão bem dos mortos quanto dos vivos!" Na coxia, Orlanda reza de olhos fechados; Ralph enxuga o suor do rosto com o lenço; na cabine, Zé Bolero se senta com os pés sobre a mesa e lustra o boné da Aeronáutica; na platéia, dois casais se levantam e vão embora; no palco, ela continua: "Outra coisa de que gostei aqui: as pessoas me reconhecem, comentam entre elas, mas não me incomodam. Cumprimentam com educação a uma distância respeitosa. Como isso é civilizado! No Rio de Janeiro, basta pôr o pé fora de casa e os admiradores me cercam, querem autógrafos, querem fazer perguntas, tocar em mim, me dar presentes! Imagino o que significa para eles verem-se diante da maior soprano do Brasil! Entendo que é a maneira que têm de demonstrar carinho pela artista que amam. Mas tem horas que, sinceramente, é um desespero! Não me deixam em paz um segundo! Eu me pergunto por que minha vida tem que pertencer a todos? A imprensa, então, a cada passo quer fotografar! Pedem aceno, sorriso, beijo para as câmeras! Uma frase que eu diga, sobre o pôr-do-sol, o charme de um cantor, o sapato que uso, o restaurante que freqüento, até o prato que pedi: tudo é notícia! E o público devora. Um jornalista disse que estrela não tem direito à privacidade. Mas é preciso limite. Nisso, sou parecida com o grande Caruso: detesto ser tratada como celebridade! Não quero me chatear o tempo todo. Meu trabalho depende de equilíbrio emocional. Maria dizia que a voz sai das entranhas, da alma. Só com alma leve posso oferecer a vocês o dom que Deus me deu, não para meu prazer solitário, mas para encantar o mundo. Os que foram nos receber no hotel, espero que entendam que se evitei falar foi para poupar a voz. Dia de apresentação é dia de silêncio absoluto." Ralph arranca os poucos fios de cabelo que lhe restam. Orlanda continua rezando e suando frio.

"A essa altura, vocês devem estar se perguntando o que uma artista como eu está fazendo aqui. Sendo uma cantora, deveria estar aqui para cantar. Acontece que eu sou uma cantora que tem compromisso cultural. Daí esse 'Grande Recital Operístico e Conversações Instrutivas sobre a Arte e a Vida dos Artistas'. Como disse ao prefeito — está lembrado, prefeito? —, minha audição não é apenas chegar e cantar. Tem a parte cultural, em que eu conto a história das grandes óperas, a vida dos compositores, dos cantores e das cantoras. São coisas que aprendi estudando, trabalhando e viajando, ao longo de uma vida dedicada à música. Assim como umas pessoas doam um órgão ou outro, eu doei a minha vida inteira ao canto lírico! Pode não parecer, com esse meu jeito espontâneo, mas eu sou uma batalhadora da cultura! Cada segundo da minha vida é dedicado à cultura. E a cultura é um mundo de coisas. A ópera é cultura, a música é cultura, a poesia é cultura, o romance é cultura, a filosofia é cultura, o teatro é cultura, a comida é cultura, a feijoada, que você comeu ontem ou vai comer amanhã, é cultura, a conversa de bar é cultura, pescaria é cultura, mentira é cultura, sacanagem é cultura, roubar é cultura, comer carne de porco é cultura, usar batom é cultura, não usar também é cultura, estar aqui me ouvindo é cultura, rir é cultura, chorar também é cultura, a política é cultura, viver é cultura, qualquer besteira que eu disser aqui é cultura, qualquer coisa que vocês pensarem aí é cultura, o cacete é cultura, o rabo suarento da mulher do prefeito é cultura, até o meu saco cheio, aqui e agora, é cultura!"

Aparvalhado, Ralph dá fortes acordes de advertência. Orlanda sai do palco às pressas e, pelos fundos, contorna o teatro. Assustada, Diva leva a mão à boca e confere a firmeza do dente; vira-se de costas e aperta-o mais na gengiva. Ralph ergue-se para olhar, e ela, refeita, reage: "Senta!" Pelo movimento do volume na bochecha, vê-se que a língua apalpa e aperta o dente frouxo: "A intenção, quando criei esse 'Grande Recital Operístico e Conversações Instrutivas sobre a Arte e a Vida dos Artistas', era combater a ignorância. É uma campanha de um Dom Quixote! Aliás, o juiz de uma cidade me chamou de Dom Quixote de saias!" Ralph volta a arrumar as partituras. "Desbravar esse interior brabo com um 'Grande Recital Operístico e Conversações Instrutivas sobre a Arte e a Vida dos Artistas' é uma chance de fazer com que os botocudos elevem o espírito através da arte. É digno de um general Rondon. Aliás, o prefeito de uma cidade me chamou de general Rondon de saias! Eu ofereço o canto lírico como opção para vocês tirarem o olho do dinheiro, do sexo e da novela!" Orlanda entra na cabine de luz. Ouve-se um estrondo. Diva se assusta. Orlanda e Zé Bolero procuram a origem: Ralph acaba de bater a tampa do piano — outro sinal para Zé Bolero apagar as luzes, mas Orlanda segura sua mão. Ralph vai saindo do palco levando as partituras. Numa mudança brusca de atitude, Diva avança, insinuante, na direção dele, olhando-o firme nos olhos, e murmura: "Pelo amor de Deus, não me deixa aqui sozinha!" E num tom alto e animado: "Voltemos à *Carmen*!" Sem saber o que fazer, Ralph volta ao piano. Na cabine, Orlanda e Zé Bolero torcem:

"Morena, bonita, sensual, seios fartos, arfando de desejo, a boca vermelha de lábios carnudos e no olhar uma inocência selvagem", Diva contorna o piano de olhos fixos em Ralph. "Os homens não lhe resistem, mas eles não entendem Carmen. Ela tem o pavio curto, mas não tem ódio de ninguém, ama a liberdade, só quer fazer o que lhe dá na telha. Don José jamais a entenderá, porque Carmen", ela tira a flor do cabelo e joga aos pés de Ralph, "escolhe, não é escolhida", cantarola: "'*L'amour, l'amour... L'amour est enfant de Bohème... Il n'a jamais connu de loi... si tu ne m'aimes pas, je t'aime... si je t'aime, prends garde à toi*'", e recita: "Se eu te amo, cuida bem de ti." Olha Ralph nos olhos: "Sabe o que ela quer dizer? Que é para você se cuidar, se preservar. Mas também pode ser: cuidado! Se eu te amo, posso te devorar!" Diva se diverte. "Comigo também é assim: dou tudo e quero tudo", pega a flor no chão, "mas só levo fora!" Ela ajeita as roupas, concentra-se: "Don José, o cabo da PM, quando pegou a flor, mostrou que tem mais sensibilidade que muito artista! Ele entende a intenção dela e se apaixona. E canta uma ária que diz: 'Se existem feiticeiras', faz um gesto auto-referente, 'esta jovem é uma delas!' Depois, numa briga, Carmen dá uma navalhada no rosto de outra operária. É denunciada, e quem vem prendê-la? Don José, o cabo da PM! De mãos amarradas, é levada à prisão. Mas Carmen usa suas armas e, mesmo amarrada, sabe seduzir." Com as mãos para trás, Diva gira, sedutora, à volta de um imaginário Don José, e recita, sussurrando como se fosse Carmen: 'Deixe-me escapar. Tu farás o que te peço. Tu o farás porque me amas. Sim, tu me amas', e conta: "Don José a proíbe de continuar falando. Então...", narra com a intenção e as atitudes de Carmen, "ela diz que está sem namorado e o convida para ir à casa do seu amigo Lillas Pastia", e num aparte malicioso ao público, "uma taberna na saída da cidade", mais insinuante, "para beber manzanilha, dançar a seguidilha e, quem sabe, *unas cositas más*..." Ralph ataca a introdução, Diva canta como Carmen e, sedutora, dança para o imaginário Don José: "*Près des remparts de Séville / Chez mon ami Lillas Pastia / J'irai danser la séguedille / Boire du Manzanilla / J'irai chez mon ami Lillas Pastia. / Oui, mais toute seule on s'ennuie / Et les vrais plaisirs sont à deux...*" Orlanda e Zé Bolero se abraçam: "Ela conseguiu! Conseguiu!"

Mal acaba de cantar para uma platéia perplexa, que não entende quase nada, Diva continua a história: "Presa, as mãos amarradas, Carmen diz que seu coração é livre como o ar e pouca coisa basta para deixá-la feliz. Como Don José não cede, ela joga ao vento: 'Quem quer a minha alma? Está disponível. Quem quiser me amar, eu amarei.'" Diva ironiza: "Sutil, a oferecida!" Depois de rir do que acaba de dizer: "O pobre cabo perde o juízo. Carmen sabe tudo dos homens! Eu é que não sei nada deles!" Suspira: "Mas quando o inseguro Don José manda aquele demônio de saias calar a boca, Carmen diz:", e Diva aproveita para provocar Ralph, "'Estou pensando. Não é proibido pensar. Penso em certo oficial que me ama e que, de minha parte, eu poderia muito bem amar.'" "Foi o quanto bastou", conta Diva, "para o cabo José soltá-la e se complicar com a PM: passou um mês na cadeia!" A platéia acha graça. "E quando sai, corre, apaixonado, para a taberna do Lillas Pastia. Carmen o recebe com festa. Mas, de repente, ele ouve o toque de recolher e tem que ir embora imediatamente. Ela tenta retê-lo, mas ele insiste em ir. Aí, ela se descontrola", Diva atira a flor em Ralph, "e joga o quepe e o sabre em cima dele, gritando: 'Volta para o seu quartel, seu merda!'" Parte da platéia se ruboriza, parte se diverte. Diva reconsidera: "Desculpe. Na verdade, ela disse 'medroso'. Meu Deus, como eu sou igual à Carmen! Fico arrepiada quando penso que ela é uma personagem, não uma pessoa! Essa situação, onde tudo está bem...", olha para Ralph, "ela canta e dança para ele e, de repente, por uma besteira, o céu escurece de uma vez, ela arma a maior confusão e acaba com tudo num segundo! Isto é euzinha aqui, cuspida e escarrada. Como eu já fiz isso na vida! Ponho tudo a perder entre um tic e um tac! Eu me lembro de um sujeito que dizia me amar — era casado, o bandido!" Parte da platéia se diverte. "Quer dizer, estava naquela de separa-não-separa. A gente estava conversando em casa e, de repente, parece que ele ouvia o toque de recolher da esposa, e saía apavorado." A platéia gargalha. "Contava uma mentira esfarrapada para mim, e com certeza outra, mais esfarrapada, para ela." Palmas na platéia. "Eu ficava possessa! Tinha escolhido ficar com ele e, de repente, estava sozinha. Eu me sentia abandonada, traída. Agüentei por uns tempos, até que uma noite, quando ele se apressou para ir embora e começou a contar a mentira mais descarada. não agüentei e danei a dar travesseiradas nele." A platéia delira. "Botei porta afora, xingando até a quinta geração. Ele recuava apavorado, com os sapatos na mão e as calças nos pés, pedindo calma para não acordar os vizinhos. Joguei a camisa pela janela e gritei: 'Não me apareça mais, seu filho da...'" Ralph dá fortes acordes de advertência e ouvem-se aplausos delirantes da platéia. Ela se cala. "Mas eu entendo a Carmen. Sinto o que ela sente. É por isso que canto bem essa ópera! Se o mundo fosse mais justo, eu deveria estar cantando no Theatro Municipal do Rio de Janeiro ou de São Paulo. Mas depois da notícia que ouvi, não acredito mais em justiça. Não acredito mais em nada!" Ela pega a flor no chão:

"Mesmo posto porta afora, Don José declara seu amor a Carmen. Mas para não ser um desertor, ele tem que obedecer ao chamado dos clarins. Quando vai saindo, surge um oficial, também interessado em Carmen. Enciumado, o cabo decide ficar. O tempo esquenta. Carmen chama os amigos, ladrões e contrabandistas, que prendem o oficial. O pobre cabo José não só virou desertor como desacatou o superior. Quando Carmen pergunta 'É dos nossos agora?', ele responde: 'Não tenho outro remédio.' Gritam na platéia: "É o sargento Barbosa!" Após as gargalhadas, o piano dá a introdução, Diva continua: "Carmen então canta para ele: '*Ah! Le mot n'est pas galant! / Mais qu'import! Va... tu t'y feras / Quand tu verras / Comme c'est beau, la vie errante, / Pour pays l'univers, et pour loi la volonté! Et sourtout, la chose enivrante: / La liberté! La liberté...*'"

Na cabine, Orlanda e Zé Bolero se abraçam por mais uma ária que ela consegue cantar; ele aproveita para roubar um beijo; ela o estapeia, furiosa. No palco, Diva ironiza: "Como é boa a vida errante! Por pátria, o universo, por lei, a vontade! E, sobretudo, a coisa inebriante, a liberdade! A liberdade! Há dois anos estou nessa vida errante! Já ando por aqui! Liberdade inebriante! Ando mais que inebriada, estou de porre com essa liberdade para cantar em 94 cidades, em 315 cidades, em 2.000 cidades, em um milhão de cidades! De que me serve ser livre para escolher entre Cabrobó, Grotão e Santo Antônio das Antas, se onde quero cantar não me deixam abrir a boca! E tudo que eu queria era cantar! Encantar as pessoas, sem precisar ficar viajando nessas estradas poeirentas, dormir em espeluncas, comer prato feito de madrugada!" E após um silêncio: "Às vezes, eu me pergunto por que virei artista. Por que eu trouxe a minha vida para um lugar que poderia ser alegre e feliz, e ficou feio e triste? Não sei responder. Tudo começou tão cedo que nunca me imaginei fazendo outra coisa. Eu era criança..." Ralph dá acordes da próxima ária: "Minha vida não tem importância. Depois da notícia que ouvi hoje, tenho até vergonha." Na cabine, Zé Bolero pergunta a Orlanda: "Que porra de notícia é essa?" "Olha o palavrão, boca suja! Não sei, não sei que diabo de notícia é essa!" Diva continua: "Nunca me aconteceu nada extraordinário como aconteceu com Carmen, com Violeta e com Isolda: nenhuma grande tragédia, nenhuma grande paixão, nenhum grande crime. Só os pequenos pecados, medíocres, sem sangue nem dor, migalhas do cotidiano. Não fui revolucionária, nem espalhei a bondade pelo mundo como uma religiosa. Nem nisso tive grandeza. Que pena!" Em silêncio, seu corpo balança para a frente e para trás enquanto parece ausente, num longo devaneio. Depois murmura: "Aquela notícia, sabe, me arrasou, me destruiu!" Ralph repete os acordes da ária seguinte, *Toréador en Garde*, que trazem Diva de volta à audição:

"Carmen se apaixona pelo toureiro Escamillo e se afasta de Don José. Numa tarde de tourada, a multidão aplaude o belo Escamillo que, vestido de dourado, segue para a arena e ali, diante de todos, declara seu amor a Carmen, e ela retribui, feliz. Envenenado pelo ciúme, Don José espia, oculto na multidão. Ele deixou a PM e virou bandido. Quando a praça se esvazia, Carmen o surpreende. Ele suplica para que comecem vida nova longe dali. Mas, para ela, tudo acabou. Ele pergunta: 'Então, não me ama mais?'" O piano entra. "E Carmen canta para ele: *'Non! Je ne t'aime plus!'*" E sobre a melodia original dada pelo piano, Diva recita em português os versos de Don José: "Mas eu, Carmen... Eu ainda te amo, / Carmen, ai de mim! Eu te adoro!" E canta em francês os versos de Carmen: "*'À quoi bon tout cela? Que des mots superflus!'* 'Carmen, eu te amo, eu te adoro / Está bem! Se for preciso, para te agradar, / Permanecerei bandido... tudo o que quiseres... / Tudo, estás me escutando...? / Mas não me abandones, ó minha Carmen / Lembra-te do passado?! / Nós nos amávamos antes! / Ah, não me abandone, Carmen. Não me abandone.' '*Jamais Carmen ne cédera! / Libre elle est née et libre elle mourra!*'" Diva narra: "Dentro da arena a multidão grita: 'Escamillo atingiu o touro!'", e noutro tom recita os versos do coro: "'Viva! Viva! A tourada está linda! / Viva! Viva! O touro corre sangrando sobre a areia! / Vejam! Vejam! O touro que estão espicaçando salta! / Viva! Viva! Foi atingido no meio do coração! / Vitória! Vitória!'" Diva dá um passo e um imaginário Don José se posta à sua frente: "'Onde vais?' Carmen pede: '*Laisse-moi.*' 'Este homem que aclamam / É o teu novo amante!' '*Laisse-moi.*' 'Por minha alma / Tu não passarás / Carmen, é a mim que seguirás!' '*Laisse-moi, Don José, je ne te suivrai pas.*' 'Tu vais encontrá-lo, diz... Então, tu o amas?' / '*Je l'aime, / Je l'aime, et devant la mort même, / Je répéterai que je l'aime!*'" "De dentro da arena, a multidão continua gritando: 'Viva! Viva! A tourada está linda! / Viva! Viva! O touro corre sangrando sobre a areia! / Vejam! Vejam! O touro que estão espicaçando salta! / Viva! Viva! Foi atingido no meio do coração! / Vitória! Vitória!' 'Assim, a salvação de minha alma / Eu a terei perdido para que tu / Para que tu vás, infame / Entre seus braços rir de mim! / Não, pelo meu sangue, tu não irás! / Carmen, é a mim que seguirás!' '*Non, non! Jamais!*' 'Estou cansado de te ameaçar.' '*Eh, bien! Frappe-moi donc, ou laisse-moi passer.*' Na arena, a multidão grita: 'Vitória! Vitória!' 'Pela última vez, demônio, / Queres me seguir?' '*Non, non! / Cette bague, autrefois, tu me l'avais donnée...*' Ela atira o anel longe: '*Tiens!*' 'Pois bem, maldita!' Don José a apunhala." Diva se contorce como se fosse apunhalada pelo imaginário Don José. Cai lentamente e finge morrer. Ralph ataca o *Toréador en Garde.*

É UM PODEROSO IMPACTO O ATAQUE DE SURPRESA DA AVIAÇÃO JAPONESA À base militar americana de Pearl Harbor. Com a invasão da URSS pela Alemanha seis meses antes, o conflito ganha dimensão global. No quadro de guerra mundial, a avalanche de acontecimentos e o estupor causado pela barbárie ganham tal importância para Vittorio, que elidem as questões pessoais e tornam o cotidiano prosaico. Quando soa o alarme da sobrevivência de milhões de pessoas e a destruição de valores fundamentais para a convivência social e a própria civilização, desejos pessoais são adiados e os sonhos esquecidos em nome da emergência. As atenções se voltam para as vidas desperdiçadas e as alternativas políticas que possam poupá-las: Vittorio não se afasta do rádio e lê vários jornais por dia. As preocupações com Giulia o atormentam. Vive atrás de jornais italianos e franceses para ter notícias mais precisas. Os correios recusam cartas para a Itália, e Giulia mantém incompreensível silêncio. Vittorio recorre às missas: encomenda-as quase todo dia à Capela do Sagrado Coração — e assiste a várias. Quando se encontra com Raul, Vicente e Pedro, eles não falam de outra coisa. Mulheres, namoradas e boemia vão para o segundo plano. Até mesmo os vôos sobre a cidade ficam raros.

A alteração do quadro internacional com a súbita entrada dos Estados Unidos na guerra muda a atitude brasileira em relação ao conflito e dá uma revirada no jogo político interno: os favoráveis à neutralidade perdem terreno. Na urgência de guerra, os americanos precisam utilizar os portos e aeroportos do Norte e do Nordeste do Brasil, fundamentais à defesa do continente. Getúlio Vargas retarda sua definição. Se já flertava com Hitler, agora pisca o olho também para os Estados Unidos. A aflitiva ambigüidade tem diferentes avaliações. Para Pedro, Getúlio é um nazista de coração, mas está inibido pela pressão dos Estados Unidos, de quem o Brasil depende. Vicente, que considera Vargas um populista habilidoso, acha que ele adia a definição para ver quem lhe dará mais ganhos econômicos que viabilizem a industrialização do país e fortaleçam sua posição interna. Raul acha que a defesa da democracia, implícita na aliança com os americanos, põe em xeque o Estado Novo: ele busca uma saída honrosa para o impasse de se manter um ditador e, externamente, defender a democracia. Dividido por ser cidadão inglês e italiano, além de brasileiro, Vittorio está convencido de que o Brasil tem que se aliar aos americanos, e condena o oportunismo político de Getúlio de querer arrancar vantagens comerciais no momento em que populações inteiras estão ameaçadas de ambos ao lados — e não pensa só em sua mãe, que, no coração da guerra, o deixa apreensivo. Com visões distintas, em todo encontro os amigos discutem de forma apaixonada. Ninguém é indiferente à guerra, só Getúlio cozinha a definição em banho-maria.

Eis que o inesperado precipita o previsível: cinco navios mercantes brasileiros são traiçoeiramente torpedeados na costa, deixando 652 mortos. Assustada e indignada, a população pede nas ruas que o Brasil entre na guerra — Vittorio e Raul voam para o Distrito Federal e, no meio da multidão, exigem que Vargas se defina contra o eixo Roma-Berlim-Tóquio. O presidente americano, Franklin Roosevelt, condiciona o apoio econômico pretendido por Vargas à participação direta do Brasil nas operações militares e, diante das manifestações favoráveis nas ruas, reforça a simpatia pela causa americana com a política de Boa Vizinhança: artistas americanos se apresentam no Cassino da Urca e brasileiros ganham oportunidades nos Estados Unidos. Getúlio mantém-se impávido colosso.

Só depois que Roosevelt garante os recursos para a instalação da Companhia Siderúrgica de Volta Redonda é que o Brasil rompe com o Eixo, e Getúlio declara: "Diante dos atos de guerra contra a nossa soberania, foi reconhecida a situação de beligerância entre o Brasil e as nações agressoras, Alemanha e Itália." E assina acordo no qual se compromete a fornecer matéria-prima para o esforço de guerra. O general Góes Monteiro visita os Estados Unidos e volta encantado com os estúdios Disney.

O navio mercante brasileiro *Cairu* navega à noite e, perto do destino, o porto de Nova York, é torpedeado por submarinos alemães. A tripulação abandona o barco, os alemães insistem no ataque, o navio se parte em dois. Na noite escura, de mar revolto e águas geladas, morre mais da metade da tripulação. Congelados, sobreviventes e mortos vão dar na costa americana. A matança de civis leva o povo do Rio de Janeiro às ruas — de novo Vittorio e Raul voam para o Distrito Federal —, exigindo que o Brasil entre na guerra, pois tornou-se neutro atacado. Inflamados, os discursos incitam os manifestantes, que, enfurecidos, depredam e saqueiam casas comerciais e residências de imigrantes alemães. Vittorio e Raul tentam impedir, mas são atropelados pela massa. Vittorio sente o clima hostil também contra os italianos.

Tudo sugere calma atrás das montanhas. Em Belo Horizonte, progresso é valor apenas em base material, que não inclui mudanças de atitude nem avanços políticos. Convidado para a inauguração da Cidade Industrial, Vittorio conversa com alguns dos presentes sobre a situação internacional, e confirma a omissão, maquiada de pacifismo, incapaz de perceber que uma guerra polarizada não admite neutralidade. E reconhece, entre as autoridades que descerram placas e fazem discursos, o Dr. Felipe Ermenegildo de Santilli, para ele um ladrão infame, que roubou a esperança de um jovem e, cinicamente, fala na grandeza de Tiradentes, em compromisso com a liberdade, altivez das montanhas, sabedoria política, tradição da família e riqueza moral. Enojado, Vittorio deixa a recepção.

Raul sai do escritório para breve almoço na casa do amigo. Entre outros assuntos, Vittorio narra a situação que nunca vivera, criada pela guerra. A dificuldade de cruzar o Atlântico interrompeu a exportação de ouro, e a Europa, o maior mercado mundial, está mais interessada em sobreviver do que em comprar ouro. Com isso, seus rendimentos vêm caindo nos últimos anos. Não há riscos nem ameaças, mas é preciso dedicar atenção à questão. Não se sabe quanto tempo duram a guerra e as restrições ao comércio do ouro. E mesmo com a paz, os investimentos públicos para a reconstrução exigirão altos impostos justamente de quem compra ouro. Enfim, pairam incertezas sobre o futuro. Em inesperada associação de idéias, Vittorio indaga: "Como anda a ação contra o Dr. Felipe?" "Há poucos dias, o Sandoval me procurou", responde Raul, "com a mesma pergunta. Está deprimido porque as perdas com a construtora levaram a família à falência. Expliquei a ele, e repito a você: foi feito tudo o que cabia no caso. Passei dias fundamentando a argumentação, reunindo os documentos etc. Agora, é aguardar o andamento do processo." "Quanto tempo estima?" "Não menos que dez, doze anos." Vittorio reage, incrédulo. "Isso mesmo. Depois você avalia se com essa lentidão é possível falar em justiça. E não é só: nós vamos perder. O Dr. Felipe vendeu apartamentos a juízes e desembargadores de quem compra sentenças favoráveis. Por que dariam sentenças contrárias a eles próprios e ao Dr. Felipe, que lhes garante belas propinas? Não darão. Talvez por isso o processo até ande depressa. Mas é melhor esquecer. Nós combinamos que eu faria tudo dentro da lei para termos o processo como uma relíquia do judiciário brasileiro. Não espere mais que uma relíquia." Ainda almoçam quando Pedro surge, trazendo três pequenas garrafas com um líquido escuro para que eles provem: "A pausa que refresca!", anuncia, e volta da cozinha com a bebida nos copos. Bebem desconfiados e reclamam do gosto de sabão. Pedro explica que é um novo refresco, chamado Coca-Cola.

Vestidos a rigor, Vittorio, Pedro e Vicente vão à *première* de inauguração do Cine Metrópole, com a presença do governador Benedito Valadares. Com poltronas estofadas, sob as quais uma cumbuca de ferro sopra um vento frio nas pernas dos espectadores, é anunciado como o primeiro com ar-refrigerado. Antes de iniciar a sessão, tocam "Jalousie!" e em seguida assistem a *Tudo isso e o céu também*, com Charles Boyer e Bette Davis. Na volta do cinema, Vittorio se depara com uma surpresa inimaginável, que causa grande impacto: nos muros da mansão foram pintadas enormes suásticas pretas, e em letras vermelhas escreveram "Morte aos fascistas!" O portão tinha sido arrombado, bancos dos jardins quebrados, na fachada da casa, mais suásticas, palavrões, ameaças de morte. Portas arrombadas, vidros e espelhos quebrados, móveis destruídos, o piano atacado a golpes de machado, quadros rasgados à faca. Estarrecido com a violência, Vittorio vai dar na cozinha, onde Mrs. Austin e as empregadas choram, trêmulas, assustadas com as ameaças e a truculência. Vittorio chama o médico para atendê-las, e diante do piano não contém as lágrimas, menos pelas perdas do que pelo que considera uma terrível injustiça — a de considerá-lo fascista. Aprende na carne até onde vão a discriminação, a estupidez e o poder destrutivo da inconsciência política. Não registra queixa, não informa a imprensa, pede aos empregados que não comentem, e silencia — exceto para os três amigos, que discordam, mas compreendem a atitude. Os consertos da casa são ultimados, assim como a restauração de quadros e obras de arte.

Um jantar íntimo celebra a recuperação da mansão. Além dos três amigos, estão presentes Natália, funcionária pública de Juiz de Fora transferida para a capital, a nova namorada de Pedro, e Juliana, paulista de ascendência italiana, que, para surpresa do mundo, é a primeira namorada conhecida de Raul. Depois de tanta violência, Vittorio está contente o bastante para enfrentar com bom humor a perplexidade das duas noviças com a velha novidade de ser lindo e não ter namorada, ser rico e viver sozinho, ser culto e ser amigo de Pedro e Raul, "e Vicente, que é médico!", completa Pedro. Por intermédio de Natália, Vittorio fica sabendo que desde o início do ano os funcionários públicos têm descontados em folha 3% do salário em bônus de guerra, que rendem 6% ao ano, pagos por semestre. A certa altura, Juliana se senta ao piano e mostra que a melodia do recente sucesso musical *"Oh, Minas Gerais! Oh, Minas Gerais! / Quem te conhece não esquece jamais!"* é plágio da canção italiana "Viene Sul Maré".

Dias depois, Vittorio vê nos muros cartazes com grandes letras: "Alerta!", tendo ao fundo aviões em céu noturno e bombas iluminadas caindo sobre a cidade, que arde em chamas vermelhas, indicando o Catecismo da Defesa Civil Passiva Antiaérea — vôos esportivos e de lazer passam a ter restrições, e Vittorio perde sua diversão. Aparecem vários cartazes, inclusive um com a lagarta de um tanque, onde se lê "Bônus de Guerra: Ajude a esmagar o Eixo comprando". Vittorio entra na primeira agência bancária e, entre as ofertas de 100, 200, 1.000 e 5.000 cruzeiros, compra quatro de 5.000 — e sai com o sentimento de dever cumprido. É com alívio que, tarde da noite, ouve a notícia de que Mussolini foi obrigado a renunciar. Não dizem quem assumirá nem como será a hierarquia do poder no caos que parece ter se instalado na Itália. Mas fica a sensação de que, sem o *Duce*, Giulia corre menos risco. Na manhã seguinte, manda celebrar uma missa dominical, que custa mais e, imagina, vale mais como oração. Menos de um mês depois, o rádio dá a grande notícia: o sul da Itália pode se render aos Aliados. Ele respira aliviado, acreditando que, apesar do silêncio e das ameaças, sua mãe continua viva, em local seguro. Encomenda três missas para agradecer o milagre.

Numa noite da suave primavera, o perfume das magnólias entra pelas janelas abertas da sala onde Vittorio lê o jornal e, ao mesmo tempo, ouve o rádio, aumentando o volume quando a notícia é sobre a guerra. Mrs. Austin lhe entrega o impresso que enfiaram sob o portão. Ele lê: "Ao povo mineiro"; interessa-se, põe de lado o jornal e segue lendo: "As palavras que dirigimos aos mineiros queremos que sejam serenas, sóbrias e claras. Nelas não se encontrará nada de insólito, nenhuma revelação." O rádio toca a vinheta do noticiário de guerra. Vittorio aumenta o volume: "Atenção, atenção, senhores ouvintes, para as notícias do *front* europeu: o ataque da Luftwaffe, a força aérea alemã, a Bari, no sul da Itália, acerta em barcos-munição, ancorados longe da orla marítima — Vittorio se assusta, Bari é perto de Catanzaro, onde vive Giulia. Mas como é longe da orla, ele se controla. Segue o locutor: "As explosões iluminaram o espaço aéreo, permitindo que baterias antiaéreas alvejassem uma aeronave agressora. E novamente atenção: o presidente Franklin Roosevelt reuniu-se..." Vittorio diminui o volume e volta à leitura: "A extinção de todas as atividades políticas e de todos os movimentos cívicos forçou os mineiros, reduzidos à situação de meros habitantes de sua terra, a circunscreverem sua vida aos estreitos limites do que é cotidiano e privado. Quem conhece as tradições da nossa gente pode medir a extensão da violência feita ao seu temperamento por essa compulsória e prolongada abstinência da vida pública." A vinheta do rádio volta a chamar para novas notícias, e Vittorio aumenta o volume: "Atenção, senhores ouvintes, para notícias do *front* europeu: forças francesas, apoiadas em guerrilhas locais, acabam de reocupar a região da Córsega. A bravura da resistência civil levou à vitória após um duríssimo embate com 14 baixas civis para os franceses e 84 para os alemães." Vittorio diminui o volume e volta a ler: "Um povo reduzido ao silêncio e privado das faculdades de pensar e de opinar é um organismo corroído, incapaz de assumir as imensas responsabilidades decorrentes de participação num conflito de proporções quase telúricas como o que desabou sobre a humanidade."

Ele ouve um barulho pela janela. Interrompe a leitura e abaixa o volume do rádio. Aguça os ouvidos. Silêncio. Volta a ler: "A ilusória tranqüilidade e a paz superficial, que se obtêm pelo banimento das atividades cívicas, podem parecer propícias aos negócios e ao comércio, ao ganho e à própria prosperidade, mas nunca benéficas ao revigoramento e à dignidade dos povos." Vittorio ouve de novo o ruído pela janela. Levanta-se com o documento na mão, vai até a varanda e observa o jardim iluminado. Não nota qualquer anormalidade; volta a sentar-se e a ler: "Se lutamos contra o fascismo para que a liberdade e a democracia sejam restituídas a todos os povos, certamente não pedimos demais reclamando para nós mesmos os direitos e as garantias que as caracterizam." A vinheta no rádio anuncia notícias recentes; ele aumenta o volume: "Atenção, atenção, senhores ouvintes: As tropas do 5º Exército americano acabam de ocupar a cidade de Nápoles, na Itália. O êxito da marcha é atribuído ao general Mark Clark, que desde o início do ano assumiu o comando desse corpo militar norte-americano, organizado com forças desembarcadas no norte da África. E novamente atenção: A linha Volturno é quebrada pelas forças aliadas na Itália, obrigando os alemães a recuarem para uma nova linha defensiva, denominada Linha Gustav." Vittorio abaixa o volume. Lê: "Os povos ocidentais compreenderam, ainda uma vez, que fora da democracia não há salvação possível." Ele ouve ruídos no portão. Levanta-se, vai até outra vez à varanda, ouve atentamente. Caminha até o jardim. Não vê ninguém, não ouve nada. Entra, fecha a porta e as janelas e volta a ler: "Mas para que a democracia produza frutos, é necessário que o homem da rua e o das classes dirigentes possuam o mesmo apurado sentido de bem comum e a mesma ardente e abnegada ambição de servir." Pára de ler, ergue os olhos, ouvidos atentos por instantes. Nada. Volta à leitura: "Queremos alguma coisa além das franquias fundamentais, do direito de voto e do *habeas corpus*. Nossas aspirações fundam-se no estabelecimento de garantias constitucionais que se traduzam em efetiva segurança econômica e bem-estar para todos os brasileiros, não só das capitais, mas de todo o território nacional." Pára de ler, pensa, coça a cabeça, boceja, volta a ler: "Eis por que, no momento em que devemos, unidos e coesos, sem medir sacrifícios e sem quebra ou interrupção da solidariedade já manifestada, dar tudo pela vitória do Brasil, entendemos que é também contribuir para o esforço de guerra conclamar, como conclamamos, os mineiros a que se unam acima de ressentimentos, interesses e comodidades, a fim de que, pela federação e pela democracia, possam todos os brasileiros viver em liberdade uma vida digna, respeitados e estimados pelos povos irmãos da América e de todo o mundo." Na longa lista de assinaturas, Vittorio reconhece políticos da elite liberal mineira que, embora não tenham sofrido a perseguição que destroçou os comunistas, foram impedidos de participar da vida política do país.

Um mês depois, chamam a atenção de Vittorio os cartazes de recrutamento de reservistas para a guerra, com grandes letreiros: "O Brasil de hoje defende o Brasil de amanhã" ou "Abrindo o caminho para a vitória". Na imprensa, o ministro da Guerra, general Dutra, anuncia a criação da Força Expedicionária Brasileira, que pretende recrutar 100 mil voluntários, embora os americanos, que vão fornecer treinamento, equipamento, armas e munição, digam que só querem 60 mil. Vittorio se coloca a questão: lutar ou não na guerra? Em conversa com os amigos, faz uma sondagem. Vicente diz que se fosse convocado serviria como médico, em duplo compromisso, como profissional e como cidadão, mas não vai se apresentar como voluntário. Raul diz que, por vontade própria, lutaria contra Hitler, Mussolini e Hiroíto, mas não lutaria ao lado de americanos e ingleses. Portanto, ficaria neutro. Mas se for convocado irá, mesmo a contragosto. Pedro diz que jamais se apresentará, e, se for convocado, vai desertar. Vittorio concorda com as idéias que movem os Aliados, mas a irracionalidade de uma guerra é tal que considera a luta um suicídio. Dias depois, recebe um telefonema do comandante Dorgal, convocando-o para uma reunião no 4º Regimento de Aeronáutica.

Vittorio reencontra pilotos, mecânicos e instrutores, companheiros de fundação do Aeroclube de Minas Gerais. Ao explicar o convite, o comandante fala do prazer de propiciar o encontro de amigos da aviação, mas o objetivo é conclamar os presentes a se apresentarem como voluntários. O comandante acha que com o desenvolvimento da tecnologia e a crescente importância da aviação, como se vê pelo poder da Luftwaffe, a Força Expedicionária Brasileira não pode prescindir do combate aéreo, que exige voluntários com qualificação específica, coisa rara num país onde a aviação engatinha. E conclama todos a se apresentarem para ajudar o Brasil na guerra do ar. Na volta para casa, a idéia dá cambalhotas na cabeça de Vittorio, como um novo impulso para se apresentar como voluntário na luta pela democracia, contra a barbárie nazista. Não que o medo desapareça; ele está sempre presente, mas onde entra avião tudo ganha mais interesse, mais vida e energia, até mesmo certo ar lúdico, inesperado, quando se trata de guerra, e que, afinal, dá coragem para lutar contra o medo. Dois dias depois, sem qualquer consulta aos amigos, Vittorio se apresenta como piloto voluntário.

No entanto, depara-se com uma surpresa. O que se imagina difícil é a decisão de se oferecer para a luta. Porém, o difícil é ser aceito para lutar. A Comissão de Recrutamento desconfia de um voluntário que, embora brasileiro, é também cidadão inglês e italiano. Vittorio acha que suspeitam que seja espião querendo se infiltrar na tropa. Depois de inúmeros interrogatórios e reuniões, visitas à sua casa, perguntas aos empregados e investigações sobre seu passado, o dossiê é encaminhado às instâncias superiores, no Rio de Janeiro, e, suspeita Vittorio, até ao Serviço de Informações do Comando Aliado, na Europa. Imaginava-se recusado quando recebe a convocação para se apresentar ao Serviço de Recrutamento, que, afinal, confirma seu engajamento, com viagem marcada para o Rio de Janeiro em dois dias. Tudo que era lento, difícil, quase impossível, tornou-se imediato. Parece que alguém — quem sabe o Comando Aliado na Europa — descobriu que um engenheiro que é piloto, com três cidadanias e falando três línguas européias tem alguma serventia numa guerra na Europa.

Vittorio só tem tempo para instruir Raul — pasmo com a decisão do amigo — para a circunstância de que, numa guerra, não há certeza de volta. No caso de não voltar, quer que Raul se incumba de fazer com que sua mãe seja herdeira de metade dos seus bens e Mrs. Austin, da outra metade. Na sua ausência, nenhum empregado será demitido; a mansão deverá ser alugada, e com a renda pagar o aluguel de uma casa menor, mas confortável, onde eles deverão viver, com as despesas de manutenção cobertas, até que ele volte. Se voltar.

Na noite anterior à viagem, Mrs. Austin prepara um jantar-surpresa, para o qual convida os três amigos, que, como sempre, convidam outros: Berenice, Elisinha, Natália e Juliana. Embora a intenção fosse criar um clima ameno e até festivo, Vittorio é o único que não está num velório. O jantar termina cedo, e, pelas despedidas, não se conta com a possibilidade de que volte: foi sepultado em vida.

No Rio de Janeiro, Vittorio enfrenta o rigor da disciplina militar, ao qual não está habituado. Depois dos exames médicos, recebe fardamento e equipamento individual, pesado treinamento físico e cursos de informação e segurança. Dias antes do Natal, criado o 1º Grupo de Aviação de Caça, comandado pelo major Nero Moura, Vittorio se engaja mais satisfeito. No banheiro coletivo, após pesados exercícios físicos, ele ouve, vinda do boxe vizinho, uma voz solfejando o estribilho "*Toréador, toréador!*", de conhecida ária do segundo ato da *Carmen*, de Bizet. Empolgado por ouvir ópera num quartel, Vittorio, no momento preciso, surpreende o cantor, que não vê, cantando a parte do personagem Escamillo: "*Votre toast, je peux vous le rendre /*

Señors, Señors, car avec les soldats / Oui, les toreros peuvent s'entendre / Pour plaisirs ils ont les combats." Nu e ensaboado, o oficial, sem saber quem cantou, também se anima e passa à estrofe seguinte: "*Le cirque est plein, c'est jour de fête / Le cirque est plein du haut en bas. / Les spectateurs, perdant la tête, / S'interpellent à grand fracas!*" Também ensaboado, Vittorio canta a próxima estrofe, enquanto outros oficiais, nus e ensaboados, se aproximam: "*Apostrophes, cris et tapage / Poussés jusqu'à la fureur! / Car c'est la fête du courage! / C'est la fête des gens de coeur! / Allons! En garde! Ah!*" Os dois saem dos seus boxes, cumprimentam-se, e no ritmo das palmas cantam o estribilho: "*Toréador, en garde! / Toréador! Toréador! / Et songe bien, oui, songe en combattant / Qu'un oeil noir te regarde / Et que l'amour t'attend, / Toréador! L'amour, l'amour t'attend!*" Encerram o dueto sob gritos e aplausos entusiásticos dos colegas.

Desde esse dia, em que o incrível e o improvável aconteceram ao mesmo tempo, Vittorio e Pitaluga, oficiais de armas distintas, ficaram amigos. Durante quase os dois meses em que permanecem em treinamento no Rio, assistem a duas óperas e a três concertos no Theatro Municipal, ouvem na Esplanada do Castelo a primeira récita do que o autor, Villa-Lobos, denominou canto cívico-religioso, "Invocação em defesa da Pátria", sobre poemas de Manuel Bandeira, para soprano, coro e orquestra. No desfile da partida, ao som da banda Cisne Branco, da Marinha, todos os oficiais, com uniformes de piloto da aviação militar, cantam o hino que atiça o patriotismo da população: "*Por mais terras que eu percorra / Não permita Deus que eu morra / Sem que eu volte para lá / Sem que leve por divisa / Esse V que simboliza / a vitória que virá...*" Ambos estão de partida para treinamento nos Estados Unidos, embora com destinos diferentes. Pitaluga vai para um campo de treinamento perto de Nova Orleans, na Louisiana; Vittorio e outros oficiais do 1º Grupo de Aviação de Caça, para Orlando, na Flórida.

A AGUDA DOR NO DENTE INCISIVO QUE LEVOU DIVA AO DR. CORNÉLIO, AMÁvel dentista que sabe as palavras certas para cada estado de espírito, lhe propicia uma revelação: a dor revelou a paixão, sentimento avassalador que, mesmo sendo mulher adulta, ainda desconhecia. Incapaz de pensar sobre o que sente em meio à turbulência das emoções, a novidade lhe sugere indagações e comparações com o que sentia pelo Brigadeiro, que achou que fosse sua paixão definitiva. O que sente agora é maior do que a sua vontade; ela não consegue mais fazer escolhas sem ele, muito menos as de que ele discorde. Não quer fazer nada que não seja com ele e para ele. Não há como comparar com o que sentia pelo Brigadeiro — que desde criança aprendera a amar como se fosse a parte do mundo que naturalmente lhe coubera. Como se tem um pai e uma mãe, ela tinha um amor chamado Brigadeiro, que a vida lhe destinara. Cornélio não é natural nem tranqüilo. Estar com Cornélio, no consultório ou na quitinete, é estar no paraíso; estar longe dele é a sensação da beira do abismo.

Cornélio é perfeito porque diz o que ela sente e o que lhe falta, como outro dia ao telefone: "Está carente, minha querida. Quando sair do consultório, passo aí para consolar seu coraçãozinho, que está triste e se sente abandonado." Palavras como essas deixam Diva sonhando com a hora em que chegará. Assim como se sente forte e animada quando, depois de perder uma oportunidade de trabalho, ele diz: "Você não pode desanimar, minha querida. Desistir de um sonho é uma espécie de suicídio. Cantar é a sua vida! É preciso ter coragem e determinação, porque os obstáculos e as dificuldades são muitos, mas a sua hora vai chegar! Todo artista tem a sua vez e a sua hora!" Ou depois que ela lhe contou a viagem à Europa: "Você é a nossa Maria Callas! O Brasil ainda vai se ajoelhar aos seus pés!" Ou quando fala sobre eles próprios: "Nós devemos agradecer a bênção do nosso encontro. Na vida, todos querem amar, mas poucos alcançam o milagre do encontro. Nós conseguimos!" Ela flutua quando ele diz: "Estive pensando: acho que nós nascemos um para o outro! Nunca vi um casal se entender tão bem!"

Para Diva, a bondade de Cornélio não é só com ela; ser bom com quem se ama é fácil. Para ela, Cornélio é uma pessoa de coração bom e índole generosa. Não são poucos os clientes que somem depois de tratar dos dentes, deixando-o em apuros para quitar débitos com fornecedores de custosos produtos dentários. Sem falar do que mais comove Diva, sua fervorosa dedicação à mãe paralítica: os irmãos se casaram, foram tratar de suas vidas, deixando-o sozinho para cuidar de uma inválida de 83 anos. Não bastasse, o marido da irmã a abandonou e ele teve que acolhê-la, com dois filhos, no apartamento onde mora com a mãe. Em vez de se queixar, apaixonou-se pelos sobrinhos, Nora e Ney. Feliz com sua paixão e com a sorte que dá com os homens, Diva acha que seria egoísmo queixar-se da vida. Mas com a incontrolável vontade de estar com Cornélio, se merecesse mais milagres, pediria que ele dedicasse um tico a mais de tempo às suas noites e aos fins de semana; sente uma falta de doer o coração — é quando ele se dedica à mãe e aos sobrinhos.

Num desses triviais acasos, que ocorrem várias vezes ao dia e dos quais ninguém se lembra meia hora depois, mas que podem mudar a trajetória de uma vida, um dia, no elevador, uma vizinha do mesmo andar da quitinete pergunta se Diva não precisa de faxineira. Sem nunca ter pensado no assunto, até por não saber que há empregado doméstico que trabalha por dia, Diva tem o impulso de recusar, mas ao pensar no desconforto de lavar a roupa de cama, passar a própria roupa e faxinar o banheiro, faz umas perguntas; a vizinha responde e acrescenta: "É uma flor de pessoa, honesta, asseada e discreta, que veio de Minas. Precisa trabalhar, e o preço dela está em conta." Ao saírem do elevador, Diva concorda em receber a moça para uma conversa. Sem compromisso.

Na quinta-feira seguinte, Orlanda está diante de Diva, humilde, de poucas palavras, asseada e disposta — embora sem cara nem jeito de faxineira. De sua parte, Orlanda acha Diva exigente, educada e clara quanto ao que espera e ao que pode pagar. Em comum, o coração mineiro, que, se não significa muito, cria uma ponte entre as duas ilhas de pedra num mar de cariocas. Orlanda mora em Cascadura, Zona Norte da cidade, na casa de Divina e de seu filho Romualdo, pastor da Igreja Universal Jesus no Coração daquele bairro. Para chegar à casa de Diva, ela pega o trem até à Central do Brasil, depois o ônibus até Copacabana — acorda às cinco horas da manhã. Acertam uma vez por semana, das 7h às 17h.

Começam em mútua observação, com expectativa, mas sem desconfiança, e aos poucos as necessidades do trabalho e as conversas vão quebrando primeiro a formalidade, depois a hierarquia, mantido sempre o nível de respeito mútuo. Como é comum entre mulheres, não demora e as questões da vida pessoal entram na conversa, instaurando a confiança e, logo, uma intimidade, que, no entanto, não dissimula os papéis e as obrigações de cada uma. Mas uma cumpre para a outra um papel ainda mais importante: alguém com quem se pode conversar sobre o dia-a-dia e sobre os sonhos, o passado, o futuro, e sobre a vida. Enfim, ficaram amigas.

Para completar a alegria de Diva, o gerente da Churrascaria Gaúcha — a três quadras da quitinete —, a quem sempre pergunta se surgiu alguma oportunidade para cantar, telefona convidando-a para conversar sobre trabalho. Na mesma tarde, depois de improvisado teste feito pelo próprio gerente e pelo pianista Ralph Conway, Diva é contratada para substituir o *crooner*, que, devido à morte do pai, fora para Fortaleza naquela manhã. E estréia acompanhada pelo baixista Luís Bisnaga e pelo pianista americano Ralph Conway. Devido ao horário, Cornélio não assiste à estréia. Orlanda também não pôde comparecer, mas sabe de tudo: Diva lhe conta em detalhes. Daí em diante, o empenho dela é ampliar o repertório de músicas adequadas a uma churrascaria. Ralph Conway tem sido um bom colega de trabalho, ensaiando todo fim de tarde — em parte porque anda com fome de piano, do qual parece que andou afastado, e aproveita para, entre uma música e outra, dedilhar peças de jazz, sua paixão. Tudo segue bem, exceto por Cornélio, que, embora freqüente a quitinete nos fins de tarde, não encontra tempo para ver Diva cantar, o que a deixa triste. Solidária, Orlanda se oferece para tomar conta da mãe e dos sobrinhos. Diva transmite a oferta, mas Cornélio recusa.

Quatro meses depois, com lugar assegurado na churrascaria, Diva se lembra da idéia do Brigadeiro, inspirada na *Commedia dell'Arte*, de viajar com dois ou três cantores, dois ou três músicos, cantando, de cidade em cidade, árias de óperas conhecidas. Ela comenta a idéia com Cornélio, que a estimula: "É preciso realizar, minha querida! Um sonho apenas sonhado é fantasia, não é vida." Animada, ela ausculta os músicos. Terêncio Raio X e Luís Bisnaga nada têm a ver com ópera, mas Ralph Conway gosta da idéia por fugir ao padrão e por vislumbrar a chance de tocar melodias mais elaboradas. Pisando em ovos, Diva tenta ser objetiva: cogita o que seria, nos dias de hoje, o carroção que transportava os artistas da *Commedia dell'Arte*. Ralph fica de sondar um mecânico amigo, e Diva aguarda na maior expectativa. Enquanto Cornélio aplaca sua ansiedade, Orlanda ouve seu sonho de sair cantando país afora.

No dia em que o mecânico finalmente vai à churrascaria, no começo da conversa Diva mal consegue falar de tão empolgada. Delira a ponto de imaginar a presença do próprio Brigadeiro na mesa — pelo menos foi o que contou a Orlanda na quinta-feira. Contou mais: "Quando, enfim, botei os pés na terra e a conversa ficou mais objetiva, o garçom veio dizer que uma senhora, com duas crianças, queria falar comigo. Olhei e não a reconheci. A mulher, de semblante tenso, vestia-se com sobriedade, e as duas crianças, um menino e uma menina, pareciam assustadas com a agitação da churrascaria. Vou até ela, certa de que estava me confundindo com outra pessoa. Estendeu a mão com humildade e sussurrou 'Boa noite' tão baixo que entendi mais pelo movimento dos lábios do que pela voz. 'Boa noite', respondi, impressionada com a força daquele olhar, que inspirava compaixão. Ela, então, mostrou as crianças e disse: "Nora e Ney." Reconheci imediatamente os traços de Cornélio, e contente de conhecê-las, cumprimentei, 'Ei, Nora! Ei, Ney!", e fiz um afago neles. Ela disse: 'São nossos filhos. Meus e dele.' O mundo sumiu debaixo dos meus pés, Orlanda! O coração disparou, perdi o fôlego, o corpo todo estremeceu, as mãos não paravam de tremer: 'Será que é o que estou sentindo?', pensei comigo, mas disse apenas 'Dele?', como se não entendesse o que meu coração e meu corpo já tinham percebido, e reagiam sem pudor. E ela, com aquele olhar de súplica desesperadamente mansa e doce, continuou: 'Do Cornélio, meu marido, com quem você está tendo um caso.' Tive o impulso de sair correndo dali, com vergonha daquela mulher, com vergonha de mim, do que fui capaz de fazer, mas ela, com implacável humildade, me atirou: 'Você é bonita e canta tão bem. Pode escolher o homem que quiser. Já eu não sou bonita. Não sei cantar e só tenho ele. E eu o amo." Tive vontade de esganar a mulher, que me torturava com sua humildade, que me cuspia, me destruía. Com os olhos úmidos, ela deu a última estocada: 'Deixa ele pra mim. A vida vai lhe dar outros. Ele é a minha única chance.' E se calou, deixando uma montanha de culpa me esmagando. Durante um segundo, quis estar morta e quis vê-la morta, mas segurei as rédeas e disse: 'Ele é seu. Sempre foi seu. Fica calma, não vou vê-lo mais.' Vendo que eu estava morta, ela me sepultou: 'Deus lhe pague.' Voltou-se para as crianças e ordenou: 'Dá um beijo na tia.' Fui obrigada a me curvar para que me beijassem o rosto. Ao se afastar, ela disse: 'Deus lhe pague.' Corri para o banheiro, sentindo a alma me abandonar pelas lágrimas, de ódio daquela mulher. Jurei matar Cornélio para livrar o mundo de um pústula." Diva está novamente aos prantos. Sem palavras para confortá-la, Orlanda a abraça. Ela chora por longo tempo e acaba dormindo nos braços que acolheram o seu desespero.

Combalida, deprimida e abandonada, Diva não tem forças para nada. Por decisão própria, Orlanda passa a vir nos dias em que não tem outra faxina. Cuida dela, leva café na cama, cozinha seus pratos preferidos, lixa e pinta-lhe as unhas, espera ela voltar da churrascaria e dorme ao pé da sua cama.

No fim da audição em Desterro, Diva está irreconhecível. O olhar esgazeado, maquiagem escorrendo com o suor, cabelos desgrenhados, expressão de cansaço infinito, como se tivesse levado uma surra. Evita conversar e agradece o jantar oferecido pelo prefeito. Ralph e Zé Bolero estão apreensivos — nunca acontecera nada parecido nas 93 cidades anteriores. Amparada por Orlanda, ela sai discretamente pelos fundos, e entra no 14 Bis. Não diz uma palavra no trajeto; ora parece dormir, ora devanear. No hotel, pede que Orlanda a ajude a tomar banho. Orlanda atende, e a ajuda a vestir-se. Recusa as sugestões para se alimentar e deita-se. Orlanda apaga a luz e se senta ao pé da cama em silêncio.

Último a deixar o teatro, Ralph vai a pé para o hotel. Rápido, ultrapassa o grupo de autoridades e parentes liderado pelo prefeito, que elogia a atuação de Diva. No hotel, cruza com Zé Bolero, que volta ao teatro para retornar com cenário, luz e figurinos ao 14 Bis. Ralph vai para o quarto, excitado pelo encontro com Edivânia, cujos lábios carnudos beijara. Serve-se de conhaque, antegozando a promessa da noite com a morena de pernas grossas e seios pequenos. Na espera, porém, recorda passagens do estranho comportamento de Diva. Ele não entende o que aconteceu, mas tem a impressão de que ela foi acometida de algum distúrbio mental. Parece que a memória entrou em colapso. Com o copo de conhaque diante dos olhos, revê em *flashes* uma época quase apagada da sua vida, logo após deixar Londrina, quando foi internado em coma alcoólico num hospital em Dourados, no Mato Grosso. Seu passado foi bloqueado a ponto de não se lembrar do próprio nome, da sua história pessoal nem da sua nacionalidade, embora tivesse passaporte e visto permanente. Viveu meses como um fantasma, sem saber quem era e incapaz de dizer o que vira na véspera. Angustiava-se: quem só dispõe do tempo presente, perde algo tão essencial que talvez não se possa dizer que tenha vida plena. Os médicos conversavam com ele por longas horas, tentando juntar fragmentos do seu passado e pistas de sua personalidade. A polícia também o interrogava, querendo informações sobre sua trajetória no país, cidades, empregos, amigos. Não conseguiram quase nada. Até que, um dia, estava almoçando e de repente disse: "*fork*", lembrando-se, na língua de berço, do nome do utensílio que tinha na mão. Dias depois, lembrou-se de *shoe,* e de outro e outro. Um dia lembra-se de *swing,* palavra mais abstrata, depois de outra e outra. E lentamente começa a reconstituir seu idioma original.

Com o tempo, acostumou-se à companhia de outro paciente, cuja família levara um rádio para ele se distrair. Ralph ficava colado ao rádio, ouvindo música todo o tempo. Se desligavam o aparelho, reclamava. Um dia, ouviu uma peça de jazz com piano, e foi imediato: os dedos moveram-se como num teclado imaginário, com ritmo preciso e coerência, e pareciam estar diante do instrumento. O fato animou o hospital, que se reuniu para vê-lo dedilhar a mesa. Uma radiola foi providenciada, e gravações com piano, não só de jazz. Rapidamente, ele passou a imitar os movimentos dos dedos de todas as músicas sobre um teclado de papelão com 85 teclas, feito por ele e pela enfermeira — com brancas e pretas, para sustenidos e bemóis. Por fim, levaram-no a uma escola onde havia um piano, e ele tocou horas seguidas, não apenas as músicas recém-lembradas, mas um variado repertório de conhecidas peças de jazz, composições brasileiras e até músicas do folclore regional. Ao tocar uma peça elaborada sussurrou para a enfermeira: "Art Tatum." E outro dia, tocando uma música brasileira, sussurrou: "Marlene." Daí em diante, não só seu inglês ficou fluente, como voltou a falar o português. Meses depois, freqüenta regularmente o piano do colégio, às vezes com pequenas platéias. Um dia, para surpresa de todos, conta a sua vida e o seu percurso no Brasil. Voltara, enfim, a tomar posse do que era seu, exclusivamente seu: a própria história.

Com o copo de conhaque diante dos olhos, Ralph intui o que Diva pode estar sentindo. Mas não entende a ausência de Edivânia e a lacuna que deixou na sua noite programada para pernas grossas, seios pequenos e lábios carnudos. Toma o resto do conhaque e desce até à recepção. Pergunta pela moça que atende aos quartos. O rapaz diz que só na tarde seguinte. Ralph se senta e espia a televisão, que nunca desliga, até que Zé Bolero, voltando do teatro, propõe um giro pela zona boêmia, sugestão aceita por quem não tem mais o que fazer da noite.

No salão com luz avermelhada, quatro mulheres, sendo três adolescentes, vêem televisão — o aparelho engastado entre garrafas de bebida e a imagem de São Jorge com a vela acesa —, enquanto uma loura oxigenada cochila. Meia dúzia de mesas, eletrola de fichas com luzes coloridas, pista de dança em vermelhão, teto com bandeirolas e um bolero a todo volume, eis a zona onde Zé Bolero entra acenando para as meninas, que se aproximam, e Ralph vai atrás. A oxigenada acorda e grita para o fundo, "Raimundo!", que aparece: Ralph pede conhaque. Depois de pedir cerveja, Zé Bolero vai até a eletrola, escolhe músicas e dança com uma adolescente. Ralph conversa com a outra, que tem dentes acavalados e um sorriso envergonhado.

De óculos *ray-ban*, boné e dólmã da Aeronáutica aberto no peito, Zé Bolero chama atenção e atrai homens e mulheres que surgem no corredor, vindo dos fundos. Sua concentração e seu empenho em cada passo, a elegância, a criatividade e até certo malabarismo exibicionista que desafia a parceira refletem o enorme prazer que a dança lhe dá. Ralph aprecia, mas não se atreve a entrar na pista; prefere olhar, conversar, enquanto escolhe a presa. É madrugada quando, satisfeitos e cansados, deixam o lugar. Os passos sobre as pedras do calçamento ecoam pela noite silenciosa.

De manhã, Orlanda entra no quarto de Diva, cuja porta deixara destrancada. Ela está acordada, ainda deitada: "Bom dia, dona Diva. Como passou a noite? Dormiu bem?" Diva estremunha: "Vamos tomar um café reforçado? Daqui a pouco pegamos a estrada." Diva olha Orlanda como quem toma pé na realidade: "Já foi à Prefeitura?" "Já", responde Orlanda. "O prefeito ficou contente, elogiou o talento da senhora e pagou o combinado. Agora, vamos tomar café." Ao se levantar, Diva murmura: "Sonhei com minha mãe. Deu saudade. Vou ligar para o hospital." "Também preciso ligar para o Rio. Vou preparar o café. Espero a senhora no refeitório." Orlanda sai e fecha a porta. Diva olha o vazio à sua frente.

Orlanda fala ao telefone sob a vigilância do funcionário do hotel: "Alô, Divina? É Orlanda! Tudo em paz, graças a Deus. É para avisar que amanhã vai ser mesmo em Sumidouro. A audição é à noite. Dá um abraço no Romualdo. Fica com Deus." Zé Bolero chega da rua: "Já abasteci, botei água potável, lavei e lubrifiquei. Eu e o 14 Bis estamos prontos." Diva vem do refeitório, cumprimenta Zé Bolero, pega o telefone e disca: "Quero saber notícias da paciente Lavínia Bustamante! É a filha dela, a cantora Diva Bustamante. O Dr. Américo não está? Quero saber como tem passado, se está bem. É minha mãe, já disse. La-ví-ni-a Bus-ta-man-te!" Diva silencia, lívida. Um esgar de dor vai se desenhando no seu rosto. Leva a mão à cabeça e senta-se, trêmula: "Oh, meu Deus! Morreu?" Orlanda segura sua mão e apóia sua cabeça. "Estava bem da última vez que liguei. Morreu quando? O quê? Se autorizo doar o corpo para a Faculdade de Medicina? Meu Deus! Meu Deus!" Com um semblante de quem mergulha num abismo, olha para Orlanda: "Me ajuda! Que que eu faço, Orlanda? Dôo para a faculdade?" Orlanda hesita e depois diz: "Ela não está mais lá", e assente. Sem controlar as lágrimas, Diva diz: "Autorizo." Larga o fone e sobe a escada aos prantos, Orlanda amparando-a.

Depois de uns 100 quilômetros de asfalto, Zé Bolero mostra a Ralph a placa "Sumidouro", com seta à direita. O 14 Bis entra na estrada de terra. Instável, trepida, sacode e balança. Diva e Orlanda, sentadas nas cadeiras de vime, vão para a cabine, sufocadas pela poeira. Deitada, desconfortável com o balanço do veículo, Diva é a máscara da desolação, tomada pelo sentimento de vazio e o cansaço devastador, a inutilidade de tudo, o desamparo e a solidão, sem vontade de fazer nada.

Na mesma noite, o 14 Bis chega a Sumidouro sem que os viajantes tenham trocado mais que duas ou três palavras. Paira silenciosa expectativa de que Diva fale sobre o que ocorreu na noite anterior, sua disposição para cantar e as condições de saúde para continuar a turnê. Porém, nada se pergunta.

A notícia da morte de Lavínia impõe o silêncio, o luto. O 14 Bis desfila pela minúscula cidade com o pisca-pisca de luzes coloridas, as grandes fotos, os letreiros, o som nas alturas com o "Questa o Quella", e a voz chamando: "Venha assistir aos artistas aplaudidos em todo o mundo. Está nesta cidade a internacional cantora Diva Bustamante, amiga e herdeira da imortal Maria Callas, acompanhada do norte-americano Ralph Conway, um dos maiores pianistas do mundo..." Enquanto Ralph tapa os ouvidos com algodão na caixa de ressonância que vira o 14 Bis, nas poucas ruas calçadas de Sumidouro, transeuntes olham com curiosidade, mas sem ânimo para seguir o veículo. Pessoas surgem nas janelas, mas não chegam à porta; as que vão até a porta não chegam à calçada. Até que estaciona diante da modesta Pensão Misericórdia — telhado em duas águas e piso ao rés do chão —, onde poucos se aglomeram. Ouve-se "Moonlight Serenade", a porta se abre, Zé Bolero surge com o tapete vermelho e o estende até a porta. Diva desembarca de longo preto, sem chapéu nem estola, sem colares nem falsos ouros. Limita-se a acenar, sem ter respostas. Orlanda não puxa palmas nem Zé Bolero tira falsas fotos. Na pensão, um rapaz se apresenta como o representante do prefeito, que foi obrigado a viajar. Na manhã seguinte, Zé Bolero estaciona o 14 Bis junto ao Circo Maravilha, surrada lona única, instalado num terreno baldio. Além dos apetrechos habituais, desembarca o piano do 14 Bis — a cidade não tem um instrumento.

Por volta do meio-dia, Divina e Romualdo descem exaustos da jardineira na praça de Sumidouro, depois de viajarem noite e dia, desde o Rio de Janeiro. Carregando bolsas e sacolas, vão ao encontro de Orlanda na Pensão Misericórdia. Enquanto esperam, Romualdo pede informações sobre algum rio ou riacho próximos. A resposta do proprietário da pensão o surpreende: "Sumidouro é um rio." O pastor não entende. Idoso e míope, o homem insiste: "Um rio que some debaixo da terra e reaparece em outros lugares, mais baixos. A cidade está sobre um rio subterrâneo. Assim como o rio, aqui objetos também desaparecem. E pessoas também: moradores somem todo mês, vários por ano. O rio, se cavar em qualquer lugar ou andar reto em qualquer direção, vai dar com ele." Romualdo estranha; o homem o observa com olhos apertados por trás das lentes fortes. Orlanda chega radiante, carregando um saco branco. Divina a acolhe com festa, num abraço afetuoso. Romualdo, igualmente alegre, trata-a por "querida irmã em Jesus". E partem a pé — em dez minutos estão diante do rio. Romualdo à frente, avançam pela margem até um trecho de águas rasas e calmas protegido pela mata. Livram-se dos calçados e vestem batas brancas, que Divina tira das bolsas, e, por baixo, descem as calças. As três figuras de branco postam-se em frente ao rio. Romualdo lê a Bíblia, Divina canta um hino religioso. Depois eles tomam as mãos de Orlanda e entram na água de mãos dadas. Com a cintura submersa, Divina volta a cantar e Romualdo lê: "Então, que diremos? Permaneceremos no pecado para que haja abundância da graça? De modo algum. Nós, que já morremos no pecado, como poderíamos ainda viver nele? Ou ignorais que todos os que fomos batizados em Jesus Cristo fomos batizados na Sua morte? Fomos, pois, sepultados com Ele na Sua morte pelo batismo, para que...?" Passa a Bíblia a Orlanda, indicando o lugar. Ela lê: "Como Cristo ressurgiu dos mortos pela glória do Pai, assim nós também vivamos uma vida nova. Se fomos feitos o mesmo ser com Ele por uma morte semelhante à Sua, sê-lo-emos igualmente por uma comum ressurreição." Romualdo volta a ler: "Sabemos que o nosso velho homem foi crucificado com Ele, para que fosse reduzido à impotência o corpo subjugado ao pecado." Devolve a Bíblia a ela: "E já não sejamos escravos do pecado." Com a mão na cabeça de Orlanda, sussurra: "É imersão do corpo inteiro, de uma só vez." Submerge a cabeça dela dizendo, de olhos fechados: "Ide, pois, ensinai a todas as nações; batizai-os em nome do Pai, do Filho e do Espírito Santo. Sepultados com Ele no batismo, com Ele também ressuscitastes por vossa fé no poder de Deus, que o ressuscitou dos mortos." Orlanda emerge sem fôlego e diz com fervor: "Vôo aos seus braços, meu Jesus! Entrego a minha vida para tirar as maldades do mundo!" Romualdo e Divina a abraçam, estão todos comovidos. Cantam com alegria ao ritmo de palmas, em meio às águas calmas, sob o sol tropical do meio-dia. De volta à margem, Orlanda tira do saco as imagens de Santa Ágata e de Santa Maria Egipcíaca — disseram-lhe que imagem de santa não se dá nem se empresta; o respeitoso é deixá-la na água para se diluir. Ela põe as imagens sobre a superfície do rio. As santas desaparecem lentamente.

Após o almoço, Divina e Romualdo retornam ao Rio de Janeiro. Orlanda volta ao 14 Bis, estacionado junto ao circo. Sua cabine agora tem apenas a cama e, sobre o travesseiro, um exemplar da Bíblia. Ela pede a Zé Bolero para levá-la à capela de Sumidouro, onde doa à moça que cuida da sacristia o crucifixo em madeira retorcida, com Jesus na agonia final, as reproduções de Santa Justina e Santa Teodora, a *Imitação de Cristo* e a *Legenda áurea*, o altar e o genuflexório. A moça agradece com os olhos brilhando.

Depois de passar todo o dia no quarto sem se alimentar, à noite Diva pede que o 14 Bis a leve ao circo, cem metros adiante. Tem o aspecto abatido, o rosto pálido e o olhar opaco. Chega ao improvisado camarim na hora marcada, pronta para ser maquiada e penteada. Sentado ao piano instalado no picadeiro, Ralph testa o som, prejudicado pela acústica, enquanto Zé Bolero ajusta os refletores. Logo, todos se recolhem aos bastidores e o público começa a entrar, uns para as cadeiras da frente e a maioria no poleiro, ao fundo. Luzes apagadas, circo às escuras, Ralph inicia a introdução à ária da *Traviata*. A luz aumenta lentamente sobre Diva, num vestido de drapeados e pregas, corpete *cuirassé*, de forte efeito sob a luz. Ela canta: "*Tra voi saprò dividere / Il tempo mio giocondo; / Tutto è follia nel mondo.*" Ouvem-se risos, assobios e gritinhos na platéia. Ela prossegue: "*Ciò che non è piacer. / Godiam, fugace e rapido / E il gaudio dell'amore; / E un fior che nasce e muore,/ Nè più si può goder. / Godiam! / C'invita un fervido / Accento lusinghier.*" Os risos vão diminuindo e ela emenda com os versos do coro: "*Ah! Godiamo! / La tazza e il cantico / La notte abbella e il riso, / In questo paradiso / Ne scopra il nuovo dì...*"

Finda a ária, o público ainda rindo, Diva vai saindo do pânico em que começara. A platéia, pequena e intimidada, silencia. Diva sabe que, se ela se desconcentrar, romperá o elo imaginário entre palco e platéia, e a energia do público se diluirá em gracejos e risos. Ela se curva, agradecendo. Ouvem-se aplausos; ela diz, frágil: "Muito obrigada. Ao pianista Ralph Conway." O público aplaude, Ralph se curva, sem sorrir e volta a sentar-se. "Ralph tem sido a minha 'orquestra sinfônica' nessa turnê do 'Grande Recital Operístico e Conversações Instrutivas sobre a Arte e a Vida dos Artistas'. Antes de seguir, boa noite a todos." Em resposta, a platéia em coro: "Boa noite!" "É um prazer estar com vocês esta noite. Nós chegamos ontem à cidade, e mesmo com a curta permanência, deu para perceber que Sumidouro é um encanto de cidade e sua população, muito acolhedora. A pracinha em frente ao hotel é uma graça: muito bem cuidada. Vocês estão de parabéns!" Ela aplaude, Ralph também, e a platéia os imita. As palmas cessam: "A ária que interpretei é da ópera *La Traviata*, do compositor italiano Giuseppe Verdi. O libreto, que é o enredo da ópera, é de Francesco Maria Piave, também italiano, adaptado do romance e da peça teatral *A dama das camélias*, do escritor francês Alexandre Dumas Filho."

Diva anda pelo picadeiro: "Giuseppe Verdi nasce em 1813, na aldeia Le Roncole, e morre em 1871. É uma criança tão apaixonada pela música que quase não fala, só para ouvi-la. Fica feliz no domingo porque alguém toca o órgão da igreja. Ele vira coroinha para ouvir melhor. Um dia, ajudando a missa, Verdi fica tão encantado com o som do órgão que não dá a água ao padre. O santo homem esquece a liturgia e dá-lhe um chute no traseiro. O garoto rola altar abaixo, ferindo-se nos degraus." A platéia ri. Com o olhar, Ralph procura Orlanda nos bastidores. "Anos depois, esse padre é atingido por um raio e vira carvão!" Gargalhadas no poleiro: "Bem feito!" Diva prossegue: "Verdi vai estudar na cidade vizinha, Bosseto. Bos-se-to! Segunda-feira vai de Le Roncole para Bosseto, no sábado volta de Bosseto a Le Roncole para tocar o órgão da igreja. Sua vida não tem lazer, e ele passa fome." Diva pára e pensa, fala num tom mais baixo: "É sempre assim: artista que presta tem que passar fome, sofrer, se matar!" Recompõe-se: "Mas Verdi acha um protetor, que lhe dá casa, comida, uma filha para casar e paga seus estudos de música e latim. Animado, vai estudar em Milão: é reprovado nos exames do Conservatório. Mas dá sorte: o regente lhe propõe compor uma ópera. Ele volta a Bosseto, casa-se com Marguerita e compõe *Oberto*. Quando retorna a Milão dois anos depois, não tem onde cair morto, mas tem esposa e dois filhos — um menino e uma menina. O meio sucesso de *Oberto* lhe garante a encomenda de uma ópera cômica. Mas Verdi mergulha num mar de tragédias. Atormentado pelas dívidas, empenha jóias da mulher e não tem mais dinheiro nem para o aluguel. Em abril, o filhinho morre; em maio morre a filhinha e em junho morre a esposa! Como essa criatura iria compor uma ópera cômica? E não é que compôs! É um fracasso. Intimidado com as agressões, Verdi diz que o público não deveria desancar a obra de um rapaz pobre e doente, esmagado por tragédias terríveis. Estou me sentindo como o Verdi. Também vivo uma tragédia. Não perdi filho, filha e mulher em três meses, mas estou perdendo minha vida nesses anos todos! Ainda acabo fazendo o que Maria fez em Roma: vou para casa, tranco a porta e nunca mais me exponho aos olhares devastadores, nem aos julgamentos de vocês. Dou adeus a vocês!" Ralph dá uns acordes, tentando deter o delírio de Diva. Ela parece acordar:

"Depois de tanta derrota, Verdi compõe *Nabuco*, um grande êxito. Daí em diante, é um sucesso atrás do outro. E começa a ter um caso com a soprano Giuseppina Streponi", olha para Ralph, "só que Verdi e a outra cantora foram felizes. Giuseppe e Giuseppina: feitos um para o outro!" Diva parece meio perdida: "Eu devia falar alguma coisa agora, mas não me lembro o quê." Ralph dá acordes da ária seguinte. Esforçando-se para lembrar, ela o repreende: "Fica no seu canto! Não me pressiona! Tenho que ser cantora, conferencista, atriz e até regente! Ah, lembrei! Eu disse que ia fazer como a Maria fez em Roma, só não disse o que ela fez em Roma. Ela ia cantar na abertura da temporada lírica do Teatro de Ópera de Roma, com a presença do presidente da República. Só que dois dias antes ela caiu de cama. Pegou um resfriado no teatro, que estava sem calefação. O empresário foi vê-la: 'Maria, pelo amor de Deus, você tem que cantar!' Ela contratou uma enfermeira, tomou os remédios e melhorou um pouco. Se adiasse, sabia que a imprensa cairia em cima. Então, acreditou que ia melhorar. Mas a voz humana não é como um piano." Nesse momento, o dente frouxo salta da boca de Diva e cai no chão. Ela fica estatelada, de boca fechada.

Perturbada com o silêncio, volta a falar com a mão cobrindo a boca e os olhos vasculhando o chão: "Chegou, enfim, a noite tão temida. Ela cantou o primeiro ato e sentiu que a voz falhava. Ouviu seus inimigos na platéia dizerem: 'Volte para Milão!' 'Não vale um milhão de liras!'" Diva acha o dente. Aproxima-se dele. "Sabia que tinha inimigos e dizia que teria fracassado se deixassem de insultá-la. Os gritos a enfureciam e a obrigavam a cantar melhor." Tateia com o pé o objeto no chão, abaixa-se rapidamente e o pega. Avalia com os dedos e livra-se dele — não é o dente: "Mas naquela noite ela não podia mesmo cantar." Volta a procurar, boca semifechada, coberta com a mão: "No intervalo, seu camarim fica cheio. O diretor do teatro exige: 'Você não pode deixar de cantar!' O hipócrita disse que ela nunca cantara tão bem, e a coitada rouca feito um urubu! Ele não preparou uma substituta à altura nem quis cancelar a apresentação, certo de que ela continuaria cantando. Quando finalmente admite que ela não pode cantar sem voz, sai com essa: 'Então, represente sem cantar!' Imagina a sandice! Seria uma piada! Maria, então, vai para casa e se deita." Diva vê algo parecido com o dente. Aproxima-se dele disfarçadamente. "Pela manhã, o médico enviado pelo teatro conclui que ela tem uma traqueíte e que em cinco dias estaria boa." Ela procura com o pé. "Até a esposa do presidente telefonou dizendo que sabia que Maria não poderia continuar." Diva se abaixa rapidamente e recolhe o objeto. Confere com os dedos e surge uma expressão de alívio — é o dente! "Os jornalistas querem fotografá-la na cama! Maria não permite a invasão: publicam que ela está em perfeito estado de saúde e interrompeu a audição porque se enfureceu com os insultos da platéia." Diva vira-se de costas para a platéia, enfia a mão na boca e encaixa o dente. "Maria fica magoada. Não lê jornais sem encontrar críticas e insultos. Acha injusto que depois de onze anos de êxitos na Itália seja condenada por um resfriado. Ela processa o teatro e ganha. Sabe do que mais gosto nesse episódio? É o presidente da República na platéia, e a platéia exigindo o melhor! Gosto de público exigente, que sabe distinguir e não compra gato por lebre. Tivéssemos público exigente, não veríamos esse triunfo da mediocridade!" Ralph começa a tocar a introdução da *Traviata*. Ela ouve em silêncio. "Essa introdução dá uma tristeza que dói no osso! É a própria vida de Violeta Valéry, a *traviata*, a transviada, a perdida! A gente sente a tragédia rondando. Para mim, é a vida de Maria também. Aliás, devia estar escrito em algum lugar que Violeta Valéry e Maria Callas teriam que se encontrar! Se uma pessoa nasceu para a outra, como Giuseppe e Giuseppina, foram Violeta e Maria — que soube acolhê-la. Estrela internacional, Maria tinha público cativo. Só de cantar a *Traviata*, como muitas fazem, encheria teatros mundo afora. Mas para ela não bastava o público pagar entradas, atraído pelo seu nome, e a qualidade que se dane! Buscou a expressão mais profunda de Violeta. E depois de anos de ensaios — eu disse anos! —, deu-se a comunhão das duas almas num mesmo corpo! Cantando Violeta, Maria tornou-se delicada e terna, e percebeu que sua alma irmã vivia cercada de homens, mas não sabia o que era o amor. Violeta não poderia amar porque tinha que ser de vários homens. Um amor de verdade seria a sua perdição, teria que largar a vida de festas e prazeres. Egoísta como era, ela não aceitaria. Pois foi numa dessas festas em sua mansão em Paris que conheceu o jovem Alfredo, vindo do interior, que propõe um brinde a Violeta, à alegria e ao amor! Mas a animação é interrompida de repente por um acesso de tosse de Violeta, que desmaia." Diva passa a executar as ações que narra. "Ao melhorar, insiste para que a festa continue. Na primeira oportunidade a sós com ela, Alfredo declara o seu amor." Diva calça duas longas luvas brancas, pega um ramo de violetas e contracena com um Alfredo imaginário: "Mas Violeta se afasta dele." Diva vai até o proscênio, movendo com graça a cauda do vestido: "Seus braços estão levemente estendidos quando Alfredo a abraça por trás, e as violetas caem no chão. Ela se desvencilha sutilmente dele: parece que Violeta não se entusiasma com a declaração, mas fica tocada pela sinceridade e pela pureza do jovem provinciano. Ele indaga quando poderá revê-la; ela lhe dá uma violeta: 'Volte quando murchar.' Alfredo parte eufórico, certo de que a verá no dia seguinte." Ela acompanha com o olhar ele se afastando. "A festa acaba, todos partem. As luzes são apagadas, os aposentos ficam silenciosos, iluminados pela lareira. Ela se envolve num xale, tira as jóias, solta o cabelo e pensa no encontro: quem sabe aquele jovem não lhe poderia ensinar o que é o amor?" Ralph entra, ela canta: *"È strano! È strano! / In core scolpiti ho quegli accenti! / Saria per me sventura un serio amore? / Che risolvi, o turbata anima mia? / Null'uomo ancora t'accendeva. / Oh gioia / Ch'io non conobbi, / Esser amata amando! E sdegnarla poss'io / Per l'aride follie del viver mio? / Ah, fors' è lui che l'anima / Solinga ne' tumulti / Godea sovente pingere / De' suoi colori occulti. / Lui, che modesto e vigile / All'egre soglie ascese / Destandomi all'amor!/ A quell'amor ch'è palpito / Dell'universo intero / Misterioso, altero, / Croce e delizia al cor."* A platéia aplaude, vaia, grita, assobia. Diva prossegue, intrépida:

"Mal acaba de cantar essa ária, Violeta põe os pés no chão: o amor é fantasia. Joga a cabeça para trás e tira os sapatos: seu destino verdadeiro são os prazeres, a alegria despreocupada, a liberdade." Ela começa a cantar, Ralph a segue: "*Follie! Delirio vano è questo! / Povera donna, sola, abbandonata / In questo popoloso deserto / Che apellano Parigi, / Che spero or più? Che far degg'io? / Gioire! / Di voluttà ne' vortice perir! / Gioir! / Sempre libera degg'io / Folleggiare di gioia in gioia / Vo'che scorra il viver mio / Pei sentieri del piacer. / Nasca il giorno, o il giorno muoia, / Sempre lieta ne' ritrovi, / A diletti sempre nuovi / Del volare il mio pensier!*"

Há mais vaias e assobios do que aplausos, boa parte da platéia dá risadas, sem entender o que se passa no picadeiro. Diva continua: "Quando sente que está se envolvendo, Violeta logo diz que o amor é fantasia e ela prefere a liberdade! Conheço esse jogo: é medo de levar pancada. Vivida como é, Violeta não sabia que quem está '*sempre libera*' acaba '*sempre sola*'?! Carmen era mais realista que a transviada e não tinha medo de se apaixonar; só queria viver uma paixão de cada vez. Violeta resiste porque precisa ser fria para continuar brincando com os homens. Mas seu coração caiu na rede de Alfredo. Senti isso na primeira vez em que ouvi a *Traviata* — claro que foi com Maria cantando e o Brigadeiro explicando." Ralph introduz a próxima ária.

"Três meses depois daquele encontro, os pombinhos Alfredo e Violeta vivem a felicidade numa confortável casa de campo nos arredores de Paris. De tão feliz, Alfredo canta '*Io vivo quase in ciel*'. Logo descobre que, para ele viver quase no céu, Violeta gastou tudo o que tinha e vendeu as próprias jóias. Ele vai a Paris para arrumar dinheiro. Mal sai, surge seu pai, Georges Germont, que num tom desrespeitoso diz que o escandaloso romance de Violeta com seu filho prejudica não só o futuro de Alfredo, mas também o de sua irmã, prestes a se casar. Embora sofra o impacto, Violeta mantém-se altiva. O velho percebe que ela tem caráter, mas insiste; insinua que ela envelhecerá, virá o tédio, e ele, ainda jovem, se cansará dela. Nessa hora, Maria, quando fez Violeta, escondia o rosto entre as mãos e murmurava: 'É verdade!' E, finalmente, o velho Germont pede a Violeta que se afaste de Alfredo para sempre. Muita gente acha que essa cena é a essência de toda a ópera. Pode alguém renunciar à felicidade? Quem renuncia não está ignorando que o outro também deixará de ser feliz? Num sacrifício feito com nobreza, Violeta renuncia ao único e verdadeiro amor que conheceu na vida." Diva canta, Ralph a acompanha: "*Così alla misera / Ch'è un dì caduta / di più risorgere speranza è muta! / Se pur benefico le indulga iddio, / L'uomo implacabile per lei sara. / Ah, Dite alla giovine sì bella e pura, / Ch'avvi una vittima della sventura, / Cui resta un unico / Raggio di bene, / Che a lei il sacrifica e che morrà.*" Finda a ária, Diva diz: "Germont sai sinceramente agradecido. Violeta escreve uma carta a Alfredo, e encerra o romance."

Diva parece devanear. "Eu me pergunto com quem pareço: com Carmen ou com Violeta? Acho que sou parecida mesmo é com Maria. Nunca vi tantas coincidências. Maria era uma moça do Bronx, de uma família sem ligação com a música. Meu pai foi músico, mas sumiu tão cedo que nem considero. Ela foi educada num ambiente distante da ópera; se não fosse o Brigadeiro, eu jamais descobriria o meu talento. Hoje eu estou me sentindo parecida com Carmen, com Maria e com Violeta! Os homens de Violeta não lhe pagavam as contas, os sonhos, os desejos? Pois o Brigadeiro pagou meus estudos de canto! O que aconteceu comigo no primeiro dia de aula foi exatamente o que aconteceu com Maria no seu primeiro dia. A professora achou que deveria ser uma piada de mau gosto aquela menina querer ser cantora: duas lentes de fundo de garrafa na cara grande; alta e desengonçada; gorda, metida num vestido que mais parecia um saco, roendo unha feito um rato assustado. Tudo igualzinho a mim. A única diferença é que eu nunca fui gorda, nunca usei óculos, nunca fui alta. Mas roía unha que nem ela. Outra coincidência: a mãe de Maria a tinha levado de volta para Atenas com 13 anos. Ali Maria cantou sua primeira ópera, aos 15 anos, a *Cavalleria Rusticana*, montada por estudantes do Conservatório Nacional da Grécia. Pois eu tinha 18 anos quando cantei minha primeira ópera. Foi uma representação da *Cavalleria Rusticana* por estudantes da Escola de Canto Lírico. Maria cantou Santuza. Eu cantei Santuza. É mais do que coincidência! O destino quis dizer alguma coisa com isso. Ainda descubro o quê." Ralph mostra a Orlanda, na coxia, o polegar para baixo. Com gestos, ela suplica paciência. Diva lembra-se de algo: "Aliás, Santuza, que foi seduzida e abandonada pelo soldado Turiddu, canta a certa altura: '*Battimi, insultami, t'amo e perdono*'. Aqui entre nós, Maria deve ter dito muitas vezes ao Onassis: 'Me bate, me insulta; eu te amo, eu te perdôo.' Que ódio! Quanto mais Maria amou aquele homem, mais ele a desprezou! Estou falando do Onassis e nem sei se vocês sabem o que aconteceu! Onassis foi o fim! Entendam 'o fim' como quiserem, de qualquer jeito estarão certos. Aconteceu que Maria se casou aos 26 anos, no início da carreira, com um industrial riquíssimo, Giovanni Battista Meneghini, trinta anos mais velho do que ela. Ele deu segurança econômica e tranqüilidade para ela estudar, ser uma grande cantora, ficar famosa e virar um mito. Era tão apaixonado que largou tudo para se dedicar exclusivamente a ela: era amigo, marido, patrocinador e empresário."

"Também tive o meu Meneghini. O Brigadeiro foi amigo, marido, patrocinador e empresário. Quando minha avó morreu, fiquei tão abalada que não consegui mais cantar. A cada verso, ficava tão triste que meus olhos se enchiam d'água, a voz embargava e não saía nem uma nota. O Brigadeiro mostrou, mais uma vez, que era um homem bondoso. Mais que isso, fez uma declaração concreta de amor por mim. Já tinha dito duas vezes que gostava de mim — para o seu silêncio habitual, falar duas vezes era como que rezar uma ladainha! Eu gostava de ouvir, mas não acreditava muito. Ao me ver triste e abatida, sugeriu que fôssemos à Europa. Deu o dinheiro para comprar roupas, agasalhos e malas. Minha mãe, que adorava secretamente a minha amizade com o Brigadeiro mas nunca quis me ver junto dele, não foi ao aeroporto. Nos despedimos na cozinha. Com as olheiras de sempre, ela chorou, se queixou de ficar sozinha, me abraçou e disse: 'Seja feliz.' Diva murmura, triste: "Coitada de minha mãe!" Após um silêncio, reanima-se: "Sobre a Europa, só vou dizer duas palavras: na Europa eu tomei um banho de cultura! Deixei de ser brasileira e virei gente! Na Europa, comi e dormi todos os dias e todas as noites com o Brigadeiro e virei uma esposa; na Europa me inebriei com a música mais sublime e me vi uma cantora; na Europa conheci uma mulher extraordinária e virei uma artista; enfim, na Europa me encontrei, me tornei o que eu sou. Eu mesma não me reconhecia, até me estranhava. Eu renasci na Europa! Foi tanto o que aquilo mexeu comigo que me mudou, me revolucionou, que hoje posso dizer: a mulher que eu sou nasceu na Europa! Com que prazer, com que orgulho digo que sou européia! Não quero me estender, mas vou contar só um episódio que se passou na Itália. Nós chegamos em Milão quatro dias antes da abertura da temporada lírica. Maria ia cantar pela primeira vez na Itália depois do escândalo por ter interrompido a representação com o presidente na platéia. Mal chegamos, sentimos que a imprensa e a opinião pública já tinham julgado e condenado Callas. Nenhum jornal acreditou que ela estava doente. Todos repetiam que ela desrespeitara o público e insultara o presidente. Teve grande repercussão também uma reportagem que saiu na *Time*, com a foto de Maria na capa, escrito embaixo 'Tigresa'. O Brigadeiro leu para mim. Maria dizia que nunca perdoaria a mãe dela por ter-lhe roubado a infância. Na idade em que devia estar brincando, a mãe a tinha posto para cantar a fim de ganhar dinheiro. Ela disse: 'Dei o melhor de mim à minha família e nunca recebi nada em troca.' Disse a revista que a mãe e a irmã escreveram da Grécia pedindo cem dólares para comprar comida. E Maria respondeu que não queria saber delas, que dinheiro ela ganhava trabalhando e que as duas ainda estavam bem fortes para fazer o mesmo. 'Se vocês não ganham o suficiente para viver, podem se jogar da janela ou se afogar', teria dito. Maria sempre negou ter dito isso. Mas no clima que armaram contra ela, essa entrevista foi como uma bomba. As mãezonas e os paizões italianos queriam arrancar a pele da tigresa. Para pôr mais lenha na fogueira, jornais começaram a reproduzir entrevistas de outras épocas, de outros países. E Maria" — faz um gesto auto-referente — "é muito parecida com uma pessoinha que eu conheço bem: não tem papas na língua! Numa dessas, perguntaram se a Renata Tebaldi era a sua maior rival. Maria respondeu: 'No dia em que a minha querida amiga Renata Tebaldi cantar Norma ou Lucia numa noite, e na seguinte, Violeta, La Gioconda ou Medéia, então seremos rivais. Por ora, é o mesmo que comparar champanhe com Coca-Cola.' Depois dessa resposta, se algum admirador da Tebaldi estava em silêncio, passou a engrossar as fileiras dos inimigos de Maria! Para completar, a imprensa de mexericos estava no encalço de Maria. Queriam saber uma coisa que despertava até a minha curiosidade: como foi que ela emagreceu 60 quilos em um ano? Ela, que chegou a pesar 120 quilos, estava agora com 60! A imprensa marrom dizia que ela emagreceu porque queria parecer com Audrey Hepburn! Teve jornal que alardeou como perigo iminente: 'Abertura da temporada com Callas pode ser um fiasco. Sopranos que emagrecem perdem a voz.' Outros faziam insinuações maldosas: 'Soprano robusta que perde 60 quilos transforma-se em esbelta e elegante companhia de um dos homens mais ricos do mundo.' Que maledicência! Aconteceu que Maria e seu marido, Meneghini, foram convidados para um cruzeiro no iate do Onassis. Entre outros convidados estavam Sir Winston e Lady Churchill. No fim da viagem, os jornais só falavam do triângulo Onassis-Callas-Meneghini. Foi nesse clima que chegou a grande noite de abertura da temporada. O La Scala encheu como nunca. Estava presente o público mais elegante dos quase duzentos anos de existência do teatro: o príncipe Rainier e Grace Kelly, de Mônaco; Begum Aga Khan, Aristóteles Onassis com a sua turma do *jet set*, grandes escritores, diretores, atores e atrizes de cinema e do teatro, enfim, meio mundo, e eu! É, euzinha estava lá no *foyer* do La Scala, no meio dessa gente importante, famosa, poderosa, me sentindo nas nuvens, com os olhos e os ouvidos bem abertos para não perder nada, atracada ao braço do meu Brigadeiro. Só ele mesmo para me proporcionar uma noite de conto de fadas como aquela! E tinha razão o meu querido Brigadeiro quando sussurrou que poucas daquelas pessoas estavam ali para ouvir a *Aída*. Muitos tinham cruzado o Atlântico só para ver o retorno da celebridade das celebridades: Maria Callas!, que havia anos não cantava no La Scala. Tinham ido babar a estrela e não apreciar a difícil arte que fizera dela uma estrela. Isso não interessava àquela gentalha! Mas, apesar do ouro, das pérolas e dos brilhantes, das peles e dos *smokings*, e dos tantos idiomas que se falava ali, pairava um clima de apreensão. De tensão mesmo. A campanha contra Maria tinha sido pesada. Para ser sincera, eu estava com medo de acontecer alguma coisa horrível. E não era só eu que sentia isso. Na entrada do teatro a gente viu policiais armados com fuzis, dispersando pessoas que protestavam. E o Brigadeiro me mostrou policiais disfarçados nos corredores e camarotes. Ele tinha ouvido de militares conhecidos que até no palco havia homens armados disfarçados de figurantes. A verdade é que temiam um atentado contra Maria. Afinal, começou a representação. Quando vi Maria Callas em cena, meu corpo estremeceu. Ela tinha o porte de uma rainha, de uma deusa, parecia superior aos humanos. O olhar duro, profundo, penetrante. Mas notei que estava nervosa: pescoço rígido, braço duro, mão crispada. Estava tensa, mas sabia lidar com a tensão. Quando começou a cantar, comecei a chorar, agradecendo a Deus por ter dado aquela oportunidade a uma artista como eu, de um país distante e esquecido. Mal acreditava que era eu mesma que estava ali, no Scala de Milão, junto à aristocracia e à sofisticação européias, olhando aquele palco esplendoroso, ouvindo e vendo a deusa Maria Callas! Era graça demais! Mas quando olhei em volta, notei que o público estava glacial. Senti a energia da platéia contra Maria. No ar, a tensão de uma guerra silenciosa. Acho que só eu e o Brigadeiro torcíamos por ela. O público queria que Maria errasse, que fracassasse!"

Diva olha a platéia com medo — Ralph no piano, Orlanda na coxia e Zé Bolero na cabine de luz tinham esquecido a audição e acompanhavam a história que Diva contava. Ela se encoraja e recomeça: "O público é terrível. A gente faz das tripas coração, mas vocês querem comer o fígado! Meu coração quase sai pela boca toda vez que encaro vocês. Um suor frio escorre espinha abaixo a cada nota que Ralph dá. Eu tenho medo do que estão achando. Vocês não querem saber se estou bem ou mal, se minha mãe morreu ou não! Fico em pânico, mas tenho que mostrar segurança e confiança, mesmo com a mão trêmula e a garganta seca. Daqui eu sou olhada por mil olhos que se acendem quando alguma coisa sai errada. É um mistério que ninguém entende, nem vocês controlam: todos torcem para eu errar, se divertem mais se eu falhar. Então, nada pode sair errado. Preciso ser mais que um ser humano. Mas eu sou fraca e me sinto desamparada. Estou aqui exposta, o rosto, o corpo, a voz, a alma. Aqui, fico nua. Vocês acham minhas pernas finas, os seios flácidos, se decepcionam porque o tempo está me comendo, mas, no fundo, têm prazer com isso. As mais novas se sentem bem porque estão melhores do que eu; as maduras, porque me vêem como companheira. Mas basta sair daqui para dizerem, se ainda não cochicharam: 'Como ela se mete a cantar com essa voz?' Ou 'Como envelheceu!' Ou 'Quanta vulgaridade!' Ou ainda: 'Não pensei que estivesse tão decadente!' O ingresso que pagam assegura o direito à opinião. Alguém mais generoso vai dizer que minha voz até que não é tão ruim. Outro vai dizer que merecia mais destaque, mas a vida de artista é assim, uns conseguem chegar lá, outros, não. Embora ninguém saiba o que significa chegar lá."

Diva pára e abaixa a cabeça. Está perdida, segura-se numa lembrança: "Maria chegou lá! Enquanto a platéia torcia para ela fracassar, o que eu via no palco era a força inacreditável daquela mulher. Eu fiquei logo fascinada com a harmonia entre a dramaticidade de sua voz e a expressão de seu rosto, onde brotavam, não sei se desenhados ou esculpidos, todos os sentimentos, todos, todos! Os olhos grandes, a boca rasgada, aquele nariz grego se transformavam a cada instante, como se formassem uma máscara e depois outra, e depois outra! E a cada máscara o corpo se ajustava, as mãos, os gestos, como parte da interpretação, como se fosse um quadro, uma escultura! Parecia cantar com o corpo todo, sentir com o corpo todo! Então, aconteceu uma coisa estranha comigo. Eu comecei a sentir as emoções não só de quem estava na platéia, mas também de quem estava no palco. Era como se eu estivesse na platéia e também no palco, junto com Maria, cantando com ela, sentindo o que ela sentia, como se naquele momento eu fosse eu e também fosse ela. Eu suava tanto que o Brigadeiro tirou o lenço e enxugou minha mão. De repente, do alto das galerias, alguém assoviou. E alguém gritou. E logo outro. E outro. E outros. Eu comecei a rezar. Meu Deus, será que eu saí da terra dos botocudos para ver a deusa Callas ser vaiada? Apertei a mão do Brigadeiro. Estava úmida e fria. Maria continuou: como é determinada!, pensei. Ela sabia tudo de floreios com trêmulos, mas usava com cautela, só quando indispensáveis. Os assobios foram silenciando, mas a tensão aumentava. Foi aí que o impossível aconteceu. Para complicar mais a vida, Maria falhou num agudo. Simplesmente não conseguiu. Era o que faltava para aquela gentalha avançar em cima dela. Foram uivos, gritos, assobios e poucos aplausos, como os meus e os do Brigadeiro, tão calorosos que a palma da mão ardia. Mas a vaia foi ensurdecedora! Eu tremia e suava. Me via no palco, impotente, fraquejando, sem forças para reagir diante da ferocidade das vaias. Maria ficou perturbada — quem não ficaria, meu Deus? —, mas soube manter o controle, e a orquestra foi em frente. Apesar de derrotada, ela não perdeu a dignidade. Sabia ser altiva. Míope, quase cega, tinha plena consciência do poder do seu olhar. Não enxergava nem o maestro, mas sentia a música com o corpo e entrava sempre no momento exato. Mas, no segundo ato, a tragédia se repetiu. Era inacreditável, mas Maria falhou de novo! E dessa vez a orquestra parou. O público, incrédulo diante do que via, riu um riso nervoso, mas havia sadismo também, e depois fez silêncio. Que agonia, meu Deus! O tempo passando e aquele silêncio, aquele mal-estar, e não acontecia nada. Eu via a minha deusa desabando, caindo das alturas. Minha vontade era gritar para a platéia: 'Que importância tem se ela não pode dar um agudo? Maria Callas é muito mais do que isso!', mas fiquei calada. Estava paralisada pelo pânico e com a garganta seca de arder. Cheguei a pensar se aquilo não seria por causa da droga do emagrecimento. Mas, de repente, o público começou a assobiar. O que veio de vaia sepultaria qualquer cantora! Senti que Maria estava furiosa consigo mesma, mas nem se mexia. Afinal, a orquestra atacou, e ela assustada com o dilúvio de vaias. Mas reuniu todas as suas forças e a pouca energia positiva que circulava por ali e repetiu a frase: a nota saiu límpida, impecável, poderosa. Que mulher corajosa!

"Nós aplaudimos com fervor, mas a maior parte do público ficou num silêncio de velório. Queriam porque queriam enterrar o mito Maria Callas naquela noite! Mas Maria foi em frente. Foi ficando mais segura, e a partir de um certo momento ficou senhora da situação, voltou a ser a dona do palco. Sua voz poderosa ficou firme, atravessava o La Scala e calava a boca dos seus inimigos. Comecei a observar que ela quase não andava no palco. Como sempre dizia, o movimento tem que ter um sentido, do contrário é melhor ficar quieta. Tudo nela era sereno, definido, preciso. Conseguia o máximo com o mínimo de esforço físico. O gesto preciso no momento exato. E não fazia mais do que vinte gestos numa representação. Naquela noite, ficou quase dez minutos em pé sem se mexer, forçando todo mundo a admirar aquela escultura trágica. Maria brilhava. Incendiava o palco com sua força! Até que chegou aquela hora em que Medéia chama Jasão de cruel. Maria deu o primeiro '*Crudel!*', a orquestra acompanhou com dois acordes fortes e silenciou, esperando que ela desse o segundo '*Crudel!*' para recomeçar. Mas Maria segurou o silêncio com toda a sua força, com todo o suspense. Meu coração quase saía pela boca. Ela veio até o proscênio e encarou o público como um animal ferido de morte, mas orgulhoso. Seu olhar parecia dizer: 'Este palco tem sido meu e, enquanto eu quiser, continuará meu!' Gelada de pavor, eu me perguntei: 'Meu Deus, o que está acontecendo?' E a orquestra em silêncio, esperando. O resto do elenco estava aflito. Maria encheu os pulmões de ar e explodiu o segundo '*Crudel!*' na cara do público, que ficou silencioso, humilhado, envergonhado. Nunca vi mulher tão atrevida! Desafiou e enfrentou a canalha maldosa que queria destruí-la. Eu comecei a chorar de alegria por Maria ser assim, por Maria existir, por ser uma mulher, por ser uma cantora, por ser uma artista! Eu soluçava baixinho, mas as lágrimas despencavam pelo meu rosto. Então, me lembrei do que ela dizia: às vezes é preciso ser dura, ser áspera, é preciso ser feia por uma necessidade da personagem, embora o público não compreenda e, a princípio, até estranhe. Mas acaba compreendendo. E é a gente que tem de convencer o público de que só poderia ser daquela maneira. Quem quiser ficar todo o tempo bonita, com voz cristalina, não deve interpretar. Palco não é lugar para estar sempre bonita. Isso é na passarela, não aqui! Essa preocupação de estar sempre sorridente, sempre bonitinha, é típica de gente medíocre, que sobe ao palco para agradar, não para encantar e emocionar. Nada me ofende mais quando vou ao teatro do que ver um artista querendo me agradar, descendo as calças, se aviltando e aviltando a sua arte para me agradar. Quem quer muito agradar é porque não sabe encantar! E quando Maria reiniciou cantando *'Há datto tutto a te'*, ela ergueu o punho para o público. Não para mim, porque eu concordei que ela naquela noite me havia dado tudo. Quando o pano caiu, o público enlouqueceu. Parecia que o teatro ia desabar. Eram duas, três mil pessoas — sei lá quantas! — aplaudindo, gritando, uivando! Foram 24 minutos de consagração! Um recorde de aplausos no Scala de Milão. Eu estava em pé, aplaudindo, chorando e gritando, quando olhei para o lado e vi o meu doce Brigadeiro sentado, com a cabeça apoiada no encosto da cadeira da frente. Seu corpo se sacudia com os soluços: que homem! Eu estava exaurida, não tinha mais nenhuma gota de emoção para sentir quando o Brigadeiro me veio com mais uma surpresa: tinha conseguido que fôssemos cumprimentar Maria Callas no camarim. Era demais! Depois de tudo, será que vou conseguir falar com ela?, me perguntei. E se conseguir, vou dizer o quê? A vontade era de me atirar aos seus pés. Não, é melhor desistir. Segurei o braço do Brigadeiro: 'Ela deve estar exausta; muita gente quer vê-la'. Mas ele insistiu. No salão de espera, todo cercado de *corbeilles* e arranjos de flores, reis, rainhas, presidentes, milionários, políticos, artistas que já a tinham cumprimentado continuavam excitados. Fomos levados por um corredor comprido, cheio de seguranças, secretários, assessores, puxa-sacos, fãs, o diabo! Quando, enfim, entramos no camarim, ela já estava sem o figurino, e uma mulher penteava silenciosamente seus longos cabelos. O guia nos identificou. Ela sorriu para nós e, em inglês, nos apresentou seu marido, o simpático Meneghini, que nos ofereceu cadeiras. Diante dela fiquei muda. O Brigadeiro, que nunca abria a boca, tentou falar, mas ela tomou a frente com elegância e delicadeza. Conhecia o Brasil, cantara no Rio de Janeiro, não se lembrava quando. Achou a cidade linda. Depois, pediu que o Brigadeiro traduzisse para mim que pedia desculpas, porque eu não teria assistido a uma boa apresentação. E se estendeu sobre a guerra que acontecera. Riu muito quando o Brigadeiro, mudando de assunto, perguntou se ela tinha mesmo jogado um cinzeiro na cabeça do diretor do Theatro Municipal do Rio. Depois, ela fez uma confissão com ar de conselho: no começo da carreira achava que era preciso ser uma celebridade para atuar melhor. Achava que se sentiria mais segura e protegida. Mas depois viu que não era verdade. 'Quanto mais famosa se é, mais difíceis são as coisas e menos gostam da gente. O que pode acontecer a quem já está no alto é despencar.' Depois, disse uma coisa que não se ligava a nenhum daqueles assuntos, uma espécie de máxima: 'Na verdade, as necessidades da vida são muito simples.' E essa frase ficou no ar. Logo me dei conta de outra semelhança entre nós: durante toda aquela viagem, eu estava vivendo como a esposa do Brigadeiro, que era muito mais velho do que eu, igualzinho ao atencioso marido dela. Lembrando agora, aquela mulher era um monstro sagrado, uma espécie de artista que não existe mais. Mas, por que não existe mais?, me pergunto. Por que não se vêem mais a disciplina, a dedicação, o rigor, a ousadia? Hoje, o que mais se vê são artistas entre aspas, querendo fazer sucesso rápido, pelo caminho mais curto, buscando facilidades, fama e dinheiro, evitando confrontar-se com a criação. Será que a arte acabou?"

Diva faz silêncio e parece perdida em suas ruminações. Orlanda fica apreensiva; Zé Bolero, recostado na cadeira, acompanha com curiosidade a história, assim como Ralph, que, com o queixo apoiado na mão, ouve, interessado. Diva acorda do torpor: "Quando, enfim, saímos do camarim, eu estava besta com a simplicidade daquela mulher. Apesar da fama, da riqueza, da vitória daquela noite, apesar de tudo, não tinha qualquer afetação, parecia até humilde, o que nunca fora. Quando saímos pelos fundos do teatro, uma multidão a esperava, e a polícia continuava a postos com seus fuzis. Maria foi a última a sair, depois dos cantores e das celebridades, com um vestido preto e agasalhos pesados. A multidão gritou e aplaudiu. Ela avançou até o carro sem sorrir nem acenar para ninguém. Muito diferente da mulher que provocara tanta comoção. O carro partiu. E nós voltamos para o Brasil." Diva fecha os olhos, parece delirar, seu corpo balança levemente para um lado e outro. Depois do mergulho nos seus recônditos, ela abre os olhos, parece se dar conta da platéia e, reanimada, volta a falar.

"Eu disse que Violeta escreve uma carta a Alfredo para encerrar o romance entre eles, como pedira o pai dele, Giorgio Germont. Acontece que Alfredo a surpreende e, enciumado, quer saber a quem ela escreve: 'A você', ela diz. Ele quer ler a carta, ela não deixa. Ele se diz perturbado com uma carta que recebera do pai." Ralph toca a introdução da nova ária. "Ela tenta acalmá-lo, mas está, na verdade, se desculpando pelo que irá fazer e, emocionada, chora. Ele quer saber por que chora", Diva canta: "*Di lagrime avea d'uopo / Or son tranquilla*", se esforça para esconder que chora: "*Lo vedi? Ti sorrido... lo vedi? / Or son tranquilla... / Ti sorrido. / Sarò là, tra quei fior / Presso a te sempre. / Amami, Alfredo, / Amami quant'io t'amo! / Addio!*"

"Ela corre para o jardim. Ah, o amor! Não existe nada para infernizar mais a vida da gente do que o amor. O amor e o dinheiro. Eu não tenho nem um nem outro. Maria teve as duas coisas com o tal Onassis. Ah, o Onassis! Bem, não é preciso dizer que aquelas fofocas sobre o triângulo amoroso Onassis-Callas-Meneghini, infelizmente, eram verdadeiras. Mas não foi porque ela traiu e pronto. Isso seria uma simplificação injusta, como faz a imprensa. As coisas já não iam bem entre ela e o Meneghini. Uma vez ela disse que a fama dela tinha subido à cabeça dele. Nisso, Deus me ajudou. O Brigadeiro foi uma bênção na minha vida. Tinha lá suas esquisitices, mas que homem não tem? Não fosse ele, eu não estaria aqui hoje. Tudo o que dei a ele, as vontades dele que fiz, tudo foi nada comparado ao que me deu. O Brigadeiro não me deixou faltar nada. Andaram dizendo que, como Maria se casou com um homem mais velho, ela tinha frustração sexual e fazia do trabalho uma fuga. Aquela obsessão de cantar, cantar, cantar, era porque em casa não dava para trepar, trepar, trepar! Isso nunca me faltou com o Brigadeiro! Mas antes de completar dois meses que tinha conhecido Onassis, Maria se separa de

Meneghini e sua vida dá uma guinada. É uma paixão desenfreada! Pára tudo e vive rodando o mundo atrás do grego. Para mim, aquele grego nunca amou Maria. Os homens são uns demônios! Por que aquele homem tinha que sair da ilha dele, tinha que descer da montanha de dinheiro dele e infernizar a vida de Maria? Eu não me conformo! E o pior, a desgraça, a tragédia, é que ela parou de cantar e cismou de ser do *jet set*, dama da alta sociedade! Acabou a disciplina, parou de estudar, mudou a maneira de viver e de pensar, jogou a voz no lixo, o estilo rigoroso, a consagração, para ser dondoca! Maria Callas dondoca! Aquele monumento de sensibilidade e talento, entregue à frivolidade, à banalidade, a nada! Eu, perdida neste Brasil, querendo aprender tudo, sem meios nem chances, e ela jogando fora tudo o que sabia. Ah, Maria, você podia ter dado um pouco para mim! Ou — o que custava? — dar uma entrevista à *Time* dizendo que a única substituta que você via à altura era euzinha aqui!" Diva ri, diverte-se com a própria idéia: "Brincadeira, gente! Fiquei até quente de vergonha! Ah, mas não custava nada me dar uma força! A gente ficou tão amiga! Não sei como Maria conseguia não cantar mais. Em oito anos, cantou raríssimas vezes. Uma delas foi um fiasco. Sua voz tinha encolhido na extensão e no volume — um crítico disse que tinha sido destruída naqueles anos de ócio. Perguntou: 'Será que conseguirá recuperá-la?' O mito de Maria ficou maior que ela. Para cantar, tinha que competir com o próprio mito. E estava perdendo. Maria nunca errava nas escolhas como artista. Os erros foram sempre na vida pessoal. Escolheu homens errados. E sabe qual era o sonho dela naquele momento? Casar com o Onassis! E, para facilitar, renunciou à cidadania americana e virou grega! O mordomo dele contou que ela estava ansiosa para casar depressa, porque senão ficaria tarde para ter filhos. Era esse o maior sonho de sua vida! E eles não se casaram. Ela não teve filhos." Diva faz uma pausa e murmura para si mesma: "Eu também não me casei, nem tive filhos. Mais coincidências." Volta a falar para o público: "Quando o caso com Onassis finalmente acabou, Maria estava sem profissão, sem voz, sem filhos, sem marido, sem amor, não tinha sequer um bom amigo. E eu acabei de dizer que ela tinha conseguido tudo que alguém pode sonhar como artista! Restou a solidão. Igualzinha a mim! E quando o grego se casou com a Jacqueline Kennedy, ela deve ter sentido o mesmo que senti com a morte do Brigadeiro."

"Quando o Brigadeiro morreu, meu sonho acabou! Quem iria me ajudar? O que eu poderia fazer? De repente, minha vida não tinha mais futuro. E o meu presente estava atolado no escuro. Não tinha nem com quem conversar. Foi então que escrevi uma carta a Maria. Contei o que tinha acontecido e pedi sua opinião. Enderecei a carta ao Teatro La Scala de Milão. Como artista, Maria tinha conseguido tudo o que alguém pode sonhar. Poderia me sugerir um caminho, me dar um alento, uma esperança. Se respondesse mandando um abraço, já ficaria feliz. E o impossível aconteceu: pouco antes de me mudar para o Rio de Janeiro veio a resposta de Maria. Abri o envelope chorando, mas não pude ler: estava em inglês. Paguei para traduzir." Diva tira um papel do sutiã. "Trago sempre uma cópia comigo." Ela lê: "Minha querida. Recebi a sua carta no momento em que também estou triste. Deu-me trabalho para ler, porque não conheço o português. Um amigo de Lisboa a traduziu. Achei a nossa situação parecida. Será que somos almas gêmeas? Passei pela provação de ver o homem que mais amo casar-se com outra que não o ama, eu sei. É a mesma sensação de perda que lhe causou a morte do seu. No meu caso, ele preferiu outra. No seu, não houve escolha. Para aliviar a dor, voltei a cantar, após oito anos em silêncio. A crítica me recebeu com paus e pedras. Do mesmo modo que a reprovaram no concurso. Eu me pergunto se, quando escrevem as críticas, eles pensam na minha pessoa. Será que eles se perguntam o que ela sentirá com o que estou dizendo? Como receberá as minhas palavras? Ela terá alguém que possa estender-lhe a mão? Não pensam nisso, como o carrasco não pensa no ser humano que vai morrer pelas suas mãos. Eles pensam que a arte deve agradar a eles, nada mais. O que poderia lhe dizer com humildade é que, trabalhando dia e noite nesses anos todos, vislumbrei o que é a arte. Não é o que pensam. É tão forte, tão profundo, tão maravilhoso, que é mais que a vida! Eles não entendem da vida, só de julgamentos e veredictos. A profissão deles é nos condenar. Vamos deixar os críticos de lado; eles têm que sobreviver, e sou a carne a ser servida na mesa deles. Mas se a vida nos reserva o abandono, duas mulheres solitárias, duas artistas desrespeitadas, seríamos almas gêmeas? Quero lhe dizer que vou reagir: eu vou cantar! A única coisa que não podemos deixar de fazer! Com certeza, eles não vão gostar, já decretaram que devo ir para o cadafalso. Celebraram meu enterro artístico. Você não lerá mais a meu respeito, nem ouvirá falar de mim. Não receberei convites para estréias, *vernissages* e jantares. Quando não se faz sucesso, todos se afastam como do leproso bíblico, inclusive os próprios artistas. Mas estarei viva, cantando onde haja quem queira ouvir. Em restaurantes, boates, parques de diversões e teatros de província. Não deixe de cantar, minha querida. O importante não é a glória, é a arte. Quem sabe não voltamos a nos encontrar? Aceite o abraço da sua alma gêmea. Maria." Diva guarda a carta.

"Depois dessa carta, decidi que vou morrer cantando, não importa onde. Se houvesse justiça no mundo, eu deveria estar cantando no Metropolitan de Nova York, no La Scala de Milão. E olha onde eu vim parar! Aqui, longe de Deus, sofrendo anônima, numa falta de dinheiro de fazer pedra chorar! Estive em 94 cidades, levando ópera ao povo miserável deste país esquecido, na periferia do mundo, uma terra sem alma, sem respeito, sem sensibilidade e sem piedade!" Ela faz uma pausa e assume um tom crispado: "Mas também cansei de falar da Europa e dos países onde tudo foi resolvido. Cansei de falar de Carmens, de Isoldas, de Lucias, de Aídas e Violetas. O mundo já sabe tudo delas. E, no entanto, elas não existem! De mim, que existo, ninguém sabe nada. Por que será que vocês pagam para ver a tragédia de quem não existe e não querem ser importunados pelo drama de quem existe? Enquanto eu fico aqui me fazendo de liberada espanhola que morre assassinada, de vagabunda parisiense que morre tuberculosa, todo mundo fica atento, todo mundo aplaude. Mas na hora que eu tiro a fantasia e aparece uma cantora brasileira lutando pela vida, ninguém quer saber! Será que quando a vida começa a sangrar deixa de ser arte e fica insuportável? Quer dizer, a arte, sim; a artista, não! As personagens, sim; as pessoas, não!"

Diva está trêmula, pálida, o olhar vazio, o suor escorre, arrastando a maquiagem. Parece lutar para manter a lucidez, mas o devaneio, a lembrança e os medos a levam para longe do picadeiro. Ela volta a falar baixo, quase sussurra: "Hoje eu ouvi uma notícia no rádio. Vão fazer um filme sobre a vida de Maria. E chamaram uma atriz americana para fazer o papel dela." Então era essa a notícia?, pergunta a expressão decepcionada de Ralph olhando para a coxia; o mesmo desapontamento está no rosto de Orlanda, e Zé Bolero não entendeu direito a parte do cinema americano. Cada um vive a seu modo o patético da situação. Diva prossegue: "Eu tenho até vergonha de dizer, mas fiz este recital com febre. Eu não estou bem. Vocês podem achar que é uma pretensão absurda, mas o meu sonho era fazer o papel de Maria. Eu sei tudo dela! Tudo, tudo, tudo! Eu daria o resto da minha vida, que é tudo que tenho, para ser Maria no cinema! Tudo o que sonhei na vida foi ser como Callas. Eu queria viver cada instante que ela viveu, sentir cada emoção que ela sentiu. Eu não queria ser eu! Eu odeio ser eu! Eu queria ser Maria Callas! Eu queria morrer para ressuscitar Maria Callas! Mas foi impossível. Tudo, tudo, tudo foi impossível. Nem no cinema. Eu sou uma boa cantora, mas, infelizmente, nasci no subúrbio do mundo. Lá nos Estados Unidos nunca saberão de mim. Vou ter que cantar por todo o país, de cidade em cidade, até dar a volta ao mundo, para que alguém nos Estados Unidos saiba que posso ser a Callas. Não dá tempo. Estou envelhecendo, morrendo. O meu momento, que tanto esperei, está passando, sem nunca ter chegado!" Ela vai para trás do biombo e, sem deixar de falar, muda o figurino e a maquiagem.

"Depois que Violeta sai para o jardim, Alfredo encontra a carta que ela escreveu, despedindo-se para sempre. Fica desesperado. Mais tarde, Violeta está na festa de uma amiga, na companhia do Barão, e Alfredo aparece. Enciumado, ele desafia o Barão para um duelo. Violeta tenta dissuadi-lo. Ele concorda, desde que saiam juntos dali. Ela se nega, pois fez uma promessa contrária. Ele quer saber se foi ao Barão. Não podendo revelar que foi ao pai dele, Violeta confirma a mentira de que foi ao Barão. Indignado, Alfredo atira sobre ela o dinheiro ganho no jogo. Um escândalo! Só Giorgio Germont, pai de Alfredo, ali presente, sabe de tudo, mas se cala. Alfredo se arrepende e deixa a festa com o pai. Desfalecida, Violeta é levada para outro aposento. No começo da cena, vêem-se homens carregando os seus últimos móveis para serem leiloados."

Diva sai de trás do biombo com outro figurino, deita-se na *chaise-longue*, mostrando na passagem: "Restam a cadeira, a penteadeira e a cama. O médico, que acaba de sair, não dá muita esperança. Não há ninguém em casa. Com grande esforço", Diva se levanta, "ela vai até a penteadeira. Entra Alfredo:", ela olha para um imaginário Alfredo, "ela lhe pede perdão e declara seu amor eterno. Reconciliados e felizes, eles cantam o reflorescimento da saúde, a felicidade a dois, que o futuro lhes reserva." Ralph toca a introdução, Diva canta: *"Parigi, o caro, noi lasceremo / La vita uniti transcorreremo / De' corsi affani compenso avrai / La tua salute refiorirá. / Suspiro e luce tu mi sarai / Tutto il futuro ne arriderá / Ah, non piu! / A un tempio, Alfredo, andiamo / Del tuo ritorno grazie rendiamo."* Na pausa, Diva narra: "Violeta vacila, Alfredo se assusta: 'Está pálida?' Ela disfarça: *"É nulla, sai. / Gioia improvisa non entra mai, / Senza turbalo, in mesto core."* Volta a narrar: "Violeta se deita na *chaise-longue*. Alfredo manda a empregada buscar o médico. Quase desfalecida, ela reúne todas as suas forças e manda a empregada dizer ao médico que Alfredo voltou e ela está curada." Canta: *"Ah, digli che Alfredo è ritornatto, / È ritornatto all'amor mio, / Digli che vivere ancor vogl'io!"* Diva narra: "A criada vai", ela canta: *"Ma se tornando non m'hai salvato, / A niuno in terra salvarmi è dato."* Ela narra: "Violeta, reage nos estertores", e canta: *"Ah, Gran Dio! / Morir sì giovane, / Io che penato ho tanto! / Morir sì presso a tergere / il mio si lungo pianto! / Ah, Dunque fu delirio / La credula speranza! / Invano di constanza / Armato avrò, avrò il mio cor!"* Diva diz: "A empregada volta com o médico e o pai de Alfredo. Violeta, subitamente animada, diz: *'Cessarono gli spasimi di dolore! In me rinasce, / M'anima insolito vigore! / Ah, ma io ritorno a vivere! Oh gioia!"* Diva diz: "Cai morta sobre a cama."

DE LUTO FECHADO, PÁLIDA, CABELOS PRESOS, OLHOS INCHADOS, ORLANDA apóia a cabeça no ombro de Divina, que, cantando, acaricia sua mão. Do banco onde estão sentadas vê-se junto ao teto a surrada faixa branca onde se lê, em letras azuis irregulares, Igreja Universal Jesus no Coração. Sobre o estrado, o pastor Romualdo, filho de Divina, de terno mostarda, camisa branca e gravata azul, rege os quase cinqüenta fiéis que cantam o hino religioso. A música, envolvente e confiante da salvação em Jesus Cristo, faz ressurgir, na memória de Orlanda a desesperada procura por Merciana nos rescaldos da fazenda. No madeirame fumegante, ela procura ajudada pelos colonos, que jogam água do riacho nas chamas remanescentes, erguem uma estaca aqui, uma verga ali e uma ombreira acolá. Até que, coberto por um resto de porta, encontram o corpo de Merciana calcinado, miúdo e preto, só osso e dente.

Num susto com o grito poderoso do pastor, ela volta ao templo: "Eis que estou à porta, e bato; se alguém ouvir a minha voz e abrir a porta, entrarei em sua casa e cearei com ele e ele comigo." De pé, os fiéis respondem em coro, com voz forte e convicta: "Deus me escolheu! Eu creio!" O pastor, com voz mais forte: "O senhor Jesus nos deu toda a autoridade quando Ele morreu na cruz. Todas as coisas que pertencem à vida e à piedade já nos foram dadas pelo Seu divino poder!" Os fiéis, mais forte: "Deus me escolheu. Eu creio!" "O senhor Jesus nos fez perfeitos para sempre, nos abençoou com toda sorte de bênçãos, levou todas as nossas enfermidades, nos deu vitória sobre o mal e tudo que temos a fazer é crer e receber o que Ele já nos deu por graça, e não mendigar algo que já nos pertence!" "Deus me escolheu. Eu creio!" "Tu tens toda a autoridade que teve Jesus Cristo, nosso Pai celestial!" "Deus me escolheu! Eu creio!" "Vamos cantar em louvor a Jesus, com toda a fé do nosso coração!" O hino e a fé dos que cantam envolvem Orlanda numa estranha emoção, que a induz a cantar junto, como se compartilhasse seu desespero. Mas sente que não deve. Parece que o Jesus que ela ama não é o mesmo Jesus que eles louvam. No entanto, estar ali lhe traz alívio interior; com as mãos de Divina segurando a sua, sente-se menos só.

O pastor Romualdo agora faz a pregação num tom enfático, com gestos largos e expressões teatrais: "O grande mestre Martinho Lutero disse: 'Se alguém atribui alguma parte da salvação, ainda que seja a mais insignificante, ao livre-arbítrio do homem, é porque não sabe nada a respeito da graça de Deus, e não conhece Jesus Cristo como realmente é devido.' O livre-arbítrio diz que a salvação está no poder do homem e não de Deus. Por que não devemos acreditar no livre-arbítrio? Evidências bíblicas mostram que o livre-arbítrio é um mito, uma tradição, uma altivez e um insulto à soberania de Deus. A fé é um dom de Deus, não do homem. O livre-arbítrio nega a soberania de Deus. Deus vos escolheu, desde o princípio, para a salvação. Nem todos foram predestinados para a salvação. Alguns são destinados para a perdição. Está em Jeremias, 10:23: 'Bem sei, Senhor, que não é o homem dono do seu destino, e que ao caminhante não lhe assiste o poder de dirigir seus passos.'

Desde que entrou o pecado no mundo, há duas sementes. Deus quis fazer separação entre a semente de Deus e a semente do Diabo. Mateus, em 13:24-43, mostra como se separa o trigo e o joio; em 13:47-50, como se separa o peixe bom do peixe ruim, em 25:1-13, como se separa as virgens prudentes e as virgens insensatas, e Marcos, em 4:1-20, na parábola do semeador, diz que nenhum filho do Diabo se salvará, mas somente os filhos de Deus. Os filhos do Diabo nascem filhos do Diabo e sempre serão filhos do Diabo. Os filhos de Deus nascem predestinados para a salvação e os filhos do Diabo, destinados à perdição. As ovelhas manifestam o fruto do espírito e não se confundem com os lobos, porque suas atitudes e seu comportamento são diferentes. O lobo engana, mas por pouco tempo, já que é o próprio espírito que produz esse comportamento nas suas ovelhas. O lobo não permanece na casa do Pai, pois ele não é filho. Deus é quem salva. O senhor Jesus Cristo nos salva dos pecados, livra-nos do poder do pecado, da morte, da miséria, da maldição, da doença, da pobreza, da ira de Deus, dos laços de Satanás, do Inferno, trazendo o homem a um estado de salvação eterna em íntima comunhão com Deus. O livre-arbítrio começou no coração de Lúcifer. Está em Isaías, 14:12-15: 'Então, caíste dos céus, astro brilhante, filho da aurora!' Astro brilhante é Lúcifer, nós sabemos: 'Então, caíste dos céus, astro brilhante, filho da aurora! Então, foste abatido por terra, tu que prostravas as nações! Tu dizias: Escalarei os céus e erigirei meu trono acima das estrelas. Assentar-me-ei no Monte da Assembléia, no extremo norte. Subirei sobre as nuvens mais altas e me tornarei igual ao Altíssimo.' O livre-arbítrio é a voz de Satanás na nossa carne: na Epístola aos Efésios, 2:1-3, Paulo diz: 'E vós outros estáveis mortos por vossas faltas, pelos pecados que cometestes outrora seguindo o modo de viver deste mundo, do príncipe das potestades do ar — Satanás! —, do espírito que agora atua nos rebeldes. Também nós todos éramos deste número quando outrora vivíamos nos desejos carnais, fazendo a vontade da carne e da concupiscência. Éramos como os outros, verdadeiros objetos da ira divina!' O pendor da carne é o livre-arbítrio. O pendor da carne é inimizade contra Deus, pois não está sujeito à lei de Deus, nem mesmo pode estar."

Arrastada pela memória, Orlanda se vê no corredor entre celas escuras, onde vultos de homens junto às grades a olham em silêncio. Ela segue os soldados, que a foram chamar, até uma cela, onde o corpo de Orlando está estendido no chão, com uma vela acesa; um homem de joelhos, vestido apenas de cueca, reza o terço; os demais, encostados nas paredes, sentados nos catres, olham em silêncio.

"Deus me elegeu porque eu aceitei!", grita o coro de fiéis, trazendo Orlanda de volta ao templo; e o pastor: "Exerci minha vontade e Deus me predestinou!" O coro: "Exerci minha vontade e Deus me predestinou!" E a cada afirmação do pastor, o coro a repete em êxtase de fervor, aos gritos: "Estou salvo para sempre! Completo em Cristo! Deus me predestinou! Porque eu aceitei! Deus me escolheu! Eu creio!" O pastor Romualdo silencia e parece orar em concentração profunda. Sugere: "Vamos cantar em louvor a Jesus, com toda a fé do nosso coração." Todos cantam, acompanhando-o.

Após os cânticos, o pastor volta a pregar: "Revesti-vos de toda a armadura. Satanás só pode operar se tu lhe deres permissão. Resisti ao diabo e ele fugirá. O pensador negativo atrai o fracasso e a derrota. O positivo, que manteve firme a sua convicção, atrai a vitória e vê a glória de Deus na sua vida, sentado em lugares celestiais para exercer a autoridade. O meu Deus supre tudo o que me falta. Ele nos dá tudo em abundância." E depois de uma pausa, conclui: "Vamos cantar em louvor a Jesus." Todo o templo canta em uníssono.

No cemitério de Galiléia, Orlanda limpa a singela sepultura onde repousam seu pai e sua mãe. O mato e as ervas daninhas invadiram o retângulo de pedras brancas sobre o chão. Ela arranca com a mão as mais crescidas, acerta as pedras que saíram do lugar e endireita a cruz, que tombara para o lado. Tira o terço da bolsa, ajoelha-se e reza. O sol se esconde lentamente.

Em Governador Valadares, voltando de Galiléia, Orlanda encontra o caminhão de mudança na porta da casa de Divina, onde está hospedada. Carregando-o de móveis e utensílios com a orientação de Divina e Romualdo, homens entram e saem da casa. Ao vê-la, Divina a abraça: "Onde estava, Orlanda? Foi a Galiléia se despedir, não foi? Pois fez bem. Mas agora, vamos apressar. Suas coisas estão prontas? Então, vamos pôr no caminhão." Cabisbaixa, Orlanda não se mexe: "Que cara é essa Orlanda? É a tristeza da despedida no cemitério?" Divina acolhe sua cabeça no peito carinhosamente. "Vamos conversar no quintal." As duas se sentam sob a mangueira. "Agora me conta", pede Divina, mas Orlanda se mantém em silêncio: "Quer desistir outra vez de ir com a gente, não é, Orlanda? Eu entendo. Se de todo jeito você não quer, não vai. Ninguém vai obrigar você a nada. Dói muito largar a terra da gente, onde o pai e a mãe estão enterrados, e ir para uma cidade desconhecida, que mete medo. Mas os mortos, mortos são. Você tem que ver o que vai ser melhor para a sua vida. Vai ficar fazendo o que aqui sozinha? Não tem profissão nem emprego. As terras da herança, a justiça tomou. Vai viver de quê, Orlanda? Juntos, a gente sempre se ajeita. Romualdo, sendo pastor numa cidade grande, sempre vai ganhar para o morar e o comer. Mas você é quem sabe. Fico preocupada de largar você aqui no meio de gente que mata por qualquer coisa. Quem tirou a vida da sua mãe e do seu pai não pisca para tirar a sua, que Jesus amado nos proteja!" Divina se levanta, estende a mão para Orlanda, que se ergue e a abraça. Orlanda murmura: "Vou arrumar minhas coisas."

UM NÚMERO SURPREENDENTE DE PESSOAS SE DESPEDE DO CORPO DE VITTORIO Emanuelle Sbravatti Chalmers, o Brigadeiro: membros da Sociedade Mineira de Engenheiros, empresários da construção civil, da mineração, do comércio e exportação de ouro, pilotos, instrutores e mecânicos da aviação, oficiais superiores das corporações militares, da associação de ex-combatentes, artistas, membros das sociedades musicais de canto lírico, membros das comunidades italiana e inglesa, freqüentadores de restaurantes, bares e da vida noturna, um batalhão de mulheres. A mansão está tomada, inclusive jardins, bosque, até o fundo, por um mar de ternos e vestidos escuros, fardas verdes e azuis. Há coroas de flores espalhadas pela casa e pelos jardins. Diva se conforta ao saber que o Brigadeiro era mais querido do que aparentava, tinha mais amigos do que ela imaginava. Agora que é um corpo inerte, oculto entre flores de odor asfixiante, e não ouve mais suas perguntas, ela avalia que sabe pouco da vida dele, do passado, dos amigos, dos negócios — como ocorre em amizades que se iniciam quando um é adulto e o outro, criança. A reserva com que manteve a relação dos dois a preservou das indiscrições provincianas, mas impediu que ela viesse a saber mais sobre seus amigos e o nível de afeição que os unia, até mesmo de Pedro e Raul, presentes ao enterro, que raramente iam à mansão. Nessas ocasiões, Vittorio a afastava, evitando que se conhecessem. Assim como não conhece as mulheres presentes, algumas em choro convulso.

Pela prostração e pelo desconsolo, Diva é quem mais sente aquela morte. Ninguém, como ela, perdeu de uma só vez o amigo, o amante, o mestre, o protetor, o pai. Agora, está definitivamente só. Seu desamparo está estampado na face. Os poucos que sabem que era a companheira de Vittorio não a cumprimentaram. Nunca vira aquela gente na casa. Ninguém reconhece seu lugar na vida dele. Daí os olhares e sussurros, que afirmam, espantam, negam, confirmam e duvidam quem é a mulher de preto, junto à parede, no fundo da sala, com os olhos inchados e sem brilho, olheiras escuras no rosto pálido, sem maquiagem. O homem da funerária sussurra-lhe: "É hora de fechar. Senão, escurece antes de chegar no cemitério." Ela assente, e desviando-se de uns, afastando outros, abre passagem até o caixão, insegura sobre se alguém impediria sua despedida — não consegue acreditar que é a última vez que vê o seu doce Brigadeiro. Curva-se sobre o rosto envolto em flores e, sussurrando, canta a *Habanera* só para ele, certa de que, onde estiver, ficará feliz de ouvir. Raul, Pedro, um militar da Aeronáutica e um ex-combatente fecham o caixão e colocam a bandeira do Brasil e da FEB sobre ele. Os presentes debandam na direção dos carros estacionados nas cercanias. Seguem o esquife, atravessando a cidade até o cemitério do Bonfim.

Na primeira semana que passa sozinha na mansão, Diva não sabe o que fazer, não sabe o que pensar. Sem o Brigadeiro, sente-se em queda livre num abismo. Não dorme, mal se alimenta, não consegue se fixar num pensamento, tem dificuldade de manter-se por muito tempo no mesmo lugar ou fazendo a mesma coisa. É impossível ouvir música e deitar na cama onde dormiam juntos. E as perguntas a atormentam: como será daqui para a frente? O que vai fazer da vida? Vai morar nessa casa? Como vai ganhar dinheiro? Não sabe responder a nenhuma delas.

Quinze dias depois, recebe a visita de Raul. Delicado e solidário com a dor de Diva, precisa, no entanto, lembrá-la do desejo de Vittorio, confiado a ele, como advogado, há muito tempo, e registrado em cartório: após a sua morte, seus bens devem ser divididos entre duas herdeiras, sua mãe e Mrs. Austin.

Como Mrs. Austin falecera antes dele e não tinha descendentes, toda a herança pertence a Giulia Sbravatti, e deve ser a ela transferida. No mais, Raul reitera que todos os amigos de Vittorio precisam zelar pela sua memória. E acrescenta: "Pelo que me dizia em conversas confidenciais, ele soube, em vida, retribuir a sua dedicação." Diva não sabe o que dizer; apenas agradece, pedindo um pouco de tempo para pensar no que vai fazer da vida. Raul não quer apressá-la, mas pergunta de quanto tempo precisaria. Ela pede uns dois meses. Ele diz que assumirá as despesas da casa até a conclusão do inventário, que será iniciado imediatamente. Em dois meses voltará. Deixa o cartão de visita, para qualquer necessidade, e se despede cordialmente, reiterando os sentimentos de pêsames.

Apesar do desespero e das incertezas, há que tomar decisões. Nas circunstâncias, a falta de opções até simplifica — e a viagem à Europa, com tudo o que viu e aprendeu, abriu-lhe a cabeça e diminuiu temores e inibições. Diva sente-se mais corajosa e determinada. Na sua avaliação, a única coisa que gosta de fazer, e que acha que sabe fazer, é cantar. Porém, para isso se transformar em profissão não poderá ficar em Belo Horizonte. Decidida, vende o colar de pérolas e outras jóias que Vittorio lhe dera, e com as economias das compras pessoais com que às vezes ele a presenteava, decide ir para o Rio de Janeiro, onde imagina que pode viver do canto lírico.

Na manhã em que desocupa a mansão, depois de emocionado passeio de despedida pelos jardins, o bosque e o bangalô, onde viveu desde criança, Diva recebe um telegrama dirigido ao Brigadeiro. Ela abre e lê: "Giulia Sbravatti riposa in pace seppellita in Catanzaro pt Giuseppe Rebelatto." Tão breve a mensagem que o seu italiano de ópera bastou para traduzir: "... repousa em paz sepultada em...", murmurou Diva, aliviada pelo destino ter poupado o Brigadeiro da notícia. E se perguntou: "E agora, quem se beneficiará da herança?" Mas não soube responder.

RALPH SE IMPACIENTA, MAS MARLENE INSISTE, EXASPERADA, QUE NÃO É DEsinteresse nem frieza, mas exaustão de noite após noite, no frio assassino de Londrina, agüentar devassos bestiais jorrando esperma sobre ela depois de usar e abusar do seu corpo, e ainda ser amante fogosa quando chega em casa! Esperma tem o mesmo cheiro e o mesmo gosto, qualquer que seja o homem! E ela tomou nojo do cheiro, e tem vontade de vomitar com o sabor! Quando Ralph diz que deve viver longe dos homens, ela não ouve: "Basta tirar o casaco para me sufocar com a catinga de suor; dá repugnância quando falam de perto com boca de latrina, e uns querem beijar na boca! Me embrulha o estômago só de pensar!" Só agora ela ouve o que Ralph disse: "Não falo de você! Falo dessa vida!" "Então, vamos largar essa vida e voltar para o Rio de Janeiro agora!" "Tem hora que você vira uma criança! Agora que, bem ou mal, moro numa casa, voltar para um quarto de hotel e viver com um músico desempregado que virou alcoólatra até pegar sífilis com um marinheiro?!" Ralph não responde, como acontece toda vez que Marlene o fere com a verdade. Como tem acontecido sempre, a discussão acaba em impasse — e o ressentimento cresce. A relação se degrada a cada dia em crescente agressividade. Ela sai para trabalhar pisando duro e batendo portas. Ele vai se encontrar com uns peões, que sopram e batem instrumentos musicais, a ver se arma uma *jazz band* em Londrina.

Mal a charrete pára diante da casa da Selma, na Vila Matos, Marlene vislumbra a presença de Craig, na verdade Conrad Craig Smith, filho de George Craig Smith, um dos pioneiros da fundação de Londrina, mentor da Paraná Plantations Ltd. Craig tomou-se de encantos por Marlene, e desde então é dos mais assíduos freqüentadores da casa — quando aparece, é dos primeiros a chegar, em geral no meio da tarde, e só vai embora de madrugada. De genuína ascendência inglesa, com lordes na família, assimilou tão bem a truculência nativa que não lhe restam sequer vestígios de *fairplay* e da nobreza de trato peculiares aos britânicos. Selma o trata com a deferência com que cativa governador, prefeito, desembargador, diretor da ferrovia, grande cafeicultor ou algum dos pioneiros, como foi seu pai: senta-se para lhe fazer sala, enquanto ele escolhe uma das meninas ou, como acaba de acontecer, aguarda ansiosamente por Marlene.

Derramando-se em sorrisos e sedução, com roupa leve de decote generoso, Marlene entra no salão depois de ter passado no camarim, onde trocou de roupa e refez a maquiagem. Craig a recebe de braços abertos, que logo se fecham num abraço que cola os corpos, com as mãos deslizando pelas costas nuas e a boca engolindo a orelha. Nas costas de Craig, Selma vê a expressão de repulsa no rosto de Marlene, repreende-a com um olhar severo, e deixa discretamente o salão.

Mais tarde, quando Ralph chega e entra por trás, para vestir a casaca e começar mais uma jornada, Selma manda chamá-lo à sala de trabalho, contígua ao salão, com porta para o corredor de circulação restrita. Depois da acolhida alegre e afável, fala sério: "Tenho ouvido reclamações sobre o seu repertório, querido. Os clientes acham — e eu nunca discordo deles — que você é ótimo pianista, mas toca jazz demais. E jazz é lento, é triste, você sabe, é choradeira de escravo. Um cliente disse que 'quem não fica com sono, fica com vontade de chorar.' Se ele vai para casa, eu vou para a rua da amargura — que não é aqui! Aqui é a casa da alegria e do sexo, se não entendeu. Não vou pagar pianista caro para cliente chorar ou dormir! Bota fogo no salão com fandango e música bailante, homem de Deus!" Ralph não esconde a tristeza que a ordem lhe causa, mas tem que se adaptar: "Essa música pede mais que um piano. Quero fazer uma *jazz band*, tenho ouvido uns músicos, mas só encontro corneteiro de quartel." "Se não tem, volto à vitrola e ponho cantor no fim de semana! Decida logo; não quero ouvir mais reclamação, nem cliente contrariado e velório no salão!"

Sentado ao piano, não tem como esquivar-se de acompanhar as intimidades de Craig com Marlene, que não se poupa para agradá-lo, exibindo ostensivamente suas habilidades lascivas, como se quisesse provocar Ralph, que dedilha todas as músicas alegres, a maioria brasileira, do seu repertório. E quanto mais toca, mais triste fica, e em plena euforia, sente instalar-se a melancolia no fundo do seu coração. Nessa noite, volta sozinho para casa — e vê o dia amanhecer, entre incontáveis doses de conhaque, num botequim na Zona Estragada. A vida vai mal.

Embora descontente com seu trabalho, ameaçado de demissão, ultrajado pelas cenas de Marlene e bebendo toda noite, Ralph se empenha em ouvir músicos e, ao mesmo tempo, preparar repertório de peças sulistas, quando explode uma bomba na casa de Selma. Craig faz uma proposta a Marlene: quer tirá-la dali e levá-la para Apucarana. Oferece casa confortável de alvenaria, despensa farta, empregados e mesada para moda e luxo. Apenas duas exigências: exclusividade e discrição. Marlene não quer, mas não sabe dizer não. Marca uma conversa com Selma.

Com quase 50 anos de vida, a cafetina tem opiniões claras e objetivas, sem ilusões nem esperanças vãs: "Ele oferece aquilo com que todas sonham. Não tem que pensar. Tem que aceitar. Ainda mais sendo casado: não quer filho e vai incomodar pouco. Se passar a vida aqui, não vai ter isso. Todas que aceitam ficam bem de vida. Uma ou outra se arrependeu e voltou. É o que tem que fazer: aceitar e agradecer a Deus. Se não gostar, volta. A porta estará aberta." A clareza de Selma alivia por um lado, mas perturba por outro. Com dificuldade para falar, Marlene se esforça: "Mesmo se eu não gostar dele?" "Se está falando de amor, fico até surpresa, pelo tempo que está na vida. Amor é ótimo, mas não existe na vida real! Muito menos para nós! Quando o Craig oferece o que lhe ofereceu, está dizendo que ama você. É o que ofereceria a uma virgem com quem fosse casar. E a virgem aceitaria, todas as mulheres aceitariam, como a mulher dele aceitou. De mim, não vai ouvir nada sobre o amor. Sobre a amizade, sim, é bom; e, talvez, sobre o respeito, que é ótimo."

Marlene está chocada, mas, ao mesmo tempo, acha que Selma está certa. Reúne coragem e pergunta: "E o que faço com o Ralph?" Selma ri, depois fica séria: "Não diga nada! Junte suas coisas e vá embora. Desapareça! Assim, vai sofrer menos. Mas, se quiser se despedir e ficar meses na lengalenga de sempre, vai acabar saindo do mesmo jeito, e ele vai sofrer mais. De qualquer maneira ele vai sofrer. Mas o sofrimento faz parte da vida. Você escolhe se quer que ele sofra mais ou menos. Mas, pelo amor de Deus, não fale em Craig! Nunca diga esse nome! Não faça essa loucura!"

Oito dias depois, Ralph acorda às cinco da tarde, a cabeça pesada da ressaca de conhaque, cobertor sobre as costas, encurvado pelo frio. Estremunhando, vai até a sala e vê sobre a mesa um bilhete e algum dinheiro. Num papel de embrulho, em letras redondas está escrito a lápis: "Ralph, foi bom mas acabou. Fui embora. Minha vida é assim. Não me procure, eu peço. Pára de beber e vai embora pra sua terra tocar piano. O dinheiro é de presente. Deus te proteja. Marlene."

Ralph sente o chão sumir sob seus pés. Lê outra vez, o papel tremendo na mão. Olha o dinheiro. Súbito, dá um salto, abre a porta, corre varanda afora, cruza o jardim até a calçada. Olhando para os lados, vai até o meio da rua. As crianças da varanda vizinha olham assustadas, e pela janela, uma mulher observa — ele se dá conta de que está de meias sem sapato, pijama e cobertor nas costas. Volta para casa e fecha a porta. Abre o guarda-roupa: quase vazio, apenas sapatos e roupas velhas, que espalha pelo quarto. Veste-se rapidamente e sai de casa. Num bar da Zona Estragada, pede um conhaque. Toma um grande trago. E outro. A quentura garganta abaixo o faz sentir-se melhor. Vira toda a dose e pede outra.

Naquela noite, Selma manda ligar a vitrola às oito horas, porque o pianista não veio trabalhar. Ela nota que os clientes estão alegres e há mais pares na pista de dança. No dia seguinte, pelas duas da tarde, horário habitual de Marlene, Ralph aparece na casa. Entra por trás, gritando com voz rouca: "Marlene! Marlene! *I love you*, Marlene!" Está barbado, cabelo desgrenhado, camisa e agasalho amarrotados, sapatos e barra da calça sujos de lama, e bêbado: "Marlene, *I love you!*" Ao entrar no salão, as meninas saem das mesas, recuam para as paredes. Ele gira no meio do salão, quase cai. Selma aparece e faz um gesto para os leões-de-chácara, que o seguram, um de cada lado. Selma fala com dureza: "Marlene não está aqui, nem virá mais. Ontem se despediu! E não disse para onde ia." Ralph se esforça para absorver o que ouviu. Balança o corpo para a frente e para trás, os homens o retêm. Selma ordena: "Põe na charrete e manda levar em casa." Os homens arrastam Ralph. À noite, Selma manda ligar a vitrola. E nota a mesma coisa: mais alegria e mais casais na pista.

Dois dias depois, Ralph chega no horário habitual, arrumado, barbeado e sóbrio. Quando está vestindo a casaca, Selma manda chamá-lo à sala de trabalho, onde o espera com um maço de dinheiro na mão. Fica contente com sua aparência, mas diz que não vai precisar mais do seu trabalho e lhe entrega o maço. Aparvalhado, ele enfia o dinheiro no bolso sem contar. "Eu lhe desejo boa sorte, Ralph." Sua voz sai abafada, amedrontada: "Obrigado. Desculpa por anteontem. Marlene foi embora, fiquei muito triste." "É a vida, Ralph. Alguém sempre vai embora. E isso pode ser bom para mudar o destino." Ele confirma com a cabeça timidamente e, depois de uma pausa, pergunta num sussurro: "Sabe onde ela está?" "Não, não sei, Ralph. Ela se despediu e não disse para onde ia. E eu não perguntei." "É... Eu a amo. E agora, não sei o que fazer." Ele abaixa a cabeça em silêncio. Selma sorri: "Por que não Nova York?" Ele olha para ela surpreso, esboça um sorriso, logo fica sério: "Nova York Marlene queria conhecer Nova York." Selma quer encerrar o assunto: "Então, boa sorte, Ralph", e estende-lhe a mão, que ele aperta e vai saindo, mas pára e se vira: "Será que posso tocar piano de manhã, quando está fechado? Não tenho piano em casa." "Ralph, você sabe, é a hora em que as meninas dormem. Elas não vão gostar." Ralph concorda e sai da sala.

Uma semana depois, um freqüentador conta a Selma que Ralph foi espancado na Zona Estragada e perdeu dois dentes. Um mês depois, ela fica sabendo que ele foi despejado da casa onde morava. Mais um mês, e um caixeiro-viajante conta que o viu em Maringá. Mais um tempo, e um delegado dá a notícia de que fora preso em Foz do Iguaçu. Como acontece com pessoas que avançam Brasil adentro, com o passar do tempo não se ouve mais falar de Ralph.

APÓS REVELAR NA AUDIÇÃO DA NOITE ANTERIOR QUE O MOTIVO DE SEUS TORmentos foi ter ouvido no rádio que nos Estados Unidos vão fazer um filme sobre a vida de Maria Callas, Diva é surpreendida de manhã pela visita de dois americanos com um convite. Eles ficaram impressionados com a apresentação a que assistiram do "Grande Recital Operístico e Conversações Instrutivas sobre a Arte e a Vida dos Artistas" e, como missionários junto aos índios *ikpengs*, gostariam de levá-la para uma audição na aldeia. Não era exatamente o que Diva esperava quando concordou em receber dois americanos com um convite — o arrebatamento turvou-se em instantânea prostração, a ponto de, num impulso de fúria, deixar a sala da pensão e entrar no quarto batendo a porta. Os missionários ficaram sem entender o que teria causado tanta raiva.

A intervenção de Ralph, até então calado, demonstrando insuspeitado interesse pelos índios é que foi aos poucos aliviando a perplexidade dos dois homens. Com as perguntas de Zé Bolero, surpreendentemente curioso sobre a vida dos *ikpengs*, a conversa ficou interessante e reveladora. Embora preocupada com Diva, Orlanda ouve atenta. "Os *ikpengs*", diz um dos missionários, "da nação Txikão, foram deslocados de sua terra original; vivem hoje no Médio Xingu, no encontro dos rios Xingu e Iamaçu." "Por que", pergunta Orlanda, "vocês pensam em levar um recital de ópera para índios?" "A tribo tem uma tradição de agressividade com outras tribos, guerras e raptos." "E quer que a gente vá na terra deles?", pergunta Orlanda, simpática aos americanos pela afinidade religiosa e missionária, mas, ainda assim, provocando risos. "Hoje eles são pacíficos", diz o outro missionário, "mas foram guerreiros, embora não guerreassem para obter bens, mas para vingar seus mortos: na concepção deles, o prisioneiro de guerra substitui o *ikpeng* morto. Para eles, a morte nunca é natural, é sempre devida à ação dos inimigos e estrangeiros, que eles chamam de *uros*. Até mesmo um assassino, figura raríssima entre indígenas, para os *ikpengs* só mata porque está possuído pelo espírito do inimigo. Então, os *uros* são os responsáveis por todos os males. Mas, veja que curioso, uma vez capturado, o inimigo é incorporado à sociedade *ikpeng*, sendo muito bem tratado por todos, e a família que o adota é prestigiada e respeitada. A partir daí, eles começam a ridicularizar a cultura de origem dos adotados e a exaltar a própria cultura *ikpeng* — é uma forma de sedução e persuasão pela cultura. Em pouco tempo, os adotados se rendem e se recusam a voltar para as tribos de origem, mesmo que surjam oportunidades." "Enfim", diz o primeiro missionário, "os *ikpengs* dão um valor excepcional à cultura. E, nas atuais circunstâncias, de adaptação à terra não original e de mutação da tradição guerreira, até pela ameaça de extinção, o contato com a expressão cultural de '*uros*' como vocês — como nós! — deve facilitar a convivência com o diferente — sobretudo o branco." "Eles estão ameaçados de extinção? Quantos restam?", quer saber Ralph. "Os últimos 50 *ikpeng* foram salvos nos anos 60 pelos irmãos Villas-Boas, mas ficaram dependentes, para alimentação e saúde, do posto indígena e da boa vontade de outras tribos, o que os levou à dispersão. Há oito anos, foram novamente reunidos na Terra Preta, onde agora são 106."

"Eu vou!", diz Ralph. "Eu também!", completa Zé Bolero. O missionário se anima: "E estamos nos dias do *moyngo*, o ritual de iniciação masculina, a festa mais importante da tribo." Empolgado, o outro confessa: "Minha curiosidade é assisti-los assistirem. Como não guerreiam mais, os *ikpengs* não capturam prisioneiros para substituir seus mortos. Tenho a intuição de que, se virem a senhora Diva mudando de personagens, podem se animar a representar os mortos." "E a Diva vai?", Ralph pergunta a Orlanda. "Não sei", ela responde, "não posso ter certeza de nada com ela. Está cada dia pior, meu Deus! Vocês estão decididos?" Zé Bolero e Ralph confirmam. "Vou conversar com ela", diz Orlanda, e, saindo, diz aos missionários: "Precisamos falar do cachê." "Sim, claro!" "Explica a ela", pede Zé Bolero a Orlanda, "que temos seis dias parados até o próximo recital." E Ralph: "Conhecer esses índios vai ser a coisa mais interessante da turnê! Se ela não quiser ir, ou não puder, vou sozinho, em vez de ficar esperando o próximo recital." "Eu também prefiro conhecer os índios a esperar na estrada."

O 14 Bis estaciona à beira do rio, sob as árvores. Acercam-se quatro índios que brincavam na água: corpulentos, saudáveis e risonhos, um mais velho e três jovens, apresentam-se para baldear o que for preciso do veículo para as três canoas apoitadas. Com rapidez e eficiência, o mais velho repete a orientação que recebe do missionário, que, por sua vez, traduz as recomendações de Orlanda e Zé Bolero, e levam malas, bolsas, sacolas com provisões, figurinos e roupas até as canoas — o que inclui andar com água na cintura. Por último, e exigindo enorme esforço, o piano. Requer a força dos quatro índios e mais Zé Bolero e os dois missionários. Para embarcar os vivos, apenas Diva, de chapéu e óculos escuros, se recusa a entrar na água, com jeito de quem vai para não ficar sozinha. Um índio a leva nos braços até a canoa.

Navegando por rios e igarapés, cada jovem índio conduz uma canoa: numa vão Diva, num pavor insano, atracada a Orlanda, noutra Ralph e Zé Bolero, fascinados com o mistério intocado do santuário natural; na terceira, o velho índio e o piano. Nas margens, desfila suavemente a deslumbrante e assustadora floresta, onde soam lancinantes alaridos de animais e pássaros, rasgando o silêncio do rio, que os *ikpengs* chamam de *iruwa* — floresta escura. Sentada na canoa, Diva dobra o corpo até pousar a cabeça no colo de

Orlanda, recusando-se a olhar para os lados e cobrindo os ouvidos para não ouvir os *iruwa*, que a deixam em pânico.

Seis horas depois, ao entardecer, chegam à aldeia *ikpeng*. Os gestos duros e os movimentos desordenados, a alegria indefinível e o olhar receptivo dos índios não aliviam a presença sombria e assustadora da floresta em volta, quando a noite cai e os gritos ficam aterrorizantes. Diva busca proteção agarrando-se ao braço de Orlanda, o corpo encolhido, ouvidos atentos a cada ruído, olhar assustado que não se fixa em nada. O grupo de visitantes cruza a praça central, em forma de elipse, até a grande cabana, no centro das *mungnie*, escuras casas de habitação, sem paredes e com teto de duas águas. Pela presença de palha, sabugos de milho, sementes de algodão, pêlos, ramas, penas coloridas de pássaro e toscas ferramentas, sugere um ateliê de artesanato. Na praça e na *mungnie* reúnem-se uns 60 ou 70 *ikpengs*; as índias fecham um círculo em volta das duas civilizadas e olham curiosas, sem hostilidade. Orlanda sente o tremor das mãos de Diva no seu braço e, vendo seu rosto transfigurado, tenta consolá-la. Diva lhe segreda: "Vamos embora. Estou com medo." Os oito índios, que rolam o piano sobre troncos, assentam-no no centro da praça.

Os visitantes são apresentados ao cacique e ao grupo que o segue. O missionário mais velho explica que há cinco semanas, depois de várias noites de danças, os pais das crianças que serão iniciadas saíram para caçar. A tribo espera que nessa noite chegue o mensageiro anunciando a volta dos caçadores. O índio mais velho, que liderou os três canoeiros, entende português e traduz para o cacique o que dizem os missionários. Depois de ouvir em silêncio, o cacique convida todos para se sentarem em volta da fogueira.

Ralph está fascinado com o que vê. Presta atenção à conversa dos índios, tentando entender. Os índios jovens gostam do quepe da Aeronáutica de Zé Bolero; ele o põe e tira da cabeça de um deles, e os outros se divertem. Ele põe os óculos escuros no rosto de outro índio, que os tira rapidamente. Orlanda agasalha Diva, que sussurra: "Vamos embora! Não quero cantar aqui!" São servidas cuias de *perereba*, uma espécie de mingau, que Diva nem olha; Orlanda, Zé Bolero e Ralph bebem. E gostam. Depois são servidas, somente aos homens maduros, cuias de *wonki-nom-egrt*, que seria a bebida dos espíritos, uma espécie de cerveja de milho e mandioca, que Ralph bebe e pede mais; Zé Bolero aceita, mas não bebe, e mantém a cuia na mão. Logo, o mensageiro traz o anúncio ritualístico de que os caçadores chegarão no dia seguinte. Toda a tribo se alegra com a notícia sabida e esperada. Há música de flauta, cujo som encanta Ralph, danças que avançam noite adentro, e cujos passos Zé Bolero tenta aprender.

Conduzidas a uma das malocas por uma velha e silenciosa índia, Diva e Orlanda são apresentadas às famílias que compartilham a moradia — com paredes e teto de taipa, redes e esteiras. Cada família agrupa-se em volta de um fogo, que, além de cozinhar os alimentos, aquece na noite fria. Diva se aboleta numa rede ao lado da destinada a Orlanda, que, no entanto, fica em pé segurando suas mãos: "Não me deixe dormir. Se eu dormir, eles me matam." Orlanda tenta acalmá-la com um cafuné. A maloca abriga cinco, seis famílias — marido, esposa, filhos biológicos e adotivos —, cada qual em torno do seu fogo. Como adotam *urus* — inimigos ou estrangeiros que substituem os mortos de qualquer época — não há consangüinidade. Pode-se nascer *ikpeng*, se os pais o são, e pode-se virar *ikpeng* quando se é capturado ou incorporado. Assim, todos os *ikpengs* são parentes e constituem uma única família — os homens podem se casar com várias mulheres, inclusive com as irmãs, assim como as mulheres podem se casar com vários homens — e todos compartilham o fogo. Para os *ikpengs*, o feto é constituído de esperma, e para crescer requer grande quantidade de sêmen, que o esposo sozinho não pode fornecer — mulheres em início de gravidez recebem vários amantes, além dos regulares. O pai se responsabiliza pela substância do bebê; a mãe lhe dá a aparência. Assustada e insone, Diva entrevê a movimentação entre redes e esteiras; não suporta e vai para a praça, atracada ao braço de Orlanda.

Depois que os missionários se recolheram à sua cabana, Ralph, completamente bêbado, toca uma enorme flauta, e Zé Bolero, com desenvoltura e inventando novos passos, dança entre os índios, numa fila que gira em elipse, batendo o pé direito com mais força do que o esquerdo. Apavorada, Diva sussurra para Orlanda que elas estão abandonadas e precisam fugir dali antes que nasça o dia, porque os índios vão matá-las! Embora Orlanda tente demovê-la, sua convicção não cumpre a lógica da razão. Com os cabelos despenteados, um rosto de estranha palidez, olhos arregalados e a saliva acumulando-se nos cantos da boca, Diva se esquiva, arrastando Orlanda ao longo da parede da maloca, procurando as sombras, fugindo da luz da lua, em direção ao rio. Ao intuir o que está acontecendo, Orlanda se desorienta, não sabe o que fazer e explode em lágrimas, que se misturam a orações católicas e evangélicas, mas não consegue contrariar Diva, e vai se deixando levar. À procura do rio, embrenham-se na floresta.

No dia seguinte, sem noção da hora, Ralph e Zé Bolero estremunham com o corpo moído pela dança; na ressaca da beberagem, mal abrem os olhos. Suas redes estão cercadas de crianças. Uma delas, escondida atrás da cabeça da rede, estende diante do rosto de Zé Bolero uma pata de macaco estorricada. Zé Bolero se assusta pensando ser mão humana salva de incêndio; salta da rede e cai no chão, arrancando gargalhadas dos índios, exceto do que a ofereceu como primeira refeição do dia. Ralph acorda com o grito e adverte Zé Bolero sobre a desfeita, levando-o a pegar no chão a mão e agradecer com gestos. O jovem índio diz que é para comer. Para não desapontá-lo, Zé Bolero, por mímica, diz que comerá mais tarde. Ralph propõe um mergulho no rio para curar a ressaca. Vestem calções, e antes de sair, Zé Bolero guarda a pata de macaco na rede.

Estão cruzando a praça em direção ao rio quando um dos missionários corre assustado para os dois: "As mulheres sumiram! As duas! Entraram na mata e se perderam!" A notícia deixa os dois sem ação e sem palavras. "Os índios as estão procurando. Conhecem tudo, vão encontrar. Não há nada a fazer! Por que fizeram isso?" "Porque não conhecem", diz Ralph. "Deviam estar passeando. Não devem ter ido muito longe." "Os índios disseram que saíram à noite." "À noite?", preocupa-se Ralph. O garoto índio cutuca Zé Bolero para lhe entregar a mão do macaco — e, para aumentar sua aflição, deduz que será vigiado até comê-la.

Anoitece sem notícias de Diva e Orlanda. Os índios que foram procurá-las não voltaram. Ralph e Zé Bolero temem o pior. Os índios se animam mal ouvem os sons de flautas; alguns dançam na praça. Os caçadores surgem do interior da floresta com enorme cesto e redes carregadas de caça, na maioria macacos. Têm o corpo coberto por resina de madeira, na qual colaram penas de aves, além de pinturas corporais e colares de caramujos. Depois dos caçadores vem o grupo que traz Orlanda e Diva em padiolas de cipó e madeira verde. Ralph e Zé Bolero correm até elas: suas roupas estão rasgadas e sujas, os cabelos desgrenhados, os corpos inchados de picadas de insetos, arranhões e vergões. Diva tem o olhar vago e distante de quem não sabe onde está nem o que aconteceu. São levadas para a maloca, onde os missionários fazem assepsia e curativos. Na conversa dos quatro, Orlanda é categórica: "Vamos embora imediatamente!"

Ao som das flautas, o cacique canta enquanto o produto da caça é posto no centro da praça, junto ao piano. Durante a distribuição, os caçadores bebem *perereba*. Ralph e Zé Bolero informam os missionários da decisão. Embora desapontados, eles pedem que esperem o dia amanhecer: em respeito à celebração *ikpeng* e por eles não gostarem de navegar à noite. Acertam, então, a partida para o dia seguinte, decisão que desagrada Orlanda, preocupada com a progressiva prostração de Diva, que não come, não fala nem esboça reações.

Cada pai dança tendo numa das mãos a criança que passará pelo ritual; na outra, a tocha acesa. Fascinado pela beleza plástica do ritual, Ralph o interpreta à sua maneira para um deslumbrado Zé Bolero: "O pai ilumina o caminho do filho, que agora vai ser um homem. E dança porque é a maneira... de... não sei. Sei que é bonito. E, apesar de tudo, estou feliz aqui. E quero celebrar com essa gente a alegria de ter filhos que viram homens!" Zé Bolero olha para Ralph, avaliando o quanto está bêbado. Mas, na verdade, ele está eufórico: e faz o que raramente fez na vida: dança! E dança toda a noite com a tribo. Quando o dia está amanhecendo, os índios pedem que ele toque piano. Ralph concorda, mas, antes, dá um mergulho no rio, e com as roupas encharcadas, senta-se ao piano. Com a tribo sentada à sua volta, entrega-se à sua arte como se fosse a platéia mais importante de sua vida, enquanto o dia empurra a noite para longe.

Na rede, Diva ouve o piano, abre os olhos. Orlanda a observa. Atraída pela música, ela quer descer. Orlanda a conduz à beira da maloca, de onde vê Ralph cercado pela tribo. Ela caminha devagar, sentindo dor a cada passo. Ao vê-la, Ralph lhe sorri e toca a introdução de uma ária da *Traviata*. Diva fecha os olhos, o corpo balança devagar, Orlanda a mantém de pé. Finda a introdução ela canta num fio de voz: "*Tra voi saprò dividere / Il tempo mio giocondo; / Tutto è follia nel mondo.*" Empolga-se, reúne forças, cresce a voz: "*Cio che non è piacer. / Godiam, fugace e rapido / È il gaudio dell'amore; / È un fior que nasce e muore / Nè più può goder. / Godiam! / C'invita um fervido / Accento lusinghier.*" E cresce ainda mais: "*Ah! Goddiamo! La tazza e il cantico / La notte abbella è il riso / In questo paradiso / Ne scopra il nuovo di.*"

O esforço é demais, ela ofega, os ferimentos sangram. Orlanda a conduz de volta à maloca. Delirando, Ralph toca antigas peças de jazz — os índios se encantam. Pouco depois, apoiada em Orlanda, Diva cruza a praça rumo à beira do rio, seguida por Zé Bolero com bolsas e sacolas. A festa está no auge: com espinhos de tucum, os pais fazem incisões em listras no rosto das crianças, passam carvão de jatobá, deixando-as tatuadas como os guerreiros *ikpengs*.

O índio que fala português e seis jovens dispõem os troncos para rolar o piano. Cercado pelos meninos recém-tatuados, Ralph não pára de tocar. Zé Bolero volta para apressar o embarque. Ralph, sem deixar de tocar, acena em despedida. Zé Bolero entende e se aproxima. Ralph estende-lhe a mão direita e toca com a esquerda. Apertam-se as mãos. Índios velhos cobrem o rosto de Ralph com pasta de mandioca, os jovens o chamam de *Kokoyatene*. Ele segreda para Zé Bolero: "Aprenda a voar!" Zé Bolero sorri: "Vou virar passarinho!", e volta ao rio, onde Diva e Orlanda se acomodaram na canoa. Embarca na outra, com o missionário. Diva vê a terceira canoa vazia, ouve o som de piano que vem da mata, esboça a intenção de voltar, mas desiste. As duas canoas deslizam sobre as águas.

Duas horas depois, Diva murmura: "Onde está Ralph? E o piano, onde está?" Levanta-se: "Vamos voltar! Ralph ficou lá! O piano ficou lá!" Orlanda tenta segurá-la, em vão: Diva se joga na água. Zé Bolero e o índio caem em seguida e conseguem alçá-la de volta à canoa. Quase desmaiando, expele água pela boca. Orlanda a envolve em panos, enxuga seu cabelo e tenta confortá-la. Mais adiante, tudo parece calmo, Diva descansa a cabeça no colo de Orlanda. De repente, ela se joga outra vez na água. Outra vez, o índio e Zé Bolero trazem-na de volta. Agora, Zé Bolero viaja a seu lado, o braço envolvendo-lhe a cintura.

Escurece quando o 14 Bis reduz a velocidade na estrada asfaltada. As luzes se acendem no posto de gasolina, onde ele pára junto à bomba. Zé Bolero desembarca, orienta o rapaz uniformizado e vai ao banheiro do posto. O rapaz abastece o veículo e ouve uma voz feminina que canta: "*M'anima insolito vigore! / Ah! ma io ritorno a vivere! Oh gioia.*" Ele procura de onde vem a voz até encontrar, por trás das grades de tábuas na janela do veículo, o rosto pálido de Diva, com o olhar ausente, e a sombra de Orlanda atrás, repetindo o mesmo trecho: "*M'anima insolito vigore! / Ah! ma io ritorno a vivere! Oh gioia!*"

Rio de Janeiro, março/2003 — novembro/2007

Este livro foi composto na tipologia Minion, em corpo 11,5/15,5, e impresso em papel off-white $80g/m^2$ no Sistema Cameron da Divisão Gráfica da Distribuidora Record.